Steve Berry

L'HÉRITAGE MALONE

TRADUIT DE L'ANGLAIS (ÉTATS-UNIS)
PAR **PHILIPPE SZCZECINER**

COLLECTION **THRILLERS**

cherche **midi**

Vous pouvez consulter notre catalogue général
et l'annonce de nos prochaines parutions sur notre site :
www.cherche-midi.com

Ouvrage publié sous la direction d'Arnaud Hofmarcher,
avec la collaboration de Roland Brénin

Titre original : *The Lost Order*
Éditeur original : Minotaur Books

30, place d'Italie
75013 Paris

Mis en pages par Soft Office
Dépôt légal : novembre 2017
ISBN 978-2-7491-5566-1

Pour le personnel et les contributeurs financiers
des Bibliothèques de la Smithsonian Institution

Si les hommes étaient des anges,
il ne serait besoin d'aucun gouvernement.
James Madison

[Mais] si vous vous transformez en moutons,
les loups vous mangeront.
Benjamin Franklin

PROLOGUE

WASHINGTON
24 JANVIER 1865
14 H 45

Une inquiétude soudaine se peignit sur les traits de son hôte. Un spectacle singulier, eu égard à la réputation de flegme que valait à Joseph Henry son appartenance à l'élite scientifique américaine, sans parler de son titre prestigieux de secrétaire de la Smithsonian Institution.

Il était assis sur un confortable canapé de cuir, dans le bureau d'Henry, sur le point de conclure l'affaire qui les occupait tous les deux. Le rendez-vous qu'il avait pris quelques semaines plus tôt aurait dû avoir lieu la veille, mais il avait été retardé. Rien d'anormal à cela, d'ailleurs, la guerre civile continuant à faire rage juste en face, en Virginie, de l'autre côté du fleuve, même si le conflit touchait vraisemblablement à sa fin. Gettysburg avait constitué un tournant. Plus de deux cent cinquante mille soldats de la Confédération étaient tombés. Deux cent cinquante mille autres croupissaient dans les camps de prisonniers fédéraux et cent vingt-cinq mille encore étaient blessés ou estropiés. Si une victoire sudiste avait un temps paru possible, il semblait bien que la marée confédérée eût amorcé son reflux.

« Vous avez entendu ? » demanda Henry.

Il avait effectivement entendu un bruit. Un crépitement sec quelque part au-dessus de sa tête.

Le bureau se trouvait au second étage, derrière une grande baie en forme de rosace, entre deux des tours emblématiques de l'édifice.

« Peut-être simplement de la neige qui glisse du toit », suggéra-t-il.

Il faisait un froid terrible. C'était à peine si le Potomac, pris par les glaces, coulait encore, et la circulation fluviale était pratiquement interrompue, ce qui avait contribué à retarder son arrivée. Pénétrer dans la capitale nordiste n'avait, par ailleurs, pas été une mince affaire : une ceinture de forts entourait le district fédéral, des troupes cantonnaient en tous lieux et la sécurité était désormais draconienne. Quiconque voulait entrer ou sortir de la zone était en butte à toutes sortes de questions et de restrictions. Heureusement, il était détenteur des accréditations nécessaires lui permettant d'aller et venir à sa guise, ce qui expliquait qu'il avait été choisi pour cette mission.

Le bruit se fit de nouveau entendre.

Puis une fois encore.

« Ce pourrait être la glace, concéda son hôte, mais ce n'est pas ça. »

Henry se leva et se précipita vers la porte. Il l'imita. Tous deux sortirent du bureau et se retrouvèrent dans le vaste amphithéâtre à deux niveaux, dont le plafond disparaissait derrière d'épaisses volutes de fumée.

« Le bâtiment est en feu ! Sonnez l'alarme ! » hurla Henry avant de s'engouffrer dans l'escalier menant en bas.

Au-delà des fenêtres et de l'oculus du plafond, par où la lumière naturelle aurait dû pénétrer à flots, régnait une obscurité sinistre. La fumée avait englouti l'extérieur et commençait à prendre possession de l'intérieur. Il entendit des cavalcades, des portes qui claquent, des cris. Des hommes affluèrent soudain dans l'amphithéâtre, puis s'enfuirent en direction du rez-de-chaussée.

Empruntant un des couloirs, il courut jusqu'à la salle des peintures contiguë. Là, le plâtre du plafond tombait en pluie, dévoilant des flammes déjà en train de dévorer les combles et le toit. Quelques-uns des tableaux étaient en feu, spectacle désolant pour le peintre qu'il était. L'incendie semblait particulièrement violent à cet endroit, ce qui était peut-être un indice de son point de départ. Il fit abstraction de ses états d'âme d'artiste et se mit à réfléchir en agent de renseignements, analysant les choix qui s'offraient à lui et élaborant les solutions les mieux adaptées.

La fumée noire qui s'accumulait en épais nuages rendait la respiration de plus en plus malaisée.

Il était venu de Richmond sur ordre confidentiel du président Jefferson Davis en personne. Ses relations avec Joseph Henry et sa connaissance de la Smithsonian avaient fait de lui le candidat idéal pour cette mission. Des pourparlers secrets, déjà programmés, devaient se tenir deux semaines plus tard, à Hampton Roads. Lincoln projetait d'y participer, ainsi qu'Alexander Stephens, le vice-président des États confédérés, qui cherchait depuis deux ans à mettre un terme à la guerre. Jefferson Davis détestait son second, ce Géorgien facétieux qu'il jugeait faible et perfide. Mais Stephens nourrissait l'espoir de négocier une paix honorable.

Il plaça un bras devant son nez de sorte que la manche de sa veste de laine filtre la fumée. Par-delà l'amphithéâtre, à travers une porte ouverte, il vit que les flammes ravageaient déjà la galerie des techniques, dont la collection d'instruments scientifiques rares n'existerait bientôt plus. Il savait que les cloisons intérieures, à l'endroit où il se trouvait comme de l'autre côté de la grande salle, n'étaient pas raccordées au plafond, l'idée étant de faciliter leur démontage pour étendre l'espace d'exposition à l'étage entier. Dans les circonstances présentes, malheureusement, cette disposition jouait en faveur de l'incendie, qui se propageait contre le plafond sans rencontrer d'obstacle.

« Le bâtiment est perdu ! lui cria un homme qui traversait à toutes jambes l'amphithéâtre en serrant contre lui une boîte sauvée des flammes. Il faut partir ! »

Le conseil semblait judicieux, et la hâte s'imposait. Cependant, la raison d'être de sa visite était restée dans le cabinet de travail d'Henry, posée sur le bureau. L'objet devait être mis à l'abri. Le feu n'était pas encore arrivé jusque-là, mais ce n'était qu'une question de temps. Des gens couraient en tous sens, qui portant un tableau, qui des livres ou des documents d'archives, qui des spécimens jugés trop précieux pour être abandonnés à leur sort. Le bâtiment était là depuis 1846, date à laquelle le Congrès s'était enfin prononcé sur l'utilisation d'une somme de cinq cent mille dollars léguée à l'Amérique par un obscur chimiste britannique du nom de James Smithson, avec des directives posthumes quelque peu déroutantes : « Créer à Washington une fondation, baptisée Smithsonian Institution, consacrée à l'accroissement et à la diffusion du savoir parmi les hommes. »

Plus étrange encore, Smithson avait fait don de toute sa fortune au gouvernement des États-Unis alors qu'il n'avait jamais mis les pieds dans le pays.

Il avait fallu des années au Congrès pour se déterminer.

Certains étaient d'avis que la « fondation » devait prendre la forme d'une très grande bibliothèque, d'autres qu'elle devait se résumer à un musée. Quelques-uns penchaient pour un cycle de conférences autofinancé, alors qu'un quatrième groupe voulait que tout l'argent soit réservé à la publication d'ouvrages didactiques de renom. Les représentants des États du Sud, quant à eux, faisaient preuve d'une défiance radicale, craignant que la structure proposée ne devienne une sorte de forum antiesclavagiste.

Ces derniers s'opposaient donc à tout et ne désiraient qu'une chose : rendre les sous. À terme, toutefois, la raison finit par prévaloir, et une « fondation » vit effectivement le jour, dont le statut prévoyait la création d'une bibliothèque, d'un musée polyvalent et d'un amphithéâtre, ainsi que la construction d'un bâtiment « de proportions généreuses » pour héberger le tout. L'édifice de style roman tardif qui résulta de cette décision, avec ses ailes tout en longueur, ses hautes tours, ses arcades et son toit d'ardoises, n'avait d'équivalent nulle part ailleurs. Par sa forme et ses murs extérieurs en grès rouge, il évoquait un monastère – un choix délibéré destiné à produire un contraste saisissant avec le style antiquisant qui dominait dans le reste de la capitale. Une réalisation architecturale que Joseph Henry avait en horreur et qualifiait de « déplorable erreur, aussi extravagante qu'inutile ». Mais d'aucuns donnaient déjà un autre nom au monument : le Château.

Et le Château était en train de brûler.

Il retourna en toute hâte dans le bureau d'Henry pour découvrir qu'un homme l'y avait précédé. Il prit d'abord celui-ci pour un membre du personnel, puis il remarqua l'uniforme bleu foncé, l'élégante capote et les insignes indiquant le grade de capitaine de l'armée de l'Union. L'inconnu fit volte-face et, sans la moindre hésitation, dégaina son revolver.

Un peu plus tôt dans la journée, il lui avait bien semblé que quelqu'un le suivait. Son plan initial avait été d'entrer dans le Château et d'en ressortir sans attirer l'attention. Sauf que la réalité ne se conformait pas toujours aux programmes établis.

Il y eut une détonation et une balle fracassa le chambranle de la porte, mais il avait déjà plongé pour s'en écarter. Il avait eu le temps de noter que le revolver était un nouveau modèle à double action dont le chien se positionnait et se libérait automatiquement, entraînant la rotation du barillet.

Une arme rare et chère.

Tout en atterrissant dans le couloir, il sortit son propre revolver, de même type, qu'il portait dans un étui sous sa veste. Il avait espéré éviter tout recours à la violence, mais il fallait bien s'adapter aux circonstances. Il se releva, prêt à abattre le gradé. Huit mètres au-dessus de lui, des langues de feu noircissaient le plafond. L'amphithéâtre était presque entièrement envahi par la fumée. Des morceaux de bois enflammés dégringolaient sur le plancher à l'extérieur comme à l'intérieur du bureau. Le nordiste se précipita hors de la pièce, tenant son arme d'une main et de l'autre ce que lui-même avait apporté à Joseph Henry.

« Donnez ceci au secrétaire, lui avait enjoint Jefferson Davis en lui tendant un passe-partout en cuivre. Et n'oubliez pas de récupérer votre journal avant de partir. »

Il avait laissé l'ouvrage sur le bureau d'Henry, mais c'était le capitaine qui l'avait en sa possession, à présent, ainsi que la clé. Que cet homme ait pu savoir exactement ce qu'il fallait chercher était en soi inquiétant.

Il plaqua l'officier au sol.

Ils roulèrent ensemble jusqu'à l'estrade qui faisait face aux gradins en demi-cercle. L'officier se libéra et se releva d'un bond, mais, l'empoignant par les chevilles, il le fit vaciller sur ses talons, bras battant l'air, puis tomber lourdement et lâcher tout ce qu'il tenait sur le plancher.

« Tous mes remerciements », dit-il à l'homme en bleu à moitié assommé tout en ramassant la clé et le journal.

Il se redressa et envoya d'un coup de pied le revolver se perdre dans la fumée. À l'instant où il se détournait pour quitter les lieux, l'autre recouvra ses esprits, roula sur lui-même et se mit à quatre pattes, prêt à bondir.

« Pourquoi vous entêter ? » chuchota-t-il.

Sur ces mots, d'un coup de botte sous le menton, il réexpédia le capitaine au sol, où il resta inanimé.

« Et maintenant vous êtes prié de vous tenir tranquille. »

Il gagna rapidement l'escalier et descendit au rez-de-chaussée. Par chance, il n'y avait que peu de fumée en bas, le feu semblait se limiter à l'étage. Il vit que des seaux avaient été disposés un peu partout dans le grand hall, sûrement en prévision d'une catastrophe comme celle qui était en train de se produire. Malheureusement, l'eau qu'ils contenaient avait gelé, les rendant inutiles pour lutter contre les progrès de l'embrasement. De toute façon, même si l'eau était restée liquide, l'incendie était trop important pour être combattu à l'aide de si petits récipients.

Un fracas l'avertit qu'une nouvelle partie du toit venait de s'effondrer.

Il était temps de déguerpir.

Mais le capitaine, là-haut ?

S'il ne parvenait pas à sortir ?

Pourquoi s'en soucier ?

Ah, quel poids mort qu'une conscience !

Il remit son revolver dans son étui, fourra la clé et le journal dans une poche intérieure, puis, tout en maugréant *in petto* contre sa décision, il remonta l'escalier, trouva l'officier toujours inanimé, le chargea sur son épaule et redescendit. Comme il débouchait à l'air libre, des engins d'incendie à vapeur arrivaient sur le terrain.

Une foule assez considérable s'était rassemblée alentour.

De la fumée et des flammes jaillissaient des parties hautes du Château, s'enroulant autour des maçonneries, sortant par les arcatures et les trilobes. Des livres tombaient en cascade des croisées, lancés par des gens dévoués qui essayaient désespérément de sauver ce qu'ils pouvaient. Une des tours s'écroula, accompagnée d'une pluie de brandons. Il déposa le capitaine à l'écart du bâtiment, parmi d'autres personnes intoxiquées par les émanations que l'on était en train d'examiner.

Il contempla un instant le désastre.

La salle des peintures, avec ses hautes fenêtres voûtées et ses murs tapissés de majestueux portraits d'Indiens, paraissait irrémédiablement perdue, de même que le cabinet de travail d'Henry. Les vitres explosaient, propulsant vers l'extérieur une nuée de verre brisé. Les pompes furent mises en route, leur fonctionnement rendu plus difficile par le froid. Chose étonnante, le côté est du bâtiment, où Henry logeait avec sa famille, semblait indemne, le feu étant localisé dans la partie ouest.

Mais rien de tout ceci ne le concernait vraiment. C'était à d'autres qu'il revenait de gérer la situation, et en premier lieu à Henry, qui était en train de courir de-ci, de-là en donnant des ordres, sa haute silhouette ascétique engoncée dans un manteau noir informe. Il capta le regard d'Henry et tapota discrètement sa poche, lui signifiant que tout restait sous contrôle. Le secrétaire acquiesça d'un battement de paupières, puis pencha légèrement la tête sur le côté pour lui enjoindre de partir.

Une excellente idée.

Joseph Henry jouait incontestablement un jeu dangereux. D'un côté, il siégeait à la Commission permanente du ministère de la Marine, prodiguant ses conseils à l'Union sur des sujets tels l'utilisation de ballons sur le champ de bataille, les armes nouvelles et même l'exploitation du charbon en Amérique centrale. D'un autre côté, il était profondément pénétré de sa responsabilité envers le savoir universel et attaché à ses devoirs en tant que secrétaire de la Smithsonian. En accord avec ses convictions, il avait d'ailleurs refusé de hisser le drapeau américain au sommet du Château et s'était opposé à ce que des troupes de l'Union cantonnent dans les locaux, alléguant que la Smithsonian était une institution scientifique internationale neutre. Son amitié d'avant-guerre avec Jefferson Davis n'était un secret pour personne, et l'entrevue d'aujourd'hui avait été organisée directement par Henry et la présidence de Richmond au moyen d'un échange de messages codés envoyés par pigeons voyageurs.

Une formation de soldats de l'Union arrivait sur les lieux.

Il était vraiment temps de décamper.

Se fondant dans la foule, il s'éloigna sans hâte. En reconnaissant quelques visages familiers parmi les badauds, il comprit que le Congrès lui-même avait ajourné sa séance pour l'occasion. De nombreux politiciens républicains du Nord se tenaient là dans le froid. Son journal bien à l'abri sous son vêtement, tout contre sa poitrine, il avançait, seul parmi la multitude, tout entier investi dans sa mission.

Exactement ce qui lui plaisait.

Les soldats, qui s'étaient déployés, scrutaient à présent l'assistance. Curieux, songea-t-il. N'auraient-ils pas été mieux employés à combattre l'incendie ? Puis il aperçut le capitaine en capote bleue, visiblement ressuscité, qui menait les recherches.

Plusieurs voitures étaient garées à proximité, leurs passagers occupés à contempler l'édifice en feu dans la lumière déclinante de l'après-midi. Il se dirigea tout droit vers l'une d'elles, où se distinguait le visage à l'ovale agréable d'une femme entre deux âges, encadré de cheveux bruns qui lui descendaient aux épaules. Elle portait un collier dont le médaillon en or se détachait nettement sur le noir de son manteau boutonné haut contre le froid.

Il regarda le motif du bijou.

Une croix inscrite dans un cercle.

Les soldats se rapprochaient, mais il continuait de marcher d'un pas nonchalant vers la voiture, tête dans les épaules, respirant posément de profondes goulées d'air glacé qui lui brûlait la gorge.

Parvenu près du véhicule, il lança :

« Vous tous, jeunes gens qui passez, tels vous êtes aujourd'hui, tel je fus au passé. »

La dame sourit en entendant ces vers.

«Joli poème, commenta-t-elle.

– Sauriez-vous le compléter ?

– *Tel je suis aujourd'hui, tels vous serez demain, aussi préparez-vous à suivre mon chemin.*»

Les mots exacts, sans la moindre erreur. Il s'agissait des vers d'une épitaphe lue jadis sur une tombe ancienne et dont son cerveau avait conservé la mémoire. Il était ainsi fait : il lui était très difficile d'oublier quoi que ce soit. Le plus petit détail lui restait à jamais en tête, une particularité qui s'était révélée bien utile ces dernières années.

« Montez, je vous en prie », dit la femme, qu'il n'aurait pas dû rencontrer avant 16 heures précises, dans la 10e Rue, où elle était censée passer le prendre si tout se déroulait normalement.

Il grimpa dans la voiture, en referma la portière, puis s'assit en face d'elle bien au fond de son siège, à l'abri des regards.

« Il s'en est fallu de très peu que vous ne soyez découvert, chuchota-t-elle.

– Cela aurait pu se faire, en effet », admit-il.

Capable de garder son sang-froid face aux plus grands périls, il lui arrivait rarement de ressentir réellement la peur. Mais, le danger passé, il y avait toujours un temps d'arrêt où il se sentait libéré, soulagé, hors d'atteinte.

Comme en ce moment.

Elle cacha le collier sous son manteau, puis cria au cocher de repartir. Le cheval se mit en marche.

Selon le plan d'origine, c'était pour exécuter avec elle la seconde partie de sa mission qu'il devait rejoindre la belle inconnue une fois conclue son affaire avec Joseph Henry. La saison des mondanités battait déjà son plein à Washington, et le secrétaire à la Marine, Gideon Welles, donnait chez lui ce soir une de ses brillantes réceptions où se bousculeraient, comme à l'accoutumée, nombre de gens influents. Près de soixante-quinze mille personnes vivaient dans la capitale fédérale, dont un tiers de sympathisants au Sud. Il avait donc projeté de s'inviter au raout du ministre au bras de la jolie femme afin d'épier ce qui s'y disait – ni plus ni moins que ce qu'on attendait d'un espion, après tout. Malheureusement, ceci n'était plus possible.

La donne avait changé.

Mais, au moins, il avait la clé et le journal.

Il jugea inutile de mentionner sa rencontre avec le capitaine de l'Union. Il gardait l'exclusivité de cette information pour les oreilles de Jefferson Davis. Néanmoins, il se devait tout de même de remercier sa bienfaitrice. Penchant la tête, il lui adressa un sourire.

« Angus Adams, madame.

– Marianna McLaughlin, répondit-elle en lui rendant son sourire. Mes amis m'appellent Mary.

– Ravi de vous rencontrer, Mary. Mes amis à moi m'appellent Cotton. »

De nos jours

1

Ouest de l'Arkansas

Mardi 25 mai

13 h 06

Cotton Malone se concentra sur sa quête.

La chasse au trésor avait commencé trois heures auparavant, après qu'il avait quitté le chalet-hôtel où il avait dormi pour se faire déposer trente kilomètres plus loin, à la limite nord du parc national de la forêt de Ouachita, sept cent trente mille hectares de chênes, hêtres, cèdres et autres ormes séculaires. Cette forêt, qui attirait aujourd'hui les passionnés de nature comme un aimant, avait servi de repaire aux hors-la-loi de tout poil cent cinquante ans plus tôt, son terrain accidenté et la densité de sa végétation offrant d'excellentes cachettes tant pour eux-mêmes que pour leur butin.

Malone était en mission pour le compte du musée national d'Histoire américaine. Une mission qu'il avait acceptée avec plaisir. C'était habituellement son ancienne patronne, Stéphanie Nelle, qui faisait officieusement, voire officiellement, appel à lui. Cette fois, cependant, la demande était venue du chancelier de la Smithsonian Institution en personne – le président de la Cour suprême –, qui lui avait exposé le problème et fourni ce qu'il fallait d'informations pour piquer sa curiosité. La rémunération de vingt-cinq mille dollars proposée était en outre plus que généreuse, mais, pour tout dire, Malone aurait volontiers fait le travail pour rien, tant la Smithsonian était chère à son cœur.

Et puis qui aurait résisté à l'envie de rechercher un trésor enfoui ?

La forêt dans laquelle il s'enfonçait s'étendait des plateaux accidentés des monts Ozark, au nord de l'État, jusqu'aux moutonnements des monts Ouachita, au sud. Entre les deux, l'espace se partageait entre d'innombrables vallées, belvédères naturels, crêtes, grottes et cours d'eau. Un véritable paradis, en somme, et un coin qu'il n'avait encore jamais visité, ce qui lui avait donné une raison supplémentaire d'accepter la mission.

Il s'était équipé de ce qui se faisait de plus à la pointe en matière de technologie, à savoir un magnétomètre et un GPS dans lequel étaient enregistrées les coordonnées de départ. Suivant les indications de ce dernier, il avançait entre les arbres en direction d'un point qu'un satellite situé à des centaines de kilomètres au-dessus de sa tête lui signalerait comme atteint une fois qu'il y serait, si tout se passait bien.

L'affaire avait quelque chose de fascinant.

Elle avait pour origine les réflexions d'un bibliothécaire spécialisé dans les ouvrages de référence, un certain Martin Thomas, qui travaillait au musée d'Histoire américaine sur un dépôt de cartes anciennes, de notes et de carnets de voyage tirés du vaste fonds d'archives de la Smithsonian. Ces documents, en accès limité, détaillaient une enquête conduite par la Smithsonian en 1909, concernant une expédition menée la même année dans l'ouest de l'Arkansas. L'équipée en question n'avait eu aucun résultat notable, si ce n'est que le scientifique désigné pour la diriger avait été tué par des chasseurs qui l'auraient, selon le rapport de police, pris pour un cerf. Il pouvait effectivement s'agir d'un accident, mais Cotton n'était pas naïf : le shérif élu d'un trou perdu comme l'Arkansas rural du début du XXe siècle avait très bien pu chercher à couvrir ses concitoyens en balayant la poussière sous le tapis. Ni vu ni connu.

Le GPS continuait d'égrener ses chiffres.

Malone rectifia son cap et poursuivit son chemin, furetant parmi les arbres. Avec la bénédiction du chancelier de la Smithsonian, il avait passé les trois jours précédents, à Washington, à parcourir les divers comptes rendus, livres, papiers, cartes et dossiers confidentiels qui avaient attiré l'attention de Martin Thomas. Grâce à ces lectures, il savait en détail ce qu'il pouvait s'attendre à trouver sur le terrain. Des notes plus récentes, laissées par Thomas lui-même, faisaient la description d'un repère particulier – l'« arbre au plan », disait-on jadis – et en précisaient les coordonnées. Au chalet, un gardien obligeant lui en avait appris encore davantage, lui indiquant dans quel secteur se situait le fameux arbre.

Le GPS émit un bip.

Destination atteinte. La croix sur la carte.

Et l'arbre était bien là. Un hêtre majestueux d'au moins vingt mètres de hauteur dont l'écorce portait soixante-cinq inscriptions gravées. Malone en connaissait le nombre parce que Thomas, qui était venu un mois plus tôt, les avait comptées. Mais Thomas avait eu un problème. En empruntant le lendemain un sentier qu'il avait pris la veille, il avait trouvé sur son chemin, pendu à une branche, un mannequin criblé de balles et décapité qui se balançait telle la victime d'un lynchage au-dessus d'un tas de douilles vides auquel le reliait une ficelle. Des croix retournées avaient en outre été tracées à la bombe sur les troncs environnants.

Le message était clair : « Fichez le camp ! »

Et cela avait fonctionné.

Le bibliothécaire s'était sauvé sans demander son reste.

Seulement, cette fois, c'était un professionnel aguerri qui se trouvait là.

Malone s'approcha et vit les signes gravés dans le tronc. Il effleura de la main un oiseau, une cloche et une figure qui ressemblait à un cheval sans jambes. Un botaniste du Muséum d'histoire naturelle lui avait expliqué que l'écorce fine et lisse d'un hêtre poussait lentement, sans se craqueler, si bien qu'une marque tracée sur un spécimen de cette essence était encore visible des décennies plus tard. Bon nombre des entailles étaient remplies de mousse, d'autres distordues par des dizaines d'années de croissance, mais la plupart restaient lisibles. Il sortit de son sac à dos une brosse en nylon souple avec laquelle il élimina délicatement le lichen, faisant apparaître des lettres et des symboles supplémentaires. Il se serait volontiers attardé à les déchiffrer, mais ce n'était pas ce qui importait pour l'instant. Le hêtre devait en fait lui servir de point d'observation pour chercher un autre arbre.

Un arbre qu'il ne tarda pas à repérer, à dix mètres de lui.

Il s'agissait d'un grand chêne rouge dont les branches, taillées il y avait bien longtemps selon un motif qui n'avait rien de naturel, formaient à présent une structure évoquant des poteaux de rugby. Visant au-delà du chêne, il pointa le GPS. Il lui faudrait suivre une ligne droite passant par le point où il se tenait et les poteaux de rugby, en veillant simplement à ce que la mesure de longitude demeure constante sur le GPS, seule la latitude se modifiant au fur et à mesure qu'il avancerait vers le nord. Quel progrès par rapport à l'époque déjà lointaine où l'on s'orientait à l'estime !

Il se mit en marche parmi les arbres serrés sous lesquels poussaient à peine quelques fourrés. Le soleil, filtré par les feuilles printanières de la canopée, formait des taches de lumière sur le sol. La chaleur humide qui collait à sa peau moite comme une serviette mouillée lui rappelait celle de son enfance, au cœur de la Géorgie.

À un peu moins de vingt mètres du hêtre gravé, il tomba sur un amas de pierres abondamment incrusté de lichen.

Exactement ce qu'on lui avait dit de chercher. Il se pencha pour examiner sa trouvaille, se servant de la brosse pour la débarrasser de sa patine verte. À la base du tas, sur un caillou un peu plus gros qu'une balle de base-ball, était tracé un 7.

Pas très net, mais visible.

Il souleva la pierre, la retourna et la frotta rapidement. Deux lettres apparurent.

SE.

On l'avait prévenu que la forêt fourmillait de repères de ce genre. Présents sans l'être, placés si bien en vue qu'on ne les remarquait pas. Ce monceau de pierres banal pour un œil non averti constituait un exemple parfait de la chose.

« À quoi bon cacher un butin si on n'a pas de moyen pour le retrouver ? » avait un jour observé son grand-père.

Le bon sens même.

Il supposa que *SE* signifiait sud-est. Mais le 7 ? Qui aurait pu le dire ? Un simple leurre ? Même s'il remarquait ce signe, le commun des mortels n'aurait en effet pas l'idée de retourner le caillou. En revanche, pour l'initié venu chercher ce qui avait été dissimulé, il attirait le regard comme un panneau-réclame. Surtout quand on savait, comme lui, que le 7 était un chiffre symbolique pour l'organisation occulte qui était censée avoir caché ces trésors. Un chiffre qui signifiait, dans le langage ésotérique de ces gens : « Le pont-levis est baissé, la voie est libre. »

Après avoir allumé le magnétomètre, qu'il avait évité d'utiliser jusque-là pour économiser les piles, il se tourna vers le sud-est, c'est-à-dire vers « l'arbre au plan » d'où il venait, l'esprit en éveil. Les notes de terrain de 1909 faisaient état d'autres repères dissimulés.

Un système de sécurité ingénieux, preuve irréfutable de l'inventivité humaine.

Promenant de la main gauche le magnétomètre au ras du sol, il se mit à avancer vers le sud-est, le GPS dans la main droite. Il avait parcouru ainsi une vingtaine de mètres quand l'alarme du détecteur se déclencha. Il posa tout son matériel et sortit de son sac une pelle pliante. Puis il s'agenouilla pour bêcher avec précaution la zone repérée, la glaise se détachant en blocs humides. À quinze centimètres de profondeur, il trouva un soc de charrue couvert de rouille. Il se garda bien de le déplacer, sachant qu'il constituait un message.

Il déblaya la terre autour de la pièce de métal de façon à voir dans quelle direction pointait la lame.

Le sud-ouest.

Il s'étonna que l'objet soit encore là. Les notes de 1909 évoquaient la façon dont des fers à cheval, des pioches, des haches et, bien entendu, des socs de charrues avaient été enfouis sous dix à quinze centimètres d'humus. Une profondeur suffisante pour que ces ferrailles restent indétectables à l'œil, mais pas à la boussole. En effet, l'aiguille d'une boussole réagit à la présence d'une masse métallique enterrée, de la même façon qu'un trombone qu'on approche d'un aimant commence à se comporter comme un aimant. Lors de sa visite sur place, un mois plus tôt, Martin Thomas avait fait le test avec un soc neuf et pu constater le fait. Une méthode bien moins efficace que le magnétomètre, certes, mais tout de même son aïeule directe. Quoi qu'il en soit, le facteur temps n'avait pas été pris en compte par Thomas. Or l'oxydation dégrade les capacités magnétiques, et il était donc improbable qu'une boussole ait pu se révéler d'une quelconque utilité à présent. Par bonheur, la technologie avait fait des progrès.

Il se sentait gagné par la fièvre de la quête.

Le jeu devenait palpitant.

Son grand-père aurait adoré.

Mais ce n'était pas qu'un jeu : un homme avait perdu la vie en ce lieu jadis et, très récemment, Martin Thomas avait été l'objet d'une intimidation.

Il ne s'agissait pas de relâcher sa vigilance. Après avoir ramassé ses instruments, il partit vers le sud-ouest. Au bout de vingt mètres, il dénicha un nouveau repère enterré – un fer de hache, cette fois –, qui indiquait lui aussi le sud-ouest. Il se déplaçait avec précaution et creusait avec non moins de prudence. La région grouillait de serpents à sonnette, dont quelques-uns avaient pu sortir de leur trou pour profiter de la douceur de l'après-midi. Une des éventualités qui l'avait incité à ranger son Beretta à un endroit facilement accessible de son sac à dos.

Le dernier axe qu'il avait suivi l'avait ramené à l'« arbre au plan » après avoir complété le périmètre d'un grand triangle. Il savait désormais où faire porter ses efforts. Non plus sur l'intégralité du massif forestier, mais uniquement sur l'espace délimité par les lignes qu'il venait de déterminer.

Il s'avança vers le centre du triangle.

Les verres noirs réfléchissants de ses lunettes atténuaient la lumière crue du soleil. Au-dessus de sa tête, les ramures bruissaient du remue-ménage des oiseaux, des écureuils et des insectes. Ce coin de l'Arkansas était comme un joyau resplendissant blotti au cœur du pays, presque aussi isolé qu'il l'était cent cinquante ans plus tôt. La seule différence notable avec cette époque était que le National Park Service veillait maintenant à le conserver intact. Malone n'était pas certain de se trouver sur le territoire du parc naturel, mais il devait en être très proche.

Aucune quantité significative d'or n'avait jamais été extraite en Arkansas, pourtant les légendes concernant sa présence dans la contrée continuaient de courir. Sauf qu'il ne s'agissait pas du métal précieux tiré de l'eau claire des ruisseaux ou de filons aurifères, mais d'or placé là volontairement. Au XVIe siècle, selon la plus ancienne hypothèse, des Espagnols en auraient caché dans des centaines d'endroits répartis dans tout l'Ouest et le Middle West. Mais la forêt avait également servi de repaire à des hors-la-loi. Ainsi qu'à une coterie d'un autre genre qui avait prospéré dans les mêmes lieux au XIXe siècle.

Les Chevaliers du Cercle d'or.

Devant lui, à peu près au centre du triangle, il vit un grand érable marqué d'une longue ligne verticale incrustée dans l'écorce.

Un trait à peine perceptible, mais bien là.

Il passa le magnétomètre tout autour de l'arbre, et le signal sonore se mit à hurler. S'agenouillant, il commença à creuser avec précaution. Quinze centimètres. Rien. Il continua. Enfin, à quarante centimètres, il buta contre un corps dur enterré assez profondément pour qu'on ne puisse pas le détecter à l'aide d'une boussole.

Aucun doute permis. Il venait de décrocher le trophée qu'il n'aurait jamais pu trouver sans déchiffrer tous les indices menant à l'emplacement exact où il fallait fouiller.

Oui, il en était sûr : ce qu'il avait devant lui était la propriété des Chevaliers du Cercle d'or.

Après avoir débarrassé l'objet de sa gangue, il vit qu'il s'agissait d'un bocal en verre d'environ deux litres fermé par un couvercle métallique rongé de rouille. Il constata en le sortant au grand jour qu'il était rempli d'un lot compact de pièces d'or à peine ternies par le temps. Combien y en avait-il ? Difficile à dire. Ayant reçu comme instruction de photographier ses trouvailles avant de les manipuler, il posa le pot sur le sol, prit son téléphone portable et activa la fonction photo.

Il s'apprêtait à appuyer sur le déclic quand il perçut un bruit.

Puis un mouvement.

Rapide.

Dans sa direction.

Il plongea aussitôt la main dans son sac pour attraper son Beretta et pivota sur lui-même. Tout ce qu'il aperçut, dans une confusion des sens et de l'esprit, fut une silhouette sombre ainsi que la forme familière d'un fusil.

Le tout fonçant sur lui.

Puis plus rien.

2

Est du Tennessee

16 h 50

Danny Daniels détestait les enterrements et les évitait autant que possible. En qualité de président des États-Unis, il n'avait que rarement assisté à des funérailles, déléguant à d'autres cette austère corvée. Désormais retraité de la présidence, il n'avait personne à envoyer à sa place. Mais peu importait. Pour ces obsèques-ci, il était prêt à déroger à sa règle de conduite habituelle.

Il était en effet très lié au défunt, Alex Sherwood, depuis l'époque où celui-ci siégeait à l'assemblée du Tennessee alors que lui-même était conseiller municipal de Maryville. Ensuite, tous deux avaient connu des ascensions parallèles, Sherwood devenant président de la chambre du Tennessee avant d'être élu sénateur, Danny accédant successivement au gouvernorat de l'État, au Congrès et enfin à la Maison-Blanche. Deux jeunes péquenauds qui avaient chacun à sa manière trouvé le chemin du succès.

Pendant ses deux mandats à la tête de l'État fédéral, il avait toujours pu compter sur Alex. Il n'ignorait pas que son ami avait rêvé, lui aussi, de la Maison-Blanche, mais ce fantasme ne s'était pas concrétisé. Prompt au compliment, répugnant à la critique, tel était Alex. Bien trop gentil. Un président devait être capable de présenter plusieurs visages. Il lui fallait non seulement prendre des décisions, mais également convaincre tout le monde qu'il ne les prenait pas à la légère. Et ceci nécessitait parfois de voler dans les plumes de son prochain, ce qui n'avait jamais été le fort de son vieux compère. Alex ne croyait qu'en la courtoisie, l'amabilité et la raison. Des armes souvent inefficaces.

Une petite bruine de printemps tombait doucement du ciel gris. Les proches s'abritaient sous des parapluies. Il avait oublié le sien chez lui et n'avait que son imperméable pour garder son costume au sec.

Après son départ de la présidence, quatre mois plus tôt, il était rentré au pays, dans le comté de Blount, à la frontière est du Tennessee.

Pour commencer une nouvelle vie.

« Veuillez approcher », dit le prêtre, faisant signe à tous de s'avancer jusqu'à la tombe.

À l'église, cinq cents personnes avaient assisté à la messe, qui était publique. Mais ici, dans le vieux cimetière planté d'arbres d'où l'on voyait les contreforts des Appalaches au loin vers l'est, il y avait moins de cent invités – uniquement des membres de la famille ou des intimes. Aucun journaliste. Le Sénat des États-Unis était représenté par le chef de la majorité et huit de ses pairs. La Chambre avait elle aussi envoyé une délégation, menée par son président en personne. Un homme qui lui avait toujours été antipathique. Un crétin prétentieux natif de Caroline du Sud et nommé Lucius Vance. Vance et lui n'étaient ni du même parti ni du même État, et leurs façons de penser différaient radicalement. Mais Vance était passé maître dans l'art de complaire à ses collègues, d'œuvrer pour obtenir des soutiens et de s'acquitter en jonglant d'innombrables corvées afin de conserver son poste. C'était un homme du sérail, bien conscient des règles du renouvellement bisannuel et de la versatilité du public. Neuf ans plus tôt, ses talents d'intrigant et ses vingt années d'expérience parlementaire lui avaient permis d'accumuler suffisamment de crédit politique pour accéder au perchoir, faisant de lui la soixante-deuxième personne à occuper cette place.

En son temps, Danny avait surveillé de près ses opposants, à l'affût de leur moindre manœuvre. À quand cela remontait-il, déjà ? Ah oui, à quatre mois. Mais cette époque était révolue. À quoi bon s'intéresser aux faits et gestes de ces gens, à présent ? Les ex-présidents pouvaient rarement se prévaloir d'une influence quelconque. Leur unique tâche était de s'effacer. Vance, en revanche, ne désarmait pas. Pragmatique, précis, il tenait fermement les rênes du pouvoir qui était le sien. Huit années durant, ce type avait été une épine dans le pied de l'administration Daniels, s'efforçant par tous les moyens de faire capoter les projets de la Maison-Blanche. Et y parvenant le plus souvent.

Mais ce n'était plus le problème de Danny.

La charge de l'État reposait désormais sur les épaules du président Warner Scott Fox, qui bénéficiait au moins de l'avantage d'appartenir au même parti que Vance.

Ce qui ne signifiait d'ailleurs pas forcément grand-chose, tant le Congrès avait coutume de dévorer ses enfants.

Les proches se rassemblèrent autour d'une tente dressée près de la tombe et sous laquelle se tenait la veuve d'Alex, Diane, assise les mains croisées sur ses genoux. Le mariage des Sherwood avait duré longtemps. Pas comme le sien, qui appartenait désormais au passé. Pauline et lui avaient déjà signé les papiers en vue de leur divorce. Ils étaient d'accord pour engager la procédure et mettre un terme à leur union le 1er juillet. À cette date, nul ne se préoccuperait plus de l'ex-président des États-Unis et de sa première dame.

Fascinant de voir comme la roue tournait…

Il n'y avait pas si longtemps, il était la personnalité la plus importante de la planète. Des milliers de gens travaillaient nuit et jour pour le servir. Il commandait la plus puissante armée du monde. Des centaines de millions d'êtres humains étaient affectés par ses décisions. Et voilà qu'il était redevenu un citoyen ordinaire. D'un autre côté, il n'avait pas lieu de se plaindre : il n'y avait pas si longtemps non plus, Alex Sherwood était vivant…

Pauline semblait heureuse dans la vie qu'elle menait avec son nouvel amour. Et lui-même était heureux avec Stéphanie Nelle. D'aucuns auraient pu qualifier tous ces changements de surprenants. À ses yeux, ils s'inscrivaient simplement dans l'ordre des choses. Il avait accompli son devoir et servi son pays. Pauline en avait fait autant. Il était plus que temps qu'ils se soucient un peu d'eux-mêmes.

Les mains dans les poches de son manteau, il traversa l'herbe humide parsemée de cailloux qui craquaient sous ses semelles. Il s'arrêta juste à l'intérieur de la tente, d'où la voix de l'ecclésiastique lui parvenait sans être couverte par le crépitement de la pluie sur la toile. Le gouverneur était là, un autre ami, ainsi qu'une délégation du corps législatif de l'État. Apparemment attentive au protocole, Diane n'avait oublié aucune des figures incontournables.

Le pasteur improvisa sur le thème de la mort et de la résurrection, puis parla d'Alex, qu'il avait connu personnellement. Une des choses que Danny supportait mal dans les enterrements était la fausse compassion des officiants. Mais ce prêtre-ci s'exprimait avec son cœur. Danny se sentit soudain vieux, une impression qu'il n'avait pourtant aucune raison d'éprouver. Certes, il aurait bientôt soixante-cinq ans, ce qui lui donnerait droit à une pension de retraite fédérale, mais il avait bien l'intention de refuser cette aide, de la même façon qu'il avait décliné l'offre de protection rapprochée proposée à tous les anciens présidents. Il avait eu suffisamment de chaperons et n'en voulait plus. Le temps était venu pour lui d'être libre en toutes choses.

Il y avait là quelques agents du Secret Service affectés à la sécurité de Vance, qui se tenait debout devant la tente, à l'abri d'un parapluie. Un bel homme, fringant et costaud, avec d'épais cheveux noirs et des yeux couleur de pièce jaune. Une agence de recrutement de figurants n'aurait pas pu trouver spécimen plus parfait pour jouer le rôle de président de la Chambre. Danny avait quinze ans de plus que lui, mais cela aurait aussi bien pu être quinze cents. Pour stimulant qu'il soit, l'exercice du pouvoir était également épuisant, en particulier quand on effectuait deux mandats à la Maison-Blanche.

Il croisa le regard de Vance. Un regard terne de mannequin de cire, probablement étudié pour n'exprimer aucune émotion. Et à cet instant, l'actuel président de la Chambre gratifia l'ex-président des États-Unis d'un léger salut de la tête. Danny en fut éberlué. Jamais en huit ans Vance ne lui avait témoigné autant d'égards. Mais il ne coûtait rien de se montrer affable envers une personne dorénavant sans pouvoir contre vous…

Une pensée qui fit sur le champ vieillir Danny de quelques années supplémentaires.

Il se dit qu'il devrait fonder une association. Qui pourrait s'appeler le CMR, comme « Club des mis au rancart ». Ses membres pourraient s'entraider pour gérer les effets du manque chez les drogués du pouvoir obligés de décrocher. Parmi les gens qui quittaient une fonction officielle, certains étaient ravis de partir, d'autres investissaient leur énergie dans la philanthropie tandis que quelques-uns se contentaient d'user de leur notoriété pour faire de l'argent. Et puis il y avait les joueurs, les hommes dans son genre, qui ne savaient rien faire d'autre que de la politique. Pour lui, *politicien* n'était pas un gros mot. Le terme signifiait simplement « adepte du compromis ». Le compromis étant la seule façon de faire avancer les choses. L'essentiel, en politique, n'était pas la vision, mais le consensus. Car personne, ni lui, ni Lucius Vance, ni Warner Fox, personne n'arrivait jamais à ses fins dans 100 % des cas. Le jeu consistait à obtenir le maximum à chaque occasion. « Si vous êtes incapable d'aboutir à l'accord souhaité, trouvez le meilleur accord possible. » Telle avait été sa devise. En conséquence, son palmarès législatif, malgré tous les efforts d'adversaires comme Lucius Vance, avait été des plus honorables.

Le pasteur avait terminé son éloge funèbre. Visages figés, tête basse, les proches commençaient à défiler devant le cercueil et à présenter leurs condoléances à la veuve, la saluant d'une inclinaison du buste, l'effleurant d'un geste, lui adressant un regard de sincère compassion. Quand vint le tour de Vance, Danny le vit serrer doucement la main de Diane avant de parler avec elle un instant.

Il attendit que le président de la Chambre eût terminé, puis prit lui-même place dans la file.

Quelques vieilles connaissances lui dirent bonjour.

Le comté de Blount, créé aux environs de 1795, portait le nom du gouverneur en poste à l'époque. Quant à Maryville, où était établi le siège du comté, elle avait été baptisée ainsi en l'honneur de l'épouse du même Blount. Vanité quand tu nous tiens ! Le territoire, cherokee à l'origine, avait été volé aux Indiens par des fermiers partis de Virginie et de Caroline du Nord pour conquérir l'Ouest. Les ancêtres de Danny avaient été de ces colons dynamiques. La région offrait un paysage verdoyant dont les collines couvertes de forêts luxuriantes évoquaient une succession de vagues se perdant vers le lointain. Dans ces Blue Ridge Mountains, ces « montagnes bleues », qui constituaient l'horizon du pays, la présence de plusieurs parcs nationaux avait mis fin depuis longtemps aux activités de bûcheronnage. On dénombrait deux cents églises sur toute l'étendue du comté, ce qui devait être un record. Le résident le plus célèbre du lieu était sans doute Danny lui-même, bien que talonné de près par Alex Sherwood. Mais ici, au milieu de ses amis, il n'était ni le président ni l'ex-président. Personne ne l'appelait par son nom complet – Robert Edward Daniels fils. Pour tous, il était Danny, le gars qui avait été conseiller municipal de Maryville.

Et cela lui plaisait bien.

Il s'approcha de Diane. Elle portait une élégante robe noire, un voile de dentelle assorti et serrait un mouchoir en papier dans une de ses mains nues. Il se pencha vers elle pour lui présenter ses condoléances, qu'elle accepta d'un «Je vous remercie d'être venu».

Il n'avait jamais apprécié Diane. Et elle le lui rendait bien. Il aurait dû lui prendre les mains, faire un geste quelconque, mais il avait horreur des contacts de ce genre.

«Il me manquera, se contenta-t-il de dire.

– Je vous en prie, répondit-elle, rejoignez-nous à la maison tout à l'heure.»

Il n'avait pas prévu d'assister à la réception après la cérémonie, tant il était soucieux de fuir autant la veuve que les bavardages insipides indissociables de tout enterrement dans l'est du Tennessee.

«Je vous promets de faire de mon mieux», assura-t-il pourtant pour éviter un esclandre.

Un engagement qu'il n'avait aucune intention de tenir.

Prenant la tangente, il sortit de sous la tente et s'éloigna sous la pluie. Le cimetière était pour lui peuplé de souvenirs. Ses oncles, ses grands-parents et ses parents y reposaient tous.

Ainsi qu'une autre personne.

Sa fille.

Elle avait péri dans un incendie, il y avait de cela plusieurs décennies. Le soir du drame, une bonne part de lui-même et de Pauline était morte, elle aussi. La petite avait été leur seul enfant, et ils n'en avaient pas eu d'autre par la suite. Il ne se passait pas un jour sans qu'il ne pense à elle. Cela faisait des années qu'il n'était pas venu sur sa tombe. Son refus d'accepter cette fin tragique avait été pour beaucoup dans l'agonie de son couple.

S'écartant de la foule, il se fraya un chemin entre les rangées de monuments et de stèles parmi les ombres silencieuses du cimetière détrempé. Il parvint au tertre planté d'arbres où se trouvait la sépulture, sous un vieux chêne, face au sud. Le gazon, tondu ras et avec soin, était en bon état. La dalle, à même le sol, ne portait que le nom, les dates de naissance et de décès, et une simple inscription :

À NOTRE FILLE CHÉRIE. Debout les mains dans les poches, la pluie lui plaquant les cheveux sur le crâne, il lui demanda une fois de plus pardon.

Tant de temps s'était écoulé.

Pourtant la peine restait toujours aussi vive.

Comme d'habitude, il eut l'impression qu'un vide se creusait dans sa poitrine. Il ferma les paupières, s'efforçant de ne pas pleurer. Il avait passé sa vie à se forger une image d'homme insensible et ne se laissait de fait jamais atteindre par rien.

À cette exception près.

« Il faut que je vous parle », fit derrière lui une voix de femme.

Surpris, il se ressaisit et se tourna pour se trouver face à une femme d'une petite soixantaine d'années avec de grands yeux marron et d'épais cheveux en désordre.

« Qui êtes-vous ? demanda-t-il.

– Une amie d'Alex.

– Ce n'est pas ce qui manque ici aujourd'hui.

– Monsieur le président…

– On m'appelle Danny, dit-il, l'interrompant d'un geste.

– Très bien… Danny, acquiesça-t-elle avec un faible sourire, il faut que vous sachiez une chose… »

Il attendit la suite.

« Alex a été assassiné. »

Si ses années de corps à corps politique lui avaient appris une chose, c'était de toujours masquer ses sentiments, surtout quand son interlocuteur cherchait à le faire réagir. Il garda donc un visage de marbre, laissant à la pluie le soin d'effacer les larmes qui lui avaient embué les yeux.

« Vous ne m'avez toujours pas dit qui vous êtes, remarqua-t-il.

– Je dois absolument vous parler. En privé. »

Comprenant qu'il n'obtiendrait pas de réponse à sa première question, il en posa une autre.

« Qu'est-ce qui vous fait croire qu'Alex a été assassiné ?

– Il n'y a pas d'autre explication plausible. »

3

ARKANSAS

Assis sur le sol, Cotton parcourut sa prison du regard. Originale, il fallait le reconnaître.

Une sorte d'incinérateur cylindrique de trois mètres de diamètre sur au moins six de haut fait de plaques de fonte soudées qui devait dater de Mathusalem. Il avait examiné centimètre par centimètre la paroi oxydée sans y détecter la moindre faille. La seule issue, dans la partie basse de la construction, était fermée par un vantail de fer verrouillé qui ouvrait vers l'extérieur, mais qu'il n'avait pas réussi à faire bouger d'un pouce, même en pesant dessus de toutes ses forces. Une fine poussière de rouille malodorante saturait l'air lourd et moite. Il s'était réveillé dans ce cachot après être resté inconscient pendant deux bonnes heures. Une bosse de la taille d'un petit œuf lui avait poussé à la naissance des cheveux.

Celui ou celle qui l'avait frappé n'y était pas allé de main morte.

La chaleur de l'après-midi ensoleillé avait transformé la geôle métallique en une étuve infernale. Des moustiques entraient par le plafond, constitué d'un treillage qui projetait des ombres géométriques sur la paroi brune, et il avait le corps constellé de piqûres. N'ayant rien d'autre à faire, il songea à sa librairie de Copenhague, qu'il avait abandonnée une fois de plus. Il passait décidément plus de temps par monts et par vaux que chez lui. Heureusement, il avait des employés compétents qui s'occupaient de son commerce.

Au moins, cette fois, sa fugue s'était conclue par la découverte d'un trésor.

À ce propos, les pièces d'or qu'il avait dénichées avaient disparu. De même que son sac à dos, son téléphone, ses lunettes de soleil, son pistolet et ses outils. Rien d'étonnant à ça, d'ailleurs. Son ou ses agresseurs s'étaient probablement approprié tout cet attirail.

Normalement, les lieux clos n'étaient pas sa tasse de thé, mais, tant qu'il pouvait voir, comme ici, le ciel bleu au-dessus de sa tête et bouger sans entrave, il ne se sentait pas vraiment angoissé.

La chaleur lui picotait le bout des doigts et il commençait à souffrir sérieusement de la soif. Une mouche traversa les rais obliques de soleil en piquant vers lui. L'endroit ne serait bientôt plus une étuve, mais un four où il allait mijoter – ce qui était vraisemblablement le but recherché par ses geôliers. Et, isolé en pleine forêt déserte, à des kilomètres de toute habitation, il pouvait toujours s'époumoner pour appeler à l'aide, personne ne l'entendrait. Il chassa d'un revers de main cette idée encourageante en même temps que l'insecte bourdonnant qui le harcelait. Outre que le sang lui battait les tempes, la tête lui tournait, l'ankylose le gagnait et un torticolis lui vrillait le cou du côté gauche.

Il commençait vraiment à se faire un peu vieux pour ce genre de sport.

Alors qu'il s'était habitué au silence, il fut soudain tiré de sa torpeur par un coup contre la paroi. Il s'attendit à entendre le grincement métallique d'une clé dans la serrure du vantail. Rien de tel ne se produisit, mais quelque chose tomba bruyamment sur le treillage au-dessus de lui.

Levant les yeux, il vit une corde lestée d'une pierre descendre à travers un espace entre les lattes.

Quand la pierre toucha le sol, près de lui, il s'aperçut qu'une note manuscrite y était attachée.

T'ai-je manqué ?

Il secoua la tête en souriant, puis ôta le caillou et tira sur la corde de façon à la tendre, prêt pour l'action.

Pieds contre la paroi, il s'éleva à la force des bras. Quand il eut atteint le plafond, non sans quelques douleurs dans les épaules, il s'agrippa à une poutrelle métallique rouillée qu'il espérait encore assez solide pour soutenir son poids, puis balança tout son corps vers le haut pour donner des coups de boutoir avec ses pieds joints contre le treillage. Celui-ci, il l'avait observé d'en bas, était constitué de plusieurs panneaux sertis dans des cadres le plus souvent déformés par la corrosion. Le panneau auquel il s'attaqua émit quelques grincements de protestation, mais alla voltiger rapidement dans les airs.

Après s'être glissé à l'extérieur par l'ouverture, il se cramponna à une autre poutre. En s'assurant d'un coup d'œil que celle-ci était bien fixée à ses deux extrémités, il remarqua les vestiges d'une ancienne cheminée hauts de quelques mètres. Il se mit debout et, courant en équilibre sur le métal surchauffé, il gagna l'endroit où la corde disparaissait à l'extérieur.

Cassiopée Vitt se tenait là, en bas, au milieu d'épais buissons, à la limite des arbres qui enserraient l'incinérateur de toutes parts.

« Tu ne pouvais pas tout simplement ouvrir la porte ? lança-t-il.

– Elle est fermée par un cadenas.

– Pourquoi ne pas l'avoir crocheté ? demanda-t-il, sachant qu'elle portait toujours sur elle les outils appropriés.

– C'est un truc à combinaison. Il a fallu que je trouve une corde, et ça n'a pas été facile.

– Tu aurais quand même pu signaler ta présence et m'expliquer ce que tu faisais. »

Elle lui adressa un grand sourire.

« Ça aurait retiré tout son sel à l'aventure. »

Elle l'avait conduit en voiture dans les bois ce matin avant de continuer sa route pour aller glaner des renseignements supplémentaires auprès des gardes forestiers du parc national, sachant qu'elle n'aurait aucun mal à le retrouver puisqu'il portait une montre GPS de la division Magellan dont elle pouvait capter le signal sur son smartphone.

« Il t'est arrivé une drôle d'histoire, j'ai l'impression, reprit-elle.

– Drôle ? Hilarante, tu veux dire ! »

La distance qui le séparait du sol excédant les six mètres, ce qui excluait de sauter, il remonta la partie de la corde qui pendait à l'intérieur de l'incinérateur et en noua l'extrémité à une des poutrelles. Du haut de son perchoir, il voyait la même crête calcaire qu'il avait remarquée plus tôt, alors qu'il commençait ses recherches au point indiqué par les coordonnées GPS.

Il ne s'en était guère éloigné.

Soudain, une détonation retentit et une balle ricocha contre la ferraille à un mètre de lui. Il se jeta à plat ventre sur la poutre, derrière le moignon de cheminée. Clignant les paupières contre la sueur qui coulait de son front et lui piquait les yeux, il finit par distinguer à travers les arbres une silhouette armée d'un fusil qui se tenait à une cinquantaine de mètres de lui, à demi dissimulée par des rochers, au sommet d'une autre crête. La personne était en train de se déplacer, peut-être pour trouver une meilleure ligne de tir.

« Chéri ? appela Cassiopée, sur un ton incontestablement sarcastique. Si tu remontais la corde ? »

Il la remonta et découvrit un 9 mm suspendu au bout. Il n'allait quand même pas refuser un cadeau. Après avoir détaché l'arme, il la pointa, attendit que l'assaillant ressurgisse de derrière un affleurement rocheux, puis pressa deux fois la détente. Les balles ricochèrent comme des galets sur la pierre, forçant la silhouette à se baisser avant de partir en courant vers un amas de blocs calcaires épars. Il mit à profit ce répit pour fourrer le pistolet dans sa ceinture, lancer la corde dans le vide et se laisser glisser jusqu'en bas, à l'abri des arbres et de l'incinérateur.

« On ne peut pas dire que tu sois à ton avantage », commenta Cassiopée dès qu'il toucha le sol.

Trempé, mal rasé, malodorant dans ses vêtements crasseux, mains rougies par la rouille, il devait en effet offrir un spectacle pitoyable. Elle, au contraire, l'air parfaitement à l'aise dans son jeans confortable, était l'image même de la décontraction et de la grâce. Ses cheveux noir de jais, habituellement libres et tombant sur les épaules, étaient noués en un chignon serré sur sa nuque. Sa peau couleur café, héritée de ses origines espagnoles, ne semblait en rien affectée par la chaleur. Avec son expression à la fois franche et sensuelle, elle était de celles sur qui les hommes se retournent.

« Tu as une belle bosse au front. Ça te fait mal ? » s'enquit-elle.

Il secoua la tête, tâchant de faire montre d'énergie tout en s'efforçant de maîtriser sa respiration et de réfléchir sans laisser son adrénaline fausser son jugement. Son esprit tournait à cent à l'heure, passant en revue une hypothèse après l'autre. Qui l'avait attaqué ? C'était la première chose à déterminer. Et, à l'évidence, la réponse à cette question se trouvait en ce moment même sur la crête au-dessus d'eux.

« Avance dans le bois en faisant suffisamment de bruit pour attirer l'attention du tireur, dit-il. Les fourrés sont trop épais pour qu'on puisse te viser. Pendant ce temps-là, je vais essayer de le prendre à revers.

– Les gens de la Smithsonian ne sont manifestement pas conscients de ce qui se passe ici.

– C'est le moins qu'on puisse dire ! Quand je pense que j'ai failli entraîner Gary là-dedans ! »

Son fils de dix-sept ans l'avait supplié de l'emmener avec lui et il avait été à deux doigts de céder, mais, alerté par ce qui était arrivé à Martin Thomas un mois plus tôt, il avait opté pour la prudence. D'autant que l'année scolaire n'était pas terminée : Gary vivait avec sa mère à Atlanta, où il restait deux semaines de cours avant les vacances d'été.

Il avait encore le cerveau embrumé et l'impression d'avaler du verre pilé à chaque respiration.

« Tu as de l'eau ? » demanda-t-il.

Elle sortit de son sac une bouteille en plastique dont il dévissa le bouchon avant d'entonner goulûment le liquide tiède en essayant de faire abstraction du goût métallique qu'il avait dans la bouche.

Quelqu'un l'avait épié, dans la forêt. Quelqu'un de très exercé au jeu d'approche et qui savait exactement où il était. Cette personne – ou ces personnes – l'avait ensuite transporté jusqu'à l'endroit où il se trouvait maintenant pour le jeter dans un cachot de fer.

Pas un mince exploit.

Mais dans quel but ?

Il était temps d'en avoir le cœur net.

4

Danny gara sa voiture sur le parking vide de l'église baptiste missionnaire. La femme du cimetière était assise près de lui sur le siège passager. Un peu inconscient, de la part d'un ex-président, de se promener seul avec une parfaite inconnue, mais son instinct lui soufflait qu'il n'avait rien à craindre d'elle. La pluie continuait à tinter sur le toit, le capot et le pare-brise. Ils avaient roulé en silence après s'être éclipsés sans être vus des gens présents aux obsèques.

« Vous ne comptez vraiment pas me donner votre nom ? dit-il.

– Alex affirmait que vous et lui étiez des amis très proches. Est-ce vrai ?

– Et vous deux, depuis combien de temps étiez-vous… amis ? demanda Danny, qui n'avait jamais soupçonné Alex Sherwood d'être un mari adultère.

– Nous nous connaissions depuis six ans. »

Il tomba des nues.

« Comment avez-vous réussi à garder votre relation secrète ?

– Parce qu'il s'agissait réellement d'une relation amicale. Rien de plus. Alex n'a jamais profané son mariage.

– Et que pensait sa femme de votre amitié ?

– Je l'ignore. Elle ne venait à Washington que deux ou trois fois par an. Ce que pouvait faire son mari semblait bien être le cadet de ses soucis. »

Le ton indubitablement méprisant de la remarque le surprit. Après tout, il n'était pas rare que les compagnes des élus du Congrès restent à la maison. La plupart d'entre elles avaient un emploi, ou des enfants à élever, et la vie n'était pas bon marché dans la capitale. Contrairement à une opinion répandue, l'immense majorité des parlementaires ne roulaient pas sur l'or, leur rémunération couvrant à peine les frais occasionnés par leur fonction.

«J'habite sur le même palier qu'Alex. Nous avons longtemps été voisins. C'était un homme adorable. Je vois bien que vous êtes sceptique, mais l'amour physique n'entrait en rien dans ce qui nous liait l'un à l'autre.»

Dans le fond, il n'avait pas à s'étonner que son vieil ami ait pu faire preuve de tempérance. Après tout, ses propres relations avec Stéphanie, d'abord hostiles, étaient devenues affectueuses avant d'évoluer vers autre chose encore sans que lui non plus ne viole son serment de fidélité à son épouse.

«Nous aimions passer du temps ensemble – partager un repas, regarder un film, lire… Il comptait prendre sa retraite politique dans deux ans.»

Encore une surprise de taille.

«Et qu'aurait-il fait ensuite ?

– Il m'avait fait part de son intention de divorcer.

– À cause de vous ?

– Je ne sais pas. Nous parlions rarement de son couple. Pourtant, ces dernières semaines, il avait commencé à se confier davantage. Pas du tout sur le mode du mari pitoyable qui vient pleurer dans le giron d'une autre : plutôt comme un homme malheureux qui s'est peu à peu éloigné de sa femme.

– Et votre présence n'avait strictement rien à voir avec tout ça ?

– Quand il m'a annoncé qu'il voulait divorcer, ç'a été un coup de tonnerre pour moi, même si je ne prétends pas que la perspective me chagrinait. Il m'a dit qu'il ne le ferait qu'après avoir abandonné la vie publique. Oh, je devine ce que vous pensez: c'était un calcul intéressé. Mais il était surtout d'avis que les choses seraient moins douloureuses pour toutes les personnes concernées s'il procédait ainsi.»

Danny comprenait d'autant mieux ce point de vue qu'il avait agi exactement de la même façon lui-même, la seule différence étant que Pauline et lui avaient mis un terme à leur mariage d'un commun accord.

«Je tiens à ce que vous sachiez que je n'ai pas choisi de fréquenter Alex dans le but de l'amener à quitter sa femme pour venir avec moi. Il n'a jamais été question de vie commune entre lui et moi. Du moins jusqu'à un passé récent. J'étais avec Alex parce que j'en étais venue à l'aimer, et je crois que c'était réciproque. Cependant, sa décision concernant son mariage n'appartenait qu'à lui. Il l'avait prise sans aucune pression de ma part.»

Les coins abaissés de sa bouche donnaient à son visage une expression anxieuse, inquiète. Rien chez elle d'une écervelée ou d'une agitée. Sa parole sonnait vrai.

«Il faut que vous en veniez au fait, maintenant, dit Danny.

– Alex semblait très préoccupé pendant les semaines qui ont précédé sa mort. À cause d'un carnet qu'il lisait...»

Il dressa l'oreille.

«Il mesurait à peu près cette taille, continua-t-elle en délimitant avec ses mains un format 12 x 18. Il passait souvent ses soirées à le feuilleter, ces derniers temps.

– D'où le tenait-il, ce carnet?

– De son beau-frère...»

Un type dont Danny ne savait rien, sinon qu'il s'appelait Kenneth Layne et dirigeait une sorte de comité d'action politique en lien avec des législateurs d'États de tous les coins du pays.

«Vous n'ignorez sûrement pas à quel point Alex prenait à cœur les causes qu'il défendait.»

Il connaissait la persévérance de son vieil ami, en effet. En particulier dans son combat pour un 28e amendement. Alex avait longtemps plaidé pour une modification de la

Constitution de nature à garantir que toutes les lois fédérales s'appliquent également aux membres du Congrès. Il ne supportait pas que les représentants du pouvoir législatif s'exemptent eux-mêmes des dispositions qu'ils imposaient à tous les autres citoyens, s'érigeant ainsi en une sorte de classe dirigeante. « Un gouvernement "du peuple par le peuple et pour le peuple" se devrait de se soumettre aux mêmes règles qu'il élabore à l'intention du peuple. » Combien de fois avait-il entendu cette phrase dans la bouche du sénateur principal du Tennessee ? Alex avait tenté à de multiples reprises de faire passer son amendement en séance pour être invariablement renvoyé dans ses cordes. Deux ans plus tôt, il avait de nouveau essayé d'attirer l'attention sur le problème en introduisant une proposition de loi visant à proscrire les retraites parlementaires trop généreuses. À cette occasion encore, il s'était heurté à l'hostilité de ses collègues. La réaction d'Alex, retransmise par toutes les chaînes d'information en continu, avait fait date : « Comment le peuple américain peut-il faire confiance au Congrès pour réparer un système politique en panne alors que ses membres ne sont pas soumis aux mêmes contraintes que tout un chacun ? »

Simple bon sens.

« Quand il me parlait de ce carnet, il faisait allusion à un changement radical susceptible de mettre fin aux problèmes qui pourrissaient l'atmosphère du Sénat depuis quelque temps. Il dénonçait des blocages qui empêchent les projets d'aboutir tout en précisant que ce qu'il lisait dans le carnet ne constituait pas la solution. Ce que je vous rapporte là doit vous paraître bien énigmatique, j'en suis consciente, mais ses paroles ne l'étaient pas moins pour moi. »

Danny n'ignorait rien des dysfonctionnements du Sénat américain. Il avait eu l'occasion, au cours des trois mandats qu'il y avait exercés, de constater que l'obstruction d'un seul sénateur pouvait enrayer le processus législatif dans les deux chambres. Il avait d'ailleurs lui-même fait deux ou trois fois usage de cette tactique pour faire valoir un argument. Mais l'efficacité n'avait jamais été inscrite dans l'ADN du Sénat. La Chambre des représentants, comme la présidence, faisait une peur bleue aux Pères fondateurs, architectes de la Constitution des États-Unis, qui craignaient comme la peste les excès populistes. Aussi imaginèrent-ils d'instituer le Sénat, pour faire contrepoids à la Chambre et au président, et faire obstacle aux procédures législatives expéditives. C'est la raison pour laquelle les sénateurs étaient choisis à l'origine par les législatures des États, et non élus au suffrage universel. Quand le 17e amendement avait modifié leur mode de désignation, au début du XXe siècle, la chambre haute s'était métamorphosée en un organe que les Fondateurs auraient eu bien du mal à reconnaître comme leur création.

En tant que président, il avait souvent subi les foudres du Sénat.

Au cours des trois dernières années de son second mandat, ces messieurs dames était parvenus à bloquer le vote d'une importante enveloppe budgétaire, d'un projet de loi de crédits pour la Défense et d'un autre pour le logement, le tout grâce à une poignée d'obstructionnistes désireux de faire adjoindre aux textes des amendements sans réelle justification, propres à servir exclusivement leurs intérêts personnels. Le Sénat était même allé jusqu'à couper toutes les subventions à plusieurs agences gouvernementales, dont le Conseil national pour les relations sociales, cette fois encore à seule fin qu'un de ses membres puisse obtenir ce qu'il voulait. Et, pendant les huit années de sa présidence, le Sénat n'avait confirmé que 70 % des juges fédéraux qu'il nommait, ce qui le plaçait loin derrière Clinton, les Bush et Reagan, avec leurs 90 % d'approbations.

Mais les choses s'étaient vraiment aggravées depuis quatre mois.

Quatre des ministres choisis par le président Fox – ceux du Travail, de la Défense, des Transports et de l'Environnement – s'étaient vu refuser leur agrément à la suite de manœuvres d'obstruction. Une situation inédite, la tactique étant à chaque fois l'initiative d'un sénateur différent, chacun avec ses propres arrière-pensées, aucun ne semblant se soucier des conséquences de son acte. Même un ancien membre du Congrès, désigné pour prendre la tête de l'Agence de financement des programmes de logement fédéraux, avait été recalé.

Une véritable claque.

La veille encore, la presse titrait sur d'éventuelles difficultés concernant la confirmation du nouveau président de la Réserve fédérale. Ce que Wall Street n'avait pas trouvé à son goût : le Dow Jones avait perdu 5 % rien que sur la foi de cette rumeur. Depuis le jour de l'investiture de Fox, aucun des cent sénateurs n'avait échappé aux critiques virulentes des politologues, des médias et des réseaux sociaux. Selon un récent sondage, moins de 12 % de la population jugeait positivement le travail du Sénat.

Dans ce contexte, quel lièvre Alex avait-il donc levé ? Il avait besoin d'en savoir plus.

« Le carnet qu'il feuilletait lui venait du frère de Diane, c'est bien ça ?

– C'est ce qu'il m'a dit. J'ignore tout de ce personnage, mais, ce que je peux vous assurer, c'est que la lecture de son carnet mettait Alex dans un état invraisemblable. Il en était affecté au point de montrer de la colère, ce qui ne lui ressemblait pas du tout. Et puis, il y a deux jours, quelqu'un est entré chez Alex. J'ai entendu sa porte s'ouvrir et j'ai regardé ce qui se passait par le judas.

– Qui était-ce ?

– Un homme plutôt jeune. Je n'ai pas aperçu son visage, mais j'ai bien vu son cou. Il avait sur un côté une tache de vin qui semblait s'étendre vers la gorge. Il n'est resté que quelques minutes dans l'appartement… Il avait une clé.

– C'était peut-être quelqu'un de son équipe au Sénat.

– Non, affirma-t-elle en secouant la tête, il n'avait pas du tout l'air d'un attaché parlementaire, et il est ressorti avec le carnet à la main. Il a aussi emporté deux sacs à provisions remplis de livres. Pas des romans, mais des ouvrages traitant de ce qui préoccupait Alex – jusqu'au-boutisme constitutionnel, conventions constitutionnelles, pratique de l'obstruction, histoire du Congrès... Des livres qu'il avait achetés chez Politics and Prose. »

Danny connaissait bien cette librairie. Un haut lieu culturel de Washington.

« Je le sais parce que c'est moi qui suis passée les prendre pour lui, poursuivit-elle. Il faisait sans doute des recherches sur un sujet bien précis.

– Et il ne vous a rien révélé de ce que contenait ce carnet ?

– Non. Il gardait ça pour lui. Une des choses qu'il appréciait chez moi, je crois, était ma discrétion. Je savais où étaient les limites.

– Vous vous rendez bien compte, je suppose, qu'il pourrait y avoir une explication parfaitement logique à ce que vous venez de me raconter. Ne serait-il pas possible que sa femme ait une clé de l'appartement ?

– Si, bien entendu. Je suis même certaine qu'elle en a une... mais il y a également ceci. »

Elle fouilla dans sa poche et en sortit une chaînette à laquelle était attaché un médaillon en or.

Une croix dans un cercle.

« J'ai trouvé ça dans sa poubelle », dit-elle en lui tendant l'objet.

Comme Danny lui-même, Alex détestait les bijoux, raison pour laquelle ni l'un ni l'autre ne voulait porter son alliance. Un refus qui, dans le cas de Danny, mettait Pauline hors d'elle, qui ne sortait jamais sans ses breloques. Ce n'était pas qu'il cherchait à lui manquer d'égards, mais les colifichets l'agaçaient. Donc, ni bagues, ni montres, ni colliers.

« Vous avez une idée de ce que ça peut être ? demanda-t-il.

– Aucune. Je l'ai trouvé le lendemain du jour où Alex est parti pour revenir ici, dans le Tennessee. C'était environ une semaine avant sa mort. Je m'occupais de son appartement quand il s'absentait. Je faisais un peu de ménage, m'assurais que son réfrigérateur était plein à son retour. J'ai aperçu ce machin dans la poubelle et, allez savoir pourquoi, je l'en ai sorti. Je ne pourrais pas non plus vous dire pourquoi je l'ai gardé, mais j'avais bien l'intention d'en parler à Alex à l'occasion.

– Je croyais que vous saviez où étaient les limites.

– Je suppose que je les ai franchies, cette fois-là. »

Danny avait lu les reportages dans la presse. Il y avait cinq jours de cela, Alex était allé se promener dans les bois derrière chez lui. Ne l'ayant pas vu rentrer alors que la nuit venait, Diane, inquiète, avait alerté les autorités. Deux heures plus tard, les participants à une battue organisée par le shérif avaient découvert le corps au bord de la rivière, apparemment ramené sur la rive par le courant. L'autopsie n'avait rien révélé permettant de conclure à un homicide. Le sénateur du Tennessee s'était simplement noyé après être tombé à l'eau. À quel endroit exactement ? Personne ne le savait. Une tragédie soudaine, incompréhensible. Certes, il n'y avait aucun témoin et les circonstances posaient question, mais les accidents étaient fréquents dans ces collines.

« Qu'est-ce qui vous pousse à croire qu'Alex a été assassiné ?

– La veille de son départ, il m'a dit vouloir s'assurer qu'un truc énorme ne se produirait pas. Là encore, j'ai outrepassé les limites et je lui ai demandé à quoi il faisait allusion… Il m'a fait une réponse sibylline : "Si nous nous transformons en moutons, les loups nous mangeront."

– C'est une citation de Benjamin Franklin.

– Je sais. Il me l'a dit. Comme j'insistais un peu, il a admis que ce dont il parlait avait un rapport avec ses lectures du moment. Le carnet et les livres de chez Politics and Prose étaient restés sur son bureau… »

Elle désigna le pendentif avant d'ajouter :

« La couverture du carnet était en cuir marron, et ce symbole était imprimé dessus en relief. Curieuse coïncidence, vous ne trouvez pas ? »

En effet.

« De plus, l'homme qui a pénétré dans l'appartement n'a pris que le carnet et les bouquins. Rien d'autre.

– Et c'est ce qui vous porte à croire à un meurtre ?

– L'idée qu'Alex ait pu tomber d'une falaise est absurde. Et le fait qu'un inconnu soit en possession de la clé de chez lui apporterait plutôt de l'eau à mon moulin. »

Cela se tenait, il fallait l'admettre.

« Que souhaiteriez-vous que je fasse ?

– Alex était votre ami. Il vous tenait en grande estime. J'étais moi aussi son amie. Nous lui devons de découvrir comment il est mort, et pourquoi.

– Diane ignore tout de votre existence ?

– À ma connaissance, oui. Je n'ai pas passé une seule nuit chez Alex, et nous ne sortions pas non plus ensemble. Les résidents de notre immeuble sont des gens tranquilles et réservés qui ne s'intéressaient pas à nous. Et puis Alex n'était pas ce qu'on appelle un personnage médiatique et controversé.

– Sauf qu'il voulait réformer le Sénat.

– Qui ne souhaiterait le faire ? répondit-elle en souriant. Mais il n'y est jamais parvenu. Vous êtes bien placé pour le savoir. On voyait en lui plus un personnage pittoresque qu'une véritable menace, j'imagine. »

Un handicap de plus qui aurait à jamais empêché son vieil ami de devenir président : les électeurs aimaient les candidats qui avaient prise sur les événements.

« Vous ne m'avez toujours pas dit comment vous vous appelez.

– Taisley Forsberg.

– Vous êtes consciente que je pourrais être obligé de vous compromettre si je veux creuser l'affaire ?

– Oui. Mais l'important est que nous fassions toute la lumière sur ce qui lui est arrivé. »

Dont acte. Mais, en attendant, il n'avait que la parole de Taisley Forsberg à propos de l'intrus dans l'appartement d'Alex. Comment être sûr de sa bonne foi ? Pourtant, ce qu'elle racontait le confortait dans les soupçons persistants qu'il avait obscurément commencé à nourrir lui-même dès l'instant où il avait appris la triste nouvelle. Son radar interne, en alerte rouge depuis le début de leur conversation, n'avait détecté aucun mensonge, aucun embellissement de nature à produire une plus forte impression de vérité. Bien au contraire, tout ce qu'il avait entendu jusqu'ici portait le sceau de l'authenticité.

Elle avait raison.

Alex Sherwood n'était pas du genre à tomber d'une falaise.

Et ce carnet donné par le frère de Diane où il était apparemment question d'un « truc énorme » ? Qu'est-ce que c'était que ce micmac ?

Diane l'avait invité à passer chez elle après l'inhumation. Tout compte fait, une petite visite au domicile des Sherwood ne serait peut-être pas une si mauvaise idée.

« Comment puis-je vous joindre ? » demanda-t-il.

Elle lui tendit une carte professionnelle. Elle était avocate et travaillait pour un cabinet de Washington qu'il connaissait.

« Mon numéro de portable est écrit au dos. »

Il brandit la chaînette, qu'il tenait encore.

« Puis-je garder ce machin un moment ?

– Il est à vous à présent. »

Elle tendit la main vers la poignée de la portière pour sortir, mais il lui agrippa le bras.

« Où allez-vous ?

– Il vaut mieux qu'on ne me voie pas avec vous.

– Soyez sans crainte, je suis un grand garçon, je gère. Dites-moi où je peux vous déposer, commença-t-il, avant d'ajouter, décidant de la traiter elle aussi en grande fille : vous savez, quand je vous faisais remarquer que je pourrais avoir à vous compromettre, ce n'était pas en l'air. Il sera peut-être nécessaire que Diane Sherwood soit mise au courant de vos relations avec Alex. »

L'expression de Taisley Forsberg se voila de tristesse. Ses yeux s'embuèrent, puis des larmes roulèrent sur ses joues.

« Alex est parti, et quoi qu'elle puisse imaginer sur la nature de mes relations avec lui, j'ose espérer qu'elle aura à cœur de connaître la vérité sur la mort de son mari. »

5

Comme Cotton le lui avait demandé, Cassiopée s'enfonça dans la végétation touffue en faisant suffisamment de bruit pour attirer l'attention du sniper.

Le baroud, une fois de plus.

Ensemble.

C'était à croire qu'ils s'épanouissaient dans la fièvre de l'action, tous les deux. Et s'ils répétaient à l'envi qu'il n'en était rien, ils s'illusionnaient sur leur propre compte.

Cotton avait manifesté un intérêt particulier pour cette mission, car, avait-il expliqué, l'histoire de sa famille, originaire du centre de la Géorgie, était liée de près à celles de la guerre de Sécession et de la Smithsonian Institution. Avide d'en savoir plus sur le passé de l'homme qu'elle aimait, elle n'avait pas hésité un instant quand il lui avait proposé de l'accompagner.

Un coup de feu retentit.

Elle s'immobilisa.

Jouer le rôle d'appât n'était pas très prudent, car elle était à la merci d'une balle perdue, sans compter qu'il pouvait y avoir un autre tireur dans les environs. Elle commençait à regretter d'avoir préféré taquiner Cotton plutôt que de le prévenir qu'elle était là et de chercher un moyen de le sortir de l'incinérateur. Il avait évidemment été agressé, comme en témoignait sa bosse au front, assez impressionnante pour justifier une consultation médicale – qui n'aurait jamais lieu, bien sûr, Cotton étant ce qu'il était.

Dans l'avion qui les amenait de Washington, il lui avait parlé de sa lignée maternelle, une famille de propriétaires terriens, sudistes convaincus, qui avaient combattu pour la Confédération. Les choses étaient moins claires du côté des ancêtres de son père, Géorgiens du nord de l'État, dont les loyautés se partageaient entre le Nord et le Sud.

Ses parents à elle se revendiquaient européens et ibériques. Ils lui avaient appris à connaître et à aimer son héritage culturel, auquel ils avaient d'ailleurs tourné partiellement le dos eux-mêmes en s'écartant du chemin qu'avaient suivi leurs aïeux. Elle aussi avait fait des choix, certains bénéfiques, d'autres moins, et affronté les démons qui la hantaient. Cotton avait joué un grand rôle dans les décisions qu'elle avait prises. Après avoir cherché par dépit à le tenir à distance, et s'être efforcée de nier ses propres sentiments, elle avait fini par comprendre que leurs destins étaient indéfectiblement liés. Et cela ne la dérangeait plus le moins du monde.

Cotton était un homme exceptionnel.

Ils en avaient vu de toutes les couleurs, ensemble. Combien de fois s'étaient-ils sauvé mutuellement la vie ? Il ne lui témoignait qu'amour et respect, et la réciproque était vraie. Si c'était là un signe de faiblesse, alors elle était faible.

Elle reprit son avance parmi les fourrés, faisant bruyamment mouvement d'un côté pour changer aussitôt discrètement de direction, dans l'espoir de faire s'orienter les tirs vers l'endroit où elle n'était plus.

Il y eut une nouvelle détonation et une balle siffla entre les arbres, dans son dos. Son stratagème semblait fonctionner. Cotton progressait vers un sentier qui escaladait la crête par-derrière. Elle repéra un autre chemin, juste devant elle, qui montait lui aussi en serpentant vers les rochers où s'était embusqué le tireur. Elle décida de le suivre pour atteindre le sommet par le côté opposé à Cotton. Ainsi, ils pourraient prendre le sniper en tenaille.

Elle menait assurément une vie intéressante. Elle habitait en France, dans un château du XIIIe siècle qu'elle était en train de reconstruire en utilisant exclusivement des outils et des matériaux semblables à ceux de l'époque. Son entreprise, une affaire familiale très saine, dégageait des bénéfices de plusieurs centaines de milliers d'euros par an. Son père lui en avait confié la direction parce qu'elle était son unique héritière et qu'il la jugeait capable d'en reprendre les rênes. Il ne s'était pas trompé. En fait, elle n'y faisait que quelques apparitions dans l'année pour conserver le contact, laissant pour l'essentiel ses cadres gérer les choses à leur guise.

Elle ramassa deux cailloux qu'elle lança vers sa gauche. Le bruit de leur chute produisit l'effet désiré, déclenchant un tir dans la direction des buissons où ils étaient tombés. Elle en profita pour gagner sans être vue le pied de l'escarpement. La trace qu'elle avait aperçue n'était pas un sentier à proprement parler, cependant le terrain paraissait assez praticable pour permettre une escalade rapide. Collée au sol, elle commença à grimper sous le couvert des feuillages. Pas l'idéal pour ses vêtements, mais elle avait eu la bonne idée de mettre un jeans, des chaussures de marche et un chemisier inusable. Elle se félicita d'avoir noué ses cheveux en chignon, ce qui lui évitait d'être gênée par ses mèches folles. Elle avait le front moite et la sueur lui piquait les yeux. Par chance, elle ne portait pas de maquillage ce matin – ce qui n'avait d'ailleurs rien d'exceptionnel pour elle.

Elle s'estimait heureuse d'être tombée sur quelqu'un comme Cotton. Plus âgé qu'elle de quelques années, grand et large d'épaules, blond cendré, il avait un beau visage empreint de gravité, la joue ferme et le menton sans plis. Son regard vert pétillant la fascinait, comme la charmaient les efforts qu'il faisait pour ne pas montrer la profondeur de ses sentiments – ce qui leur était de plus en plus difficile à l'un comme à l'autre. Tous ses gestes semblaient réfléchis, pesés, dénués de toute affectation. Il y avait eu une époque où tout en elle se rebellait à la moindre intrusion dans sa tour d'ivoire, où elle enrageait de ses propres faiblesses. Mais, compte tenu de ce qui s'était passé entre eux récemment, elle ne commettrait plus l'erreur de croire qu'elle pouvait vivre sans lui.

En temps normal, il ne se laissait pas facilement persuader de quitter Copenhague. Après douze années d'active au sein de la division Magellan du ministère de la Justice sous les ordres de Stéphanie Nelle, il estimait avoir fait son devoir. « Sauver le monde n'est plus mon truc. À d'autres le soin de résoudre les problèmes, maintenant », aimait-il répéter. Néanmoins, il était clair que certaines questions suscitaient son intérêt. Certes, c'était de plus en plus pour des raisons financières qu'il acceptait encore des missions : il fallait bien faire bouillir la marmite, et ses compétences d'agent spécial étaient très demandées. Cette fois, pourtant, ce qui l'avait motivé n'était pas l'argent, mais le lien entre le travail proposé et sa propre histoire familiale.

Et avec un de ses ancêtres en particulier.

Angus Adams.

Un espion confédéré, avait-elle appris, qui était lui aussi surnommé Cotton.

Une main en visière pour ne pas être éblouie par le soleil de l'après-midi, elle continuait d'avancer en rampant. Au-dessus d'elle, les coups de feu avaient cessé. Des gouttelettes de transpiration faisaient luire le duvet de ses bras. Elle s'arrêta, aplatie contre la terre chaude, pour permettre à Cotton, en train de progresser par l'autre côté, d'arriver le premier au sommet.

Elle ne savait pas grand-chose de la Smithsonian Institution, sinon que celle-ci comptait parmi les plus grands dépositaires mondiaux d'œuvres d'art et d'ouvrages de référence et jouissait d'une réputation d'excellence au niveau planétaire. Le nom seul de cette fondation évoquait l'histoire, le mystère et l'aventure.

L'aventure, justement, ils étaient en plein dedans !

Et la chose ne ressemblait pas vraiment à la description affriolante qu'en font les films et les romans.

Quoi de moins glamour que de se retrouver à plat ventre dans la poussière sèche, au milieu d'une jungle de feuillages, ployant sous la chaleur et le poids des insectes, et de se faire canarder à coups de fusil ?

Épouserait-elle Cotton ?

Curieuse pensée, étant donné les circonstances. Mais qui lui traversait de plus en plus souvent l'esprit depuis quelque temps. Un fantasme ? Et alors ? Tout le monde en avait. Pourquoi pas elle ? Si l'idée de se marier ne l'avait jamais effleurée jusqu'ici, peut-être était-ce simplement parce qu'elle n'avait encore rencontré aucun homme avec qui envisager un bonheur au long cours.

Ce qui n'était plus vrai.

Mais, pour l'instant, la priorité était de coincer ce sniper. Elle verrait bien ce qui arriverait après.

C'était là tout le charme de l'aventure, amoureuse ou autre : impossible d'en deviner la fin.

6

Ignorant la vague de fatigue qui menaçait de l'engloutir et lui donnait l'impression d'avoir du sable sous les paupières, Malone s'éloigna au pas de course de l'incinérateur en direction du raidillon escaladant la crête. La manœuvre de Cassiopée pour capter l'attention du sniper semblait porter ses fruits. Des taches de sueur maculaient ses vêtements et il avait dans les narines une odeur de terre sèche qu'il associait dans son esprit à la ferme de son grand-père. Une exploitation de cent vingt hectares où sa mère continuait de cultiver l'oignon Vidalia, le légume officiel de l'État de Géorgie, particulièrement doux et juteux grâce à la faible teneur en soufre du sol. Cette évocation olfactive lui rappela qu'il devait depuis belle lurette une visite à sa mère. Il la voyait de moins en moins souvent. Fidèle à elle-même, elle ne se plaignait pas, mais il était peut-être temps qu'elle fasse la connaissance de la femme qu'il aimait.

Il s'accroupit et s'immobilisa sous les branches noueuses d'un arbre patiné par les intempéries. Plusieurs coups de feu retentirent, tous dirigés vers Cassiopée. Il repéra entre les buissons figés par la chaleur le layon étroit qui s'élevait en zigzag dans la pente de plus en plus raide. L'idée qu'il pouvait y avoir plusieurs attaquants lui vint à l'esprit, mais ce ne semblait pas être le cas : jusqu'à présent, tous les tirs étaient partis d'un endroit unique.

Ce qui s'était passé au cours des dernières heures était tout sauf cohérent. Suivant une série d'indices, il avait déniché un trésor constitué de pièces d'or censé avoir été enfoui dans la seconde moitié du XIXe siècle. L'explication la plus logique à son agression était que quelqu'un d'autre était aussi à la recherche de ce magot. À moins qu'il ne soit parvenu au bon endroit au mauvais moment. Mais, dans cette hypothèse, comment rendre compte du fait qu'une tierce personne se soit justement trouvée là en même temps que lui ?

À moins que cette personne ne connaisse le secret de l'« arbre au plan ».

Aucun coup de feu n'ayant résonné depuis un petit moment, il profita de l'accalmie pour s'engager sur le sentier en veillant à rester baissé et à ne faire rouler aucun caillou. Arme braquée devant lui, progressant derrière l'écran des broussailles, il se faisait l'effet d'un shérif de western en train de traquer un hors-la-loi. Une nouveauté pour lui, plus habitué à jouer les cow-boys en milieu urbain.

Il fit de nouveau halte, l'œil et l'oreille aux aguets dans le bourdonnement des mouches et les bruissements des oiseaux parmi les herbes. Il avait toujours au fond du nez et dans la bouche le goût fade de la poussière de rouille. Quelque chose bougea plus haut sur sa gauche. Il glissa prudemment un regard dans cette direction et aperçut un chaos de rochers épars idéal pour se mettre à couvert. Par bonheur, approchant par-derrière, il avait une chance de bénéficier de l'effet de surprise.

Une nouvelle détonation claqua.

Il espéra que Cassiopée avait anticipé. Mais elle savait se débrouiller et il lui faisait davantage confiance qu'à n'importe qui. Ils étaient ensemble depuis assez longtemps pour ne rien ignorer de leurs forces et faiblesses respectives. Si leur relation avait connu des hauts et des bas épiques, tout semblait aller pour le mieux entre eux à présent. En dépit de son caractère imprévisible, Cassiopée faisait preuve d'une ténacité qu'il admirait. Ils étaient l'un et l'autre des solitaires patentés, passés maîtres dans l'art de masquer leurs émotions. Elle vivait dans le sud de la France et avait une double formation d'historienne et d'architecte. Lui habitait un modeste appartement au-dessus de sa librairie d'Højbro Plads, à Copenhague. Il gagnait convenablement sa vie et arrondissait ses fins de mois en reprenant de temps à autre du service dans son ancien métier. Il n'avait jamais été question de mariage entre eux, mais si le sujet venait à être abordé, l'un des deux allait devoir envisager un changement radical d'existence.

Une ombre se profila sur le flanc d'un rocher, tout en haut. Il abandonna aussitôt sa position, se baissa et poursuivit rapidement son ascension en prenant garde de ne pas soulever de poussière. Il bénéficiait encore de la protection de nombreux arbres et taillis. Autour de lui, la lumière du soleil habillait le terrain d'un tapis soyeux. Le sentier qu'il suivait, bien frayé par les randonneurs, menait au faîte de l'escarpement, qui commandait sûrement un vaste panorama. Çà et là, des jonquilles éclaboussaient de jaune le parcours. Dans l'air, le vrombissement lointain d'un avion se mêlait à celui tout proche d'un frelon. Il gravit les derniers mètres en rampant, les ongles noirs de terre. Parvenu au sommet, il se tapit derrière une grosse branche tordue qui s'étirait au ras du sol.

Enfin, sur sa gauche, il aperçut « le » tireur.

Une femme.

Brune, menue, teint hâlé couleur tabac, elle portait un jeans, des baskets et un chemisier vert délavé. Elle avait vingt ans tout au plus, un corps aussi nerveux en apparence qu'une lanière de fouet. Elle se tenait à plat ventre, pieds vers lui, un fusil au long canon mat entre les bras, tout entière concentrée sur le paysage en contrebas devant elle, inattentive à ce qui pouvait se passer dans son dos.

Funeste erreur.

« Ne faites pas un geste ! » ordonna-t-il.

Elle se figea.

« Ne vous retournez pas avant que je vous le dise. »

Il arma son pistolet pour preuve qu'il ne plaisantait pas.

« Non ! Ne me tuez pas, monsieur ! cria-t-elle.

– Donnez-moi une bonne raison de ne pas le faire.

– Je n'essayais pas de vous toucher, seulement de vous faire peur. »

Il vit Cassiopée émerger des bois à sa droite, de l'autre côté de la crête. Elle s'approcha de lui, son expression traduisant la perplexité qu'il éprouvait lui-même.

« On va de surprise en surprise, dirait-on », murmura-t-il.

Elle acquiesça de la tête.

« Lâchez le fusil ! commanda-t-il. Ensuite, tournez-vous lentement en gardant vos mains bien en vue ! »

La jeune femme obtempéra, se mettant sur le dos face à eux, les mains en l'air.

« C'est vous qui m'avez attaqué ce matin avant de m'enfermer dans l'incinérateur, en bas ? demanda-t-il après qu'ils se furent approchés d'elle.

– J'ai aidé.

– Qui ? Je ne répéterai pas la question.

– Mon grand-père. C'est lui qui vous a pisté et assommé. Ensuite on vous a transporté jusqu'ici ensemble.

– Pour quelle raison votre grand-père a-t-il fait ça ? intervint Cassiopée.

– C'est son travail. »

Malone s'accroupit près de la fille.

« Écoutez, nous sommes des agents fédéraux. Votre grand-père m'a agressé et vous-même m'avez tiré dessus. Ce sont des délits très graves. Vous voulez aller en prison ? »

Elle secoua vigoureusement la tête, les mains toujours levées.

« Dans ce cas, je vous conseille de vous expliquer, et vite.

– Mon grand-père est *guetteur*. C'est son travail de garder le trésor.

– Les pièces d'or ?

– Elles en font partie. Son père et le père de son père étaient guetteurs avant lui. »

Il échangea un regard avec Cassiopée. Il était clair que la gamine ne mentait pas. N'empêche…

« Ces pièces sont enfouies là depuis longtemps. Cent trente ou cent quarante ans. Vous êtes en train de me dire qu'elles n'ont pas cessé d'être surveillées pendant tout ce temps ?

– C'est à ça que servent les guetteurs. Je devais être la suivante.

– C'est votre grand-père qui vous a ordonné de me prendre pour cible ?

– Il m'a dit de monter la garde et de m'arranger pour vous faire déguerpir si vous arriviez à sortir du cylindre. Je ne vous aurais pas fait de mal.

– Et que se serait-il passé si je n'étais pas parvenu à me libérer ?

– J'aurais déverrouillé la porte au coucher du soleil. Ça suffit, comme durée, généralement.

– Parce que vous avez déjà enfermé des gens là-dedans ? s'enquit Cassiopée, le devançant.

– De temps en temps. Surtout des chasseurs de trésor. Quelques heures dans la boîte et ils ne songent plus qu'à filer sans demander leur reste.

– Votre grand-père a toujours les pièces d'or et mon matériel ?

– Tout est à la maison. »

Il se releva et fit signe à la fille de l'imiter.

« Conduisez-nous chez vous. Tout de suite. »

7

18 H 00

Danny avait toujours aimé la maison d'Alex Sherwood, qui lui rappelait les vieux chalets de montagne du Tennessee. La plupart de ces derniers avaient disparu depuis longtemps, mais la vaste demeure d'Alex perpétuait la tradition, avec ses murs extérieurs en pierre et brique et ses robustes colombages qui semblaient sortis naturellement des collines boisées avoisinantes. La pièce principale se distinguait par d'épais tapis jetés sur un plancher de chêne non verni, des poutres apparentes soutenant un plafond très haut, et une cheminée en grès brut assez grande pour que plusieurs personnes puissent s'y tenir debout. Aucun feu dans l'âtre aujourd'hui, mais, au milieu de l'hiver des Appalaches, les bonnes flambées qu'on y faisait diffusaient dans la salle confortable une chaleur bienfaisante. Au-delà d'une baie panoramique s'étendait une terrasse en bois agrémentée d'une profusion de plantes à fleurs et de fougères, de rocking-chairs, d'un foyer extérieur et de deux balancelles. On avait de là une vue de carte postale sur les monts Great Smoky tout proches. Le grand-père d'Alex avait acquis le terrain il y avait cent ans pour une bouchée de pain. Puis son père avait construit la maison à une époque où tout était encore bon marché. Mais les temps avaient bien changé et les bonnes affaires n'avaient plus cours dans le comté de Blount. Les nombreuses grandes entreprises désormais installées dans la région, telles Alcoa, Denso ou Toyota, y avaient fait exploser les prix de l'immobilier en même temps qu'elles apportaient la prospérité.

Le décor, essentiellement rustique, respirait la grâce, la tradition et la classe. Le magazine *Architectural Digest* avait souhaité faire un reportage sur l'élégant intérieur, mais Alex avait mis son veto. « Il n'y a rien de mal à posséder des choses, se plaisait à dire son vieil ami, mais il ne faut jamais en faire étalage. »

Il lui avait fallu une demi-heure pour venir de Maryville, où il avait déposé Taisley, et la pluie de printemps n'avait pas cessé. Riche d'innombrables cours d'eau, dont la Little Tennessee River, et de la chaîne de lacs artificiels qui constituait sa limite ouest, le comté de Blount ne craignait pas la sécheresse.

Une cinquantaine de personnes étaient revenues pour la réception privée. Il remarqua l'absence de Lucius Vance et de sa délégation de la Chambre. Les gens du Sénat n'étaient pas là non plus. Le gouverneur, en revanche, était présent. C'était un vieil ami, qui avait assuré les fonctions de ministre des Affaires étrangères du Tennessee quand Danny lui-même occupait la résidence réservée au chef de l'exécutif local. Ils avaient mené ensemble bon nombre de combats politiques, certains avec Alex à leur côté.

Il se faufila entre les groupes et passa dans la salle à manger contiguë. Ne voyant Diane nulle part, il se mêla aux proches pour parler avec quelques personnes qu'il connaissait. Coudoyer un ex-président n'était sûrement pas chose courante, pourtant personne ne paraissait particulièrement impressionné par sa présence. Une longue table de chêne était dressée, couverte de plats apportés, il le savait, par tout le voisinage. Il y avait là plus de nourriture qu'il n'en fallait pour une semaine, et *a fortiori* pour la soirée.

Il était ravi de ne plus avoir à traîner une escouade de conseillers dans son sillage. Plus d'hommes armés pour surveiller ses moindres déplacements. Plus personne pour le suivre pas à pas avec la valise permettant de déclencher une guerre nucléaire. Plus de journalistes suspendus à ses lèvres. Il n'était plus que Danny Daniels, simple citoyen.

Il s'écarta du centre de gravité de l'assemblée. Le gouverneur vint vers lui de son pas tranquille et chuchota:

«Alors, quel effet cela fait-il de ne plus avoir à se préoccuper des élections?

– Pas si agréable qu'on pourrait le croire, répondit-il, sincère, avant d'ajouter à mi-voix en se penchant vers son interlocuteur: Il faut que je parle à Diane. Tu ne saurais pas où est Son Altesse, par hasard?

– Dans son bureau. Entourée de sa cour.»

Le sarcasme était clair. Encore quelqu'un qui ne passerait pas ses vacances avec Diane Sherwood.

«Je reviens dans un moment», dit-il avant de s'éloigner tandis que la pluie continuait de tambouriner sur le toit.

Il trouva Diane dans un cabinet rectangulaire lambrissé de pin censé refléter le goût pour l'histoire dont elle se piquait. Les murs étaient couverts de représentations de montagnes et sur les tables étaient posés des objets issus de l'artisanat local. Debout face à une des fenêtres du fond de la pièce, elle contemplait la nature environnante. Elle portait encore sa robe noire, mais plus sa voilette. Il frappa légèrement contre le chambranle bien que la porte fût ouverte.

Elle se retourna et lui fit signe d'entrer. Deux autres femmes qui se trouvaient là s'excusèrent avant de les laisser seuls. Danny, qui, de mémoire, n'avait jamais eu de conversation privée avec elle, se sentait pour le moins mal à l'aise. Jusqu'à présent, ils n'avaient bavardé qu'à l'occasion de mondanités, leurs conjoints respectifs jouant le rôle d'isolant entre elle et lui. Ce qu'il éprouvait envers elle avait quelque chose d'incongru étant donné la profonde amitié qui le liait à Alex. Mais Pauline n'avait jamais beaucoup aimé Diane non plus.

« À quoi dois-je cet honneur, monsieur le président ? » dit-elle.

Un caniche nain sauta d'un lit d'angle, tenta d'attirer l'attention de Diane, puis fila se réfugier sous un fauteuil à grand renfort de gloussements irrités.

« Vous m'avez invité, répondit Danny.

– Je ne pensais pas que vous viendriez.

– Mon ami est mort. »

Elle vrilla son regard dans le sien avant de répliquer :

« Oui. C'est exact. »

Le message était sans ambiguïté : venez-en au fait !

« J'ai quelque chose à vous demander. Êtes-vous convaincue par les conclusions officielles concernant le décès de votre mari ? »

Ses yeux bleu délavé exprimèrent l'étonnement.

« Pas vous ?

– Ce n'est pas une réponse. »

Elle s'éloigna nonchalamment des fenêtres dégoulinantes de pluie.

« Ce n'en est pas une, en effet. Mais il est bien étrange de poser une telle question à une veuve le jour même où elle enterre son époux.

– C'est pourtant une question simple… à laquelle vous avez visiblement du mal à répondre. »

Cette fois, elle lui lança un regard glacial.

« Alex avait une telle admiration pour vous ! C'en était écœurant. Vous n'ignorez pas que, pour ma part, je vous ai toujours considéré comme un imbécile. »

Il sentit enfler en lui une vague de colère, mais il avait depuis longtemps appris à ne pas se laisser prendre par des leurres aussi grossiers.

« J'ai déjà entendu pire.

– Ça ne me surprend pas, assura-t-elle avec un petit rire dénué d'humour. Sachez quand même que je n'ai voté pour vous aucune des deux fois. »

Son dos se raidit, comme toujours dans les affrontements.

« À vrai dire, je me fous éperdument de ce que vous pouvez penser de moi. Tout ce que je veux savoir, c'est si vous avez des doutes à propos de la mort d'Alex. »

Elle haussa les épaules.

« Il est tombé d'une falaise dans la rivière et s'est noyé. Il n'y a pas vraiment lieu de s'interroger. Personne n'était présent. Rien n'indique quoi que ce soit de suspect. L'histoire a fait la une des journaux pendant toute la semaine. Si quelqu'un avait eu vent, ou avait été témoin de quelque chose, il se serait manifesté depuis le temps. »

Des arguments recevables. Il changea de tactique.

« J'ai appris qu'Alex ne se serait peut-être pas représenté à la fin de son mandat, dans deux ans. Est-ce vrai ?

– Oui. Il était question que nous voyagions un peu, que nous profitions de l'existence. Je crois qu'il avait hâte de prendre sa retraite. »

Pas du tout ce qu'avait affirmé Taisley.

« J'en conclus donc que tout allait bien entre vous. »

Nouvelle mimique étonnée.

« Pourquoi en aurait-il été autrement ? »

Il décida de mettre bas le masque.

« Je me demandais simplement s'il n'avait pas fini par se lasser de votre bouillant caractère. »

Elle alla jusqu'à un bureau en chêne situé en biais dans un coin de la pièce et encadré de fenêtres nappées de pluie.

« Puisque nous sommes seuls ici et que vous semblez vouloir parler sans détour, puis-je en faire autant ?

– Tout à fait.

– Mon mari m'aimait, et je l'aimais. Nous étions mariés depuis longtemps et comptions bien le rester. Contrairement, si je puis me permettre, à vous et à votre femme, qui vous êtes séparés, si j'en crois ce que m'a raconté Alex.

– En quoi mon mariage à moi vous intéresse-t-il ?

– La question serait plutôt de savoir pourquoi vous vous intéressez au mien. Pour autant que je me souvienne, vous ne vous êtes jamais trop soucié de mes aspirations… »

Il comprit l'allusion. Elle faisait référence à un épisode qui avait constitué une sorte de point de rupture dans leurs relations. Cela remontait à la deuxième année de son premier mandat. Une place s'étant libérée à la Cour suprême, Diane avait souhaité que le poste soit attribué à Alex et elle avait envoyé à la Maison-Blanche une note personnelle à cet effet, que Danny avait montrée à son vieux complice.

« Ah oui, je suis au courant, avait déclaré Alex en lui rendant le papier. Elle n'en démord pas.

– Et toi, qu'en dis-tu ?

– Tu sais ce que je pense des juges avec leurs grandes robes. Une bande de vautours dont je n'ai aucune envie de faire partie. »

Danny, qui partageait les vues cyniques de son ami sur le monde judiciaire, avait souri.

« Mais que fais-tu des attentes de ta femme ?

– Elle s'en remettra. »

« Vous savez parfaitement qu'Alex ne souhaitait pas entrer à la Cour suprême.

– Alex n'avait aucune idée de ce qu'il voulait. Il comptait sur moi pour faire ce genre de choix à sa place. »

Le ton de défi n'avait pas échappé à Danny, et l'assertion de Diane l'intrigua. Alex Sherwood était peut-être trop gentil, mais ce n'était pas un pantin. Il était vrai, toutefois, qu'Alex avait un faible prononcé pour cette femme – un sujet qu'ils abordaient rarement, car critiquer l'épouse d'un camarade était bien la dernière chose à faire.

« De toute façon, rien de tout ça n'a plus d'importance, poursuivit-elle. Alex n'est plus là. Je suis veuve. Quant à vous, vous êtes un *ex-président.* La politique, c'est terminé. Le temps est venu pour vous comme pour moi de nous effacer. »

Si les piques sur sa vie personnelle importaient peu à Danny, cette allusion à sa perte d'influence l'irrita grandement. Mais lui aussi pouvait jouer à ce jeu.

« Tout allait-il vraiment si bien que ça, entre vous et Alex ? demanda-t-il. Je me suis laissé dire qu'on ne vous voyait plus à Washington depuis belle lurette.

– Je n'avais pas conscience de figurer en si bonne place sur la liste de vos sujets de préoccupation.

– Vous n'y figuriez pas du tout... jusqu'à ce que votre mari meure brusquement. »

L'accusation à peine voilée sembla faire mouche. Il avait fait de son mieux pour contenir son agressivité, mais cette bonne femme avait le don de réveiller en lui les pires instincts. Il s'était souvent demandé comment un homme bien, un brave montagnard du Tennessee comme Alex, avait pu se marier avec une pareille harpie. L'argent ? Sûrement pas : elle appartenait à une famille sans fortune ou presque. Les relations ? Elle n'en avait aucune. La personnalité ? À condition d'aimer le genre revêche. Peut-être le physique : un profil de médaille, avec un petit nez fin, des pommettes hautes et un menton délicatement dessiné ; le teint éclatant et sans défaut que donne un climat sain ; un cou gracieux légèrement balayé par des mèches d'épais cheveux auburn. Un prix de beauté, il fallait l'admettre. Alex, lui aussi, d'une beauté exaspérante, avait été de ces hommes à côté desquels une femme vieillissante est rarement à son avantage, mais Diane, elle, avait soutenu la comparaison. Peut-être était-ce un effet de son assurance. Elle avait toujours fait preuve d'une confiance en elle digne d'une star de cinéma et, de plus, ce n'était pas une cruche. Elle était tout de même titulaire d'un master en histoire américaine.

« Il se trouve que j'ai mes propres centres d'intérêt à côté de ceux de mon mari, dit-elle. Je siège dans plusieurs conseils, dont le comité consultatif pour les Bibliothèques de la Smithsonian Institution. Ces activités étant très prenantes, il m'était difficile d'être souvent à Washington et Alex le comprenait. Il m'encourageait même. »

Ça, contrairement au reste, Danny voulait bien le croire, maintenant qu'il connaissait l'existence de Taisley !

«Je ne me suis pas rendue à Washington depuis plusieurs mois, c'est exact. Mais, au risque de vous contredire, on m'y voit au moins deux fois par an, ne serait-ce que pour assister aux réunions du comité de la Smithsonian. Et j'y serai également demain pour m'occuper de l'appartement de mon mari. Une perspective qui ne me réjouit pas», assura-t-elle d'un air pincé qui donnait à son visage la rigidité d'un masque.

Danny s'efforçait de jauger les réponses qu'elle lui faisait tout en s'interrogeant sur l'utilité de sa propre démarche. Que faire de plus ? Révéler à Diane l'existence d'une autre femme ? Non. Il n'en sortirait rien de bon. Surtout pour l'image d'Alex. Dans ce cas, mieux valait qu'il s'excuse et prenne congé.

Il s'apprêtait à tirer sa révérence quand son regard tomba sur deux objets posés sous les fenêtres derrière le bureau.

Deux sacs à provisions en toile remplis de livres.

Le premier volume de la pile, dans le sac de gauche, portait un titre curieux : *Jusqu'au-boutisme : de l'amendement de la Constitution par convention nationale.*

Quels mots avait utilisés Taisley à propos des sujets dont traitaient les bouquins d'Alex, déjà ? «Jusqu'au-boutisme constitutionnel, conventions constitutionnelles, pratique de l'obstruction, histoire du Congrès.»

Au sommet du tas que contenait l'autre sac reposait un carnet en cuir marron. D'environ douze centimètres sur dix-huit.

Avec une croix cerclée imprimée en relief sur la couverture.

Exactement comme celui qu'avait décrit Taisley.

Un vrai hasard ? Mais comment ce calepin était-il arrivé là ? Diane, de son propre aveu, n'était pas allée à Washington «depuis plusieurs mois». Or c'est à Washington que se trouvait le carnet, sur le bureau d'Alex. Qu'avait dit Taisley au sujet de l'intrus ? «Il avait une clé.»

«D'accord, Columbo, mais ne t'emballe pas !»

Décidant tout compte fait de continuer la partie, il sortit la chaînette de sa poche et la montra à Diane, dont le visage marqua la surprise.

« Où avez-vous trouvé ça ? s'exclama-t-elle.

– Alex est venu me voir deux ou trois jours avant sa mort. Il a laissé tomber ce bijou. J'avais l'intention de le lui rendre, mais je n'en ai jamais eu l'occasion. »

Le mensonge était plausible, car Alex lui avait effectivement rendu visite. Pour la dernière fois. Diane passa la main dans le col de sa robe et en tira un collier auquel pendait la même croix d'or inscrite dans un cercle.

« C'est une croix cerclée. Une croix solaire, comme l'appellent certains. C'est un porte-bonheur très ancien. La forme me plaisait, alors j'en ai fait faire une pour chacun de nous.

– Dans ce cas, je vous la rends », dit-il, joignant le geste à la parole.

Elle regarda le pendentif.

«Je comprends, maintenant, d'où vous tenez vos informations, déclara-t-elle. J'aurais dû me douter que vous vous parleriez, tous les deux. »

Il ne rectifia pas, préférant la laisser croire ce qu'elle voulait.

« Vous savez, reprit-elle, nous n'avons aucune raison d'éprouver de l'animosité l'un envers l'autre. Il est peu probable que nous nous revoyions, alors pourquoi ne pas nous quitter, si ce n'est bons amis, du moins comme deux personnes qui aimaient Alex Sherwood ? »

Elle se tenait devant lui telle une reine, épaules rejetées en arrière, menton haut. Mais, même si elle avait débité mécaniquement son offre de paix, elle avait tout de même fait un geste… À moins qu'elle n'ait cherché à endormir l'ennemi, selon une vieille technique éprouvée. Peu importait, de toute façon. Il n'en apprendrait pas plus ici.

« Soit », concéda-t-il.

Puis il se retira et la laissa seule.

Alex avait toujours conservé chez lui un cabinet de travail que Danny connaissait bien, au bout du couloir. Il y serait volontiers entré une dernière fois, mais il doutait d'y trouver quoi que ce soit d'intéressant. Le ménage avait certainement déjà été fait, ici comme à Washington. Il avait un mauvais pressentiment né de ce que lui avaient enseigné des années de luttes politiques. Il n'était peut-être plus qu'un ex-président dont la vie publique avait atteint son terme, mais il n'était pas mort.

Pas encore, du moins.

Il retourna tranquillement dans le salon, où il passa quelques minutes à bavarder avec de vieilles connaissances. Le gouverneur en faisait autant à l'autre bout de la pièce. Diane fit son apparition et rejoignit un groupe sous l'auvent de la terrasse. Il l'observa soigneusement tandis qu'elle remerciait les invités et acceptait leurs condoléances. Elle ne manifestait aucun signe de l'hébétude et de l'incompréhension habituelles chez les gens frappés par un deuil récent.

Une idée folle germa soudain dans son esprit.

Pourquoi pas ?

Après s'être excusé, il regagna le couloir, qu'il suivit en direction des toilettes et du bureau de Diane. S'approchant de la porte ouverte de celui-ci, il coula un regard à l'intérieur. Personne. Pas même le chien. Il entra rapidement, alla prendre le carnet dans le sac à provisions, puis le fourra sous sa veste, entre sa ceinture et son dos. S'il prenait soin de laisser pendre les pans de son vêtement, personne ne remarquerait rien, et une fois qu'il aurait remis son imperméable, il n'aurait plus rien à craindre.

Il retourna vers le salon.

Président retraité depuis quatre mois.

Et déjà coupable d'un délit.

8

Cotton était au volant de sa voiture de location, sa captive assise à côté de lui sur le siège passager. Elle lui avait donné son nom. Léa Morse. Son grand-père, Terry Morse, avait passé toute sa vie à l'endroit où il vivait toujours, sur des terres appartenant à sa famille depuis deux cents ans. S'il était manifeste que la jeune femme vouait un véritable culte à son aïeul, il allait de soi qu'elle n'avait aucune envie de se retrouver en prison.

«Je me tue à lui expliquer que tout ça, c'est du passé, que ça n'a plus aucune importance, dit-elle. Mais il refuse de m'écouter.

– Qu'entendez-vous par "tout ça" ? demanda-t-il.

– Les secrets qui sont sa raison d'être.

– Mais, comme vous l'aimez, vous faites ce qu'il vous dit, c'est ça ?

– Oui. Je vis avec lui depuis mon adolescence. Mon père et ma mère n'étaient pas à la hauteur. C'est lui qui s'est toujours occupé de moi. Mais il faut arrêter, avec cette histoire de guetteur. Il aurait pu vous blesser sérieusement, aujourd'hui.

– Je confirme. La tête me tourne encore.»

Il conduisait en suivant les indications de Léa. Assise à l'arrière, Cassiopée observait et écoutait. Roulant sur une deux-voies en direction de l'est, ils sortirent bientôt de la forêt pour se retrouver en pleine campagne. La ferme du grand-père était située au nord d'un petit bourg, non loin de la route, au bout d'un chemin de terre défoncé qui traversait des bois. Cotton pilotait avec prudence, luttant pour maîtriser le volant malgré les ornières et les cahots.

Ils atteignirent enfin une maison de plain-pied en bardeaux aux murs percés de hautes fenêtres étroites et surmontée d'une cheminée en brique. Une galerie couverte courait le long de sa façade. Des poulets erraient en liberté un peu partout devant la bâtisse que des arbres touffus enserraient de toutes parts. Cotton aperçut la croupe rose d'un cochon en train de se hâter vers un groupe de dépendances en bois dont les toits de tôle ondulée scintillaient dans le soleil couchant.

Ayant opté pour l'approche directe, il se gara devant la barrière à hauteur de taille qui délimitait le jardin entourant la maison et sortit de la voiture. Dans l'air encore chaud flottait une âcre odeur de fumier. Un homme âgé surgit aussitôt dans l'encadrement de la porte. Il portait une chemise d'un bleu décoloré, une salopette fatiguée, de solides chaussures et un chapeau à large bord qui semblait avoir poussé sur son crâne. Il tenait un fusil de chasse à canon unique – un 10,4 mm, si Cotton ne se trompait pas.

« Non, grand-père ! hurla Léa. Pose ça ! »

Terry Morse ne bougea pas d'un pouce.

Cotton tendit la main vers son 9 mm.

« Tout de suite ! » cria Léa.

Le canon du fusil s'abaissa.

« Ces gens sont des agents fédéraux ! Tu es allé trop loin, cette fois. »

Cotton fut séduit par la sobriété de la pièce. Une bibliothèque en bois clair remplie de livres de la série Chair de poule et de Harry Potter occupait un des côtés. Sur un tapis tout simple qui protégeait le sol en planches, six chaises entouraient une table en pin. Les murs étaient ornés de photos souvenirs encadrées de noir. Tout était propre, net. Priorité était donnée au pratique sur l'esthétique. Un intérieur pas très différent de celui de sa mère, en Géorgie. Seule ombre au tableau, plusieurs cendriers débordant de mégots écrasés répandaient dans l'air une âcre odeur de tabac.

Cotton avait montré au vieil homme son badge de la division Magellan en précisant qu'il travaillait pour le ministère de la Justice des États-Unis. À son grand soulagement, il avait vu son sac à dos, son téléphone et son Beretta posés sur la table. Même ses lunettes de soleil étaient là, ainsi que le bocal de pièces d'or.

« Il va falloir me fournir quelques éclaircissements à propos de ça, dit-il en désignant le pot de verre.

– Y a rien à en dire, répondit M. Morse. C'est un trésor. Il était enterré et vous l'avez trouvé.

– Qu'est-ce qu'un guetteur ? s'enquit Cassiopée.

– Où avez-vous entendu parler de ça ?

– C'est moi qui les ai informés, intervint Léa. Il faut que ça cesse, grand-père. Ça n'a aucun sens de continuer comme ça.

– Comment sais-tu ce qui a du sens, toi ?

– Je sais beaucoup de choses. C'est toi qui me les as apprises, tu ne te souviens pas ? »

Terry Morse croisa ses bras sur sa poitrine et se tortilla sur sa chaise, qui protesta sous son poids. Râblé, massif et solide comme un roc, il devait aller sur ses soixante-dix ans. Son visage, tout plat, présentait la même coloration havane que celui de sa petite-fille. Faisant pendant à ses cheveux et à ses sourcils de neige, une vigoureuse pilosité blanche lui envahissait les oreilles, le menton et le cou.

« Je me doutais depuis longtemps que ça arriverait, grommela-t-il d'une voix rocailleuse. Mais faire le guetteur, c'est toute ma vie. J'aime ça.

– Et on peut dire que vous faites bien votre boulot, dit Cotton. J'ai là une bosse qui l'atteste.

– On voulait juste vous faire décamper.

– Nous ne partirons pas d'ici, alors vous feriez aussi bien de tout nous raconter. »

Le bocal n'avait plus son couvercle. Le vieil homme empoigna le récipient et en déversa le contenu sur la table.

Cotton, qui s'était toujours intéressé à la numismatique, reconnut des pièces de cinq dollars 1861, de vingt dollars 1854 et de dix dollars 1845. Toutes en or. La plus ancienne datait de 1825, la plus récente de 1865. Il y en avait une cinquantaine en tout, vraisemblablement d'une immense valeur pour des collectionneurs.

« S'agit-il de pièces volées ? » demanda-t-il.

Pas de réponse.

« Vous n'avez pas l'intention de me faire répéter la question, j'espère ? Parce que, si c'est le cas, c'est le FBI de Little Rock qui vous la posera, après vous avoir poursuivi pour une liste de délits longue comme le bras.

– C'est de l'or confédéré. »

Cotton eut le frisson rien qu'à entendre ces mots. Né et élevé en Géorgie, il se sentait profondément sudiste. Il avait passé les dix premières années de sa vie à déménager au gré des mutations de son père, officier dans la marine de guerre, mais ses parents avaient toujours fait en sorte qu'il ait conscience de ses racines. Après le décès de son père, il était retourné avec sa mère en Géorgie, où il avait vécu jusqu'à ses dix-huit ans, avant d'entrer à l'université, puis de s'engager dans la marine et d'étudier le droit. Quand il avait été recruté par Stéphanie Nelle pour la division Magellan, le QG de l'agence était installé à Atlanta. Il avait habité dans cette ville jusqu'au moment où il avait pris sa retraite anticipée et divorcé. Il avait alors vendu sa maison pour aller s'établir au Danemark et y ouvrir sa librairie. Son imaginaire était peuplé depuis l'enfance de récits sur la foi fervente des Géorgiens en la Confédération, sur leur lutte héroïque contre le Nord, dans laquelle ils avaient fini par tout perdre. La famille de sa mère avait eu la chance de pouvoir conserver ses terres, qui continuaient à produire les fameux oignons Vidalia par milliers de boisseaux.

Les histoires tournant autour de l'or disparu des rebelles pullulaient dans le sud et le centre de la Géorgie. Le vice-président de la Confédération, Alexander Stephens, avait résidé à Crawfordville, non loin de la propriété familiale. Jefferson Davis, en fuite, avait traversé la région après la guerre, dans l'espoir d'échapper à l'arrestation. On prétendait même que le trésor des confédérés était également passé par là avant de s'évanouir dans les brumes de la légende. Et tous ces souvenirs avaient ressurgi dans son esprit quand le chancelier de la Smithsonian l'avait appelé pour demander son aide.

Il regarda Cassiopée, qui semblait tout aussi intéressée que lui par ce qu'avait à dire Terry Morse. Mais les lèvres serrées du vieil homme, à demi cachées sous la brosse blanche de sa moustache drue, suggéraient plutôt la résistance que la coopération.

« Dis-leur tout, grand-père. Sinon c'est moi qui le ferai, menaça Léa.

– Ah, les filles ! soupira Morse en secouant la tête. Pas du tout la même chose que les gars. Moi, j'étais impatient de prendre la suite de mon père. C'est ce qu'un fils se devait de faire. Mais les filles… Elles ont toujours été bien plus malignes que nous autres.

– Grand-père est un chevalier, déclara Léa. Montre-leur. »

M. Morse releva sa manche droite, révélant un tatouage pâli.

« La croix et le cercle, murmura Cotton.

– Vous savez ce que c'est ? » demanda Terry Morse.

Combien de temps s'était-il écoulé depuis qu'il avait vu ce symbole pour la dernière fois ? Vingt ans ? Au moins. Son cerveau se mit à fonctionner à toute vitesse, comme au musée d'Histoire américaine, à Washington, quand il s'était plongé dans les rapports de 1909.

Une horloge murale à rouages de cuivre sonna la demi-heure.

« Tu sais de quoi il s'agit, j'ai l'impression », dit Cassiopée.

Il hocha la tête.

« En effet. Les Chevaliers du Cercle d'or n'ont pas de secret pour moi. »

9

Danny Daniels fut tiré d'un sommeil profond par une odeur de fumée. Dans la pièce sombre flottait un épais brouillard âcre et étouffant qui le fit tousser dès qu'il reprit sa respiration. Il secoua Pauline pour la réveiller puis rejeta le drap et les couvertures. Retrouvant sa lucidité, il se rendit à la terrible évidence : la maison brûlait.

Il entendait à présent le crépitement des flammes et les craquements de la vieille structure de bois qui se désintégrait. La chambre se trouvait à l'étage, comme celle de leur fille.

« Oh, mon Dieu ! s'exclama Pauline. Mary !

– Mary ! appela-t-il depuis le seuil de la porte. Mary ! »

Tout l'étage était en feu, l'escalier menant en bas noyé dans un halo orangé. La maison entière semblait être la proie des flammes à l'exception de leur chambre.

« Mary ! répéta-t-il. Réponds-moi ! Mary ! »

Pauline, qui l'avait rejoint, criait elle aussi le nom de leur fille de neuf ans.

« Je vais la chercher, déclara-t-elle enfin.

– Ce n'est pas possible. Tu n'y arriveras pas, dit-il en la retenant par le bras. Le plancher s'est écroulé.

– Il n'est pas question que je reste plantée ici alors qu'elle est là-dedans ! »

Lui aussi voulait agir, mais en tâchant d'être rationnel.

« Mary ! hurla Pauline. Réponds-moi ! »

L'hystérie la gagnait. La fumée continuait de s'épaissir. Il courut ouvrir la fenêtre, regardant au passage l'heure qu'affichait le réveil. 3 h 15. Aucun bruit de sirènes de pompiers. Le centre-ville était à cinq kilomètres, le voisin le plus proche à huit cents mètres de la ferme familiale.

Il aspira une grande goulée d'air frais.

« Danny ! implora Pauline. Fais quelque chose ! »

Il se précipita vers elle, l'empoigna par le bras et l'entraîna de force vers la fenêtre. À la verticale de celle-ci, environ quatre mètres plus bas, se trouvait un massif d'arbustes. Dans l'impossibilité de s'échapper par la porte, la seule solution était de sauter, et il était certain que Pauline ne le ferait pas volontairement.

« Respire à fond », lui ordonna-t-il.

Secouée par des quintes de toux, elle ne put qu'obéir et se pencha par-dessus l'appui pour dégager ses poumons. Il la souleva alors par les jambes puis la fit basculer dans le vide en prenant soin de la tourner sur le côté afin qu'elle n'atterrisse pas tête la première dans les branchages. Elle se fracturerait peut-être un membre, mais elle ne périrait pas dans l'incendie. De toute façon, dans son état, elle ne lui était d'aucune aide. Il devait prendre seul l'initiative.

Les buissons amortirent la chute comme prévu et il vit sa femme se relever.

« Éloigne-toi de la maison ! » lui cria-t-il avant de se précipiter de nouveau vers la porte.

« Papa ! Aide-moi ! »

La voix de Mary.

« Je suis là, ma chérie. Tu es dans ta chambre ?

– Papa ! Qu'est-ce qui se passe ? Tout brûle ! J'étouffe ! »

Il devait absolument la rejoindre, mais comment ? Le sol du couloir avait disparu. Quinze mètres de vide le séparaient d'elle. Il n'avait plus le temps de se laisser tomber par la fenêtre et d'aller chercher une échelle pour accéder à la chambre d'enfant par l'extérieur. Dans quelques minutes à peine, sa propre chambre n'existerait plus. La chaleur devenait intenable. La fumée lui piquait les yeux, lui emplissait les poumons.

Il fallait qu'elle saute d'elle-même.

« Mary ? Tu es toujours là ? »

Pas de réponse.

« Mary ? »

Pas d'autre choix que d'aller la chercher.

Il regagna sa fenêtre. Aucune trace de Pauline en bas. Il enjamba le rebord, s'y suspendit, puis lâcha prise. Après avoir atterri au milieu des arbustes, il s'en dégagea en écartant les branches et se précipita de l'autre côté de la maison. Ses pires craintes se confirmèrent immédiatement. L'étage était intégralement investi par les flammes, y compris la chambre de sa fille. Le feu dévorait en rugissant les murs extérieurs et enveloppait déjà le toit.

Pauline était là, debout, le regard fixé sur le brasier, les bras serrés autour de sa poitrine.

« Elle est partie, gémit-elle, des sanglots dans la voix. Ma petite fille est partie. »

Danny ferma les yeux, s'efforçant de chasser les images épouvantables qui le hantaient depuis quarante ans.

La cause de la catastrophe ?

Son cigare, oublié sur le bord de son bureau.

Conseiller municipal de Maryville, à l'époque, il appréciait un bon havane et refusait de renoncer au tabac malgré les adjurations de Pauline. Bien qu'il n'ait pas été courant en ce temps-là d'équiper les locaux de détecteurs de fumée, le rapport officiel avait tout de même qualifié l'incendie d'« accidentel, mais prévisible ».

En se rendant sur la tombe de Mary, il avait permis à tous ces souvenirs de remonter à la surface.

Et c'était précisément pour cela qu'il préférait s'en tenir éloigné.

Malgré la pluie, il n'avait rencontré aucun problème sur la route pendant son retour de chez les Sherwood. Après être descendu de sa voiture, il resta un instant immobile devant sa porte en s'efforçant de maîtriser ses émotions. Il vivait seul. Pauline n'était pas revenue à la maison avec lui après la prestation de serment de Fox. Elle résidait maintenant à Nashville, où elle entamait une nouvelle vie. Ce qu'il était censé faire lui aussi de son côté.

Et il s'y employait.

Il poussa la porte et entra. Il ne s'était jamais soucié d'installer des verrous. Inutile. Si des voleurs voulaient absolument s'introduire chez lui, ils y parviendraient de toute façon. Alors pourquoi s'exposer à payer la réparation d'une huisserie fracturée par-dessus le marché ? Le paysage alentour était le même que quarante ans plus tôt, mais pas la maison. Après le drame, il avait rasé ce qui restait de l'ancienne et reconstruit à neuf. Puis la vie avait continué, et il avait déménagé d'abord pour la résidence du gouverneur, ensuite pour la Maison-Blanche. Il avait tenté de tourner la page, de s'absoudre sans y parvenir malgré tous ses efforts. En fin de compte, Pauline étant incapable, comme lui, d'oublier et de pardonner, le poids de la culpabilité avait entraîné la fin de leur mariage. Heureusement, ils étaient arrivés à faire la paix. Il souhaitait à Pauline tout le bonheur possible. Dieu savait qu'elle le méritait.

Mais n'y avait-il pas droit lui aussi ?

Il posa le carnet volé sur la table avant d'ôter son imperméable trempé qu'il suspendit au portemanteau en chêne de l'entrée. Personne n'avait fait attention à lui quand il avait quitté la réception. Diane finirait peut-être par remarquer l'absence du calepin, mais pourquoi le soupçonnerait-elle ?

Son entrevue avec elle continuait à le turlupiner.

Elle avait apparemment fait fouiller l'appartement d'Alex par quelqu'un qui en avait retiré des objets bien précis. Pourquoi ? Cela signifiait-il qu'elle aussi connaissait l'existence de Taisley ? Difficile à affirmer. Et qu'est-ce qui motivait l'inquiétude d'Alex ? « Un changement radical susceptible de mettre fin aux problèmes qui pourrissaient l'atmosphère du Sénat depuis quelque temps. »

Un défi de taille.

Nombreux étaient ceux qui avaient tenté de le relever et s'y étaient cassé les dents.

« Si nous nous transformons en moutons, les loups nous mangeront. »

Benjamin Franklin ne s'était pas trompé en disant cela. Mais James Madison avait vu juste lui aussi en remarquant que « si les hommes étaient des anges, il ne serait besoin d'aucun gouvernement ».

Tout le monde pestait contre le Congrès, dont la cote de popularité stagnait dans des profondeurs abyssales. Mais comment s'attendre à ce que cinq cent trente-cinq personnes se mettent d'accord pour faire avancer les choses ? « Un chameau est un cheval dessiné par une commission », avait énoncé quelqu'un à juste titre. Trop d'egos, d'arrière-pensées, de petits arrangements. Et pourtant, étonnamment, le pouvoir législatif s'était toujours montré à la hauteur dans les moments où les États-Unis en avaient vraiment besoin. Guerres mondiales, Grande Dépression, récessions à répétition, assurances sociales, salaire minimal, droits civiques, système de santé, le toutim. C'est le Congrès qui avait réglé tous ces problèmes. Les gens avaient tendance à l'oublier. Mais pas lui. Et il n'avait jamais perdu de vue que les opposants, eux aussi, avaient des objectifs à atteindre.

Il prit le carnet et alla s'asseoir dans un des rocking-chairs du petit salon, une pièce d'apparat rarement utilisée, mais dont il avait tenu à doter son chez-lui parce qu'il y en avait dans toutes les demeures de sa famille maternelle. « De la place perdue », selon Pauline, qui lui avait malgré tout passé son caprice en décorant la pièce dans le plus pur style du Tennessee. Ils n'avaient pas souvent séjourné dans cette maison lorsqu'il était président, car le Secret Service aurait exigé trop d'aménagements de sécurité. Mais il avait toujours su qu'il reviendrait y vivre une fois son second mandat terminé, aussi avait-il souhaité la garder intacte.

Maintenant, elle n'appartenait plus qu'à lui.

Il considéra le carnet posé sur ses genoux, le cercle et la croix bien visibles sur la couverture. « Une croix solaire », avait dit Diane. « Un porte-bonheur très ancien. »

La semaine précédente, c'était ici, à son domicile, qu'il avait vu Alex pour la dernière fois. Il avait été enchanté par la visite de son vieil ami, mais ils avaient passé le plus clair de leur temps à projeter des parties de pêche et des randonnées plutôt qu'à parler politique. À aucun moment Alex n'avait mentionné son intention de prendre sa retraite de sénateur. Pas plus qu'il n'avait fait allusion à un quelconque « truc énorme », ni à une mésentente au sein de son couple. Et Danny n'avait rien remarqué d'anormal dans son comportement. Un leurre ? Peut-être. N'importe quel politicien chevronné sait se taire. Alex avait-il jugé que ses problèmes ne regardaient que lui ? Possible. Pourtant, ils étaient amis et partageaient beaucoup de choses… Pas tout, apparemment. Mais qui était-il pour critiquer, lui qui n'avait jamais fait état de ses sentiments pour Stéphanie Nelle après avoir mis Alex au courant de sa séparation d'avec Pauline ?

Il fallait qu'il sache si les craintes de Taisley étaient fondées. Il n'en revenait pas qu'Alex ait pu entretenir un lien suivi avec une autre femme pendant six années sans que personne, pas même son épouse, ne se doute de quoi que ce soit. Mais n'avait-il pas lui-même agi pareillement avec Stéphanie ? Ils s'étaient côtoyés régulièrement pendant huit ans, toujours en public à l'exception de quelques rares occasions où ils s'étaient retrouvés seuls, et personne n'avait jamais rien soupçonné de leurs sentiments réciproques.

Pas même Pauline.

La pluie frappait doucement les carreaux.

Il entendit des voitures approcher, puis s'arrêter sur l'allée de graviers. Ils étaient en avance.

Des portières claquèrent, puis des pas lourds firent craquer les planches de la véranda.

À travers la moustiquaire, il vit le gouverneur du Tennessee. Souhaitant mettre à profit son déplacement à l'occasion des obsèques pour rencontrer des industriels locaux, celui-ci lui avait demandé s'il pouvait l'héberger pour une nuit. Son vieil ami aurait pu facilement regagner Nashville et la résidence officielle du chef de l'exécutif d'État, qui se trouvait à moins de trois cents kilomètres, mais Danny avait accepté, ravi d'avoir un peu de compagnie.

Il ouvrit le tiroir d'un guéridon qui côtoyait le rocking-chair et y jeta le carnet.

Inutile de mêler une personne de plus à la conspiration.

Puis il se leva et cria : « Entre donc ! »

10

Diane Sherwood était assise à son bureau. Quelques invités s'attardaient encore dans le salon, échangeant des réflexions sur la profondeur de leur deuil. Il allait être 19 heures et tout le monde serait bientôt parti. Ensuite, le personnel nettoierait et rangerait la maison. Dans quelques semaines, elle mettrait celle-ci en vente, arguant qu'elle ne supportait pas de continuer à y habiter sans son mari. Ils l'avaient fait construire des décennies plus tôt en payant avec l'argent d'Alex et, comme ils n'avaient pas d'enfants, tout ce qu'ils possédaient revenait au dernier vivant.

La pluie tombait toujours.

Elle s'était excusée, prétextant qu'elle souhaitait être seule un moment, et les gens avaient compris : la douleur d'une veuve… Elle et Alex avaient été mariés longtemps. Elle l'avait rencontré alors qu'ils avaient à peine trente ans. C'était un jeune homme promis à un bel avenir, qui visait la législature d'État du Tennessee, mais beaucoup le voyaient déjà sénateur, peut-être même avec un destin présidentiel. Malheureusement, un autre natif du Tennessee avait brigué la Maison-Blanche. Un crétin prétentieux et arrogant.

Danny Daniels.

Dont la visite, dans l'après-midi, lui avait donné la nausée.

Mais elle avait compris très tôt que le « crétin » était loin d'en être un. Derrière sa façade débonnaire se cachait un esprit pénétrant. Elle l'avait invité par souci des convenances, pour éviter de faire jaser. Au cimetière, il avait manifesté un manque d'enthousiasme qui l'avait ravie quand elle lui avait proposé de venir à la réception: elle remplissait ses obligations; il la snobait. Parfait. Sauf qu'il s'était présenté quand même, et lui avait posé des questions inquiétantes. Mais elle avait bon espoir que l'appel à la paix qu'elle lui avait adressé et qu'il avait entendu constituerait leur dernier échange verbal.

Rassurée, elle se versa un scotch, qu'elle commença de déguster à petites gorgées pour achever de se détendre.

La porte s'ouvrit doucement et son frère entra.

Elle l'avait envoyé chercher par une des domestiques. Qui trouverait anormal qu'elle attende un peu de réconfort de la part de sa famille dans un moment si pénible ?

« Ferme derrière toi et viens t'asseoir », lui dit-elle.

Son ton acerbe trahissait son dépit, mais, le whisky faisant son effet, elle se sentait déjà mieux.

Kenneth Layne n'avait rien d'un phénix, que ce soit au physique ou au mental. Grand, maigre, il avait hérité des cheveux couleur fauve de leur père et portait une moustache assortie. Il émanait de sa personne une inconsistance qui avait toujours horripilé Diane. Il tenait ce caractère flottant de leur mère, une femme placide et docile aussi dépourvue de convictions que de volonté. Par bonheur, elle-même avait échappé à cette médiocrité génétique. Elle était faite du même bois dur que leur père, un homme fort et plein de panache. Mais c'était le manque de courage de Kenneth qu'elle exécrait par-dessus tout. Son frère était plutôt dans la réflexion que dans l'action. Il pouvait se montrer capable d'audaces, mais jamais seul. Quant aux risques, il en avait une peur bleue. Alors qu'elle, au contraire, adorait dépasser les limites.

Il prit place dans un des fauteuils club, de l'autre côté de la pièce.

Elle se leva et s'approcha de lui lèvres serrées, paupières plissées par la colère.

« Te rends-tu seulement compte des dégâts que tu as causés ? » siffla-t-elle.

Le problème remontait au jour où elle avait reçu un coup de téléphone d'Alex. Quelques semaines auparavant. Kenneth était allé le voir à Washington pour lui dévoiler leur plan et solliciter son aide.

« Ce que Kenneth et toi comptez faire changerait radicalement le cours des choses dans ce pays, dit Alex.

– Ce qui correspond exactement au projet dont tu parles depuis vingt ans, répliqua-t-elle. Il serait peut-être temps de passer à l'acte.

– Je ne pense pas qu'une telle décision soit de ton ressort, du mien ni de celui de Kenneth. C'est un choix qu'il revient aux citoyens eux-mêmes de faire, après un débat public.

– Un débat public ! Sois réaliste, Alex ! Ça n'arrivera jamais. Les citoyens n'ont pas la moindre idée de ce qu'ils veulent. Nous avons une occasion en or. Pourquoi ne pas en profiter ?

– Le président de la Chambre vous soutient-il ?

– Absolument.

– Il vous l'a dit ?

– Plutôt deux fois qu'une. Il est prêt à entrer dans l'histoire.

– Ça, je n'ai pas de mal à le croire. Étant donné les formidables bénéfices qu'il espère en tirer… J'ai lu le carnet de Kenneth et j'ai commandé quelques livres sur le sujet. Étonnamment, votre proposition semble tout à fait légale et conforme à la Constitution.

– Bien sûr. Mais on savait déjà ça avant la guerre de Sécession. L'idée n'est pas nouvelle. Honnêtement, si ça n'avait dépendu que de moi, je ne t'aurais pas mis au courant. C'est Kenneth qui a pris seul la décision de te parler. Sans me consulter.

– Ce qui montre à quel point nous nous sommes éloignés l'un de l'autre.

– Nous savons tous les deux que notre mariage n'est qu'une façade.

– Je vois maintenant ce qui t'a occupée ces dernières années. Cela prend des proportions que je n'imaginais pas.

– Je veux agir concrètement, Alex, et c'est l'occasion.

– Je n'en suis pas aussi convaincu que toi. »

Cette dernière réplique lui avait fait l'effet d'une douche froide. Garder le secret était essentiel, et la décision unilatérale qu'avait prise son frère d'impliquer Alex compromettait le succès de l'entreprise. Alex était un rêveur qui croyait trop dans les vertus du système existant. Comme tant d'autres, il réclamait le changement à cor et à cri, mais ne faisait rien ou presque pour l'obtenir.

« Tu as commis une grosse erreur, dit-elle. Si j'avais voulu qu'Alex participe au projet, je l'aurais mis dans la confidence.

– Il est mort, maintenant. Tu as le champ libre.

– Je te rappelle que c'est toi qui as accepté de me laisser le champ libre, le jour où tu es venu quémander mon aide. »

Il ne contesta pas ce point. Elle l'avait prévenu à l'époque qu'elle consentirait à s'engager si, et uniquement si, c'était à elle qu'il revenait de prendre toutes les décisions cruciales.

« Nous avions besoin d'Alex, affirma-t-il. La résistance va être forte au Sénat, et il aurait pu œuvrer pour l'affaiblir. Maintenant, il va nous falloir trouver quelqu'un d'autre. »

Elle le regarda droit dans les yeux.

« Qui se soucie de ce que peuvent penser ces abrutis de sénateurs ? Ils ont perdu toute légitimité à se prononcer sur le sujet dès le moment où ils se sont proclamés supérieurs à tout le monde. Je me moque pas mal de leur résistance. En fait, elle me réjouit. »

Elle, au moins, n'avait jamais eu peur de se battre.

Ils étaient jumeaux, mais issus de deux ovules séparés, fécondés par deux spermatozoïdes distincts, qui avaient heureusement donné deux personnes extrêmement dissemblables. Ils ne se ressemblaient ni physiquement ni par leur comportement. Elle s'était découvert une passion pour l'histoire et un goût pour le travail de recherche méthodique ; lui préférait la politique et les expédients. Il dirigeait un groupe d'action citoyen connu sous le nom de Comité pour la sauvegarde de l'Amérique, qui comptait parmi ses membres près de 60 % des législateurs du pays. Le principal objectif de cette structure était d'obtenir la réunion d'une convention nationale à la demande de deux tiers des États, comme le prévoyait l'article 5 de la Constitution. Jusqu'à présent, trente requêtes officielles d'États avaient déjà été soumises au Congrès, sur les trente-quatre exigées à cet effet. Encore quatre et les chambres n'auraient pas d'autre choix que de convoquer une convention nationale pour amender la Constitution. Par ses efforts, Kenneth avait acquis la faveur de Lucius Vance, le président de la Chambre, à qui il avait fini par la présenter.

Ce qui avait conduit à la situation actuelle.

« Tu as eu tort de donner ton carnet à Alex », dit-elle.

La surprise se peignit sur le visage de son frère.

« Il t'a parlé de ça ?

– Oh, oui ! Et pour commencer, quel besoin avais-tu de mettre toutes ces conneries par écrit ? Incroyable ! Tu as même fait imprimer la croix et le cercle sur la couverture.

– J'ai transmis ces notes à Alex pour le convaincre que nous n'étions pas des illuminés, que notre démarche reposait sur une base légale solide. J'ai mené des recherches approfondies, et j'étais sincèrement curieux d'avoir son avis sur la question. Quant au motif sur la couverture, quelle importance ? 99,99 % des gens ignorent ce qu'il signifie.

– Alex a lui aussi fait des recherches de son côté, figure-toi. Et, comme il fallait s'y attendre, il a soulevé des objections majeures. Il m'a assuré sans détour qu'il refusait de s'associer à ce qui se prépare. »

Kenneth secoua la tête.

« Je ne te crois pas. Le problème, avec toi, c'est que tu te considères comme plus maligne que tout le monde. Tu as toujours sous-estimé Alex. »

Comme d'habitude, tout ce qu'elle pouvait dire semblait glisser sur lui comme l'eau sur les plumes d'un canard. Elle retourna à son bureau et prit la chaînette que lui avait rendue Danny Daniels.

« Pourquoi lui as-tu donné ça ? demanda-t-elle.

– Pour qu'il se sente partie prenante, répondit-il avec un haussement d'épaules. Il a été sensible au geste.

– Il s'est joué de toi. Jusqu'où es-tu allé dans la confidence ?

– Je lui en ai dit assez pour le persuader que notre projet n'a rien d'original, qu'il remonte à loin et que l'idée en est déjà venue à des gens bien plus compétents que nous.

– Tu lui as parlé de l'Ordre ?

– Bien sûr. Et il était captivé. Comment se fait-il que tu aies ce pendentif ?

– Jusqu'où es-tu allé, bon sang ?

– Encore une fois, je lui en ai dévoilé assez pour le convaincre que notre plan permettrait d'accomplir enfin son vieux rêve : changer le visage du Congrès, et du pays. »

Quel imbécile !

« Tu ne comprends donc pas ? Il t'a dit ce que tu voulais entendre pour te tirer les vers du nez, c'est tout ! Manifestement, tu ne le connaissais pas si bien que ça. Il adorait faire des discours et passer à la télé pour dénoncer la gabegie, mais il ne faisait rien pour y remédier. Ça ne t'a jamais frappé ? C'est une attitude très courante, de nos jours. Les gens n'arrêtent pas de se plaindre que les hamburgers de chez McDonald's sont infects, mais ils continuent de les acheter par millions, encore et encore. Pourquoi ? Parce que les McDo sont des valeurs sûres. Un pari sans risque. Avec eux, on sait exactement à quoi s'attendre. Pas de surprises, ni bonnes ni mauvaises. Et c'est la même chose en politique. Des gens comme Alex sont constamment réélus parce que ce sont des valeurs sûres avec lesquelles on sait exactement à quoi s'attendre. Les francs-tireurs remportent rarement les élections, et jamais deux fois. Alex n'aurait jamais renversé les tables… Toi non plus, d'ailleurs, si je n'étais pas entrée dans le jeu. »

Il pointa vers elle un index accusateur.

« N'oublie pas que c'est moi qui suis en relation avec Vance. Moi qui travaille avec les législatures des États. Toutes ces pétitions qui réclament une deuxième convention constitutionnelle ne tombent pas du ciel. Elles sont le fruit de mon action. Et c'est toi qui as fait monter les enchères en exigeant en plus une réforme du Congrès. »

Exact.

Mais pourquoi ne pas profiter de l'occasion ?

Toute sa vie, elle avait entendu évoquer les Chevaliers du Cercle d'or. Elle avait consacré son mémoire de master aux organisations secrètes du XIXe siècle, tels la Confrérie de l'Union, les Sociétés pour la liberté ou le Cercle d'honneur. Des gens qui avaient lu sa thèse l'avaient qualifiée de brillante et l'avaient exhortée à la publier sous forme de livre, mais elle avait refusé, préférant travailler en sous-main à la mise en œuvre d'un plan vieux de cent soixante-dix ans. Un projet dans lequel elle s'investissait depuis trois ans quand le minus qui était assis là, et avec qui elle avait eu le malheur de passer neuf mois dans un ventre, s'était avisé pour une fois de prendre une décision par lui-même.

Elle aussi, à une certaine occasion, avait eu recours aux services d'Alex, mais dans une bien moindre mesure que Kenneth et, surtout, bien plus discrètement.

La direction de la Smithsonian Institution était assurée depuis sa création en 1846 par un conseil de dix-sept régents. À l'heure actuelle, ce conseil se composait de trois sénateurs nommés par le président *pro tempore* du Sénat, de trois députés désignés par le président de la Chambre, et de neuf simples citoyens. Le vice-président des États-Unis et le président de la Cour suprême en étaient également membres d'office, celui-ci avec la charge de chancelier de l'institution. Alex avait été pendant les cinq dernières années de sa vie l'un des trois sénateurs régents. Deux ans plus tôt, elle s'était servie du statut de son mari pour obtenir un siège dans l'un des nombreux comités consultatifs de la Smithsonian : celui qui s'occupait des bibliothèques. Mettant en avant son amour des livres et de l'histoire, elle avait suggéré à Alex de s'entremettre en sa faveur, ce qu'il avait fait de bonne grâce sans que cela suscite la moindre interrogation. Quoi de plus normal qu'un mari donne un coup de pouce à sa femme hautement qualifiée ?

Et elle tirait depuis tous les avantages possibles de sa fonction, qui lui permettait d'intervenir sur deux fronts. L'un dans l'Arkansas, l'autre à Washington.

« Ces chicaneries me fatiguent, déclara Kenneth. D'ailleurs, elles sont stériles, puisque Alex n'est plus là. Mais Vance passera tout à l'heure. Il a appelé il y a un moment pour confirmer.

– Qu'il vienne tard. Quand tout le monde sera parti. Il faut limiter les risques de fuites, il y en a déjà eu assez.

– Reste un gros point noir. L'électron libre. »

Le quatrième personnage de leur cercle.

« Il s'introduira dans les bâtiments de la Smithsonian cette nuit… Il fait son boulot, lui. »

Kenneth secoua la tête.

« Tu prétends que c'est moi qui pose problème ? Grant Breckinridge est totalement imprévisible. Pour ce qui est d'attirer les pépins, je n'arrive pas à la cheville de ce salopard. »

Elle fusilla son frère du regard.

« Certaines tâches doivent être exécutées. Pour la plupart en enfreignant la loi. Es-tu prêt à prendre le risque de les accomplir toi-même ? Parce que si c'est le cas, Kenneth, je me débarrasse tout de suite de Grant et je te les confie. Mais sinon, tu la fermes et tu me laisses faire, d'accord ? »

Elle ne plaisantait pas. Grant leur était indispensable, avec son charme et son esprit affûté d'aigrefin. Sa force constituait un atout, son assurance une saine réponse aux jérémiades de Kenneth. Oui, il avait pris des risques, et elle n'ignorait rien de l'opération qu'il supervisait dans l'Arkansas ni de ce qu'il s'apprêtait à faire à Washington, mais, comme elle venait de le dire, il y avait certaines besognes salissantes à accomplir, et il fallait bien que quelqu'un s'en charge.

Elle se détourna, signifiant la fin de la conversation. Son frère avait décidément le chic pour lui donner la nausée.

Par bonheur, Grant avait pu récupérer le carnet ainsi que quelques ouvrages compromettants chez Alex. Ne se doutant pas que la chaînette était dans l'appartement, elle ne lui avait pas demandé de la chercher. Sinon, il l'aurait trouvée aussi. Son regard se porta machinalement vers l'endroit où elle avait posé les deux sacs remplis de livres rapportés par Grant, sous la fenêtre proche du bureau, et une chose lui sauta aussitôt aux yeux.

Le carnet marqué de la croix et du cercle, qui occupait depuis plusieurs jours le sommet d'une des piles de bouquins, avait disparu.

Elle jeta un coup d'œil au caniche endormi sur le lit. Était-ce lui le coupable ? À moins que le calepin n'ait glissé au fond du sac ?

Kenneth se leva de son fauteuil.

« Je vais rappeler Vance pour lui indiquer à quelle heure venir. Ensuite, j'irai me reposer un peu en attendant son arrivée.

– C'est ça. Et plus d'initiatives merdiques, s'il te plaît. »

Il sortit comme s'il n'avait pas entendu.

Elle inspecta rapidement les deux sacs, où elle ne vit que des livres. Beaucoup de personnes étaient passées dans la pièce toute la journée, mais aucune n'avait de raison de s'intéresser au carnet.

À moins que…

Elle avait encore au creux de la main le pendentif que lui avait rendu Danny Daniels. L'explication de ce dernier quant à la façon dont l'objet était arrivé chez lui tenait debout. Elle se souvenait qu'Alex avait effectivement rendu visite à l'ex-président. Avaient-ils abordé d'autres sujets que l'avenir politique d'Alex ? Alex s'était-il confié à son ami ? Ou le bijou était-il simplement tombé de sa poche, comme le prétendait Daniels ?

Un sentiment de malaise s'empara d'elle.

Et elle n'aimait pas du tout ça.

Elle décrocha le téléphone et appela Grant.

11

Grant Breckinridge se souciait comme d'une guigne de son patronyme, qui avait joui d'une certaine notoriété au XIXe siècle. John C. Breckinridge avait en effet été le plus jeune vice-président des États-Unis, pendant la mandature de James Buchanan. Il s'était lui-même présenté aux élections présidentielles de 1860, que Lincoln avait remportées. Quand la guerre de Sécession avait éclaté, il s'était rangé au côté de son Kentucky natal pour combattre comme général confédéré dans les batailles de Shiloh, Stones River et Chickamauga avant de prendre la tête des forces sudistes dans la vallée de la Shenandoah. Vers la fin du conflit, pendant la débâcle, il avait été le dernier ministre de la Guerre de la Confédération. Au moment de la défaite, il avait fui à l'étranger, d'où il était revenu à l'occasion de l'amnistie décrétée par Andrew Johnson. Grant s'était entendu seriner depuis son enfance qu'il était apparenté à ce Breckinridge-là, mais qu'en avait-il à faire ? Il ne faisait pas partie de ces nostalgiques du vieux Sud qui passaient leur temps à se lamenter à propos de l'impardonnable guerre d'agression menée par le Nord. Rien de ce qui touchait à cette époque n'avait plus d'importance.

À l'exception d'une chose.

L'or et l'argent des Confédérés. Leur trésor.

Ça, ça l'intéressait.

Pour lui, qui n'avait jamais connu la fortune, devenir très riche constituait un besoin primaire. Son peu de goût pour l'étude avait été une constante source de déconvenue pour ses parents. Surtout pour son père, universitaire, qui avait fait carrière au sein de la Smithsonian Institution et n'était plus maintenant qu'un vieillard au cerveau dérangé.

Qui des deux décevait l'autre, à présent ?

« Alors, comment ça va, ce soir ? » demanda-t-il à son géniteur.

James Breckinridge allait sur ses quatre-vingts ans. S'il était encore relativement épargné sur le plan physique, ses facultés mentales, en revanche, l'abandonnaient. Il n'avait toutefois pas perdu toute autonomie et continuait d'habiter seul. La cuisine et le ménage étaient faits tant bien que mal, mais l'heure de l'asile ne tarderait pas à sonner.

« Je vous connais ? »

Ça n'allait pas être facile, cette fois ! Et ça tombait mal, parce que Grant était pressé. Il lui fallait des réponses, et vite. La maison était située sur la rive droite du Potomac, côté Virginie, près du périphérique. Elle était payée depuis longtemps, ce qui permettait à son père de vivre confortablement grâce à sa retraite de la Smithsonian et à ce qu'il touchait de la Sécurité sociale.

« C'est Grant. Ton fils. Réfléchis ! Rappelle-toi !

– Mon fils est parti pour l'université. Il veut être enseignant. Un bon métier, enseignant…

– Non, je suis là. C'est moi, Grant. Il faut te concentrer. Tu peux faire ça pour moi ?

– Julie ! Julie ! »

Grant secoua la tête. Julie, sa mère, était décédée depuis longtemps.

« Maman n'est plus là. Elle est morte. Je te l'ai déjà dit. »

Son père le dévisagea d'un air perplexe.

« Pourquoi êtes-vous méchant avec moi ? Si mon garçon était là, il vous mettrait une bonne claque. C'est de sa mère que vous parlez ! Elle est à côté. Je viens de la voir. Julie ! »

Il était parti à radoter. Un inconvénient de plus que Grant avait dû apprendre à supporter.

Il parcourut des yeux le salon, jadis envahi de livres du sol au plafond. Il avait transporté chez lui les plus précieux et vendu le reste à des marchands de bouquins d'occasion. Son père n'était plus capable de lire. Il ne retenait rien. Sa seule occupation était de passer ses journées assis devant la télé à zapper d'une chaîne à l'autre sans rien suivre.

« Écoute-moi ! reprit-il en haussant le ton. J'ai besoin que tu te concentres. Je vais à la Smithsonian, ce soir. Tu la connais bien, la Smithsonian.

– J'y travaille. J'y ai passé la journée.

– Tu te trompes. Tu n'y as pas mis les pieds depuis des années. Écoute-moi bien. J'ai des trucs précis à te demander.

– Jeune homme, je suis le conservateur en chef du Château, et je n'apprécie pas beaucoup votre attitude. Pas du tout, même. »

James Breckinridge avait réellement été responsable du bon fonctionnement du « Château » – la pièce maîtresse de la Smithsonian. Seuls trois hommes avaient occupé ce poste envié, lui-même ayant été le premier, de 1969 à 1992. Le jour de son départ à la retraite, Grant et sa mère avaient assisté à la réception et écouté le secrétaire de l'institution le remercier publiquement pour ses bons et loyaux services avant que ses collègues rassemblés ne lui souhaitent une longue vie. Grant se souvenait d'avoir été fier de son père, à l'époque, comme l'aurait été n'importe quel fils de son âge. Mais cela s'était rarement reproduit depuis.

L'esprit malade du vieil homme était apparemment revenu vingt-cinq années en arrière. Autant essayer de tirer avantage de ses fantasmes.

« Je ne voulais pas te manquer de respect. J'ai juste des questions à te poser sur une des pièces exposées au musée.

– Oh, mais c'est que nous en avons plein !

– La clé. La clé de l'intronisation. J'ai besoin d'un renseignement sur elle. »

Son père fronça les sourcils.

« Quelle clé ? Il y en a beaucoup. Trop. J'ai beau leur répéter qu'il faut enlever des serrures, ils n'arrêtent pas d'en mettre de nouvelles. Et je dois garder une clé pour chacune. Ordre du secrétaire : le conservateur doit avoir accès à tout sans exception. »

On progressait. Au moins, il ne sautait pas du coq à l'âne.

« Sois attentif. C'est de la clé de l'intronisation que je veux te parler.

– C'est bizarre de s'intéresser à ça.

– Non, ce n'est pas bizarre ! Réfléchis ! »

Son père balaya le sujet d'un revers de la main.

« Vous racontez n'importe quoi ! Une clé est une clé. Rien d'autre qu'une clé !

– Pas celle-là. »

Il avait au moins essayé, mais, puisque la méthode douce ne donnait aucun résultat, il était temps d'appliquer celle qui en donnait toujours. Il se pencha, saisit le vieillard à la gorge puis le souleva brutalement de son siège, réduisant d'un coup son souffle à un filet d'air. Sans relâcher sa prise, il plaqua ensuite le corps décharné contre le mur et l'y maintint, pieds décollés du sol, trachée juste assez comprimée pour ne pas couper complètement la respiration.

« Tu m'as fait perdre assez de temps comme ça, siffla-t-il. Maintenant tu vas m'écouter attentivement, d'accord ? »

Comme les autres fois, le vieil homme restait immobile sans tenter de se dégager. Dialoguer normalement avec lui s'était rarement révélé payant. La violence, en revanche, semblait stimuler son cerveau malade. Un mécanisme de survie primitif ? Une substance chimique ou une hormone quelconque sécrétée sous l'effet du stress ? Grant l'ignorait. Mais il avait constaté que la force parvenait à déchirer un peu le brouillard mental de son père.

« Je te le demande encore une fois. La clé de l'intronisation. C'est bien l'original qu'il faut utiliser, non ? »

Une question qu'il posait pour la nième fois.

« C'est moi qui l'ai trouvée, la clé, vous savez ? »

Oui, ça, il le savait. Il l'avait appris lors d'une séance du même genre que celle de ce soir.

« Elle était dans les combles du Château. Posée là sur un chevron. Tout en cuivre. Comme neuve. Je l'ai remise au secrétaire. »

Encore une information qu'il possédait déjà.

Pour signaler que sa patience atteignait ses limites, il augmenta la pression sur la gorge du vieux, qui écarquilla les yeux au fur et à mesure que l'air lui manquait.

Grant hissa de quelques centimètres supplémentaires le corps sans muscles en l'aplatissant contre le mur, ce qui accentua encore un peu plus la constriction des voies respiratoires.

« Est-ce que. Cette. Clé. Ouvre. La. Serrure ? »

Le souffle était de plus en plus court. L'asphyxie le guettait.

« Je vous jure… mon colonel ! Je suis loyal au Sud. Je ne suis pas… un espion ! »

Eh merde ! Les hallucinations sur la guerre de Sécession, maintenant ! Il avait espéré y échapper.

« La serrure n'est faite… que pour les purs. Ceux qui appartiennent… à l'Ordre. Qui ont juré fidélité… à la cause. Êtes-vous… de ceux-là… mon colonel ? »

Une seule réponse à faire.

« Oui. »

Le regard s'adoucit, comme si une lumière s'était soudain allumée dans les recoins obscurs du cerveau.

« Dans ce cas… je vais tout vous dire. »

Grant desserra son étreinte, permettant au vieillard de reprendre contact avec le sol et de respirer librement.

« "Le repos qui vous attend… Du Sud sera le tourment… Héros gris que les ans chargent… Menez de nouveau la charge." »

Il dévisagea son père et secoua la tête.

Nom de Dieu ! Encore du charabia !

Pourquoi le vieux salopard ne se contentait-il pas de crever ? À croire qu'il avait décidé de vivre éternellement.

Ce qui ne serait pas trop grave s'il se montrait capable de fournir des renseignements précieux. Mais non ! Grant en était réduit à supporter les délires et les fantasmes de cette loque, dans l'attente d'informations utiles distillées au compte-gouttes dans de brefs instants de lucidité. Alors même que le délai s'amenuisait. Raison pour laquelle il était forcé de prendre un gros risque ce soir, le succès dépendant de deux éléments enfermés l'un et l'autre dans l'enceinte de la Smithsonian.

« "Bientôt l'ultime mêlée… Oyez le bruit des batailles… Mes gris chevaliers zélés… Mais sans peur soyez de taille." »

Les âneries dont il avait eu les oreilles rebattues toute sa vie ! Enfant, il les écoutait avec fascination, puis elles avaient fini par lui taper sur les nerfs. La guerre de Sécession, tout le monde s'en foutait, à présent. Mais un trésor perdu de plusieurs milliards de dollars en or et en argent ? Voilà de quoi passionner n'importe qui !

« L'or, espèce de crétin ! L'or ! Tu n'as rien à en dire ? On a besoin de la clé, pour l'avoir ?

– "Serviteur de la foi, je mène pâturer au nord de la rivière. Un chemin dangereux. Rends-toi en dix-huit lieux. Cherche la carte. Cherche le cœur." »

Grant sentit une fureur noire le gagner.

Il envoya un direct dans le ventre du vieux. Pas assez fort pour lui infliger une blessure, mais suffisamment pour faire passer le message. Le choc coupa le souffle de son père, qui s'effondra sur le parquet. Il se demanda ce qui le retenait de sortir son pistolet de son holster pour abattre ce débile comme on achève un cheval blessé incapable de faire autre chose que geindre.

Il était hors de lui.

Un énorme trésor l'attendait là, à portée de main.

Caché depuis plus de cent ans.

Le seul cadeau précieux que lui avait jamais fait son père était de lui avoir révélé l'existence de ce magot. À trente-cinq ans, il en avait assez de sentir dans sa bouche le goût infect de l'échec. Les études n'étaient pas son truc. Pas plus que la routine d'un boulot pépère. Tout ça l'ennuyait. Il avait été marié deux fois. Par chance sans avoir d'enfants. Il se demandait d'ailleurs s'il n'était pas stérile, car il n'avait jamais vraiment utilisé de contraceptifs. Il n'en pouvait plus des frustrations continuelles jusqu'à ce qu'enfin, deux ans plus tôt, il se trouve impliqué dans une aventure susceptible de lui changer la vie en lui permettant d'atteindre rapidement les sommets. Sauf que l'aboutissement du projet dépendait du déchet d'humanité qui reprenait péniblement haleine, vautré à ses pieds.

« Tu n'as pas l'intention de parler, c'est ça ?

– "Le Sud se relèvera… une fois encore au champ d'honneur… comme la première fois. Devant Toi, Seigneur, nous plaidons la cause de notre nation." »

Résoudre les énigmes n'avait jamais été son fort. Heureusement, Diane avait percé les secrets des guetteurs, ce qui s'était révélé très fructueux. Avant demain, avec un peu de chance, tout ce qui leur manquait encore serait entre leurs mains, ici et dans l'Arkansas. Il aurait préféré être un peu mieux renseigné avant de se lancer dans l'opération finale, pouvoir s'assurer que le risque valait d'être couru, mais, les circonstances étant ce qu'elles étaient, il n'avait plus qu'à croiser les doigts. On l'attendait au Muséum national d'histoire naturelle dans une heure environ.

Il regarda son père recroquevillé sur le sol.

Par bonheur, il en savait assez pour pouvoir progresser grâce aux livres, manuscrits, lettres et autres vieux documents qu'il avait épluchés au cours de ces dernières années. Le personnel du musée de la Guerre de Sécession, à Richmond, le connaissait de vue, mais il excellait à subtiliser des choses au nez et à la barbe des gens.

Il y avait quelque chose de merveilleux dans la faculté que possédait le temps à rétablir l'équilibre des chances : à une époque, les Chevaliers du Cercle d'or se comptaient par dizaines de milliers ; à présent, il ne restait d'eux que quelques spécimens comme le vieux guetteur, là-bas dans l'Arkansas, ou le débris qui crachait ses poumons sur le tapis ici même – tous deux déjà morts...ou presque ! Il avait recruté des hommes de main et les avait envoyés dans l'Arkansas, payés avec de l'or confédéré qu'il avait récupéré lui-même en suivant les indications de Diane. Comme Diane et son frère, il portait la croix et le cercle. Mais ce n'était qu'en signe de solidarité. Aucun d'eux n'était chevalier. Surtout pas Diane : aucune femme n'aurait jamais été autorisée à prêter serment. Quoi qu'il en soit, à l'instar des authentiques chevaliers, tous trois étaient liés par un projet commun.

Un projet dans lequel il jouait un rôle essentiel.

Son portable vibra.

Il jeta un coup d'œil à l'écran. Diane.

Il hésita à répondre, puis décida de la laisser attendre.

Pas le temps.

L'appel qu'il lui tardait vraiment de recevoir était celui de l'Arkansas.

12

Les Chevaliers du Cercle d'or étaient les descendants naturels des clubs pour les droits sudistes des années 1830, qui militaient ouvertement pour le rétablissement de la traite négrière abolie par le Congrès en 1807. Ils avaient également pour modèle l'Ordre de l'étoile solitaire, cheville ouvrière de l'indépendance du Texas, arrachée au Mexique en 1836. Certains faisaient même remonter les origines de la confrérie à l'organisation secrète des Fils de la Liberté, actifs pendant la révolution américaine.

L'Ordre du Cercle d'or fut officiellement créé à Lexington le 4 juillet 1854 par cinq hommes dont les noms sont tombés dans l'oubli. Il se caractérisait par une prolifération de rituels, empruntés pour l'essentiel à la franc-maçonnerie, et était structuré en sections locales appelées « châteaux ». Il devint peu à peu le groupement subversif le plus important et le plus dangereux de l'histoire américaine. En 1860, il comptait quarante-huit mille membres répartis dans tous les États et territoires du pays. Son but était de fonder un empire esclavagiste prospère qui formerait autour de La Havane, sa capitale, un cercle incluant le sud des États-Unis, la Caraïbe et l'Amérique centrale. Le projet prévoyait l'annexion du Mexique et sa division en quinze États esclavagistes, l'idée étant de modifier l'équilibre des forces représentées au Congrès en faveur de l'esclavage. Ces nouveaux États composeraient un croissant bordant le golfe du Mexique, et l'ensemble du dispositif décrirait un « Cercle d'or » au sein duquel fleurirait une économie dynamique reposant sur l'emploi d'une main-d'œuvre servile et alimentée par la culture du coton, de la canne à sucre, du tabac, du riz, du café et de l'indigo, ainsi que par l'exploitation minière.

Dans les premiers mois de 1860, les journaux de tout le pays rapportaient que l'Ordre recrutait des troupes en vue d'une invasion du Mexique. Une opération qui n'eut jamais lieu sans que l'on sache exactement pourquoi. Selon certains, l'affaire tomba à l'eau à cause de problèmes d'approvisionnement et d'un manque de personnels compétents, mais, dans le contexte d'une guerre de Sécession imminente, il est plus logique de penser que l'Ordre, peu désireux de combattre sur deux fronts, reporta à plus tard l'attaque contre le Mexique pour se préparer à affronter le Nord.

Le Sud commença à faire sécession en janvier 1861. Dès le mois de février, sept des anciens États de la région avaient déjà ratifié une nouvelle constitution et nommé Jefferson Davis président provisoire. Les Chevaliers du Cercle d'or abandonnèrent immédiatement leurs visées expansionnistes pour se rallier aux États confédérés d'Amérique qui venaient de naître.

Pour le plus grand profit de l'Ordre.

De nombreux groupes paramilitaires sudistes étaient composés en tout ou partie de chevaliers. Infiltrés dans les arsenaux fédéraux, l'administration des monnaies, les chantiers navals, les places fortes et les gouvernements locaux, ils jouèrent un rôle crucial dans la conspiration du Nord-Ouest, conçue pour pousser à la révolution les États de l'Indiana, de l'Illinois et de l'Ohio. Dans les campagnes, ils faisaient fuir les chevaux, les soustrayant ainsi aux réquisitions des nordistes. Ils prenaient parallèlement le contrôle de petites villes et de journaux, collectaient armes, munitions, vivres et uniformes. Leurs principaux moyens d'action étaient l'incendie volontaire, le pillage et la terreur. Ils constituaient pour l'essentiel une milice de l'ombre spécialisée dans des opérations de contre-espionnage. Le détail de leurs pratiques est mal connu, car la plupart des archives les concernant, placées sous la garde du ministre des Affaires étrangères de la Confédération, disparurent au moment de la chute de Richmond en 1865. Mais, quand les hostilités prirent officiellement fin avec la reddition de Lee à Appomattox, l'Ordre ne fut pas dissous. De société secrète qu'il était, il devint encore plus invisible, basculant complètement dans la clandestinité, utilisant de faux nez pour masquer ses activités, au nombre desquelles figurait la préparation d'une seconde guerre de Sécession. La légende évoquait des investissements dans l'industrie minière, les chemins de fer et les compagnies maritimes, des fortunes amassées, puis converties en métaux précieux systématiquement enterrés aux quatre coins du pays.

On admet généralement que les Chevaliers du Cercle d'or cessèrent leurs menées vers 1916.

À cette époque, les États-Unis étaient engagés dans le premier conflit mondial et la plupart des rebelles fanatiques étaient morts.

Une nouvelle guerre de Sécession n'était plus à l'ordre du jour.

«Les Chevaliers du Cercle d'or n'existent plus, affirma Cotton.

– Parce que c'est vous qui le dites ? répliqua Terry Morse. C'est exactement ce qu'ils veulent faire croire. Mais ils sont toujours bien là.»

Cotton avait entendu raconter toute l'histoire quand il était enfant. Son arrière-arrière-grand-père maternel, Angus Adams, espion au service de la Confédération pendant la guerre de Sécession, avait appartenu à l'Ordre. Des correspondances et divers papiers entreposés dans le grenier de son grand-père faisaient état d'une conférence réunie dans la station thermale de Greenbrier, alors en Virginie. Près de douze cents personnes y participèrent, parmi lesquelles des ministres, des gouverneurs et des membres du Congrès. Ils validèrent un document de soixante pages intitulé *Protocoles, règlements et principes de la Légion américaine des Chevaliers du Cercle d'or* qui exposait les desseins de l'organisation. Il avait lu l'exemplaire qui se trouvait dans le grenier et en avait encore les premières lignes en mémoire : «Qu'il n'existe entre nous aucune querelle pour démêler le tien du mien, car nous sommes frères. Maintenir la Constitution telle qu'elle est ; restaurer l'Union telle qu'elle fut : tel est notre but.» Le chêne, symbole de force, de croissance et de multiplicité, fut choisi comme l'un des nombreux emblèmes de l'Ordre. La plupart des hommes d'influence du Sud, y compris ses propres ancêtres, y adhérèrent. Ils rêvaient non pas d'une simple confédération, mais d'un empire grandiose.

Le tatouage de Morse. Le cercle et la croix… Quand il avait une dizaine d'années, sa mère lui avait un jour montré un médaillon appartenant au patrimoine familial, qui représentait le même motif.

« Qu'est-ce que c'est que ça ? demanda-t-il.

– Un très vieux souvenir, répondit-elle, aiguisant sa curiosité.

– Un souvenir de quoi ?

– D'un temps où les hommes avaient foi en des choses qui nous paraissent odieuses aujourd'hui. Un temps où une race entière était réduite en esclavage. Où les femmes ne comptaient pour rien ou presque, et où le Sud se croyait invincible.

– Tu veux parler de la guerre de Sécession ? »

Il commençait à peine à étudier Abraham Lincoln à l'école, et les événements qui s'étaient déroulés entre 1860 et 1865, mais il était fasciné par le médaillon que tenait sa mère.

« Pourquoi est-ce que tu le gardes ?

– Mon père me l'a donné en me disant de le transmettre plus tard à mon propre enfant. Il voulait que nous perpétuions le souvenir. Mais je crois bien que la tradition s'arrêtera avec moi.

– Pourquoi ? » s'écria-t-il, mécontent.

Elle laissa tomber le pendentif dans sa boîte à bijoux, qu'elle remit dans son placard avant de répondre :

« Parce qu'il est temps que ces souvenirs disparaissent. »

Cotton revint soudain à la réalité et à l'affirmation de Morse.

« Les Chevaliers représentaient une vraie force avant, pendant et juste après la guerre de Sécession, concéda-t-il, mais ils avaient pratiquement disparu à la veille de la Première Guerre mondiale. Ils n'avaient plus de raison d'être.

– Tout ce que je sais, moi, c'est que j'ai un devoir à accomplir et que j'ai donné ma parole à mon père de m'y tenir jusqu'à la fin de mes jours», rétorqua le vieil homme.

Cotton croisa le regard de Cassiopée, qui avait observé jusqu'ici sans rien dire Léa et son grand-père, et il comprit qu'elle avait certaines questions à lui poser. Ils avaient conclu un pacte un mois plus tôt: plus de bobards entre eux. Et par conséquent plus de secrets non plus. Il lui adressa un clin d'œil, signifiant qu'il lui fournirait les explications nécessaires plus tard.

«Grand-père est un chevalier et un guetteur, intervint Léa. Les gens comme lui ont pour tâche de surveiller le trésor, de le protéger et d'en éloigner les curieux.

– Depuis combien de temps? s'enquit Cassiopée.

– Des générations. C'est un devoir familial, répondit fièrement la jeune fille. Il paraît que les bois sont pleins d'or, par ici.

– Un or qui appartient aux Chevaliers? demanda Cotton.

– Exactement, dit Morse. Ils l'ont caché là et ont laissé des marques sur les arbres, sur le sol, partout. Comme celles que vous avez suivies ce matin. Vous vous êtes bien débrouillé, d'ailleurs, il faut avouer. Certains prétendent que c'est de l'argent mis là par des bandits, mais ils se trompent. C'est l'argent des confédérés.»

Le grand-père de Cotton lui avait expliqué que les chevaliers étaient des maîtres dans l'art de cacher des choses sous le nez des gens. L'expérience d'aujourd'hui prouvait la justesse du propos.

Au-delà des fenêtres, le crépuscule obscurcissait le ciel dans une douceur toute printanière. Il regarda sa montre: 19h40. La journée avait été longue, avec des rebondissements qu'il n'imaginait pas en partant ce matin. Il était seulement censé explorer les lieux, observer les marques, puis interroger les locaux pour déterminer ce qu'ils savaient. Deux jours sur le terrain tout au plus, puis retour à Washington.

« Que vouliez-vous dire quand vous avez affirmé que les Chevaliers cherchaient à faire croire qu'ils n'existaient plus ? demanda-t-il à Morse.

– Des hommes sont venus me voir il y a environ un mois. Ils m'ont salué selon le rituel. »

Morse lui tendit la main droite, annulaire et auriculaire repliés. Cotton fit de même et ils se serrèrent fermement la main en n'utilisant que le pouce, l'index et le majeur.

Une sensation familière.

« Pourquoi tu fais ça ? » demanda-t-il à son grand-père.

L'humidité du matin d'automne rafraîchissait l'air poussiéreux du grenier.

« Parce que tu es assez grand pour comprendre, maintenant.

– Je n'ai que onze ans.

– Peut-être, mais tu es très malin, répondit le vieil homme avec un petit rire. Alors j'ai voulu te montrer ça. »

Normalement, l'accès au grenier était interdit. Il vivait avec sa mère chez son père à elle, en Géorgie, depuis que son père à lui avait été porté disparu, un an plus tôt, lors d'une mission navale. Ils ne savaient rien de ce qui était arrivé, sinon que le sous-marin que commandait son père avait sombré avec tout son équipage. Le choc avait été terrible pour sa mère, qui avait fini par trouver un dérivatif dans les travaux quotidiens de la ferme, où l'on cultivait des oignons. Lui-même avait réagi selon son habitude, en gardant tout son chagrin pour lui. Mais il passait beaucoup de temps avec son grand-père.

Aujourd'hui, ils étaient montés tous les deux au grenier.

Il était debout là, sa main et celle du vieil homme agrippées l'une à l'autre d'une étrange façon, leurs deux premiers doigts et leur pouce formant une pince.

« Tu sens l'effet que ça fait ? C'était ainsi que se saluaient deux membres de l'Ordre quand ils se rencontraient en public. Puis l'un

des deux demandait : "En êtes-vous ?" Et l'autre devait répondre : "J'en suis." Cela signifiait qu'ils étaient tous les deux chevaliers. »

Son grand-père lui raconta alors des anecdotes sur les Chevaliers du Cercle d'or, en précisant que son arrière-grand-père et son arrière-arrière-grand-père en avaient fait partie. Par la suite, il alla à la bibliothèque pour chercher des livres sur le sujet, mais en revint bredouille. Il interrogea aussi son professeur d'histoire, qui ne savait rien.

Il finit par se demander si tout cela était vraiment réel.

« Ils avaient un "château" ici même, dans le comté de Toombs, dit son grand-père. C'est le nom qu'ils donnaient à leurs sections locales : des châteaux. Mon père était officier, comme son père avant lui. C'était des démons, ces chevaliers. »

Cotton sortit de sa rêverie et lâcha la main de Morse, qui l'observait avec curiosité.

« Vous savez que je ne vous raconte pas d'histoire, n'est-ce pas ? murmura celui-ci.

– Ces hommes qui sont passés chez vous, que voulaient-ils ? demanda Cotton, éludant la question.

– C'était juste après que j'ai fait déguerpir le dernier type qui était venu fouiner autour de l'arbre au plan. Ce n'était pas un chercheur de trésor, celui-là. J'ignore ce qu'il était au juste, mais une chose est certaine, il n'était pas bien à l'aise dans la forêt. Je n'ai pas eu de mal à lui faire peur. Un mannequin pendu à un arbre et il a détalé. »

Tout à fait ce qu'avait rapporté Martin Thomas.

« Mais, avant de filer, il avait quand même eu le temps d'enterrer un soc de charrue et d'utiliser une boussole pour le retrouver, continua Morse. Et ça, ça m'a fait penser qu'il savait des choses… Comme vous. Je vous ai regardé faire ce matin. Quelqu'un vous a initié, pas vrai ? »

Le vieil homme était décidément beaucoup plus fin qu'il ne le laissait paraître.

« Pour en revenir aux gars qui ont débarqué ici, ils étaient au courant que j'étais un guetteur. Ils savaient aussi ce que je protégeais. Mais je ne leur ai rien dit. Je ne croyais pas un mot de ce qu'ils me racontaient.

– C'était des chevaliers, pourtant, non ?

– Je n'en suis pas convaincu. C'est pour ça que j'ai préféré me taire.

– Sauf qu'avec nous vous n'avez pas le choix. Alors, allez-vous vous décider à m'expliquer ce qu'ils voulaient, ces visiteurs ?

– Mieux que ça. Je peux vous le montrer. »

13

Tennessee
20 h 00

Danny était confortablement assis dans le fauteuil relax défoncé de sa chambre, à l'étage, au milieu de ses objets préférés, une lampe allumée à sa gauche, le carnet ouvert sur ses genoux. Il avait lu attentivement chaque page.

Le gouverneur était allé se coucher après qu'ils avaient dîné ensemble d'une pizza livrée par un restaurant du coin. Danny avait été ravi de cette reprise de contact avec le monde extérieur. Pratiquement personne n'était venu le voir depuis quatre mois, mis à part Alex et un agent littéraire qui le tannait pour qu'il se mette à rédiger ses mémoires. Apparemment, publier un bouquin était un devoir impératif pour tout ex-président. À croire que l'histoire de sa vie était un produit de luxe : trois éditeurs lui avaient déjà proposé des sommes à sept chiffres pour en avoir le manuscrit. Il aurait fallu qu'il loue les services d'un « nègre » et commence à lui dicter l'histoire de sa vie, mais l'idée seule le révulsait. Cela reviendrait à admettre que son existence touchait à son terme, que le temps était venu de tout mettre par écrit avant de faire le grand saut. D'ailleurs, il n'avait pas besoin de cet argent. Et puis quelle calamité que de devoir se rappeler le moindre détail de son passé !

Il n'avait en revanche pas eu à se forcer pour lire le carnet, qui avait piqué sa curiosité : Alex avait à l'évidence levé un lièvre.

Il feuilleta de nouveau le calepin, s'arrêtant à certains paragraphes pour les mémoriser.

De 1789 à 1795, réunions du Sénat américain quasi confidentielles et dans l'indifférence générale. Pas de séances publiques. Chambre haute considérée comme un trou noir à éviter pour faire carrière. Avis des sénateurs sans effet sur la législation. Aucune action concrète ou presque. Dans le même temps, domination de la Chambre des représentants, qui se réunissent en public. C'est là que tout se passe, comme si le Sénat n'existait pas. Selon Henry Clay, atmosphère du Sénat « solennelle et guindée »

1806. Aaron Burr, vice-président des États-Unis et président du Sénat, convainc ses collègues de l'inutilité de la règle qui leur permet de mettre un terme à un débat par un vote. Les sénateurs abrogent cette règle et jouissent dès lors du droit de monologuer sans limites et sans pouvoir être interrompus par leurs pairs. À l'époque, ils n'ont pas idée de ce qu'ils viennent de déclencher par hasard.

Années 1820. Début du changement. Développement de la Chambre, qui atteint 181 membres ; Sénat toujours réduit à 48 membres. Représentants élus par le peuple ; sénateurs désignés par les législatures des États. Chaque chambre soumise à des règles différentes. Temps d'intervention et de débat limité à la Chambre. Pas au Sénat, où le débat est au contraire encouragé et le temps de parole illimité. Sénateurs encore inconscients des potentialités de ces dispositions à ce moment-là.

Années 1830. Découverte par les sénateurs sudistes du fait que le règlement leur permet de refuser de céder la place une fois qu'ils ont commencé à parler.

Leurs collègues n'ayant aucun moyen d'interrompre le débat, et le temps d'intervention étant illimité, les sénateurs se rendent compte qu'ils peuvent garder la parole éternellement. L'obstruction est née. Webster, Calhoun, Clay et d'autres en font usage pour paralyser le Sénat et retarder, voire tuer dans l'œuf toute législation qui leur déplaît.

Les notes étaient regroupées sous un titre – REMARQUES À CHARGE –, comme pour la préparation d'un discours ou d'une dissertation. Danny, qui connaissait bien l'écriture d'Alex, avait tout de suite vu que le contenu du carnet n'était pas de sa main.

Il continua de tourner les pages.

Beaucoup d'entre elles comportaient des observations sur d'obscures règles de procédure du Sénat, un sujet auquel personne ou presque ne s'intéressait.

À tort.

Car ces règles déterminaient de quelle manière et à quel moment voter une loi. En étudier tous les détails procurait des avantages tactiques aux sénateurs les plus avisés. Pendant ses trois mandats au Sénat, Danny avait assimilé chaque nuance du manuel de procédures, qui comptait mille cinq cents pages.

Depuis 1789, près de deux mille hommes et femmes avaient servi l'institution. On pouvait les classer en deux grandes catégories : les chevaux de labour et les chevaux de cirque. Les premiers accomplissaient des choses ; les seconds s'en attribuaient les mérites ou distribuaient les mauvais points. Récemment, cette dichotomie était apparue de plus en plus clairement, les chevaux de cirque prenant nettement le pas sur les autres.

On se battait pour être sous les feux de la rampe.

Cela faisait quatre mois que le refus du Sénat de confirmer les ministres de l'Administration Fox occupait toute la place dans les médias. Il suffisait qu'un sénateur empêche la tenue d'un vote en séance pour contrer efficacement la volonté des quatre-vingt-dix-neuf autres. Certes, la règle de la clôture – adoptée comme garde-fou au début du XXe siècle – permettait de mettre fin à une manœuvre d'obstruction en réunissant soixante voix pour s'y opposer, mais, quel que soit le sujet, obtenir l'accord de trois cinquièmes de l'assemblée relevait de la gageure. Surtout s'il s'agissait d'interrompre un débat. C'était le principe du renvoi d'ascenseur : si un sénateur voulait faire de l'obstruction, les autres l'y autorisaient à charge de revanche.

Il parcourut encore quelques passages.

L'article 1, section 5, clause 2 de la Constitution établit que chaque chambre décide de son propre règlement. Arrêt de la Cour suprême : les règles procédurales de la Chambre des représentants sont adoptées tous les deux ans par le nouveau Congrès. Les règles du Sénat, elles, restent en vigueur tant qu'on ne décide pas de les changer. Dans son arrêt de 1892 United States v. Ballin, la Cour juge que l'existence d'une relation raisonnable entre une règle établie et le résultat recherché par son application suffit à justifier cette règle. Une formulation plutôt ouverte qui revient à dire que les pouvoirs du Congrès en matière de procédures internes sont illimités. Ces pouvoirs sont permanents, absolus et ne peuvent être remis en cause par aucune cour ni aucun autre corps constitué.

Il leva les yeux du carnet.

Qu'est-ce que tout ça signifiait ?

À ce qu'avait expliqué Taisley, c'était le frère de Diane, Kenneth Layne, qui était à l'origine de toute l'histoire. Le passage qu'il venait de parcourir ressemblait au résumé d'une recherche portant sur les règlements de la Chambre et du Sénat, avec des références et des remarques sur des jugements rendus par divers tribunaux à ce sujet. D'autres parties traitaient de l'article 5, qui fixait la méthode à suivre pour amender la Constitution, encore un domaine obscur qui avait apparemment accaparé l'attention de Kenneth Layne. Qu'est-ce que Layne avait en tête ? Et pourquoi la lecture du calepin avait-elle mis Alex dans un « état invraisemblable », selon les mots de Taisley ?

Les dernières pages étaient particulièrement troublantes.

Jefferson Davis et Alexander Stephens se détestaient. Bien que respectivement président et vice-président des États confédérés, leurs vues divergeaient. Davis prônait la guerre, Stephens la voie constitutionnelle. Défavorable à la guerre, Stephens resta toutefois loyal à la Géorgie, à laquelle il apporta son soutien quand elle fit sécession. Mais Davis, initialement convaincu que le légalisme était une impasse, finit par se persuader du contraire vers avril 1865, devant l'échec de l'option militaire.

Stephens fut élu à la Chambre comme représentant de la Géorgie de 1843 à 1859. À cette époque, le Sénat gagnait en importance et l'obstructionnisme était en pleine éclosion. Quand arrivèrent les années 1850, il était déjà pratiquement impossible de faire quoi que ce soit au Congrès sans amadouer l'ensemble du Sénat. Un seul sénateur hostile parvenait à tout bloquer. Lassé, Alexander Stephens imagina un moyen de dépouiller le Sénat de ses pouvoirs, mais ne parvint pas à acquérir une force d'entraînement suffisante pour imposer la mise en œuvre de son idée. Puis la guerre intervint. Stephens servit de nouveau à la Chambre de 1873 à 1882, mais le Sénat était devenu entre-temps la chambre dominante du Congrès, et tout changement était désormais exclu.

Il ne comprenait pas vraiment l'objet de ce rappel historique. Qu'avait inventé Stephens pour calmer les ardeurs du Sénat ? Danny n'avait jamais entendu parler de cet épisode.

Seuls trois quarts des pages étaient écrits. Sur la dernière apparaissait un nom

Chevaliers du Cercle d'or

Une confrérie qu'il se souvenait vaguement avoir vue mentionnée dans des récits anciens.

Il y avait ensuite une citation :

Je suis d'avis qu'une nation pourvue d'un roi est comparable à un homme qui a pris un lion comme chien de garde : s'il casse les dents au fauve, il le rend inutile ; s'il les lui laisse, le lion le dévore.

Une annotation attribuait l'aphorisme à James Smithson, dont le legs avait permis la création de la Smithsonian Institution. Alex, qui avait été régent de cette institution, connaissait sûrement bien Smithson. Mais ce qui attira surtout l'attention de Danny était un commentaire rédigé au bas de la page :

Très juste !

Une approbation affirmée.

L'encre n'était pas la même sur ce feuillet que sur les autres. L'écriture non plus.

C'était celle d'Alex.

Il avait un mauvais pressentiment.

Et, malheureusement, il n'y avait plus qu'une carte dans le jeu : Diane.

Bien sûr, elle devait être en rogne contre lui après ce qu'il avait fait, mais ça lui passerait. C'était un des avantages dont jouissaient les ex-présidents : on avait tendance à se montrer indulgent envers eux.

La formule préférée d'un de ses vieux ennemis politiques lui vint à l'esprit : « Observe, mémorise, compare, lis, consulte, écoute, interroge. »

Il avait déjà souscrit aux six premières exigences.

Ne restait plus qu'à interroger.

Il demeura assis un moment, s'imprégnant de l'atmosphère réconfortante distillée par les objets familiers qui l'entouraient. Il sentait dans ses oreilles la pression du silence, aussi concrète que celle d'une explosion. De temps à autre, le crépitement de la pluie contre les carreaux évoquait une cavalcade de souris sur un plancher. Son regard se porta vers la fenêtre, dont les rideaux n'étaient pas tirés. Pauline détestait se trouver la nuit dans une pièce éclairée dont les ouvertures n'étaient pas masquées. Pas lui.

Comment Diane réagirait-elle à la révélation que son mari avait peut-être aimé une autre femme ? Qu'il avait l'intention de divorcer ? Il avait jusqu'ici gardé pour lui l'information, ne voyant aucune raison de faire souffrir Diane sciemment malgré l'aversion qu'elle lui avait toujours inspirée, mais…

Le carnet à la main, il se leva, prit ses clés de voiture et descendit l'escalier. Les agents de sécurité du gouverneur montaient la garde sous la véranda.

« Je reviens, leur dit-il.

– Il est très tard, remarqua l'un des hommes. Avez-vous besoin d'une escorte ? »

Surtout pas !

« Non merci, répondit-il. J'ai ce qu'il me faut. »

14

Cotton sortit derrière Morse. Cassiopée et Léa l'imitèrent. Le vieil homme lui faisait penser à son grand-père, qui distillait des informations à toutes petites doses. Entre dix et seize ans, il avait vibré aux histoires que celui-ci lui racontait. Les ancêtres de sa mère avaient tous été des confédérés, de fiers Géorgiens qui étaient restés solidaires de leur État quand celui-ci avait quitté l'Union. Autres temps, autres mœurs... Pourtant aucun d'entre eux n'avait jamais été propriétaire d'esclaves. Les Adams travaillaient eux-mêmes la terre, en famille, et, par bonheur, ils étaient nombreux dans les environs de Vidalia. Ce n'était pas des oignons qu'ils cultivaient, ceux-ci n'étant apparus que dans les années 1930, mais du maïs et du coton, qui constituaient les gros marchés de l'époque.

Ils s'arrêtèrent tous les quatre sous la véranda.

«Je fais ça depuis longtemps, dit Morse. Par le passé, il y avait des guetteurs postés dans tous les coins de l'Arkansas. Chacun de nous avait la garde d'une part du territoire. C'est mon père qui m'a montré l'arbre au plan que vous avez trouvé. J'étais plus jeune que Léa à ce moment-là. Ce hêtre est mon principal repère. C'est sa fonction. Je surveille les bois dans un rayon de quatre-vingts kilomètres autour de lui. Pas en permanence. Seulement quand des gens viennent rôder.

«Comment savez-vous à quels endroits des choses sont enterrées ? demanda Cassiopée.

– Je ne connais pas les caches. Seules les marques permettent de les trouver. Mon père ne m'en a indiqué précisément que quelques-unes. Mais c'était seulement des niches à gages. »

Grâce à son grand-père, Cotton connaissait le sens de l'expression. Dans les « niches à gages », dont les emplacements étaient de temps à autre révélés aux guetteurs comme Morse, ceux-ci trouvaient de petites quantités d'or et d'argent destinées à les dédommager pour leurs services.

« On nous envoyait les informations nécessaires pour déterminer la position d'une niche, puis on allait creuser à l'endroit signalé et on découvrait un peu d'or qu'on pouvait garder pour soi, expliqua le vieil homme.

– Ça vous est déjà arrivé d'en déterrer ? s'enquit Cotton.

– Je n'en ai pas eu l'occasion. Je n'ai jamais reçu aucune instruction. Mais votre bocal de ce matin n'est pas bien grand. À mon avis, ce devait être une niche prévue pour mon père.

– Donc, vous avez travaillé à l'œil, commenta Cassiopée.

– Ça y ressemble. Je repère les gens qui s'intéressent à certains lieux et je fais en sorte qu'ils ne s'y intéressent plus. »

D'où la bosse encore douloureuse sur le front de Cotton.

« Et vous en voyez beaucoup, de ces gens… intéressés ?

– Personne depuis un bon moment. Ce qui est bizarre. Il y a quelques années, des livres ont paru sur le sujet, et ça a fait venir pas mal de chasseurs de trésors. Des amateurs, surtout. Ils cherchaient les arbres marqués, creusaient pour trouver des indices… Mais je les faisais fuir. Puis plus rien jusqu'au mois dernier, où j'ai vu arriver le type dont je vous ai parlé, seul, suivi du groupe de soi-disant chevaliers. Et maintenant, vous. Beaucoup d'animation, récemment…

– La Smithsonian a monté une expédition ici, en 1909, dit Cotton. Votre père ou votre grand-père vous en ont-ils parlé ? »

Morse lui lança un regard indéchiffrable.

« Mon père, oui. Ça a fait toute une histoire, ce truc. Il y a eu un mort, il me semble. Accident de chasse… Ça se produisait parfois, dans le coin…

– Est-il arrivé à votre père de tuer des curieux qui venaient fouiner de trop près ? »

La question n'était assurément pas du goût de Morse.

« Mon oncle l'a fait. Deux fois. Il a abattu les types et les a enterrés dans les collines.

– C'est ce qu'on appelle des meurtres.

– Peut-être, mais quelle importance, maintenant ? Mon oncle et tous les guetteurs de ce temps-là sont morts.

– Ça a tout de même une certaine importance, monsieur Morse, intervint Cassiopée. Un meurtre reste un meurtre.

– Et vous ? Vous avez déjà tué quelqu'un ? lui demanda le vieil homme.

– Oui.

– Vous aussi, je suppose ? dit-il en se tournant vers Cotton, qui hocha la tête. J'imagine que vous aviez de bonnes raisons de le faire. Eh bien, pour les guetteurs, c'est pareil : cet or n'appartenait pas à ceux qui le cherchaient. »

Ce débat ne menant à rien, Cotton changea d'angle d'attaque.

« Vous n'avez jamais appris à déchiffrer les marques, dans la forêt ?

– Non. Pas mon boulot… J'ai comme l'impression que vous en connaissez un rayon sur nous autres. Vous ne seriez pas chevalier vous-même, par hasard ? »

Cotton aurait effectivement pu en être. Son grand-père lui avait appris beaucoup de choses sur l'Ordre et la façon dont ses membres cachaient leur butin. Il lui avait parlé des « arbres aux hiboux », bizarrement conformés ou déformés à dessein, le plus souvent en rang par trois ou plus, permettant de repérer le site à distance. Il y avait aussi les arbres alignés dont un manquait, l'emplacement vide étant celui d'un trésor enfoui, et ceux que l'on taillait pour leur donner des tournures peu naturelles, tels les poteaux de rugby qu'il avait vus ce matin, ou que l'on contraignait dès le début de leur croissance à prendre des formes de T ou de croix. Certains présentaient des nodosités artificielles ou des traits échelonnés sur leur tronc. Pour que les repères enterrés conservent le plus longtemps possible leur pouvoir d'aimantation, on choisissait pour en tenir lieu de gros objets en métaux ferreux comme des fourneaux, des lessiveuses, des cuves à lait, des coffres-forts ou des charrues. Pouvaient également servir de jalons des amas de pierres disposées en losanges, des trous percés dans la roche ou des entailles mystérieuses, chaque marque indiquant une direction et une distance en référence à un azimut magnétique, certaines particularités topographiques ou une grille géométrique.

Le tout obéissait à une logique et constituait un langage muet compris seulement d'une poignée d'initiés – dont Morse avait précisé que les guetteurs ne faisaient pas partie. Par chance, le grand-père de Cotton avait acquis une certaine connaissance de ces codes. Avait-il été un guetteur, lui aussi ? On pouvait se le demander.

« Si j'ai trouvé cette cache, aujourd'hui, c'est grâce à ce que j'ai pu apprendre par moi-même ainsi qu'au rapport sur l'expédition de 1909, répondit-il, avant d'ajouter, sarcastique : ce type, qui est mort d'avoir été pris pour un chevreuil, ses notes, elles, ont survécu. Elles ont dû échapper au chasseur… Il est vrai qu'il a fallu plus de cent ans pour les exploiter, mais la Smithsonian a quand même fini par renvoyer quelqu'un ici : l'homme que vous avez fait fuir il y a un mois. Il venait chercher la même chose que moi. »

S'il avait jusqu'ici considéré toutes ces histoires comme des contes folkloriques imaginés par un grand-père pour divertir son petit-fils, ce n'était plus du tout le cas depuis qu'il avait mis la main sur un bocal rempli d'or confédéré bien réel et croisé le chemin d'un authentique guetteur de troisième génération.

Morse les invita enfin à le suivre. Ils descendirent de la véranda et contournèrent la maison dans la nuit tombante en direction de l'un des bâtiments annexes construit, comme deux autres à proximité, en rondins mortaisés. L'air calme vibrait d'une rumeur sourde.

« Qu'est-ce que c'est ? demanda Cotton en prêtant l'oreille. Un transformateur ? »

Morse eut un gloussement moqueur.

« Des abeilles. »

Il ouvrit la porte cloutée de la dépendance et alluma l'éclairage. À l'intérieur, le bourdonnement continu était bien plus fort et une odeur douceâtre saturait l'air. Le bruit provenait d'une douzaine de boîtes en bois posées sur de lourdes tables. Un des murs était bordé d'un long établi encombré d'outils, dont le plateau balafré supportait un étau.

« J'enferme les abeilles là-dedans par sécurité, dit Morse. Ça dissuade les voleurs.

– Vous voulez dire que des gens viennent vous les prendre ? demanda Cassiopée.

– Ça n'arrête pas. Je loue mes ruches à des fermiers qui souhaitent polliniser leurs vergers. Des salopards me les barbotent pour les louer à ma place. On ne peut pas marquer des abeilles comme du bétail. Impossible de prouver qu'elles vous appartiennent. Alors vous n'avez plus qu'à faire une croix dessus. C'est un gros problème. »

Dans la partie haute des murs, des fentes avaient été pratiquées pour permettre aux insectes d'entrer et de sortir.

« Les gars qui sont venus l'autre jour cherchaient une chose bien précise, reprit Morse. J'ignore comment, mais ils savaient que c'était moi qui l'avais. L'autre, il y a un mois, ne s'y intéressait pas vraiment, sinon il aurait abordé le sujet quand il interrogeait les gens du coin.

– Comment avez-vous appris notre présence ? s'enquit Cassiopée.

– Par un copain qui travaille à l'hôtel où vous logez. Il m'appelle pour m'avertir quand il voit des chasseurs de trésor. Vous posiez des tas de questions et ça lui a mis la puce à l'oreille. On s'entraide beaucoup, par ici. »

Comme en Géorgie.

Si Cotton en croyait ce que lui avait raconté son grand-père, les Chevaliers avaient accumulé d'énormes quantités d'or et d'argent provenant pour partie de gains légitimes, pour partie du trésor de la Confédération – un trésor dont certains pensaient qu'il avait été retrouvé en 1865 ou dissimulé quelque part. Il n'existait aucune certitude à ce sujet. En revanche, il était attesté que les réserves en or et en argent de trois hôtels des monnaies avaient été entièrement pillées dans les premiers jours de la guerre de Sécession, et que de nombreuses richesses encore s'étaient volatilisées pendant et après le conflit, dérobées à des banques, des entreprises ou des particuliers. Les histoires de pactoles disparus abondaient dans les États du Sud, avec toutes sortes de variantes locales. Une myriade d'ouvrages avaient été écrits sur le sujet. Le seul élément commun à tous ces récits était que les chevaliers cachaient leur butin sous terre, ce qui expliquait que les chasseurs de trésors soient bredouilles depuis si longtemps.

« Mon père me disait que nous étions des guetteurs très spéciaux parce que nous avions la garde d'une chose capitale, dit Morse. Bien sûr, de l'or a été caché dans notre secteur. Vous en avez découvert un peu ce matin et il y en a davantage. Mais la chose vraiment précieuse qui nous a été confiée n'est pas en métal. »

Il s'approcha d'une des tables où trônaient les ruches et se pencha vers une étagère en dessous, sur laquelle était rangé un paquet à peu près carré d'environ soixante centimètres de côté enveloppé dans un morceau de toile verte crasseuse. L'objet devait être lourd, car Morse eut du mal à le soulever. Quand il l'eut posé entre deux ruches, il ôta le tissu, révélant une pierre plate d'à peu près huit centimètres d'épaisseur portant des motifs gravés.

« C'est la pierre à la Sorcière, déclara le vieil homme. Du moins c'est comme ça que l'appelait mon père. »

Cotton parlait couramment plusieurs langues – encore un atout qu'il devait à sa mémoire absolue. Il n'eut aucun mal à traduire le texte, qui était en espagnol. *Esta bereda es peligrosa*, disait la première ligne. Cette *bereda* est dangereuse ? Le mot *bereda* lui était inconnu, mais *vereda*, il le savait, signifiait « chemin ».

Ce chemin est dangereux ?

Deuxième ligne : *Yo boy 18 lugares. Boy* semblait être une orthographe fautive de *voy* – je vais –, comme *bereda* l'était de *vereda.*

Je vais en 18 lieux ? Je passe par 18 endroits ?

La troisième ligne ne posait pas de problème. *Busca el mapa* : *cherche la carte.*

Quant au sens de la dernière ligne, *Busca el coazon* – sans doute *el corazón* –, il était clair : cherche le cœur.

Ce chemin est dangereux. Je passe par 18 endroits. Cherche la carte. Cherche le cœur.

Cassiopée prit quelques clichés avec son portable.

« Je vous interdis de faire des photos ! s'exclama Morse.

– Dans ce cas, pourquoi nous montrer cette pierre ? » demanda Cotton.

Morse ne trouva rien à répondre.

C'est à cet instant que la porte s'ouvrit en grinçant.

Trois hommes entrèrent.

Tous armés.

Cassiopée tendit la main vers son automatique, mais le premier des trois intrus agita son index en l'air en guise d'avertissement.

« Tss-tss, pas de ça, ma petite dame ! dit-il. Vous ne voudriez pas qu'il arrive malheur à la gamine, tout de même ? Jetez votre pistolet par terre ! »

Elle regarda Cotton. Il confirma d'un clignement des paupières qu'elle n'avait pas le choix et elle laissa tomber son arme, dont un des hommes s'empara aussitôt. Celui qui devait être le chef se tourna vers Cotton.

« Et toi ? Tu as un flingue ? »

Il sortit son Beretta et le jeta sur le sol.

« Bien joué », lança le type à l'adresse de Morse.

Le vieil homme accueillit le compliment avec un hochement de tête.

Léa semblait stupéfaite.

Cotton, lui, était fou de rage.

15

WASHINGTON
20 H 50

Stéphanie Nelle arriva devant le Muséum d'histoire naturelle, près de Constitution Avenue. Alertée par un appel reçu une demi-heure plus tôt, elle était venue directement du Mandarin Oriental, l'hôtel où elle descendait toujours quand elle devait séjourner dans la capitale.

Le muséum était une ramification de la vaste Smithsonian Institution, qui possédait et gérait plusieurs musées répartis d'un côté et de l'autre du National Mall. Le musée des Indiens d'Amérique, celui de l'Air et de l'Espace et le célèbre « Château » de style roman bordaient la limite sud du parc, tandis que le musée national d'Histoire américaine et afro-américaine et le Muséum d'histoire naturelle en occupaient le flanc nord. Ensemble, ces établissements constituaient le plus grand complexe muséal du monde et abritaient cent quarante millions de pièces de collection, chacune considérée comme un trésor national. Ce soir, cependant, les abords du Muséum, fermé au public, étaient tranquilles.

Elle entra par une porte latérale maintenue ouverte par un gardien, qui la conduisit jusqu'à une petite salle aveugle dont un mur était tapissé d'écrans de contrôle montrant chacun un secteur des locaux. Ceux-ci couvraient cent quarante mille mètres carrés répartis sur six niveaux. Une jolie surface à surveiller.

Richard Stamm, l'actuel conservateur du « Château », l'attendait, quelque peu hors de son élément dans ce haut lieu de l'histoire naturelle. Rick et elle étaient des amis de longue date. Il l'avait récemment dépannée et, lui étant redevable, elle aurait difficilement pu lui refuser son aide quand il l'avait appelée.

« Tu as de la chance que je me sois trouvée à Washington, dit-elle.

– En effet. Je te suis reconnaissant d'être venue. »

Il désigna un des écrans sur lequel deux hommes discutaient dans ce qui semblait être une bibliothèque.

« Ce que tu vois là est la bibliothèque Cullman, indiqua Rick. Les deux types y sont entrés avant que je t'appelle et ils y sont toujours. »

Les bibliothèques de la Smithsonian se distribuaient entre les vingt et un musées et centres de recherche que comptait l'institution. Leurs fonds cumulés passaient pour former l'un des plus importants réservoirs de connaissances au monde. La Cullman, située au rez-de-chaussée du Muséum, abritait une collection de livres d'anthropologie et de sciences naturelles rarissimes dont Stéphanie avait souvent entendu parler.

« Le blond est Martin Thomas, un de nos bibliothécaires spécialisés dans les ouvrages de référence, continua Rick. Dix ans de carrière sans le moindre faux pas. Il est, paraît-il, en tête de liste pour succéder à l'administrateur de la bibliothèque d'histoire américaine quand il prendra sa retraite.

– Que fait-il dans la Cullman à cette heure-ci ? Il ne s'y trouve rien qui ait trait à l'histoire américaine.

– Je l'ignore, justement. Nous n'avons que la vidéo, pas le son. L'autre est arrivé et Martin l'a emmené directement là où ils sont. »

Le deuxième homme, grand et athlétique, avait d'épais cheveux bruns très bouclés. Il semblait très agité. Ses mains cherchaient en permanence quelque chose à agripper. Il se tenait dos à la caméra, comme s'il voulait cacher son visage. Il portait une veste sport sombre, un pantalon et une chemise ouverte à col américain.

« Qu'est-ce qu'il a au cou ? » demanda-t-elle.

Ils se penchèrent pour examiner l'image sur l'écran.

« On dirait une tache de vin, dit Rick. Une grande.

– En quoi la présence de ces deux types pose-t-elle problème ? J'imagine qu'il arrive souvent aux membres du personnel de revenir après les heures de fermeture.

– Martin travaille avec nous sur un projet particulier. L'ennui, c'est qu'il ne nous avait pas avertis de son intention d'être là ce soir. Nous sommes censés faire partie de la même équipe, et pourtant nous n'étions au courant de rien jusqu'au moment où il est arrivé avec l'autre gars. Quand les gardiens les ont vus entrer, ils m'ont aussitôt prévenu. C'est là que j'ai décidé de t'appeler.

– Tu ne veux pas me dire pourquoi ? »

Rick jeta un coup d'œil furtif en direction des deux agents de sécurité qui surveillaient les écrans dans la pièce sombre. Il jugeait sans doute le moment et l'endroit mal choisis pour s'expliquer sur le fond, mais il fit tout de même un semblant de réponse :

« Une des choses qui me gêne, c'est qu'ils sont entrés par la porte de service… »

Donc sans passer par le filtrage et le détecteur de métaux.

« Tu n'as pas la moindre idée de qui est l'autre type, ni de ce qu'il fait là ? »

Rick fit non de la tête.

« Tu disposes d'un service de sécurité pour le découvrir. Et puis il y a la police.

– Je préfère que ce soit toi qui t'en occupes. »

En d'autres termes : je t'ai rendu service, maintenant c'est ton tour ! Le rôle de débiteur était vraiment pénible à jouer parfois.

Rick lui fit signe de le suivre dans le couloir, où il lui résuma rapidement la situation. Tout avait commencé quelques mois plus tôt, quand des rapports classés confidentiels avaient été consultés dans les archives du musée sans accord préalable de l'administration.

«J'ignorais que la Smithsonian détenait des archives secrètes, dit-elle.

– Nous n'en avons pas. C'est simplement que certains documents sont placés chez nous en dépôt et non accessibles au public.»

La vidéosurveillance avait rapidement permis de confondre Martin Thomas. Interrogé, il avait avoué avoir violé la règle à la demande d'un membre du comité consultatif citoyen des Bibliothèques, une certaine Diane Sherwood, par ailleurs épouse d'un des régents de l'institution.

«La veuve du sénateur Sherwood? demanda-t-elle.

– Exactement.»

Elle commençait à mesurer le côté délicat de l'affaire.

Thomas avait accédé au désir de Mme Sherwood pour lui complaire. Mais, curieusement, non seulement la Smithsonian s'était abstenue de placer les coupables devant leurs responsabilités, mais elle les avait implicitement encouragés à consulter de nouveau la documentation concernée en omettant de la mettre sous clé.

«Nous nous sommes dit que la meilleure façon de découvrir le pot aux roses était de faire en sorte que la principale protagoniste nous y mène elle-même. À ce moment-là, Martin travaillait déjà pour nous, alors nous avons laissé courir.

– Et que s'est-il passé?

– Un truc totalement imprévu. Martin est parti pour l'Arkansas et il en est revenu terrifié en racontant qu'il avait fait l'objet de menaces de mort. C'est là que nous avons appelé Cotton Malone.»

Stéphanie resta un instant bouche bée.

« Depuis quand connais-tu Cotton ?

– Je ne le connaissais pas. Mais le chancelier avait entendu parler de lui et m'a prié de me renseigner un peu sur son compte. J'ai découvert qu'il avait été un de tes agents, à une époque, mais qu'il est maintenant à la retraite. Nous l'avons donc appelé chez lui, dans sa librairie de Copenhague, et nous avons loué ses services.

– Cotton est ici ? Il travaille avec toi ?

– En fait, il est dans l'Arkansas, avec une certaine Mlle Vitt. Il est là-bas pour essayer de comprendre ce qui est arrivé à Martin. »

Habituellement, c'était elle qui téléphonait à Cotton pour lui proposer des missions en free-lance. Il avait été sa première recrue pour la division Magellan et avait servi sous ses ordres une douzaine d'années avant de prendre sa retraite anticipée pour s'installer au Danemark. En ce moment, les douze agents dont elle disposait étaient tous soit sur le terrain, soit occupés à remettre sur pied la division, à la suite de son récent démantèlement – heureusement temporaire – par le nouveau président et son ministre de la Justice. Elle était précisément à Washington pour rencontrer ce dernier et établir avec lui un *modus vivendi* malgré l'hostilité qu'il lui témoignait.

« Écoute, Rick, dit-elle, j'ai effectivement l'impression que tu es dans un drôle de pétrin. Mais tu as Cotton et Cassiopée pour t'épauler, et ils sont très bons. Alors pourquoi suis-je ici ?

– Nous voulons épingler Martin Thomas et l'autre loustic. Et pour ça j'ai besoin de ton aide. Après ça, j'aimerais aussi que tu me donnes un coup de main pour comprendre ce qui se trame. Démêler ce genre d'affaire n'est pas tout à fait dans mes cordes. »

La porte du PC sécurité s'ouvrit et un des techniciens les informa que les deux intrus étaient en train de se déplacer. Ils rentrèrent en toute hâte dans la pièce. Sur l'écran, Thomas et son compagnon se dirigeaient vers la sortie de la bibliothèque. Thomas parlait en gesticulant à l'inconnu, qui se présentait toujours de dos.

« Il sait qu'il y a des caméras, commenta Stéphanie.

– On dirait bien. »

Thomas quitta la salle, son acolyte sur les talons. Comme ce dernier se tournait légèrement pour passer la porte à son tour, un côté de sa veste s'écarta de son torse. Il le plaqua immédiatement sur lui et boutonna le vêtement, mais l'œil électronique avait eu le temps de saisir un détail inquiétant.

« Stop ! Revenez un peu en arrière ! » ordonna Rick.

Il avait vu la même chose qu'elle.

L'un des opérateurs tapa sur son clavier et une image fixe apparut. Sous le pan relevé de la veste, on distinguait la crosse métallique d'un pistolet glissé dans un holster.

« Ça sent mauvais, dit-elle. Il faut laisser tomber tout de suite, Rick.

– Il faut pourtant que j'arrive à savoir ce qu'ils cherchent.

– Je comprends bien, mais tu risques de mettre en danger la vie de votre bibliothécaire… Et j'ai le sentiment que tu ne me dis pas tout, je me trompe ?

– Est-ce que tu peux me faire confiance encore un moment ? »

Bien sûr, qu'elle le pouvait ! Un vieil ami comme lui.

Sur l'écran, les lumières s'éteignirent dans la bibliothèque Cullman désormais vide. Les deux hommes reparurent sur un autre moniteur, en train de suivre un couloir puis de franchir une porte métallique à double battant.

« Cette issue donne sur une zone en chantier fermée au public, indiqua Rick.

– Bon, d'accord. Explique-moi comment aller jusque là-bas sans me faire repérer. »

Elle referma sans faire aucun bruit le battant métallique derrière elle. Elle était équipée d'un kit de communication mains libres constitué d'une petite radio accrochée à sa taille, d'une oreillette et d'un micro fixé au revers de sa veste.

« Ils sont toujours là, fit la voix de Rick dans le récepteur. Avance tout droit et prends le premier couloir à droite. »

Elle se trouvait dans un passage chichement éclairé par de rares ampoules, mais les ombres épaisses qui enveloppaient l'endroit n'empêchaient pas d'en distinguer les contours. Rick lui avait expliqué que cette partie du musée, utilisée jusqu'à récemment comme un entrepôt en sous-sol, bien que située au rez-de-chaussée, était fermée depuis plus d'un an dans le cadre d'un plan d'expansion de l'espace réservé aux bureaux. Elle avait pénétré dans la zone par le côté opposé à celui où se tenaient les deux hommes, l'idée étant de se rapprocher d'eux par la bande pour tenter d'en apprendre plus sur leurs manigances avant de les interpeller. Postés à toutes les sorties, des agents de sécurité attendaient son signal pour passer à l'action.

Toute fuite était impossible.

Il n'y avait pas de caméras en fonction dans le périmètre en travaux. Des barrières interdisaient l'accès au chantier, mais elles n'avaient pas empêché Thomas et son invité d'entrer. Selon toute vraisemblance, ce qu'ils cherchaient se trouvait là. Tout en jugeant la situation préoccupante, Stéphanie estimait que Martin Thomas ne courait pas de véritable danger dans la mesure où celui qui l'accompagnait poursuivait incontestablement un but et avait besoin du bibliothécaire pour l'atteindre.

C'était du moins ce dont elle essayait de se persuader.

Elle se fraya prudemment un chemin parmi un dédale de câbles, de tuyaux et de gaines jusqu'à l'endroit où Rick lui avait dit de tourner. Elle entendait les voix des deux hommes, répercutées par les murs nus. S'étaient-ils réfugiés là dans le seul souci de discuter à l'abri des caméras ? Quoi qu'il en soit, elle ne perdait pas de vue la présence d'un pistolet dans le tableau. Dieu merci, elle aussi était outillée, son Beretta de service bien calé dans son holster, sous sa veste. Elle s'était longtemps abstenue de porter une arme jusqu'à ce que l'expérience lui apprenne qu'il valait mieux prévenir que guérir.

Le sol en béton aurait normalement dû amortir le bruit de ses pas, mais elle devait tenir compte d'une couche de sciure, de chutes de Placoplâtre et autres débris qui menaçaient de la faire trébucher. La capacité de rebond de la Smithsonian forçait l'admiration : depuis 1910, date de sa construction, le musée avait su faire peau neuve à chaque nouvelle évolution du monde.

Stéphanie prit position à l'angle de deux murs d'où les voix, très proches, lui parvenaient distinctement.

« … apprécie ce que vous avez fait. Sincèrement.

– Je travaille ici depuis longtemps, mais laissez-moi vous dire que ce n'est pas pour l'attractivité de la paye, répondit l'autre interlocuteur – Thomas à n'en pas douter.

– Les pièces d'or que je vous ai déjà remises devraient vous permettre d'arrondir vos fins de mois. Tenez, je vous en donne trois de plus pour le dérangement de ce soir. »

S'ensuivit un tintement métallique.

« Des spécimens rares, commenta Thomas. Je me suis bien documenté. Si je ne m'abuse, vous êtes sur les traces d'une quantité bien plus importante de ce même numéraire… »

Un silence.

« Je pourrais vous aider, proposa le bibliothécaire.

– Que voulez-vous, en clair ?

– Une part de l'or perdu des confédérés que vous cherchez à récupérer. »

16

Grant dévisagea Martin Thomas en se demandant s'il ne l'avait pas sous-estimé. Diane l'avait pourtant assuré que le bibliothécaire coopérerait pleinement, subjugué qu'il était d'avoir affaire avec l'épouse d'un sénateur, régent de la Smithsonian par surcroît. Et, de fait, Thomas s'était montré jusqu'ici parfaitement docile, dénichant les documents nécessaires et fournissant toutes les indications requises. Il s'était même rendu dans l'Arkansas pour tenter de recueillir des renseignements de première main.

Cette dernière mission avait revêtu une grande importance. S'il était à peu près établi que des guetteurs étaient toujours actifs sur le terrain, personne ne savait précisément où. Diane était parvenue à tirer des quelques rares archives de l'Ordre encore existantes une information selon laquelle la «pierre à la Sorcière» était peut-être sous la garde d'un dénommé Terry Morse, dont la famille était liée de longue date aux Chevaliers. Elle avait en conséquence suggéré à Thomas d'aller voir sur place, ce qu'il avait fait. Ils avaient espéré que des portes closes s'ouvriraient pour un membre de la prestigieuse Smithsonian, mais il n'en avait rien été. Toutefois, grâce au voyage de Thomas, ils avaient eu confirmation de la présence d'un guetteur dans les environs.

La mise en scène avec un mannequin pendu criblé de balles et relié aux douilles vides par une ficelle était un vieux stratagème utilisé par l'Ordre pour intimider les gens. Cela avait suffisamment secoué Thomas, qui avait fui avant d'avoir pu découvrir quoi que ce soit d'intéressant – en particulier l'emplacement d'une éventuelle cache contenant de l'or dont faisaient état les rapports de l'expédition de 1909. Terry Morse continuait manifestement à prendre au sérieux sa mission de guetteur. Pour contourner cet obstacle, Grant avait recruté des professionnels avec instruction de mettre à profit la loyauté de Morse en se faisant passer pour des membres de l'Ordre. La manœuvre semblait habile, et Grant s'attendait à recevoir d'un moment à l'autre un coup de téléphone l'informant que la « pierre à la Sorcière » avait été trouvée. Mais, pour l'instant, sa principale préoccupation était le petit emmerdeur insignifiant qui lui faisait face.

Et qui venait de faire allusion au « trésor perdu des confédérés », rien de moins !

« Que croyez-vous savoir de ce trésor ? demanda-t-il à l'avorton.

– J'ai étudié la question en détail. Les archives de la Smithsonian regorgent d'informations sur le sujet. Des millions de dollars en or et en argent ont disparu de la circulation après la guerre de Sécession. Personne ne connaît le montant exact, mais une grande partie se présentait sous la forme de ces pièces que vous m'avez données… Une façon bien étrange de payer les gens, soit dit en passant.

– J'ai pensé que vous seriez sensible à leur valeur historique.

– Mais je le suis, assura Thomas avec un gloussement. Plus encore que vous ne l'imaginez. Si j'en crois mes lectures, il semblerait que la Smithsonian elle-même figure en bonne place parmi les candidats qui aspirent comme vous à mettre la main sur ce trésor. L'institution a beaucoup travaillé sur cette affaire en 1909, puis de nouveau dans les années 1970.

– Vraiment ? À quel aspect des choses s'est-elle intéressée, au juste ?

– Ah, j'y suis ! Vous voulez me tester pour mesurer l'étendue de mes connaissances. Soit. Je vous répondrai en quelques mots : les Chevaliers du Cercle d'or.

– Et vous en savez beaucoup là-dessus ?

– Suffisamment pour écrire un livre. Ce que j'ai bien l'intention de faire, d'ailleurs : ce sera sûrement un best-seller. »

Diane n'aurait jamais dû faire confiance à un tel opportuniste. Mais, si tout se passait bien ce soir, ils n'auraient plus besoin de Martin Thomas par la suite. Tout ce qu'ils attendaient de lui, pour l'heure, était une aide discrète pour accéder à l'intérieur des bâtiments. Le plan initialement prévu était de le dédommager, puis de couper les ponts avec lui, ce qui, selon Diane, ne présenterait aucune difficulté.

Et maintenant ce chantage ?

« Vous n'êtes pas resté les deux pieds dans le même sabot, à ce que je vois, remarqua Grant.

– J'ai passé des heures plongé dans les bouquins. C'est une histoire étonnante. »

Il en avait assez entendu.

« D'accord, dit-il. Vous aurez votre part. »

Stéphanie écoutait, sidérée. Elle comprenait mieux, maintenant, pourquoi Martin Thomas n'avait averti aucun collègue de sa visite : il souhaitait négocier un marché pour son propre compte et avait cru pouvoir s'introduire dans les lieux sans être remarqué, sinon par les gardiens de nuit qui ne s'étonneraient pas de sa présence. Il n'y avait en effet rien d'inhabituel à ce que des employés travaillent après la fermeture. D'après Rick, ceux-ci étaient même autorisés à faire entrer dans les locaux des personnes étrangères au service.

L'allusion de Thomas à l'écriture d'un livre sur un trésor perdu de la Confédération l'intriguait. Et qui étaient les « Chevaliers du Cercle d'or » ?

« Voilà ce que je vous propose, dit l'interlocuteur du bibliothécaire. Vous m'accompagnez au Château, et quand j'aurai fait ce que j'ai à y faire, nous revenons ici, où je dois vérifier quelque chose avant de m'en aller. Ensuite, nous discuterons de la part qui vous incombe. »

Le genre de transaction qui se terminait invariablement mal pour le solliciteur. Stéphanie se demanda si elle ne ferait pas mieux d'intervenir sur-le-champ.

« Pourquoi souhaitez-vous aller au Château ? s'enquit Thomas. Et qu'avez-vous à vérifier ici ?

– Je vous expliquerai tout ça en chemin. »

Thomas ignorait apparemment ce que projetait son invité, mais Rick n'en saurait rien non plus si elle passait à l'action sans plus attendre. Elle décida de ne pas bouger.

« L'accès est un peu plus loin, dit Thomas. Je n'ai encore jamais utilisé ce passage. »

Elle entendit un piétinement sur le sol en béton jonché de débris, puis un grincement suivi d'un fracas retentissant.

« Que se passe-t-il ? fit la voix de Rick dans le récepteur.

– Aucune idée, chuchota-t-elle. J'ai l'impression qu'ils s'en vont.

– Il n'y a aucune issue, sauf de ton côté. Toutes les autres portes sont condamnées pendant la durée des travaux. »

Elle tendit l'oreille. Plus aucun son perceptible.

Sortant le Beretta, elle se risqua à avancer la tête au-delà du coin qui la dissimulait et vit une salle d'environ quinze mètres carrés. Deux des cloisons étaient en cours de construction, les tuyaux et fils électriques prêts à être encastrés. Le béton brut du plafond n'était pas encore enduit. La pièce donnait sur l'extérieur, côté Mall, par une série de fenêtres à impostes, obscures à cette heure. Le local n'était éclairé que par deux ampoules à incandescence. Elle découvrit au pied du mur de façade l'origine du vacarme qu'elle venait d'entendre : le vantail métallique d'une trappe qui s'était rabattu sur le sol avec un claquement.

Elle s'en approcha en silence.

Personne.

Se penchant au-dessus de l'ouverture, elle vit une échelle de fer qui s'enfonçait verticalement de quelques mètres sous le plancher, flanquée de tuyaux enrobés d'isolant, de conduits et de câbles. Au fond du puits, un peu de lumière filtrait de l'amorce d'une galerie creusée horizontalement dans la terre.

« Ils ont pris un tunnel, murmura-t-elle à l'adresse de Rick.

– C'est un boyau qui rejoint le Château en passant sous le Mall. Il abrite essentiellement des tuyauteries de chauffage et de climatisation. Pas une sortie à proprement parler, mais on peut y marcher en se tenant courbé. »

Elle n'avait plus guère le choix.

« Je vais essayer de les rattraper.

– Ce souterrain est plein de bestioles. Nous ne l'empruntons jamais à moins d'y être obligés. Et puis nous pourrions nous poster à l'autre bout pour les attendre…

– Je croyais que tu voulais savoir ce qu'ils mijotent.

– Oui, c'est vrai. »

L'alarme interne de Stéphanie l'avertissait que ce genre d'exercice était du ressort d'un agent de terrain et non du sien, mais elle n'avait personne sous la main. Et Thomas servait à l'évidence de guide à l'autre homme, qui cherchait quelque chose de précis. Le temps était donc venu de « prendre sur soi et de faire le boulot », comme elle le répétait volontiers à son personnel.

Elle remit son pistolet dans son étui et entreprit de descendre doucement l'échelle.

Grant avait un faible pour le tunnel. Il en connaissait toutes les caractéristiques : construit en 1909 ; deux cent vingt mètres de long ; un mètre vingt de large ; un mètre soixante de hauteur. Bien que le revêtement en béton de ses parois légèrement concaves ait été lissé à la truelle, l'étanchéité n'avait pas constitué une priorité : entre les vieux murs et le sol, l'espace confiné était saturé d'humidité. Pas exactement l'endroit rêvé pour qui souffrait de claustrophobie, mais il n'était pas affligé de cette infirmité. Des lampes éclairaient le chemin tous les six mètres. Sans elles, il aurait été impossible de toucher son propre nez dans le noir, et les rats auraient représenté un réel danger. Enfant, il avait entendu les récits des chasses aux rongeurs menées par le personnel d'entretien, et il s'était même aventuré de quelques mètres dans la galerie à partir de son entrée côté Château – celle vers laquelle ils se dirigeaient à présent. Grandir sur le lieu de travail d'un père conservateur de la Smithsonian offrait au moins un avantage : un terrain de jeux plutôt sympathique.

Bien sûr, Martin Thomas ignorait tout cela. Pour lui, Grant était simplement un ami de Diane Sherwood qui le rémunérait en espèces sonnantes et trébuchantes. Combien de pièces d'or jusqu'ici ? Dix, au bas mot, sans compter le défraiement pour le voyage en Arkansas. Il se demanda comment Diane réagirait à la tentative de chantage du bibliothécaire. La connaissant, elle préconiserait d'y céder, alléguant qu'il y avait assez d'or pour tout le monde. Mais l'idée même d'une telle trahison le révoltait. Il avait trouvé ce filon tout seul, et il n'était pas question qu'il laisse un nouveau venu le dépouiller d'une partie des gains.

« Comment avez-vous entendu parler de ce passage ? demanda Thomas, qui marchait devant. Peu de gens en connaissent l'existence.

– Mon père a travaillé ici, dans le temps.

– Ah ? Vous ne me l'aviez jamais dit. Ça explique que vous en sachiez si long sur la Smithsonian. »

D'après son estimation, ils avaient parcouru près de cent mètres sous terre. Isolement parfait.

Trêve de bavardages.

Il dégaina son pistolet et tira.

Pas particulièrement enthousiasmée par l'odeur âcre, la chaleur étouffante et l'impression d'enfermement, Stéphanie avançait avec précaution en prenant garde de ne pas toucher les câbles et les tuyaux qui reliaient le Muséum au Château. De la sueur perlait sur son front. L'endroit respirait la mort.

Une puissante détonation lui ébranla les tympans.

Elle s'immobilisa.

Devant elle, la galerie faisait un coude qui l'empêchait d'apercevoir les deux hommes. Seules les canalisations et les gaines fixées à la paroi fuyaient au loin, éclairées par des ampoules encloses dans des cages grillagées.

« Tu m'entends ? » chuchota-t-elle dans le micro tout en se masquant la bouche avec une main pour éviter que sa voix ne porte.

Pas de réponse.

Normal : les ondes radio ne passaient pas dans le souterrain bétonné.

Alors que ses oreilles résonnaient encore sous l'effet de la déflagration, elle sortit son arme, la vérifia et reprit son cheminement en se demandant ce qui l'attendait. Quelle distance y avait-il d'un côté à l'autre du Mall ? Deux cents mètres, sinon plus.

Parvenue à l'endroit où le tunnel décrivait une courbe, elle avança prudemment la tête pour regarder au-delà. Un corps gisait sur le ventre à trente mètres d'elle. Elle courut jusqu'à lui.

Martin Thomas.

Un trou dans la nuque, d'où s'écoulait du sang. Inutile de lui prendre le pouls. Il était mort.

Elle jura entre ses dents.

Elle avait laissé les choses aller trop loin, pensant Thomas protégé par le fait que l'autre homme avait besoin de lui. Ce qui, indéniablement, n'était pas le cas.

Elle entendit au loin le bruit d'un verrou qu'on manœuvre suivi de celui d'une porte qui se referme. Puis la lumière s'éteignit, la plongeant soudain dans un noir total. L'espace de quelques instants, une peur panique s'empara d'elle, mais elle se ressaisit aussitôt et se tint immobile. Elle sentait la présence du cadavre près d'elle, mais ne le voyait pas. Pas plus qu'elle ne voyait les tuyaux et les câbles, ni, surtout, les énormes colliers à bords vifs qui maintenaient ceux-ci en place tous les deux ou trois mètres. Sans oublier la faune locale, qui devait adorer l'obscurité. Elle passa rapidement en revue les solutions qui s'offraient à elle. Elle pouvait utiliser son portable pour s'éclairer, mais cela risquait d'attirer l'attention du tireur, s'il était tapi à proximité. De toute façon, les équipements techniques n'occupant qu'un côté du tunnel, elle avait toujours la possibilité de regagner à tâtons le Muséum d'histoire naturelle en se serrant contre la paroi libre.

La lumière revint.

Éblouie, elle cligna les paupières pendant que ses pupilles s'adaptaient.

Un bruit de pas troubla soudain le silence.

Difficilement localisable à cause de l'écho.

Devant ? Derrière ?

Elle leva le Beretta, prête à faire feu.

Quelqu'un venait vers elle.

Mais d'où ?

17

Cassiopée observa les trois hommes pendant qu'ils prenaient position autour de la pièce. Ils se plaçaient ici ou là, sans logique apparente, visiblement peu attentifs à ce qu'ils faisaient. Des amateurs. Recrutés moyennant finances. Mais ils avaient tout de même eu l'idée d'utiliser Terry Morse pour les attirer, Cotton et elle, dans leur piège, ce qui devait être mis à leur crédit.

« Tu connais ces gens ? demanda Léa à son grand-père.

– Ce sont des chevaliers, répondit-il avec fierté.

– Ça, ça m'étonnerait », dit Cotton, qui était apparemment arrivé à la même conclusion qu'elle concernant les intrus.

L'un de ceux-ci fit signe à un autre de prendre des photos de la pierre avec son portable. Celui qui donnait les ordres, râblé et puissamment bâti, avait un nez écrasé, des dents manquantes et une épaisse tignasse noire.

« C'est pour cette pierre que vous êtes là ? s'enquit Cotton.

– Absolument. Mais nous avons été forcés de modifier nos plans à cause de vous deux. »

La situation ne disait rien qui vaille à Cassiopée. La présence de Léa au milieu de ce sac d'embrouilles était particulièrement préoccupante et Terry Morse semblait ignorer totalement à qui et à quoi il avait affaire.

Le « photographe » réalisa un dernier cliché. Cassiopée comprit alors que le moyen le plus rapide pour avoir le fin mot de l'histoire serait peut-être de mettre la main sur les téléphones de tous les protagonistes.

« J'ai fait ce que vous m'avez demandé, observa Morse. Je les ai amenés ici.

– Tout à fait, acquiesça Tignasse noire. Joli travail... Et maintenant, expliquez-moi un peu ce que vous fabriquez dans le coin, tous les deux. »

Cotton haussa les épaules.

« Nous ne connaissions pas la région et nous nous sommes dit que ce serait sympa d'y faire une petite excursion.

– On a hérité d'un comique, les gars ! s'esclaffa le chef.

– Je donne deux représentations par soirée à l'hôtel où nous sommes descendus. Je peux vous avoir des billets.

– Je vous ai entendu parler dans la maison. Qu'est-ce que deux agents fédéraux viennent faire ici ?

– Nous appartenons au Service du recensement, répondit Cotton avec un sourire. Nous nous sommes là pour recueillir des informations. »

Tignasse noire se jeta sur sa droite, empoigna Léa et lui enfonça le canon de son arme dans le cou. La jeune fille ouvrit de grands yeux hagards.

« Ôtez vos sales pattes de ma petite-fille ! hurla Morse.

– Ta gueule, le vieux ! »

Le grand-père bondit.

« C'est moi que tu appelles vieux ? »

L'un des deux autres types le coupa dans son élan d'un coup de crosse sur la tempe qui l'envoya rouler sur le sol en gémissant.

Léa eut un haut-le-corps.

Cotton leva les mains dans un geste de capitulation.

« Inutile d'en arriver là. Nous pouvons nous arranger.

– Dans ce cas, répondez à ma question. »

Le pistolet restait braqué sur Léa. Cassiopée décida de jouer la franchise.

« Vous avez bien entendu, tout à l'heure : nous sommes des agents fédéraux. Et nous sommes ici pour mener une enquête au nom du gouvernement des États-Unis. Ce qui signifie que vous êtes dans de sales draps.

– Ça ne répond toujours pas à ma question. »

Morse, l'air encore groggy, essaya de se relever, mais le voyou le plus proche de lui le renvoya au sol d'une bourrade. Il y eut un silence, troublé seulement par le bourdonnement continu des abeilles indifférentes à la présence humaine.

Cassiopée imaginait sans mal comment s'y étaient pris les trois gaillards. Ils avaient surgi de nulle part, prononcé les formules consacrées en les accompagnant de la poignée de main rituelle, puis évoqué l'Ordre et le passé. Il n'était pas nécessaire de connaître grand-chose de Terry Morse pour deviner que c'était un homme honnête dont l'existence se structurait entièrement autour de la mission sacrée transmise par son père. Bien sûr, tout ce folklore confinait au grotesque, mais il n'en constituait pas moins un repère tangible qui donnait un sens à sa vie. Il lui était arrivé à elle aussi de chercher dans le passé qui elle était vraiment, et, ce faisant, elle avait dû affronter de redoutables démons. Heureusement, elle avait pu compter sur le soutien de Cotton pour les vaincre. Morse, lui, était seul, si l'on exceptait Léa.

« Je ne le répéterai pas, reprit Tignasse noire, menaçant, son arme toujours appuyée sous l'oreille de Léa. Qu'est-ce que vous foutez ici ? »

Cassiopée croisa le regard de la jeune fille et eut la surprise d'y lire plus de détermination que de crainte.

La petite avait du cran. Comme son grand-père.

« Nous sommes venus pour cette pierre, nous aussi », dit Cotton.

Un mensonge qui pouvait sembler plausible. À coup sûr la bonne réponse à faire.

« Qui vous envoie ?

– La Smithsonian. »

Cassiopée épia l'attitude des trois hommes puis adressa une question muette à Cotton, qui réagit d'un simple plissement complice de ses yeux verts. Ce fut comme s'ils avaient lu dans les pensées l'un de l'autre. Elle comprit instantanément ce qu'il attendait d'elle : une ruse vieille comme le monde, mais qui fonctionnait toujours.

« Je vous en prie ! lâcha-t-elle tout à trac. Je ne veux pas de violence ! »

Tignasse noire se tourna vers elle sans pour autant libérer Léa.

« Je vais vous dire tout ce que je sais », promit-elle.

Elle se tenait près d'une des ruches, une boîte à claire-voie en bois léger d'un mètre de haut qu'un simple choc suffirait à disloquer.

« Je n'ai rien d'une héroïne. Je ne suis qu'une fonctionnaire. Je peux vous expliquer pourquoi nous sommes ici.

– Ah, ça, ça me plaît ! s'exclama Tignasse noire, qui pointa son pistolet sur elle après avoir repoussé Léa. Je vous écoute.

– J'ai un peu de mal à m'exprimer sous la menace d'une arme… »

Elle avait prononcé ces derniers mots avec un peu trop de désinvolture, mais cela échappa complètement à l'imbécile qui lui faisait face.

Cotton avait déjà mis à profit la manœuvre de diversion pour se rapprocher imperceptiblement des tables.

Le canon du pistolet s'abaissa peu à peu.

Cotton lança soudain sa jambe droite en avant et percuta une des ruches avec la semelle de sa chaussure de marche. Suivant aussitôt son exemple, Cassiopée en fit tomber deux en projetant violemment ses coudes en arrière. Le bois fragile des trois caisses se fracassa sur le sol, leur couvercle valdingua sous l'impact et les cadres se répandirent sur le plancher. Les abeilles, brusquement tassées les unes sur les autres et momentanément étourdies, grouillèrent un instant en une grosse masse brune duveteuse, puis prirent leur envol.

Le bourdonnement s'intensifia.

Proportionnellement à la frénésie des insectes.

À ce que savait Cassiopée, qui avait quelques connaissances en apiculture, les abeilles allaient former un essaim et s'affoler de plus en plus, mais n'attaqueraient pas à moins d'être menacées. Malheureusement pour eux, en se servant de leurs pistolets comme de tapettes à mouches pour essayer de chasser les hyménoptères, les trois affreux n'arrangeaient pas les choses.

Le premier à se faire piquer fut celui qui se tenait à sa gauche. Comme il poussait un cri de douleur, elle le cueillit d'un coup de paume au visage, bras tendu, qui l'envoya heurter de la tête le mur en rondins. Il s'affaissa contre la paroi, ses pieds glissant sur la terre battue, ses mains griffant l'air à la recherche d'un point d'appui. Ses doigts agrippèrent une des tables qui, loin de le soutenir, se renversa avec les ruches qu'elle supportait. Celles-ci se brisèrent dans leur chute, libérant une nouvelle nuée d'insectes. Après avoir constaté d'un coup d'œil que Léa avait plongé sur le sol et se tenait à plat ventre près de son grand-père, Cassiopée se rua vers le « photographe » avec l'intention de lui arracher son portable. Les abeilles occupaient tout l'espace maintenant. Quand elles auraient décidé d'attaquer, elles ne feraient pas la différence entre bons et méchants. Les trois hommes s'efforçaient de gagner la sortie d'un pas chancelant tout en se giflant le visage, le cou, les oreilles et le crâne.

« Couchez-vous et ne bougez plus ! » lui cria Léa.

Elle obéit et se laissa tomber par terre près des Morse tandis que deux des malfrats parvenaient à s'enfuir.

Cotton coupa la route à Tignasse noire. Celui-ci brandit son pistolet, feinta à droite, puis frappa dans l'autre sens. Le coup, assené à travers un nuage d'insectes, ne fit qu'effleurer Cotton, qui expédia en retour son coude dans la gorge de son assaillant, le força à lâcher son arme en lui tordant le bras contre sa hanche, puis profita du déséquilibre pour l'envoyer les quatre fers en l'air sur le sol.

Mais Tignasse noire effectua un rapide roulé-boulé, se redressa d'un bond et disparut par la porte ouverte.

Les abeilles, au paroxysme de l'excitation, étaient apparemment arrivées à la conclusion que tout ce qui ne volait pas constituait une menace. Quelques-unes se posèrent sur Cassiopée, qui les écarta d'un revers de main. Léa et son grand-père se mirent à ramper vers la sortie. Elle les imita. Cotton ramassa le pistolet et en fit autant.

Des détonations retentirent. Plusieurs balles entrèrent par la porte ouverte et s'écrasèrent avec un bruit mat contre les murs.

« Restez à terre ! » hurla Cotton.

Les insectes formaient un tourbillon de plus en plus épais. Comme Cassiopée en balayait quelques-uns le plus doucement possible afin de ne pas aggraver la situation, elle entendit un moteur démarrer, puis un bruit de pneus qui crissent sur la terre sèche.

« Ils sont partis, indiqua Cotton, qui avait déjà atteint le seuil. Sortons d'ici en vitesse ! »

Ce qu'ils firent.

« Ça a failli mal se terminer, observa-t-elle quand ils furent à l'abri dans la maison. Tu ne crois pas que nous devrions poursuivre ces types ?

– Non. Ce ne sont pas eux qui nous intéressent, répondit Cotton avec raison.

– J'ai fait une belle connerie », déclara Terry Morse d'une voix tremblante.

On ne pouvait pas mieux exprimer la chose.

Cotton semblait avoir quelque difficulté à se dominer.

« Écoutez-moi bien, monsieur Morse, dit-il sur un ton qui n'avait rien d'affable. Il vous reste une seule chance de vous rattraper. Si vous ne la saisissez pas, il va vous falloir un sacrément bon avocat pour vous éviter la prison à tous les deux. »

18

Danny connaissait depuis l'enfance les routes du comté de Blount sur lesquelles il roulait depuis un moment, bercé par le rythme lent des essuie-glaces qui dégageaient périodiquement la vue. Il avait parfois du mal à identifier certains des lieux qu'il traversait, tant ils avaient changé… à l'image de sa propre vie. Après s'être élevé jusqu'à ce que beaucoup considéraient comme le pouvoir suprême de la planète, il s'était en effet retrouvé inactif du jour au lendemain alors qu'il atteignait à peine l'âge de la retraite et conservait le mental d'un quinquagénaire. Il se sentait capable de faire tant de choses encore ! Mais comment ? Tout le monde se fichait des ex-présidents comme de l'an quarante. La bienséance lui interdisait même de critiquer son successeur et le Congrès. « Par égard pour la fonction », selon la formule consacrée. Donc, s'il en jugeait d'après les précédents historiques, il en était réduit à écrire ses mémoires, fonder sa bibliothèque, s'impliquer dans une œuvre charitable quelconque, puis se faire payer grassement pour aller pérorer devant des gens avides de profiter de ses conseils éclairés. Bref, un effacement progressif et douloureux.

Mais quels conseils avait-il à prodiguer, lui, le bouseux du Tennessee qui s'était simplement découvert un talent pour la politique ? Ah, faire campagne ! Il avait ça dans le sang ! Jamais il n'avait été battu dans un scrutin. Ses deux victoires présidentielles avaient été écrasantes, vote populaire et nombre de grands électeurs confondus. Le contact avec les citoyens allait lui manquer. Il leur avait toujours parlé franchement, en les regardant dans les yeux pour leur dire ce qu'il pensait. Bien sûr, cette attitude lui avait valu quelques déboires au fil des années, mais elle avait surtout forgé sa renommée. Il avait été affublé de toutes sortes de qualificatifs : entêté, arrogant, autoritaire. Un représentant à la Chambre l'avait même traité un jour de salaud. Mais jamais au grand jamais personne ne l'avait taxé d'hypocrisie ou de duplicité. Ses amis l'adoraient, ses adversaires le craignaient, et cela lui convenait parfaitement.

Seuls deux échecs le hantaient : son impuissance à sauver Mary de l'incendie et son incapacité à faire le bonheur de Pauline.

Deux ratages irrémédiables.

Il allait bientôt être 21 heures. Des deux côtés de la chaussée, les bois formaient une masse épaisse d'ombres impénétrables. Il n'avait rencontré personne en chemin, ce qui était la plupart du temps le cas quand on circulait de nuit dans le coin. Comme il stoppait au croisement avec la route menant chez les Sherwood, des phares surgirent sur sa droite et une voiture franchit le carrefour en trombe dans la direction qu'il s'apprêtait lui-même à prendre.

Le véhicule retint son attention : une Lincoln de luxe noire.

Il avait toujours été un passionné d'automobile. À la Maison-Blanche, il avait conservé ses abonnements à *Hot Rod*, *Car and Driver*, *Road & Track*, ainsi qu'à plusieurs autres revues auto dont la lecture lui avait permis de s'éloigner quelque peu de ses tâches de président. Et s'il pouvait dans les années à venir décrocher quelques invitations à des expositions de vieilles voitures, cela l'aiderait à supporter son désœuvrement.

Il tourna à gauche et poursuivit sa route.

Le carnet était posé sur le siège passager. Expliquer à Diane pourquoi il l'avait subtilisé n'allait pas être facile, mais il avait prévenu Taisley que son secret risquait d'être dévoilé. Une part de lui-même le poussait à révéler la vérité à la veuve d'Alex, ne serait-ce que pour voir s'évanouir le petit air supérieur qu'elle arborait en permanence. Après tout, elle n'avait pas été avare d'allusions blessantes à propos de son fiasco conjugal avec Pauline. Mais, en dépit du peu de considération qu'il avait pour elle, cela reviendrait à lui faire délibérément du mal, et ce n'était pas son genre.

Il éprouvait une impression étrange à se promener sans escorte sur les routes en pleine nuit. L'unique endroit où il avait pu s'isoler au cours des huit dernières années était sa chambre à la Maison-Blanche. Cette pièce avait été son sanctuaire, dont seul son directeur de cabinet était autorisé à violer l'intimité. Conformément à la tradition, Pauline avait sa propre chambre au bout du couloir. Les présidents et les premières dames dormaient en effet rarement ensemble. Une pratique rendue nécessaire par l'incompatibilité de leurs horaires respectifs et l'impératif besoin de repos des chefs d'État. Il y avait eu des exceptions, bien sûr, mais, d'une façon générale, vivre à la Maison-Blanche ne favorisait pas l'épanouissement de saines relations conjugales. La loi sur le statut des anciens présidents lui donnait droit à une pension, à une allocation pour frais de secrétariat, à l'assurance maladie et l'attribution de gardes du corps, le tout à vie. Il n'avait accepté que l'assurance maladie et la pension – en partageant celle-ci avec Pauline qui l'avait bien mérité. Si quelqu'un voulait l'assassiner, qu'il y vienne ! Mais qui se donnerait la peine de tirer sur l'ex-président Danny Daniels ? Ce serait comme de prendre pour cible un animal écrasé au bord de la route.

Il était presque parvenu à l'allée qui conduisait à la propriété des Sherwood. À travers les arbres, sur la droite, il vit que des lumières brillaient encore à l'intérieur. Des projecteurs éclairaient la façade et les flancs de la maison, perçant la brume persistante. Il semblait quand même improbable que la réception ne soit pas terminée.

Une voiture était garée au bord de l'esplanade en demi-lune devant le bâtiment – une Lincoln identique à celle qu'il venait d'apercevoir. Il s'engagea sur une piste forestière à gauche de la route, stoppa et éteignit ses phares, s'accordant quelques instants pour réfléchir à la conduite à tenir.

Il ne s'était pas attendu à ce que Diane ait encore du monde chez elle.

Il allait devoir remettre sa visite au lendemain.

Il s'apprêtait à redémarrer pour rebrousser chemin quand un faisceau lumineux signala l'approche d'un véhicule arrivant sur sa gauche. Cela lui donna à penser. Dans son rétroviseur, il aperçut une berline qui tournait dans l'allée des Sherwood. La pluie transformant la lunette arrière en un kaléidoscope d'images floues, il abaissa sa vitre et pencha la tête à l'extérieur pour suivre des yeux la voiture, qui décrivit un demi-cercle avant de s'arrêter devant la maison. Une portière s'ouvrit et un passager descendit. Une silhouette et un visage bien reconnaissables dans la lumière des projecteurs.

Lucius Vance.

Que venait faire ici le président de la Chambre des représentants à une heure pareille ?

Deux autres hommes émergèrent de la voiture.

Les gorilles du Secret Service.

À l'instar du président et du vice-président, le président de la Chambre bénéficiait depuis longtemps d'une protection rapprochée. Les deux gardes du corps étaient ceux qui accompagnaient Vance au cimetière. L'un d'eux pénétra avec l'élu dans la maison tandis que le second restait dehors près de l'auto.

Alex et Lucius Vance ne s'étaient jamais appréciés. L'un appartenait au Sénat, l'autre à la Chambre et, même si les deux assemblées étaient en principe égales, tout le monde savait qu'il n'en était rien. Car un sénateur possédait à lui tout seul autant de pouvoir politique qu'un président de la Chambre. Et même si aucun président n'aurait voulu l'admettre, il s'agissait d'une réalité. Aussi les sénateurs comme Alex se fichaient-ils éperdument de l'opinion qu'avait d'eux ledit président. Par ailleurs, il n'existait à la connaissance de Danny aucun lien entre Vance et Diane.

Donc, que faisait là Lucius Vance ?

Des années plus tôt, à l'époque où Danny avait été élu pour la première fois au conseil municipal de Maryville, un citoyen s'était plaint que les employés de la voirie n'effectuaient pas leur compte d'heures. Au lieu de travailler, prétendait le contribuable, les fonctionnaires se rendaient avec leur camion dans les bois, où ils passaient au moins deux heures à fumer et à boire des bières. Tout nouveau dans l'administration publique et soucieux de faire bonne impression, Danny était allé se mettre à l'affût dans la forêt. Là, comme l'avait rapporté l'électeur outré, il avait effectivement vu arriver les cantonniers, qui s'étaient installés pour griller leur cigarette et déguster leur Budweiser. Avec un appareil dont il s'était muni, il avait pris quelques photos très parlantes. Ce qui l'avait choqué par-dessus tout était que le chef d'équipe lui-même participait aux réjouissances : un homme qu'il était parvenu à faire embaucher pour rendre service à un de ses soutiens. Cependant, plutôt que d'aller demander le renvoi de tous ces tire-au-flanc, qu'il aurait facilement obtenu, il était sorti de sa cachette pour boire une bière avec eux en leur expliquant tranquillement que ce qu'ils avaient fait jusque-là ne devait plus se reproduire. Après cet épisode, les joyeux fumistes étaient devenus les meilleurs employés que la ville pouvait souhaiter et avaient voué une reconnaissance éternelle au conseiller Danny Daniels.

Vaincre en convainquant.

Une de ses devises.

Dans le cas de Lucius Vance, toutefois, convaincre semblait exclu. Mais, s'il existait un moyen de le vaincre…

Abandonnant le carnet sur le siège, il quitta la voiture et traversa la route sous la pluie. La maison, située à une trentaine de mètres en retrait de la chaussée, était cernée d'une végétation envahissante qu'Alex s'était toujours plaint d'avoir du mal à contenir. Au lieu de continuer directement vers le bâtiment, il suivit le bord de la route sur une dizaine de mètres à partir de la boîte aux lettres qui marquait l'entrée de l'allée, puis il franchit le bas-côté et s'enfonça sous les arbres.

Si sa mémoire était exacte, le sentier ne devait pas être à plus de quelques mètres. Il connaissait bien ce layon, qui grimpait vers l'arrière de la propriété le long d'une crête dominant le cours encaissé de la Little River. C'était en tombant de ces hauteurs que son vieil ami avait trouvé la mort. Alex disait de ces bois qu'ils étaient son bureau, où il pouvait se retirer, loin des regards du public et de la presse, pour réfléchir efficacement en fumant sa pipe. Les présidents disposaient eux aussi d'un endroit de ce genre : Camp David.

Pendant son enfance et son adolescence, Danny avait passé bien des nuits dans les Smoky Mountains, encouragé par son père, grand chasseur devant l'Éternel, et par sa mère, native des Appalaches. Il aimait l'ambiance ténébreuse des forêts sous la pluie, le parfum puissant de l'humus détrempé. Il avait depuis longtemps appris à ne pas avoir peur, mais à rester vigilant dans cet environnement – une particularité qui lui avait été très utile, y compris en politique.

Après avoir rejoint le sentier en avançant rapidement à travers les fourrés gorgés d'eau qui s'égouttaient sur ses vêtements, il ralentit l'allure pour gravir le raidillon en direction de l'arrière de la maison, le bruit de ses pas amorti par les aiguilles de pin qui tapissaient le sol. Par bonheur, ses années passées dans les bureaux n'avaient pas altéré sa vision nocturne, et il distinguait sans trop de difficulté les sinuosités du chemin dans l'obscurité.

Une brise légère murmurait dans les arbres. De plus loin lui parvenait le chuchotement de la rivière. L'aboiement d'un chien retentit, répercuté en écho par la montagne.

En arrière-fond sonore, l'air vibrait du chant cadencé des grillons. Cela lui rappela la solitude des nuits de veille qu'il avait tant aimées, à la Maison-Blanche… et ses coups de fil légendaires qui tiraient ses conseillers du lit avant l'aurore. Il aperçut les lumières intérieures de la maison au-delà des arbres. Il espéra que les rideaux de la grande baie vitrée du salon étaient restés ouverts, ce qui était généralement le cas, la forêt environnante protégeant déjà amplement l'intimité des occupants.

Parvenu à un niveau qu'il estima suffisant pour avoir une vue plongeante, il quitta le chemin et s'engagea dans une fougeraie, où il se mit à progresser en redoublant de prudence, conscient de sa vulnérabilité. Il n'oubliait pas les deux gardes du corps, qui pourraient s'aviser de jeter un coup d'œil de ce côté-ci de la propriété. Par chance, les feuillages, bien que mouillés, n'étaient pas très épais, ce qui lui permit d'atteindre sans encombre une cachette derrière le tronc d'un gros pin qui dominait la terrasse à l'arrière de la maison. Son initiative était une folie, mais c'était plus fort que lui. Comme ce jour lointain où il avait épié les employés de la voirie, quelque chose le poussait à aller de l'avant : la volonté opiniâtre de résoudre un problème. Sauf qu'il n'était plus un simple conseiller municipal, mais l'ex-président des États-Unis d'Amérique.

Tant pis ! Pour la première fois depuis quatre mois, il se sentait de nouveau vivant.

Il était relativement au sec, les frondaisons printanières retenant la pluie, qui s'était transformée en un léger crachin. Il constata avec satisfaction que ni les portes coulissantes ni les fenêtres n'étaient occultées par des draperies ou des volets. Il distinguait parfaitement l'intérieur du séjour, où se tenaient trois personnes.

Diane.

Vance.

Et un autre homme. Âge moyen. Brun. Moustache. Costume, mais sans cravate. Le visage ne lui était pas familier. Danny n'entendait rien de ce qui se disait, mais il observa les trois protagonistes et les vit s'installer dans des fauteuils, un verre à la main. Tous les signaux d'alarme passèrent au rouge dans son cerveau de politicien. Il ne voyait aucune explication rationnelle à cette réunion en petit comité. Il s'exhorta néanmoins à garder son sang-froid, conscient de sa tendance habituelle à raisonner comme un homme entouré d'ennemis – comme un « paranoïaque qui a des excuses », comme il se définissait lui-même. Mais cette méfiance avait aiguisé chez lui une sorte de sixième sens, et il lui semblait indiscutable que l'atmosphère brumeuse du moment était lourde de menaces.

Et de questions sans réponses.

19

Stéphanie scrutait le tunnel dans les deux directions, tournant alternativement la tête d'un côté et de l'autre, son pistolet suivant le mouvement. Quelqu'un apparut au niveau du coude qu'elle avait franchi quelques minutes auparavant.

Rick Stamm.

Elle poussa un ouf de soulagement.

« Nous n'arrivions plus à te joindre par radio, chuchota-t-il quand il fut tout près d'elle. Oh, non ! s'exclama-t-il en apercevant le corps de Thomas. Ce n'est pas possible ! »

Il roulait des yeux affolés.

« C'est épouvantable !

– Écoute, tu dois mettre ça entre parenthèses pour le moment, dit-elle. Il est mort. Nous devons nous occuper de celui qui l'a tué. »

Il hocha la tête, resta un moment figé, puis sembla reprendre ses esprits et enjamba le cadavre. Il la mena à grands pas jusqu'à une grille de fer déverrouillée à l'extrémité du tunnel. Il ouvrit le vantail et ils débouchèrent dans une grande salle éclairée dont les murs en parpaings étaient blanchis à la chaux, le plafond sillonné de tuyaux, de gaines et de câbles, et le sol habillé d'un carrelage brillant.

« Nous sommes sous le Château, indiqua-t-il à mi-voix. Au sous-sol. Mon cabinet de travail est juste là. »

Il l'entraîna dans une pièce encombrée de vitrines, de bibliothèques et d'un bureau surchargé de dossiers et de documents. Le décor consistait pour l'essentiel en objets anciens provenant certainement des collections de la Smithsonian. Les murs étaient couverts de tableaux et de gravures d'époque représentant presque tous le Château.

« Y a-t-il des caméras dans ce bâtiment ? chuchota-t-elle.

– Seulement quelques-unes dans la grande salle du rez-de-chaussée accessible au public. Il y a surtout des locaux administratifs, dans ce secteur, et trop peu de choses de valeur pour qu'on s'inquiète de la sécurité.

– Dans ce cas, pourquoi ce type a-t-il voulu venir ici ?

– Je n'en ai vraiment pas la moindre idée. »

Il était visiblement bouleversé par ce qui était arrivé à Martin Thomas, mais elle était tout aussi responsable que lui.

« Nous ferions peut-être mieux d'avertir la sécurité de ce qui se passe, suggéra-t-elle.

– Pas encore, répondit-il avec une certaine précipitation.

– Pourquoi pas ?

– Tu es capable de gérer ça, non ? C'est ton boulot.

– Celui de mes agents, plutôt.

– Écoute, je t'ai appelée parce que j'ai besoin de tes compétences. Retrouvons ce type et voyons ce qu'il cherche.

– Sans l'aide de la sécurité ? »

Il parut se raidir.

« Au moins dans un premier temps. Tu peux y arriver ?

– Je pense que oui. »

L'attention de Rick fut soudain attirée par quelque chose. Il se précipita vers le fond de la pièce, où une porte métallique était entrebâillée. Il tira le battant, révélant un escalier en spirale qui s'élevait dans l'épaisseur d'un mur extérieur en brique.

« Je veille toujours à ce que cette porte reste fermée, dit-il. Le type a dû monter par là. Il connaît bien les lieux, c'est évident. »

Grant grimpait le colimaçon ménagé dans une des neuf tours emblématiques du Château. Construites à l'origine pour loger des escaliers de ce type, ces dernières avaient servi par la suite de cages d'ascenseur avant d'abriter des bureaux, des laboratoires ou des espaces de stockage. Certaines avaient même été transformées en dortoirs pour les stagiaires au XIXe siècle. L'une d'entre elles avait été utilisée comme volière à faucons, et la haute tour nord avait constitué un poste d'observation pendant la guerre de Sécession. Leurs occupants les plus célèbres avaient été les chouettes, qui nidifiaient là spontanément et chassaient les hirondelles du National Mall. Ces squatteuses ayant disparu, on les avait remplacées par deux rapaces analogues en provenance du parc zoologique national, qui avaient fini par déserter les lieux comme les autres.

L'escalier que Grant était en train de gravir avait eu pour fonction de relier directement les laboratoires, situés dans les étages, aux sous-sols, où se trouvaient les réserves de spécimens préservés dans le formol. La porte par laquelle il était entré en passant par le bureau du conservateur avait été condamnée dans les années 1970 et remise en service en 1990. Il était lui-même présent le jour où son père avait procédé à sa réouverture.

Il cessa de monter et poussa doucement une porte en bois qui donnait accès au premier étage et à la partie de l'édifice ayant jadis abrité la collection de tableaux initiale rassemblée par la Smithsonian. C'était à cet endroit qu'avait pris naissance le grand incendie de 1865. Maintenant, cette zone peu éclairée, occupée, comme l'essentiel de l'espace à ce niveau, par les services administratifs, était interdite au public. S'il se rappelait bien, le premier étage était un dédale de coins et de recoins, fruit de décennies de réaménagements incohérents. Si l'aspect extérieur du Château avait gardé son intégrité, l'intérieur n'avait plus rien à voir avec celui du XIXe siècle.

Il traversa rapidement l'ancienne salle des peintures jusqu'à un long couloir moquetté aux murs décorés de tableaux, de sculptures et de vitrines remplies d'objets divers. Des portes de bureaux s'alignaient des deux côtés. Outre la salle des peintures, le premier étage avait comporté à l'origine un vaste amphithéâtre et une salle des techniques. Le premier secrétaire en date de la Smithsonian, Joseph Henry, y avait également eu son cabinet de travail. Tout avait changé après l'incendie, avec la suppression de l'amphithéâtre et l'affectation de tout le niveau à d'autres usages.

Il parcourut le couloir, passant devant les bureaux plongés dans l'ombre.

Et pénétra dans la rotonde.

Suivie de Rick, Stéphanie déboucha du colimaçon dans une galerie du premier étage. Le conservateur lui avait expliqué que l'escalier dérobé avait été conçu comme un raccourci que les employés pouvaient utiliser pour passer d'un niveau à un autre à l'écart du public. Maintenant, c'était principalement lui qui s'en servait pour gagner les étages depuis son bureau.

Ne connaissant pas les lieux, elle fit signe à son ami de la précéder et de marcher sans bruit. Elle tenait fermement son Beretta, prête à toute éventualité. Rick s'approcha d'une ouverture donnant accès à un couloir, risqua un œil, puis recula précipitamment.

« Il est dans la rotonde, chuchota-t-il. Devant la salle des régents. J'ai choisi moi-même les pièces qui y sont exposées. Aucune n'a d'intérêt historique. Il n'y a rien à voler là. »

Du moins le croyait-il.

Grant parcourut des yeux la rotonde, qu'il avait explorée enfant. La salle octogonale sans fenêtres n'avait guère changé depuis vingt-cinq ans. Aujourd'hui encore, elle était meublée de tables à écrire, de canapés et de fauteuils et servait d'antichambre au bureau du secrétaire et à la prestigieuse salle des régents. À l'époque, toutefois, il s'y trouvait peu de vitrines, et aucune de la taille de celle qui trônait, dorée à la feuille, le long d'un des murs. Une lampe ancienne posée sur un guéridon de bois faisait office de veilleuse. Il s'approcha de la grande vitrine et lut l'écriteau qui la couronnait.

> S. Dillon Ripley, huitième secrétaire de la Smithsonian Institution, fut un jour loué avec éloquence pour « son flair quasi miraculeux dans le choix du geste symbolique parfait ». Il n'était assurément pas de ceux qui ne voient dans les symboles et l'apparat que futilité. À l'occasion de l'accession de Ripley au poste de secrétaire, son prédécesseur, Leonard Carmichael, introduisit la coutume consistant à remettre au nouvel impétrant une clé cérémonielle, suivant une tradition en vigueur dans de nombreuses universités. Ripley à son tour fit confectionner deux attributs supplémentaires couramment utilisés dans les institutions de grande culture : la masse et l'insigne de doyen. Les trois objets hautement symboliques exposés ici sont des emblèmes exclusifs de la Smithsonian Institution.

Les yeux rivés sur la masse, l'insigne et surtout la clé, Grant tapota la plaque de verre trempé qui protégeait le devant de la vitrine. Un mètre cinquante sur deux au moins. Et très épaisse.

Mais pas incassable.

Il recula d'un pas, braqua son arme.

Et pressa la détente.

Stéphanie glissa à son tour un regard dans le couloir. Sa cible s'était déplacée dans la grande salle que Rick avait appelée la rotonde et n'était plus en vue. Puis l'homme reparut, pointant son pistolet sur quelque chose. Et il fit feu.

Elle entendit un bruit de verre brisé.

Il avait apparemment trouvé ce qu'il cherchait.

Elle adressa une question muette à Rick, qui acquiesça.

Vas-y !

« Je suis un agent du ministère de la Justice des États-Unis ! cria-t-elle. Lâchez votre arme et restez où vous êtes ! »

Le type se tourna vers elle, parut réfléchir un instant, puis tira à deux reprises dans sa direction.

Grant se déplaça de façon à ne plus être visible du passage.

« Le bâtiment est cerné, fit une voix de femme. Vous n'irez pas loin. Lancez votre pistolet par ici. »

Il serra les dents et retrouva son sang-froid.

Le risque qu'il avait pris se révélait plus grand que prévu.

Le ministère de la Justice ? Qu'est-ce que c'était que cette histoire ?

Il s'empara de l'objet qu'il était venu chercher puis retourna jeter un coup d'œil dans le couloir. Tout au bout, à l'endroit d'où avait semblé provenir la voix, il aperçut fugacement un visage qui disparut aussitôt sur le côté.

Il tira à nouveau à deux reprises dans cette direction.

Stéphanie s'écarta vivement et se jeta au sol, entraînant Rick avec elle. Des projectiles frappèrent le Placoplâtre à l'endroit même où ils se tenaient une fraction de seconde plus tôt, transperçant la cloison pour continuer leur course en sifflant dans la galerie.

« Reste là, ordonna-t-elle à Rick. Ne te relève pas. »

Il acquiesça de la tête tandis qu'elle se redressait sur ses genoux pour hasarder de nouveau un regard dans le couloir.

Personne en vue.

Elle se releva et se dirigea vers la rotonde. Au besoin, elle pourrait toujours se réfugier dans un des bureaux obscurs dont les portes ouvertes jalonnaient les deux côtés du passage. Encore trois mètres. Comment avait-elle pu laisser les choses dégénérer à ce point ?

Elle parvint au bout du couloir. La rotonde était déserte. Une vitrine adossée à l'un des murs avait son carreau fracassé, son panneau arrière marqué d'un impact de balle.

Plusieurs issues s'offraient autour de la salle octogonale.

« Il n'y a plus à tergiverser, maintenant ! cria-t-elle à l'adresse de Rick. Alerte la sécurité et appelle la police ! J'imagine que la porte à double battant que j'ai devant moi est la sortie principale ?

– Oui, toutes les autres donnent sur des bureaux ou des salles de réunion.

– Bien. Reste où tu es ! »

Empruntant le seul chemin que l'homme avait pu prendre, elle se lança à sa poursuite. La porte qu'elle poussa ouvrait sur un vestibule aux murs blancs et au sol carrelé en damier, d'où descendait un escalier menant au rez-de-chaussée. Elle dévala les marches sans bruit en se tenant tout contre la rampe de fer. En bas régnait une pénombre sinistre. L'entrée du bâtiment côté Mall se trouvait à sa droite et, au-delà, celle qui donnait sur la rue. Le fugitif n'était passé ni par l'une ni par l'autre, sinon l'alarme se serait déclenchée. Elle tourna à gauche et sonda du regard les profondeurs du grand hall.

Un mouvement attira son attention.

Comme elle plissait les paupières pour mieux percer l'obscurité, elle vit soudain l'homme jaillir de nulle part en levant son arme.

Grant avait entendu la même voix féminine que précédemment ordonner à quelqu'un d'appeler la police. Puis il avait pu apercevoir sa poursuivante avant qu'elle ne se mette à couvert derrière un pan de mur du vestibule de l'entrée principale, au pied de l'escalier. Blond cendré. Entre deux âges. Armée.

Il s'était tapi dans le grand hall, derrière une des colonnes de faux marbre qui soutenaient le premier étage. Il avait dans son dos trois hautes fenêtres verrouillées et fermées par des barres qui ne constituaient pas des issues possibles. Mais, connaissant les lieux comme sa poche, il savait par où s'échapper. Il n'y avait qu'un chemin : la porte voûtée sur sa gauche qui donnait accès au bref passage menant à la salle Schermer.

La femme s'était postée à quinze mètres de lui et il en avait dix à parcourir pour gagner l'entrée du couloir, où il serait hors de danger. Le problème était d'arriver jusque-là. Il allait devoir effectuer une bonne partie du chemin à découvert, offrant une cible facile. Il entendit les hurlements lointains d'une sirène. Le pire se concrétisait.

Sortant de sa cachette, il braqua son arme et tira deux fois en direction de la prétendue fonctionnaire de la Justice. Les projectiles passèrent en sifflant par l'ouverture en arc près de laquelle elle se tenait avant de ricocher dans tous les sens.

Puis il bondit vers le couloir.

Stéphanie s'abrita des balles en se baissant derrière le pied-droit de la voûte. Elle entendit les projectiles rebondir contre la rampe métallique de l'escalier. Son calcul était d'acculer son adversaire, ou au moins de l'occuper jusqu'à l'arrivée des renforts. Les sirènes qui hurlaient au loin lui donnaient bon espoir. Relevant la tête, elle eut le temps de voir l'homme disparaître par une double porte sur laquelle était fixé un écriteau : VERS LA SALLE SCHERMER & L'ANCIENNE BIBLIOTHÈQUE.

Elle quitta son abri et fonça vers la porte, qui commandait un étroit passage.

Au bout de celui-ci, elle déboucha dans la salle Schermer.

Un avertisseur sonore retentissait sous les voûtes.

L'alarme incendie ?

Mauvais signe.

Sur sa gauche, un panneau lumineux indiquant une sortie de secours clignotait au-dessus d'une porte ouverte. Elle courut jusque-là et découvrit une volée de marches métalliques conduisant à une porte extérieure.

Le type avait réussi à fuir.

Heureusement, elle l'avait entrevu et pouvait donner son signalement. Entre trente et quarante ans. Nez droit. Menton carré. Visage large. Cheveux bouclés. Elle retourna vers le grand hall. Comme elle y pénétrait, des agents de sécurité de la Smithsonian se ruaient à l'intérieur par plusieurs accès latéraux.

L'alarme incendie se tut.

Elle expliqua aux hommes ce qui s'était passé et ils se déployèrent, certains vers la rue et les jardins, d'autres vers le Mall. Mais il y avait peu de chances qu'ils retrouvent le fugitif. Il était entré en sachant dès le départ ce qu'il voulait trouver et comment ressortir.

Elle remonta l'escalier jusqu'à la rotonde, où Rick l'attendait en compagnie de deux gardiens.

Elle considéra la monstrueuse vitrine dorée dont la façade de verre gisait en miettes sur le sol.

« Tu as une idée de ce qu'il est venu chercher ? demanda-t-elle.

– Oui, répondit le conservateur en hochant la tête. Je le sais très précisément. »

20

L'exaspération de Diane à l'égard de son frère ne retombait pas. Kenneth venait d'accueillir Lucius Vance comme on fête le retour longtemps attendu d'un proche. Une telle servilité la dégoûtait. Qui était Vance, après tout, sinon un élu à la merci d'un vote et à la solde de ses gros donateurs ? Sa mainmise sur le pouvoir n'avait rien d'assuré. On ne comptait plus les présidents de Chambre déchus pour cause de scandale. Près de la moitié d'entre eux n'avaient occupé le poste qu'un peu plus d'un an. L'un d'eux avait même dû renoncer au bout de quelques heures. Comme le disait le père de Diane, « un président de Chambre, ça va, ça vient ». Elle avait peu de respect pour les politiciens d'une façon générale. Surtout pour les spécimens du XXIe siècle, plus préoccupés d'assurer leur survie que de faire bouger les choses. *A priori*, Vance n'était pas différent des autres, mais il y avait quelque chose de très séduisant dans son ambition féroce – une qualité qu'Alex n'avait jamais vraiment prisée.

« Prenez place, dit son frère. Nous avons beaucoup de points à discuter. »

C'était Vance qui avait profité de sa présence aux obsèques pour solliciter une entrevue et elle avait accepté. L'horloge murale marquait 23 h 20. Le personnel était parti après avoir remis la maison en ordre. Il n'y avait plus personne à l'exception d'elle-même, de Kenneth, de Vance et de ses gardes du corps, qui attendaient tous les deux dehors à présent.

« Avant tout, je tiens à vous renouveler mes plus sincères condoléances, Diane. Alex et moi n'étions pas amis, mais pas ennemis non plus. Il a servi son pays très longtemps, et il laisse un grand vide. Je suis vraiment désolé de ce qui est arrivé. »

Vance était confortablement installé dans un fauteuil club en face d'elle et de Kenneth. Suivant son habitude, il parlait presque sans bouger les lèvres, tel un ventriloque qui s'adresse à sa marionnette.

« Mais, d'un autre côté, je me réjouis de l'occasion qui m'est offerte d'avoir cet entretien en privé, poursuivit-il. J'ai en effet de bonnes nouvelles : nous passons à l'action. Sans délai.

– Vous êtes prêt ? demanda-t-elle, surprise.

– J'ai étudié la question sous tous les angles. Je l'ai même fait examiner par des avocats en qui j'ai confiance. Ils ne voient aucun obstacle. L'expert en procédures de la Chambre juge lui aussi le concept conforme à la Constitution.

– Vous avez débattu de ça avec lui ?

– Soyez sans crainte, la commission du Règlement ne laissera rien filtrer sans son autorisation. L'expert est un homme à moi, d'une loyauté sans faille. Je travaille avec lui discrètement depuis près d'un mois. Je dispose d'une majorité pour déclencher le processus. »

Des paroles magiques, assurément.

Elle songea aux nombreuses réunions qui s'étaient tenues, comme celle-ci, dans des lieux anonymes, loin des regards, au cours de l'histoire américaine, et où des décisions cruciales avaient été prises. Parmi elles figurait le célèbre dîner entre Jefferson, Madison et Hamilton, pendant lequel ce dernier avait convaincu ses deux rivaux de soutenir son plan de réduction de la dette, acceptant en échange que la nouvelle capitale soit établie sur le territoire de la Virginie. Il y avait aussi eu l'entrevue de 1861 où Francis Blair avait transmis à Robert E. Lee le souhait que ce même Lee assume le commandement de l'armée de l'Union. Loin d'acquiescer, Lee avait démissionné et s'était rangé du côté de sa Virginie natale.

« Fabuleux ! s'exclama Kenneth, tout sourire. C'est le couronnement de tous nos efforts ! »

Mais Diane attendait d'en savoir plus avant de partager l'enthousiasme de son frère.

« La commission du Règlement est donc informée ? s'enquit-elle.

– Je ne serais pas là sinon. »

Tout remaniement des procédures de la Chambre devait d'abord recevoir l'approbation de la Commission du règlement, l'une des plus anciennes commissions permanentes du Congrès, composée actuellement de treize membres, neuf nommés par le président de la Chambre, les quatre autres par la minorité. Elle était l'instrument de contrôle de la majorité sur la Chambre, d'où son sobriquet de « Commission du président ». Aucune mesure ne pouvait être proposée au vote en hémicycle sans être passée par elle.

« Aucune opposition à craindre ? » insista-t-elle.

Vance but une gorgée de son verre d'Évian agrémenté d'un trait de citron vert.

« Aucune qui ait vraiment du poids. Mes neuf fidèles feront ce que je souhaite. Quant aux quatre autres… (Il haussa les épaules.) Qui s'en soucie ? Mais, s'ils ont pour deux sous de jugeote, eux aussi seront de mon côté. C'est leur intérêt.

– Ce qui va se passer est une véritable révolution, remarqua-t-elle. Il y aura de sérieuses controverses et des conséquences qu'il nous faut prendre en compte.

– L'occasion est rêvée. La presse étrille le Sénat pour son refus d'entériner les nominations de Fox. Jusqu'au bien-pensant *New York Times* qui appelle au changement. Les représentants en veulent à mort aux sénateurs d'avoir empêché l'un des leurs d'accéder à un poste ministériel. Et les citoyens en ont soupé de toutes ces simagrées. Comme nous. Ça a assez duré. Pourquoi attendre ? Finissons-en ! »

Que Vance n'ait pas pu agir plus tôt était explicable. Rien n'aurait en effet été possible sans un changement à la Maison-Blanche comme celui qu'avaient amené les dernières élections. L'arrivée d'un nouveau président aussi inexpérimenté qu'irrésolu constituait une faille idéale à exploiter. Défier un vieux briscard comme Danny Daniels aurait été autrement compliqué. Il serait peut-être même parvenu à s'assurer un appui suffisant au sein de la population pour tuer l'entreprise dans l'œuf. En l'état actuel des choses, heureusement, l'obstructionnisme congénital du Sénat avait joué en faveur du projet, et la Maison-Blanche elle-même avait exprimé sa frustration en se joignant au concert des appels à la réforme.

Tout semblait prêt.

Elle trempa ses lèvres dans le whisky qu'elle s'était servi.

« D'accord, dit-elle. Allons-y. »

Vance lui adressa un sourire.

« Trois jours maximum. Il faut agir vite, avec résolution. La règle impose un délai de suspension d'une journée entre le moment où la commission du Règlement est saisie d'un projet et celui où elle vote. Une fois l'accord de la Commission acquis, nous passerons directement au scrutin en séance. En moins d'une heure. La presse aura certainement vent de l'affaire au cours du délai de suspension, mais tout sera terminé avant que les journalistes ne puissent réagir.

– Pas de doute sur l'issue du vote en séance ? »

Vance se pencha en avant, tournant vers elle son visage d'Apollon.

« Les gens de mon bord feront ce qu'il faut. Nous sommes majoritaires à près de 60 %. Et vous serez peut-être étonnée de voir combien de nos adversaires se joindront à nous. »

Le parti de Vance contrôlait à la fois la Chambre et la Maison-Blanche, mais on ne pouvait pas négliger d'éventuelles résistances de l'opposition. Par chance, peu de membres du Congrès étaient des combattants tenaces, la plupart se contentant de rouler les mécaniques. Cependant, cette fois, il existerait peu de marge de manœuvre : ce serait oui ou non. Mais, Vance avait raison, les deux bords avaient beaucoup à gagner en optant pour le oui.

« Ma survie en tant que président de la Chambre dépend uniquement des résultats que j'obtiens, poursuivit-il. Et je les obtiens en faisant en sorte que les gens de mon camp m'obéissent. Je n'aurais pas demandé à vous rencontrer si je n'avais pas eu la situation bien en main. Nous vendrons le projet en le présentant non comme un objet de débat politique, mais comme une question de bon sens. Par bonheur, grâce à l'arrogance du Sénat depuis quelques mois, nous n'aurons aucun mal à assurer la promotion du produit. »

Kenneth semblait aux anges.

Elle aussi était satisfaite. Pendant des années, elle avait entendu Alex fulminer contre les abus de pouvoir du Congrès et les dysfonctionnements croissants du Sénat contre lesquels, selon lui, il n'y avait rien à faire.

Eh bien si, il y avait quelque chose à faire !

Quelque chose que des sudistes avisés avaient imaginé plus d'un siècle et demi auparavant, mais n'avaient jamais eu l'occasion de mettre en œuvre. Au lieu de cela, ils s'étaient laissé entraîner dans une guerre de Sécession stérile qu'ils avaient lamentablement perdue. Ainsi que le disait Thomas Jefferson : « Un peu de rébellion de temps en temps est bénéfique ; la contestation est à la sphère politique ce que l'orage est au monde naturel. »

Rien de plus juste.

Mais tout dépendait du type de rébellion.

« Quel effet cela fait-il ? demanda-t-elle. Vous êtes sur le point de devenir l'homme le plus puissant du pays.

– C'est pourtant vrai, répondit Vance avec un large sourire plein d'assurance. Et tout ça grâce à vous. »

Ils parlèrent encore une vingtaine de minutes, puis Kenneth repartit pour Nashville. Il n'avait jamais beaucoup aimé le comté de Blount, et elle ne lui avait pas proposé de rester dormir. Elle préférait à vrai dire le savoir à trois cents kilomètres. Vance, lui, était toujours là. Il était 1 heure du matin.

« Allons un peu prendre l'air », suggéra-t-il.

Ils sortirent sur la terrasse mouillée. La pluie avait cessé.

« Cet endroit est vraiment superbe, dit-il. Un petit coin de paradis.

– Je vais vendre la maison.

– Ah bon ? Je ne m'étais pas rendu compte que tu la détestais à ce point.

– Une page de ma vie est tournée. Alex n'est plus là. Il est temps de passer à autre chose. »

Un mouvement en contrebas lui fit tourner la tête et regarder par-delà la rambarde. À la limite de la zone de lumière projetée par les spots de la terrasse, elle aperçut quelqu'un qui marchait sur le gazon ras du jardin, tout près des premiers arbres. Au-delà se dressait le mur noir impénétrable de la forêt, qui s'étendait sans interruption sur des kilomètres.

« Un problème ? » lança Vance, qui avait lui aussi vu l'homme.

Elle comprit alors qu'il s'agissait d'un des agents du Secret Service qui patrouillaient aux alentours.

« Non, monsieur, répondit une voix. Je jetais juste un coup d'œil.

– Pour une raison précise ?

– J'ai cru entendre quelque chose. »

21

Danny se plaqua contre le tronc humide de l'arbre. Le garde du corps de Vance se tenait à six mètres de lui, en bordure du jardin éclairé, juste au-delà de la lisière du bois. S'il toussait, éternuait ou simplement respirait trop fort, il serait découvert. « J'ai cru entendre quelque chose », avait dit l'homme. Mais jusqu'où irait-il pour vérifier ses soupçons ?

« Qu'est-ce qui vous inquiète ? demanda Vance.

– Il fait trop sombre. Impossible de savoir s'il y a quelque chose là-dedans. Vous feriez vraiment mieux de rentrer.

– C'est toujours comme ça, par ici, intervint Diane. Nous sommes en montagne. Vous avez dû entendre un raton laveur ou un chevreuil qui sortait après la pluie. Peut-être même un ours. Il y en a beaucoup dans le coin. »

L'agent ne répondit pas. Comme il se devait. Danny connaissait l'usage. Les membres du Secret Service n'étaient pas là pour bavarder ou argumenter, mais pour faire leur boulot, point final. Ceux qu'on affectait à la protection rapprochée présentaient un profil particulier, à la fois gros bras, diplomates et confidents. Bénéficier de leurs bons offices signifiait que l'on avait constamment quelqu'un sur le dos. Hors de question, avec eux, d'aller et venir à sa guise. Il fallait solliciter leur avis avant tout déplacement pour qu'ils puissent prendre des dispositions. Il se demanda si la visite de Vance avait été prévue ou improvisée, ce qui n'était pas du tout la même chose du point de vue de la sécurité.

Il épiait le gorille, qui n'avait pas bougé et regardait dans sa direction. L'obscurité constituant un rempart entre eux, il n'avait rien à craindre tant qu'il ne faisait aucun bruit et que l'homme ne s'aventurait pas plus près.

« Tout va bien, assura Vance. Retournez devant la maison. Nous n'allons pas tarder à partir de toute façon. »

L'agent rebroussa chemin.

Danny lâcha un long soupir et prit conscience qu'il avait jusque-là retenu sa respiration.

Diane s'était rapprochée de Vance.

« Tu m'as manqué », dit-il.

Ils ne s'étaient pas vus depuis quelques mois. Leur aventure avait commencé deux ans plus tôt, quand Kenneth les avait présentés l'un à l'autre pour qu'elle puisse expliquer au président de la Chambre ce qu'elle avait découvert. Vance s'était tout de suite montré fasciné par les perspectives offertes. Avant de se rendre compte qu'il était réellement séduit par le projet, Diane avait d'abord pensé qu'il cherchait à lui complaire dans le but d'entrer dans son intimité. Alex ayant depuis longtemps cessé de s'intéresser à elle physiquement, et leur union n'ayant plus rien de charnel, elle avait donc noué une liaison avec Vance. Celle-ci s'était en fait résumée à quelques escapades, toujours loin de Washington et du comté de Blount, et elle ne se faisait aucune illusion : marié, père de trois enfants, pilier du Congrès avec neuf victoires électorales à son actif, maintenant titulaire du perchoir, il ne renoncerait pas à tout cela pour elle. Et elle ne le souhaitait d'ailleurs pas.

« J'aurais aimé pouvoir rester ce soir, mais…

– Ce ne serait pas une bonne idée.

– Tu sais, j'étais sincère, tout à l'heure, en te présentant mes condoléances. C'est terrible, ce qui est arrivé à Alex.

– Tes paroles me touchent beaucoup… Mais cela ne t'empêcherait pas de coucher avec la veuve.

– Diane, je t'en prie ! Pas de morale avec moi. Ce n'est pas comme si tu avais attendu que ton mari soit mort pour le tromper. »

En effet.

Elle s'étonnait elle-même d'avoir si facilement tourné le dos à la vertu. Cinq ans auparavant, si quelqu'un avait prédit qu'elle commettrait un double adultère, elle l'aurait giflé. Mais en prenant de l'âge, elle s'était sentie gagnée par l'impatience. Alex avait la politique pour assouvir ses ardeurs. Elle n'avait rien du tout… Du moins jusqu'au jour où elle avait pris connaissance en lisant les vieux papiers de son père d'un rêve caressé par des hommes depuis longtemps disparus.

« Je crois préférable que nous respections les convenances, dit-elle. Surtout dans les circonstances actuelles. Comme je te le faisais remarquer, tu seras bientôt le personnage le plus puissant du pays. C'est d'une épouse et d'une famille qu'a besoin un homme d'État, pas d'une maîtresse. »

Il se tenait tout contre elle, et elle se sentait frémir sous la tiédeur de son haleine.

« Changer le cours de l'histoire peut être sacrément aphrodisiaque », remarqua-t-il.

Elle ne pouvait pas nier la justesse de l'observation, qui mettait en lumière les ressorts cachés de leur relation.

Ce qui l'avait plus que tout attirée chez Vance était sa volonté farouche de se faire un nom.

Kenneth, lui, visait le pouvoir et la reconnaissance.

Et elle, que désirait-elle ?

La richesse. Tout simplement.

Elle s'était contentée pendant pratiquement toute sa vie d'adulte du salaire de fonctionnaire que gagnait Alex, d'abord en tant que membre de l'administration du Tennessee, puis comme sénateur. Par chance, il avait hérité de certains biens et cela leur avait permis d'éviter l'endettement, mais pas de mener une existence de rentiers. Très pointilleux sur le chapitre de l'éthique, Alex n'avait jamais de toute sa carrière accepté le moindre cadeau en espèces ou en nature. Pas même un voyage aux frais d'un donateur. C'était tout juste s'il se laissait de temps en temps inviter au restaurant. « Si tu refuses ce qu'on t'offre, tu ne dois rien à personne. » Ce poncif, elle l'avait entendu des milliers de fois. Et cela faisait une sacrée différence avec sa philosophie à elle, qui convoitait une fortune chiffrable en centaines de milliards de dollars ! De quoi la mettre confortablement à l'abri du besoin. C'était sur son lit de mort que son père lui avait fait part de la possibilité de retrouver l'or.

« Tu sembles à des années-lumière », remarqua Vance.

C'était peu dire.

Un tourbillon d'émotions contradictoires l'agitait. Fierté. Avidité. Ambition. Culpabilité... Un composé étrange, mais qu'elle avait appris à maîtriser ces derniers temps.

« Nous ne coucherons plus ensemble, tous les deux », annonça-t-elle.

Il ne parut pas affecté outre mesure.

« Si je me souviens bien, de nous deux, c'est toi qui as pris l'initiative de commencer.

– Exact. Et c'est donc moi qui décide d'arrêter.

– Tu as quelqu'un d'autre ?

– On peut dire ça.

– J'espère qu'il mesure sa chance. »

Ça, ça restait à voir.

« Retourne auprès des tiens, Lucius. Et pas de bêtises. Ne fais pas tout rater.

– Je n'ai pas l'intention d'échouer. Tu m'as fait un cadeau que je compte bien utiliser au mieux.

– "Presque tout le monde peut faire face à l'adversité, mais si vous voulez vraiment éprouver la force d'âme d'un homme, donnez-lui le pouvoir."

– C'est de toi ? »

Elle secoua la tête. L'ignorance crasse dont il faisait preuve avait quelque chose d'embarrassant.

« De Lincoln. Et il savait de quoi il parlait. Bientôt, c'est ta force d'âme à toi qui va être mise à l'épreuve. Alors ne flanche pas.

– Encore une fois, je n'en ai pas l'intention. »

Vance, elle ne l'ignorait pas, avait aspiré à la Maison-Blanche. Il avait tâté le terrain avant l'élection de l'automne précédent, mais personne, pas plus la presse que le public ou le parti, n'avait réagi avec enthousiasme. Sa méconnaissance du passé lui avait une fois de plus joué des tours. S'il avait étudié l'histoire, il ne lui aurait pas échappé qu'un seul homme était jusqu'ici parvenu à se hisser de la présidence de la Chambre à celle des États-Unis : James Polk, en 1845. Autant dire avant le déluge. À l'époque moderne, l'accession au perchoir marquait la fin d'une carrière de législateur, pas le début d'autre chose. Vance occupait son poste depuis neuf ans – une éternité pour un président d'assemblée – et il avait tiré habilement profit de son pouvoir, se faisant plus d'amis que d'ennemis. Mais Diane savait à quel point son éviction de la course à la Maison-Blanche l'avait ulcéré, surtout lorsque le parti s'était choisi pour champion un poids plume politique comme Warner Fox. Il avait donc sauté sur l'occasion quand elle lui avait fait miroiter la possibilité de passer de numéro deux dans l'ordre de succession présidentielle à une position supérieure dans les faits à celle du président lui-même, le tout sans avoir à gagner une élection.

« Je m'apprête à transformer ce pays pour toujours, mais je n'aurais jamais pu le faire sans toi », reprit-il.

Elle lui sut gré de l'hommage sans pour autant perdre de vue qu'elle ne serait bientôt plus pour lui qu'un lointain souvenir. Ce qui lui convenait tout à fait, d'ailleurs : elle aussi avait ses propres préoccupations.

« Un dernier baiser ? quémanda-t-il. Pour le guerrier avant la bataille. »

Elle sourit. Il était décidément impossible.

Mais quel mal y avait-il à se faire un peu de bien ?

Danny, littéralement éberlué, regarda le président de la Chambre embrasser la veuve d'un de ses amis les plus chers. Et pas avec un petit baiser sur la joue. Le grand jeu! Les lèvres mêlées sans la moindre réticence d'un côté ou de l'autre. Il n'en croyait pas ses yeux. Ni ses oreilles, puisqu'il était suffisamment près de la terrasse pour avoir entendu toute leur conversation.

Quelque chose d'énorme se préparait, c'était évident.

« Tu seras bientôt le personnage le plus puissant du pays », avait dit Diane.

Les deux amants se séparèrent puis rentrèrent ensemble dans la maison. Quelques minutes plus tard, le bruit d'une voiture qui démarrait signala le départ de Vance et de ses deux anges gardiens.

Danny quitta sa position.

Il reprit la route pour retourner chez lui, le cerveau en ébullition. Assumer son rôle de président des États-Unis avait été un casse-tête de tous les instants. Il ne s'était pas passé une minute pendant ses deux mandats sans que ses facultés intellectuelles ne soient sollicitées par mille questions à la fois. Pour la plupart des gens, cela aurait constitué un problème. Pas pour lui. Il avait savouré chaque seconde de l'exercice, qui lui manquait bien plus qu'il l'avait imaginé.

« Je suis né pour la tempête, le calme plat ne me va pas », avait dit sans détour Andrew Jackson, un autre fils du Tennessee.

Danny, pour sa part, avait l'impression d'être tombé non au milieu d'une tempête, mais au cœur d'un véritable ouragan. Il examina mentalement les données dont il disposait, cherchant une faille, une prise quelconque, une explication rationnelle à ce dont il venait d'être témoin.

En vain.

La pluie avait recommencé et avec elle le chuintement cadencé des essuie-glaces contre le pare-brise. Les gouttes surgissaient tels des projectiles argentés dans la lumière des phares, qui se reflétait sur la route détrempée comme sur du verglas.

Malheureusement, plus il réfléchissait, moins le doute semblait permis : aucune des interprétations qu'il envisageait n'était encourageante.

Il y avait d'abord eu la gaieté suspecte des trois participants à la réunion dans le salon des Sherwood, suggérant une complicité entre eux. Puis l'invraisemblable duo sur la terrasse. S'il racontait ce qu'il avait vu, personne n'y ajouterait foi. Lui-même devait se pincer pour y croire.

Mais que faire à présent ?

Une idée germa dans son esprit. Folle par son objet, inédite dans sa mise en œuvre.

Il entreprit de peser le pour et le contre.

Pauline et lui avaient prévu de déposer leur requête en divorce en juillet de sorte que le jugement puisse être prononcé en septembre, après le délai obligatoire de soixante jours. Huit mois se seraient alors écoulés depuis son départ de la Maison-Blanche. Ils s'étaient entendus pour publier une déclaration commune exprimant leurs regrets et ne plus jamais communiquer publiquement sur le sujet par la suite. Aux amis qui s'étonneraient, ils répondraient que « ce sont des choses qui arrivent », mais les plus proches ne seraient pas surpris, conscients que le chagrin où les avait plongés la mort tragique de Mary pesait depuis des années sur leur union. Sa fille aurait été adulte, à présent, peut-être mariée et mère de famille. Elle avait été passionnée de musique et il l'entendait encore jouer de la flûte quand elle était enfant. En se rendant sur sa tombe, il avait fait un premier pas vers une acceptation du passé, même si le chemin restait long.

Non, son divorce ne constituerait pas un obstacle. Ses ennemis dénonceraient plutôt son ego boursouflé aux cris de « trop c'est trop ». Mais avant de quitter la Maison-Blanche, il avait eu connaissance d'un sondage indiquant qu'il jouissait d'une grande popularité dans le Tennessee. L'enquête en question avait été menée dans le cadre d'une étude pour déterminer l'emplacement de sa future bibliothèque présidentielle : les contributions privées étant indispensables à la réalisation du projet, elles seraient plus faciles à obtenir si l'édifice était construit en territoire acquis à sa cause.

Tout bien considéré, il ne voyait aucune objection rédhibitoire susceptible de faire capoter son plan.

S'il y avait des protestations, comme on pouvait s'y attendre, les grincheux pourraient aller au diable. C'était bien involontairement qu'il avait été amené à s'interroger sur les circonstances du décès de son meilleur ami, mais il était désormais prêt à lutter contre vents et marées pour faire toute la lumière. Il devait bien ça à Alex. Jamais il n'avait refusé le combat, une qualité qui avait fait de lui un chef d'État ferme dans ses décisions. Les militaires le respectaient, le Congrès le craignait, et, dans l'ensemble, les gens l'aimaient bien. Selon la même enquête réalisée l'année précédente pour l'implantation de la bibliothèque, il avait terminé son second mandat avec 65 % d'opinions favorables, un niveau dont aucun président n'avait pu se prévaloir depuis longtemps. S'apprêtait-il alors à passer la mesure en se laissant griser par cette popularité ? Possible.

Mais il devait agir.

Pour Alex.

Il roulait sous la pluie, les paupières pas même alourdies par le sommeil, l'esprit fonctionnant à plein régime.

« Non, Danny, murmura-t-il. C'est aussi pour toi que tu te lances là-dedans. »

Son honnêteté vis-à-vis de lui-même lui avait toujours été d'un grand secours. Pleinement conscient de ses forces et de ses faiblesses, il n'oubliait jamais ni les unes ni les autres.

Ce n'était pas tant qu'il *devait* agir, mais qu'il le *voulait*, qu'il en *avait besoin*, même.

Quittant la route, il parcourut l'allée qui menait chez lui, se gara devant la maison et descendit de la voiture après avoir pris le carnet sur le siège. L'équipe de sécurité était toujours à l'abri sous la véranda.

« Pouvons-nous faire quelque chose pour vous, monsieur le président ? proposa l'un des agents comme il montait les marches.

– Si vous pouviez me procurer un troisième mandat, ce ne serait pas de refus. »

Danny décocha un sourire au garde du corps puis il entra et se débarrassa de son imperméable mouillé. Pauline aurait exigé qu'il ôte le vêtement à l'extérieur. Maintenant, il pouvait faire comme il l'entendait. Était-ce une bonne chose ou non ? À voir. Il gagna l'étage, passa devant sa chambre et pénétra dans celle de son invité. Là, il s'assit au bord du lit avant d'allumer la lampe rococo et de secouer le dormeur.

« Es-tu bien conscient que tu as affaire au gouverneur de cet État ? protesta celui-ci d'une voix ensommeillée.

– Peut-être, mais j'ai la préséance. »

Le gouverneur se redressa dans son lit.

« Et puis quoi, encore ? N'oublie pas que tu n'es plus qu'un citoyen lambda.

– Nous avons un problème. »

Et Danny raconta tout à son ami par le menu, sans omettre les détails concernant Taisley, Lucius Vance et Diane.

« Je t'assure, conclut-il, cette entrevue dont j'ai été témoin m'a rappelé *Sept jours en mai.* »

Il avait toujours adoré ce roman ainsi que le film en noir et blanc du même titre qui dépeignaient une cabale politico-militaire pour s'emparer du pouvoir.

« Ils complotaient, ça sautait aux yeux.

– C'est le fameux carnet que tu as là ? » s'enquit le gouverneur.

Danny acquiesça et lui tendit le calepin.

« Diane m'a menti les yeux dans les yeux. Elle a envoyé quelqu'un chez Alex pour récupérer ce truc.

– C'est sa femme, après tout, et son unique héritière, si je ne m'abuse.

– Dans ce cas, pourquoi m'a-t-elle raconté des histoires ?

– Parce qu'elle ne te porte pas dans son cœur et considère que tout ça ne te regarde pas ?

– J'aimerais imaginer que c'est aussi simple. Non. Ils mijotent quelque chose de sérieux. De si sérieux, même, qu'elle a cru bon de mettre Vance en garde contre les effets du pouvoir.

– Qu'est-ce que nous pouvons y faire, toi ou moi ?

– J'ai ma petite idée… »

Son ami le dévisagea, attendant la suite.

« Voilà. Il restait à Alex deux ans à faire. C'est à toi qu'il revient de nommer quelqu'un pour le remplacer jusqu'à la fin de son mandat de sénateur. Nous connaissons tous les deux la chanson. La personne désignée ne peut être qu'un intérimaire sans aucune ambition de rester en fonction une fois sa mission terminée. Certes, il s'agit de garder la place au chaud, mais cela exige tout de même une certaine compétence… »

Le gouverneur avait manifestement déjà compris où il voulait en venir.

« Choisir un tel ou une telle équivaudrait à traverser un champ de mines, pour toi. Les gens feront tous valoir les services qu'ils ont pu te rendre pour que tu leur accordes la priorité, même s'il ne s'agit que d'un intérim de deux ans. Quoi que tu fasses, tu te mettras quelqu'un à dos. Alors envoie-les tous promener et donne-moi le boulot à moi. »

Un large sourire illumina le visage du chef de l'exécutif local.

« Ça ressemble fort à du mimétisme historico-sentimental… »

Tout à fait juste. Un seul ancien président avait jusque-là été élu sénateur : Andrew Johnson. Un homme du Tennessee, comme Danny, originaire du comté de Greene. Un voisin.

« Tu seras le deuxième après ton illustre prédécesseur.

– Ce sera un bon point pour toi. Je me tiendrai tranquille pendant deux ans, et ensuite les électeurs choisiront qui ils voudront pour les représenter au Sénat. Ce n'est pas moi qui t'attirerai des ennuis.

– Sauf que tu ne t'es jamais tenu tranquille de ta vie.

– Bon, d'accord, j'ai l'intention de fouiner par-ci par-là pour comprendre ce qui se trame, mais je te promets d'être sage.

– Tu es quand même au courant que les ex-présidents ne sont pas censés faire des come-back, je suppose.

– "Ex" est un préfixe qui ne m'a jamais plu. Il a quelque chose de sinistre. Mais c'est pour Alex que je fais ça, assura-t-il avant d'ajouter, conscient que ce n'était pas à un vieux singe qu'il allait apprendre à faire la grimace : et un peu pour moi aussi.

– Je me doutais bien que tu ne pourrais pas rester assis là à écrire tes mémoires. »

Danny sentait renaître en lui l'appétit féroce de prédateur qui avait été le sien pendant ses huit années à la Maison-Blanche et qu'il refrénait depuis la prestation de serment de son successeur, quatre mois plus tôt.

« J'ai besoin d'agir, confessa-t-il de nouveau. Vraiment besoin.

– Je me souviens d'un temps où moi aussi j'avais des besoins et où tu faisais en sorte que je puisse les satisfaire. Alors pas de problème, Danny, je ferai ce que tu me demandes. Pour Alex… et pour toi. »

Dans l'instant, son sentiment d'angoisse et d'isolement se muèrent en une impatience tout entière dirigée vers l'action. Et en une certitude : il était de nouveau en selle.

Planifie ton travail et travaille ton plan. Un de ses mantras.

Il éprouvait à la fois du soulagement et une euphorie de gamin malicieux qui s'apprête à en faire de belles.

« Il y a un truc qui pue, en amont de cette rivière, dit-il à son vieux comparse. Et je vais remonter le courant pour voir ce que c'est. »

22

Cotton, à bout de patience, observait Terry Morse, assis en face de lui à la table de la cuisine. Le vieil homme regardait vers les fenêtres ouvertes, équipées de moustiquaires, au-delà desquelles une poignée d'abeilles erraient encore en zonzonnant sous les avant-toits de la maison.

« Elles ne tarderont pas à retourner dans leurs ruches une fois qu'elles se seront calmées », commenta-t-il.

Il avait remis en place et réparé les caissons en bois fracassés, puis forcé la plus grande partie des insectes à regagner leur abri en les enfumant.

« Les abeilles aiment l'ordre et l'organisation, ajouta-t-il. Il y a des règles à l'intérieur d'une ruche. »

Cassiopée et Léa étaient installées avec les deux hommes autour de la table. Armée de son pistolet, que les trois bras cassés avaient abandonné dans leur fuite, Cassiopée surveillait elle aussi les fenêtres.

« Que vous ont-ils raconté ? demanda Cotton, qui avait posé son Beretta devant lui. Que vous feriez votre devoir en nous montant un bateau ? »

Morse hocha la tête.

« Ils se sont amenés juste avant vous. Ils étaient garés derrière, hors de vue. Ils connaissaient le rituel des mots de passe et de la poignée de main, et mon père m'a appris que je ne devais jamais manquer de respect aux gens qui savent ces choses-là. Quand vous êtes arrivés avec Léa, ils étaient dans ma chambre en train d'écouter. J'avais l'intention de leur montrer la pierre de toute façon, alors je vous ai emmenés la voir aussi.

– Votre père vivait dans un monde qui n'existe plus, dit Cotton. Ces types se foutent pas mal des Chevaliers du Cercle d'or.

– Je m'en rends compte maintenant. J'ai fait une erreur, admit le vieil homme, qui se tourna vers sa petite-fille. Je suis désolé, ma chérie.

– Ne t'inquiète pas, je vais bien, répondit Léa.

– Parlez-moi de cette pierre, reprit Cotton. Et pas de finasseries, ça vaudra mieux pour vous.

– C'est que j'ai gardé le secret pendant si longtemps…

– Je vous le répète, c'était une autre époque. Plusieurs crimes ont été commis, ici, et l'heure des comptes a sonné. »

Le vieil homme parut s'affaisser sous le poids de la défaite. Cotton compatissait, mais il avait une mission à accomplir.

« La pierre fait partie d'une série de cinq, commença Morse. Mon père m'a dit que son père à lui avait été spécialement choisi pour veiller sur celle-ci. C'était un honneur dont il était fier, et il m'a transmis la charge.

– Comment cette pierre a-t-elle atterri dans votre rucher ? demanda Cassiopée, devançant la question qu'allait poser Cotton.

– C'était il y a très longtemps, quand j'étais un peu plus jeune que Léa… »

L'œil aux aguets à cause des serpents à sonnette et des sangliers, Terry cheminait derrière son père parmi les chênes, hêtres, pins et pacaniers de la forêt. Il adorait les bois et leurs richesses : les chevreuils qu'on y chassait, les noix et tous les fruits qu'on y cueillait, dont les cerises, ses préférés, l'eau fraîche et les poissons des rivières… Les monts Ozark et Ouachita étaient son univers, et il n'imaginait pas en changer un jour.

Son père était un colosse auquel tout le monde témoignait un immense respect. Il élevait des cochons et piégeait les animaux à fourrure. Quand les gens manquaient de tout, pendant la Grande

Dépression, il leur apportait du gibier et veillait à ce que personne n'ait faim. L'alcool de contrebande qu'il distillait avait une réputation légendaire tant auprès des voisins que des agents du fisc. Tout le monde sollicitait son aide ou son avis.

« Où on va, papa ? demanda-t-il.

– À la chasse aux vaches. »

Il connaissait l'expression depuis longtemps. Plus jeune, il la prenait au pied de la lettre, puis il s'était douté qu'elle signifiait autre chose. Habituellement, quand il allait « chasser la vache », son père sellait son cheval et partait seul en forêt. Cette fois, il avait eu l'autorisation de l'accompagner, montant son propre cheval, armé de son propre fusil.

Son père s'arrêta et tendit le doigt vers la rivière. Il se porta à sa hauteur.

« Tu vois ce hêtre tordu, là-bas, près de l'eau ? »

Il suivit des yeux la direction indiquée.

« On appelle ces arbres-là les arbres au trésor. Il y a tout un tas d'inscriptions sur leur écorce. Si tu sais les lire, elles te conduisent à des cachettes pleines d'or. »

C'était la première fois que son père lui parlait d'une chose pareille.

« Tu es l'aîné. Ça fait de toi le prochain guetteur. Je vais t'apprendre tout ce que tu dois savoir… mais seulement si tu le veux. »

Un frisson le parcourut, comme si l'eau d'une rivière le traversait tout entier. Jamais il ne s'était senti à ce point lié à son père. Quelle merveilleuse impression !

« Je le veux, assura-t-il.

– C'est bien ce que je pensais. Maintenant, regarde ce creux, au-delà de la rivière. Tu le vois ? »

Il le voyait.

« Il y a un homme enterré, là-bas. Il était là où il n'aurait pas dû être et il en est mort. C'était il y a longtemps. Mais il faut ça, parfois… Chasser les vaches. »

Le véritable sens de l'expression lui apparut soudain.

« Tu l'as tué ?

– Pas moi, mon père. Mais j'étais là. Comme toi aujourd'hui. »

La référence à la génération antérieure renforçait encore le lien.

« Je suis prêt à faire tout ce qu'il faudra.

– J'en étais sûr », dit son père en souriant.

Ils continuèrent à chevaucher vers le sud, le long de la rivière, laissant leur chalet de plus en plus loin derrière eux. Il avait plusieurs fois déjà exploré cette partie de la forêt et remarqué les silhouettes d'animaux, les lettres mystérieuses et les dates gravées sur les troncs, qu'il avait prises pour de simples graffitis sans signification particulière. Toutes sortes de questions lui brûlaient les lèvres, à présent, mais il savait qu'il serait vain de les poser. Son père lui dirait ce qu'il jugerait nécessaire en temps utile.

Il pouvait cependant être d'ores et déjà certain d'une chose : son apprentissage venait de commencer.

« Mon père était un homme dur. J'ai su plus tard qu'il avait tué trois personnes à la chasse aux vaches.

– Ce n'est pas ce que vous avez affirmé tout à l'heure, remarqua Cassiopée.

– Je mentais. »

La révélation parut surprendre Léa.

« Tu ne m'as jamais dit qu'il y avait eu des morts.

– Parce que je ne pensais pas que tu aurais à tuer des gens un jour. Alors tu n'avais pas besoin d'être au courant.

– Et toi ? Tu en as tué ? »

Le vieil homme secoua la tête.

« Je n'ai jamais pu. Je me contente de leur faire peur.

– Que s'est-il passé, le jour où votre père vous a emmené dans la forêt ? demanda Cotton.

– Nous sommes allés quelque part… »

Il avançait sur l'étroit sentier qui montait vers la crête, toujours attentif, même si son cheval avait le pied sûr.

« Il y a beaucoup d'or enterré par ici, dit son père. Plus qu'on pourrait en dépenser les uns et les autres. Mais il n'est pas à nous. Il appartient à d'autres. Nous, nous sommes là pour le protéger. »

Une nouvelle information qui semblait importante.

« De toute façon, reprit son père, j'ignore comment trouver les cachettes. »

Quand ils furent sur la partie plate située au sommet de l'escarpement, son père arrêta sa monture devant un houx.

« Tiens, regarde. »

Il désigna une marque que Terry avait déjà vue. Une sorte de serpent taillé dans l'écorce de l'arbre.

« Je ne sais pas lire les signes, poursuivit-il. Je n'ai pas la moindre idée de ce qu'ils veulent dire. Mais c'est fait exprès. Nous devons seulement les surveiller, les protéger, faire en sorte qu'ils se conservent. C'est pour ça qu'avant de mourir je te montrerai tous ceux que je connais. »

« Malheureusement, il n'en a pas eu le temps. Il est mort un an plus tard d'une chute de cheval, en allant une fois de plus chasser les vaches.

– Et la pierre ? demanda Cotton, revenant à sa première question.

– Il me l'a montrée le premier jour. Après m'avoir fait remarquer le serpent gravé sur le houx. »

« Il y a deux sortes de guetteurs, expliqua son père. Les normaux et les spéciaux, comme nous. Parce que nous avons une chose encore plus importante à garder que l'or enfoui un peu partout. Et cette chose-là, je sais comment la trouver. »

Ils poursuivirent leur chemin en silence quelques minutes, puis son père mit pied à terre et il l'imita. Dans les buissons, près d'un bouquet d'ormeaux, il aperçut les restes corrodés d'un coffre-fort.

« Ça, ça provient d'une diligence que Jesse James a attaquée près de Hot Springs dans les années 1870… »

Sur un des côtés, l'inscription WELLS FARGO *se discernait encore à travers la rouille.*

« Il faisait partie des Chevaliers du Cercle d'or. Il a abandonné le coffre ici après avoir caché ce qu'il contenait. À chaque fois qu'il dévalisait une banque, l'or finissait planqué dans ces collines pour le compte de l'Ordre. Mais, comme je te le disais, il y a une chose plus importante que tu dois savoir. Une chose vraiment particulière dont m'a parlé mon père. »

« La plus grande partie de cet or n'est plus là, dit Morse. Ils sont venus le chercher.

– Qui ça ? demanda Cassiopée.

– Des chevaliers. Ils ont fait le tour des caches et les ont toutes vidées, sauf quelques-unes.

– Qu'ont-ils fait de ce qu'ils ont pris ? s'enquit Cotton.

– Ils l'ont emporté dans un endroit qu'ils appelaient la Crypte, sans dire où ça se trouvait. On savait seulement que tout l'or y était regroupé. Ils n'ont laissé intactes que quelques caches parmi les plus petites. Mais mon grand-père et mon père ont reçu une mission très spéciale, dont j'ai hérité : garder la pierre que vous avez vue dans le rucher.

– Qu'a-t-elle de si important ?

– Elle indique le chemin de la Crypte. »

23

WASHINGTON

22 H 45

Stéphanie s'éloigna de la vitrine fracassée, que les agents de sécurité de la Smithsonian et des policiers du secteur étaient en train d'examiner. Elle rejoignit Rick, qui, après avoir déclaré n'être au courant de rien, s'était muré dans le silence et se tenait à l'écart dans la rotonde. L'un des inspecteurs vint la questionner. Tout naturellement, elle était sur le point de lui révéler le meurtre de Thomas, mais un regard implorant du conservateur l'en dissuada. Elle se contenta donc de montrer au flic son badge de la division Magellan en lui suggérant de s'adresser directement au ministre de la Justice.

« Et que fait-on du corps de Thomas ? demanda-t-elle tout bas à Rick quand ils furent seuls.

– Jusqu'à présent, presque personne n'est au courant de sa mort.

– Non, mais dans quelle histoire m'as-tu entraînée ? »

Elle s'approcha de nouveau de la vitrine en miettes. Les insignes protocolaires de l'institution y étaient exposés, chacun accompagné de sa description imprimée sur un rectangle de carton. Sur la paroi arrière du meuble était suspendue une masse faite d'or et d'argent sertis de diamants, de rubis et de smithsonite, un minéral identifié pour la première fois par James Smithson et nommé en son honneur après sa mort. La notice expliquait que les incrustations renvoyaient symboliquement à des épisodes de la vie du scientifique. Dans les universités, elle le savait, la masse représentait le pouvoir juridictionnel, l'autorité et l'indépendance de l'institution. Cela devait être vrai aussi dans le cas de la Smithsonian. Le commentaire précisait que ce bâton de commandement était remis solennellement à chaque nouveau secrétaire lors de son investiture. Il y avait également une médaille de doyen exposée sur un plateau en argent massif.

Au fond de la vitrine, un carton donnait des détails sur la clé cérémonielle.

> La coutume consistant à transmettre cette clé au secrétaire entrant fut introduite en 1964, à l'occasion de la prise de fonction de S. Dillon Ripley comme huitième secrétaire de la Smithsonian. En remplacement du traditionnel serment solennel, le secrétaire sortant Leonard Carmichael préconisa l'adoption d'une cérémonie de passation de la clé inspirée du rituel en vigueur dans de nombreuses universités pour la réception des doyens. Le président de la Cour suprême, Earl Warren, chancelier de la Smithsonian à l'époque, présenta la clé à Ripley avant la réunion du conseil des régents du 23 janvier 1964. La clé, emblème de connaissance et de conservation, symbolise à merveille ce qu'est la Smithsonian. Fabriquée en 1849, cette grosse clé de cuivre ouvrait vraisemblablement l'une des portes de chêne massif du bâtiment.

La notice explicative voisinait avec un écrin de bois à l'intérieur doublé de velours bleu. En creux dans le tissu s'inscrivait l'empreinte d'une sorte de passe-partout.

Sans le passe-partout.

« Qu'est devenue la clé qui devrait être là ? demanda un des policiers, qui avait lui aussi remarqué la boîte vide.

– Elle a été retirée il y a quelque temps, répondit Rick. Nous sommes en train d'en faire une copie.

– Avez-vous une explication au fait que cette vitrine est la seule à avoir été détruite ?

– Il pourrait s'agir d'un accident, intervint Stéphanie. Le bonhomme était visiblement pressé de quitter les lieux.

– Et vous-même étiez là pour… ?

– J'étais venue dépanner mon ami, qui avait besoin d'un conseil. »

Elle regarda Rick, qui hocha lentement la tête, confirmant la déclaration tout en la remerciant pour le demi-mensonge.

La sonnerie d'un téléphone portable retentit. Elle vit Rick répondre puis s'éloigner dans le couloir pour s'isoler. Que pouvait-il y avoir de si important à propos de cette clé symbolique pour qu'elle ait coûté la vie à Martin Thomas ?

« Stéphanie ! »

Elle se retourna. Rick lui fit signe d'approcher. Elle s'excusa auprès des policiers et le rejoignit.

« Quelqu'un voudrait te parler », dit-il.

Ils descendirent l'escalier en spirale jusqu'au bureau en sous-sol de Rick, puis ils reprirent le souterrain qui menait au Muséum d'histoire naturelle. Dans le tunnel, elle vit que le corps de Thomas avait été recouvert d'une bâche et qu'un gardien montait la garde près de lui. Rick avait verrouillé derrière eux la grille d'entrée côté Château et un autre agent de sécurité était en faction devant la trappe côté Muséum.

« Personne n'entrera ici », assura le conservateur.

Ils gagnèrent la bibliothèque Cullman, où tout avait commencé une heure auparavant. Un silence de mort régnait sur les salles du musée si lumineuses, bruyantes et pleines de vie pendant la journée. D'après ce que lui avait expliqué Rick, les équipes de nettoyage n'intervenaient que pendant les heures d'ouverture, jamais après. Si bien que, la nuit, les collections sommeillaient dans une atmosphère onirique qui avait inspiré bien des auteurs et des réalisateurs.

Un homme au crâne chauve de moine ceint d'un halo de cheveux blancs les attendait dans la bibliothèque. En dépit de son embonpoint, de ses membres dodus et de ses yeux bouffis, c'était un monsieur dont la réputation de grande intelligence n'était plus à faire.

Warren Weston.

Président de la Cour suprême des États-Unis.

Chancelier de la Smithsonian Institution.

« Ravi de vous rencontrer, dit le juge en se levant quand elle entra. Non, restez, je vous en prie, ajouta-t-il à l'adresse de Rick, qui se détournait pour sortir.

– Je dois m'occuper de Martin, répondit celui-ci. Je reviens dans un moment. »

Et il s'en alla.

« Je crains bien d'être à l'origine de votre implication dans cette affaire, madame Nelle, déclara Weston. Nous avions besoin d'aide. J'ai appris que Rick et vous étiez amis, et je l'ai prié de vous téléphoner.

– Non sans avoir d'abord appelé Cotton Malone à la rescousse. Puis-je vous demander pourquoi ?

– C'est une longue histoire. »

Exactement ce que répondait Cotton quand on l'interrogeait sur son surnom. Le rapprochement faillit la faire sourire.

« Nous vivons une situation délicate qui semble en outre avoir pris un tour tragique. J'ai été informé de ce qui vient de se passer, aussi ai-je jugé préférable de m'adresser à vous directement.

– Ne le prenez pas mal, monsieur, mais ce qui s'est passé ne me regarde en rien. Si je suis ici, c'est uniquement parce que Rick a réclamé mon aide. Je suis entrée dans le jeu sans la moindre idée de ce qui m'attendait, et, faute d'en savoir plus, j'ai laissé la situation dégénérer bien au-delà de ce que commandait la prudence. Mon agence a pour mission de veiller à la sécurité nationale. Cette affaire est désormais du ressort du FBI, ou de la police de Washington, pas du mien.

– Avant mon arrivée, je me suis entretenu avec le ministre de la Justice. Il m'a assuré que la division Magellan était à ma disposition. »

Le genre de manœuvre de contournement qu'elle adorait !

« Cela me semble bien présomptueux de votre part à tous les deux, répliqua-t-elle.

– J'en ai conscience, et je vous présente mes excuses. Mais votre intervention est nécessaire. »

Elle ne comprenait que trop bien ce qui se jouait. Le nouveau ministre de la Justice n'avait que faire de la division Magellan, dont il avait dans un premier temps obtenu le démantèlement. Heureusement, le jour de l'investiture de Fox, Danny était intervenu, forçant son successeur à sauvegarder l'agence. En conséquence, celle-ci avait été reconstituée, conservant l'intégralité de son personnel et de son financement, mais Stéphanie ne se faisait pas d'illusions. La division ne serait plus le service à tout faire de la Maison-Blanche qu'elle avait été. En fait, « Mme Nelle » était plus ou moins mise sur la touche. Cette histoire n'était qu'un os qu'on lui donnait à ronger pour l'occuper. Non que les faits soient anodins, comme en témoignait ce qui était arrivé à Martin Thomas, mais, elle venait de le souligner, la police et le FBI étaient plus que qualifiés pour se charger de l'enquête.

« Ce dossier exige une discrétion absolue, poursuivit Weston. Or votre agence est tout à fait à même de satisfaire cette contrainte. Et, dans l'immédiat, j'ai besoin que le corps de Martin Thomas soit mis en sûreté quelques jours, le temps de tirer tout ceci au clair.

– Vous mesurez bien, j'imagine, qu'il s'agirait d'une forfaiture. Cet homme a été assassiné. Le cacher équivaudrait à falsifier des preuves.

– Une activité que votre agence pratique régulièrement, je n'en doute pas, dans le cadre de sa lutte pour la… sécurité nationale, rétorqua le juge, narquois.

– Et comment comptez-vous expliquer l'absence de Thomas ?

– J'en fais mon affaire. »

Il ne lui laissait guère de choix. Elle sortit son téléphone et tapa un code. L'appareil, conçu spécialement pour la division Magellan, était préprogrammé pour se connecter directement à une ligne sécurisée.

« J'ai un nettoyage en urgence au Muséum d'histoire naturelle », annonça-t-elle quand son correspondant décrocha.

Elle écouta la réponse avant d'ajouter :

« Sous ma propre autorité… À l'entrée du bâtiment côté Constitution Avenue où vous recevrez des instructions complémentaires. Exécution immédiate. »

Elle coupa la communication.

« Impressionnant, commenta Weston. Je présume que l'on meurt beaucoup dans votre métier.

– Peut-être, sauf que nous évitons de recruter des civils. Nous n'envoyons que des pros au casse-pipe. »

À voir le changement d'expression sur le visage du juge, le sarcasme avait fait mouche.

« Touché, dit-il. J'imagine que je l'ai bien mérité. »

Il lui désigna un fauteuil et se rassit dans le sien. Elle opta pour l'approche diplomatique.

« Je vous prie d'excuser ma mauvaise humeur, mais, contrairement à vous, je navigue sans visibilité. Et vous ne m'avez toujours pas expliqué pourquoi vous avez entraîné Cotton là-dedans.

– Je partage votre frustration. Je préside la Cour suprême depuis plus de trente ans, ce qui est déjà bien long, je suis d'accord. Pourtant, quand je me retirerai, ce ne sera pas ma fonction de juge qui me manquera, mais celle de chancelier de cette magnifique institution qu'est la Smithsonian. Je n'ai jamais raté une réunion du conseil des régents, ce dont peu de mes prédécesseurs peuvent se targuer.

– Et… savoir tout ça m'avance à quoi ? »

De l'agacement se peignit sur les traits du vieil homme.

« Ah, je comprends, reprit-elle. Je renâcle et cela vous chiffonne parce que vous n'avez pas l'habitude. Seulement, il faut vous y faire, je ne suis pas votre greffière ni une avocate qui plaide à la barre et vous donne du “monsieur le juge”. De plus, je n'ai pas passé une très bonne soirée.

– Vous n'êtes pas responsable de la mort de Martin Thomas.

– Alors qui en est responsable ? »

La réponse était évidente. Weston secoua la tête.

« Nous ignorions totalement que Thomas viendrait ici ce soir avec cet homme. Il s'est mis en danger tout seul.

– Sauf que nous avons laissé les choses suivre leur cours alors que nous avions vu le pistolet. Il aurait fallu intervenir, et je me sens fautive de ne pas l'avoir fait.

– Non, je vous en prie. Vous n'avez pas lieu de vous considérer comme responsable. C'est moi qui le suis. Entièrement. Ce n'est pas un bouc émissaire que je cherche, mais de l'aide. »

Il y avait du désespoir dans la voix du vieux juge.

« Bon, d'accord, dit-elle en se radoucissant. Je me tais et je vous écoute. »

Il sembla apprécier les paroles de Stéphanie.

« Tout a commencé il y a bien longtemps, pendant la guerre de Sécession. La Smithsonian a joué un jeu dangereux, en ce temps-là. Joseph Henry, notre secrétaire de l'époque, voulait que nous observions la neutralité d'une organisation scientifique internationale prétendument au-dessus des querelles politiques. Mais cette noble attitude en irritait plus d'un. D'autant qu'Henry et Jefferson Davis étaient, de notoriété publique, des amis très proches. Pendant la guerre, nos fonds étaient à peine suffisants pour nous permettre de fonctionner. Et quand vint la fin du conflit, nous étions carrément déficitaires. Une situation qui commanda de prendre certaines dispositions financières. Martin Thomas était parvenu à en savoir beaucoup sur ces accords, et Diane Sherwood s'y est également intéressée plus que de raison. »

Diane Sherwood. Rick avait déjà fait allusion à elle.

« Aviez-vous mis le sénateur Sherwood au courant de tout ceci ?

– Oui. Environ deux semaines avant son décès. Je l'ai averti que sa femme abusait de sa position pour faire pression sur un de nos employés et qu'il serait préférable qu'elle démissionne du comité consultatif des Bibliothèques. Il m'a promis de lui en parler. Mais, apparemment, il ne l'a pas fait, ou elle ne l'a pas écouté. Et maintenant le sénateur et Martin Thomas sont tous les deux morts.

– Je dois vous informer que Thomas n'était pas loyal envers vous. »

Stéphanie rapporta au juge ce qu'elle avait entendu concernant le trésor perdu des confédérés, le livre que Thomas projetait d'écrire et la part qu'il exigeait.

« Voilà pourquoi il n'avait prévenu personne qu'il viendrait ce soir, et qu'il amènerait un invité », conclut-elle.

Weston soupira, resta un moment silencieux, puis :

« Il faut que je vous fasse part de certaines choses. Confidentiellement. »

24

Grant ralentit un peu le pas sans pour autant se mettre à flâner. Il était parvenu à sortir du Château par une issue de secours qu'il avait souvent empruntée quand il était enfant. Celle-ci ouvrait sur les jardins du côté sud de l'édifice, d'où des allées goudronnées permettaient de gagner les rues avoisinantes. Il savait que les caméras extérieures étaient peu nombreuses autour des bâtiments de la Smithsonian, l'accent étant mis sur la sécurité de ce qui se trouvait à l'intérieur. Donc, une fois qu'il aurait traversé Independence Avenue et disparu dans le dédale d'immeubles administratifs au-delà, il serait hors de danger. Il n'était pas suivi, ce qui le rassurait. Il avait entendu des sirènes de voitures de police se dirigeant vers le Château, mais, comme il le pensait, la femme qu'il avait aux trousses était venue seule. Il avait brièvement aperçu son visage. Appartenait-elle vraiment au ministère de la Justice ?

Il n'avait pas eu d'autre choix que de tuer Martin Thomas. Si ce rat de bibliothèque s'était contenté de faire son boulot et d'accepter la récompense généreuse qui lui était offerte sans se montrer gourmand, il lui aurait fichu la paix.

Mais ça n'avait pas été le cas.

Et ce projet d'écrire un livre !

C'était bien la dernière chose qu'il pouvait permettre !

Il se demanda si la femme l'avait suivi jusque dans le Château en passant elle aussi par le tunnel, ou si elle se trouvait déjà sur place. Mais, dans la seconde hypothèse, comment aurait-elle pu savoir que c'était là qu'elle devait l'attendre ? Par Thomas ? Impossible. Quand il l'avait appelé pour préparer sa venue, il l'avait seulement informé qu'il voulait pénétrer dans les lieux, sans préciser où il comptait se rendre. Il n'avait avisé Thomas de sa destination qu'au moment de quitter la Cullman. Ni le bibliothécaire ni personne n'avait donc pu connaître à l'avance son intention d'utiliser le souterrain. Ce qui signifiait que la femme l'avait suivi pas à pas du Muséum jusqu'au Château. Et qu'elle avait découvert le cadavre.

Diane n'allait pas être enchantée de ce qu'il avait fait. C'était elle qui l'avait mis en rapport avec Thomas pour lui faciliter l'accès aux locaux. Elle risquait d'être inquiétée si un lien pouvait être établi entre eux trois. Restait à espérer que ça n'arriverait pas. Dans le cas contraire, les enquêteurs ne tarderaient pas à faire le rapprochement et il serait rapidement arrêté, ce qui signerait la fin de l'aventure. Mais quelque chose lui disait que la partie adverse était en plein brouillard.

Malheureusement, il n'avait pas pu atteindre les deux objectifs qu'il s'était fixés, ce soir. S'il était bien parvenu à mettre la main sur la clé dans la rotonde, il avait dû renoncer à retourner au Muséum d'histoire naturelle comme prévu – en y entrant cette fois au moyen du badge et de la carte magnétique dérobés à Thomas – pour exécuter la seconde phase de son plan.

Et cela posait problème.

Il modéra encore son allure et se força à respirer posément.

Il avait eu chaud. Un peu trop, même. Au propre et au figuré, comme en témoignait sa chemise trempée de sueur.

Suivant une succession de réverbères, il marcha jusqu'à la 14e Rue, qu'il traversa avant de héler un taxi non loin du musée de l'Holocauste pour se faire déposer à Dupont Circle. Là, les promeneurs étaient peu nombreux et la circulation réduite. Il partit à pied à travers les quartiers résidentiels tranquilles où ne passaient que quelques rares voitures, évitant les ambassades de Massachusetts Avenue et leurs caméras. Quand il eut enfin franchi la rivière pour se retrouver à Georgetown, il s'autorisa à consulter l'écran de son téléphone, qu'il avait mis en mode silencieux et oublié pendant les péripéties de la soirée. Un e-mail était arrivé de l'Arkansas.

> Trouvé pierre chez Morse (photos jointes), mais n'avons pas pu l'emporter, car dérangés par l'intervention de deux agents fédéraux. N'avons pas réussi à savoir pourquoi ils étaient là. Ils ignorent qui nous sommes. Nous leur avons échappé, mais nous sommes grillés. Adieu.

Mieux valait tard que jamais !

L'information aurait été bien utile quelques heures plus tôt. Ou pas, d'ailleurs : elle aurait pu lui faire perdre ses moyens. Des agents fédéraux dans l'Arkansas ? Plus la bonne femme du ministère de la Justice ? Qu'est-ce que ça signifiait ?

Il regarda une des photos en pièce jointe et s'arrêta net au milieu du trottoir.

La pierre à la Sorcière.

Nom de Dieu ! C'était donc bien Terry Morse qui en avait la garde ! Les quelques documents que Diane et lui avaient dénichés dans les papiers de leurs pères respectifs disaient vrai. Grâce à eux, ils avaient trouvé le guetteur qu'il fallait. Et puisque l'une des pierres existait vraiment, il y avait toutes les chances que cela soit aussi le cas pour les quatre autres.

Diane allait être ravie. Peut-être même assez pour passer l'éponge sur la mort malencontreuse de Martin Thomas.

À part Diane, rien ne le reliait à Thomas, qu'il avait toujours pris soin d'appeler d'une des cabines publiques encore disponibles en ville. Leurs entretiens face à face s'étaient tous déroulés chez le bibliothécaire, sans témoins, et, ce soir, il avait fait très attention aux caméras de vidéo-surveillance à l'intérieur des locaux. À moins que Thomas lui-même ne l'ait balancé, ce dont il doutait, aucun élément ne permettait de remonter jusqu'à lui.

Les pièces d'or tintèrent dans sa poche.

Valeur nominale, dix dollars ; valeur réelle aujourd'hui, quelques milliers de dollars.

Trois d'entre elles avaient suffi à payer les services de Thomas. Il les avait d'ailleurs récupérées sur le cadavre : pourquoi laisser traîner des preuves ? Il avait lui-même déterré celles qu'il avait sur lui dans une cache de l'ouest du Kentucky – une des « niches à gages » prévues pour rémunérer les guetteurs. Des documents d'archives conservés par son père pendant des décennies avaient fourni les indices qui, déchiffrés par Diane, l'avaient mené directement au lot de pièces contenu dans un seau métallique rongé par la rouille. Ce butin leur avait permis de tout financer jusqu'à présent, mais la ressource s'épuisait et, malheureusement, les quelques archives supplémentaires dont ils disposaient ne recelaient aucune indication sérieuse susceptible de les mettre sur la piste d'une nouvelle cache.

Ils devaient trouver la Crypte.

Lui devait la trouver.

Il avait l'impression que le reste de sa vie dépendait de l'aboutissement de cette quête. Il avait rencontré Diane deux ans plus tôt, quand elle était venue voir son père. Leurs géniteurs, collègues à la Smithsonian, avaient d'abord été amis avant de se fâcher. Lors de cette visite, son père à lui, encore lucide, avait évoqué l'époque où il travaillait au Château et sa brouille avec M. Layne. Grant avait dîné avec Diane le soir même. Un mois plus tard, ils étaient amants. Elle avait vingt ans de plus que lui, mais c'était une femme extraordinaire, différente de toutes celles qu'il avait pu connaître.

L'image de la pierre sur l'écran de son téléphone attirait son regard comme un aimant.

Il remarqua les mots gravés. De l'espagnol ? Ça y ressemblait. Les langues étrangères n'étaient pas son fort.

Et les dessins ? Incohérents. À première vue sans rapport évident entre eux. Mais les apparences étaient sûrement trompeuses.

Le succès de l'Ordre avait reposé sur l'ingéniosité de ses membres, leur talent à concevoir des pièges, des leurres, des fausses pistes. Ils étaient passés maîtres dans l'art de cacher des choses sous le nez des gens. Il y avait très longtemps de ça, son père lui avait dit qu'il existait un endroit secret, niché au cœur du continent, où les Chevaliers du Cercle d'or avaient accumulé d'immenses richesses. Au cours des quelques années précédentes, l'Ordre avait suscité un regain d'intérêt. Plusieurs livres traitant de son supposé trésor étaient sortis en librairie, dont l'un, écrit par un historien de l'Arkansas, lui avait donné quelques sueurs froides. Comme Diane et lui-même, l'auteur avait recueilli des confidences de ses parents, puis était parvenu à reconstituer des informations plus précises qui lui avaient permis de déchiffrer les signes dans les forêts et de découvrir quelques-unes des caches encore inviolées. Mais le bouquin ne faisait pas mention de la Crypte, ce qui signifiait que les ancêtres du type, bien qu'ayant vraisemblablement été des guetteurs, ne connaissaient pas l'existence des pierres.

À présent, l'une d'elles avait été localisée.

Il en restait quatre à trouver.

Il toucha la carte magnétique de Thomas, au fond de sa poche. Son ticket d'entrée au Muséum, où il allait devoir retourner quel que soit le risque.

L'allusion de Thomas à un livre qu'il avait l'intention d'écrire sur le trésor des Chevaliers tournait en boucle dans sa tête. Cela pouvait se révéler problématique. Heureusement, il avait eu la bonne idée de prélever sur le cadavre un trousseau de clés. L'une ouvrait certainement la porte de l'appartement du bibliothécaire. Grant se promit d'y aller et d'y faire un peu de ménage.

25

Stéphanie écoutait le juge Weston, fascinée par son récit.

« En 1846, le président James Polk s'avisa que la façon la plus rapide d'augmenter la superficie des États-Unis était de faire la guerre au Mexique. Un projet plutôt facile à mettre en œuvre, puisque le Mexique lui-même rêvait d'en découdre avec nous depuis l'annexion du Texas en 1830. Polk provoqua donc un conflit qui s'acheva au bout de deux ans par la défaite des Mexicains. En conséquence de quoi les États-Unis obtinrent par le traité de Guadalupe Hidalgo la cession du territoire qui serait plus tard réparti entre l'Arizona, le Nouveau-Mexique, l'Utah, le Nevada et la Californie.

« En 1854, la Smithsonian Institution envoya dans le Sud-Ouest américain fraîchement acquis une équipe chargée de cartographier les lieux et d'en répertorier les richesses géologiques – une de nos premières expéditions scientifiques. À l'époque, Jefferson Davis était ministre de la Guerre sous la présidence de Franklin Pierce. Davis fut secrètement approché par une confrérie nouvellement constituée connue sous le nom de Chevaliers du Cercle d'or.

– J'ai entendu Thomas mentionner cette société.

– Ce qui n'est pas surprenant, puisque c'est elle qui faisait l'objet de toutes ses attentions. L'Ordre, comme on l'appelait aussi, portait un intérêt particulier au Mexique et à la Caraïbe, qu'il souhaitait acquérir afin de constituer un nouvel empire sudiste. Ces gens préconisaient de réformer politiquement le pays et d'en transformer le visage en créant de nouveaux États de façon à modifier l'équilibre des forces au Congrès. Ils prônaient la réunion d'une nouvelle convention constitutionnelle susceptible d'adopter des amendements pérennisant les droits du Sud. Jefferson Davis se montra sensible à ces thèses. L'Ordre voyait dans l'expédition de la Smithsonian une excellente occasion de reconnaître discrètement le terrain pour son propre compte dans cette région nouvelle qu'il voulait découper en plusieurs États esclavagistes.

– Un projet grandiose.

– En effet. Quand il était sénateur, à la fin des années 1840, Jefferson Davis avait aussi fait partie du conseil des régents de la Smithsonian. C'est de cette période que dataient ses liens étroits avec notre secrétaire, Joseph Henry. En 1854, devenu ministre de la Guerre de Pierce, Davis mit à profit ses bonnes relations avec Henry pour obtenir qu'un jeune homme se joigne à l'expédition de la Smithsonian. Celui-ci explora l'intégralité du Sud-Ouest, consignant des informations vitales de nature géographique, géologique et politique dans un journal qu'il confia à Davis. L'homme, un employé de la Smithsonian, s'appelait Angus Adams. Sept ans plus tard, Adams donna sa démission pour devenir un maître-espion au service de l'armée confédérée. Il avait un nom de guerre… "Cotton".

– Il était apparenté à Malone ?

– C'était son arrière-arrière-grand-père.

– Comment savez-vous tout ça ?

– J'ai mené des recherches généalogiques approfondies sur Malone », dit Rick Stamm, qui était revenu pendant le récit de Weston.

Ce qui soulevait bien des questions, mais Stéphanie décida de s'en tenir pour l'instant à la matérialité des faits.

« Qu'est-il advenu de ce journal ? demanda-t-elle.

– Nous pensons qu'Angus Adams était venu au Château pour l'y déposer, ainsi qu'une certaine clé, le jour même où le bâtiment a brûlé, en janvier 1865.

– Une clé ? Celle qui a été volée ce soir, peut-être ?

– Exactement. Mais les deux objets ont disparu pendant l'incendie. La clé a été retrouvée par hasard dans les combles du Château pendant les années 1950. Le journal, lui, est toujours manquant.

– Pas mal, pour une institution qui se prétend neutre et apolitique !

– Elle l'est à présent, mais c'était effectivement beaucoup moins le cas il y a cent soixante ans. La guerre de Sécession fut une période éprouvante pour tous, où l'on était tiraillé entre deux camps au sein des familles, des gouvernements, et même ici, entre ces murs prétendument vénérables.

– Où est Cotton, en ce moment ?

– Dans l'Arkansas, répondit Weston. Il vérifie certaines informations.

– J'imagine qu'il entre dans vos intentions de me dire ce qu'il cherche, et pourquoi ?

– Tout à fait, acquiesça le juge en souriant. Mais, pour l'heure, concentrons-nous sur Diane Sherwood, puisque c'est sa curiosité pour tout ceci qui a d'abord attiré notre attention. Ce que vous ignorez sûrement, c'est que, des années 1960 au milieu des années 1990, son père, Davis Layne, dirigeait le musée d'Histoire américaine. Au cours de cette période, il a rassemblé une quantité appréciable de données concernant les Chevaliers du Cercle d'or. M. Malone a passé quelques jours ici même à étudier ce matériel, ainsi que des documents provenant de nos archives confidentielles sur l'expédition de 1854 et sur une autre, conduite dans l'Arkansas en 1909.

– Une idée de ce qui pousse la fille de Layne à s'intéresser de si près à cette question maintenant ?

– Pas la moindre.

– Je suppose qu'il y a une histoire de trésor là-dessous. J'ai entendu Thomas évoquer "l'or perdu des confédérés".

– Il y a un trésor, en effet. Un trésor que notre institution désire acquérir depuis longtemps. »

Stéphanie se tourna vers Rick.

« Existe-t-il un lien entre notre tueur et Mme Sherwood ?

– Seul Martin aurait pu nous le dire, mais il ne l'a pas fait.

– Il doit y avoir un lien, nous en sommes tous convaincus, dit Weston. Nous devons toutefois procéder avec circonspection. N'oublions pas que nous parlons de la veuve d'un régent. Il n'est pas impossible, d'ailleurs, que Martin Thomas soit à lui tout seul l'alpha et l'oméga dans cette affaire. Après tout, comme vous me l'avez appris, il essayait de négocier pour son propre compte sans nous tenir informés. Mais nous ne devons pas non plus perdre de vue que Mme Sherwood a recruté Thomas pour violer la confidentialité de nos archives.

– Comment se fait-il que ce genre d'information soit classé confidentiel ? Il s'agit d'histoire ancienne, non ?

– Nous ne tenons pas à ce que notre maison se transforme en terrain de jeu pour les chasseurs de trésors de tous poil.

– Sans parler du scandale, ni du fait que vous aimeriez bien garder ce trésor pour vous-mêmes », remarqua-t-elle sans ambages.

Le président de la Cour suprême changea de position dans son fauteuil.

« Madame Nelle, il importe que vous mesuriez la situation qui est la nôtre. Il en coûte plus d'un milliard de dollars par an pour assurer le fonctionnement de cette institution, et tout ce que nous possédons est en accès libre et gratuit. Nous n'avons jamais exigé le paiement d'un droit d'entrée et ne le ferons jamais. Les gens pensent que toutes nos factures sont réglées par le gouvernement fédéral. Il n'en est rien. Le Congrès couvre nos dépenses à hauteur de 70 %, mais nous devons trouver des fonds pour financer les 30 % restants, ce qui représente plusieurs centaines de millions de dollars chaque année pour arriver simplement à l'équilibre. Je vous laisse apprécier l'ampleur de la tâche. Cet argent nous est envoyé du monde entier par des donateurs, grands ou petits, mais surtout petits. Si ce flot s'interrompt pour une raison ou une autre, la Smithsonian est condamnée. Alors, oui, nous avons besoin de ce trésor. Et oui, nous voulons éviter tout scandale susceptible de nous nuire financièrement.

– Je résume, dit-elle. Pour commencer, nous avons la Smithsonian qui joue sur tous les tableaux pendant la guerre de Sécession. Puis l'épouse d'un régent décédé, par ailleurs membre d'un de vos comités consultatifs, qui pourrait bien avoir été complice d'un meurtre. Et enfin un bibliothécaire qui se fait tuer, ou plutôt qu'on laisse aller à la mort, le tout pour cacher le fait que vous détenez des informations susceptibles de retrouver la piste d'un trésor perdu de la Confédération.

– Êtes-vous toujours aussi désagréable avec les gens qui sollicitent votre aide ?

– Uniquement avec ceux qui font de la rétention d'informations, ce qui est votre cas. Vous pourriez au moins me parler de cette clé qui a été volée. »

Weston adressa un hochement de tête à Rick, qui prit la parole.

« Personne ne sait à quoi elle sert. À une époque, il était possible d'ouvrir toutes les serrures du Château avec des passe-partout de ce genre. Certaines de ces serrures-là existent encore, mais la clé volée n'entrait dans aucune. Comme l'indique la notice explicative de la vitrine, c'est Ripley qui a eu l'idée d'en faire un symbole pour la cérémonie d'installation. Pendant longtemps, l'original était exposé dans le bureau du secrétaire jusqu'au terme de son mandat. Cela a cessé il y a trente ans, quand il a été décidé de le placer dans la vitrine. Maintenant, il ne quitte son écrin que le jour de l'investiture, puis le nouveau secrétaire reçoit une copie qu'il garde pour lui.

– Combien existe-t-il de copies ? »

Rick compta sur ses doigts.

« Trois pour les anciens secrétaires, une pour l'actuel, plus quatre que je garde dans le coffre de mon bureau pour les futurs titulaires du poste.

– Toutes identiques ?

– Oui. Je les ai fait fabriquer moi-même.

– Dans ce cas, pourquoi ce type a-t-il pris le risque énorme de s'introduire ici pour subtiliser l'original ? »

Weston eut un haussement d'épaules.

« Malheureusement, c'est un des points que vous allez devoir élucider pour nous.

– Monsieur le président, je vous le répète, quoi qu'ait pu vous dire le ministre de la Justice, cette affaire regarde la police ou le FBI, pas une agence de renseignements. Vous devriez prendre contact avec les autorités compétentes et coopérer pleinement avec elles.

– D'un point de vue juridique, le Château est situé dans le ressort du district fédéral. La police locale n'est donc pas territorialement compétente ici, sauf dérogation de notre part. Quant au FBI, il n'intervient que si nous les appelons. Je préfère n'avoir recours ni aux uns ni aux autres. Nous devons garder cette affaire sous le boisseau… du moins pour un temps. »

Elle pouvait refuser de collaborer, bien sûr, mais cela ne ferait que déclencher une querelle de plus avec ses nouveaux patrons. Le ministre de la Justice en poste étant le toutou du président, il n'était pas nécessaire d'être grand clerc pour deviner qui gagnerait la guerre. Elle ne pouvait pas se permettre de se battre sur tous les fronts. Elle résolut d'avaler la couleuvre.

« Bien. Que dois-je faire ?

– Mener une enquête minutieuse. Aider Rick à y voir plus clair. Et, surtout, trouver l'assassin de Martin Thomas.

– Vous êtes conscient, je suppose, que d'autres que moi sont plus qualifiés pour ce genre de tâche ? À commencer par Cotton.

– Tout à fait. Nous attribuerons à M. Malone sa nouvelle mission dès son retour de l'Arkansas. Mais, en attendant, pouvez-vous mettre les choses en route ?

– Par quoi me suggérez-vous de commencer ? demanda-t-elle, se doutant que les deux hommes avaient déjà sérieusement réfléchi au problème.

– Par une fouille de l'appartement de Martin Thomas, répondit le juge. Des documents ont disparu de nos archives et nous ne les avons pas trouvés dans son bureau. Il faut que nous les récupérions.

– Et comment saurai-je ce que je dois chercher ?

– Je vais t'accompagner », dit Rick.

Elle aurait pu le deviner.

« Comment entrerons-nous dans l'appartement ?

– Je pensais que vous saviez forcer une serrure, dit Weston.

– J'ai en effet quelques talents dans ce domaine. »

Rick sourit.

« Si tout s'était passé comme prévu, ce soir, nous aurions prié Martin de nous emmener tous les deux chez lui pour jeter un coup d'œil de toute façon.

– Donc, tu le soupçonnais déjà de cacher quelque chose.

– Pas jusqu'au moment où je l'ai aperçu avec le type dans la bibliothèque Cullman, ce qui m'a donné une raison supplémentaire de t'appeler.

– D'accord. Allons voir s'il y a quelque chose chez lui. »

26

Cotton regarda sa montre. Bientôt minuit. Mercredi. Quelle journée ! Commencée tôt le matin dans la jolie chambre d'un chalet-hôtel, elle se terminait dans la chaleur humide d'une nuit de printemps subtropicale après qu'il s'était fait agresser deux fois, tirer dessus, puis poursuivre par un essaim d'abeilles.

« Qu'est-ce que la Crypte ? demanda-t-il à Terry Morse.

– L'endroit où ils ont emporté tout l'or et l'argent. »

Le vieil homme raconta à Cotton et Cassiopée, attentifs, ce qui s'était passé à la fin du XIXe siècle, quand des centaines de caches avaient été vidées et leurs guetteurs congédiés. Les Chevaliers du Cercle d'or étaient déjà en passe de sombrer dans l'oubli en ce temps-là. Un petit noyau de fidèles subsistait, mais trop peu nombreux pour être efficaces, et l'idée d'un second mouvement sécessionniste ne semblait plus qu'un rêve. Aussi fut-il décidé de regrouper toutes les richesses de l'Ordre en un même lieu où elles seraient plus facilement gérables, et accessibles si l'heure de l'action sonnait de nouveau.

« C'était la grande époque du Ku Klux Klan, dit Morse. On ne parlait plus que d'eux, avec leurs croix en flammes et leurs lynchages. C'était de mauvaises gens. Rien à voir avec les Chevaliers. »

Le grand-père de Cotton avait lui aussi fait ce distinguo.

« Mon père a aidé à transporter de grandes quantités d'or d'ici à Kansas City, où d'autres chevaliers prenaient le relais, poursuivit Morse. L'or était déterré peu à peu et discrètement pour ne pas attirer l'attention. Il a fallu trente ans pour en récupérer la plus grande partie.

– Je croyais que votre père était incapable d'interpréter les signes que l'on voit dans la forêt, observa Cassiopée.

– Lui ne savait pas les lire, c'est vrai, mais les chevaliers qui venaient, si.

– Y avait-il de ces caches sur tout le territoire américain ? demanda Cotton.

– Un peu partout, à ce que j'ai entendu dire, mais surtout dans l'Arkansas, le Tennessee et le Kentucky – les endroits où les troupes d'occupation fédérales étaient les moins nombreuses, pendant la Reconstruction. »

Ce qui laissait, bien sûr, une plus grande liberté d'action à une organisation clandestine comme les Chevaliers, désireuse de dissimuler son butin.

« Vous ne m'avez toujours rien dit de la fameuse Crypte, remarqua Cotton.

– Parce que je ne sais pas grand-chose. Seulement qu'elle existe et que la pierre du rucher donne des indications pour la localiser. On l'appelle "la pierre à la Sorcière", à cause du dessin qu'on voit dessus, avec le chapeau. »

Cassiopée sortit son téléphone et montra à Cotton la photo qu'elle avait prise des motifs gravés.

« D'où vient-elle, cette pierre ? s'enquit Cotton.

– Ça, je peux vous l'expliquer, parce que mon père m'a raconté l'histoire, et il la tenait de son père à lui. »

Le chariot s'arrêta sur le chemin de terre, le long de la clôture en rondins. La piste à travers bois, creusée d'ornières, conduisait à la ville, dix kilomètres plus loin. Quelques jours auparavant, à la suite d'une tornade, elle avait été recouverte de branches arrachées aux arbres. Mais à l'évidence elle avait été dégagée, ce qui avait permis à l'attelage de trois chevaux de parvenir jusqu'à la maison.

« C'est un bien bel arbre du conseil que vous avez là », dit d'une voix forte le jeune qui menait l'équipage.

Le chêne imposant qui se dressait au bout du jardin de devant était déjà là à l'arrivée des Morse, soixante-dix ans plus tôt. Son tronc de deux bons mètres de diamètre, sa hauteur et l'envergure de ses branches massives témoignaient de son âge et de sa vigueur.

« Vous dites vrai, répondit Grady Morse. C'est sous ce chêne que le gouverneur du Territoire a parlementé avec les Cherokees en 1818 et nous a obtenu tous les bois au nord de la rivière. »

Les arbres du conseil, ces lieux de réunion ombragés, étaient très répandus dans l'Arkansas. Grady Morse était particulièrement fier du sien. Il observa les deux visiteurs. Celui qui tenait les rênes était un jeune gaillard robuste et en pleine santé, l'autre se rapprochait plus par le physique de Grady lui-même. D'une maigreur cadavérique, il avait le teint pâle, le visage couvert de cicatrices et un menton étroit hérissé de barbe blanche.

« Il faut que je vous parle, dit le plus vieux d'une voix tranchante et autoritaire.

– De quoi ? demanda Grady, qui avait prudemment saisi son fusil en voyant arriver des inconnus.

– De vos obligations en tant que guetteur. »

L'homme descendit du chariot, franchit l'ouverture dans la barrière et s'approcha de Grady, qui remarqua alors l'expression hagarde de ses yeux larmoyants bordés de rouge et soulignés de cernes sombres, l'un attentif et perçant, l'autre voilé de tristesse. Les mains constellées de taches brunes et le cou ridé de l'inconnu étaient ceux d'une personne d'âge avancé. Ses cheveux clairsemés avaient presque la même couleur grise que son costume de lainage.

« Serrons-nous la main. »

Grady empoigna fermement la paume moite du vieux monsieur, dont les deux derniers doigts agrippèrent les siens dans une étreinte familière.

« En êtes-vous ?

– J'en suis », répondit Grady.

« Ils sont restés une heure assis sous le chêne et l'homme a parlé à mon arrière-grand-père de la pierre à la Sorcière, qu'il avait avec lui dans le chariot, poursuivit Terry Morse.

– Tu ne m'avais jamais dit tout ça, intervint Léa.

– Ce n'était pas le moment. Et puis j'avais dans l'idée que tu n'accepterais pas de reprendre le flambeau, alors j'ai préféré me taire.

– Dans ce cas pourquoi tout révéler à des gens que tu ne connais même pas ?

– Parce que je ne veux pas qu'on aille en prison.

– Et ensuite, que s'est-il passé, avec cette pierre ? demanda Cotton.

– Le bonhomme est remonté à côté du conducteur et ils se sont enfoncés dans la forêt. Ils sont revenus deux jours plus tard pour expliquer à mon arrière-grand-père qu'ils avaient caché la pierre dans les bois en laissant des marques pour la retrouver, comme d'habitude. »

« Vous êtes un être à part, dit le vieillard à Grady. Il a été décidé de vous confier cette tâche en raison du dévouement de votre famille pour la cause.

– J'ai tué ma part de fédéraux pendant la guerre, c'est sûr.

– C'est ce qu'on m'a rapporté. Je désire donc que vous soyez le gardien de cette pierre, comme vous avez été celui de notre or. »

Grady regarda l'homme reprendre place sur le banc du chariot avant de lancer :

«J'ai quand même une question.

– Je me demandais quand vous la poseriez, répondit l'homme. Je vous félicite pour votre patience. C'est d'ailleurs elle, ainsi que votre discrétion, qui vous valent d'avoir été désigné pour cette grande mission. Vous désirez connaître mon nom, c'est bien cela ?»

Grady acquiesça.

«Je suis Jefferson Davis, ancien président des États confédérés d'Amérique, désormais rebelle et hors-la-loi, mais toujours fidèle à notre noble cause.»

«C'était en 1877, précisa Morse.

– Et c'est Jefferson Davis en personne qui a apporté cette pierre ici ?

– Dieu m'en est témoin.»

Et Cotton voulait bien le croire. Le récit de Morse était en tous points semblable aux histoires que lui racontait son propre grand-père à propos des événements qui s'étaient produits en Géorgie après la guerre, et dont seuls quelques rares privilégiés avaient connaissance. En ce temps-là, il existait des hommes capables de garder un secret, de se sentir liés par des principes ou par une cause.

«Jefferson Davis était un chevalier haut placé dans la hiérarchie de l'Ordre, poursuivit Morse. Si ça se trouve, c'était même lui le chef. Ça, je n'en sais rien. Ce que je sais, en revanche, c'est qu'il y avait cinq pierres. Davis l'a appris à mon arrière-grand-père. Nous en avions une, mais personne ne nous a jamais rien dit des quatre autres.

– Comment a-t-elle pu sortir de terre pour se retrouver dans votre rucher ?»

Morse eut un petit rire.

«En fait, mon arrière-grand-père a triché. Il a suivi les deux hommes et les a observés pendant les deux jours qu'ils ont passés dans la forêt. Il connaissait l'emplacement exact où ils avaient enfoui la pierre et il a transmis le renseignement à mon père.

– Qui l'a déterrée, pour finir ? demanda Cassiopée.

– Moi. Il y a environ quarante ans de ça. Des gens avaient recommencé à venir rôder dans le coin. Une fois, j'ai eu du mal à les intimider et j'ai bien failli estropier quelqu'un. Heureusement, ça n'a pas été nécessaire : les types ont quand même fini par partir. Mais, après ça, je me suis dit que la pierre serait plus en sécurité sous mes ruches. »

Cotton examina la photo sur le portable de Cassiopée. Le personnage sur la gauche faisait penser à un membre du Ku Klux Klan, avec sa robe flottante ornée d'une croix sur la manche. Mais son haut chapeau pointu barré d'un bandeau semblait représenter autre chose. Et la position de sa main sur la croix qu'il tenait était bizarre. Il relut le texte en espagnol approximatif. *« Ce chemin est dangereux. Je passe par 18 endroits. Cherche la carte. Cherche le cœur. »* Il scruta la série de symboles et de chiffres qui ondoyait près de la silhouette drapée dans la robe. Une ligne courbe, suivie d'un *O* dans un cercle. Un rectangle contenant une croix. Puis une seconde courbe et un nouvel *O* cerclé précédant un cœur dans lequel était inscrit un *4*. Et ensuite : *8 – N – P.* Le tout formant un arc continu partant de la croix, en haut, pour aboutir aux lettres, en bas, comme un parcours.

Ou un message.

27

Il était minuit passé quand Stéphanie et Rick, venant du Muséum d'histoire naturelle, descendirent de la voiture du conservateur devant l'immeuble où avait habité Martin Thomas au nord de la ville. Ils montèrent par l'escalier au deuxième étage.

« Martin vivait seul ici, dit Rick en s'arrêtant devant la porte d'un appartement marquée 2F. Il était divorcé et père de trois enfants. C'est peut-être pour ça qu'il avait besoin d'argent… Je n'arrive toujours pas à croire qu'une chose pareille ait pu se passer », ajouta-t-il en secouant la tête.

Elle comprenait le désarroi de son ami. Il lui était souvent arrivé de donner à ses agents des ordres qui les mettaient en danger. Dans l'immense majorité des cas, tout le monde était revenu sain et sauf, mais le contraire aussi s'était produit, et chacune de ces tragédies continuait à l'empêcher de dormir.

Ils avaient apporté quelques morceaux de fil de fer trouvés au muséum. Année après année, elle avait appris certaines des techniques de terrain familières à ses collaborateurs, au nombre desquelles la manière de forcer une serrure. Elle avait participé avec son personnel et d'autres spécialistes du renseignement à un stage sur le sujet organisé au centre de formation du FBI à Quantico. Tenant bien la poignée, elle fouilla le barillet avec ses crochets de cambrioleur improvisés. Cela prit un peu plus longtemps que prévu, mais elle parvint à faire jouer les goupilles.

Elle poussa la porte. Rick trouva un interrupteur et donna de la lumière. Encore une astuce qu'on lui avait enseignée : éviter autant que possible d'entrer dans une pièce non éclairée. Il fallait être un crétin pour se promener à tâtons dans le noir.

L'intérieur du logement était un modèle d'ordre. Une rapide inspection des lieux lui permit d'identifier un salon, une cuisine, deux petites chambres à coucher et deux salles de bain. Un espace plus que suffisant pour une personne seule. Tout ce qu'ils cherchaient semblait rassemblé dans le séjour, dont chaque meuble était encombré de livres et d'épais classeurs verts pâlis par le temps et maintenus fermés par des ficelles. Un ordinateur portable était posé sur une table pliante.

« Notre tampon figure sur ces classeurs. Ils proviennent de nos archives, indiqua Rick.

– Ce sont ceux qui avaient disparu ?

– J'en ai l'impression. J'ai besoin d'une minute pour vérifier. »

Elle observa les documents au fur et à mesure qu'il les examinait. Certains étaient jaunis par l'âge, d'autres, bien blancs, devaient être des copies récentes. Il y avait là des notes de terrain, des rapports, de la correspondance, des articles de journaux découpés, beaucoup de feuillets tapés serré à la machine et sans doute souvent consultés, à en juger par l'état de leurs bordures.

« Ce sont bien les dossiers de 1909, dit Rick. Nous devons absolument les récupérer.

– Pourtant vous les lui avez laissé emporter.

– Oui. Il nous a semblé que c'était la meilleure façon de découvrir ce que cherchait Mme Sherwood. Martin ne les aurait pas abîmés, il savait qu'il fallait en prendre soin. »

Les livres, qui traitaient de la guerre de Sécession, étaient frappés de l'estampille de la bibliothèque du musée d'Histoire américaine. Rick désigna trois guides de voyage de l'Arkansas avec des étiquettes de la librairie Barnes & Noble indiquant une réduction de prix.

« Il a dû s'en servir pour son excursion là-bas », commenta-t-il.

De l'autre côté de la pièce, sur une desserte collée au mur, trônaient des photos encadrées de Thomas accompagné de trois enfants d'âge variable, dont l'aîné pouvait avoir une quinzaine d'années. Ils apprendraient bientôt le décès de leur père. Elle se rappelait la peine de son propre fils quand ils avaient été informés du suicide de son mari. Une douleur qu'elle n'aurait pas souhaitée à son pire ennemi.

« Nous ne pouvons pas garder sa mort secrète très longtemps, dit-elle. Ce n'est pas convenable à l'égard de la famille, et plus nous tarderons à parler, plus nous ferons naître de soupçons.

– Nous annoncerons que Martin travaille sur un dossier sensible, qu'il est indisposé, ou quelque chose de ce genre. Ensuite, dans un jour ou deux, nous dirons la vérité. À ce moment-là, avec un peu de chance, nous aurons mis la main sur son meurtrier. Je conçois que l'attitude de Weston puisse t'agacer, mais il a ses raisons pour agir ainsi, et à mon avis elles sont valables. Pouvons-nous attendre vingt-quatre heures ? »

Elle sourit.

« Ne perds pas de vue que tu es le conservateur du Château, Rick, pas James Bond.

– C'est bien ce que je m'efforce d'avoir présent à l'esprit depuis quelque temps ! »

Stéphanie remarqua plusieurs cartes de l'ouest de l'Arkansas et du sud-ouest des États-Unis ainsi que la copie d'un vieil article de journal glissée dans une pochette en plastique transparent. Celui-ci, tiré du *Los Angeles Herald Examiner* en date du 1er juin 1973, titrait en gros caractères :

LE « TRÉSOR ENFOUI » DE DEAN :
DE L'HISTOIRE ANCIENNE

Tout semble décidément remonter à la surface, ces jours-ci, dans les auditions du Watergate. La semaine dernière, c'était John Dean III, le conseiller juridique remercié par la Maison-Blanche, qui évoquait l'existence d'un trésor enfoui. Selon la déposition de Dean, l'ex-ministre de la Justice John Mitchell aurait révélé à l'ex-chef de cabinet de la Maison-Blanche H. R. Haldeman, au cours d'un dîner auquel Dean lui-même assistait, que « l'avocat d'assises F. Lee Bailey souhaitait négocier avec les autorités la restitution par un de ses clients d'une importante quantité d'or contre une garantie d'impunité ». Toujours selon Dean, Haldeman se serait montré « peu intéressé ».

Le pactole que le client de Bailey se proposait de remettre au ministère des Finances pour se conformer à la loi fédérale qui interdit aux citoyens de posséder de l'or se composait, aux dires de Dean, de centaines de lingots issus d'un prétendu « trésor aztèque » caché dans le sud-ouest des États-Unis.

David Layne, directeur du musée national d'Histoire américaine de la Smithsonian Institution, réfute ces allégations.

« Tout d'abord, a déclaré M. Layne lors d'un entretien accordé au *Herald Examiner*, il ne peut pas s'agir d'or pur, les lingots en question contenant obligatoirement du zinc, du cuivre et d'autres éléments-traces. Ce trésor pourrait néanmoins valoir plusieurs milliards, l'or étant à quarante-deux dollars l'once, mais il n'est pas d'origine aztèque. »

M. Layne a expliqué à notre correspondant que le trésor appartenait aux Chevaliers du Cercle d'or, une société secrète confédérée active depuis les années antérieures à la guerre de Sécession jusqu'en 1916 environ, qui était parvenue à amasser une centaine de milliards de dollars et à les enterrer dans des caches réparties dans le sud et l'ouest du pays en vue de financer une seconde guerre de Sécession qui n'eut jamais lieu.

Stéphanie regarda Rick.

« Tout ce qui est écrit là est vrai ?

– Absolument. C'est Layne qui a communiqué l'histoire à la presse. Ce qui est dit de Dean, Haldeman et F. Lee Bailey est parfaitement authentique. »

Elle agita la pochette transparente qui contenait la coupure de journal.

« Et tout ceci a un rapport avec notre affaire ?
– Tout à fait. »
Elle acheva la lecture de l'article.

D'après une source proche du dossier, le ministère des Finances aurait répondu à maître Bailey qu'aucune suite ne pourrait être donnée à sa requête tant que l'emplacement de la cache d'or ainsi que les circonstances de sa découverte n'auront pas été portés à la connaissance des services compétents. En sa qualité d'historien, M. Layne a pris le parti de maître Bailey et de son client en ces termes :

« Ainsi, ils devraient révéler où se trouve le trésor avant même que le fisc n'accepte le principe d'une éventuelle récompense pour sa restitution ? Je suis persuadé que maître Bailey ne cherchait qu'à bien faire et qu'Haldeman a été mal inspiré de le renvoyer dans ses cordes, car cela crée un dangereux précédent. À l'avenir, cette attitude intraitable de l'administration incitera quiconque découvrira de l'or à faire son possible pour le sortir en fraude des États-Unis. Ce sera de la contrebande à l'envers. »

Elle fouilla dans sa mémoire. Roosevelt avait effectivement interdit la détention d'or à titre privé. Décret n° 6102 de mai 1933, entériné en 1934 par le vote du Gold Reserve Act par le Congrès. Mais tout avait changé en 1974, quand le même Congrès avait de nouveau légalisé la possession du métal précieux par les particuliers.

C'est-à-dire bien après la publication de l'article qu'elle avait entre les mains.

« Il n'aurait pas été très malin de se faire chercheur d'or avant 1974, puisque la loi interdisait aux simples citoyens d'en avoir, remarqua-t-elle. Mais, après que Gerald Ford a rétabli l'autorisation, ça a complètement modifié la donne. »

Rick ne répondit pas. Pourtant, le connaissant bien, elle lut de la frustration dans son regard.

« Rick, dit-elle, tôt ou tard, il faudra bien que tu me fasses confiance et que tu me parles.

– Bon, voilà ce que je te propose, répondit-il. On ramasse ce qui nous intéresse ici et on retourne au Château. Là-bas, nous pourrons discuter tranquillement en privé. J'ai d'autres documents à te montrer. »

Un coin du voile allait-il enfin se lever ? Elle ne pouvait que l'espérer.

« D'accord, acquiesça-t-elle. Fais-moi une brassée de tout ça. Je vais descendre un premier chargement à la voiture. »

Assis derrière son volant, Grant surveillait l'immeuble de Martin Thomas. Après avoir établi un plan d'action, il était retourné à son domicile prendre sa voiture pour venir chez le bibliothécaire. En se garant, il avait vu arriver Rick Stamm, accompagné de la femme qu'il avait aperçue au Château. Cela faisait vingt minutes que ces deux-là étaient dans l'appartement.

Les risques de fuites devenaient un vrai problème.

Il devait faire quelque chose.

Mais quoi ?

La lumière brûlait toujours chez Thomas.

Au bout d'un moment, la femme reparut, une pile de classeurs entre les bras. Sûrement les documents qu'il était lui-même venu chercher. Qui était cette femme ? Pour ce qui concernait Rick Stamm, Grant savait qui il était : l'actuel conservateur du Château occupait le même poste que son propre père jadis. Ils ne s'étaient jamais rencontrés, mais Grant consultait régulièrement l'ouvrage de Stamm, *Le Château*, un excellent guide pour s'y retrouver dans l'histoire de l'édifice et la disposition des lieux. Que fabriquait-il ici avec cette bonne femme ?

Un vague sentiment de panique s'empara de lui, comme quand il était gamin et que sa mère le surprenait à faire une bêtise.

Il détestait cette impression de vulnérabilité.

La question continuait à le tarauder : était-il possible d'établir un lien entre lui et Diane, puis, partant de là, d'en établir un entre lui et Thomas, sachant que la relation entre Diane et Thomas était, elle, démontrée ? Il en doutait, comme il doutait que Thomas lui-même ait vendu la mèche – sinon, se serait-il livré à sa petite tentative de chantage, tout à l'heure, au Muséum ? Peut-être les gens de la Smithsonian avaient-ils discrètement ciblé le bibliothécaire.

La femme suivit une allée cimentée en direction de la voiture qui l'avait amenée. Lui-même était garé plus en retrait, sur un emplacement réservé aux résidents entre les immeubles. Indétectable.

Il plongea la main sous sa veste et sortit son arme.

Comme il l'avait fait pour Thomas.

Le problème devait être réglé.

Tout de suite.

Stéphanie entendit une voiture démarrer. Surprenant, à cette heure tardive. Le moteur monta soudain en régime et, se retournant brusquement en direction du bruit, elle vit une petite berline sortir d'une place de parking et foncer vers elle, la vitre avant baissée du côté passager. Seule une silhouette était visible, à l'intérieur, celle du conducteur, dont le bras droit se levait, armé d'un pistolet.

Quinze mètres.

Laissant tomber les classeurs, elle tendit la main vers son Beretta.

Six mètres.

Ses doigts se refermèrent sur la crosse.

Trois mètres.

Elle dégaina son arme, mais n'eut pas le temps de faire feu. Comme la voiture passait en trombe devant elle, deux balles tirées par la fenêtre ouverte l'atteignirent en pleine poitrine. Le véhicule poursuivit son chemin vers la sortie du bloc d'immeubles. Elle tenta de lire la plaque d'immatriculation, mais ses yeux se brouillèrent et le monde autour d'elle devint flou.

Sa main gauche se porta à son buste pour endiguer le flot de sang qui jaillissait de ses deux blessures. Elle se sentit vaciller dans un relâchement soudain de tous ses muscles.

Elle s'effondra.

Au loin, les stops de la voiture semblèrent lui adresser un regard étincelant de colère puis tournèrent un coin et disparurent.

Le vrombissement du moteur s'estompa.

Elle lutta pour ne pas perdre conscience.

Mais les ténèbres voilèrent sa vue.

Puis l'engloutirent tout entière.

28

Ouest de l'Arkansas

Mercredi 26 mai
02 h 06

Étendu tout habillé dans le noir, Cotton écoutait ronfler Terry Morse. Cassiopée et lui étaient de retour à leur hôtel, cette fois en compagnie de Léa et de son grand-père. Ils avaient pris une seconde chambre. Cassiopée et Léa occupaient celle qu'ils avaient louée à l'origine, lui-même et le vieil homme la nouvelle, heureusement équipée de deux lits doubles. Tous les quatre étaient épuisés, surtout Morse, qui s'était endormi à la seconde où sa tête avait touché l'oreiller. Cotton ne savait pas trop que faire du « guetteur » et de sa petite-fille, mais Morse l'avait assuré qu'ils pourraient aller se réfugier dès le lendemain matin chez des parents dans le nord de l'État. De toute façon, il ne pensait pas que les visiteurs du soir reviendraient sur les lieux de leur crime : les photos qu'ils avaient prises dans le rucher suffisaient manifestement à leur bonheur, sans quoi ils se seraient battus avec un peu plus d'énergie contre les abeilles pour emporter avec eux la pierre. Laquelle reposait actuellement sous son sommier, enveloppée dans des serviettes de toilette.

Avant de se coucher, il s'était offert une bonne douche, bienvenue après les péripéties de la journée. Il se serait volontiers restauré également s'il n'avait pas été bien trop tard pour se faire monter un repas. Le chalet-hôtel avait beau être haut de gamme, ce n'était pas le Carlton. Il se sentait bien dans les draps tout frais, mais le vacarme digne d'un train de marchandises qui provenait du lit voisin l'empêchait de trouver le sommeil.

Les événements des dernières heures lui avaient rappelé toutes sortes de souvenirs d'enfance concernant les Chevaliers du Cercle d'or, mais, adulte, il avait fini par apprendre la vérité sur ces gens. Contrairement à la vision romantique qu'on pouvait en avoir, il s'était agi d'une organisation subversive qui, avant, pendant et après la guerre de Sécession, avait ouvertement soutenu la cause esclavagiste et recouru au meurtre, au sabotage et à l'intimidation. Les nombreux récits de personnages ayant appartenu aux « châteaux » répartis sur le territoire national prouvaient assez que la violence faisait partie intégrante du mode opératoire des Chevaliers du Cercle d'or, non seulement à l'encontre des éléments extérieurs, mais aussi de ses propres membres. Aujourd'hui, à coup sûr, l'Ordre serait qualifié de dangereux réseau terroriste.

C'était surtout la période postérieure à la défaite de 1865 qui demeurait obscure. D'après ses lectures, l'Ordre s'était perpétué sous diverses appellations pendant une décennie encore, puis la frange la plus radicale avait formé le Ku Klux Klan tandis que les tenants de la ligne dominante semblaient s'effacer de l'histoire.

Une thèse dont il n'était plus si sûr.

Si Morse avait dit vrai, la fortune amassée par l'Ordre avait été systématiquement rassemblée à compter des années 1870 dans une cache unique baptisée « la Crypte ». Mais ce trésor avait tout aussi bien pu finir dans les poches d'une petite minorité d'initiés qui avaient profité de la loyauté des cœurs purs pour s'enrichir. Une manœuvre facile à exécuter dans ces temps d'effacement de l'État, de laxisme judiciaire et de disparition des contrôles qu'on avait surnommés l'« âge d'or ». Une période qui avait vu des affairistes sans scrupules constituer d'immenses fortunes en partant de rien. L'ascension fulgurante de quelques multimillionnaires de plus serait passée inaperçue.

Cotton restait immobile, espérant que le sommeil le gagnerait enfin. Mais il avait franchi un seuil. Son organisme avait passé la surmultipliée et il n'y avait pas de commande pour revenir en arrière. Certes, quand il travaillait pour la division Magellan, il lui arrivait de dormir moins de trois heures par nuit pendant plusieurs semaines d'affilée, mais c'était un aspect de la fonction qui ne lui manquait pas du tout.

Son téléphone portable vibra. Il avait coupé la sonnerie pour ne pas risquer de réveiller Morse.

Il chercha l'appareil à tâtons tandis que ses pensées s'évaporaient d'un seul coup.

Le numéro affiché sur l'écran ne lui disait rien.

Il alla s'enfermer dans la salle de bain pour répondre, saisi d'un sinistre pressentiment.

« Rick Stamm à l'appareil, j'ai une mauvaise nouvelle… »

Cassiopée s'éveilla en sursaut.

On frappait à la porte.

Prenant au passage son pistolet sur la table de nuit, elle se glissa hors du lit, où Léa continuait de dormir à poings fermés. Elle alla jeter un coup d'œil par le judas. Cotton se tenait dans le couloir. Après avoir reposé l'arme, elle ouvrit la porte et sortit. Rien qu'à voir l'expression de Cotton, elle comprit que quelque chose s'était passé.

« Stéphanie s'est fait tirer dessus », annonça-t-il.

Ce fut comme si une onde de choc la parcourait.

« Grave ?

– Plutôt. Elle est au bloc. Deux balles dans la poitrine. Rick Stamm vient d'appeler. »

Elle lui toucha doucement l'épaule.

« Il a une idée du pronostic ?

– Non. Selon lui, c'était un guet-apens. C'est tout juste si elle vivait encore quand l'ambulance est arrivée sur place. Il m'a aussi dit que Martin Thomas était mort. »

Elle avait eu des différends avec Stéphanie, l'une comme l'autre étant des femmes de caractère aux opinions bien tranchées. Mais jamais elle ne lui aurait souhaité de mal.

« Je retourne à Washington cette nuit, poursuivit-il. Je veux que tu restes ici pour voir où tout ça nous mène. Nous avons besoin d'en savoir plus à propos de cette pierre.

– J'essaye de gagner la confiance de Léa. Je pense qu'un peu d'amitié ne lui ferait pas de mal.

– Travailles-y. Je te tiens au courant de ce qui se passe dès que j'en sais plus. »

Elle noua ses bras autour de son cou. Il avait de toute évidence de la peine, même s'il refuserait toujours de l'admettre. Entre Stéphanie et lui, c'était une vieille histoire. Ce qui les liait allait bien au-delà d'une relation employeur-employé. Elle faisait partie de ses amis proches, et il en avait très peu.

Comme Cassiopée elle-même, Cotton était un solitaire.

« J'ai pris quelques balles, au cours de ma carrière, dit-il. Mais c'étaient les risques du métier. Elle, c'est différent. Elle est là pour donner des ordres depuis son bureau.

– Un bureau d'où elle sort souvent.

– Oui, je sais. Elle s'exposait de plus en plus depuis quelque temps. À force de tenter le sort… »

Elle l'enlaça et lui donna un long baiser.

Qu'il eut l'air d'apprécier.

« Tâche de ne pas trop le tenter toi-même, le sort, dit-elle après s'être écartée de lui.

– Ça vaut pour toi aussi.

– Tope là.

– Je prends la voiture de location pour aller jusqu'à l'aéroport, prévint-il. L'avion du ministère de la Justice m'attend. »

L'appareil qui les avait amenés dans l'Arkansas.

« Tu n'auras qu'à venir la récupérer demain. Je laisserai les clés dans la boîte à gants. Nous nous occuperons de ton rapatriement plus tard.

– Je me débrouillerai.

– Ça, je n'en doute pas une seconde. »

Elle le regarda un instant s'éloigner vers sa chambre puis l'appela. Il se retourna et elle fut frappée par l'accablement que trahissait son expression.

« Appelle Danny Daniels, dit-elle. Il faut qu'il sache. »

Quand elle rentra dans sa chambre, Léa était toujours dans le lit, mais réveillée.

« Il y a quelque chose, entre vous deux ? demanda la jeune fille.

– Nous aurais-tu épiés à travers le judas ?

– J'ai entendu des voix et je me suis levée pour aller voir. Ce n'était pas rien, ce baiser ! »

Cassiopée hocha la tête en souriant.

« En effet, répondit-elle. Il y a quelque chose entre nous.

– Il est bel homme.

– Il est reparti pour Washington. Quelques affaires à régler, là-bas. Moi, je reste ici pour m'assurer qu'il ne vous arrive rien, à toi et à ton grand-père.

– Nous n'avons pas vraiment besoin d'une nounou, vous savez. Jusqu'ici, nous nous en sommes très bien sortis tout seuls, rappela Léa, sans agressivité cependant.

– J'en suis consciente. Mais cette fois la situation est un peu plus épineuse que celles auxquelles vous êtes habitués.

– D'où êtes-vous ? » demanda Léa, sautant du coq à l'âne.

Cassiopée décida de se prêter au jeu.

« Je vis en France, mais je suis née en Espagne et j'y ai été élevée. La famille de mon père descend des Maures. Ma mère était européenne.

– Vous êtes bien habillée. Vous êtes riche ? »

Elle avait l'œil.

«Je ne suis pas pauvre, en effet. Mon père m'a confié la direction d'une société qui gagne beaucoup d'argent.

– Je regarde souvent les sites de mode, sur Internet. J'aime bien ça, la mode, mais ce n'est pas trop dans mes moyens.»

La glace commençait à se rompre. Cassiopée résolut d'accentuer le processus si elle le pouvait. Elle prit son ordinateur portable et se rendit sur le site concernant la reconstruction de son château. Léa vint près d'elle, et elles parcoururent les pages remplies de photos et d'explications.

«Ça, c'est ma marotte, dit-elle.

– Il y a un truc comme ça ici aussi.»

Oui, la forteresse médiévale d'Ozark, une reproduction de château fort français que Cassiopée connaissait bien, puisqu'elle s'en était inspirée pour son propre projet. Malheureusement, contrairement au sien, qu'elle finançait sur ses deniers, le chantier américain avait dû fermer faute de crédits suffisants.

«Ça se trouve dans le nord de l'État, continua la jeune fille. J'en ai entendu parler par des gens qui y sont allés.»

Léa, cela se sentait bien, manquait d'une présence féminine à ses côtés. Elle adorait son grand-père, mais cela ne lui suffisait pas toujours. Cassiopée orienta donc la conversation vers des sujets plus personnels.

«Si vous êtes riche et que vous construisez un château, pourquoi travaillez-vous pour les fédéraux? demanda la petite.

– Cotton et moi leur donnons un coup de main, de temps en temps. Bien sûr, nous ne nous attendions pas à ce que les choses prennent cette tournure. Nous étions censés mener une simple mission de renseignements.

– J'ai honte de la façon dont grand-père s'est conduit. Il vous a trompés, et ce n'était vraiment pas malin.

– Je crois qu'il en est conscient.

– Est-ce que je peux vous confier quelque chose? Juste entre nous?

– Bien sûr.

– J'ai quelqu'un.

– Comme moi j'ai Cotton ?

– Ouais. On s'aime bien. Mais je sais ce que grand-père en penserait. Il me répète toujours que les garçons, c'est de la mauvaise graine.

– C'est parce qu'il se fait du souci pour toi.

– J'imagine, oui. Mais il le croit vraiment, quand il dit ça des garçons. Bien sûr, il veut que je sois prudente et sûre de ne pas me tromper, mais je ne me trompe pas. »

Une illustration supplémentaire de la maturité dont avait déjà fait preuve la jeune fille quelques heures plus tôt sous la menace d'un pistolet.

« L'oncle de mon copain était un guetteur, lui aussi, et il gardait un truc important, comme la pierre pour mon grand-père, continua Léa. On en a parlé, tous les deux, et on a essayé de comprendre.

– Et qu'est-ce que vous avez compris ?

– Que mon grand-père et son oncle n'étaient pas fous… »

Cassiopée attendit la suite.

« Je peux vous montrer quelque chose, si vous voulez. »

29

Tennessee

Diane n'arrivait pas à dormir. Après le départ de Vance, elle avait éteint toutes les lumières de la maison puis s'était mise au lit, contente de pouvoir enfin se blottir dans l'obscurité complice. Seulement la disparition du carnet de son frère lui revenait sans cesse à l'esprit. Quelqu'un l'avait pris, dans le bureau, c'était incontestable. Restait à savoir qui. Et pourquoi. Le coupable le plus vraisemblable était Danny Daniels, bien sûr, d'autant plus qu'il avait été en possession du pendentif à la croix cerclée. Il avait prétendu ne pas connaître la signification du symbole, mais que valaient les allégations d'un expert en mensonges comme lui ? Et toutes ces questions qu'il avait posées à propos de la mort d'Alex ? Était-ce par simple curiosité, ou y avait-il autre chose ?

Il fallait qu'elle arrête ! Cela tournait à la paranoïa !

Daniels se moquait pas mal de ce qu'elle faisait. Pourquoi s'y serait-il intéressé ? Il était venu en tant qu'ami d'Alex et pour rendre le collier, rien de plus. Mais alors, qui avait bien pu dérober le carnet ? Il n'avait pas changé de place depuis que Grant le lui avait apporté, et elle en avait elle-même lu chaque ligne deux jours plus tôt. Par chance, le calepin ne contenait pratiquement que des réflexions en style télégraphique, des listes et des références juridiques incompréhensibles pour le commun des mortels et d'aspect parfaitement inoffensif. La croix cerclée sur la couverture pouvait tout à fait passer pour le banal logo d'une marque industrielle. Elle s'était interrogée sur l'opportunité de révéler à Vance la démarche indiscrète de Kenneth auprès d'Alex ainsi que la perte du carnet, mais elle avait finalement décidé de tout garder pour elle.

Comme le reste.

« Tu ne peux pas faire une chose pareille ! s'exclama Alex en haussant le ton. De toute façon je ne te le permettrai pas.

– Je n'ai pas besoin de ta permission, répliqua-t-elle, piquée au vif.

– En effet, seulement je suis le sénateur principal de cet État et j'ai les moyens de vous barrer la route, à toi, Kenneth et Lucius Vance. »

Elle secoua la tête.

« Quel hypocrite tu fais ! Quand je pense à tous tes appels à réformer la conduite de l'État, à toutes tes jérémiades ! On t'offre sur un plateau un moyen d'améliorer les choses, et tu refuses ?

– Il ne s'agit pas d'une amélioration, mais d'une révolution. D'une révolution dont le peuple seul peut décider si elle lui convient !

– Mais c'est le peuple qui en décidera, à travers ses représentants dûment élus. Si la réforme ne plaît pas aux gens, ils pourront toujours élire une autre Chambre : ils en ont la possibilité tous les deux ans.

– Ce n'est pas si simple et tu le sais bien. Il sera très difficile de revenir sur une telle disposition une fois qu'elle sera en place. Quand on a tâté du pouvoir, on y prend goût, et même la minorité qui aura voté contre votre aggiornamento *en verra les avantages politiques dès qu'il s'appliquera.*

– Dans le fond, qu'est-ce qui te chagrine là-dedans, Alex ? Aurais-tu peur que vous ne perdiez votre influence, toi et tes copains du Sénat ? Dans l'état actuel des choses, c'est vous qui pompez tout l'oxygène. Les sénateurs bénéficient de l'argent des antennes locales

de leur parti, du soutien de leur parti, tandis que les représentants doivent se contenter des miettes, s'ils arrivent à en obtenir. Eux, ils doivent se battre sur le terrain et lever le moindre centime pour financer leurs campagnes, tandis que vous, les prima donna *du Sénat, les alouettes vous tombent toutes rôties dans le bec. Alors, bien sûr, ça va vous faire drôle, quand tout ça changera.*

– Tu n'as pas la moindre idée du cataclysme que vous vous apprêtez à déclencher. Lucius Vance n'est pas un aimable serviteur du peuple, c'est un arriviste, un politicard arrogant qui aurait bien voulu accéder à la Maison-Blanche. Avec votre combine, il va pouvoir se transformer en une espèce d'autocrate plus puissant que n'importe quel président. Une telle concentration de pouvoir entre les mains d'un seul homme est une aberration. Ce n'est pas sur ce genre de principe que s'est bâti ce pays.

– C'est là que tu te trompes, Alex. Notre plan ne fait que se conformer à la façon dont les États-Unis ont été gouvernés pendant les trente premières années de leur existence. La Chambre dominait, à l'époque, et le Sénat suivait. Ça ne nous a pas empêchés de survivre. Tout ce que nous voulons, c'est retrouver nos racines.

– Nous n'étions qu'un petit pays, à ce moment-là, avec un gouvernement central réduit à sa plus simple expression et qui ne faisait pratiquement rien. Le monde a évolué, depuis. Votre "plan", comme tu l'appelles, a été imaginé par des gens qui voulaient priver le Nord de ses capacités à contenir les aspirations sudistes. Il s'agissait d'une déclaration de guerre politique – qui n'a d'ailleurs jamais passé le stade du projet, probablement parce que ses promoteurs se sont rendu compte, comme moi, que le risque était trop grand.

– Où est le carnet de Kenneth ?

– Je l'ai laissé à Washington. Il constituera un bon élément de preuve, le cas échéant.

– Tu n'as pas le droit d'arrêter le processus, Alex. Si tu n'es pas d'accord, reste à l'écart et laisse Vance faire ce qu'il a à faire.

– Ce qu'il propose va rencontrer une forte hostilité.

– C'est inévitable. Mais de là à ce qu'un sénateur en poste, mon propre mari, crie au complot, il y a une marge. Alors ne te mêle pas de ça.

– Tu aurais dû me mettre au courant. Toi, pas Kenneth.

– Comme tu m'as mise au courant au sujet de ta petite amie ?»

Il la regarda un instant bouche bée.

« Comment sais-tu ça ?

– Je n'en savais rien. Ce n'était qu'un soupçon. Jusqu'à cet instant. »

Il secoua la tête et eut un petit rire amer.

« Un point pour toi. Tu m'as manœuvré comme une vraie pro.

– Mais je suis une vraie pro. Qui est-ce ?

– Quelqu'un que j'ai rencontré à Washington. Mais, crois-moi ou non, je n'ai rien fait dont je puisse avoir honte.

– Sauf d'être tombé amoureux d'elle, peut-être ?

– Je ne nierai pas que nous avons plaisir à passer du temps ensemble.

– Ce qui est encore plus humiliant pour moi.

– Et toi, Diane, t'es-tu toujours conduite comme une sainte ?

– En fait, non. J'ai eu deux amants, répondit-elle, lui assenant la pure vérité pour le plaisir de le blesser, étonnée elle-même de la vitesse avec laquelle l'amour pouvait se changer en haine.

– Je ne m'étais aperçu de rien, avoua-t-il, l'air surpris. Mais il est vrai que nous vivons depuis longtemps comme deux étrangers.

– Raison de plus pour ne pas t'immiscer dans mes affaires. Laisse-moi aller jusqu'au bout de mon projet. Mon père serait si fier, lui qui a passé sa vie à étudier l'Ordre, à apprendre son langage secret, à rassembler des documents, à chercher les éléments manquants. Il m'a transmis sa passion. Alex, je te demande de ne pas intervenir.

– Je regrette. C'est impossible. »

Sur ces mots, il avait quitté le salon, puis il était sorti faire sa promenade de l'après-midi. Elle savait où il allait. Il monterait par le sentier derrière la maison jusqu'à l'endroit où il aimait se tenir pour méditer, dans les collines. Il demeurerait là deux heures ou plus à fumer sa pipe avant de rentrer dîner et de se coucher. Ce soir-là, cependant, ils devaient participer à un gala de soutien à Knoxville. Encore des courbettes en perspective, en vue de collecter des fonds et de s'assurer des voix. Le genre de corvée qu'elle serait heureuse de ne plus avoir à accomplir.

Elle était restée seule dans le salon, cet après-midi-là, à se demander quoi faire. Tout semblait reposer sur elle. D'abord, Kenneth était venu réclamer son aide ; ensuite elle avait connu Grant ; puis il y avait eu les manœuvres au sein de la Smithsonian, avec l'assistance de Martin Thomas ; et maintenant, c'était Alex qui entrait dans l'équation.

Elle se faisait l'impression d'être au centre d'une roue à multiples rayons.

Et elle avait, de fait, eu deux amants : Lucius Vance et Grant Breckinridge.

Le premier écart avait été le fruit des circonstances, une réaction grisante au contact du pouvoir. La seconde aventure avait été la concrétisation d'un désir profond. Kenneth trouvait Grant imprudent ; elle le trouvait fougueux. Il avait semblé si perdu, le jour où elle avait fait sa connaissance, chez son père, James Breckinridge. Assistant juridique dans un cabinet de Washington, il envisageait de faire son droit pour devenir avocat, mais considérait la profession comme l'art de mouliner du vent. Grant avait un caractère bouillonnant, avide d'action. Raison pour laquelle il était passé d'une société de conseil à l'autre sans pouvoir se fixer et avait tiré le diable par la queue jusqu'au moment où elle avait fait irruption dans sa vie.

Des milliards de dollars en or dormaient quelque part dans la nature, attendant qu'une nouvelle génération de révolutionnaires s'en empare au nom de la liberté. Il y avait bien longtemps de cela, des hommes de passion avaient tenté de modifier le cours de l'histoire des États-Unis en divisant le pays par la violence. Ils avaient eu tort. Il était tellement plus simple et intelligent d'utiliser pour ce faire les outils que la Constitution elle-même fournissait. Il suffisait d'œuvrer dans le cadre des institutions ! Les gens adhéraient généralement aux projets qui leur paraissaient marqués au coin du bon sens, et celui qu'elle comptait promouvoir avec Lucius Vance entrait assurément dans cette catégorie.

Le plan semblait presque trop parfait, mais c'est ce qui en faisait la beauté. Les hommes qui l'avaient conçu à l'origine s'étaient émerveillés eux-mêmes de son élégance. Malheureusement, ils avaient été dans l'incapacité d'endiguer la marée de radicalisme qui avait fini par ravager le Sud. Il avait fallu des centaines de milliers de morts et la destruction totale d'un mode de vie pour démontrer l'absurdité de la méthode violente.

Cette poignée de visionnaires avait eu raison : c'était de l'intérieur que l'on devait changer les choses.

Diane, immobile dans son lit, fixait le plafond.

D'une certaine manière, Alex lui manquait. Grâce à lui, elle avait mené l'existence de confort et de privilèges des gens haut placés. Jamais il n'avait levé la main sur elle, et ils s'étaient rarement querellés. Il l'avait toujours traitée avec respect et courtoisie, ce qui était appréciable. Mais elle en était venue à ne plus supporter la politesse forcée qui caractérisait leurs relations, à se rendre compte qu'il y avait quelque chose d'anormal à refuser constamment de prendre des risques, de sauter dans l'inconnu sans filet, de vivre, en un mot.

Eh bien ! ce saut dans l'inconnu, elle l'avait fait.

En couchant avec deux hommes. Puis en procurant à l'un les moyens de faire naître une nouvelle Amérique, et à l'autre ceux de devenir riche. Elle s'honorait de ces deux initiatives, dont il lui tardait de voir l'aboutissement.

Alex l'aurait privée de tout cela.

Grâce au Ciel, il était mort.

30

Cassiopée n'était pas ravie d'avoir dû emmener Léa, mais cela avait été le prix à payer pour que la jeune fille consente à lui indiquer le chemin. Elles avaient quitté l'hôtel discrètement après avoir glissé sous la porte de Terry Morse une note assurant qu'elles ne seraient pas absentes longtemps. Ni l'une ni l'autre n'avait voulu attendre le matin pour partir. Léa avait expliqué que l'endroit où habitait son petit ami se trouvait à une trentaine de kilomètres et qu'elle le rencontrait quand elle allait en ville faire des courses. Leurs échanges étaient pour l'essentiel électroniques – textos, e-mails, FaceTime –, comme l'exigeait l'époque. Son grand-père n'étant guère versé dans les nouvelles technologies, elle bénéficiait par ce biais d'un degré d'intimité qu'elle appréciait.

Elles avaient emprunté le 4x4 de Terry Morse, à bord duquel Léa et le vieil homme étaient venus de chez eux quelques heures auparavant. Par chance, c'était Léa qui avait conduit pour effectuer ce trajet et elle avait gardé les clés. Il n'était pas loin de 3h30 et la lune à moitié pleine illuminait un paysage de collines boisées entrecoupées de vallées obscures. Elles suivaient une route qui s'enfonçait au cœur de la forêt, au nord-ouest de l'hôtel. Léa expliqua qu'elle s'était déjà rendue plusieurs fois sur le site avec son ami, dont l'oncle était décédé des années plus tôt en laissant une malle remplie de cartes et de documents, codés pour certains. Le jeune homme avait passé des années à essayer de les déchiffrer, surtout après que Léa lui avait parlé des guetteurs. Apparemment, l'oncle n'avait jamais abordé le sujet, préférant peut-être que sa charge meure avec lui.

« On est montés ici, une nuit que grand-père n'était pas là, dit Léa tout en conduisant. Il n'y avait personne, alors on était tranquilles. »

Il aurait en effet été difficile de faire plus tranquille : il n'y avait pas la moindre lumière en vue.

« Et qu'est-ce que vous avez fait, cette nuit-là ? » demanda Cassiopée.

La jeune fille parut hésiter.

« Rien de bien méchant, répondit-elle enfin.

– J'ai eu ton âge. Je comprends.

– Je l'aime vraiment.

– Et il n'y a pas de mal à ça. S'il t'aime lui aussi, ce n'est pas ce que vous avez fait qui comptera le plus.

– Je sais qu'il m'aime vraiment, justement parce que ce n'est pas ce qu'on a fait qui a compté le plus.

– Tu es décidément une fille bien. Ton grand-père serait fier de toi.

– Oh non ! S'il l'avait appris, il aurait tué mon copain. »

Léa quitta la route pour s'engager dans un chemin creusé d'ornières et bordé des deux côtés de clôtures presque entièrement enfouies sous une jungle de hautes herbes et de fleurs sauvages qui jaillissaient des fossés.

« Tous ces terrains appartiennent à sa famille, expliqua-t-elle. Comme nous, ils en sont propriétaires depuis très, très longtemps. »

Elles progressaient en cahotant sur la piste étroite, la lumière des phares sautant et tanguant devant elles. Le chemin prenait fin au pied d'une pente rocheuse et d'un épais bosquet d'ormes et de pins. Une barrière interdisait d'aller plus loin, mais elle n'était pas cadenassée. Le vantail était entrouvert. Un bout de chaîne gisait sur le sol. Léa continua d'avancer lentement et l'avant du 4x4 poussa le battant.

« La chaîne est mise, d'habitude, remarqua la jeune fille. De toute façon, il faut aller à pied à partir d'ici.

– Quelle distance ?

– Quatre ou cinq cents mètres. »

Cassiopée eut soudain une mauvaise impression. Pourquoi ? Elle n'aurait pas pu le dire avec précision. Mais ses signaux d'alarme internes s'étaient déclenchés.

« Éteins les phares et gare-toi entre les arbres », ordonna-t-elle.

Cassiopée marchait devant sur la terre sèche du sentier bordé de grands arbres et de taillis épais, braquant une lampe que Léa avait sortie de sous le siège avant du 4x4. Le terrain était plus accidenté que celui qu'elle avait parcouru la veille et des fragments d'ardoise craquaient sous leurs semelles. Des nuages déchiquetés couraient dans le ciel clouté d'étoiles. Les stridulations d'une cigale couvraient le bruit de leurs pas.

De hautes silhouettes fantomatiques se dessinèrent dans l'ombre devant elle.

Des bâtiments en ruine. Six. Vitres brisées, murs effondrés, toits affaissés faute d'entretien. Elle crut reconnaître également la carcasse disloquée d'un convoyeur à bande.

« Qu'est-ce que c'est que cet endroit ? demanda-t-elle.

– Une ancienne mine d'argent. Il y en a beaucoup dans le coin. Celle-ci est fermée depuis longtemps.

– Elle appartient à la famille de ton ami ?

– Ils la louaient à des exploitants, dans le temps. Mais plus personne ne vient ici, maintenant, sauf pour chasser.

– Bien. Montre-moi ce que tu voulais me faire voir. »

Le site était implanté parmi des collines boisées. Alignées d'est en ouest, celles-ci s'abaissaient pour former un sombre vallon en auge qui se perdait dans la nuit. Cassiopée entendit le bruit d'un torrent. Bien sûr. Une exploitation minière ne pouvait pas se passer d'eau.

Elles pénétrèrent dans un des édifices à demi écroulés en franchissant à la lumière de la lampe le tas de parpaings fracassés, de quartiers de roche et de ferrailles rouillées qui avait constitué la façade. Avec le temps, les débris s'étaient amalgamés en une masse compacte sur laquelle des plantes avaient pris racine. Il ne restait pas grand-chose de la structure, à part trois pans de murs encore debout et quelques morceaux du toit. Au fond du bâtiment, qui avait à l'origine été accolé au coteau, Cassiopée vit l'amorce d'un passage qui s'enfonçait dans la terre.

« Ça a changé », déclara Léa quand elles s'en approchèrent.

L'ancienne ouverture voûtée d'environ trois mètres sur trois avait été comblée par un écroulement, mais, en plein milieu, quelqu'un avait creusé bien proprement un trou assez grand pour qu'on puisse y entrer sans se baisser.

« C'était complètement bouché, avant. Une fois, avec mon copain, on a ôté quelques grosses pierres pour faire un boyau. On pouvait ramper dedans, même si c'était étroit. Je voulais vous montrer ce qu'il y a de l'autre côté, mais ce tunnel n'existait pas. »

Elles s'aventurèrent prudemment à l'intérieur et se retrouvèrent au départ d'une galerie plongée dans le noir absolu qui montait en pente douce dans les entrailles de la colline. Les parois portaient la trace des pics qui les avaient taillées jadis. L'atmosphère confinée pesait sur les épaules.

« Je connais l'histoire de cette mine, dit Léa. Dans les années 1840, les gens d'ici en extrayaient du plomb et de l'argent qu'ils expédiaient en Angleterre. Ça rapportait bien. Puis, pendant la guerre, les confédérés sont venus et en ont pris le contrôle, pour exploiter les filons d'argent. Ensuite, les soldats de l'Union ont tout fait sauter, et personne ne s'est plus occupé de la mine après ça.

– Personne sauf qui ?

– L'oncle de mon ami. Il surveillait les lieux de près, comme grand-père surveillait la forêt. Il ne laissait jamais les gens approcher. Mais il est mort depuis longtemps, et il n'y a plus eu de guetteur après lui. »

Elles continuèrent à avancer dans le tunnel. Au-dessus de leurs têtes courait un vieux câble électrique effiloché, gainé de fibre céramique tressée et jalonné tous les cinq mètres de douilles vides rongées par la corrosion. L'air était immobile, ce qui signifiait que l'endroit était sans doute un cul-de-sac. À environ trente mètres de l'entrée, elles butèrent contre une grille en fer dont les barreaux, épais comme le pouce, étaient encastrés directement dans la roche. Au centre se trouvait une porte également constituée de barreaux et pourvue d'une forte serrure. Le fer était incrusté de rouille, mais les gonds et la serrure étaient en cuivre. Une herse infranchissable… si ce n'est que la porte était entrebâillée.

« Elle avait toujours été fermée, jusqu'ici, dit Léa. On a essayé de l'ouvrir plusieurs fois, mais on n'a jamais pu. Je voulais voir si vous y arriveriez. »

Les signaux d'alarme redoublèrent d'intensité dans la tête de Cassiopée.

La serrure ressemblait à celles qu'elle avait vues dans de nombreux châteaux, en Europe, et qui n'ouvraient qu'avec un passe-partout. Était-elle devant une cache des Chevaliers du Cercle d'or ? Si c'était le cas, ce qu'elle avait lu à ce sujet au musée d'Histoire américaine incitait à la prudence : ces caches pouvaient être piégées. À l'explosif de préférence. Mais quelque chose lui disait que ce risque n'existait plus.

Quelques mètres après la grille, elle remarqua une ligne noire sur le sol. Dans la flaque de lumière mouvante de la lampe torche, elle reconnut l'extrémité d'une rallonge électrique munie d'une fiche mâle trois pôles. Elle suivit le cordon, qui serpentait un moment le long du tunnel, puis disparaissait au coin d'une grande entaille dans la paroi. La galerie principale continuait vers les profondeurs de la colline, mais quelqu'un avait creusé à cet endroit un passage perpendiculaire dans le mur gauche.

Elle s'y engagea. La brèche n'était en fait qu'une courte traverse qui menait à un autre souterrain. Il aurait été facile de se perdre dans l'obscurité, mais elles pourraient toujours revenir à leur point de départ en se laissant guider par le fil électrique. Le nouveau tunnel, bien que plus étroit, permettait tout de même de circuler debout, et à deux de front.

« Les gens qui ont percé le mur savaient exactement où le faire pour arriver là où ils souhaitaient », dit-elle à Léa.

La galerie zigzaguait, mais sans s'éloigner beaucoup d'un axe qui formait *grosso modo* un angle droit avec le tunnel principal. Et, Dieu merci, aucune bifurcation ne venait compliquer les choses. Elles arrivèrent enfin devant une porte en bois aux gonds rouillés. Un moraillon pendait du montant, mais il n'y avait pas de cadenas. Le câble électrique continuait son chemin en s'insinuant sous le battant, qui s'ouvrait vers l'intérieur.

Cassiopée passa la lampe à Léa puis poussa le vantail.

Les gonds grincèrent, mais rien ne se produisit.

Elle donna un coup d'épaule.

La porte s'entrebâilla de quelques millimètres en craquant, rien de plus.

Elle recula, puis se jeta contre l'obstacle. Cette fois, les charnières ne résistèrent pas et l'épais panneau de bois s'ouvrit à la volée sous le choc. Entraînée par son élan, elle roula sur le sol.

« Ç'a été plus dur que ça aurait dû », dit-elle en époussetant ses vêtements après s'être relevée.

La lumière de la lampe révéla une grande salle au toit en forme de voûte taillé dans la roche. Le cordon électrique rejoignait un trépied qui supportait deux gros projecteurs. Des coffres de bois de diverses dimensions jonchaient le sol, tapissés de poussière, certains soudés ensemble par une crasse accumulée depuis plusieurs décennies.

Elle en compta dix-neuf.

La plupart ouverts et vides.

Sept étaient encore fermés.

Elle alla soulever le couvercle de l'un d'eux, qui résista, mais finit par céder.

L'intérieur était rempli de lingots d'or empilés.

Soudain, le bruit lointain d'un moteur qu'on démarre se fit entendre et les projecteurs s'allumèrent, inondant la salle d'une clarté aveuglante.

Un générateur !

Il était temps de déguerpir.

Mais il n'y avait qu'un chemin vers la sortie.

Un homme apparut dans l'encadrement de la porte. Puis trois autres.

Pas les mêmes que ceux qui étaient venus chez les Morse.

Différents.

Et bien plus menaçants.

31

TENNESSEE
5 H 40

Danny Daniels se tenait à la fenêtre de sa chambre, l'esprit encombré d'images éparses qui s'entremêlaient. Le jour se levait. Le soleil pâle dardait ses premiers rayons argentés au ras des crêtes, à l'est, et plus la lumière gagnait en intensité, plus les événements de la nuit semblaient lointains. Comme dans un rêve.

Sauf que ce n'était pas un rêve.

Le gouverneur était déjà parti pour son petit déjeuner de travail avec des chefs d'entreprises. Danny lui avait demandé de différer l'annonce de sa nomination au Sénat jusqu'en fin de matinée, ce qui lui laissait le temps de rentrer à Washington pour prêter immédiatement serment devant le vice-président. Après cette formalité, il assurerait les fonctions de second sénateur du Tennessee pendant deux ans. Il avait d'ores et déjà résolu de conserver les conseillers d'Alex et de se débrouiller avec eux. Ayant été l'ami intime de leur ex-patron, il ne comptait sûrement pas beaucoup d'ennemis parmi eux.

Sa priorité, bien sûr, serait de défendre les intérêts de ses concitoyens du Tennessee, mais, à plus court terme, son but était aussi de découvrir la vérité sur la mort d'Alex et les manigances de Lucius Vance. Dieu merci, il était un spécialiste hors pair du multitâche. Ah, quel plaisir de se sentir de nouveau utile ! Il s'était douté que cela lui manquerait, mais pas à ce point.

Il était purement et simplement accro au pouvoir.

Le téléphone fixe sonna près du lit et il alla répondre.

« Monsieur le président ? Ici Cotton Malone… »

Il sentit ses muscles se raidir, s'attendant au pire.

« Le simple fait que vous ayez trouvé comment me joindre signifie qu'il y a un sérieux problème.

– Votre numéro personnel figurait dans les fichiers de la division Magellan. Vous avez raison, j'ai une mauvaise nouvelle. »

Danny comprit tout de suite.

« Stéphanie ! Qu'est-ce qui lui est arrivé ? »

Cotton coupa la communication et rangea son portable.

Il se trouvait dans une salle d'attente vide au cinquième étage, près de l'unité de soins intensifs. Il était venu directement à l'hôpital après avoir débarqué de l'avion à l'aéroport national Ronald Reagan un peu plus d'une heure auparavant. Stéphanie était sortie du bloc, où elle était restée deux heures entre la vie et la mort. Les deux balles qu'elle avait reçues avaient causé de sérieuses lésions internes. La division continuait à fonctionner selon des procédures mises en place depuis longtemps en prévision de ce genre de chose. Son personnel étant des plus réduit, Stéphanie n'avait pas à proprement parler de bras droit et tout reposait sur elle, ce qui constituait à la fois un avantage et un inconvénient. Pour l'heure, son adjointe administrative tenait lieu de sous-chef et pilotait les actions de terrain sans révéler que sa supérieure avait été blessée.

Danny Daniels avait accusé le coup. Il avait de toute façon prévu de venir à Washington dans la matinée et s'arrangerait pour hâter son départ.

«Mais, pour l'amour du ciel, tenez-moi informé!» avait-il ordonné.

Ils avaient échangé leurs numéros de portables, et Daniels lui communiquerait dès que possible par texto le numéro de fixe où il pourrait être joint. Cotton était au courant des liens particuliers qui existaient entre Daniels et Stéphanie. Sans connaître les détails, il n'ignorait pas qu'ils étaient très attachés l'un à l'autre. Cassiopée était davantage dans la confidence, même si elle gardait pour elle ce qu'elle savait. Aussi, quand elle lui avait recommandé d'appeler Daniels, il n'avait pas été surpris. La nature exacte des relations entre Stéphanie et l'ex-président ne le regardait pas, mais il était évident que Daniels était concerné au premier chef par ce qui s'était passé. Cotton avait donc pris le parti de violer les règles de la division Magellan et de lui téléphoner directement. D'après le protocole établi par Stéphanie elle-même, en effet, personne ne devait être informé d'un éventuel accident dont elle pourrait être victime, sauf si elle décédait. Auquel cas le ministre de la Justice en poste devait être avisé en premier, charge à lui, ou à elle, de décider ce qu'il convenait de faire ensuite. Mais tant que Stéphanie respirait, silence radio. Ces procédures étaient conçues pour permettre à la division de continuer à opérer sans interruption, quoi qu'il arrive à sa patronne.

Un étrange cocktail d'émotions l'agitait. Le spectacle de Stéphanie reliée à des tubes, des fils et une alimentation en oxygène était plus que perturbant. Il avait peu d'intimes. La plupart des gens qu'il rencontrait n'étaient que de passage dans sa vie. Bien sûr, certaines de ces relations étaient plus durables, mais elles tenaient plus de l'accointance que de la véritable affection. Henrik Thorvaldsen, sans doute l'homme qui avait été le plus proche de lui récemment, s'était fait tuer à Paris. Cotton était arrivé quelques instants trop tard pour empêcher cette tragédie et il en avait conçu un sentiment de culpabilité qui ne le quittait plus. Le pire était qu'ils avaient cessé de se voir, à l'époque, Henrik, comme il advient parfois entre camarades, ayant fait des choix que Cotton désapprouvait. Et voilà que son autre amie véritable, une femme qu'il connaissait de longue date et qui avait changé le cours de son existence, était en train de lutter contre la mort.

Comment cela avait-il pu se produire ?

Que faisait-elle avec les gens de la Smithsonian ? Quand le président de la Cour suprême avait fait appel à lui, il n'avait fait aucune allusion à elle. Et personne n'avait non plus mentionné le nom de Stéphanie au cours des quelques derniers jours.

Rick Stamm était resté devant la chambre de la blessée dans laquelle un agent de la division Magellan montait à présent la garde. Encore une entorse aux consignes d'urgence de Stéphanie, mais Cotton avait insisté et personne n'avait vraiment élevé d'objections au quartier général d'Atlanta. Un collaborateur avait donc été dépêché à l'hôpital, et deux autres étaient en chemin.

Cotton rejoignit Stamm, qui faisait les cent pas, seul dans le couloir.

« Racontez-moi ce qui s'est passé, dit-il.

– Je l'ai appelée pour lui demander de l'aide. C'est une vieille amie… Je suis entièrement responsable. Thomas est mort, Stéphanie se bat pour survivre, tout ça par ma faute. »

Cotton posa une main sur l'épaule du conservateur.

« Écoutez, nous n'avons pas de temps pour l'autoflagellation. Rapportez-moi seulement les faits. »

Stamm raconta alors avoir entendu deux coups de feu quand il se trouvait dans l'appartement de Thomas, puis être sorti en courant pour découvrir Stéphanie gisant dans son sang tandis qu'une voiture s'éloignait à vive allure.

« Était-elle présente quand Thomas a été abattu ? »

Stamm acquiesça avant de retracer les autres événements de la soirée.

« Pensez-vous que la personne qui a tiré sur Stéphanie pourrait être l'homme qui était au Château ?

– Qui sait ? Je n'ai rien vu de précis. »

Cotton expliqua à son interlocuteur ce que Cassiopée et lui avaient trouvé dans l'Arkansas, sans omettre la pierre à la Sorcière. Stamm parut très intéressé.

« C'est cette pierre que le chancelier cherche ? demanda Cotton avant d'ajouter, devant le silence du conservateur : je vous assure que ce n'est pas le moment de vous défiler.

– Nous devons retourner au musée d'Histoire américaine, répondit enfin Stamm. Nous pourrons parler là-bas. En privé. C'est là que Stéphanie et moi avions prévu de nous rendre avant… ce qui s'est passé. »

Pourquoi pas ? De toute façon, d'après les médecins, Stéphanie était plongée dans un coma artificiel et resterait inconsciente quelques heures.

De plus, il avait déjà mis son inquiétude entre parenthèses pour se focaliser entièrement sur sa mission – peut-être pas la meilleure des réactions, mais une nécessité dictée par les circonstances.

« D'accord. Je vous suis. »

Danny Daniels était en route pour l'aéroport de Knoxville, à l'extrémité orientale du comté de Blount, où l'avion de l'État du Tennessee devait l'attendre. Le gouverneur avait proposé de mettre l'appareil à sa disposition et il avait accepté. Sa première rencontre sans témoin avec Stéphanie hors du cadre officiel lui revint en mémoire. Cela s'était passé quelques années plus tôt, à Camp David, à l'occasion d'une autre crise.

« Contrairement à ce que vous pouvez penser, je ne suis pas un imbécile. »

Ils étaient assis sous la véranda, chacun dans un rocking-chair en bois à haut dossier. Danny se balançait dans le sien avec une telle vigueur que le plancher craquait sous son poids.

« Je ne crois pas vous avoir jamais traité d'imbécile, répondit-elle.

– Mon père, lui aussi, répétait toujours à ma mère qu'il ne l'avait jamais traitée de garce… en face. Ce qui était vrai. Stéphanie, j'ai un problème. Grave.

– Nous avons au moins ça en commun. Si j'en crois votre conseiller adjoint à la sécurité nationale, je suis en état d'arrestation. De plus, vous m'avez fichue à la porte, si je ne m'abuse.

– Deux mesures de précaution nécessaires pour que vous puissiez vous trouver ici aujourd'hui… »

Voyant qu'elle restait de marbre, il poursuivit :

« Je vais vous raconter ce que disait un de mes oncles : "Tu veux tuer des serpents ? C'est pas compliqué, faut pas leur donner une chance de te mordre. Tu mets le feu aux buissons et t'attends qu'ils sortent. Et là, tu leur coupes la tête." Eh bien, c'est exactement ce que nous allons faire : mettre le feu aux buissons. Et pour ça, j'ai besoin de votre aide.

– Dans quel but ?

– Démasquer un traître. »

Et elle lui avait apporté son aide ! Cette fois-là, comme souvent, elle lui avait bel et bien sauvé la mise. Et avec la manière. La division Magellan avait été la seule agence sur laquelle il pouvait compter pour faire le boulot, parce qu'elle était dirigée par une femme remarquable.

Une femme auprès de qui il avait espéré pouvoir finir ses jours.

Une femme qui se trouvait maintenant à l'article de la mort.

Son projet, en se rendant à Washington, avait été d'enfumer quelques serpents pour les débusquer, puis les décapiter. Il y avait à présent un serpent de plus sur sa liste : le salopard qui s'en était pris à sa copine.

32

Cassiopée clignait les paupières pour permettre à ses pupilles de s'adapter à la lumière blanche agressive des projecteurs. Léa en faisait autant.

« Qui êtes-vous ? » demanda l'homme qui était entré le premier.

Mince, l'air tendu, d'allure presque militaire, il pouvait être âgé d'une petite cinquantaine. Sous une tignasse hirsute de cheveux grisonnants, il présentait un visage non sans attrait aux yeux d'un marron étonnamment foncé. Elle décida de dire la vérité, ce qui était peut-être sa seule arme.

« Je m'appelle Cassiopée Vitt. J'appartiens au ministère de la Justice des États-Unis.

– Et la demoiselle ?

– Léa Morse. Elle habite près d'ici.

– Vous êtes apparentée à Terry Morse ?

– Je suis sa petite-fille. »

L'homme parut impressionné.

« Connaissez-vous la pierre à la Sorcière ? »

Il semblait bien informé. Cassiopée répondit à la place de la jeune fille.

« Et quand bien même ce serait le cas, monsieur… ?

– James Proctor. »

Il avait le même accent traînant d'homme du Sud que Cotton et, comme lui, se servait de ce débit particulier pour mieux maîtriser son langage. Le fait qu'il révèle son nom n'était pas plus rassurant que le ton indifférent, neutre et professionnel sur lequel il s'exprimait.

« Pour quelle raison êtes-vous ici ? » s'enquit-il.

Elle désigna les coffres.

« Pour la même que vous : l'or.

– Sauf que cet or n'est pas à vous.

– Il est à vous, peut-être ?

– En un sens. Nous en sommes les gardiens.

– Cet endroit est-il la Crypte ? »

Un léger sourire se dessina sur les lèvres de Proctor.

« Je vois que vous êtes bien renseignée sur nous.

– Et je ne suis pas la seule », répliqua-t-elle dans l'espoir de faire passer l'idée que d'autres qu'elle suivaient l'affaire à Washington, ce qui n'était malheureusement pas tout à fait vrai.

En vérité, Léa et elle ne pouvaient espérer aucun secours. Proctor s'avança.

« Cet or attend ici depuis longtemps. Mais, pour répondre à votre question, non, ceci n'est pas la Crypte. Seulement l'une des quelques caches restantes parmi toutes celles que nous avons utilisées.

– Vous plaisantez ! Les Chevaliers du Cercle d'or existeraient donc encore ? »

Elle était déjà parvenue à la conclusion que les quatre hommes étaient sans lien avec les trois imposteurs du rucher.

« Nous en faisons partie, déclara-t-il avec une telle conviction qu'elle jugea préférable de ne pas le contrarier.

– Tous ces coffres vides étaient-ils remplis d'or, eux aussi ?

– Oui. Nous sommes en train d'en déménager le contenu depuis quelques jours. Vous êtes arrivées au moment où nous nous apprêtions à emporter l'avant-dernier chargement. L'un de mes collègues était de faction dans les bois et vous a vues approcher. Maintenant, répondez-moi franchement, est-ce vraiment pour l'or que vous êtes là ?

– Nous savons ce que sont les guetteurs, intervint Léa. Mon grand-père en est un.

– C'est vrai, et même un excellent guetteur. Il a assumé sa charge pendant très longtemps. C'est son grand-père à lui – votre arrière-arrière-grand-père – qui avait été désigné spécialement pour garder la pierre à la Sorcière, dit Proctor, à l'évidence très précisément informé. Votre grand-père vous formait-il pour continuer sa mission ?

– Oui, mentit la jeune fille, maligne.

– J'imagine qu'il n'y a pas de petit-fils ?

– Aucun.

– Les femmes ne peuvent donc pas assurer la fonction ? demanda Cassiopée.

– Ce n'est pas habituel… Mais, si vous avez reçu la formation, mademoiselle, comment se fait-il que vous soyez entrée ici sans autorisation ? Le travail d'un guetteur consiste à protéger.

– Pourquoi avez-vous envoyé des hommes pour faire du mal à mon grand-père ? » répliqua Léa.

Pour la première fois, Proctor parut surpris. Cassiopée avait donc vu juste. Il y avait deux factions en concurrence.

« Mais je n'ai envoyé personne, dit-il.

– Ce qui signifie que des tiers sont au courant de vos activités, observa Cassiopée, sautant sur l'occasion. Les gens dont parle Léa ont eux aussi prétendu être des chevaliers. Ils connaissaient les mots de passe et la poignée de main rituelle. »

Proctor sembla soudain troublé.

« C'est déconcertant. Mais je peux vous assurer que ces gens n'étaient pas des nôtres.

– Il y a beaucoup d'or, dans cette salle, remarqua-t-elle pour faire diversion.

– Plus ou moins cinquante millions de dollars selon la pureté du métal, qui est généralement grande. »

Elle avait toujours son pistolet derrière le dos, coincé dans sa ceinture. Comme elle n'avait pas mis sa veste à cause de la chaleur, la bosse formée par le Beretta deviendrait visible si elle se retournait. Elle pouvait tenter de sortir son arme par surprise, mais les quatre individus qui lui faisaient face étaient sûrement armés eux aussi. L'échange de coups de feu qui s'ensuivrait n'aurait d'échange que le nom, et Léa risquait d'être tuée.

«Je me flatte d'être un gentleman, dit Proctor. Aussi me dois-je de vous exprimer mes regrets de vous avoir trouvées ici. Je vous présente toutes mes excuses pour ce que je vais être obligé de faire.»

Il fit un signe et deux des hommes se ruèrent vers elle. N'ayant plus le choix, elle voulut prendre son pistolet, mais la main droite de Proctor avait déjà surgi, tenant un automatique.

«L'arme que vous cachez derrière votre dos ne vous sera d'aucune utilité», déclara-t-il.

Son regard s'abaissa un instant vers son chemisier, dont l'échancrure laissait paraître le haut de ses seins.

«Je croyais que vous étiez un gentleman, railla-t-elle.

– Cela ne signifie pas que je suis aveugle.»

Sur un geste de sa main libre, le premier homme empoigna Léa, qui se mit à envoyer des coups de pied. Le second la saisit alors par les chevilles, et ils la portèrent à deux jusqu'à une ouverture rectangulaire dans le sol d'environ trois mètres sur deux que Cassiopée avait déjà remarquée.

Ils y jetèrent la petite.

Cassiopée se précipita, mais fut arrêtée dans son élan par l'arme de Proctor, dont le canon la touchait presque. Elle le fixa droit dans les yeux avec tout le mépris dont elle était capable.

«Allez la rejoindre, dit-il. Mais d'abord…»

Passant sa main derrière elle, il la délesta de son pistolet avec un sourire de condescendance amusée.

Elle courut jusqu'au trou et vit qu'il s'agissait d'une sorte de puits, comme celui d'un monte-charge. Une échelle de bois appuyée à une des parois se perdait dans les profondeurs obscures.

« Léa ! appela-t-elle. Tu vas bien ? »

Silence.

« Léa ?

– Ça va, répondit enfin la voix de la jeune fille. Le sol est tout mou, en bas. »

Proctor s'approcha derrière elle et elle sentit les effluves aillés d'un repas récent.

« Comme je vous le disais, je suis un gentleman. C'est votre tour. Je vous autorise à sauter de vous-même.

– Écarte-toi, Léa, près de l'échelle ! cria-t-elle. J'arrive.

– À propos de l'échelle, elle est inutilisable, indiqua Proctor. Tous ses barreaux sont pourris ou ont disparu. »

Elle sauta dans le noir et le monde sembla fuir sous ses pieds. Elle atterrit environ six mètres plus bas en faisant un roulé-boulé pour amortir le choc. Comme l'avait annoncé Léa, le sol était constitué d'une épaisse couche de terre poudreuse qui absorba l'impact à la manière d'une éponge. Elle fouilla du regard l'obscurité, mais ne parvint pas à voir Léa.

« Vous ne vous êtes pas fait mal ? »

Cassiopée localisa la voix.

« Par ici ! reprit la jeune fille. Rampez !

– Il est vraiment dommage que nous devions nous séparer ainsi, lança Proctor depuis le bord du trou. Mais il est important que ni l'une ni l'autre d'entre vous ne soit jamais retrouvée. »

Comprenant ce qui allait se passer, Cassiopée se déplaça le plus vite qu'elle le pouvait à quatre pattes jusqu'à Léa, qui était blottie au pied de la paroi. À leur base, les murs, creusés volontairement ou sapés par des éboulements, s'évasaient vers l'extérieur, formant des niches. Léa s'était réfugiée dans l'une d'elles. Cassiopée se serra contre elle, lui faisant un bouclier de son corps, et la poussa le plus possible vers le fond de la cavité de façon à pouvoir s'y blottir elle-même.

Trois détonations retentirent.

Les projectiles frappèrent la terre meuble avec un bruit mat. Le salopard arrosait au hasard, certain que l'un au moins de ses tirs trouverait sa cible. Elle lui donna le change en gémissant de douleur.

Quatre nouveaux coups de feu résonnèrent.

Elle se tut.

« Allez-y ! » ordonna Proctor.

Quelque chose dégringola dans le puits et s'écrasa par terre. Ses pupilles s'étaient suffisamment dilatées pour lui permettre de distinguer les contours de l'objet.

Un des coffres.

Un deuxième suivit, puis d'autres encore, chacun se fracassant sur les débris des précédents.

Ils étaient en train de combler l'excavation.

33

Cotton pénétra dans le musée national d'Histoire américaine après avoir franchi le contrôle de sécurité sans être arrêté grâce à la présence de Rick Stamm. L'établissement était encore fermé pour deux heures, les salles désertes. Ils traversèrent le rez-de-chaussée jusqu'à un escalier qui les mena à l'étage, où ils passèrent devant l'exposition permanente de drapeaux américains, puis devant divers objets de collection pour arriver à une porte que Stamm ouvrit avec sa carte magnétique.

Au-delà, l'élégance sophistiquée des zones publiques du musée faisait place aux simples murs blancs et aux sols en granito luisant de l'espace réservé au personnel. Ils gravirent un autre escalier, très raide, en haut duquel Stamm fit de nouveau usage de son passe pour accéder à une grande salle aveugle, moquettée et remplie de rayonnages mobiles. Des lampes fluorescentes éclairaient chaque recoin et un courant d'air sec et frais assainissait l'atmosphère.

« Nous sommes dans un de nos dépôts d'archives, expliqua le conservateur. Celui-ci est exclusivement dédié au XIXe siècle, et la plupart du matériel qui s'y trouve n'a jamais été exposé. »

Ce n'était pas dans cette pièce, mais dans une autre, située au quatrième étage près de la bibliothèque d'histoire où Martin Thomas travaillait, que Cotton et Cassiopée avaient passé plusieurs jours à compulser des documents.

En chemin, Stamm lui avait appris que le président de la Cour suprême avait obtenu l'aide de Stéphanie pour faire disparaître le corps de Martin Thomas un jour ou deux, le temps de retrouver le meurtrier. Cotton conjectura que c'était à lui qu'incombait cette dernière tâche, à présent.

« Ce genre d'affaire n'est pas du tout de ma compétence, dit Stamm.

– Et pourtant vous y êtes plongé jusqu'au cou », répliqua Cotton.

Son seuil de tolérance aux couillonnades était atteint et il espérait que son interlocuteur avait bien reçu le message : plus de manœuvres dilatoires.

La salle mesurait à peu près dix mètres carrés. Des tuyaux et des gaines peints couraient le long du plafond de béton gris. Il régnait un silence profond que seul troublait le ronronnement étouffé de l'air conditionné. Aucune fioriture, ici, rien que de l'utilitaire. Un unique ordinateur, posé sur un bureau métallique.

« J'aimerais comprendre quel rôle joue mon ancêtre, Angus Adams, dans cette histoire, dit Cotton, allant droit au but. Pourquoi est-ce moi qui ai été choisi pour ce boulot, et pas quelqu'un d'autre ? »

Stamm lui parla alors d'une expédition organisée en 1854 par la Smithsonian dans le Sud-Ouest nouvellement annexé, au sein de laquelle les Chevaliers du Cercle d'or avaient infiltré un homme à eux pour mener une opération de reconnaissance secrète.

« Cet homme, c'était Angus Adams, votre arrière-arrière-grand-père, conclut Stamm. Que savez-vous de lui ? »

Cotton était plutôt bien renseigné sur Adams, grâce à son grand-père.

Angus Adams, peintre de son état, avait fait partie des toutes premières recrues de la Smithsonian et était devenu un illustrateur hors pair. Cotton avait vu plusieurs lithographies de lui, faites pour l'institution, dans une malle, au fond du grenier de sa maison familiale. À cette époque d'avant la photographie, il n'existait pas d'autre moyen que le dessin ou la peinture pour reproduire les caractéristiques d'un objet ou d'un être vivant. Au début de la guerre de Sécession, Adams quitta son emploi, obtint un brevet de lieutenant et intégra la célèbre Légion de Cobb, composée de Géorgiens. En 1862, il fut promu commandant et affecté au renseignement. Cotton avait eu entre les mains plusieurs photos en noir et blanc à gros grain de son ancêtre, un petit homme mince, les cheveux clairs en broussaille et une épaisse moustache, suivant la mode du temps. À travers sa correspondance, Adams apparaissait comme un être doux et volubile, mais assez méfiant pour toujours porter sur lui un pistolet et un poignard. Ses amis le disaient dévoué, ses ennemis fanatique. Personne, toutefois, ne le qualifiait de stupide. Il préférait la nature à la compagnie des gens, la musique aux livres, l'expression des idées au silence. Et sa ressemblance avec Cotton était frappante dans la forme du menton, des yeux, du nez et de la bouche.

Dans son rôle d'espion, Adams mena la première incursion secrète en Pennsylvanie à la tête d'un groupe de vingt confédérés se faisant passer pour une unité nordiste à la recherche de déserteurs. Il obtint de cette façon des renseignements précieux sur les mouvements de troupes dont Lee se servit au cours de sa marche sur Gettysburg. Adams fut ensuite envoyé dans l'Indiana pour y fomenter une insurrection susceptible de faire basculer cet État dans le giron de la Confédération.

Et il y parvint presque. Mais il fut capturé avant et incarcéré dans l'Ohio.

Ce qui se passa après fit de lui un personnage de légende.

En lisant *Les Misérables*, dans sa prison, Adams fut frappé par l'épisode où Jean Valjean fuit dans les égouts de Paris. Inspiré par le roman, il remarqua que les cellules du sous-sol où il se trouvait, bien que perpétuellement plongées dans l'ombre, ne présentaient aucune trace de moisissure ni d'humidité. Il en déduisit qu'elles bénéficiaient d'une source constante d'air frais. Et, de fait, en sondant le sol, il découvrit sous sa cellule un tunnel maçonné qui devait être un conduit d'aérage. Accompagné de cinq autres détenus, il s'évada par cette voie en laissant une note à l'intention du directeur de l'établissement, qui s'appelait Merion :

Château Merion, cellule numéro 20, 27 novembre 1863.
Début du creusement : 4 novembre 1863. Fin : 20 novembre 1863. Nombre quotidien d'heures travaillées : trois. Outils : deux canifs. La patience est amère, mais son fruit est doux[1]. *Acte établi sous l'autorité de six honorables confédérés.*

Cotton se souvenait mot pour mot du message grâce à sa mémoire absolue, qui enregistrait pratiquement tout jusqu'au moindre détail – une particularité mentale qu'Adams avait lui aussi possédée, selon son grand-père. Il avait toujours été séduit par le caractère effronté du personnage, illustré par le ton de la note et le proverbe écrit en français.

Le dénommé Merion, ulcéré d'avoir été joué et ridiculisé par les évadés, lança une gigantesque traque. Adams, qui fuyait en direction du Sud et du Kentucky, se retrouva coincé par les nordistes dans un village frontalier proche de la rivière Ohio. Il se réfugia dans une ferme dont le propriétaire, victime d'une fièvre, devait garder la chambre. Ne pouvant pas s'échapper, il se cacha à l'intérieur du matelas sur lequel était étendu le patient. Quand les soldats fouillèrent la maison, ils s'assurèrent que l'homme alité n'était pas Cotton, mais il ne leur vint pas à l'idée de regarder dessous, et encore moins dans le matelas. Ils quittèrent les lieux en laissant néanmoins quelques-uns d'entre eux de faction devant la porte. Le lendemain, il se mit à pleuvoir. Ceci n'empêcha pas les voisins de continuer à rendre visite au malade, mais en se protégeant sous des parapluies, ce qui décourageait les sentinelles de les dévisager de trop près. Adams profita bien sûr de la circonstance pour lever

1. En français dans le texte. *(N.d.T.)*

discrètement le camp. Quand il fit son rapport, ses supérieurs se montrèrent admiratifs et amusés à la fois. L'un d'eux lança par boutade qu'Adams devait avoir le moelleux du coton pour que personne, pas même le malheureux malade, n'ait décelé sa présence sous le coutil.

Et le surnom lui était resté : Cotton.

«Je sais beaucoup de choses sur mon ancêtre, répondit-il à Stamm. Ce que j'ignore, c'est le lien qui existe entre lui et notre affaire. Un lien qui doit être assez direct pour que le président de la Cour suprême ait fait appel à moi en raison de ma parenté avec Adams.»

Stamm lui apprit qu'Adams avait consigné ses observations concernant l'expédition de 1854 dans un journal qui avait disparu par la suite.

«Nous espérions que votre famille l'avait conservé, dit-il pour finir.

– Si c'est le cas, je ne l'ai jamais vu, et personne ne m'en a jamais parlé. Qu'a-t-il de si important, ce journal ?

– Je n'en ai pas la moindre idée. Tout ce que je sais, c'est que le chancelier veut le récupérer. Il sera déçu d'apprendre que vous ne l'avez pas, mais votre aide nous est toujours indispensable malgré tout.»

Stamm alla s'asseoir derrière le bureau, tapa sur le clavier de l'ordinateur et fit apparaître à l'écran des clichés représentant une clé ancienne en cuivre.

«C'est ce passe-partout qui nous a été dérobé la nuit dernière, indiqua-t-il. Toutes les pièces de nos collections sont inventoriées.»

Tandis que Cotton examinait les images de la clé, photographiée sous tous les angles, le conservateur lui fit part de tout ce qu'il en savait, précisant que l'institution en avait fait un objet cérémoniel.

«Pourquoi ce type voulait-il se l'approprier à tout prix ? demanda-t-il.

– Encore une chose qui nous échappe. Mais il se pourrait que quelqu'un puisse nous éclairer à ce sujet…»

Cotton dressa l'oreille.

« Deux hommes ont travaillé ici, il y a des années, continua Stamm. L'un était le père de Diane Sherwood, Davis Layne. Il dirigeait le musée où nous sommes, et une bonne partie des archives classifiées que vous avez lues ont été rassemblées par ses soins. Malheureusement, il est mort voici une quinzaine d'années. L'autre homme est Frank Breckinridge. Il était titulaire du poste de conservateur du Château, que j'occupe aujourd'hui. C'est lui qui a trouvé la clé dans les combles, dans les années 1950. Lui aussi était un spécialiste des Chevaliers du Cercle d'or. Par chance, il est encore en vie.

– Vous le connaissez personnellement ? »

Stamm secoua la tête.

« C'était avant mon époque. »

Cotton se mit à réfléchir tout en grattant sa barbe naissante.

« Adams était de la famille de ma mère, dit-il. Il a quitté le Sud après la guerre pour s'installer dans l'Ouest… »

Comme si un rideau s'ouvrait dans son esprit, tout ce que lui avait raconté son grand-père à propos d'Angus Adams lui revint en mémoire.

La sonnerie d'un portable le tira de ses pensées.

Pas son portable à lui.

Celui de Stamm.

Le conservateur prit l'appel, écouta un instant, puis coupa la communication, l'air perplexe.

« J'avais signalé la perte de la clé magnétique de Martin Thomas, que je n'ai pas trouvée sur son cadavre, hier soir. Je comptais la faire bloquer ce matin, mais j'apprends qu'elle vient d'être utilisée pour entrer dans le muséum d'Histoire naturelle. »

34

Cassiopée se recroquevillait le plus possible dans le renfoncement, repoussant Léa derrière elle. Les coffres de bois continuaient de pleuvoir dans le puits, qu'ils comblaient peu à peu. L'air saturé de poussière devenait irrespirable, mais elle réprimait son envie de tousser ou de trahir par un bruit quelconque le fait qu'elle était encore en vie. À sa grande satisfaction, Léa, à qui elle avait ordonné à voix basse de l'imiter, observait, elle aussi, le silence le plus complet. Par chance, aucune des balles ne les avait atteintes, et les quatre hommes se souciaient sans doute davantage de récupérer l'or que de savoir si elles étaient mortes.

L'avalanche cessa, mais l'atmosphère demeurait suffocante. Cassiopée s'efforçait d'aspirer l'air à petits coups à travers le pan de son chemisier, dont elle s'était fait un masque. Seuls quelques très faibles rais de lumière parvenaient jusqu'au fond de la fosse.

« Ça va, Léa ? chuchota-t-elle.

– Oui, mais il faut qu'on sorte d'ici. On a du mal à respirer. »

L'évidence même. Seulement, il y avait un obstacle : les quatre salopards. Elle n'entendait plus rien depuis un instant et se demanda s'ils avaient décampé ou s'ils étaient encore là à attendre.

Une seule façon d'en avoir le cœur net.

Elle dégagea ses jambes en quelques déhanchements puis s'attaqua à coups de talons au bois vermoulu des coffres, qui finit par céder. Heureusement, les débris n'étaient pas très tassés, si bien que de nombreuses poches d'air subsistaient. Quatre ou cinq ruades supplémentaires lui permirent de sortir complètement du terrier improvisé et de tendre ses mains devant elle pour tâtonner dans le noir. Un sentiment d'enfermement la submergea soudain, mais, contrairement à Cotton, elle n'était pas vraiment claustrophobe et parvint à se contrôler. Sa hantise à elle était le vol à grande vitesse, surtout à bord d'un hélicoptère.

À force de pousser d'un côté et de l'autre, elle libéra un espace suffisant pour pouvoir s'agenouiller, le dos contre la paroi du puits. Elle respirait encore difficilement, la gorge empâtée par les particules en suspension qu'elle continuait d'avaler. Dieu merci, l'amoncellement qu'elle devinait au-dessus de sa tête semblait lui aussi peu compact, mais elle allait devoir se méfier d'éventuels clous rouillés.

« Ne bouge pas, dit-elle à Léa. Je vais voir si je peux nous tirer de là. »

Elle prit appui sur les débris puis, se hissant à la force des bras tout en écartant ce qui la gênait, elle parvint à se relever. Elle sortit son téléphone, qui était par chance resté dans sa poche. Étant donné l'endroit où elle se trouvait, il n'était pas question de l'utiliser pour appeler, mais il diffusait un éclairage suffisant pour lui permettre d'inspecter l'enchevêtrement de malles fracassées.

Rien d'insurmontable.

En fait, elle n'avait que deux ou trois mètres à escalader pour accéder à la partie haute du puits, libre d'obstacles. Elle rempocha son portable et réussit sans trop de mal à grimper jusqu'au sommet de la pile, qui grinça, puis se stabilisa en s'affaissant légèrement sous son poids.

« Sors, maintenant, et observe bien ce que je fais », dit-elle à Léa.

La silhouette de la jeune fille apparut quelques mètres plus bas.

Cassiopée estima à un peu plus de trois mètres la distance qui la séparait du rectangle de lumière pâle au-dessus d'elle. Le puits était étroit et ses parois grossièrement taillées offraient de nombreuses prises. Elle décida de grimper en cheminée, bras et jambes en opposition.

L'ascension n'était pas facile, mais ses muscles entraînés lui permirent d'atteindre assez rapidement le bord du trou, puis de s'en extraire d'un rétablissement. Elle se donna un moment pour récupérer, trouvant son souffle un peu court.

Comme elle s'apprêtait à aider Léa, un bruit se fit entendre sur sa droite, du côté du tunnel. Des pas. Qui se rapprochaient.

« Nous avons de la visite, dit-elle tout bas à la jeune fille. Ne bouge pas d'où tu es ! »

La salle était vide, à l'exception de deux coffres encore en place. Apparemment, elle avait eu tort de croire que les types avaient fini de transférer les lingots. Ils revenaient chercher le reste. Mais combien étaient-ils ? Impossible de le dire. Elle prit position près de la porte, le dos plaqué au mur.

Un homme fit son entrée.

Chauve, jeans, grosses chaussures, la trentaine.

Un adversaire à sa portée.

Il alla jusqu'aux deux coffres, qu'il entreprit de démolir à grands coups de pieds. Le fracas produit par la désintégration des vieilles planches constituait la couverture sonore idéale. Elle fut sur le type en deux enjambées, bondit en l'air et lui planta ses deux pieds dans les reins. Comme il pivotait sous le choc, elle l'envoya contre le mur d'une violente bourrade de l'épaule dans la poitrine. Il semblait déjà revenir de sa surprise quand elle lui expédia un shoot dans le genou qui lui fit plier les jambes. Elle était résolue à passer sa rage sur ce crétin, mais, avant qu'elle ait pu en finir avec lui, une paire de bras la ceintura par-derrière.

Un deuxième acolyte.

Plutôt que de résister, elle relâcha brusquement ses muscles, ce qui lui laissa, l'espace d'un instant, une marge de manœuvre suffisante pour glisser hors de l'étreinte de son attaquant tout en lui assenant une talonnade dans la rotule.

Il poussa un hurlement.

Oubliant toute retenue, elle fit volte-face et avança sur lui en le bombardant d'une vertigineuse série de une-deux au visage, engageant tout son poids dans chaque impact. Il tomba sur le dos en se tordant de douleur. Un solide coup de pied à la tempe mit un terme à son agitation.

« Maintenant, c'est terminé ! » cria une voix masculine.

Elle se retourna.

Le premier arrivant, bien que toujours au sol, avait suffisamment repris ses esprits pour pointer un revolver sur elle. Son regard froid était indéchiffrable. Un rictus de rage figeait ses traits.

« Pose ton cul par terre ! » ordonna-t-il.

Elle décida d'obtempérer.

S'il semblait évident qu'il souffrait et ne pouvait pas se relever, il était encore en état d'appuyer sur une détente. Deux mètres les séparaient, et cela constituait un net avantage pour lui.

« Et maintenant ? » dit-elle, le fixant droit dans les yeux.

Il se redressa avec difficulté sur un coude. Elle lui avait apparemment cassé la jambe.

« Maintenant ? On attend. »

Ce qui signifiait que les autres n'allaient pas tarder à revenir, eux aussi.

Le puits se trouvait derrière l'homme. Soudain, elle vit deux mains appuyées sur le bord de l'ouverture. Puis la tête de Léa émergea lentement du trou et la jeune fille se mit à évaluer la situation, les yeux au ras du sol. Cassiopée lui aurait bien dit de se tenir tranquille, mais cela n'aurait fait qu'ajouter au danger que courait déjà la jeune fille.

Elle se contenta donc de la regarder discrètement se hisser hors de l'excavation.

Il fallait du cran pour faire face dans de telles circonstances. Elle se souvenait de ses premières expériences de combat. Elle avait toujours éprouvé de l'appréhension à l'approche d'un affrontement, mais sans que cela la paralyse. Au contraire, la peur renforçait sa détermination. À l'origine, elle s'était risquée à ce genre d'exercice pour rendre service à son vieil ami Henrik Thorvaldsen, qui avait de temps en temps besoin de son aide. C'était grâce à Henrik qu'elle avait rencontré Cotton, quelques années auparavant, dans le sud de la France. Henrik n'était plus là, paix à son âme, mais elle si, toujours au cœur de l'action. Elle avait beaucoup appris de lui, et surtout comment se comporter dans des conditions de stress. Léa, elle, semblait avoir une connaissance innée de ces choses, ce qui aurait vraisemblablement fait le désespoir de son grand-père.

La jeune fille était maintenant à quatre pattes près du trou, le visage maculé de sueur et de terre mêlées. Elle n'était pas de taille à se mesurer au gaillard armé. Cassiopée prit l'initiative de lui adresser un message indirect.

« Vous aviez l'intention de nous balancer ces deux-là aussi sur la tête ? demanda-t-elle en désignant les coffres en miettes.

– Tu m'as pété la jambe, bordel ! » siffla le type pour toute réponse.

Léa saisit l'allusion et se dirigea lentement vers une grosse traverse en bois qui gisait près d'une des deux caisses.

« Qu'est-ce que nous attendons, au juste ? dit Cassiopée pour faire diversion.

– Ta gueule ! »

À cet instant, Léa se figea, le regard braqué sur quelque chose, derrière Cassiopée. Le type lui aussi leva les yeux dans la même direction, puis tourna son arme.

Une détonation retentit.

Pas un coup de revolver.

Un bruit beaucoup plus fort.

La poitrine du chauve parut exploser sous un impact surpuissant. Il émit un râle en même temps que des flots de sang s'échappaient de sa bouche. Puis il se plia en deux, secoué d'horribles convulsions.

Léa eut un haut-le-corps.

Cassiopée se retourna.

Terry Morse se tenait dans l'encadrement de la porte, un fusil de chasse à la main.

Cela lui donna froid dans le dos.

«Je n'ai pas le temps de me mettre en colère tout de suite, dit-il. Il faut partir.»

35

Après mûre réflexion, Grant était arrivé à la conclusion que la meilleure chose à faire était d'agir immédiatement. Il existait certes un risque que le corps de Martin Thomas ait été découvert. Cependant, s'il était assez rapide, il avait une chance de mettre la main sur ce qu'il cherchait sans que personne ne s'aperçoive de rien. D'une part, ni la télévision ni la presse n'avaient fait aucune mention d'un décès à la Smithsonian. D'autre part, s'il avait été vraiment possible d'établir un lien entre lui et Diane, puis entre Diane et Thomas, la police, ou Diane elle-même, auraient logiquement pris contact avec lui. Or rien de tel ne s'était produit. Avec un peu de chance, la bonne femme du ministère de la Justice était morte. Quant à Richard Stamm, il ne devrait pas poser problème. Bien sûr, il aurait été préférable de s'emparer des documents que transportait la femme, mais il aurait difficilement pu s'arrêter et descendre de voiture pour les récupérer.

Il était entré tranquillement dans le Muséum d'histoire naturelle en se mêlant à la première vague de visiteurs de la journée, qui comprenait un groupe d'élèves en sortie scolaire et quelques touristes matinaux. Enfant, il avait passé le plus clair de son temps dans les musées qui bordaient le Mall, et en particulier dans celui-ci et dans le musée d'Histoire américaine. Ces établissements ne désemplissaient jamais. Des millions de gens en franchissaient les portes chaque année, attirés en grande partie par la gratuité de l'accès. Il n'aurait pas pu compter le nombre de fois où il avait entendu son père radoter sur cet avantage offert au public. Ces divagations-là, il s'en serait volontiers dispensé. En revanche, quand son père faisait revivre par sa verve truculente un passé poussiéreux et *a priori* rébarbatif, il l'avait écouté avec plaisir.

Il se trouvait dans la célèbre rotonde de marbre, au centre de laquelle trônait le fameux éléphant d'Afrique aux énormes défenses. Devant lui s'ouvrait la galerie des océans, et, sur sa gauche, celle des mammifères. Celle des fossiles, à droite, était fermée pour travaux.

C'est là qu'il devait se rendre.

Mais sans attirer l'attention.

S'il rencontrait des ouvriers au-delà des portes closes, il montrerait rapidement le badge de Thomas en masquant d'un doigt la photo pour s'éviter d'éventuelles questions. Il jeta un coup d'œil autour de lui et ne vit qu'un agent de sécurité. Aucun gardien. Mais il y avait des caméras, aussi prenait-il soin de baisser la tête afin de mieux se fondre dans la foule. Une nouvelle ruée d'écoliers le frôla et se mêla au flot précédent. Il profita de la confusion pour se frayer un chemin jusqu'à un lecteur de carte magnétique contigu à l'entrée de la galerie des fossiles, et il y glissa le badge de Thomas. La serrure se débloqua avec un déclic. Il passa rapidement la porte, qui se referma derrière lui.

À l'intérieur régnait le silence.

La salle, en phase de démolition, était vide. Seuls quelques plafonniers l'éclairaient. La moquette avait été arrachée, laissant à nu le sol de béton. Des gravats et des matériaux de construction – parpaings, planches, éléments d'échafaudage – étaient entassés un peu partout. Sur les murs, des écriteaux indiquaient les endroits où s'étaient trouvés les objets exposés, mais ceux-ci avaient tous été enlevés, à l'exception de quelques-uns, les plus volumineux, qui attendaient encore d'être déposés.

C'était précisément l'un de ces derniers qui l'intéressait : la représentation d'un récif corallien de la période permienne, deux cent cinquante millions d'années avant notre ère, illustrant la diversité de la vie sous-marine à l'époque où tous les continents n'en formaient qu'un et où le Texas et le Nouveau-Mexique étaient sous les eaux.

Cette réalisation se trouvait déjà là quand il était enfant. Deux mois plus tôt, il avait appris par Martin Thomas qu'elle devait être remplacée, parmi d'autres, à l'occasion de la rénovation. Il n'avait rien entrepris à ce moment-là, pensant qu'il avait encore largement le temps.

Mais les circonstances avaient changé.

Cotton sortit en courant dans la douceur matinale du mois de mai, Rick Stamm sur ses talons. Ils gagnèrent Constitution Avenue, qu'ils longèrent en direction de l'entrée du Muséum d'histoire naturelle, traversant au passage la 12e Rue. Il avait choisi de ne pas faire appel aux agents de sécurité de la Smithsonian pour ne pas les exposer à des risques qu'il aimait mieux prendre seul. Il soupçonnait en effet l'intrus du Muséum d'être le même homme qui avait abattu Martin Thomas et grièvement blessé Stéphanie.

Concernant celle-ci, il n'avait eu aucune nouvelle de l'hôpital depuis qu'il en était parti, ce qui, en soi, ne signifiait rien. Pour l'avoir lui-même frôlée plusieurs fois, il considérait la mort plutôt comme une égale que comme une ennemie, mais jamais il n'avait imaginé que Stéphanie serait amenée à la tutoyer si tôt. Il se demandait aussi où en était Cassiopée, dans l'Arkansas.

Il allait falloir qu'il prenne rapidement contact avec elle.

Mais pas avant d'avoir identifié la personne qui utilisait le badge de Martin Thomas.

Grant s'immobilisa un instant et scruta la salle pour s'assurer qu'il était bien seul. Le silence indiquait que c'était le cas pour le moment, mais pour combien de temps ? Il s'approcha rapidement du faux récif, qui se trouvait sur sa gauche. Aussi imposant que dans son souvenir, celui-ci mesurait bien trois mètres sur trois et moitié autant d'épaisseur. Il avait jadis été protégé par des parois de verre qui avaient été ôtées, exposant à l'air libre les figurations multicolores de coraux, éponges, éventails de mer, algues et autres coquillages. Une image fidèle de ce que devait être le fond de l'océan il y avait des millions d'années.

Quelque temps auparavant, à l'issue d'un de leurs violents tête-à-tête, son père lui avait révélé le secret que recelait le moulage. Dans les années 1960, il avait trouvé dans les collections de la Smithsonian la pierre dite « de la Piste », qui avait été répertoriée et rangée dans les réserves parmi les innombrables curiosités qu'abritait l'institution. En 1974, comme il était devenu impératif de cacher l'objet, il l'avait dissimulé dans le paysage sous-marin en relief alors en cours de réalisation. Un choix sans grand risque, puisque le panneau avait été financé par une riche famille à la condition qu'il reste en place au moins trente ans.

Il était là depuis plus de quarante.

Il avait fait son temps.

Cotton et Stamm entrèrent en trombe dans le Muséum, et contournèrent les détecteurs de métaux en empruntant le passage réservé au personnel.

« Il est dans la galerie des fossiles, dit un agent de sécurité, qui les attendait. La salle est fermée pour restauration. Elle a été vidée.

– J'imagine qu'il n'y a pas de caméras, dans ce cas ? demanda Cotton.

– Pas une, répondit Stamm.

– D'accord, je m'en occupe. Montrez-moi où c'est. »

Grant observa le moulage, impressionné par les détails, et encore plus par le fait que son père ait eu l'idée d'y cacher la pierre quarante ans plus tôt.

Mais où l'avait-il mise exactement ?

À quoi bon se casser la tête ? Le panneau était voué à la destruction, de toute façon. Empoignant un des étais d'échafaudage en fer appuyés contre un mur, il s'en servit pour éventrer la couche superficielle et en faire tomber une partie. Il devait éviter de creuser trop profondément de peur d'abîmer la pierre, dont il ignorait l'emplacement précis et la position. Les reliefs, faits de résine époxy et de polyuréthane, se détachaient facilement. La structure sous-jacente était composée de bois et de pierres, dont certaines affleuraient à la surface et s'intégraient dans le décor de fausse roche.

Puis il la vit. La pierre de la Piste.

Soixante centimètres de long, sept d'épaisseur, elle était dressée sur chant dans une niche à sa taille. Sa face arrière protégée par le contreplaqué qui formait le dos du panneau, elle était entièrement enchâssée, comme dans un cocon.

Il mit l'étai de côté, sortit la pierre de son logement, puis la posa délicatement sur le plancher en béton.

Elle ressemblait exactement à la description que Diane en avait faite. Davis Layne avait eu l'occasion de l'observer dans les années 1970, avant que sa brouille avec le père de Grant ne prenne des proportions incontrôlées. Un poignard gravé sur la gauche, des lignes ondulées un peu partout, un *R* dans la partie supérieure droite, et, en plein milieu, un évidement de cinq centimètres de profondeur en forme de cœur avec les inscriptions *1847*, *10*, et deux symboles tracés dans le fond. Le creux était prévu pour recevoir une autre pièce du puzzle.

La pierre au Cœur.

Il n'avait pas besoin de l'emporter et c'était tant mieux : quitter le musée avec un truc aussi volumineux sous le bras aurait pu présenter quelque difficulté. Il sortit son téléphone portable et prit plusieurs photos de la tablette en variant les distances et les perspectives.

La technologie moderne ferait le reste.

Cotton pénétra sans bruit dans la galerie des fossiles.

Comme Stamm le lui avait dit, la salle, entièrement vidée, était dévastée, ses murs dépouillés de tout revêtement. C'était un énorme volume, avec des décrochements et des pièces secondaires. Impossible de savoir où se trouvait sa cible. La seule chose certaine était que l'homme n'avait pas quitté les lieux, car aucune sortie n'avait été détectée électroniquement.

En s'avançant prudemment, il finit tout de même par apercevoir le type. Accroupi dos tourné, il était en train de photographier un objet posé sur le sol à l'aide de son téléphone.

Cotton leva son Beretta.

« Maintenant, on se redresse tout doucement et on se retourne », ordonna-t-il.

36

Danny entra dans la chambre de Stéphanie. Les médecins avaient interdit toute visite, mais le statut d'ex-président des États-Unis ouvrait bien des portes. Un agent armé de la division Magellan montait la garde dans le couloir, ce qui était plutôt rassurant.

Elle était étendue sur le dos, connectée par des fils à toutes sortes de machines qui mesuraient ses constantes vitales. L'opération, qui avait duré trois heures, avait en principe permis aux chirurgiens de réparer la totalité des dommages. De ses narines sortaient des tubes reliés à un respirateur dont le rythme avait quelque chose d'hypnotique. Des tuyaux de perfusions lui instillaient des médicaments dans les veines. Une telle profusion de technologie ne semblait rien annoncer de bon.

Debout près du lit, il la regardait.

Il avait aimé deux femmes dans sa vie. Sa relation avec Pauline remontait aux années de lycée. Leur mariage avait coulé de source, et ils avaient été relativement heureux ensemble jusqu'à la mort de Mary. Après cela, ils avaient continué à faire comme si, mais rien n'avait plus été comme avant. Pourquoi n'avaient-ils pas divorcé ? Pour une raison bien simple : ils étaient tous les deux dévorés d'ambition. Lui reconnaissait ouvertement l'imposture ; elle non, mais il n'était pas dupe. Être première dame, d'abord du Tennessee, puis des États-Unis, avait constitué un grand motif de satisfaction pour elle. Sans, bien sûr, lui apporter la paix, les honneurs avaient au moins contribué à la distraire un peu de l'immense chagrin dont il n'était jamais parvenu à la consoler.

Maintenant, il aimait une autre femme.

Qui gisait là, blessée de deux balles.

Il ne lui avait jamais avoué ses sentiments. De la part d'un président et d'un patron, cela aurait paru déplacé. Et ils n'avaient pas passé beaucoup de temps ensemble depuis qu'il avait quitté la Maison-Blanche.

Se penchant sur elle, il lui prit la main.

Son souffle était tellement faible qu'il voyait à peine sa poitrine se soulever. Le médecin l'avait assuré qu'elle devrait s'en sortir, mais qu'il existait un risque important d'infection étant donné l'étendue des lésions internes. On lui injectait en conséquence des doses massives d'antibiotiques et on l'avait placée en coma artificiel pour favoriser le processus de guérison, ce qui expliquait l'usage du respirateur. Cependant, le coma en lui-même n'était pas sans danger, car il nécessitait l'administration de puissants barbituriques susceptibles d'endommager le cerveau. Un tableau bien sombre, mis à part le fait qu'elle était encore en vie.

Il se demanda comment elle réagirait en apprenant qu'il s'apprêtait à devenir sénateur. Elle ne serait probablement même pas surprise, car elle le connaissait mieux qu'il ne se connaissait lui-même.

Il lui étreignit doucement les doigts tout en s'efforçant de réprimer la rage intense qui l'appelait à la vengeance. Il avait passé toute sa vie d'adulte à contenir ses émotions. Jamais il n'avait baissé la garde, sauf quand il se trouvait seul avec Pauline. Même avec elle, d'ailleurs, la franchise n'était pas totale, l'un comme l'autre restant toujours sur la réserve. Leurs relations avaient été entièrement platoniques pendant les quinze dernières années de leur union et il s'était habitué à cette abstinence. Le pouvoir lui avait tenu lieu d'exutoire. Malheureusement, il en était privé depuis le 20 janvier, ce qui expliquait peut-être en partie le sentiment de dépression qui l'avait accompagné au cours de la période récente. Seule la perspective d'une nouvelle vie, partagée avec un nouvel amour, lui avait permis de conserver un peu d'optimisme.

Et voilà qu'il était sur le point d'entrer de nouveau dans l'arène politique.

Il avait fallu la mort d'un vieil ami et la duplicité de sa veuve pour l'y pousser.

De l'art de saisir les occasions...

Dès l'instant où il avait appris la nouvelle, il avait eu l'intuition que quelque chose sonnait faux dans le décès d'Alex. Désormais, après la scène dont il avait été témoin la nuit précédente, son pressentiment s'était mué en certitude : il y avait anguille sous roche. Pendant sa présidence, il avait dû prendre des gants avec Lucius Vance, qui, en sa qualité de président de la Chambre, était à même de poser toutes sortes de problèmes à l'exécutif. En tant que sénateur, il n'aurait pas à s'embarrasser de ce genre de précaution. L'avantage, avec le Sénat, était que ses membres pouvaient faire ce qui leur plaisait sans avoir grand-chose à craindre, à part l'opinion de leurs électeurs. Et quel arsenal à leur disposition ! Débat illimité sur n'importe quel sujet sans moyen de censure ni risque de se voir retirer la parole, sinon par un vote de soixante de leurs pairs, pratiquement impossible à obtenir.

Une sacrée tribune.

Si le projet de Vance nécessitait l'approbation du Sénat, il lui souhaitait bien du plaisir : il le tuerait dans l'œuf.

Il gardait la main de Stéphanie dans la sienne, content de ce moment d'intimité. Il avait insisté auprès de l'homme de garde devant la porte pour qu'il ne laisse entrer personne d'autre que le personnel soignant.

Les apparences lui importaient peu. Si elle se tirait de ce mauvais pas, finis les atermoiements et les dénégations ! Il était temps pour eux deux de vivre leur vie au grand jour.

Il sentit sa colère s'apaiser, remplacée par une impression de vide et de solitude.

«Je t'aime», murmura-t-il.

Cassiopée, Léa et Terry Morse sortirent de la mine par l'unique accès pratiqué dans l'éboulis de l'entrée. Cassiopée ouvrait la marche, armée d'un pistolet dérobé à l'un des deux hommes mis hors de combat dans la salle du trésor. Morse tenait toujours son fusil de chasse. Le ronronnement constant du générateur, très présent à l'intérieur du tunnel, s'estompa dès qu'ils furent à l'extérieur. À l'est, le jour pointait au-dessus des arbres. Ils s'immobilisèrent parmi les ruines des bâtiments pour observer le terrain nu entre le site et la lisière des bois, où commençait le chemin de terre menant à la route. Sur sa droite, Cassiopée vit une forme recouverte d'un plastique noir. Elle souleva rapidement la bâche et vit un tas de lingots.

Une bonne cinquantaine.

«Leur dernier chargement, commenta-t-elle. Ça signifie que quelqu'un va revenir.

– Je me doutais que je vous trouverais ici, dit Morse à Léa.

– Comment as-tu pu le deviner ?

– Parce que le père de ton petit copain est un guetteur.

– Tu te trompes. Son oncle en était un, pas son père.

– Un bon guetteur ne laisse jamais paraître qu'il en est un. Le problème est qu'il a de l'arthrite et ne peut plus faire grand-chose. Alors je le remplace. Et ne va pas t'imaginer que nous ne sommes pas au courant, pour toi et son fils. Nous savons tout. Mais nous laissons faire parce que vous êtes tous les deux de bons gamins.»

Ce qu'on appelle avoir du style! songea Cassiopée, admirative.

«Je me suis réveillé et il n'y avait plus personne, poursuivit Morse. Malone, je l'avais entendu partir, mais pas vous deux. Comme je savais par le père de ton copain qu'il se passait des choses dans cette mine depuis quelques jours, j'ai tout de suite eu l'idée que tu avais emmené madame ici.

– Comment êtes-vous venu ? demanda Cassiopée.

– J'ai emprunté la voiture d'un ami qui travaille à l'hôtel. Celui qui m'a signalé votre présence, à vous et à Malone, répondit le vieil homme tout en continuant, comme elle, à surveiller la forêt qui sortait rapidement de l'ombre, attentif au moindre mouvement.

– Ces gens-là ne sont pas des plaisantins, remarqua-t-elle.

– Pas comme moi et le trio d'imposteurs ?

– Ce n'est pas ce que je voulais dire.

– Je le sais bien.

– Tu as tué un homme, grand-père, intervint Léa, manifestement tourmentée.

– C'était nécessaire, mon petit. »

Cassiopée en était bien d'accord, mais elle avait d'autres priorités que de disserter sur le sujet.

« La pierre à la Sorcière est-elle en lieu sûr ? s'enquit-elle.

– J'y ai veillé, assura Morse.

– Bien. Maintenant, vous allez retourner à l'hôtel avec Léa.

– Et vous ? Où allez-vous ?

– Chercher le type qui vient d'essayer de nous supprimer. »

37

Grant se figea, abasourdi de s'entendre interpeller alors qu'il n'avait aperçu personne dans la salle. Était-ce un ouvrier du chantier ? Un gardien surpris de voir un intrus ? L'idée lui traversa l'esprit de sortir le badge de Thomas et de tenter un bluff, mais c'était risqué.

Une porte s'ouvrit quelque part sur sa droite et des voix retentirent. Quelqu'un d'autre venait d'entrer dans la galerie. Mettant à profit cette diversion, il reprit l'étai métallique qu'il avait posé sur le sol près de la pierre de la Piste.

« Debout ! » ordonna l'homme derrière lui.

Le bruit de la discussion lointaine continuait, répercuté par les murs nus. Il devait agir vite. Se relevant d'un coup, il pivota sur ses talons tout en lançant la barre de fer à la volée, tel un Frisbee. Dans le même mouvement, il plongea aussitôt à terre et se retourna en roulant sur lui-même sans lâcher son téléphone.

Il vit l'étai fendre l'air, puis glisser sur le plancher en béton. L'homme qui se trouvait là fit un bond pour éviter le projectile, offrant à Grant une chance de s'échapper.

Sauf que le type était armé d'un pistolet et n'avait rien d'un plâtrier.

Grant sprinta vers la droite et se réfugia derrière une cloison de Placoplâtre. Il aperçut alors les gens qui étaient en train de discuter. Trois ouvriers coiffés de casques de chantier qui étaient entrés par une porte tout au fond de la galerie.

Il connaissait cette porte.

Elle donnait accès aux locaux réservés à la recherche, interdits au public.

Cotton, qui avait vu l'homme se saisir de l'étai, se tenait prêt et esquiva l'attaque. Il n'avait par contre pas prévu l'arrivée d'autres personnes. À sa demande, Stamm avait promis de faire boucler le périmètre, mais tout le monde n'avait visiblement pas reçu le message.

Sa cible tentait de filer en utilisant les cloisons pour échapper à la vue et aux balles. Ce que le type était venu chercher avait à l'évidence été dissimulé dans un moulage représentant un fond marin, maintenant éventré. À proximité, sur le sol, gisait une pierre gravée d'aspect similaire à celle de l'Arkansas. Mais l'objet n'était pas sa principale préoccupation pour l'instant. Ce qui lui importait prioritairement était d'attraper le fugitif.

Il s'élança à sa poursuite.

Il parvint à la hauteur d'un large dégagement d'une vingtaine de mètres sur dix délimité à droite par une cloison, à gauche par le mur extérieur du bâtiment. Des squelettes de dinosaures et autres fossiles avaient dû y être exposés. L'endroit était vide à présent, si l'on exceptait la présence parmi les gravats de trois ouvriers casqués et, au-delà, celle d'un quatrième homme. En train de s'enfuir en courant.

La vue des trois ouvriers donna à Grant l'idée de se servir d'eux comme couverture. Il ralentit le pas et passa près d'eux, la carte magnétique de Thomas bien en évidence autour du cou. Le seul fait qu'il possède ce badge devrait suffire. Personne ne ferait attention à la photo. Le trio se trouvait maintenant entre lui et l'homme armé. S'il parvenait à gagner la sortie, il pourrait se perdre dans le labyrinthe de bureaux au-delà, dans une zone elle aussi dépourvue de caméras, la Smithsonian n'ayant pas pour habitude d'en placer dans les locaux réservés au personnel.

Il prit la carte pour la passer dans le lecteur.

« Écartez-vous ! cria son poursuivant. Baissez-vous ! »

De la voix et du geste, Cotton ordonna aux trois ouvriers de se jeter à terre. Derrière eux, sa cible se dirigeait vers une porte surmontée d'un panneau lumineux indiquant une sortie. Les trois hommes le regardèrent bizarrement, puis ils remarquèrent le pistolet et plongèrent sur le sol.

Il leva son arme.

Sans perdre son sang-froid, Grant courut jusqu'à la porte tout en mettant son portable dans sa poche. Il glissa la carte dans le lecteur. La serrure se débloqua aussitôt. Il ouvrit le battant de fer, sortit d'un bond, puis il tira sur la poignée pour accélérer la fermeture hydraulique.

Une détonation.

Cotton fit feu en direction de l'endroit où se tenait l'homme une seconde auparavant.

Trop tard. Le projectile ricocha contre le vantail métallique.

Les trois ouvriers, paniqués, étaient allongés par terre, les mains protégeant leur tête.

« Vous pouvez vous relever, dit-il. J'appartiens au ministère de la Justice. Avez-vous une clé magnétique pour ouvrir cette porte ? » demanda-t-il en montrant le lecteur.

L'un des trois lui tendit une carte, dont il s'empara aussitôt.

Grant adorait la sensation intense que lui procurait l'afflux d'adrénaline dans ses veines. Tout ce qu'il avait fait en l'espace de quelques heures tenait de la folie pure, il en était conscient, mais quel plaisir incomparable que de défier le sort ! Il venait même de réussir à échapper d'un cheveu à une balle, ce qui aurait dû le paralyser de peur, mais n'avait fait que renforcer sa détermination.

Et son désir d'aller encore plus loin.

Il avait en mémoire la topographie de cette partie du Muséum. Il n'était pas revenu depuis vingt ans, et certaines choses avaient dû changer, mais l'escalier dont il se souvenait se trouvait bien là, juste devant lui. Il pouvait monter ou descendre. Il choisit la deuxième option. Après avoir dévalé les marches deux à deux, il ralentit en arrivant en bas et poussa une nouvelle porte métallique qui ouvrait sur un secteur du rez-de-chaussée lui aussi interdit aux visiteurs. Le bâtiment s'élevant entre le Mall et Constitution Avenue, il existait une différence de niveau entre un côté et l'autre. La sortie donnant sur le Mall était au premier étage ; l'accès à la rue au rez-de-chaussée. Au-delà des zones affectées au personnel, caractérisées par leur calme et leur sobriété, régnait l'agitation des espaces publics. Le côté rue, surtout, était très animé, car on y trouvait des boutiques, un café, des toilettes et un vaste auditorium.

Là, bien sûr, il y aurait des caméras.

Après l'escalier, il parcourut un couloir bordé de bureaux. Il marchait lentement, l'air assuré, le badge se balançant sur sa poitrine. Personne ne lui demanda rien.

Il alla jusqu'à une porte, qu'il poussa nonchalamment pour se retrouver dans un grand hall bourdonnant de vie et d'activité.

Puis, rentrant légèrement la tête dans les épaules, il se dirigea tout droit vers la rue.

Cotton comprit tout de suite que sa cible lui avait échappé. Devant lui, au-delà de la porte de fer, il ne voyait que des laboratoires et des bureaux. Il y avait aussi un escalier qui permettait de monter ou de descendre. Impossible de savoir quelle direction l'homme avait prise. Une question se posait. Le type connaissait-il les lieux ? Était-il un familier de l'établissement ? Cela semblait vraisemblable.

Le battant métallique se rouvrit derrière lui et Rick Stamm apparut.

« Par ici », dit le conservateur en se hâtant vers l'escalier.

Cotton le suivit.

« Quelqu'un a quitté l'espace administratif quelques instants après que le type est passé par ici en utilisant la carte de Martin Thomas, expliqua Stamm pendant qu'ils descendaient rapidement les marches. Cette personne a emprunté une issue non sécurisée. On ne peut donc pas être sûr que c'était notre homme, mais je ne vois pas qui ça pourrait être d'autre. »

Ils traversèrent au pas de course un secteur de bureaux, poussèrent une porte métallique et émergèrent dans une grande salle bruyante remplie de visiteurs.

« Vous avez pu voir à quoi il ressemblait ? demanda Stamm.

– Suffisamment pour que je ne l'oublie pas. Il avait des cheveux bruns bouclés et une tache de vin sur le côté gauche du cou.

– C'est bien le type qui a tué Martin Thomas. »

Ils scrutèrent la foule. En vain. L'homme avait disparu.

38

Diane ouvrit la porte de l'appartement d'Alex. Elle avait pris le premier vol du matin pour Washington, au départ de Knoxville – un saut de puce d'à peine une heure. L'avion posé, elle avait envoyé un SMS à Grant pour lui donner rendez-vous chez Alex. Elle n'avait pas remis les pieds dans la capitale depuis l'été précédent, depuis le séminaire de juin du comité consultatif des Bibliothèques de la Smithsonian Institution. Le comité variait ses lieux de réunion, n'en tenant qu'une sur les trois annuelles à Washington. Une disposition qu'elle appréciait, car elle détestait cette ville peuplée d'opportunistes qui briguaient le pouvoir ou les postes qui en étaient proches. Comme Alex, qui avait bénéficié de toute l'influence attachée à la dignité de sénateur, mais n'en avait fait usage que pour rester à la remorque d'hommes encore plus puissants que lui, tel Danny Daniels. Quelle différence avec le XIXe siècle, où un sénateur seul pouvait orgueilleusement tenir tête à la Chambre et au président lui-même.

Quelle période cela avait dû être ! Quelle succession de combats acharnés sur les droits de douane, le statut des nouveaux territoires concernant l'esclavage, l'annexion du Texas, la guerre avec le Mexique ! Au point d'en venir aux mains, comme ce représentant de Caroline du Sud, Preston Brooks, qui avait failli tuer le sénateur Charles Sumner à coups de canne en plein hémicycle.

Une époque passionnée où les opinions comptaient pour quelque chose et où chacun avait le courage d'exprimer les siennes.

Aujourd'hui, ce n'était plus à des batailles qu'on assistait, en politique, mais à des embuscades menées dans l'ombre sans qu'on puisse identifier les coupables. Et ceci était particulièrement vrai au Sénat.

« Le plan d'Alexander Stephens n'est pas réalisable, lui avait dit Alex le dernier jour. Ce n'est pas ainsi que les Pères fondateurs voyaient le rôle du Congrès quand ils ont conçu la Constitution. Sinon, ils auraient rédigé l'article 1 différemment. »

Erreur ! L'idée de Stephens était grandiose, même si le bonhomme était chétif, avec son mètre soixante-cinq pour moins de cinquante kilos.

Stephens, d'une santé fragile qui le contraignait souvent à garder la chambre, vécut tout de même jusqu'à soixante-douze ans. Il siégea au Congrès près de vingt-cinq ans de façon discontinue, avant et après la guerre de Sécession, et acquit une réputation d'habile orateur. Il fut vice-président de la Confédération pendant le conflit. Il était gouverneur de Géorgie quand il mourut, en 1883. Mais, surtout, longtemps avant de quitter ce monde, il imagina une stratégie pour redonner au Sénat le rôle négligeable qu'il avait eu avant 1800. Dans cette configuration, les matamores de la chambre haute pouvaient toujours monopoliser la parole et faire de l'obstruction jusqu'à plus soif. Personne ne s'en souciait, car cela ne produisait aucun effet concret. Le seul véritable corps politique était la Chambre des représentants, élus tous les deux ans et responsables devant le peuple uniquement. Aux yeux de Stephens, ce n'était pas un hasard si les premiers mots du premier article de la Constitution traitaient de la Chambre, et si le premier personnage d'autorité mentionné dans la Constitution était le président de la Chambre. Pour lui, cette primauté inscrite dans le texte par les Pères fondateurs était bel et bien un message politique que le pays avait fini par oublier.

Heureusement, grâce à elle, Lucius Vance allait pouvoir rafraîchir la mémoire des citoyens.

L'appartement, comme d'habitude, était parfaitement rangé. Alex avait toujours détesté le désordre. Un travers qu'elle ne pouvait d'ailleurs pas lui reprocher, puisqu'elle avait le même. Mais elle ne s'était jamais sentie à l'aise dans ce logement qui n'était qu'à lui. Un détail qu'elle avait remarqué depuis longtemps prenait tout son sens, maintenant: aucun objet ne rappelait la carrière ou la vie d'homme marié d'Alex. Ni photos ni médailles, pas le moindre souvenir. Alors que son bureau, au Sénat, tenait du musée, voire du panthéon, rien ici n'évoquait sa place dans la société.

Elle avait bluffé, ce jour-là, pour lui faire avouer l'existence d'une maîtresse qu'elle soupçonnait depuis des lustres. Quelle était la phrase consacrée, déjà? «L'épouse devine toujours.» Oui… À condition que l'épouse en question en ait quelque chose à faire! Ce qui n'avait pas été son cas à elle jusqu'à très récemment. Ils n'avaient plus de relations intimes depuis des années, et cela expliquait en partie sa propre infidélité. Mais Alex n'avait jamais accordé beaucoup d'importance à l'amour physique. Ce qu'elle n'avait pas supporté était justement de l'entendre déclarer qu'il ne l'avait pas trompée charnellement.

Parce que c'était sans doute vrai. Et parce que cela signifiait qu'il avait des sentiments profonds pour l'autre.

L'autre qu'il recevait ici même. Elle était malade rien que d'y penser.

«Alex, pauvre crétin! murmura-t-elle dans le silence. Tu ne pouvais pas te contenter de rester tranquille, comme d'habitude?»

Pour une fois dans son existence ronronnante, Alex Sherwood s'était avisé de prendre position et de se battre. Et tout ça parce que cet imbécile de Kenneth avait estimé nécessaire de le consulter.

Elle avait déjà décidé de laisser le bail arriver à expiration et de donner tout le mobilier à l'Armée du Salut.

Elle n'était pas venue pour emporter quoi que ce soit, mais pour vérifier qu'il ne demeurait dans l'appartement aucun indice susceptible d'attirer l'attention sur ce qu'elle préparait. Cela impliquait une fouille méthodique, qu'elle mènerait avec Grant. Peut-être dénicherait-elle à cette occasion quelques éléments permettant d'identifier la mystérieuse petite amie d'Alex.

Mais, après tout, quel intérêt ? Alex était mort, il importait peu de savoir qui était cette femme.

Elle inspecta rapidement les lieux et remarqua l'absence de courrier accumulé, de vieux journaux ou magazines. Même le réfrigérateur était vide de denrées périssables. Curieux, puisque Alex vivait seul. Il y avait un tableau blanc près du téléphone, mais aucune liste de courses n'y était inscrite, aucune note rappelant de passer au pressing récupérer le linge. Rien n'indiquait la présence d'un occupant dans le logement.

Elle entendit frapper et alla ouvrir la porte, qui grinça sur ses gonds mal huilés.

Grant se tenait sur le seuil.

Il entra, la prit dans ses bras et l'embrassa. Un baiser intense, plein d'ardeur, comme il lui en avait donné l'habitude.

« Tu m'as manqué, dit-il.

– Ces derniers jours ont été rudes.

– Pourquoi as-tu voulu venir ici ?

– Nous devons nous assurer qu'il ne reste aucune trace de l'erreur de Kenneth. »

Il la lâcha pour refermer la porte.

« Et j'aimerais aussi que tu me racontes comment s'est passée ta visite au Château, hier soir, ajouta-t-elle.

– Ce que j'ai à en dire risque de ne pas t'enchanter. Mais j'ai pu mettre la main sur ceci… »

Il glissa la main dans sa poche de jeans et en sortit la clé cérémonielle. Elle sourit.

« Et j'ai également trouvé la pierre de la Piste. »

Parfait ! Mais alors…

« Qu'est-ce qui risque de ne pas m'enchanter ? »

39

Danny entra dans le cabinet réservé au vice-président à l'intérieur du Capitole. Cette pièce, désignée par le code S-214 et attenante à la salle des séances du Sénat, avait jadis constitué le seul bureau officiel du vice-président dans la capitale. Les temps avaient changé, pas la disposition des lieux. La cheminée en marbre, le carrelage du sol, le miroir doré de style victorien et les corniches assorties étaient du XIXe siècle. Le bureau double caisson en acajou avait indubitablement fait de l'usage. Pratiquement tous les vice-présidents s'en étaient servis jusqu'en 1969, date à laquelle il avait été transporté dans le bureau ovale pour Nixon et Ford, avant de revenir à son point de départ sous Carter. Depuis la guerre de Sécession, la pièce avait été témoin de séances de travail, de cérémonies, de réunions partisanes, de conférences de presse et de conciliabules dont certains avaient modifié le cours de l'histoire américaine.

L'horloge de parquet sonna 10 heures.

Averti de la venue d'un nouveau sénateur, le vice-président Theodore Solomon attendait derrière son bureau. Contrairement à une croyance répandue, bien qu'investi par la Constitution de la dignité de président du Sénat, un vice-président assistait rarement aux sessions et ne votait que pour départager les deux camps en cas d'égalité parfaite dans un scrutin. Il y avait effectivement eu un temps où le vice-président était présent à toutes les séances, mais ce n'était plus vrai : il n'y paraissait désormais que quand le chef de la majorité, prévoyant la nécessité d'une voix prépondérante, faisait appel à lui. Ce qui n'arrivait presque jamais.

Le gouverneur avait annoncé officiellement la nomination de Danny au Sénat une demi-heure plus tôt lors d'une conférence de presse, à Knoxville. Comme on pouvait s'y attendre, les réactions violentes n'avaient pas tardé, surtout compte tenu du fait qu'aucun autre candidat n'avait été pressenti. Ainsi qu'ils en étaient convenus, le gouverneur avait fait valoir qu'il s'agissait seulement d'assurer l'intérim jusqu'aux prochaines sénatoriales et que le « fils préféré du Tennessee » semblait tout désigné pour garder la place. Un boniment si bien ficelé que Danny lui-même y avait presque cru.

« Monsieur le président », dit Solomon en se levant pour lui serrer la main.

Danny aimait bien Teddy Solomon, un conservateur de la vieille école en matière économique, mais avec une fibre progressiste inavouée, vraisemblablement non sans rapport avec l'homosexualité de son fils aîné. Ils avaient été collègues au Sénat. Solomon, élu du Missouri, n'avait pas sa langue dans sa poche. Il avait été candidat aux primaires contre Warner Fox, mais, rapidement distancé, il avait dû abandonner assez tôt dans la campagne. Se souvenant que son nom signifiait « renard », Fox, malin, avait offert la vice-présidence à cet ennemi potentiel afin de le ramener au bercail. Le plus surprenant était que Solomon avait mordu à l'hameçon. Un trait d'esprit du vice-président de Woodrow Wilson avait toujours fait sourire Danny : « Un vice-président est comme un homme en catalepsie. Il ne peut ni parler ni bouger. Il ne souffre pas. Il est parfaitement conscient de ce qui se passe autour de lui, mais il n'y participe pas. » Peut-être, toutefois, une citation de John Adams, bras droit de Washington, était-elle plus pertinente dans le cas de Solomon : « À ma place, je ne suis rien, mais je peux être tout. »

Le chemin était en effet bien court entre numéro un et numéro deux.

Il était arrivé huit fois dans l'histoire que le second accède au poste du premier. Neuf, si l'on comptait le remplacement de Nixon par Ford. Mais cela ne se produisait qu'en cas de décès ou de démission du président. En cent vingt-cinq ans, un seul vice-président était entré à la Maison-Blanche après avoir été élu : George Bush père.

Et il n'avait pu faire qu'un mandat.

Solomon était grand. Son visage large, proportionné à sa taille, exprimait une bienveillance teintée de circonspection qui n'allait pas jusqu'à la faiblesse. Il avait encore le menton ferme, les traits nets et les lèvres bien tracées. Plus vieux que Danny de quelques années, il avait des cheveux bien peignés, étonnamment noirs, qui lui valaient d'être parfois comparé à Ronald Reagan. Comme à son habitude, il portait un costume sombre impeccable sur une chemise à col dur et une cravate de soie du meilleur effet.

« Vous êtes bien sûr de vouloir faire ça ? demanda-t-il.

– Oui. L'inactivité me barbait.

– Vous n'êtes à la retraite que depuis peu.

– Depuis assez longtemps pour me rendre compte que je n'aime pas ça. »

Il y eut un silence que troublait seul le tic-tac profond de l'horloge. Danny connaissait l'histoire de cette comtoise. Acquise pendant le mandat de McKinley, elle était devenue célèbre sous Franklin Roosevelt, dont le vice-président, John Garner, s'en servait pour minuter son entrée dans l'hémicycle. Quand le carillon se déclenchait, quinze secondes avant la douzième heure, il laissait là son travail en cours pour gagner la salle et s'installer dans son siège sur l'estrade à midi juste.

«Je voudrais prêter serment ici même, en privé, et me mettre au boulot tout de suite après, reprit Danny.

– La presse réclame à grands cris une cérémonie publique devant les caméras, objecta Solomon. Après tout, il s'agit d'un événement historique.»

Danny savait pertinemment que Solomon partageait son point de vue sur la presse : les journalistes étaient là pour servir les politiques en cas de nécessité. Or il n'avait nullement besoin de leur aide en ce moment. Des décennies plus tôt, quand il siégeait au Sénat, il avait compté des reporters parmi ses meilleurs amis. Il existait des règles, à l'époque, un code d'honneur du métier, et les professionnels qui l'exerçaient étaient dignes d'estime. Maintenant, il n'était plus question que d'argent et d'audimat. Dire ou écrire n'importe quoi n'était plus un problème, du moment qu'on tenait un scoop ou, encore mieux, un sujet de controverse. Les vrais journalistes se faisaient rares. Les amuseurs régnaient en maîtres sur les chaînes d'information. Et ces messieurs dames devaient être bien contrariés, aujourd'hui. Ils avaient tous appris en même temps de la bouche du gouverneur la nouvelle de sa nomination au Sénat. Aucun d'eux n'avait eu l'exclusivité. À présent, il ne leur restait plus que les commentaires, l'espoir de pouvoir lui poser leurs questions nauséabondes sur le pourquoi et le comment.

Eh bien, qu'ils mijotent !

«Ce qu'il y a de bien, quand on est intérimaire, c'est qu'on n'occupe pas son poste assez longtemps pour avoir à s'expliquer», répliqua Danny avec un large sourire.

Le regard gris océan sans âge et presque translucide de Solomon s'éclaira d'une lueur espiègle comme celui d'un gamin.

«Que pense votre patron de mon retour ? demanda Danny.

– Je viens de l'avoir au téléphone. Dire qu'il est stupéfait serait un euphémisme. Fox espérait bien en avoir fini avec vous. Et, pour être franc, il ne lui déplairait sûrement pas d'être débarrassé de moi aussi», répondit le vice-président avec l'accent des gens cultivés du Middle West.

Bien qu'appartenant au parti opposé, Danny n'avait jamais été vraiment en désaccord avec Solomon, dont il avait apprécié l'attitude constructive pendant ses deux mandats à la Maison-Blanche. Il lui avait d'ailleurs rendu la politesse en veillant à ce que le Missouri ne soit pas oublié dans le budget fédéral.

«Danny, reprit Solomon, nous sommes entre nous et personne ne nous écoute. J'aimerais savoir ce qui motive vraiment votre démarche.

– Disons que je me fais une petite place dans l'histoire. Désormais, il y aura moi et Andrew Johnson: deux présidents natifs du Tennessee devenus sénateurs...»

Solomon appuya sa longue carcasse contre le bureau, mit l'un sur l'autre devant lui ses pieds chaussés de richelieus polis comme des miroirs et se croisa les bras.

«Nous sommes seuls, ici, vous pouvez me parler. Qu'est-ce qui se passe?» insista-t-il.

Un allié pourrait se révéler utile, et quel meilleur acteur pour le rôle que ce grand échalas du Missouri? Certes, le vice-président était du même bord que Lucius Vance, mais il était de notoriété publique que les deux hommes se détestaient cordialement. Donc...

«Vance manigance quelque chose.

– Je vous écoute.

– Je ne sais pas grand-chose. Mais ce que j'ai découvert m'a incité à revenir ici pour en apprendre plus... Teddy... Il se pourrait que j'aie besoin de votre aide avant que cette histoire ne se termine.

– Ça semble grave.

– Je n'en ai encore aucune certitude. Ce que je peux vous assurer, en revanche, c'est que mon alarme interne me signale un danger politique imminent.

– Ce dont vous parlez est-il susceptible d'affecter le président ?

– Ça aussi, je l'ignore. Mais Vance est plutôt du genre à jouer perso, et n'oublions pas qu'il aurait bien aimé être à la place de Fox.

– Il n'avait aucune chance. Comme moi. D'ailleurs il a scellé son destin il y a longtemps en prenant la présidence de la Chambre.

– Vous savez comme moi que ce type représente un danger. J'espère que Fox en est conscient, lui aussi. »

Solomon eut un petit rire.

« Disons seulement que notre nouveau président n'est pas aussi familiarisé que vous et moi avec les arcanes de la politique.

– Et je doute qu'il soit prêt à écouter un homme averti comme son vice-président…

– C'est le moins qu'on puisse dire. Depuis le 20 janvier, le nombre de nos échanges s'élève à… un : celui que nous avons eu il y a quelques minutes au téléphone. »

Une erreur monumentale de la part de Fox. Solomon, comme Danny, était passé maître dans l'art de déchiffrer les non-dits, les idées cachées dans le flou des déclarations. S'il en croyait ce qui se racontait un peu partout, l'équipe Fox était fondée sur une cohabitation tendue entre colombes, faucons et activistes de tout poil au sein de laquelle chacun avait sa propre conception de ce qui était bon pour le pays. Teddy Solomon, lui, était un pragmatique, un combattant blanchi sous le harnois avec une connaissance encyclopédique des mœurs en usage à Washington. Des compétences dont un novice comme Warner Fox aurait pu faire son profit. Malheureusement, guidés par l'orgueil et la bêtise, les bleus de ce genre préféraient souvent s'abstenir de demander conseil, et cela finissait par leur coûter cher.

Témoin Jimmy Carter.

« Mais vous saviez que ces gens-là ne tiendraient aucun compte de vos opinions. Dans ce cas, pourquoi avoir accepté le poste ?

– J'ai soixante-neuf ans, Danny. J'aurais pu rester sénateur jusqu'à la fin de mes jours. Seulement, j'ai toujours voulu être président, comme vous le savez. J'ignore pourquoi, mais je rêvais de ça. Malheureusement, le peuple en a décidé autrement. Alors j'ai dit oui pour la deuxième marche, c'est mieux que rien. Maintenant, il faut que je fasse avec les mauvais côtés. »

Solomon, en vrai pro, avait compris depuis longtemps, comme Danny, que l'Amérique n'était que ce que les citoyens voulaient en faire. Si leurs choix politiques découlaient de l'ignorance, de l'insouciance ou même de la stupidité, qu'il en soit ainsi : c'était *leur* république. Les premiers mots du préambule de la Constitution – *Nous, le peuple* – ne signifiaient pas autre chose. Et la mission de tout détenteur de fonctions officielles était de servir le pays, pas de le façonner. Pour les politiciens habiles, s'en tenir à cela était un devoir ; pour les véritables hommes d'État de la trempe de Teddy Solomon, c'était une conviction profonde.

Le vice-président aurait décidément fait un excellent président.

« Pourriez-vous fureter de votre côté de l'hémicycle pour voir si quelque chose se trame ? J'ai un mauvais pressentiment, Teddy.

– Assez mauvais pour vous faire remonter en première ligne au lieu d'aller tranquillement à la pêche ?

– Quelque chose comme ça, oui. Il se pourrait bien qu'il revienne aux deux vieux fossiles que nous sommes de mettre le holà à ce qui se prépare.

– Un rien mélodramatique, mais ça me plaît.

– Et que tout ça reste entre nous, pour le cas où je me fourrerais le doigt dans l'œil.

– Ce serait bien la première fois que ça vous arriverait, dit Solomon en tendant une main que Danny serra. Content de vous revoir, sénateur… Et maintenant, il est temps de vous introniser officiellement. »

Danny avait déjà prêté serment comme conseiller municipal, gouverneur, sénateur et président, à chaque occasion devant une foule, comme en représentation. Cette fois, seul un ami était présent quand il leva la main droite pour prononcer de nouveau les paroles consacrées :

« Je jure solennellement de soutenir et défendre la Constitution des États-Unis contre tous les ennemis de la nation, extérieurs comme intérieurs, et de lui être fidèle et loyal. Je souscris à cette obligation sans contrainte, ni réserve, ni intention de m'y dérober, et promets de m'acquitter loyalement des devoirs afférents à la charge que je m'apprête à assumer. Que Dieu me vienne en aide. »

40

Cotton et Stamm, de retour dans la salle des archives sans fenêtres du musée d'Histoire américaine, contemplaient la pierre de la galerie des fossiles posée sur la table.

« Ce type a pris des risques énormes en revenant… » remarqua Cotton.

Sous-entendu : cette pierre devait être d'une importance capitale pour lui.

Il espérait que Stamm saisirait la perche et lui en dirait plus, en particulier à propos d'Angus Adams, mais le conservateur semblait attendre quelque chose.

Le silence fut soudain rompu par le bruit d'une porte qui s'ouvrait puis se refermait au fond de la pièce, derrière les rangées d'étagères mobiles qui bouchaient la vue. L'identité du visiteur qui apparut quelques secondes plus tard ne fut pas une surprise pour Cotton.

Le président de la Cour suprême. Warren Weston.

Après que le juge se fut présenté, ils se serrèrent la main et se penchèrent sur la pierre.

« Ainsi, elle était bien là, murmura Weston en caressant la surface de calcaire blanc. Depuis tout ce temps. Incroyable.

– Vous vous en doutiez ? Qu'elle était là ?

– Toutes les informations dont nous disposions suggéraient qu'elle était cachée dans un des musées, mais nous ignorions lequel. Dieu merci, elle a pu être retrouvée.

– Au prix d'un mort et d'une blessée.

– Je suis sincèrement désolé pour ces deux accidents. Nous n'avions rien envisagé de ce genre. Les choses ont dégénéré. Et nous avons besoin de votre aide, à présent. Plus que jamais.

– Écoutez, nous ne sommes pas à la Cour suprême, et je ne suis pas un avocat en train de plaider devant vous. Sauf votre respect, je vais vous poser une question et vous avez intérêt à me donner une réponse convaincante.

– Sinon ?

– Sinon je laisse tomber.

– Le ministre de la Justice risque de ne pas apprécier.

– Ce n'est pas pour lui que je travaille. Je suis libre de faire ce que je veux. Par exemple de passer un coup de fil à la police, et un autre au *Washington Post*…

– Bien. Posez votre question.

– Pourquoi m'avez-vous embringué là-dedans ?

– Parce que votre ancêtre, Angus Adams, est la clé de tout, et nous espérions que vous, ou votre famille, pourriez éclairer notre lanterne. Le fait que vous soyez un agent de renseignements aguerri – et l'un des meilleurs, à ce qu'il paraît – m'est apparu comme un plus. À mes yeux, ni vous ni nous n'étions perdants.

– En quoi Adams est-il "la clé de tout" ?

– Puis-je répondre en vous posant à mon tour une question ? »

Cotton acquiesça.

« Comprenez-vous ce qui est gravé sur cette pierre ? »

Pour des gens non avertis, les lignes ondulées, le poignard et les chiffres ne correspondaient pas à grand-chose. Pour lui si.

« Mon grand-père m'a enseigné en partie le langage secret de l'Ordre. Nous faisions des jeux avec ces codes.

– C'est ce que j'escomptais. Que vous disent ces signes ?

– Ils semblent incomplets. Comme s'ils n'étaient qu'une partie d'un tout. Ils sont trop peu nombreux pour qu'on puisse leur attribuer un sens.

– Vous avez tout à fait raison. La pierre de la Piste fait bien partie d'un ensemble. »

Cotton avait un peu triché, puisque Morse lui avait révélé l'existence de cinq pierres. Mais une chose sautait aux yeux : la découpe en creux formait un cœur. Et les cœurs, lui avait expliqué son grand-père, représentaient l'or dans la symbolique des Espagnols et des Chevaliers.

« Il doit y avoir une autre pierre, dit-il. En forme de cœur et qui s'ajuste dans cet évidement.

– Elle existe, en effet. On l'appelle tout simplement "pierre au Cœur".

– Et c'est elle qui mène à l'or. »

Weston sourit.

« Je m'aperçois que vous connaissez bien la codification. Il y avait cinq de ces pierres au total. Celle dite à la Sorcière, que vous avez déjà vue, je crois. Celle de la Piste, que nous avons là. Celle au Cœur, donc. Et… »

Il se tourna vers Stamm et lui adressa un signe de tête. Le conservateur pianota sur le clavier de l'ordinateur, puis orienta l'écran vers Cotton.

« Voici la quatrième, commenta Weston. La pierre au Cheval.

– Trouvée à une date indéterminée au début du siècle dernier, comme la pierre de la Piste, précisa Stamm. Elles faisaient toutes les deux partie de nos collections. Par malchance, la pierre au Cheval fut détruite "lors d'un incident survenu dans un entrepôt", selon les termes d'un rapport versé aux archives. Mais ces clichés ont survécu. »

Cotton examina les images en noir et blanc.

Un cheval tourné vers la gauche, dont la queue revenait également vers la gauche. Sur son flanc, un signe ressemblant à un *3*, ou à une sorte d'oméga qui, dans le langage de l'Ordre, représentait un oiseau en vol indiquant une direction. Près de la queue, un *E* majuscule et un autre oméga.

D'autres lettres et symboles lui étaient également familiers. Un 5, en haut à gauche, entouré de trois points équidistants, pouvait, si on le regardait de côté, être vu comme un U inversé.

Une mine.

Sous ce signe, une ligne irrégulièrement ondulée accompagnée du mot *rio* – « rivière », en espagnol. Entre cette ligne et une autre, analogue, qui rejoignait le museau du cheval, deux points cerclés et un second *U* inversé. En dessous de ce tracé, près du bord gauche, une croix et, plus bas, une expression en espagnol : *el cobollo de santafe.* Si le mot *cobollo* n'existait pas à sa connaissance, *caballo* signifiait « cheval ». Une erreur volontaire ? Comme dans la pierre à la Sorcière ?

Donc : *el caballo de santafe* – « le cheval de la foi ».

À droite du cheval, la phrase *Yo pasto al norte del rio.* Cette fois, pas de faute d'orthographe : « Je broute au nord de la rivière ». Enfin, juste en dessous, un *G*, ou peut-être un *6.*

« Vous comprenez le message, je me trompe ? » dit Weston.

Cotton acquiesça.

« Il est question d'un cheval de la foi qui broute ou pâture au nord d'une rivière. La petite croix pourrait marquer l'emplacement d'une église, ou d'une mission. Il y a des symboles figurant des mines un peu partout. Quant au cheval, ce n'est sûrement pas un élément décoratif non plus… Et la cinquième pierre ? demanda-t-il sans craindre de compromettre Morse, à présent, puisque Weston lui-même venait d'évoquer ce nombre.

– Celle-là, c'est paraît-il le chef de l'Ordre en personne qui la gardait. Par sécurité. C'est la pierre Maîtresse, qui dévoile le point de départ sans lequel les autres indications ne servent à rien. En principe, il faut réunir les cinq pierres pour former la carte complète. Mais Davis Layne pensait pouvoir contourner cet obstacle grâce aux progrès des connaissances géographiques. Il est vrai qu'en ce domaine on était déjà beaucoup plus savant en 1973 qu'au tout début du XXe siècle. Et les choses se sont encore améliorées avec la technologie GPS. Bref, Layne croyait qu'il était possible de trouver le trésor en se passant de la pierre maîtresse et en n'utilisant que les quatre autres. Et, à mon avis, notre chercheur d'or actuel partage cette opinion.

– Vous voulez parler de l'assassin frisé à la tache de vin ?

– Précisément.

– Vous semblez en savoir long sur le sujet.

– J'étais très ami avec Davis Layne. À l'époque, je présidais la Cour d'appel de Washington et nous avions souvent des discussions approfondies à propos des Chevaliers du Cercle d'or. Ces gens constituaient peut-être la plus grande organisation criminelle qui ait jamais existé, même s'ils se qualifiaient eux-mêmes de patriotes. Pendant la guerre de Sécession, ils ont volé pour des millions de dollars d'or et d'argent en dévalisant les particuliers, les banques, les trains, les bateaux et même deux ou trois hôtels des monnaies. Après la guerre, ils ont continué de plus belle, s'en prenant surtout aux partisans de la politique de Reconstruction. »

Cotton rapporta alors ce que lui avait confié Morse.

« La pierre à la Sorcière est en lieu sûr, dans l'Arkansas », affirma-t-il en conclusion.

C'est du moins ce qu'il espérait, car il n'avait toujours pas de nouvelles de Cassiopée.

« Nous vous avons envoyé là-bas parce que je vous croyais à même de déchiffrer les signes, dans les bois, et de découvrir où ils menaient. Le fait que vous ayez pu aussi localiser la pierre à la Sorcière est la cerise sur le gâteau.

– Nous en avons des photos. »

Lesquelles se trouvaient dans le téléphone de Cassiopée.

« Pour répondre à votre première question, dit Weston, votre ancêtre, Angus Adams, était le guetteur qui avait conçu la "Crypte" où était caché le trésor et qui en avait la garde. Montrez-lui, Rick. »

Stamm sélectionna un élément dans une banque de données puis désigna l'écran, où s'était affichée l'image d'un homme mince, debout, tête haute et dos bien droit, vêtu d'une tenue de soirée évocatrice du XIXe siècle. Le menton était carré, le regard perçant, les cheveux clairs.

Cotton crut voir son propre portrait.

« Ce cliché a été réalisé ici même en 1877, un jour qu'Angus Adams rendait visite à son ami Joseph Henry, longtemps après s'être acquis une célébrité en tant qu'espion, reprit le président de la Cour suprême. Je l'ai trouvé dans nos archives. Il y a quelques mois de cela, Rick a mené une recherche sur la descendance d'Adams, ce qui nous a conduits jusqu'à votre mère, puis jusqu'à vous. À notre grande surprise, nous avons découvert que vous aviez été vous aussi un brillant officier de renseignements, comme Adams, dont vous avez même le sobriquet. À propos, puis-je vous demander comment vous avez hérité de ce surnom ? »

D'habitude, Cotton éludait cette question, qu'on lui posait souvent, d'un « C'est une longue histoire ». Cependant, il fallait admettre que la photo avait quelque chose d'envoûtant qui justifiait la curiosité de Weston.

« Quand j'avais sept ans, répondit-il, mon grand-père m'a montré une photo d'Adams. Elle n'était pas aussi nette que la vôtre, mais on distinguait assez bien le personnage. Il était plus jeune que dans celle-ci et souriait au photographe d'un air insouciant. Tout le monde a aussitôt remarqué que je lui ressemblais énormément.

– C'est indéniable, confirma Stamm.

– Pourtant, ce n'est pas l'unique raison qui m'a valu mon surnom… »

Peu de temps après qu'il avait vu le portrait d'Adams, expliqua-t-il, une voisine qu'il n'aimait pas était venue le garder. Cette femme, très autoritaire, avait de plus l'habitude répugnante de manger des tartines de fromage blanc arrosé de miel dont l'apparence suffisait à soulever le cœur. Pour exprimer son mécontentement et son dégoût, il était allé prendre du coton dans l'armoire de toilette de sa mère et en avait adroitement garni le fromage blanc. La voisine ne s'était rendu compte de rien jusqu'au moment où elle avait essayé d'avaler. Elle avait failli étouffer. Bien entendu, il avait reçu de son père une fessée mémorable, mais son acte de défi avait été comme une confirmation de sa ressemblance avec Angus Adams.

« À la suite de ça, mon père m'a baptisé Cotton, conclut-il. Il est mort trois ans plus tard, mais le surnom m'est resté. Et je pense à lui chaque fois qu'on m'appelle comme ça. »

Weston hocha la tête.

« Ah oui, votre père… J'ai appris qu'il était capitaine d'un sous-marin disparu en mer. »

Selon la version officielle, mais Cotton savait maintenant à quoi s'en tenir.

« Pour en revenir à la Crypte, dit-il, je suis au courant de son existence.

– Par Morse ?

– Oui.

– Au tournant du XXe siècle, la plupart des dirigeants de l'Ordre étaient morts. Malheureusement, à part quelques bribes d'informations, tout ce qu'ils savaient sur la Crypte a disparu avec eux. La Smithsonian a essayé à deux reprises de la localiser. La première en 1909, la seconde dans les années 1970. Les deux tentatives ont échoué. »

Cotton rapporta à Weston le récit de Morse à propos de la visite de Jefferson Davis, venu cacher la pierre à la Sorcière dans l'Arkansas.

« Davis était un membre de l'Ordre, remarqua Weston, un sudiste dans l'âme qui ne s'est jamais renié. Il est réconfortant d'apprendre qu'il a contribué lui-même à protéger la Crypte. »

Il dévisagea Cotton avec l'air résolu et implacable propre aux hommes de pouvoir.

« Monsieur Malone, reprit-il, cette affaire dépasse de loin nos compétences. Nous avons désespérément besoin de votre aide.

– Pour quoi faire ?

– Pour trouver la Crypte.

– Au profit de qui ? De l'État ou de la Smithsonian ?

– Est-ce important ?

– Il s'agit d'or volé.

– Sans que personne ne puisse le prouver… »

Plutôt que de relever, Cotton opéra un changement de pied.

« Vous êtes conscient, j'imagine, que Diane Sherwood est plus que probablement de mèche avec notre tueur à la tache de vin, le type qui a sans doute aussi tiré sur Stéphanie Nelle. Alors, vous m'excuserez, mais il est plus important à mes yeux de mettre la main sur ce salopard que de dénicher un quelconque trésor.

– Sauf qu'à mon avis les deux sont liés : je pense que c'est en trouvant la Crypte que vous pourrez le mieux élucider les deux meurtres. Interroger Mme Sherwood maintenant ne serait qu'une perte de temps. Elle vous servirait une explication toute prête qui ne vous permettrait pas d'aller plus loin. Non, la meilleure méthode est de continuer à creuser discrètement et d'aller voir Mme Sherwood seulement quand nous aurons les réponses à toutes les questions que nous voulons lui poser.

– Vous auriez pu être avocat.

– Je suppose que vous connaissez la chanson aussi bien que moi. »

Ne jamais poser au témoin une question dont on ignore la réponse. Le b.a.-ba du métier, en effet.

« Ce n'est pas comme si cette dame risquait de prendre la fuite, poursuivit Weston. De plus, nous avons quelques jours devant nous grâce à Mme Nelle, qui a fait cacher le corps de Martin Thomas. Nous pouvons profiter intelligemment de ce délai, vous ne croyez pas ? »

Plutôt que de demander de nouveau « pour quoi faire ? », Cotton décida de suivre le conseil qui venait de lui être donné.

Et de ne plus poser de questions avant d'en connaître les réponses.

41

Danny quitta rapidement le cabinet du vice-président sans un regard pour les journalistes qui s'étaient massés à la limite de la zone interdite d'accès. Afin d'éviter toute rencontre avec d'autres reporters, il prit le métro du Capitole pour gagner le Dirksen Building, qui abritait une partie des locaux administratifs du Sénat. Sénateurs et membres du personnel pouvaient emprunter les tunnels piétonniers pour circuler sous le complexe, mais le métro était réservé aux seuls sénateurs. Dix-sept de ces derniers avaient leurs bureaux dans le Dirksen Building, dont Alex, qui, eu égard à son ancienneté et à son poids politique, avait bénéficié d'une suite du troisième étage. L'édifice portait le nom du sénateur de l'Illinois Everett Dirksen, qui, au terme d'une très longue carrière, était mort à la fin des années 1960, alors que Danny était encore adolescent. Dirksen était connu pour ses mots d'esprit, dont un en particulier, que Danny avait fait sien et se plaisait à citer comme un mantra : « J'obéis à des principes immuables, au premier rang desquels celui d'être toujours flexible. »

Une formule parfaitement adaptée à la situation présente.

L'annonce de sa prestation de serment avait dû prendre les collaborateurs d'Alex au dépourvu. Un nouveau patron leur tombait du ciel. Et pas n'importe lequel : un ex-président des États-Unis qui possédait certainement déjà son cercle exclusif de personnes de confiance. Aussi, en sortant de l'ascenseur pour s'engager dans le long couloir étincelant de propreté du troisième étage, se promit-il de se montrer envers eux aussi flexible que possible.

Il avait eu brièvement au téléphone l'agent de garde à l'hôpital, qui l'avait informé que Stéphanie était toujours dans un état stable, et dans le coma. Il avait prié l'homme de le rappeler immédiatement pour l'avertir de toute évolution. Il retournerait là-bas dans quelques heures.

Au bout du couloir, une simple plaque de bronze près d'une porte annonçait : SÉNATEUR ALEX SHERWOOD – TENNESSEE. Danny songea tristement qu'il allait falloir la changer, puis il se ravisa. Qu'est-ce qui l'empêchait de la laisser là, en hommage à son vieil ami ? En tant qu'ex-président, il n'avait pas besoin de se faire mousser en inscrivant son propre nom à la place de celui d'Alex.

Il entra. La porte, flanquée à droite du drapeau américain, à gauche de celui du Tennessee, était grande ouverte, comme un message adressé aux visiteurs : *Soyez les bienvenus. Nous sommes ici pour vous servir.*

Il pénétra dans un espace d'accueil confortable et son attention fut tout de suite attirée par le mur gauche entièrement couvert d'outils, guitares, violons et autres objets typiques du Tennessee exposés sur de vieilles planches en pin très couleur locale.

Une jeune femme assise à un bureau quitta sa place en le voyant entrer. Sur la cloison, derrière son fauteuil, était fixée une vitrine contenant une chemise écossaise rouge et noire. Il contourna le bureau pour s'en approcher. Sur une carte, dans l'angle inférieur droit, il lut :

> Lors de son périple à pied de 1 600 kilomètres à travers le tennessee à l'occasion de sa première campagne sénatoriale, alex sherwood portait chaque jour une chemise levi's en tissu écossais traditionnel rouge et noir. Ces chemises, fabriquées dans le tennessee, étaient achetées chez friedman, le grand magasin de hillsboro road, à nashville.

Il se souvint du jour où Alex et lui avaient eu l'idée de ces chemises pour séduire les électeurs.

Un stratagème efficace : Alex avait recueilli une écrasante majorité des voix.

Entendant du bruit derrière lui, il se retourna et vit l'hôtesse d'accueil entourée d'autres membres de l'équipe.

« Monsieur le président… commença une dame, avant de s'interrompre pour rectifier : pardon, je voulais dire monsieur le sénateur. »

Il sourit et se mit en mode séduction.

« Je vous comprends. La situation est pour le moins bizarre pour moi aussi, mais nous saurons tous nous adapter. »

Grant sauta du lit et ramassa son pantalon. Diane, déjà debout, était dans l'autre pièce. Comme elle lui demandait un compte rendu détaillé des événements de la nuit, il lui avait opposé une requête plus pressante, et elle n'avait pas dit non. Ils s'étaient donc laissés aller à prendre un peu de bon temps. Mais il fallait passer aux choses sérieuses, à présent. Il espérait que leur intermède passionné amortirait le choc de la mauvaise nouvelle. Il sortit de la chambre en pantalon, mais torse nu.

« Ça ne te fait pas drôle, d'être ici avec moi ? demanda-t-il. Je veux dire… Pour moi, ce n'est pas un problème, mais pour toi ça devrait être différent.

– Pourquoi ça ? Cet appartement n'est pas un sanctuaire. Et je peux t'assurer qu'il ne s'est jamais rien passé ici entre moi et mon mari. Donc, ce ne sont pas les souvenirs émus qui pourraient me gêner. Et maintenant, si tu me racontais ta soirée ?

– Eh bien, quand je suis allé prendre la clé, figure-toi que Thomas a essayé de me faire chanter. Il avait compris ce qu'on cherchait, et il voulait sa part. J'ai jugé préférable qu'il meure.

– Pardon ?

– Je l'ai tué. »

À quoi bon biaiser ?

« Dans le bâtiment de la Smithsonian ?

– Techniquement, c'était plutôt en dessous, mais, pas d'inquiétude, personne ne m'a vu. »

Il décida de passer sous silence l'épisode mouvementé avec l'agent en jupons du ministère de la Justice, et le fait qu'il avait dû l'abattre aussi. Pourquoi s'attirer des remontrances ? D'ailleurs, il était pratiquement sûr que rien ne permettait de remonter jusqu'à lui.

« Est-ce qu'il t'est venu à l'esprit que j'étais en relation avec Thomas ? demanda-t-elle. Qu'arrivera-t-il si quelqu'un commence à me poser des questions ? »

C'était une éventualité. À laquelle il saurait faire face si elle se présentait : certes, Diane lui plaisait, à la verticale comme à l'horizontale, mais pas autant que la perspective de mettre la main sur un tas d'or perdu de plusieurs milliards de dollars…

« Ta… relation avec lui n'avait rien de coupable, si ?

– Bien sûr que non. D'ailleurs rien ne dit qu'il en ait parlé à qui que ce soit. »

Là, elle se trompait. La bonne femme de la Justice s'était trouvée au musée au même moment que lui, puis s'était rendue directement chez Thomas ensuite. Ça signifiait obligatoirement qu'elle était informée. Quoi qu'il en soit, elle était sans doute morte, à présent. Et si Richard Stamm ou quelqu'un d'autre étaient vraiment en mesure d'établir un lien entre lui, Diane et Thomas, comment se faisait-il que personne n'ait encore essayé d'entrer en contact avec Diane ? Elle n'était pourtant pas difficile à joindre. Ce qui le confortait dans l'idée que Thomas n'avait pas divulgué les véritables raisons de ses contacts avec elle.

« J'ai trouvé la pierre de la Piste à l'endroit exact où elle était censée être dans le Muséum d'histoire naturelle, dit-il, préférant changer de sujet. Pour une fois, la mémoire de mon père était fiable… Et en plus nous avons ça, ajouta-t-il en sortant de sa poche la clé cérémonielle. Sans parler de la pierre à la Sorcière que mes hommes ont dénichée dans l'Arkansas. On y est presque. J'ai des photos de toutes les pierres qu'on a trouvées jusqu'ici. Maintenant, il faut que tu te mettes au boulot pour les déchiffrer. »

Elle seule était capable de comprendre le langage crypté de l'Ordre, ce qui la rendait précieuse. Il avait besoin de ses compétences pour arriver au but.

« Les choses sont sur le point de bouger au Congrès, dit-elle. Vance passe à l'action.

– Ça, on s'en moque, remarqua-t-il avec un haussement d'épaules. En revanche, ton frangin doit être excité comme une puce. Lui, son truc, c'est de réformer le pays. Toi et moi, on a juste envie de devenir riches. »

Devenir riche… Quoi de plus naturel que cette aspiration ? Et puis ce n'était pas comme s'il détroussait quelqu'un. Cet or était enfoui depuis des lustres. Ceux qui l'avaient volé étaient tous morts, et avec eux les idées qu'ils défendaient. Oui, Kenneth Layne et le président de la Chambre voulaient les ressusciter, ces idées, mais tout le monde s'en fichait.

« Et nous sommes bien partis pour ça », murmura-t-elle.

Très bien partis, même. Ils avaient assurément progressé.

Il alla se regarder dans un miroir mural. S'il était peu probable que quelqu'un ait vu son visage, ses cheveux bouclés pouvaient par contre constituer un problème. De même que sa tache de vin. Il l'avait de naissance et ne s'en était jamais soucié puisqu'il la remarquait à peine. Mais elle pouvait attirer l'attention des autres.

« Je t'enverrai les photos des pierres par e-mail, dit-il en s'observant dans la glace. Tu n'auras qu'à les étudier. Là, il faut que je sorte. »

Il se dirigea vers la chambre pour récupérer sa chemise.

« Où vas-tu ?

– Me faire couper les cheveux. »

Danny salua chacune des quatorze personnes qui avaient travaillé pour Alex, y compris sa chef de cabinet. Outre un quartier général à Washington, tout sénateur disposait d'antennes disséminées sur le territoire de son État, souvent une par circonscription. Au total, Alex avait employé trente-quatre collaborateurs répartis dans dix endroits différents, ce qui était dans la moyenne. Mais, si l'on multipliait par cent les frais induits, chacun des cinquante États élisant deux sénateurs, on arrivait à un joli trou dans le budget fédéral. « Un milliard par-ci, un milliard par-là, et on ne tarde pas à parler de vraies sommes », disait Everett Dirksen en plaisantant. Encore lui.

Danny se trouvait dans le bureau d'Alex, son jardin secret, une pièce claire et chaleureuse décorée de souvenirs. Des douzaines de clichés encadrés couvraient les murs, témoins d'une carrière politique bien remplie. On y voyait Alex en train de serrer la main à toutes sortes de personnalités – présidents, sénateurs, rois, reines, acteurs, chanteurs… Tout un panthéon diffusant subtilement l'idée que l'occupant des lieux était un homme efficace, digne de la confiance et des votes de ses concitoyens. Jadis, quand Danny était lui-même sénateur, ses bureaux, situés dans un autre bâtiment, étaient eux aussi ornés d'une profusion de photos de lui. Les présidents, eux, pouvaient se dispenser d'aguicher ainsi le bon peuple. La cote de l'hôte de la Maison-Blanche fluctuait d'heure en heure, et ce n'était pas une série de portraits complaisants qui pouvait y changer grand-chose.

Bien sûr, tout ce qui se trouvait là devrait être tôt ou tard remis à Diane, mais l'idée même le révulsait. Elle avait fait fouiller l'appartement d'Alex, puis il l'avait vue comploter avec deux hommes, dont Lucius Vance, qu'elle avait embrassé à bouche que veux-tu après le départ de l'autre. Donner tous ces précieux souvenirs à une femme comme elle heurtait la conscience. Ils resteraient donc à leur place jusqu'à nouvel ordre.

La chef de cabinet, un pilier du Capitole dont Alex avait toujours loué la compétence et les qualités, se tenait près de lui.

«Je ne mets personne à la porte, lui dit-il. Si certains d'entre vous ne se sentent pas de travailler pour moi, ils pourront partir avec ma bénédiction et une recommandation élogieuse. À chacun de voir. La situation est déjà assez pénible, inutile d'en rajouter.

– Je me fais la porte-parole de l'équipe en affirmant que nous sommes tous là pour vous et prêts à nous mettre à l'ouvrage. »

Il l'adorait déjà, cette dame.

C'était son lot, semblait-il, que d'être entouré de femmes de caractère. Quand il était président, un tiers de ses ministres étaient des femmes, sa fidèle secrétaire était un vrai pitbull, et Pauline n'était pas particulièrement mollassonne non plus. Et puis il y avait Stéphanie, la plus coriace de toutes, qui était en train de se battre pour rester en vie.

« Eh bien, j'en suis ravi, assura-t-il. J'ai d'ores et déjà une mission à vous confier, à remplir tout de suite… »

Elle le dévisagea, attentive.

« Trouvez-moi Lucius Vance. Discrètement. »

42

Cotton décida de laisser Weston lui fournir à son rythme les informations qu'il attendait. L'homme ne jouait peut-être pas franc jeu, mais il était à l'évidence investi d'une mission, même si le but n'en était pas très clair. Sachant par expérience qu'on en apprend plus en écoutant qu'en parlant, Cotton se tut et prêta l'oreille.

« Nous avons connu une véritable guerre civile au sein de cette institution, en 1973, dit le magistrat. D'un côté, Davis Layne voulait absolument trouver l'or perdu de l'Ordre. De l'autre, Frank Breckinridge estimait préférable que la Smithsonian ne se lance pas dans l'aventure, arguant que nous avions déjà commis trop d'erreurs pendant et après la guerre de Sécession pour nous permettre une telle démarche, et que l'or ne nous appartenait pas. Ce fut l'avis de Breckinridge qui prévalut.

– Et Diane Sherwood ?

– Elle est sûrement au courant de cette querelle à laquelle a été mêlé son père. À mon avis, d'ailleurs, c'est en faisant valoir son lien de parenté avec Davis Layne qu'elle a réussi à convaincre Martin Thomas de fouiller dans les archives classées, qui sont pour l'essentiel composées des notes de Layne. On peut raisonnablement penser qu'elle a épousé la cause de son père et qu'elle cherche à finir ce qu'il a commencé en trouvant elle-même l'or.

– Un projet que Martin Thomas a rendu plus compliqué en tentant de négocier une part du butin avec notre tueur frisé, observa Cotton.

– J'ai informé M. Malone de la déloyauté de Thomas, intervint Stamm.

– Il semble en effet que nous ayons accordé une confiance bien trop grande à ce monsieur », confirma Weston.

Cotton réfléchit un bref instant.

« Ma partenaire, Cassiopée Vitt, est toujours sur le terrain, dans l'Arkansas, dit-il. J'imagine que vous aimeriez récupérer la pierre à la Sorcière ?

– Absolument. »

Ce n'était pas un problème. Cotton examina de nouveau la pierre de la Piste, puis :

« Quel rôle joue la clé de cérémonie là-dedans ? Elle doit avoir une grande importance. »

Weston eut un pétillement dans le regard.

« Eh bien, pour tout dire, j'espérais que vous auriez la réponse à cette question. »

Cassiopée se cacha parmi les arbres, près du 4x4 de Terry Morse. Le jour s'était levé, et le soleil émergeait des collines boisées, à l'est. Morse et Léa étaient partis un instant plus tôt en prenant la voiture que le grand-père avait empruntée à son ami de l'hôtel. Elle était restée pour attendre les acolytes de la bande, qui devaient logiquement venir récupérer l'or et leurs deux copains. Sa patience fut récompensée au bout de deux heures et demie par l'apparition d'un pick-up Toyota qui avançait en rugissant sur le chemin de la mine.

Elle n'avait pas déplacé le 4x4 de Morse, pour que les hommes qui reviendraient ne soient pas surpris en ne le voyant plus. Il n'y avait que le chauffeur, dans la cabine du Toyota, et elle parvint à apercevoir son visage : ce n'était pas Proctor. Elle savait donc maintenant où se trouvaient trois des quatre individus de l'équipe.

Le pick-up disparut en direction de la mine. Rongeant son frein, elle se remit à guetter, les yeux irrités par le manque de sommeil. La terre sèche, soulevée par le vent, frappait le flanc du 4x4.

Le type du Toyota allait logiquement entrer dans la mine à la recherche de ses deux collègues, puis ressortir en soutenant le blessé. Quant au cadavre, trop encombrant, il le laisserait sûrement sur place. Chargerait-il les lingots d'or sur le plateau de son véhicule ? Probablement pas, étant donné les circonstances. Elle misa donc sur une attente d'une trentaine de minutes.

Et de fait, trois quarts d'heure plus tard, elle entendit le ronflement d'un moteur, et le pick-up surgit dans une courbe du chemin, soulevant un nuage de poussière tourbillonnante.

Deux hommes étaient maintenant assis à l'avant. Elle ne vit pas de bâche noire à l'arrière quand le petit camion passa en trombe à sa hauteur.

Il n'était pas loin de 9 heures.

Elle sortit du bois et sauta dans le 4x4 de Morse.

« Qu'est-ce qui vous fait croire que j'ai des lumières sur cette clé ? demanda Cotton, surpris par la déclaration de Weston.

– Angus Adams étant votre ancêtre, je pensais que des anecdotes couraient peut-être dans votre famille.

– C'est effectivement le cas. Mais aucune ne concerne les Chevaliers du Cercle d'or ou un passe-partout quelconque. »

Une entorse à la vérité : le juge n'était pas le seul à savoir jouer à cache-cache.

« Il est établi qu'Adams est parti dans l'Ouest après la guerre, dit Weston. Et nous sommes d'avis que son choix n'était pas le fruit du hasard. L'Union et la Confédération revendiquaient toutes deux la possession du Sud-Ouest. Dans les premiers mois du conflit, la Confédération mena même une campagne ambitieuse au Nouveau-Mexique afin de s'ouvrir l'accès à la Californie… »

Cotton connaissait cet épisode par ses lectures.

« Les renseignements qu'avait recueillis secrètement Adams en 1854, lors de l'expédition de la Smithsonian, à la demande de Jefferson Davis et de l'Ordre, furent utilisés par les confédérés dans la conduite de cette opération... »

En revanche, Cotton ignorait ce détail.

« Le journal d'Adams leur fournissait en effet quantité d'informations géographiques et autres sur la région. Malheureusement, la bataille de Glorieta Pass mit un terme à leur emprise sur le territoire du Nouveau-Mexique en 1862. Quand Adams partit pour l'Ouest en 1865, il passa auparavant par la Smithsonian, le 24 janvier – le jour de l'incendie. »

Weston raconta comment Adams était parvenu à s'introduire dans la capitale ce jour-là, puis reprit son exposé historique :

« Jefferson Davis craignait que l'armée de l'Union ne détruise toutes les archives de la Confédération après la chute de Richmond, et il ne voulait pas que l'histoire du Sud soit écrite par les vainqueurs. Il ordonna donc que les documents les plus importants soient cachés. Son idée était de les entreposer à la Smithsonian, où ils auraient, croyait-il, les plus grandes chances d'être préservés. Davis faisait confiance à Joseph Henry, son ami proche, pour prendre les mesures nécessaires à cet effet. Seulement ces documents ne sont jamais arrivés à destination et n'ont jamais réapparu.

– Ces archives aussi, vous voulez mettre la main dessus ?

– Ce qui nous motive n'est pas de mettre la main sur quoi que ce soit, monsieur Malone. Diane Sherwood s'est servie de Martin Thomas pour avoir accès à notre fonds secret, et nous enquêtons sur cette violation, rien de plus.

– Si vous vous répétez ça en boucle, vous finirez peut-être par y croire vous-même.

– Puis-je vous raconter une histoire ? demanda Weston sans relever la remarque insolente.

– Pourquoi pas ? »

Le magistrat expliqua alors ce qui s'était passé le jour de l'incendie. Adams était apparemment venu faire deux choses : donner la clé à Joseph Henry et récupérer ses notes de terrain de 1854, encore en la possession de la Smithsonian. Mais le feu s'était déclaré et, dans le même temps, un officier de l'Union, envoyé spécialement, avait tenté de faire échec à la mission d'Adams.

« Adams parvint tout de même à prendre la fuite en emportant la clé et son journal, poursuivit Weston. Cet épisode suscita de nombreuses questions, mais, grâce aux liens qu'entretenait Joseph Henry avec Lincoln, l'affaire n'alla pas plus loin. Enfin, un jour de 1877 – celui où a été prise la photo que vous venez de voir –, Adams passa une dernière fois à la Smithsonian. À cette occasion, il remit de nouveau son journal à Henry en stipulant qu'il s'agissait d'un prêt et que le document devait revenir à sa famille au bout de soixante-quinze ans. Nos registres indiquent bien que le document est entré dans nos collections ce jour-là, mais nous n'avons aucune trace de sa sortie. Nous nous disions qu'il avait peut-être été rendu à votre famille sans que cela apparaisse dans les livres, et que vous l'aviez encore.

– Rick m'a déjà posé la question. Je peux vous assurer qu'il n'y avait rien de ce genre dans notre maison de Géorgie, et que mon grand-père n'a jamais fait allusion à un journal quand il parlait d'Adams. »

Et, malheureusement, son grand-père était mort depuis longtemps, comme ses grands-oncles.

« Revenons-en à la petite guerre qui a agité la Smithsonian en 1973, dit Weston. Frank Breckinridge déposa officiellement une plainte en interne pour manquement à l'éthique, et le secrétaire de l'époque fut bien obligé d'ouvrir une enquête. Breckinridge accusait Layne d'avoir violé notre règlement pour s'enrichir personnellement. L'enquête ne donna rien, mais les deux hommes devinrent des ennemis jurés.

– Les relations entre le Château et le musée d'Histoire américaine étaient encore glaciales une décennie plus tard, quand j'ai été nommé conservateur, ajouta Stamm. J'ai eu toutes les peines du monde à apaiser les tensions qui persistaient alors que Layne et Breckinridge n'étaient plus là depuis des années.

– Vous m'avez dit que Layne était décédé. Qu'en est-il de Breckinridge ?

– Il vit encore… Il n'habite pas très loin d'ici. »

En clair : « Allez lui rendre visite. »

« Pouvez-vous me donner son adresse ? »

43

Cassiopée suivait de loin le pick-up Toyota qui roulait tranquillement à la vitesse autorisée sans attirer l'attention. Il avait sûrement été prévu que le transfert complet de l'or s'opère à la faveur de la nuit, mais elle avait de toute évidence perturbé les plans de Proctor par sa présence dans la mine.

Le pick-up se dirigeait vers le village par la route qui, au-delà, menait à l'hôtel, où elle avait prié Morse et Léa de se terrer jusqu'à son retour. La meilleure façon de retrouver Proctor était de filer les deux hommes du Toyota, et elle avait bien l'intention de ne pas les lâcher. Son téléphone ne captait toujours aucun signal. Elle devrait encore patienter pour appeler Cotton, l'informer des derniers événements et lui demander des nouvelles de Stéphanie.

Le pick-up ralentit en passant devant le panneau qui marquait l'entrée du bourg. Elle en fit autant. Une rivière traversait le centre de l'agglomération, constitué d'une large rue pittoresque bordée de maisons de brique à colombages ornées de géraniums. Elle vit des cafés, des boutiques de souvenirs, une épicerie et un magasin de sport alignés comme sur une brochette. Tout semblait tourné vers le tourisme et les activités de plein air. Il y avait partout des restaurants proposant des chambres d'hôtes. Le Toyota se gara en épi devant l'un d'eux.

Laissant le blessé dans la cabine, le conducteur descendit puis partit à pied sur le trottoir ombragé d'arbres touffus où déambulaient déjà de nombreux promeneurs matinaux. L'homme se dirigea vers un café-restaurant situé au rez-de-chaussée d'un bâtiment de brique de deux étages. Sur la vitrine étaient gravés les mots SAVEURS DU SUD.

Elle se gara un peu plus loin, fourra dans la poche arrière de son jeans le pistolet qu'elle avait récupéré à la mine et masqua la bosse révélatrice avec le pan de son chemisier. Laissant là sa voiture, elle suivit le trottoir du côté opposé au restaurant en se dissimulant derrière les véhicules en stationnement. Une fois au-delà de l'établissement, elle traversa pour revenir en arrière. La partie haute de la porte du café étant à moitié en verre, elle put jeter un coup d'œil à l'intérieur sans se risquer jusqu'à la vitrine. Elle aperçut le conducteur du Toyota assis dans un box, face à un autre homme qu'elle reconnut, bien qu'il eût le dos tourné.

Proctor.

Attablé devant un petit déjeuner.

Avant qu'elle ait pu arrêter une stratégie, l'homme du Toyota quitta son siège et vint vers la porte. Elle se réfugia précipitamment dans le renfoncement que formait l'entrée de la boutique voisine. De là, elle vit le type sortir, puis se diriger vers le pick-up.

Elle se glissa hors de sa cachette, pénétra dans le restaurant et marcha droit sur le box en tirant son arme de sa poche revolver. Elle s'assit sur la banquette en face de Proctor, qui leva les yeux de son assiette sans exprimer la moindre surprise.

Elle lui appuya le canon de son pistolet contre le genou.

« Rien ne me ferait plus plaisir que de presser la détente et de vous estropier à vie, chuchota-t-elle d'un ton que démentait son grand sourire.

– Je vois que j'ai fait une erreur en ne vous tuant pas avant de vous jeter dans le trou.

– Ça ne fait jamais qu'une de plus. »

Il s'intéressa de nouveau à ses œufs au bacon.

« Quelles autres erreurs aurais-je commises ?

– L'un de vos sous-fifres est mort. J'imagine que le… “chevalier” qui vient de sortir d'ici vous en a déjà informé. Vous savez aussi, je suppose, que votre troisième acolyte se morfond dans le camion avec un genou en compote. Et n'oublions pas le tas de lingots qui attend bien en vue devant la mine. Ça commence à faire beaucoup de problèmes. Sans parler de moi, qui n'ai eu qu'à suivre vos bonshommes pour vous retrouver.

– Vous est-il venu à l'esprit que cela ait pu être un effet de ma volonté ? demanda-t-il en pointant son couteau et sa fourchette dans sa direction.

– On peine à imaginer pourquoi vous auriez souhaité me revoir. »

Elle accentua la pression de son arme sur la rotule de Proctor pour plus de clarté. Il planta son regard dans le sien et, pour la première fois, elle décela un peu de contrariété dans ses yeux, qui ne devaient jamais sourire que par calcul. Il hésitait visiblement à la défier.

« Allez-y, je vous en prie. Je n'attends que ça », dit-elle.

Elle tira en arrière le chien du pistolet, le déclic ponctuant éloquemment sa requête.

« Que voulez-vous ? s'enquit-il avec flegme.

– Des explications. »

Il enfourna un morceau d'œuf dégoulinant de jaune avant de répondre :

« Je ne voyais pas d'inconvénient à vous en fournir quelques-unes quand nous étions dans la mine parce que je croyais votre mort imminente. Mais maintenant, c'est une autre histoire.

– Je parie que vous êtes en train de vous demander comment sortir d'ici avec les deux jambes intactes, je me trompe ? »

Il avala une nouvelle bouchée.

« J'avoue que la question m'a effleuré.

– Les Chevaliers du Cercle d'or existent-ils encore vraiment ?

– Je ne peux pas répondre à ça. »

Elle lui enfonça un peu plus le canon dans le genou.

« En revanche, je peux vous conduire à quelqu'un qui pourra vous renseigner, dit-il.

– Bien essayé. Mais je n'abandonne jamais une position qui me donne l'avantage. »

Il prit un toast et le beurra.

« Je vous prie d'excuser mes mauvaises manières. Je n'ai pas pu me restaurer depuis hier midi. La nuit a été longue.

– Je comprends. Transporter tous ces lingots doit aiguiser l'appétit.

– Votre nom – Cassiopée Vitt – a quelque chose de mystérieux.

– C'est un nom espagnol.

– Vous êtes une très jolie femme.

– Vous ne comptez quand même pas détourner mon attention avec ce genre de boniment ?

– Mais je ne cherchais pas à détourner votre attention. Je ne faisais que dire la vérité.

– Une habitude, chez vous, sans doute ?

– Quoi ? Prendre un petit déjeuner ? demanda-t-il en montrant son assiette. Bien sûr. C'est le repas le plus important de la journée. »

Il sourit à sa propre plaisanterie et elle fut aussitôt sur ses gardes.

« Pensez-en ce que vous voudrez, mais je n'ai pris aucun plaisir à vous pousser dans ce puits, ajouta-t-il.

– Voilà qui m'ôte un grand poids. Je vous suis reconnaissante de m'avoir confié ça, répliqua-t-elle avec une ironie digne de Cotton. J'ai l'impression que vous n'avez pas bien saisi. J'appartiens à l'administration fédérale, et je vais vous mettre en garde à vue.

– Pour quel chef d'accusation ?

– Meurtre. »

Il eut un petit rire.

« Qui ai-je tué ? D'après ce qu'on m'a rapporté, Terry Morse a abattu mon équipier. Avez-vous l'intention de le placer en garde à vue, lui aussi ?

– À votre avis ?

– De toute façon, c'est sans importance. Je m'occuperai de son cas moi-même. Un chevalier ne tue pas un autre chevalier.

– Je croyais que c'était un guetteur.

– C'en est un. Mais il est aussi chevalier.

– Il faut que vous signale une chose : l'opération à laquelle je participe dépend des services secrets. »

Il parut réfléchir un instant.

« J'en suis honoré, dit-il enfin.

– Il n'y a pas de quoi. Je voulais juste vous faire comprendre que le but des gens pour qui je travaille n'est pas vraiment de vous traduire en justice… »

Cette fois, il reçut le message cinq sur cinq : « Tous les coups sont permis. »

« Vous n'apprendrez rien de moi, affirma-t-il.

– Un homme a été assassiné et une femme gravement blessée par balle à Washington. Il se trouve que cette dame est la patronne du service de renseignements qui m'a envoyée ici. Je pense qu'il existe un lien entre vous et ces deux agressions. Le service en question va vouloir vous interroger et saura trouver la bonne méthode pour obtenir des réponses. »

Proctor repoussa son assiette, se tamponna les lèvres avec sa serviette et la regarda avec une expression sinistre de cruauté froide.

« Il faudra pour en arriver là qu'une condition soit remplie.

– Laquelle ?

– Que vous sortiez vivante d'ici. »

44

Danny descendit du taxi. Sa chef de cabinet avait appris que Lucius Vance déjeunait à l'hôtel Willard, non loin de la Maison-Blanche. Haut lieu de la capitale dès avant la guerre de Sécession, l'établissement se targuait d'avoir hébergé, ou accueilli pour une occasion ou pour une autre, tous les présidents depuis Franklin Pierce, dont Danny lui-même. Il y était effectivement descendu plusieurs fois et y avait même élu domicile pendant la période qui avait précédé son investiture.

La réputation d'hôtel de l'élite que cultivait le Willard n'était pas usurpée. Ses salons, où se bousculaient ambassadeurs, politiciens et célébrités, avaient été le théâtre de nombreux événements historiques. *L'Hymne de bataille de la République* avait été composé dans une de ses chambres. Martin Luther King y avait peaufiné son fameux discours *I have a dream.* Dickens et Hawthorne y avaient séjourné. Lincoln et Coolidge y avaient même vécu un temps. Et, à en croire la légende, Ulysses Grant aimait s'installer dans l'élégant vestibule – *le lobby* – pour boire son whisky en fumant un cigare. Les gens venaient l'y voir pour quémander des faveurs, et c'est de cette pratique qu'était née, prétendaient certains, l'expression *faire du lobbying.*

Dès l'entrée franchie, Danny reconnut l'atmosphère intemporelle que dégageait la riche ornementation de marbre veiné, de mosaïque et de verre. À ses yeux, l'endroit tenait davantage du musée que de l'hôtel. C'était sans conteste l'un des palaces les plus raffinés du pays. Il ne s'en construisait plus de semblables.

Il suivit la longue galerie bordée de palmiers en pots baptisée Peacock Alley – l'allée des paons – jusqu'à la Willard Room, qui abritait le restaurant. Que disait la publicité, déjà ? *La meilleure table de la capitale.* Ce n'était pas exagéré. Et le décor n'était pas mal non plus : six mètres sous plafond, colonnes de marbre vert, lambris de noyer, tapisserie éclatante... Il avait toujours apprécié la disposition des tables, suffisamment distantes les unes des autres pour qu'on puisse y prendre ses aises sans avoir à craindre les oreilles indiscrètes – une commodité rare dans ce genre d'endroit. Pendant sa présidence, il avait participé à plusieurs déjeuners diplomatiques dans cette salle.

Les portes étaient grandes ouvertes et gardées par deux agents du Secret Service, comme il se devait étant donné la présence dans les lieux du président de la Chambre. Il reconnut en eux les deux hommes qu'il avait vus la veille à l'enterrement d'Alex, puis chez Diane. Il entendait en arrière-fond un murmure de conversation accompagné de tintements de couverts. Il s'agissait apparemment d'une réunion en petit comité. Seules trois tables habillées de nappes blanches étaient dressées sous les lustres à la lumière tamisée. Des serveurs s'affairaient tout autour. Il compta douze convives installés bien confortablement. La chef de cabinet avait parlé d'un « déjeuner de travail » organisé par Vance.

« À la dernière minute », avait précisé la source de qui elle tenait le renseignement.

Et comme par hasard dans un lieu choisi bien loin du Capitole.

À une des tables, Vance s'adressait à quelques parlementaires. Danny les reconnut tous, et il eut la satisfaction de constater qu'il pouvait aussi mettre un nom sur chacun des autres visages. Il avait toujours été physionomiste. Une chance.

Comme il faisait un pas pour pénétrer dans la salle, un des agents du Secret Service l'arrêta.

« Il s'agit d'un déjeuner privé, monsieur le président.

– Au moins, vous n'avez pas oublié qui je suis, répliqua Danny en jetant à l'homme un regard noir.

– Bien sûr que non, monsieur. À vrai dire, je suis très gêné.

– Il n'y a rien de gênant. J'ai simplement besoin de parler au président de la Chambre.

– Il a bien précisé que cette réunion devait rester confidentielle et que nous ne devions laisser entrer personne. »

Ah, le Secret Service et sa manie de tout prendre au pied de la lettre !

« Vous ne parlez pas sérieusement, j'espère ? Vous voulez vraiment engager un bras de fer ? Si oui, autant vous avertir tout de suite, vous allez perdre. »

Pendant huit ans, il avait été contraint de se conformer strictement aux exigences du service de protection, de respecter des règles et des procédures toutes plus assommantes les unes que les autres. Au début, il avait rué dans les brancards, puis il avait fini par céder et par obéir, mais jamais de gaîté de cœur. Alors ce n'était sûrement pas maintenant qu'on allait lui dicter sa conduite !

Il laissa à l'agent le temps de bien mesurer l'enjeu et de prendre une décision raisonnable.

Le garçon était lucide : il s'écarta.

« Bien vu », dit Danny en passant devant lui.

Il marcha droit sur Lucius Vance. Les autres hommes présents le reconnurent aussitôt, leurs visages affichant l'expression qu'il avait si souvent observée quand il officiait à la Maison-Blanche. Celle qui pouvait se traduire par « Ouah ! Le président des États-Unis ! » Plusieurs personnes lui avaient adressé ce regard dans le vestibule de l'hôtel, y compris le portier. Il s'était contenté de sourire sans ralentir le pas.

Le voyant approcher, Vance se tut et se leva.

« Notre tout nouveau sénateur du Tennessee ! s'exclama-t-il. Quel bon vent vous amène ? »

Il tendit une main que Danny ignora, contrairement à sa politique habituelle qui consistait à endormir l'ennemi en suivant le conseil de Vito Corleone à son aîné : « Ne laisse jamais les autres deviner ce que tu penses. » Cette fois, la tactique serait différente. Il était là pour enfumer des serpents et les débusquer, pas pour tourner autour du pot. Vance n'apprécia visiblement pas d'être ainsi snobé, surtout devant ses pairs.

« Il faut que nous parlions, déclara Danny.

– Il ne vous aura pas échappé que je suis en train de déjeuner avec des élus de la Chambre », rétorqua Vance.

De bonne guerre. Il avait été humilié, il fallait s'attendre à une petite riposte de sa part. Danny se tourna donc vers les autres, qui hésiteraient peut-être à faire preuve d'une telle effronterie à l'égard d'un ex-président des États-Unis nouvellement nommé sénateur du Tennessee.

« Vous ne m'en voudrez pas trop, messieurs, si je vous l'emprunte quelques minutes ? »

Pas de réponse.

Il tendit les mains, conciliant.

« Vous voyez, ces messieurs sont d'accord. »

Il s'amusait comme un fou. Cela lui rappelait le conseil municipal de Maryville, où l'on combattait l'ennemi à visage découvert, face à face et pied à pied, et non en lui tirant dessus depuis les buissons, comme cela se faisait ici. Son calcul était que Vance serait trop curieux de savoir ce qui se passait pour refuser de lui parler. Il ne se trompait pas.

Le président de la Chambre hocha la tête et désigna la porte.

« Allons-y. »

Ils sortirent de la salle et tournèrent à gauche. Les deux agents du Secret Service leur emboîtèrent le pas.

« Il vaudrait mieux qu'ils n'entendent pas notre conversation, murmura Danny.

– Ce n'est pas forcément mon avis. »

Danny haussa les épaules.

« C'est vous qui voyez. Je vous aurai prévenu. »

Vance s'arrêta et le dévisagea, comme s'il espérait trouver une réponse dans son regard. Mais une vie entière de combats politiques avait enseigné à Danny l'art du masque. Vance se tourna vers les gorilles.

« Nous restons ici, bien en vue dans le couloir. Allez attendre à l'entrée du restaurant, ordonna-t-il aux deux agents, qui acquiescèrent et se retirèrent. Qu'est-ce que c'est que cette histoire ? demanda-t-il, faisant de nouveau face à Danny.

– Vous n'y arriverez pas. »

Vance le regarda, visiblement perplexe.

« Pardon ?

– Ce que vous projetez de faire. Vous n'y arriverez pas. »

Le coup de poker était osé. Toute la stratégie de Danny reposait sur ce qu'il avait surpris de la conversation entre Diane et Vance sur la terrasse :

« "Je crois préférable que nous respections les convenances. Surtout dans les circonstances actuelles. Comme je te le faisais remarquer, tu seras bientôt le personnage le plus puissant du pays. C'est d'une épouse et d'une famille qu'a besoin un homme d'État, pas d'une maîtresse."

– Je ne comprends absolument rien à ce que vous dites.

– "Changer le cours de l'histoire peut être sacrément aphrodisiaque"… »

Comment mieux débusquer cette canaille qu'en lui servant une phrase de son propre cru que lui seul pouvait savoir dans quelles circonstances il l'avait prononcée ?

La manœuvre porta aussitôt ses fruits : le serpent sortit des broussailles en feu.

« Vous n'avez aucun moyen de m'arrêter, chuchota Vance.

– On parie ?

– Vous n'avez pas été en mesure de vous opposer à moi quand vous étiez président, et ce n'est pas en tant que sénateur que vous y arriverez. »

Danny se sentait revivre. Il était de nouveau en selle, au cœur d'une bataille dont il devinait l'enjeu important, face à un adversaire digne de ce nom. L'idéal. Tout son être semblait configuré pour ce genre de situation. Était-ce une maladie ? Une addiction ? Sans doute. Mais, de cette maladie-là, il n'avait aucune envie de guérir. Comme Andrew Jackson, il était « né pour la tempête ».

« Quel effet cela vous a-t-il fait quand votre propre parti vous a écarté de la course à la présidence ? demanda Danny.

– Il existe plus d'une façon d'accéder au pouvoir. L'élection présidentielle n'en est qu'une parmi d'autres. »

Un indice : ce qui se préparait aurait un impact sur la Maison-Blanche.

« Le peuple vous a dit non. »

Vance ricana.

« Le peuple ne sait pas ce qu'il veut : il croit le savoir.

– Opportunisme, quand tu nous tiens…

– En tout cas, je vous remercie pour l'avertissement. Maintenant, j'ai une idée plus précise de qui je dois me méfier.

– Demandez-vous plutôt pourquoi je vous avertis au lieu de garder pour moi les informations que je détiens jusqu'au moment où je serai prêt à frapper. Quand vous aurez la réponse à cette question, vous allez adorer.

– C'est pour ça que vous avez demandé à votre copain gouverneur de vous octroyer ce poste ?

– Entre autres. Je n'aimerais vraiment pas être à votre place s'il se révélait que vous avez quelque chose à voir avec la mort d'Alex Sherwood. Mon "copain le gouverneur" du Tennessee était lui aussi de ses amis. »

Le ton solennel de Danny sembla ébranler Vance et il s'attendit à une réaction. Elle ne vint pas.

Ce qui, en soi, était plein d'enseignements.

Il remarqua que les deux agents ne les quittaient pas des yeux – une extrême vigilance qui n'avait pas non plus échappé à Vance.

« Menacer le président de la Chambre comporte des risques, fit observer ce dernier.

– Pas autant que de jouer au con avec l'intérêt national… ou avec mes amis, ce qui est encore pire.

– Je ne suis pour rien dans le décès d'Alex Sherwood, qui était accidentel, pour autant que je sache. Quoi qu'il en soit, ce pays a besoin de changement. Le moment est venu pour ça. Et j'ai bien l'intention de faire bouger les choses.

– Vous ? Un député d'une petite circonscription perdue au fin fond du pays, vous allez être le sauveur de l'Amérique ?

– Quelque chose comme ça, en effet. »

Danny était allé aussi loin qu'il le pouvait. Une dernière flèche, pourtant :

« "Presque tout le monde peut faire face à l'adversité, mais si vous voulez vraiment éprouver la force d'âme d'un homme, donnez-lui le pouvoir." »

La phrase de Lincoln citée par Diane juste avant d'embrasser Vance, qui ne pourrait pas ne pas se demander comment Danny était au courant.

« Je vous souhaite bon appétit, monsieur le président de la Chambre des représentants. »

Sur ces mots, Danny partit sans se retourner.

Les buissons brûlaient.

Les autres serpents n'allaient pas tarder à se montrer.

45

Cassiopée évalua la situation. Elle braquait un pistolet sur le genou de son vis-à-vis, lui aussi probablement armé même si ses deux mains étaient visibles sur la table. Le restaurant étant bondé, elle n'avait aucune envie de déclencher une fusillade. Pourtant, l'assurance de Proctor l'inquiétait.

« Permettez-moi de vous brosser un tableau un peu plus général du contexte, dit celui-ci en se laissant aller contre le dossier de la banquette. Vous avez, certes, la possibilité de faire de moi un infirme, mais ce que vous ignorez, c'est que vous êtes encerclée par des gens à moi. »

Encerclée ? Elle ne connaissait l'existence que de quatre hommes, Proctor inclus, dont l'un était mort et un autre hors de combat. La serveuse s'approcha nonchalamment et leur demanda s'ils désiraient autre chose.

« Pas pour moi, merci, répondit Proctor. Et vous ?

– Apportez-lui l'addition. »

Avant que la jeune femme ne s'éloigne, Proctor lui adressa un clin d'œil enjoué.

« Vous draguez souvent, comme ça ? s'enquit Cassiopée.

– Seulement quand je pense avoir une chance.

– Qu'est-ce qui vous a fait croire que vous en aviez une avec moi ?

– Les femmes ont parfois des propositions à faire… pour se sortir d'un mauvais pas.

– Pas celles que je fréquente. »

Il laissa de nouveau échapper un ricanement qui la mit sur ses gardes.

« Pour tout vous dire, je ne souriais pas à cette fille pour lui faire du gringue. Elle est la fille du propriétaire. Et vous êtes sur le point d'avoir de très gros ennuis. »

À cet instant, un homme en tablier blanc jaillit d'une porte battante, un fusil de chasse en main. Cassiopée dégagea vivement son pistolet de sous la table et tira en l'air. Comme elle l'avait escompté, les gens se levèrent aussitôt, paniqués, pour se précipiter vers la sortie. Le patron, bloqué par la cohue, s'arrêta. Pariant qu'il n'oserait pas faire feu dans la foule, elle se glissa hors du box pour se mêler aux fuyards, non sans avoir au préalable abattu violemment sa crosse sur la tempe droite de Proctor, dont la tête percuta le plateau de la table.

Le cuisinier n'avait pas renoncé à la poursuivre, mais elle parvint à se fondre dans le flot tout en fourrant son arme dans la ceinture de son pantalon, cachée par le pan de son chemisier, et se retrouva sur le trottoir inondé de soleil. Le 4x4 de Morse était à cinquante mètres. La plupart des clients s'étaient réfugiés de l'autre côté de la rue. Elle se joignit à eux en s'efforçant de se mêler discrètement à la masse. Avec un peu de chance, personne ne reconnaîtrait en elle l'auteur du coup de feu.

L'homme au tablier blanc surgit sur le seuil du café, sans son fusil. Elle se dissimula derrière un pilier de bois qui servait de support à un auvent de toile. Les commentaires allaient bon train autour d'elle. Une voiture de police arriva en trombe et stoppa devant le restaurant. Un agent en uniforme en descendit pour interroger le patron. Elle imaginait sans mal les réponses : « Une femme. Elle a tiré dans le plafond. Brune. Type espagnol. En jeans, grosses chaussures et chemisier à longues manches. Pas grand monde de ce genre dans le coin. » Aucune allusion au fusil de chasse, et encore moins à un certain Jim Proctor.

Le flic et le propriétaire disparurent à l'intérieur de l'établissement.

Elle en profita pour lever le camp. En se hâtant vers le 4x4, elle ne vit aucun signe des deux types du Toyota. Il fallait qu'elle découvre où les lingots avaient été transportés, et la façon la plus rapide d'y parvenir serait de prendre Proctor en filature. Mais, pour l'instant, elle devait quitter les lieux. Le trottoir était encombré de curieux sortis des boutiques et des restaurants, intrigués par l'agitation ambiante.

Son téléphone vibra. Elle regarda l'écran. Léa. Elles avaient échangé leurs numéros, à la mine, pour pouvoir s'appeler. Elle répondit.

« Des hommes sont venus, annonça la jeune fille sans préambule. Grand-père m'a dit de me cacher quand il les a vus arriver. Ils l'ont emmené avec eux en le menaçant avec des pistolets.

– Où es-tu ?

– À la maison.

– Ne bouge pas. J'arrive. »

Elle pila devant la barrière et descendit du 4x4. Léa sauta de la véranda et courut vers elle, visiblement très inquiète.

« Raconte-moi ce qui s'est passé. »

Deux hommes armés étaient venus. Après une discussion houleuse, Morse les avait suivis sans résistance. Pour protéger sa petite-fille, songea Cassiopée.

« Ils voulaient aussi la pierre à la Sorcière.

– Ils l'ont emportée ? »

– Oui… »

Apparemment, Proctor faisait le ménage. Et il ne manquait pas de main-d'œuvre.

« Et je sais où ils sont allés. Grand-père leur a demandé pourquoi ils le ramenaient à la mine. »

Une façon astucieuse de communiquer discrètement l'information à Léa. Morse avait décidément de la ressource.

« Bien. Tu vas rester ici. Je m'en occupe.

– Non, je viens avec vous», déclara la jeune fille avec une détermination dont il était difficile de ne pas tenir compte.

De plus, Cassiopée n'était pas sûre de pouvoir retrouver seule le chemin du site.

«Bon, d'accord», dit-elle.

46

Cotton était debout près du lit de Stéphanie. En quittant le musée d'Histoire américaine au volant d'une voiture prêtée par Rick Stamm, il avait décidé de passer par l'hôpital avant de se rendre chez Frank Breckinridge. Le conservateur lui ayant expliqué que le retraité allait sur ses quatre-vingts ans et vivait seul, il s'était dit que la visite pouvait attendre une heure. Il lui semblait plus urgent de prendre des nouvelles de la blessée.

Elle était allongée les bras le long du corps, immobile, entourée de tuyaux, de poches de perfusion, emmaillotée dans des bandages. Ils avaient tant de souvenirs communs, bons et mauvais. Il lui devait plus qu'il ne pourrait jamais lui rendre. Sur les instances d'amis de son père décédé, qui jugeaient inconsidéré son choix d'être pilote de chasse, il avait exercé comme avocat dans le service judiciaire de la marine, promis à une banale carrière juridique. Voler avait toujours été sa passion, mais, à l'époque, le culte aveugle qu'il vouait à son père l'avait conduit à suivre les exhortations de ces hommes qui avaient été proches du disparu. Puis tout avait changé quand il avait rencontré Stéphanie Nelle, et quand il avait découvert les véritables motivations de ses conseilleurs. Il était alors devenu un agent de la division Magellan, à disposition du ministère de la Justice pour une durée indéterminée, tout en conservant son grade de capitaine de corvette et son brevet, jusqu'au jour où il avait démissionné à la fois de la division et de la marine pour s'installer au Danemark.

Où il exerçait désormais la profession de libraire.

Si l'on pouvait dire.

Qu'en aurait pensé son père ?

Aurait-il été fier de lui ? Il ne pouvait que l'espérer.

La porte de la chambre s'ouvrit et Danny Daniels entra. Cotton ne l'avait pas revu depuis le jour de l'investiture de Fox, où lui-même, Cassiopée, Daniels et Stéphanie avaient quitté la Maison-Blanche pour la dernière fois. L'ex-président était en costume cravate, très… présidentiel.

« Comment va-t-elle ? demanda-t-il.

– D'après ce que m'a dit l'infirmière, son état est stationnaire. Elle est toujours dans le coma.

– Et pour celui qui lui a tiré dessus ? Une piste ?

– Je l'ai eu en ligne de mire, mais il a réussi à s'enfuir.

– Racontez-moi tout ça en détail. »

Cotton relata les événements des dernières heures dans l'Arkansas et à Washington, sans omettre ce qui concernait la Smithsonian et les Chevaliers du Cercle d'or.

« C'est une des membres du comité consultatif des Bibliothèques de la Smithsonian qui est à l'origine de cette histoire, conclut-il. Une certaine Diane Sherwood. La veuve du sénateur Sherwood. Sherwood était un des régents de la Smithsonian, ce qui rend l'affaire très délicate pour l'institution. Je suppose que vous le connaissiez ?

– C'était un ami intime. À propos, vous avez devant vous le tout dernier sénateur en date du Tennessee. J'ai prêté serment ce matin pour finir le mandat d'Alex.

– Je peux seulement imaginer comment vous avez réussi ce coup-là, dit Cotton, admiratif. Pourquoi ai-je l'impression que cette nomination a un rapport avec ce qui s'est passé ?

– Parce qu'elle en a un. Il semble bien que nous soyons dans la même galère, vous et moi. »

À son tour, Daniels rapporta les événements dont il avait été témoin au cours des dernières vingt-quatre heures et termina en disant :

« La petite amie d'Alex m'a fait une description de l'homme qui est venu prendre le carnet dans l'appartement.

C'est un blanc, entre deux âges, qui a une tache de vin à l'arrière du cou.

– Le type qui a tué Martin Thomas, et probablement aussi fait feu sur Stéphanie.

– Et qui possédait une clé de l'appartement, ce qui signifie que Diane la lui avait donnée. Et qu'elle a donc quelque chose à voir avec le meurtre de ce bibliothécaire, et sans doute avec la tentative d'homicide sur Stéphanie. À mon avis, il serait bon que vous la mettiez sur la sellette.

– Le chancelier m'a précisément demandé de ne pas faire ça. »

Il exposa le point de vue du président de la Cour suprême.

« Warren Weston est un vieux poseur. Il aurait dû prendre sa retraite depuis longtemps. S'il est resté à la Cour suprême, c'est uniquement pour que ce ne soit pas moi qui nomme son successeur. Nous avons tenté de lui faire comprendre à plusieurs reprises qu'il était peut-être temps pour lui de plier bagage, mais à chaque fois il nous a poliment envoyés promener.

– Il est très présent, sur ce dossier. Il supervise tout personnellement. Et il m'a délibérément mis dans le coup, ainsi que Stéphanie. »

Ils s'éloignèrent du lit, comme si elle pouvait les entendre – ce qu'ils souhaitaient tous les deux.

Daniels se passa la main dans ses épais cheveux argentés.

« Weston n'a peut-être pas tort, tout compte fait. Si vous leur faites peur en allant voir Diane, ils vont se terrer. Il vaut mieux les laisser vaquer en se croyant à l'abri. En revanche, il faut mettre immédiatement le holà à ce que prépare le président de la Chambre. Il a quelques longueurs d'avance sur moi, et je dois combler mon retard.

– Être sénateur ouvre bien des portes, c'est ça ? dit Cotton, qui comprenait mieux à présent la nomination de Daniels.

– Tout à fait. Malheureusement, nous entrons sur le terrain en cours de match, et je prie le ciel qu'il ne soit pas trop tard. J'étais au courant que le père de Diane avait travaillé à la Smithsonian. Ce que j'ignorais, cependant, c'est qu'il était fasciné par le Cercle d'or. Je ne sais pas ce qu'il en est du frère, mais je ne vais pas tarder à être renseigné. Je dois avouer que mes connaissances concernant les Chevaliers du Cercle d'or sont limitées. Mon grand-père m'a parlé d'eux, une fois. Ils étaient influents dans le Tennessee. J'ai appris qu'ils avaient même un de leurs "châteaux" dans le comté de Blount à la fin du XIXe siècle, mais à part ça…

– Si je puis me permettre, informez-vous sur eux : ils sont au premier plan dans cette histoire.

– Est-ce que le dessin d'une croix entourée d'un cercle était quelque chose d'important pour eux ?

– C'était un de leurs symboles. »

Daniels révéla que la maîtresse d'Alex Sherwood lui avait remis un pendentif représentant cet emblème.

« Diane m'a assuré que c'était elle qui l'avait fait faire. Un pour elle, un pour Alex.

– Elle est mouillée jusqu'au cou.

– C'est certain. Et j'ai vu ce même symbole sur la couverture du carnet de son frère. Ça ne peut pas être un hasard. »

Assurément non. Ils se tournèrent vers Stéphanie, toujours sous ventilation artificielle.

« Elle compte beaucoup pour vous, n'est-ce pas ? remarqua Cotton.

– Je l'aime. Et elle m'aime.

– J'ai l'impression que c'est un soulagement pour vous de dire ça.

– C'en est un. Il était temps. Elle ne peut pas mourir et me laisser maintenant. »

Daniels retourna près du lit et prit dans la sienne la main de Stéphanie. Conscient que l'ex-président ne se laisserait pas aller à un tel geste devant n'importe qui, Cotton apprécia la marque de confiance que cela représentait à son égard. Le regard de Daniels témoignait de son angoisse et de sa crainte – des sentiments que lui-même éprouvait.

«Une chose, Cotton, reprit Daniels sans quitter Stéphanie des yeux. Quand vous coincerez le type à la tache de vin, je veux participer à l'hallali.

– Comment ça ? Vous voulez le tuer ?

– Si l'occasion se présente.

– Vous mesurez bien que c'est la dernière chose que Stéphanie aimerait vous voir faire.

– Elle s'en remettra.

– D'après Weston, ce Frank Breckinridge, à qui je vais rendre visite, pourrait nous fournir des indications utiles.

– Méfiez-vous de Warren Weston. Il ne m'a jamais paru très franc du collier. En même temps, j'ai une dent contre les juges en général, alors c'est peut-être pour ça.»

Cotton n'avait jamais été un grand fan de la profession, lui non plus. Il pouvait compter sur les doigts d'une main les gens de robe qui avaient su mériter son estime.

«Il faut que je parte, dit Daniels. Je reviendrai plus tard. J'ai l'intention de passer la nuit ici.

– Je vous tiendrai au courant quand j'en saurai davantage.

– Diane Sherwood et Lucius Vance mijotent un sale coup. Le frère de Diane aussi est de la partie. À nous de découvrir ce qui se trame. Allez-y mollo, Cotton. Ah, une dernière chose : avec le siège de sénateur d'Alex, je bénéficie également de tout ce qui va avec. Ce qui veut dire que je fais partie du conseil des régents de la Smithsonian. Si ça peut vous être utile à quelque chose, faites-moi signe.

– Entendu. Qu'allez-vous faire pendant que j'irai rendre visite à ce Breckinridge ?

– Je m'en vais décapiter quelques serpents», répondit Daniels en se dirigeant vers la porte.

47

Grant sortit de chez le coiffeur. Il n'avait jamais aimé les salons mixtes. Il préférait les vieilles boutiques de barbier. Par chance, il en existait encore quelques-unes, dont celle-ci, qu'il affectionnait particulièrement, dans le nord de la capitale, avec son enseigne cylindrique bleu-blanc-rouge et ses fauteuils à l'ancienne. On pouvait s'y faire raser et même cirer les chaussures. Ses boucles brunes avaient fait place à une coupe en brosse de nuance plus claire. Par mesure de précaution supplémentaire, il avait acheté du fond de teint dans une pharmacie Walgreens.

Quand il était enfant, sa tache de vin, qui s'étendait de l'arrière de son cou à son maxillaire gauche, avait une coloration violet foncé. Elle ne représentait aucun danger pour sa santé, sauf s'il se blessait, car le saignement pouvait être difficile à enrayer. À l'école primaire, elle lui avait valu quelques moqueries. Un jour, sa mère avait eu l'idée de la masquer avec du maquillage, mais les railleries avaient redoublé. Il avait donc appris à vivre avec, et ceux qui y trouvaient à redire avaient affaire à ses poings. Après quelques bagarres, les petits malins avaient fini par se lasser.

Dans les circonstances actuelles, pourtant, le stratagème du maquillage s'imposait. Malgré la prudence dont il avait fait preuve à l'intérieur des musées, sa tache, comme ses cheveux bouclés, avait pu attirer l'attention et aurait constitué une marque particulièrement repérable par d'éventuels enquêteurs lancés à sa recherche. À présent, débarrassé de ces deux signes distinctifs, il se sentait métamorphosé.

En regardant Diane l'écouter bouche bée pendant qu'il relatait ce qu'il ne pouvait pas lui cacher, il s'était demandé s'il n'avait pas tort de se confier à elle, craignant un accès de colère, des reproches et, pourquoi pas, de l'indignation. En fait, rien de tel ne s'était produit. Elle s'était contentée de suivre le récit en silence, puis lui avait donné sa bénédiction. Kenneth ne serait peut-être pas aussi bien disposé, mais, comme d'habitude, il ferait ce que lui ordonnerait sa sœur.

Grant s'était senti tout émoustillé en apprenant que Vance s'apprêtait à renverser la table au Congrès. L'idée qu'il était partie prenante d'une conjuration de cette importance le ravissait. C'était tout de même autre chose que de jouer les assistants juridiques dans un bureau ! Heureusement, les pièces d'or qu'ils avaient trouvées dans la cache du Kentucky suffisaient encore à régler ses factures. Il avait vendu la plupart d'entre elles à un collectionneur qui lui en avait offert un excellent prix. Mais il lui tardait de mettre enfin au jour le filon principal.

La Crypte.

À une époque, son père n'avait pas été avare d'anecdotes au sujet du trésor. Peut-être le vieux pensait-il créer ainsi une complicité entre eux, ou l'inciter à marcher sur ses traces. Mais, quand il était devenu évident que Grant n'était pas doué pour les études, le flot de confidences s'était tari, et son père n'avait pas fait mystère de sa déception : son rêve de voir un jour son fils lui succéder à la Smithsonian ne se réaliserait jamais. Grant avait suivi une autre voie pour gagner sa vie, puis il avait eu la chance de se trouver au bon endroit au bon moment pour rencontrer Diane.

Maintenant, il comptait bien la faire fructifier à son profit, cette chance.

Il avait réglé le problème de Martin Thomas et de l'envoyée du ministère de la Justice. Il avait pu s'emparer de la pierre à la Sorcière et de la pierre de la Piste. Et ils avaient déjà des photos de la pierre au Cheval, disponibles dans les archives de la Smithsonian.

Restaient deux pierres.

Deux pierres qu'il ne pourrait malheureusement pas se procurer sans l'aide de son père. Cette fois, il ne chercherait pas à lutter frontalement contre la démence du vieil homme pour lui arracher le renseignement : il entrerait dans son jeu. Il avait déniché sur Internet un site qui vendait des uniformes confédérés à l'intention des amateurs de reconstitutions historiques. Il n'avait eu aucun mal à acheter en ligne un habit d'officier assez ressemblant pour berner un esprit malade. Une petite comédie en costume devrait contribuer à dissiper les brumes de la folie. De toute façon, si cette méthode échouait, il y avait toujours la violence.

Et il n'hésiterait pas à y recourir en cas de besoin.

Il retourna chez lui en taxi chercher l'uniforme puis ressortit prendre sa voiture. Il se changerait chez son père.

Le premier objectif était de localiser la pierre au Cœur, décrite comme possédant une face gravée comportant des informations capitales, et conçue pour s'imbriquer dans la partie évidée de la pierre de la Piste.

« Il fallait que j'empêche Davis Layne, ce crétin de Yankee, de mettre ses sales pattes dessus, avait dit son père après avoir adroitement caché la pierre de la Piste dans le faux récif corallien. Nous avons le devoir de protéger nos trésors. Les nordistes se fichent pas mal de ce qui est précieux pour nous. »

Une réédition de la guerre de Sécession entre deux conservateurs de musée. Quelle empoignade homérique ça avait dû être !

En attendant, la pierre Maîtresse demeurait un mystère. Il en savait trop peu à son sujet. Il était arrivé que son père en évoque l'existence, mais toujours de façon vague. Il allait devoir le caresser dans le sens du poil pour en apprendre davantage.

Cette pierre était d'un intérêt crucial. C'était elle qui indiquait le point de départ.

Euphorique, il lança ses clés de voiture en l'air, puis les rattrapa de volée.

Les choses tournaient enfin à son avantage.

Il s'installa au volant et démarra en direction de chez son père. Sa nouvelle coupe de cheveux lui donnait une allure militaire, quoique pas nécessairement celle d'un soldat des années 1860, où la mode était plutôt aux tignasses hirsutes. Mais peu importait : avec ses facultés réduites, le vieux ne prêterait sûrement pas attention à ce genre de détail.

Il touchait au but. Le temps était venu de s'approprier les dernières pièces du puzzle.

48

Assise au calme dans l'appartement d'Alex, Diane examinait sur son iPad les images de ce que Grant avait trouvé. Pour ce qui était de la pierre à la Sorcière, le sens général semblait clair. La phrase gravée était une introduction à la quête en même temps qu'un avertissement.

Ce chemin est dangereux. Je passe par 18 endroits. Cherche la carte. Cherche le cœur.

Les symboles, en revanche, étaient plus difficiles à interpréter.

Les «jambes» du personnage drapé dans une robe évoquaient plutôt un empilement de blocs ou un socle qu'un être humain, ce qui pouvait laisser penser que le dessin renvoyait à un point de repère, un élément élevé dans un paysage. Son père lui avait appris que l'Ordre avait un faible pour les messages ambigus. Ils étaient maîtres dans l'art d'élaborer de fausses pistes. Suivant une intuition, elle avait cherché sur Google le terme espagnol pour « sorcière » et avait trouvé *bruja*. Si le personnage était censé représenter une sorcière, il y avait peut-être un jeu de mots avec *brújula* – « boussole ».

Possible.

Elle regarda de nouveau la pierre de la Piste.

Le creux en forme de cœur comportait deux chiffres – *1* et *8* – présents sur l'autre pierre. Un lien intentionnel entre les deux, comme semblait déjà l'indiquer l'injonction « Cherche le cœur » inscrite sur la pierre à la Sorcière ?

Son père lui avait jadis fait une description précise de la pierre de la Piste, qu'il avait pu étudier avant que le père de Grant ne la cache. Curieusement, il ne subsistait aucune des photos qui en avaient été prises à l'époque où elle figurait encore dans les collections de la Smithsonian. En revanche, Diane disposait de clichés de la pierre au Cheval, détruite, que Martin Thomas était parvenu à se procurer.

La notation sur la gauche – *el cobollo de santafe* – signifiait vraisemblablement «le cheval de la foi». Une formule déconcertante, mais son père, qui avait fait des recherches approfondies sur ces quatre mots, avait découvert qu'ils renvoyaient peut-être à une expression espagnole ancienne dont le sens était «Je suis un serviteur de la foi». Une devise en parfaite adéquation avec l'idéologie de l'Ordre.

Ce qui était écrit sur la droite – «Je broute au nord de la rivière» – ne pouvait être qu'une référence géographique. Donc, pris ensemble, les deux énoncés pouvaient se traduire par «cheval de la foi, je broute au nord de la rivière» ou, selon les déductions de son père, «serviteur de la foi, je mène mon troupeau au nord de la rivière».

La pierre au Cheval constituait une anomalie. Elle avait été répertoriée depuis la Première Guerre mondiale dans les archives de la Smithsonian, qui la prêtait de temps à autre à des chercheurs avertis à des fins d'analyse. Seule, elle était indéchiffrable, et donc inoffensive, ce qui expliquait peut-être que des reproductions en aient été conservées.

La pierre de la Piste, qui venait d'être retrouvée, semblait plus difficile à décoder. C'était à son propos qu'était née la querelle entre son père et celui de Grant, en 1973. Ils y avaient tous les deux librement accès, mais, pour finir, Frank Breckinridge l'avait escamotée, supprimant toute possibilité de déterminer l'emplacement de la Crypte. Deux ans plus tôt, espérant qu'il s'était peut-être radouci avec le temps, elle était allée voir Breckinridge avec l'intention de lui faire dire où il avait caché la pierre, mais elle était tombée sur un homme mentalement diminué et pratiquement déconnecté de la réalité.

Elle observa la ligne ondulée qui traversait la partie supérieure de la pierre de la Piste. Que représentait-elle ? L'horizon ? Ou une rivière, le *R* qui la côtoyait serait mis pour *río*, comme dans la pierre au Cheval ? Le grand poignard semblait revêtir une importance particulière. Sa garde formait une flèche dirigée vers le cœur. Tout en bas, un trait courbe jalonné de points équidistants pouvait figurer un parcours et ses étapes. La pierre à la Sorcière évoquait « 18 endroits », mais, si ces « endroits » étaient désignés par des points, on n'en voyait ici que quatre. Les quatorze autres devaient être gravés sur la pierre au Cœur.

Le cœur creusé dans le calcaire était environné de stries en forme de vermicelles qui pouvaient être des montagnes, des collines, des ravins, ou n'importe quel type de relief. À moins qu'il ne s'agisse simplement de « bruit blanc » ajouté pour compliquer les choses et embrouiller le déchiffreur.

Elle savait comment il fallait procéder : imbriquer la pierre au Cœur dans la pierre de la Piste, puis relier l'ensemble des deux à la cinquième et dernière pièce du puzzle.

La pierre Maîtresse.

L'Ordre n'existant plus – du moins à sa connaissance –, celle-ci risquait de demeurer à jamais introuvable. Néanmoins, comme son père quarante ans plus tôt, elle espérait que la technologie moderne serait à même de pallier l'absence de cet ultime élément et de révéler l'emplacement du point de départ manquant. L'assemblage des pierres au Cœur et de la Piste devait former un plan assez complet, mais celui qui avait imaginé ce dispositif n'avait pas rendu les choses faciles, ce qui pouvait se comprendre étant donné l'immense valeur du trophée. Et la tâche avait été encore compliquée par les initiatives des fanatiques qui avaient pris sur eux de protéger le trésor perdu.

Comme Frank Breckinridge.

En 1973, estimant le moment propice, son père avait décidé de trouver l'or, déclenchant la colère de son confrère. À cette époque où n'existaient ni Internet, ni chaînes d'information en continu, ni réseaux sociaux, un différend entre deux universitaires n'attirait pas l'attention. Aujourd'hui, la toile fourmillerait de commentaires sur le match Layne-Breckinridge. La confidentialité n'était plus de ce monde. Quoi qu'il en soit, le combat avait pris fin quand Frank Breckinridge avait fait disparaître la pierre au Cœur et celle de la Piste.

L'une des deux venait de refaire surface.

À Grant de dénicher la seconde.

Le silence de l'appartement s'était fait oppressant, et elle se surprit en train de dresser une oreille inquiète en entendant les bruits les plus anodins – un craquement de parquet, un gargouillement de tuyauterie, le murmure lointain d'un téléviseur… Elle avait l'impression que les murs la jugeaient pour la scène torride entre elle et Grant dont ils avaient été témoins. Se donner à son amant dans le lit d'Alex avait été un acte capital pour elle : le geste de défi qu'elle n'avait jamais pu adresser à son mari quand il vivait.

Trop agitée pour se concentrer, elle se mit à tourner en rond comme une lionne en cage en s'efforçant de maîtriser son bouillonnement intérieur. Les grincements du sommier sous leurs assauts amoureux résonnaient encore dans sa tête. Elle éprouvait une curieuse combinaison de sentiments contradictoires où la gêne et la honte se mêlaient à l'exultation et au soulagement.

« Tu étais un bel hypocrite », murmura-t-elle à l'intention d'Alex.

Elle n'avait toujours pas digéré le meurtre de Martin Thomas, mais elle avait gardé ses protestations pour elle. Kenneth n'avait pas tort, Grant pouvait être imprévisible. Mais c'était aussi un homme de décision, peu enclin au doute, et s'il avait agi ainsi, c'était probablement par nécessité. D'ailleurs, comme il l'avait fait remarquer avec juste raison, s'il avait été possible d'établir un lien entre elle et ce qui s'était passé, elle aurait déjà reçu de la visite.

Or elle n'avait vu personne.

Non, l'affaire était en bonne voie, songea-t-elle, et ce fut comme si un poids s'envolait de ses épaules. Elle ne révélerait à personne ce que lui avait avoué Grant.

Son frère et Vance resteraient dans l'ignorance de ce qu'il avait fait.

Et dans l'ignorance d'une autre chose, aussi.

49

Cassiopée et Léa étaient en route pour la mine.

« Ces chevaliers ne sont pas des gens bien, déclara la jeune fille. Je ne m'étais pas rendu compte à quel point ils sont malfaisants. Quand je pense que des hommes d'ici font partie de l'organisation, ça me fait honte.

– Dis-moi ce que tu sais d'eux.

– Ils se réunissent de temps en temps. Je pensais que c'était une espèce de club et qu'ils se retrouvaient pour boire de la bière et se raconter des histoires. Grand-père y est allé trois ou quatre fois. Par exemple, il y était le soir où je suis montée à la mine avec mon copain.

– Ton grand-père t'a-t-il donné des précisions sur ce groupe ?

– Non. Il sait garder un secret. Voyez-vous, s'il vous a parlé, à vous et à M. Malone, c'est juste parce qu'il ne voulait pas que j'aille en prison pour vous avoir tiré dessus.

– Je l'avais bien compris.

– Il est parti avec les deux types pour les éloigner de moi. J'aurais dû les abattre, mais mon fusil était resté ici, dans le 4x4.

– Et celui de ton grand-père ?

– Ils le lui ont pris », expliqua Léa, manifestement désolée de n'avoir pas pu agir.

Le soleil brillait très haut dans le ciel. Il n'allait pas être facile de s'approcher discrètement de la mine en pleine lumière.

« À part le chemin que nous avons pris cette nuit, y en a-t-il un autre pour accéder à la mine ? demanda Cassiopée.

– Oui, mais c'est plus long. »

Tant mieux. Elle avait besoin d'un peu de temps pour réfléchir. Elle désigna du pouce la banquette arrière du camion, où était posé un attirail qu'elle avait remarqué dans la matinée.

« L'arc et les flèches que tu as là, dit-elle. Tu t'en sers pour chasser ?

– J'essaye, mais je ne vise pas très bien. »

Cassiopée, elle, adorait ce sport, auquel son père l'avait initiée petite et qu'elle continuait à pratiquer à l'occasion dans le parc de son château, où elle avait installé des cibles. Sa collection d'arcs était impressionnante.

Sur un signe de Léa, elle quitta la grande route pour s'engager dans un chemin de terre inconnu qui s'enfonçait dans la forêt. Elle roula jusqu'à une clairière et s'arrêta.

« On est à un peu moins d'un kilomètre au nord de la mine, à l'opposé du chemin par où on est arrivées cette nuit, expliqua la jeune fille. Il faut passer à pied par le col, là-haut.

– Bien. C'est ici que tu t'arrêtes, dit fermement Cassiopée.

– Non, je viens avec vous.

– Il n'en est pas question, Léa. Ce n'est pas un jeu, tu as pu t'en rendre compte cette nuit. Ces types voulaient nous tuer toutes les deux. Nous l'avons échappé belle. Ton grand-père s'est sacrifié pour te protéger, alors fais en sorte qu'il ne se soit pas dévoué pour rien. De toute façon, j'ai plus de chances de réussir si je suis seule.

– N'empêche que je ferais mieux de vous accompagner.

– Est-ce que tu veux que je tire ton grand-père de là vivant ?

– Bien sûr.

– Alors laisse-moi faire mon travail. Voilà comment tu peux m'aider : il va bientôt être 16 heures, si je ne suis pas de retour à 18 heures, va chercher le shérif et dis-lui d'avertir le ministère de la Justice. »

Elle se fraya un chemin à travers la végétation sur un vague sentier à peine tracé qui passait entre deux collines boisées. D'après Léa, la mine se trouvait de l'autre côté du col, sur la gauche. Elle franchit la ligne de crête et les bâtiments écroulés de l'ancienne exploitation apparurent en contrebas. Se courbant, elle descendit la pente sous le couvert des broussailles jusqu'à un groupe de rochers qui offrait une bonne protection ainsi qu'une vue dégagée sur le site.

Un camion du genre fourgon était garé près des ruines, ses portes arrière ouvertes. Deux hommes étaient occupés à y charger les lingots. Trois autres se tenaient debout à proximité, dont Proctor. Aucun signe de Morse. Il y eut une brève discussion, puis un des types alla chercher dans un pick-up stationné un peu plus loin un objet enveloppé dans des serviettes qu'il revint mettre dans le camion. La pierre à la Sorcière, selon toute vraisemblance. Enfin, les deux préposés à la manutention grimpèrent dans le pick-up et démarrèrent.

Il ne restait que Proctor et ses deux acolytes.

L'arc de Léa, en bois, fibre de verre et magnésium, très léger, mesurait un peu plus d'un mètre. Elle en avait testé la tension. Corde bien bandée, forte résistance. Soixante livres de puissance au maximum de la traction. Assez pour tuer un ours. Les flèches, elles aussi de grande qualité, étaient en aluminium.

Elle en encocha une et arma aux trois quarts. Si elle augmentait l'allonge, le trait traverserait sa cible de part en part. Les deux rochers entre lesquels elle se tenait la gênaient un peu, mais elle s'imagina derrière une meurtrière de son château. Elle ajusta Proctor dans le viseur, l'empennage lui frôlant la joue. Puis elle prit une profonde inspiration, avança les lèvres et chassa lentement l'air de ses poumons.

L'un des hommes referma les portes du camion. Ils s'apprêtaient apparemment à partir.

Elle relâcha sa traction sur la corde en jurant intérieurement.

Proctor disparut soudain dans le hangar en ruines, hors d'atteinte. Les deux autres le suivirent. Elle regarda sa montre et cela lui donna une idée. Elle allait peut-être pouvoir faire d'une pierre deux coups.

Après avoir mis l'arc en bandoulière, elle quitta sa cachette et descendit prudemment la pente caillouteuse. Une fois en bas, elle se posta derrière le tronc d'un gros arbre.

Tout était calme.

Un vol de pigeons passa au-dessus de sa tête, vira brusquement puis s'éloigna.

Elle s'avança jusqu'à la cabine du camion.

Personne. Devant elle, parmi les ruines, elle vit le chemin qu'elle avait pris avec Léa pour entrer dans la mine. Un bourdonnement signalait que le générateur était en marche.

Elle retira sa montre spéciale équipée d'une application GPS – le modèle fourni à tous ses agents par la division Magellan, grâce auquel elle avait pu suivre Cotton à la trace la veille.

Cette fois, elle s'en servirait comme d'une balise qui permettrait de pister le camion.

Elle gagna à pas de loup l'arrière du véhicule. Les portes étaient seulement poussées, et non verrouillées. Elle entrouvrit un battant et, donnant une impulsion à la montre, elle la fit glisser sur le plancher métallique vers le fond de la caisse, au-delà des lingots entreposés sous la bâche noire.

Un bruit l'alerta. Quelqu'un venait.

Elle s'était à peine réfugiée derrière un tas de gravats qu'un des deux hommes de Proctor apparut. Il boucla les portes du fourgon, monta dans la cabine et démarra.

Après avoir attendu que le camion soit hors de vue, elle posa l'arc et les flèches, sortit son pistolet, puis se dirigea vers l'entrée de la mine.

50

Cotton trouva sans mal la maison de Frank Breckinridge, dans un quartier tranquille d'Arlington. Le genre d'endroit où les gens passaient une vie entière. Un pavillon carré à structure de bois, peint en blanc, avec une grande véranda ouverte et des fenêtres à petits carreaux. Rick Stamm lui avait brossé le portrait de Breckinridge, qui avait créé la fonction de conservateur du Château. Avant Breckinridge, plusieurs personnes se partageaient la charge de préserver l'édifice, un dispositif bancal et inefficace. À présent, il n'y avait plus qu'un responsable.

Cotton se gara dans la rue.

Il avait toujours la voiture de Stamm. Celui-ci avait proposé de l'accompagner, mais Cotton pensait obtenir de meilleurs résultats en se présentant seul chez le retraité. Il suivit l'allée pavée de briques noircies par les intempéries qui menait à la véranda tout en frottant ses joues fatiguées. Il avait dormi un peu dans l'avion qui l'avait ramené de l'Arkansas, mais d'un sommeil peu réparateur.

La porte d'entrée était ouverte derrière une moustiquaire fermée. Il dut frapper trois fois contre le chambranle avant d'entendre des pas à l'intérieur. Le visage qui apparut de l'autre côté de l'écran de fin grillage était étroit, ridé et pourvu d'un nez proéminent en bec d'aigle qui surplombait une bouche toute droite aux lèvres minces. Les cheveux en broussaille étaient longs, le menton hérissé d'une barbe de deux jours.

« Qui êtes-vous ? demanda l'homme.

– Je m'appelle Cotton Malone. J'aimerais vous voir au sujet de la Smithsonian.

– Cotton Adams ? C'est vraiment vous, mon capitaine ? »

Le rapprochement prit Cotton au dépourvu. Mais l'expression et le ton exaltés du vieillard témoignaient d'une confusion mentale. De la démence ? Peut-être. Ou pire. Dans ce cas, pourquoi ne pas tenter de jouer le jeu ?

« Oui, monsieur. C'est moi. Le capitaine Adams. »

La moustiquaire s'ouvrit en grinçant.

« Entrez vite ! Vous ne devriez pas vous montrer dehors. Les fédéraux ont des yeux et des oreilles partout dans la capitale. »

Il pénétra dans la maison tandis que Breckinridge, tête penchée à l'extérieur, épiait les alentours.

« Ça va, déclara enfin le vieil homme. Je n'ai pas l'impression que vous avez été suivi. »

À quelle période historique était-il resté bloqué ? Difficile à déterminer. Cotton fut un peu déconcerté que personne ne lui ait signalé le problème. Peut-être Weston n'était-il pas au courant. Après avoir hésité un instant à repartir sans perdre plus de temps, il décida de se donner quelques minutes pour aviser.

« Par ici », dit Breckinridge.

Il leva sa main osseuse et lui fit signe de le suivre.

Ils parcoururent un couloir au plancher grinçant jusqu'à un petit salon.

« Asseyez-vous, mon capitaine, je vous en prie. Soufflez un peu. Vous devez être fatigué du voyage.

– Il a été long, en effet.

– Vous venez de Richmond ?

– Oui. »

Breckinridge s'installa dans un siège relax en tapisserie. Cotton choisit un fauteuil. Il s'était attendu à sentir une odeur de renfermé, mais tout était étonnamment propre et rangé.

« Vous vivez seul, ici ? demanda-t-il.

– Non. Ma femme est quelque part par là. Julie ! Julie ! Nous avons un visiteur. Fais-nous du café, tu veux bien ? »

Cotton avait été informé par Stamm que l'épouse de Breckinridge était morte des années plus tôt, peu après que son mari avait pris sa retraite. Ils avaient eu un enfant, un fils, adulte à présent, dont Stamm ignorait tout.

« Votre fils est là ?

– Grand Dieu, non ! Il est enseignant je ne sais trop où. Il a quitté la maison bien avant la guerre. À ce propos, dites-moi, mon capitaine, où en sont les combats ? Les journaux yankees ne racontent que ce qu'ils veulent nous faire croire. »

Que répondre ? Dilemme. Si Breckinridge vivait mentalement avant les premiers mois de 1863, le Sud avait le vent en poupe, gagnant des batailles et avançant résolument vers le nord et l'ouest. Mais tout avait changé après Gettysburg et Vicksburg, deux défaites qui avaient sonné le glas de la Confédération.

« Nous progressons, dit-il, restant prudemment dans le vague. Nos affaires sont en bonne voie.

– Il y a une chose que j'aimerais savoir. C'est vrai, ce qu'on prétend à propos de votre nom ? Vous vous êtes réellement caché dans un matelas, sous un malade, pour échapper aux nordistes ?

– Tout à fait. Ça me semblait la seule façon de m'en tirer, et ça a marché.

– Joli coup, sacredieu ! s'exclama Breckinridge en riant. Il nous faudrait davantage de dégourdis de votre espèce. Mais qu'est-ce qui vous amène de nouveau dans la capitale ? Une autre mission ?

– Exactement. Nous avons un problème et votre aide nous serait précieuse. Vous souvenez-vous de la pierre au Cœur ?

– Si je m'en souviens ? Bien entendu. C'est moi qui l'ai mise en lieu sûr.

– Je ne l'ignore pas. C'est pourquoi je suis ici. Nous avons besoin de savoir où elle est.

– Nous ? Qui ça ?

– Je viens de la part du président Davis », répondit Cotton, pensant se faire valoir en invoquant un si haut patronage.

Mais le vieillard cracha sur le plancher.

« Davis est un fieffé crétin, pas autre chose ! Il va tout nous faire perdre. Il s'inquiète de vétilles et refuse de déléguer quoi que ce soit de son autorité. Le peuple le méprise. Et pourquoi s'oppose-t-il aux gouverneurs des États ? Ça me dépasse ! On dirait qu'il cherche les ennuis. »

Des faits historiquement avérés ! Comment un esprit malade pouvait-il garder une mémoire si nette de ce genre de détail ? Le cerveau humain était un mystère.

« Vous vous tenez au courant, à ce que je vois.

– J'entends des choses. Il y a des espions, comme vous, un peu partout dans le coin. Mais, dites-moi, est-ce Joseph Henry qui vous envoie ?

– Oui. Le secrétaire m'a assuré que vous étiez au courant de tout.

– Vous lui avez remis la clé ? »

La clé de cérémonie, sans doute. Il allait devoir improviser.

« Absolument.

– Vous étiez présent quand le Château a brûlé, n'est-ce pas ? Ça a dû être quelque chose…

– Un spectacle hallucinant, et bien triste, répondit Cotton, impressionné par les connaissances de son hôte.

– J'imagine. Mais vous avez fini par en tirer avantage. Bravo, mon capitaine ! Quant à votre journal, il est à l'abri. Je l'ai caché, lui aussi. »

Cotton se remémora ce que lui avaient appris Stamm et Weston sur la participation d'Angus Adams à l'expédition de 1854 dans le Sud-Ouest et la disparition de son journal.

« Entre nous, continua Breckinridge, je n'ai pas confiance dans les gens de la Smithsonian. Je pense que les fédéraux les ont à l'œil.

– Le président Davis désirerait aussi récupérer ce journal», affirma Cotton, décidant de forcer la chance.

Les yeux chassieux se plissèrent.

«Et qu'est-ce qui me dit que je peux vous faire confiance, à *vous*?

– Rien.»

Breckinridge eut un petit rire et son regard pétilla.

«Vous êtes un malin, mon capitaine. Seriez-vous prêt à passer un test?»

Pas vraiment, mais avait-il le choix?

«Allez-y, je vous écoute.

– Quels sont les noms des pierres?»

Facile.

«La Sorcière, le Cheval, la Piste, le Cœur et Maîtresse.

– Parfait, mon capitaine! Souhaiteriez-vous rencontrer le chef pendant que vous êtes ici?»

Le chef? Voilà qui était nouveau.

«J'aimerais beaucoup, oui.

– Je peux organiser une entrevue. En secret, soyez sans crainte.

– Où aurait-elle lieu?

– Dans son maudit temple de justice dont il ne sort presque jamais. (Le vieil homme se pencha vers Cotton.) De vous à moi, mon capitaine, je me méfie de lui. Il prétend être des nôtres, mais je n'en suis pas si sûr. Avec ses cheveux autour de son crâne chauve, il me fait un peu trop penser à un prêtre. Nous devons être prudents. Très prudents. Regardons la réalité en face, la guerre est perdue. Nous le savons tous les deux. Et il était clair dès le départ que c'était une folie de la déclarer. Nous aurions pu arriver à nos fins d'une autre manière. Le Sud avait la Cour suprême pour lui, nom de Dieu! Prenez la décision des juges sur Dred Scott, l'esclave qui a porté plainte contre son propriétaire Sanford pour obtenir sa liberté: 100% en notre faveur. Les esclaves ne sont pas des gens, mais des biens. Même Lincoln nous a promis que nous pourrions garder l'esclavage quand il a prêté serment la première fois. Il n'y avait aucun besoin de toucher à l'Union. Mais non, une bande d'abrutis et de têtes brûlées voulaient absolument la guerre.

– Il existait une autre façon de faire ?

– Et comment ! s'exclama Breckinridge en pointant son index sur Cotton. Si cet imbécile de Jeff Davis avait écouté, nous aurions pu régler tout ça légalement. Mais personne n'a rien voulu entendre. Jeff Davis favorise uniquement ses amis. Il ne supporte pas la contradiction, et, en plus, c'est une mazette pour ce qui est de commander une armée. J'ai peine à l'admettre, mais Lincoln est un bien meilleur chef de guerre. »

Encore des faits reconnus.

« Le conflit touche à sa fin, poursuivit le vieillard. Quand tout sera fini, ce sera à nous de reprendre le flambeau, mais je doute du dévouement du chef à la cause. Comme je vous le disais, il ne m'inspire pas confiance. »

Intéressant, mais sans rapport avec les préoccupations immédiates de Cotton, qui décida de ramener la discussion sur un terrain plus concret.

« Tout ce que vous dites est juste, et c'est pour ça que je suis ici. La guerre est perdue, oui, mais avant qu'il ne soit trop tard, il faut absolument que je sache où sont la pierre au Cœur et mon journal. »

Grant se dirigea vers l'arrière du pavillon de son père. En arrivant, il avait vu une voiture stationnée le long du trottoir. Rien d'étonnant à ça, de nombreux riverains laissant leurs véhicules dans la rue. Mais ce qui avait attiré son attention était le badge de la Smithsonian collé au pare-brise. Il était donc allé se garer de l'autre côté du pâté de maisons puis était revenu à pied pour se glisser dans l'étroit passage séparant le pavillon de son père de celui d'un voisin.

Il gravit sans bruit le perron de la cuisine.

Cotton regarda Breckinridge, qui semblait réfléchir.

« La pierre au Cœur est en lieu sûr depuis longtemps, dit enfin ce dernier. Votre journal l'est aussi. Je me suis chargé personnellement de les mettre tous les deux à l'abri. C'est qu'il y a eu des problèmes, voyez-vous. Des gens voulaient les utiliser pour trouver la Crypte. Des fédéraux qui convoitaient notre or. Mais j'ai déjoué leur plan. Vous pouvez rassurer Jeff Davis : il n'a pas à s'inquiéter.

– Il me faudrait des détails. C'est ça que je suis venu chercher. »

Breckinridge se tenait droit comme un I, les coudes sur les bras de son fauteuil, comme un condamné sur la chaise électrique attendant que le bourreau mette le courant.

« Pourquoi Jeff Davis s'intéresse-t-il à ça ?

– Ce n'est pas mon rôle de m'interroger sur les mobiles de mon président.

– Pourquoi pas ? C'est tout de même lui qui a imaginé cette combine rocambolesque. Lui qui a fait tailler les cinq pierres et a ordonné qu'on les cache.

– Maintenant, il veut les récupérer. »

Breckinridge pointa de nouveau son doigt.

« Vous mentez, mon capitaine. »

Cotton se demanda ce que le vieil homme au cerveau dérangé savait d'Angus Adams. Pas mal de choses, apparemment, puisqu'il connaissait le surnom *Cotton*. Warren Weston, lui aussi, était très bien renseigné. Peut-être avaient-ils puisé leurs informations à la même source : les archives de la Smithsonian.

« Monsieur, je trouve vos insinuations insultantes ! s'exclama-t-il, feignant l'indignation, avec un accent du Sud volontairement exagéré. Je suis un officier de la Confédération et un gentleman. Je n'ai pas pour habitude de mentir à mes pairs. Je suis envoyé par le président des États confédérés pour reprendre mon journal ainsi que la pierre au Cœur. Vous avez l'ordre de me révéler où ils se trouvent. »

Breckinridge resta un instant silencieux, puis il prit un bloc-notes et un stylo sur un guéridon et se mit à griffonner quelque chose sur deux pages différentes, passant de l'une à l'autre. Quand il eut terminé, il arracha l'une des deux, qu'il lui tendit.

« Faites vos preuves, mon capitaine. Déchiffrez ce que j'ai écrit là. »

De la cuisine, où il avait réussi à s'introduire, Grant écoutait l'étrange conversation entre son père et un autre homme, dont il reconnaissait la voix.

Celle de son poursuivant, dans la galerie des fossiles.

Le vieux se croyait dans le passé, et son interlocuteur, en se prêtant au jeu, arrivait à lui tirer les vers du nez bien plus efficacement que lui-même y était jamais parvenu. Que faisait là ce type ? Il avait indéniablement un but précis, et il connaissait l'existence de la pierre au Cœur, ce qui était inquiétant.

Cotton regarda la feuille que lui avait donnée Breckinridge. Le vieil homme y avait écrit cinq groupes de lettres.

RRE RUE NOS SEZ SUO

Cotton se retint de sourire et bénit son grand-père.

Il avait su déchiffrer les codes des confédérés dès l'âge de douze ans. Aucun n'était bien compliqué à casser, car ils dataient d'une époque où la majeure partie de la population était illettrée. Ils étaient conçus la plupart du temps sur le principe de la substitution. Aujourd'hui, ils ne résisteraient pas plus de quelques minutes à n'importe quel analyste. Son grand-père s'amusait à en imaginer pour les lui faire décrypter, ce qui lui était facile grâce à sa mémoire absolue. Ce qu'il avait sous les yeux n'était même pas un code. Tout juste un méli-mélo destiné à tromper les curieux.

« Puis-je emprunter le bloc-notes ? » demanda-t-il.

Breckinridge arracha l'autre feuille sur laquelle il avait écrit et tendit le bloc à Cotton.

Pour commencer, Cotton transcrivit le message en inversant l'ordre des groupes de lettres.

SUO SEZ NOS RUE RRE

Puis il supprima les espaces entre les groupes.

SUOSEZNOSRUERRE

Et il inversa l'ordre des lettres en partant du bout de la ligne.

ERREURSONZESOUS

Trois mots lui sautèrent immédiatement aux yeux. Il n'y avait plus qu'à les mettre dans l'ordre.

SOUS ONZE ERREURS

Il écrivit la solution et rendit le bloc au vieil homme, qui lut et hocha la tête.

« Bien joué. C'est là que vous trouverez la pierre au Cœur.

– Et mon journal ?

– Chaque chose en son temps, mon capitaine. Chaque chose en son temps. »

51

Danny venait d'apprendre de sa chef de cabinet quelque chose d'intéressant. Quand il lui avait énuméré les noms de tous les gens qu'il avait aperçus dans la Willard Room, elle avait tout de suite vu un lien entre eux :

« Ils appartiennent tous à la commission du Règlement et ont été nommés par le président de la Chambre. »

Pourquoi Vance avait-il estimé nécessaire d'inviter ses propres soutiens à déjeuner alors que rien ne l'obligeait à leur lécher les bottes ? Il se souvint d'un truc qu'avait écrit Ian Fleming dans un James Bond. « Une fois, c'est un hasard. Deux, une coïncidence. Trois, un acte de belligérance. » Un avertissement digne d'intérêt, venant d'un romancier formé par les services de renseignements britanniques. Ce « déjeuner de travail » avait une raison d'être, et quelque chose lui disait – lui criait, même – que cette petite réunion gastronomique avait un rapport avec ce que préparait Vance. Le président de la Chambre avait visiblement été secoué par leur entrevue dans le couloir du Willard, et le contraire aurait été étonnant. Le premier serpent était probablement en train de sortir des buissons en feu. Vance avait sûrement déjà eu un entretien au téléphone avec Diane, où ils avaient dû se demander comment Danny pouvait être au courant de leur conversation intime sur la terrasse. Diane avait certainement remarqué la disparition du carnet, à présent, et quand Vance lui aurait raconté sa mésaventure du Willard elle n'aurait plus de doute sur l'identité du voleur. Alors le deuxième serpent pointerait son nez hors des taillis.

Un bilan somme toute positif pour sa première journée de sénateur.

Mais il avait besoin d'en savoir plus.

Aussi prit-il un taxi en quittant le Dirksen Building pour se faire conduire au National Mall – une drôle de sensation que de pouvoir aller et venir dans Washington sans une armée d'agents du Secret Service dans son sillage. Son précieux bras droit avait fait une nouvelle fois la preuve de son efficacité en prenant contact avec le chef de cabinet de Paul Frizzell, le représentant du Texas. Paul était une vieille connaissance de Danny et, bien que de partis opposés, ils avaient toujours été proches. Il se trouvait à une des tables, au restaurant du Willard, et lui avait adressé un clin d'œil quand il était entré. L'ancienneté étant le sésame à la Chambre, Frizzell, qui en était à son cinquième ou sixième mandat, avait réussi à décrocher une charge en or : membre de la Commission du règlement. « L'assiduité est mère de la chance », disait avec juste raison Benjamin Franklin. Eh bien ! même sans assiduité, Danny en avait eu lui aussi, de la chance, en tombant sur Frizzell au moment opportun.

Le taxi descendit Independence Avenue et se rangea le long du trottoir, devant le musée national de l'Air et de l'Espace. Il paya le chauffeur, apparemment tout content d'avoir un ex-président sur sa banquette arrière, et il le gratifia d'un pourboire de dix dollars qui parut le réjouir encore davantage. Il était presque 16 heures et il faisait doux sous le soleil printanier. L'intérieur du musée, l'un des plus fréquentés au monde, grouillait de visiteurs. De tous ceux que gérait la Smithsonian, c'était celui que Danny préférait. Il s'était toujours intéressé à l'aventure spatiale. Il avait suivi avec passion les missions Mercury, Gemini et Apollo, et se souvenait aujourd'hui encore du soir où, adolescent, il avait vu à la télévision Neil

Armstrong poser le pied sur la Lune. Pendant son passage à la Maison-Blanche, il s'était montré généreux envers la NASA, qu'il avait financée bien plus largement qu'aucun de ses prédécesseurs. Il se demanda comment l'agence s'en sortirait sous la présidence de Fox.

Tournant à droite, il se dirigea vers la galerie de la course à l'espace, s'efforçant d'ignorer les regards écarquillés des gens qui le croisaient. Il pénétra dans la salle où étaient rangées comme au garde-à-vous des fusées allemandes, américaines et russes grandeur nature. Il connaissait tous les noms : V-2, Viking, Minuteman, Jupiter-C… La pièce la plus impressionnante était l'énorme station spatiale Skylab. Tout au bout de la salle, juste avant l'entrée de l'aire de restauration, trônait un lem. Six engins de ce type avaient transporté des astronautes sur la Lune et les en avaient ramenés. Celui qui était exposé là, un véhicule d'assistance, était resté cloué au sol, victime de la myopie des dirigeants politiques de l'époque. Debout sur le côté, son vieil ami Frizzell était en train de l'admirer. Paul était lui aussi un fan de la conquête spatiale, raison pour laquelle Danny avait choisi cet endroit pour le rencontrer.

Ils se serrèrent la main.

« Mes félicitations, monsieur le sénateur, dit Paul. Chapeau pour cette nomination.

– Il y a un lien de cause à effet entre le gueuleton au Willard et ma demande de rendez-vous, répondit Danny, allant droit à l'essentiel.

– Ce n'est visiblement pas le grand amour entre toi et le président Vance, mais ce n'est pas nouveau.

– En effet, ça ne date pas d'hier. Mais, cette fois, c'est différent. Il s'agit d'Alex. »

Paul et Alex étaient amis, eux aussi.

« Je suis vraiment désolé de ce qui lui est arrivé. Alex était un type bien. Il est mort beaucoup trop tôt. »

Danny entraîna Frizzell dans une galerie contiguë baptisée Au large de la terre, consacrée à des répliques à grande échelle de vaisseaux spatiaux. La foule y était moins nombreuse et l'éclairage tamisé. Ils s'isolèrent dans un coin, près d'une collection de combinaisons de cosmonautes.

« Il y a des choses qui ne sont pas claires dans le décès d'Alex, dit Danny. Il va se balader et tombe d'une falaise ? Un gars qui fait de la randonnée dans ces montagnes depuis tout gosse ? Écoute, je ne peux rien affirmer de précis, mais, crois-moi, il y a de quoi s'interroger. Suffisamment, en tout cas, pour que le gouverneur du Tennessee m'ait envoyé ici chercher des réponses. »

Il se sentait de nouveau lui-même, direct, sans concession.

« Qu'est-ce que j'ai à voir avec ça ?

– Toi personnellement, rien, mais Vance, si. Je sais qu'il est en train de mijoter un truc fumant. Le problème est que j'ignore de quoi il s'agit. Toi, en revanche, tu dois bien avoir une idée sur la question… »

Frizzell parut soudain embarrassé.

« Même si j'en avais une, je ne pourrais rien te dire.

– Cette réunion au Willard, elle avait un rapport avec ce dont je parle, je me trompe ?

– Danny, est-ce que tu te rends compte dans quelle situation tu me mets ? »

Le dilemme de Paul était compréhensible. Pour siéger à la très convoitée Commission du règlement, un représentant de la majorité devait se prévaloir de deux qualités : la longévité politique et une loyauté incontestable envers le président de la Chambre. Si la première n'était qu'une question de comptage des mandats, la seconde, elle, devait se vérifier au quotidien. Dans l'esprit de Paul Frizzell, l'idée même de remettre en cause ce principe sacro-saint de fidélité équivalait à une trahison.

« Je sais que c'est beaucoup demander, Paul, mais nous nous connaissons depuis longtemps, et il est évident que tu n'as pas vraiment envie de me planter là. Je le vois dans tes yeux. Il y a quelque chose qui se trame. »

Le silence qui suivit confirma ses soupçons. Son ami semblait livrer un combat douloureux contre le poids écrasant de ses convictions. Il fallait l'aider.

«Je vais te raconter une anecdote, Paul. Il y a quelques années, j'ai été invité à une chasse au cerf par le président bulgare. Nous étions par équipes de deux. Le soir, un des Bulgares est revenu seul avec un huit-cors sur les épaules. Une belle bête qu'il avait du mal à porter. Quelqu'un lui a demandé où était son partenaire, et il a expliqué que le gars s'était cassé une cheville et attendait quelques kilomètres plus loin sur le chemin. Quand le président a voulu savoir pourquoi il avait choisi de ramener le cerf plutôt que le chasseur, devine ce qu'il a répondu. “Personne ne va aller me faucher mon équipier.” Eh bien, toi, tu es comme le type au pied cassé, Paul: il ne va rien t'arriver. Crois-moi, nous sommes de taille à nous défendre.

– D'accord, Danny», murmura Frizzell.

Et il expliqua ce que manigançait Lucius Vance.

52

Assise dans le salon, Diane réfléchissait aux choix s'offrant à elle après son affrontement avec son mari, qui venait de partir pour sa promenade de l'après-midi. Son frère les avait mis dans une situation impossible. À présent, Alex pouvait anéantir d'un coup tous leurs efforts. Comment Kenneth avait-il pu imaginer faire de lui un allié ? Connaissant Alex depuis aussi longtemps qu'elle, il aurait pourtant dû être conscient des insuffisances de son beau-frère. Trois années de travail sur le point de passer de profits à pertes! Fini l'espoir d'un bouleversement au Congrès. Et celui de mettre la main sur le trésor perdu. Mais Alex, lui, resterait sénateur. Le gentleman du Tennessee estimé de tous. Sa carrière suivrait son cours. Il continuerait à se plaindre de Washington, à se lamenter avec ceux qui partageaient ses griefs… et à ne pas remuer le petit doigt.

Ça la rendait malade.

Elle se leva de son fauteuil et sortit par la baie vitrée. Traversant la terrasse et la pelouse, elle entra dans le bois pour gagner le sentier menant aux collines, bien tracé par les nombreux passages d'Alex. Elle n'avait que rarement suivi cet itinéraire. Elle se mit à gravir la pente en prenant garde aux pierres qui ne tenaient pas, l'esprit désormais clair et résolu. Seuls quelques rayons de soleil filtraient à travers l'épaisse voûte de verdure au-dessus de sa tête. L'odeur âcre et épicée des feuilles remplissait l'air qui résonnait de chants d'oiseaux. Le printemps avait commencé à chasser des montagnes les rigueurs de l'hiver qui la déprimaient. Tout en préférant l'été, elle aimait cette période de l'année. Ce passage du froid au chaud était comme une métaphore de sa vie.

Elle aperçut Alex à un détour du sentier.

Il la regarda approcher en choquant sa pipe contre l'écorce d'un arbre.

« Tu veux encore discuter, Diane ? demanda-t-il. Ce que nous nous sommes dit tout à l'heure ne t'a pas suffi ? »

Comment un homme réputé compétent en matière de haute politique pouvait-il être si ignorant des usages quand il s'agissait de discuter avec sa femme ?

« Il y a quelques semaines, un sondage a indiqué que 75 % des Américains étaient mécontents de la façon dont ils sont gouvernés. Pas mécontents des gens qui sont aux commandes, mais des institutions elles-mêmes. Cela fait une majorité écrasante de la population qui ne se satisfait pas de la situation actuelle. Notre projet offrira une autre solution à tous ces gens.

– Votre projet est de mener une révolution. Une révolution qui fera d'un seul homme, le président de la Chambre, le seigneur et maître du pays. On ne peut pas appeler ça une solution.

– Le temps est peut-être venu de voir si les choses ne fonctionneraient pas mieux autrement ?

– Vance a voulu se présenter à la présidentielle et son propre parti l'a écarté. Il n'est même pas allé au-delà du caucus de l'Iowa. Sa circonscription compte environ deux cent mille habitants. Les États-Unis en comptent plus de trois cents millions. Il n'a jamais été prévu qu'un seul représentant d'une seule circonscription détienne le genre de pouvoir que vous voulez lui confier.

– Les sénateurs l'ont bien, ce pouvoir, et ils s'en servent tous les jours. Serais-tu jaloux ?

– Inquiet, plutôt ! Oui, c'est vrai, nos précieuses règles de procédure sont souvent utilisées abusivement pour faire de l'obstruction. Seulement, elles contiennent leur propre correctif : il suffit que soixante sénateurs votent la clôture des débats pour mettre un terme à la manœuvre, ou que le président du groupe refuse de donner la parole aux collègues obstructionnistes. Il y a des moyens d'empêcher les blocages. Alors que dans ce que vous proposez, il n'y a pas de contre-pouvoirs. C'est un système sans frein qui causera plus de problèmes qu'il n'en résoudra. »

Depuis quelque temps, elle se sentait de plus en plus sous pression à l'idée des tâches qui restaient à accomplir. Elle avait déjà tourné le dos au passé. Seul l'avenir lui importait désormais. Ce changement de perspective était en partie dû à la prise de conscience que leur mariage était définitivement entré dans une période de stagnation insupportable. Ils ne partageaient plus que l'espace dans lequel ils vivaient. Leurs étreintes, qui n'avaient jamais été passionnées de toute façon, n'étaient plus qu'un lointain souvenir. Et de cette absence de rapports intimes était né le mépris. L'appel de la chair avait décidément ses bons côtés, même s'il pouvait conduire à des choix discutables.

Les pensées lugubres se bousculaient dans son esprit. Une, en particulier, hésitait à la périphérie de sa conscience comme une inconnue qui craint d'être mal reçue, mais ne s'en va pas pour autant.

Ils se tenaient côte à côte au bord de la falaise.

Alex se tut un moment, le temps de bourrer sa pipe et de l'allumer. Quand le tirage lui parut satisfaisant, il éteignit l'allumette d'une secousse puis la jeta dans la rivière, cinquante mètres plus bas.

«J'ai eu la visite de Warren Weston», déclara-t-il entre deux bouffées.

Elle dressa l'oreille.

«Il m'a assuré que tu avais abusé de ta position au sein du comité consultatif des Bibliothèques de la Smithsonian pour forcer un employé à violer le règlement en faisant des recherches dans les archives classifiées. C'est vrai ?»

Voilà qu'il la questionnait comme une mauvaise élève appelée dans le bureau du principal, maintenant.

«Absolument, répondit-elle.

– Il veut que tu démissionnes.

– Ah, si on pouvait toujours obtenir ce qu'on veut !

– Il m'a dit que si tu ne partais pas de ton plein gré, il te ferait révoquer.

– Et tu l'approuves ?»

Il secoua la tête avec un mélange d'amusement et de répugnance, puis s'écarta d'elle sans cesser de téter sa pipe, comme s'il avait peur de se compromettre. Il fumait uniquement dehors, et quand il était seul, habituellement sur la terrasse.

N'ayant aucune intention de céder son siège au comité consultatif, elle décida de poser tout de suite la question qui lui tenait vraiment à cœur.

« Qui est cette femme, Alex ? »

Il lui fit face.

« En toute franchise ? C'est une femme que j'ai rencontrée par hasard et qui s'est révélée être une perle.

– Tu l'aimes ?

– Oui.

– Tu as l'intention de divorcer ?

– Pas dans l'immédiat. Seulement quand j'aurai terminé mon mandat. Mais, oui, il va falloir mettre un terme à notre mariage. »

Au cours des deux dernières heures, son univers douillet et bien ordonné avait été chamboulé par son télescopage avec quelques réalités désagréables. D'abord il y avait eu le carnet de Kenneth et la réprobation d'Alex. Et maintenant, une autre femme ! Ces fiascos successifs pesaient sur ses épaules comme une chape de plomb. Sans parler du sentiment d'humiliation qu'elle éprouvait. Ses convictions, ses aspirations balayées d'un revers de main par son mari, comme s'il détenait le monopole de l'intelligence.

Oui, ça la rendait malade.

L'idée qui rôdait à la frontière de sa conscience fit un pas en avant. Diane, indécise, se tenait maintenant au bord d'un gouffre noir. Devait-elle ou non faire le saut ?

Une question qu'elle s'était plusieurs fois posée ces derniers temps. Par exemple quand Kenneth était venu solliciter son aide, ou quand deux hommes s'étaient jetés à sa tête et qu'elle avait cédé à leurs avances, ou encore quand elle avait manipulé Alex pour qu'il la fasse nommer au comité consultatif. À chacune de ces occasions, elle avait opté pour le saut dans l'inconnu.

Toutefois l'enjeu présent était beaucoup plus sérieux. Tout, absolument tout, allait dépendre de sa décision.

Elle refusait de ravaler une fois de plus sa bile devant les faux-fuyants de son mari. La concrétisation de ce refus passait certes par un choix bien plus radical que les précédents, mais, en gravissant la colline, elle avait eu le temps de chasser toutes ses incertitudes et ses craintes afin d'affronter Alex avec une détermination sans faille. Elle hésitait encore, pourtant.

«Je suppose que je n'ai pas mon mot à dire concernant le divorce ? demanda-t-elle.

– J'imagine que tu n'as rien contre. Sinon tu n'aurais pas avoué avoir eu deux amants.

– À propos desquels tu ne m'as pas posé la moindre question.»

Il tira sur sa pipe avant de répliquer :

« Tout simplement parce que ça ne me touche plus.

– Bien... Je suis d'accord avec toi, notre mariage a vécu. Mais, dans ce cas, pourquoi ne pas me laisser tranquille et te désintéresser de notre projet ?

– Ce n'est pas possible, et tu le sais pertinemment», répondit-il en pointant sa pipe vers elle pour ponctuer sa phrase.

Elle lui avait tendu plusieurs perches. C'était fini. S'avançant au bord de l'à-pic, elle regarda en bas l'eau bouillonnante de la rivière gonflée par les pluies de printemps. Des rochers émergeaient de loin en loin, rabotés et domptés par le flot incessant. Elle pensa à son père et à toutes les occasions qu'il avait manquées, au vide de sa propre existence insatisfaite des dix dernières années. Elle avait appris à faire avec, à se taire, à tenir sans broncher son rôle d'épouse dévouée de «monsieur le sénateur». Mais, depuis trois ans, elle bâtissait dans l'ombre un projet qui lui appartenait à elle... et qui risquait d'échouer. À l'idée de ce que représenterait pour elle une telle déconvenue, elle se surprit à faire une chose qu'elle n'avait pas faite depuis longtemps.

Elle se mit à pleurer.

Cela lui était arrivé pour la dernière fois à l'enterrement de son père.

C'en était trop. À l'évocation de ce deuil, elle éclata carrément en sanglots en se masquant le visage d'une main.

Alex s'approcha, passa son bras autour d'elle et la serra sur sa poitrine. Elle laissa aller sa tête contre lui.

«Je suis désolé, Diane. Sincèrement. J'aimerais pouvoir me taire, comme tu me le demandes, mais je ne peux pas.

– J'ai tout gâché», gémit-elle entre deux hoquets.

Cherchant sans doute à la rassurer et la consoler, il lui tapota le bras, mais la condescendance du geste ne parvint qu'à la mettre hors d'elle. Elle s'écarta lentement. La pensée clandestine occupait à présent toute la place dans son esprit. Elle y céda.

Elle s'élança épaule en avant et le heurta de plein fouet, lui faisant perdre pied. Sous le choc, il partit en arrière et tenta de rétablir son équilibre en projetant son buste vers l'avant. Ses yeux, fixés sur elle, semblaient envoyer des signaux d'alarme. Ses lèvres remuaient sans qu'aucun son n'en sorte. Il tenait encore sa pipe.

Son visage exprima une immense surprise.

Il bascula dans le vide.

Elle regarda aux alentours. Personne, pas un bruit. Normal: toutes les terres des environs appartenaient à Alex. La chute dura plusieurs secondes. Il ne proféra pas un cri. Le corps frappa violemment l'eau, puis, dansant comme un bouchon, fut emporté à toute vitesse par le courant. C'était comme si la rivière, animée des mêmes mauvaises intentions qu'elle, avait décuplé ses forces pour le malmener en tous sens. Les os vraisemblablement brisés, il ne pouvait pas résister et disparut bientôt vers l'aval dans le grondement continu des flots en furie.

Elle revint brusquement à la réalité présente, dans le calme de l'appartement d'Alex, et s'efforça de réfléchir rationnellement à ce qui s'était passé après le drame. Elle avait redescendu le sentier jusqu'à la maison, était entrée par le garage, puis était demeurée là près d'une heure, les mains tremblantes, debout dans le silence, faisant tout son possible pour maîtriser sa peur et se demandant si quelqu'un l'avait vue. L'image d'Alex battant désespérément des bras dans l'eau, luttant bouche ouverte pour respirer, restait gravée dans son esprit. Mais ce qui dominait en elle n'était pas tant l'horreur de son geste que la crainte d'être prise. Quand le shérif était arrivé, bien plus tard, pour l'informer que le corps avait été retrouvé, elle avait eu le plus grand mal à cacher son soulagement. Rien ne permettait de conclure à un homicide, et personne ne nourrissait le moindre soupçon envers elle.

Aucun témoin ne s'était manifesté. Aux yeux de tous, elle était seulement une femme qu'un tragique accident venait de priver de son mari. Que celui-ci ait été un sénateur de longue date n'avait fait qu'ajouter à la compassion générale.

Ce dont elle avait su jouer pendant les obsèques.

Elle inspira à fond plusieurs fois, recouvra tout son sang-froid et ressentit de nouveau l'immense soulagement qu'elle avait éprouvé ce jour-là, après la visite du shérif. Le passé était le passé. Elle avait désormais tout l'avenir devant elle.

Son téléphone sonna, comme une alarme.

Elle regarda l'écran. Lucius Vance. Elle décrocha.

« Il faut que nous parlions, dit-il de but en blanc d'un ton pressant qui ne présageait rien de bon. Tout de suite. En privé.

– Je suis en ville, répondit-elle, chez Alex. Là ou ailleurs…

– Explique-moi où c'est. J'arrive. »

53

Grant attendait le départ de l'homme de la Smithsonian. Il avait tout entendu. Son père avait donné au type, qu'il appelait « capitaine Adams », un texte codé que celui-ci avait déchiffré.

En un temps record.

Et le message permettait apparemment de localiser la pierre au Cœur.

La vieille baderne s'étant mise à divaguer de plus en plus, le visiteur prit rapidement congé, puis la moustiquaire de l'entrée s'ouvrit avant de se refermer avec un claquement. Grant patienta dans la cuisine jusqu'au moment où il entendit le bruit d'un moteur qui démarrait, suivi de celui des pas de son père qui retournait au salon. Il avait laissé l'uniforme dans sa voiture et hésita à aller le chercher. Mais pourquoi se compliquer la vie ? Quelques gifles, et il aurait tôt fait d'obtenir le renseignement que le vieux avait fourni sans difficulté à un parfait inconnu.

Il en avait plus que marre. Deux ans qu'il supportait les singeries de ce fossile sans arriver à lui soutirer davantage que des bribes d'informations disparates. Or son père était assez lucide pour coder un texte et révéler le lieu où se trouvait la pierre au Cœur. Il était dans une colère noire, encore attisée par la nouveauté qu'il venait d'apprendre : l'existence d'un journal apparemment de première importance.

Il quitta la cuisine et entra comme une furie dans le salon.

« D'où sortez-vous ? s'exclama son père.

– Regarde-moi bien. Tu ne me reconnais pas ?

– Pas du tout, monsieur. Si vous êtes avec le capitaine, il vient de partir.

– Non, je ne suis pas avec le capitaine, vieux débris. Je suis ton fils. Tu m'entends ? Ton fils, nom de Dieu ! Tâche de te souvenir, pour une fois ! »

Le regard de son père était vide, sans la moindre lueur de compréhension. Grant parcourut la pièce des yeux, à la recherche du bloc-notes qui avait servi à rédiger le message. Il ne le vit nulle part.

« Où est le bloc sur lequel tu as écrit quelque chose ?

– C'était entre le capitaine et moi. Ça ne concerne personne d'autre. »

La mémoire immédiate ne semblait pas trop mal fonctionner, aujourd'hui. Pourquoi ne pas essayer d'en profiter ?

« Parle-moi du code.

– Vous nous écoutiez ? Hein, mon garçon ? Vous nous espionniez ?

– Je ne te le redemanderai pas : où est le bloc-notes ? »

Pas de réponse.

Grant empoigna son père par le haut des bras et le secoua.

« Tu veux que je te démolisse ? C'est ça ? Ta carcasse est fragile, tu sais ? Si je t'envoie à l'hôpital, ça pourrait bien être la fin, pour toi. Réponds à ma question ! Tout de suite. »

Le vieux corps s'affaissa, la tête ballant sur le côté. N'arrivant plus à le maintenir debout, Grant le poussa dans un fauteuil.

C'est alors qu'il aperçut le bloc. Dans une des poches arrière de son père. Il s'en saisit, mais toutes les pages étaient vierges.

« Où est-ce ? hurla-t-il. Ce que tu as écrit, où l'as-tu mis ?

– Le capitaine… l'a emporté… avec lui. »

Et merde !

Mais si le vieux avait su retrouver la mémoire une fois, ça pouvait se reproduire. Surtout avec la motivation adéquate. Que Grant n'hésiterait pas à susciter. Il jeta le bloc sur les genoux de son père.

« Écris ce que tu as écrit pour l'autre !

– Vous savez déchiffrer le code ?

– Oui, oui. Je connais le code. Écris ! »

Ce serait toujours ça. S'il ne pouvait pas décrypter le message, Diane y arriverait sûrement. Au moins, ils auraient l'information.

« C'est le capitaine qui vous a appris ?

– Bien sûr. Je travaille avec lui. »

Son père se redressa, prit un stylo et se mit à griffonner. Puis il lui tendit le bloc, dont la première page portait une série incompréhensible de lettres.

RCLEUQ UTNITÉ MSIAF SLIFNO

« C'est n'importe quoi ! s'écria Grant. Tu veux que je te mette une bonne volée ? Hein ? C'est ça qui te ferait plaisir ? »

Le vieux fit non de la tête, l'air apeuré. Ah, enfin ! On progressait.

« Attendez ! Attendez ! Si je le déchiffre moi-même, ça ira ?

– Eh bien voilà ! Vas-y ! Qu'est-ce que tu attends ? »

Son père obéit. Quand il eut fini d'écrire, Grant lui arracha le bloc et lut la ligne décryptée.

QUELCRÉTINTUFAISMONFILS

« Vous n'avez plus qu'à séparer les mots. Vous arrivez à lire ? »

Bien sûr.

QUEL CRÉTIN TU FAIS MON FILS

Son père se redressa de son fauteuil. Il tenait un pistolet qu'il braqua sur Grant.

« La comédie est finie. Tu ne lèveras plus jamais la main sur moi. »

L'articulation était claire, nette et tranchante, la voix d'une fermeté qu'elle n'avait pas eue depuis des années. Puis la lumière se fit dans l'esprit de Grant.

« Mais… tu n'es pas plus malade que n'importe qui.

– Encore moins que tu ne le penses. La maltraitance des personnes âgées ne te pose pas problème, on dirait. »

Après un instant de stupeur muette, Grant parvint à articuler :

« Pourquoi avoir fait semblant ? Pourquoi t'être laissé taper dessus ?

– Parce que j'avais besoin de toi pour exécuter des tâches que je ne pouvais pas accomplir moi-même. Tout l'art de la guerre repose sur la duperie, vois-tu. Je doute que tu apprécies un tel truisme, mais peut-être goûteras-tu davantage la citation du poète français : "C'est double plaisir de tromper le trompeur". »

Son père recula de quelques pas, puis, agitant son arme, il lui fit signe de l'imiter.

« Cet or attire comme un aimant, n'est-ce pas ? demanda Frank.

– C'est sûr. »

Le vieil homme secoua la tête.

« Sans la demoiselle Layne, qui se fait appeler Sherwood maintenant, tu ne serais arrivé à rien. Son père l'a bien dressée.

– Tu l'as roulée, elle aussi, quand elle est venue te voir ?

– Naturellement. Mais j'ai surtout évalué l'étendue de ses connaissances sur le sujet. Puis j'ai observé votre rapprochement. Et quand tu t'es mis à me rendre visite sur visite en exigeant toujours plus d'informations, j'ai compris que vous étiez ensemble. Alors je vous ai menés là où je voulais.

– Ah, je vois. Tu veux les pierres. Et comme tu ne peux pas les récupérer par tes propres moyens, tu nous as fait faire le travail.

– Voilà. Tu vois bien que tu n'es pas toujours idiot. Malheureusement pour toi, cependant, tu ne m'es plus utile à grand-chose. »

Grant commença à regarder le pistolet pointé sur lui avec un respect grandissant.

« Pourquoi t'intéresses-tu à cette histoire ?

– Je suis un chevalier du Cercle d'or. Et depuis longtemps. Il est même possible que je sois le membre le plus important dans toute l'histoire de l'Ordre.

– Parce que c'est toi qui contrôles la Crypte.

– Ah, ces éclairs de génie dans la nuit de ta stupidité ! Je me demande ce que Mlle Layne te trouve.

– Tu es au courant de notre liaison ?

– Je sais beaucoup de choses, mon enfant. Bien plus que tu ne l'imagines.

– Tu es aussi un guetteur ?

– Je suis *le* guetteur. Celui de la Crypte. Je veille sur elle depuis de longues années. Seulement, je suis âgé, et je dois effectuer certaines tâches avant de mourir. Pour cela, je devais récupérer les pierres, et tu étais l'instrument idéal pour atteindre ce but le plus vite possible. »

Le vieil homme posa sa main libre à plat sur la vitre de la fenêtre de devant.

« Je pourrais devenir guetteur, suggéra Grant.

– Toi ? Tu n'as ni la cervelle ni la trempe requises pour l'emploi. Tu me rappelles Davis Layne, qui voulait l'or pour lui seul. La cupidité ne sied pas à un chevalier du Cercle d'or. »

Une idée traversa soudain l'esprit de Grant.

« Kenneth, le frère de Diane, c'est un chevalier, lui aussi ?

– Bien sûr. Sa mission était d'obtenir l'aide de sa sœur, puisqu'elle détenait les informations nécessaires.

– Dans ce cas, pourquoi avais-tu besoin de moi ? »

À cet instant, la moustiquaire de la porte d'entrée s'ouvrit et deux hommes firent leur apparition.

Le premier lui sauta dessus en lui enserrant le cou avec son bras gauche tout en lui maintenant les mains derrière le dos. Le second lui expédia un direct au niveau des reins.

La douleur fulgurante faillit le faire vomir.

« Ces messieurs vont à présent t'administrer le même traitement dont tu m'as si généreusement gratifié », dit son père en souriant.

Un deuxième coup de poing l'atteignit au plexus.

54

Cassiopée pénétra dans la mine. La galerie, déserte, était brillamment éclairée, comme lorsqu'elle avait quitté les lieux quelques heures plus tôt. Pistolet en main, doigt sur la détente, elle progressa en longeant la paroi jusqu'à la brèche donnant accès à la chambre au trésor. Valait-il mieux retourner voir ce qui s'y passait ou poursuivre son chemin dans le tunnel principal ?

Comme elle hésitait, des voix se firent entendre, provenant de l'ouverture. Elle s'y glissa donc et se dirigea vers la cache.

La porte qu'elle avait forcée pendant la nuit était grande ouverte. À l'intérieur, des silhouettes dansaient sur les murs, à contre-jour. Les voix continuaient de résonner.

« Mais vous êtes complètement malade ! » cria l'une d'elles.

Elle s'avança jusqu'au seuil en prenant garde aux ombres qu'elle projetait et risqua un coup d'œil. Trois hommes étaient allongés par terre, pieds et poings entravés par des cordes : les trois types du rucher. Proctor, debout, pointait une arme sur eux. Manquait le second comparse, qui n'était pas ressorti de la mine avec son collègue pour monter dans le camion.

Elle entra dans la salle. Proctor la vit, mais, sans lui laisser le temps de réagir, elle lui tira une balle entre les pieds.

« Lâchez votre arme ! » ordonna-t-elle.

Il obtempéra.

«Je vous attendais, déclara-t-il en souriant. J'étais sûr que la petite-fille de Morse vous appellerait après que j'ai emmené son grand-père, et c'est exactement ce qui s'est produit. Nous avons laissé une piste suffisamment claire pour que n'importe qui puisse la suivre.

– Où est Morse ?

– Parti. Dans le camion.

– Je ne l'ai pas vu.

– Il était ligoté à l'arrière. Inconscient. »

Rien de bien réconfortant dans tout ça.

« Donc, si je comprends bien, dit-elle, la règle est qu'aucun chevalier ne peut en tuer un autre sauf vous ? »

Il haussa les épaules en écartant les mains, paumes en l'air.

«Je ne fais qu'administrer la justice. »

Elle lui fit signe de s'avancer jusqu'au puits où Léa et elle-même avaient été enfermées.

« À votre tour de sauter », dit-elle.

Il s'approcha du bord.

Les trois hommes étaient toujours étendus sur le sol, l'un d'eux tout près d'elle. Comme elle baissait les yeux dans sa direction, elle s'aperçut soudain qu'il n'était pas vraiment attaché. La corde était juste enroulée autour de ses poignets. Avant qu'elle ait pu faire face à ce nouveau danger, il lança les bras en avant, lui fauchant les jambes. Elle tomba lourdement.

Un des deux autres se jeta alors sur elle et lui arracha son arme.

« Parfait ! Joli travail ! s'exclama Proctor en se baissant pour ramasser le pistolet. Ces trois jeunes gens ont obligeamment proposé de me prêter main-forte. Comment aurais-je pu refuser ? »

Elle avait la désagréable impression de s'être laissé jouer comme une débutante.

« Relevez-vous », dit-il.

Elle se remit debout.

« Ces messieurs et moi avions un petit entretien avant votre arrivée, reprit Proctor. Ils m'ont appris qu'un certain Grant Breckinridge, de Washington, a loué leurs services en les priant de se faire passer pour des chevaliers du Cercle d'or afin de localiser la pierre à la Sorcière.

– Qui est maintenant entre vos mains, j'imagine ?

– Tout à fait. J'ai expliqué à ces gentlemen que pendant la guerre de Sécession, et avant, être membre de l'Ordre était considéré comme un honneur. N'étaient invités à en faire partie que des hommes triés sur le volet. Le Nord était l'ennemi, et celui qui en doutait l'était aussi, même s'il venait du Sud. Je regrette de ne pas avoir connu cette époque. Tout était tellement plus simple alors.

– On a fait ce que vous demandiez, dit l'un des trois. On peut partir, maintenant ?

– Dans un petit moment, répondit Proctor en levant une main. D'abord, faites-moi l'amitié de m'écouter jusqu'au bout. »

À cet instant, l'homme qui manquait à l'appel fit son entrée et elle le vit adresser un discret hochement de tête à son chef, comme pour signifier qu'il avait accompli sa mission.

« La cérémonie d'admission était très impressionnante, reprit Proctor. Les chevaliers, coiffés de turbans et chaussés de sandales, étaient vêtus de robes pourpres brodées d'argent. Chacun portait un masque de son choix, représentant un visage différent du sien. Et ces masques étaient si admirablement peints que, dans la lumière appropriée, il était impossible de les distinguer de leur modèle de chair. Le postulant devait solennellement prêter serment par deux fois devant Dieu. Une fois cette exigence satisfaite, tous les chevaliers ôtaient leur masque, révélant leur véritable identité, et accueillaient le nouvel impétrant avec des embrassades et des poignées de main.

– Un club de grands garçons attardés, en somme, commenta Cassiopée.

– Un club conçu pour constituer une armée, et qui remplissait parfaitement son office. Des dizaines de milliers d'hommes furent ainsi faits chevaliers. Puis ils devinrent soldats, administrateurs, gouverneurs, législateurs et s'infiltrèrent dans tous les rouages de la vie publique, dans le Nord comme dans le Sud. Un redoutable réseau d'yeux et d'oreilles à l'impact dévastateur. Oui, cela devait être un grand honneur, en vérité, que d'appartenir à une telle élite. »

Ayant prononcé ces mots, Proctor tira une balle dans la tête de chacun des trois nervis, dont les corps s'affalèrent sur le sol.

« Ces trois imposteurs avaient souillé la mémoire des héros, ils ont eu ce qu'ils méritaient, déclara-t-il en abaissant son arme. J'imagine que la mort vous est familière.

– Elle semble surtout être votre meilleure amie.

– Je fais mon travail. »

Sur un geste de Proctor, son complice ramassa un bout de corde avec laquelle il attacha les mains de Cassiopée derrière son dos. D'une bourrade, il l'envoya ensuite sur le sol pour lui lier les chevilles. Puis il alla près de la porte chercher deux sacs qu'il déposa de l'autre côté de la salle avant d'en extraire deux espèces de boîtiers d'où sortaient des fils électriques.

« Ces sacs contiennent de la dynamite, révéla Proctor. Nous en avons déjà disposé un peu partout dans les galeries. Le temps est venu de faire disparaître cet endroit. Et vous avec. Mais, comme je vous le disais lors de notre première rencontre, je suis un gentleman. Je vous laisserai donc une chance raisonnable de vous tirer d'affaire. »

Lui empoignant les chevilles, il la traîna derrière lui et la lâcha à plusieurs mètres du puits. Après avoir roulé sur elle-même pour regarder ce qu'il faisait, elle le vit retourner près du trou, d'où dépassait toujours l'extrémité de l'échelle pourrie. Il tira de sa poche un cran d'arrêt, s'accroupit et fit jaillir du couteau une impressionnante lame dentelée dont il planta profondément la pointe dans le bois à moitié décomposé d'un des montants.

«Je vous laisse un outil qui pourrait vous servir, déclara-t-il. Je dis bien "pourrait".»

Il se releva et se dirigea vers la porte. Son compère activa les deux appareils électroniques en appuyant sur des boutons. Un affichage LED s'alluma sur chacun, indiquant trois minutes.

«Adieu, mademoiselle Vitt», lança Proctor.

Les deux hommes quittèrent la salle.

55

Diane ouvrit la porte de l'appartement et invita Lucius Vance à entrer. Le président de la Chambre semblait anxieux.

« On a un problème », dit-il.

Quand elle eut refermé derrière lui, il lui raconta son entrevue avec Danny Daniels à l'hôtel Willard.

« Tu ignorais qu'il avait été nommé pour terminer le mandat d'Alex ? demanda-t-il, remarquant l'étonnement qu'elle manifestait.

– Je n'ai pas écouté les nouvelles, aujourd'hui.

– Et personne ne t'a téléphoné ? »

Elle avait eu des appels, mais n'avait pas répondu.

« Non. Je m'étais installée ici pour travailler au calme. »

Vance n'était pas informé de la chasse au trésor. Pourquoi l'aurait-il été ? Il avait seulement connaissance de l'initiative de Kenneth concernant les législatures d'État et la requête pour une seconde convention constitutionnelle. Chose curieuse, Kenneth avait apparemment gardé pour lui la partie de leur projet relative à l'or caché. S'il en avait parlé à Alex ou à Vance, l'un ou l'autre y aurait fait allusion devant elle.

« Il savait exactement ce que nous nous sommes dit cette nuit ! Au mot près ! »

Inquiétant, en effet.

« Ton garde du corps croyait avoir entendu quelque chose, tu te rappelles ? Tu l'as assuré que ce n'était rien. Visiblement, tu avais tort.

– Tu ne m'as pas semblé particulièrement inquiète non plus. »

Elle ne pouvait pas le nier.

« Quoi qu'il en soit, s'il est au courant de ce que nous nous sommes dit, il l'est aussi de ce que nous avons fait. »

Le baiser.

Sans parler de l'allusion à leur liaison.

« Il ne nous lâchera pas. À mon avis, il a voulu ce siège de sénateur pour s'en servir comme tête de pont. »

La disparition du carnet de Kenneth s'expliquait mieux, à présent. Le responsable ne pouvait être que Daniels. Il avait eu tout le loisir de s'en emparer, et elle savait maintenant qu'il avait eu une raison de le faire. Mais elle s'abstint de confier cette conclusion à Vance.

« Que comptes-tu faire ? demanda-t-elle.

– Rien du tout. On continue comme prévu. Je viens d'avoir une réunion avec mes gens de la Commission du règlement. Ils sont d'accord pour voter la proposition dès demain matin. Ils sont conscients des risques et sont prêts à les prendre. Il y aura un délai de vingt-quatre heures entre le vote en commission et la mise aux voix en séance. Je ne peux pas l'éviter. Et même si je le pouvais, ce ne serait pas une bonne idée : ça donnerait un peu trop l'impression d'un passage en force. Bien sûr, on peut s'attendre à quelques remous, mais la Chambre en a vraiment par-dessus la tête des petites combines du Sénat. Tous les représentants à qui je parle sont partants pour le changement.

– Et la Maison-Blanche ?

– Fox ? Ce débile ? Il sera désarmé avant même de comprendre ce qui lui arrive. Après ça, il comptera pour du beurre, affirma Vance avec assurance. Daniels m'a aussi interrogé sur la mort d'Alex. Il m'a même menacé en insinuant que je pourrais y avoir été pour quelque chose. Est-ce qu'il y a lieu de s'inquiéter à ce sujet ?

– Il m'a posé les mêmes questions.

– Tu ne m'as pas dit que vous vous étiez parlé, observa Vance en la dévisageant curieusement.

– Après l'enterrement. Il est venu à la maison. Je l'avais invité.

– Pourquoi ?

– Alex et lui étaient amis. Et il a quand même été président des États-Unis ! Qu'aurais-tu préféré que je fasse ? Que je le snobe ? Ça n'aurait pas été très malin. Nous ne nous aimons pas beaucoup, lui et moi, alors je ne pensais pas qu'il viendrait de toute façon. Mais il est venu. »

Et, une fois sur place, il avait volé le carnet, ce qui était probablement l'unique raison de sa visite.

« Comme je le lui ai expliqué à ce moment-là, Alex est mort en faisant une chute malheureuse, poursuivit-elle. Il n'y a absolument rien qui permette d'imaginer autre chose.

– C'est la conclusion officielle ?

– Tout à fait. C'est ce que m'a affirmé le shérif lui-même. Et aussi le FBI, qui a été appelé puisque le mort était un personnage officiel. »

Elle se força à verser une larme pour ajouter une touche de sincérité à ses propos. Cela fonctionna à merveille.

« Je ne voulais pas te faire de peine, dit Vance. C'est juste que l'affaire prend des proportions inattendues. À aucun moment nous n'avions imaginé avoir Daniels dans les pattes. Il aurait dû disparaître de la circulation depuis longtemps. Il pourrait nous poser des problèmes.

– En se servant des sénateurs ? Qui se soucie d'eux ? Ils ne peuvent rien.

– Non, en se servant du peuple. Les gens l'aiment bien et lui font confiance. Et il possède l'art de manœuvrer les foules. C'est une combinaison redoutable. »

Elle examina un à un les éléments à prendre en compte avant de conclure :

« Quoi qu'il fasse, le temps joue contre lui. Nous aurons atteint notre but avant qu'il ne comprenne ce qui se passe et puisse trouver des soutiens. De plus, soyons lucides, il est peu plausible que le public se mobilise pour défendre le Sénat. Personne ne lèvera le petit doigt. Le sentiment général sera : "De toute façon, ça ne pourra pas être pire que ce qu'on a maintenant." »

Ce sentiment de désillusion du public, ils avaient d'ailleurs tablé dessus dès le début. Tout le monde se plaignait du mode de gouvernement, comme le prouvaient les sondages et les chroniques dans la presse. Les candidats se faisaient élire en se déclarant « antisystèmes » et étrangers à l'élite de Washington, puis, au bout de neuf mois, ils se coulaient dans le moule en vertu du principe qu'on ne pouvait changer les règles qu'en s'y conformant. Et c'est précisément pour cela que rien ne bougeait, que des hommes comme Alex réclamaient des réformes à cor et à cri sans jamais en engager une, se croyant assez malins pour manipuler ou contrôler le système de l'intérieur, voire le contourner. Selon cette vision, il fallait du temps pour devenir efficace. Or, plus un élu restait en place longtemps, plus il accumulait de faveurs, et plus ces faveurs produisaient de dividendes. C'était là des vérités dont tous les nouveaux représentants prenaient très rapidement conscience. Et l'on reconnaissait à leur longévité politique ceux d'entre eux qui les gardaient toujours présentes à l'esprit.

Selon un principe éternel, chacun voulait passer à la postérité. Surtout les présidents. Pour eux, le premier mandat était consacré au travail, le second à l'histoire. Les règles étaient différentes pour les parlementaires, à qui il fallait des décennies pour se constituer un héritage. Lucius Vance, lui, était sur le point de mettre en place le sien d'un seul coup en produisant le plus grand bouleversement jamais suscité depuis les Pères fondateurs.

« Tu vas gagner ce combat », assura-t-elle.

Il parut prendre son courage à deux mains.

« Oui, je vais le gagner, dit-il. Mais il faut que je sois sûr d'une chose… »

Elle attendit la suite.

« Avant de faire le saut, je veux savoir, et savoir tout de suite, s'il y a quoi que ce soit dont je pourrais regretter de ne pas avoir été informé. »

Il revenait à la charge. Elle feignit de nouveau d'être offensée.

« Écoute, mon mari est décédé. Ne pouvez-vous pas le laisser reposer en paix, tous autant que vous êtes ? Il est mort dans un accident.

– Aucune possibilité qu'il se soit suicidé ? »

Ça, elle n'y avait jamais pensé, mais c'était une idée à creuser.

« Étant donné qu'il n'y avait personne avec lui, il m'est impossible d'être catégorique. Tout ce que je peux affirmer, c'est que rien dans son attitude des jours précédents ne me conduit à penser qu'il ait pu faire une chose pareille. Maintenant, ça ne prouve rien : Alex était habile à cacher ses sentiments. »

Comme elle avait pu le constater à ses dépens.

« Comprends-moi, je cherche simplement à assurer mes arrières. Daniels est un guerrier et il fera un rude opposant.

– On dirait que tu as peur.

– Pas le moins du monde. Mais il est bon de connaître l'ennemi. Il était au courant de détails intimes sur nous deux. Nous devons nous demander ce qu'il sait d'autre. »

Une idée traversa soudain l'esprit de Diane.

Le pendentif à la croix cerclée.

Daniels avait prétendu qu'Alex l'avait perdu quand il était venu le voir, mais il s'agissait sûrement d'un mensonge. C'était vraisemblablement Kenneth qui avait donné le collier à Alex, et si le bijou s'était retrouvé chez l'ex-président, cela pouvait très bien signifier qu'Alex s'était confié à lui.

Ce qui expliquait encore plus clairement pourquoi Daniels avait volé le carnet et l'avait interrogée après l'enterrement.

La question se posait en effet : que savait-il d'autre ?

56

17 H 20

Danny trouva Teddy Solomon dans le gymnase du Sénat, au rez-de-chaussée du Russell Office Building. Il gardait un souvenir ému de cette oasis de tranquillité où les sénateurs pouvaient se réfugier à toute heure pour faire un peu d'exercice sans crainte de se montrer sans fard et non en représentation, comme l'exigeait la vie politique. Se sentant contraints à la flatterie pour obtenir crédits et soutiens, la plupart des gens qui embrassaient la carrière s'efforçaient en effet de se conformer à l'image que d'autres se faisaient d'eux. Danny, lui, n'était jamais tombé dans ce piège. Il était toujours resté lui-même, ce qui lui avait d'ailleurs valu quelques déboires. Il n'avait jamais non plus été un grand sportif, mais il aimait l'ambiance détendue du gymnase. De nombreux accords se concluaient entre sénateurs suants et soufflants au milieu des appareils de musculation. Il existait un vestiaire et une petite salle séparés à l'intention des sénatrices. Beaucoup d'entre elles, cependant, utilisaient de préférence les installations des messieurs sans que personne ne semble s'en formaliser. Il fallait taper un code pour entrer. Il ne le connaissait pas, mais l'agent du Secret Service posté devant la porte le composa pour lui.

Solomon était en train de faire du jogging sur un des tapis de course, ses bras se balançant au rythme des foulées.

«Je parie… que vous n'avez jamais mis… les pieds dans cette salle, dit-il en haletant.

– Détrompez-vous, je l'ai fréquentée assidûment, mais pas pour faire de la gym. Ce que j'aimerais savoir, c'est ce que *vous*, vous faites ici.»

Le vice-président ralentit l'allure et haussa les épaules.

«Que voulez-vous, j'ai pris l'habitude de venir quand j'étais sénateur, et je ne vois pas pourquoi j'arrêterais sous prétexte que j'ai été rétrogradé.»

Danny sourit à la boutade, que personne d'autre n'était là pour entendre.

«Il faut que nous parlions.

– Attendez un instant.»

Solomon stoppa la machine, en descendit, puis, attrapant une serviette au passage, il alla tout essoufflé jusqu'à la porte pour aviser le gardien qu'ils ne voulaient pas être dérangés.

«Il y a au moins un avantage à être vice-président, commenta-t-il en revenant, on peut avoir le gymnase pour soi tout seul.

– Je sais ce que Vance prépare, dit Danny tandis que son vieil ami s'épongeait le visage. Il va utiliser l'article 1, section 5, alinéa 2 de la Constitution pour modifier les règles de procédure de la Chambre des représentants.

– Et alors ? Ça arrive tout le temps.

– Pas de cette façon…»

Un peu plus tôt, en suivant les explications de Paul Frizzell sur ce qui se tramait, Danny avait repensé au carnet de Kenneth Layne, dont les mystérieuses listes lui étaient peu à peu apparues beaucoup plus compréhensibles.

«Nous savons tous que la Constitution autorise le Sénat et la Chambre à établir leur propre règlement, poursuivit-il. L'un comme l'autre ont pratiquement carte blanche en la matière, et, au nom de la séparation des pouvoirs, la justice a très peu de moyens, voire aucun, de s'opposer à leurs décisions. Vance compte faire usage de cette liberté d'action en la poussant à l'extrême. Son plan est simple à exécuter, mais d'un effet dévastateur… »

Teddy Solomon le regardait, manifestement tout à fait à l'écoute, maintenant.

« Il veut introduire une règle selon laquelle la Chambre des représentants ne prendrait en considération et ne voterait que les lois proposées par ses membres. »

Danny se tut et attendit que son ami prenne toute la mesure de ce qu'il venait d'entendre. Ce ne fut pas long.

« Merde ! murmura Solomon.

– Et il n'y a rien d'anticonstitutionnel là-dedans. C'est de cette façon que le pays a été gouverné pendant les vingt premières années de son existence. La règle n'était pas écrite, mais le Sénat ne comptait pas à l'époque. Toute la législation procédait de la Chambre. Le Sénat examinait le texte, proposait éventuellement un amendement, puis votait pour ou contre et le renvoyait aux représentants. Comme une lettre à la poste. Pas de magouilles. Pas d'obstruction. Il ne venait à aucun sénateur l'idée de récrire quoi que ce soit, puisque l'avis du Sénat n'était que consultatif. Et voilà. Vance a l'intention de remettre ce concept au goût du jour.

– Et de se faire roi. »

Exactement.

Solomon avait tout de suite vu la portée de ce simple changement. Si les représentants ne considéraient que leurs propres textes, le Sénat se retrouvait *de facto* relégué sur la touche. La Chambre débattrait des propositions émanant de ses rangs et les transmettrait aux sénateurs, qui pourraient y « apporter des amendements », selon la formulation définissant leur rôle consultatif dans la Constitution. Certes, les deux assemblées devraient tomber d'accord avant qu'une loi soit définitivement adoptée et puisse être signée par le président, mais la Chambre des représentants deviendrait le corps dominant. Si un sénateur désirait soumettre une proposition de loi, il lui faudrait convaincre un représentant de la présenter à la Chambre. Et il ne serait plus possible à un sénateur de bloquer à lui seul tout le processus législatif. Les patrons seraient les quatre cent trente-cinq députés de la Chambre des représentants élus tous les deux ans par le peuple.

Et menés par le président de la Chambre.

Bien entendu, le Sénat ne serait pas tenu d'approuver une proposition envoyée par la Chambre, mais il serait réduit à l'accepter telle quelle ou à la rejeter à une majorité absolue de cinquante et une voix contre quarante-neuf.

Dans l'état actuel de la procédure, les sénateurs pouvaient se cacher derrière toutes sortes d'artifices soigneusement conçus qui leur permettaient d'enrayer le système tout en niant être en faute, si bien que les propositions arrivaient rarement jusqu'au vote en hémicycle. On ne comptait plus les textes coulés sans que personne ne puisse dire d'où venait la torpille. Avec le changement préconisé par Vance, les sénateurs devraient voter en séance plénière sur chaque mesure transmise par la Chambre. Ils auraient la possibilité d'introduire des amendements, mais ceux-ci devraient également être votés en séance, et la Chambre aurait de toute façon le pouvoir de les adopter ou de les rejeter. Plus de chipotage. Plus de réécriture. Plus de blocages. Une réponse par oui ou par non. Cerise sur le gâteau, en cas de refus de vote des sénateurs, ce serait eux qui porteraient la responsabilité du délai occasionné.

Pas un petit toilettage, un bouleversement complet.

« Être sénateur, c'est comme piloter un bombardier pendant la guerre, remarqua Solomon, qui parlait d'expérience. On vole à dix mille mètres et on tue des gens qu'on ne voit pas. C'est facile à faire, et aussi facile à justifier. Avec le système de Vance, les sénateurs deviendraient fantassins et devraient se battre au corps à corps en risquant leur peau ! Ils ne se sont pas trouvés dans une position aussi vulnérable depuis longtemps.

– Ce qui m'effraye, c'est que le public soutiendra ce truc. Tout le monde déteste les blocages, et le Sénat est sans conteste à l'origine de la plupart d'entre eux. Ce qui est normal, d'ailleurs, puisqu'il a justement été créé pour faire contrepoids. »

Les Pères fondateurs, en effet, avaient à l'esprit le parlement anglais, avec sa Chambre des communes et sa Chambre des lords, la première constituée d'élus, la seconde de pairs héréditaires. Lors de la convention constitutionnelle, aucun d'eux n'avait souhaité conférer aux simples citoyens un pouvoir illimité sur les affaires de l'État, conscients qu'ils étaient tous du danger représenté par l'irréflexion et l'impulsivité dans la prise de décisions. C'est pourquoi ils avaient imaginé un corps législatif non responsable devant le peuple : le Sénat, dont les membres étaient choisis par les législateurs des différents États de l'Union. L'unique mission du Sénat était de s'assurer que l'assemblée la plus représentative – la Chambre – ne votait pas de dispositions déraisonnables, exactement de la même façon que la Chambre des lords contrôlaient la Chambre des communes depuis des siècles. À l'origine, les fondateurs avaient souhaité que les sénateurs ne soient pas rémunérés et soient donc exclusivement des hommes fortunés, mais l'idée avait fait long feu. La solution finalement retenue avait été de fixer l'âge minimum à trente ans – soit cinq de plus que pour les représentants – et la durée d'un mandat à six ans avec renouvellement par tiers tous les deux ans. Un système d'équilibre des pouvoirs imparfait qui fonctionnait tout de même de façon acceptable.

Certes, des problèmes survenaient de temps à autre, mais les modèles alternatifs étaient bien pires.

« Tout va être chamboulé, continua Danny. Ça va pour le moins rendre les sénateurs frileux. Sachant qu'ils ne pourront arriver à rien s'ils n'ont pas un membre de la Chambre de leur côté, ils n'oseront plus dégainer de peur d'effaroucher l'autre assemblée. Toutes les discussions de marchands de tapis passeront d'une aile du Capitole à l'autre.

– Avec le président de la Chambre dans le rôle d'arbitre.

– Et en mesure de tenir la dragée haute à la Maison-Blanche. Le président ne pourrait pas faire autrement que d'entretenir une relation étroite non seulement avec le président de la Chambre, mais avec tous ses membres influents. De bicaméral, le législatif deviendrait de fait monocaméral.

– Et Vance représenterait à lui seul le gouvernement fédéral. Tout passerait par lui. Maintenant déjà, aucun texte n'est mis aux voix sans le feu vert du président de la Chambre. S'il arrive à ses fins, son pouvoir sera multiplié par mille, puisque la Chambre sera l'unique source de production des lois. Et le plus dingue, c'est que son projet a toutes les chances de passer, étant donné qu'il permettra à chaque député, quel que soit son bord, d'acquérir une influence du tonnerre de Dieu. Un coup fumant : on dépouille le Sénat de ses pouvoirs tout en montant soi-même en grade, le tout sous les acclamations de la foule qui braille "Ouais, vas-y ! C'est tout bon !" Du gâteau. Les gens ne saisiront pas ce qui s'est vraiment passé avant qu'il soit trop tard.

– D'après mes renseignements, la commission du Règlement votera la proposition demain matin. Elle sera soumise au scrutin en séance plénière le lendemain.

– C'est fou ce qu'on peut aller vite quand on veut ! » commenta Solomon avec un petit rire.

Ils restèrent un moment silencieux. À eux deux, ils cumulaient près d'un siècle d'expérience politique. Danny avait toujours trouvé rigolos les candidats qui se présentaient comme « étrangers au microcosme de Washington ». C'était comme si la réceptionniste d'un chirurgien se disait « étrangère au microcosme médical » et capable d'opérer mieux, et pour moins cher, que le spécialiste. Pour moins cher, sans doute. Mais mieux ?

On n'obtenait des résultats que si l'on maîtrisait son sujet, et seul le métier permettait d'acquérir les connaissances nécessaires pour ça. Bien sûr, on pouvait toujours apprendre la théorie. Mais, dans ce cas, on risquait de provoquer de sacrés dégâts si l'on s'essayait à passer directement à la pratique.

Dieu merci, Solomon et lui étaient des chirurgiens qualifiés, pas des réceptionnistes.

« Il existe une façon, et peut-être même une seule, de freiner les agissements de Vance, dit enfin Danny à Solomon, visiblement curieux d'en savoir davantage. Il faudra quelqu'un de couillu pour mettre en œuvre ce que je pense. Par chance, j'en connais deux qui répondent à ce critère. »

57

Cassiopée se rapprocha du couteau de Proctor en roulant sur elle-même. Le compte à rebours continuait, les chiffres rouges qui s'inscrivaient silencieusement sur les écrans des minuteurs indiquaient deux minutes et vingt-trois secondes. Elle dut contourner un des corps qui avaient été laissés sur place, ce qui ralentit sa progression.

Tout en se démenant sur le sol rocailleux, elle évalua sa situation. Prendre le couteau pour couper ses liens n'était pas envisageable : elle avait les mains derrière le dos et cela affecterait sa coordination. La priorité semblait être de libérer ses pieds afin de pouvoir courir. Si Proctor n'avait pas menti, ce qu'elle avait toute raison de croire, l'ensemble des galeries, comme la salle où elle se trouvait, étaient piégées à l'explosif. Astucieux : une fois la mine complètement effondrée, personne ne saurait jamais ce qui s'y était passé.

Mais elle n'était pas encore morte.

« Ai-je une chance raisonnable ? » se demanda-t-elle.

Plus que ça.

Cessant de se tortiller, elle se plaça pieds en avant face au cran d'arrêt que Proctor avait planté dans le bois de l'échelle, tranchant vers le haut, à une trentaine de centimètres du sol. Elle centra la lame entre ses chevilles puis, imprimant à ses jambes un mouvement de va-et-vient, elle entreprit de sectionner la corde en s'efforçant d'appuyer assez légèrement pour ne pas risquer de déloger le couteau.

Elle jeta un coup d'œil aux minuteurs.

1:50.

La corde se rompit.

Pas le temps de couper celle qui lui entravait les poignets. Il fallait qu'elle décampe.

1:35.

Elle pivota sur elle-même pour se mettre debout. Ses mains attachées compliquaient la manœuvre, lui faisant perdre de précieuses secondes. Mais elle parvint à se lever et courut vers la porte.

Un dernier coup d'œil aux écrans.

1:27.

Elle s'était déjà trouvée dans des situations problématiques, mais celle-ci était en passe de prendre la première place sur la liste. Dans la galerie, elle vit en passant un autre sac à dos accompagné d'un minuteur, celui-ci réglé à quelques secondes de retard sur ceux de la salle. Une fois à la brèche qui donnait accès au tunnel de sortie, elle s'y jeta et émergea presque aussitôt dans ce dernier.

Un nouveau sac de dynamite était posé là. Le minuteur affichait 0:59.

Comme elle tournait l'angle en courant, elle buta contre une pierre et tomba en avant. Elle parvint de justesse à se contorsionner pour se recevoir sur l'épaule, mais le choc fut douloureux.

Serrant les dents, elle se releva clopin-clopant, de plus en plus consciente du rôle des bras et des mains dans le maintien de l'équilibre. Elle voyait à présent la sortie, à vingt mètres, mais celle-ci aussi était piégée, le minuteur à 0:32. Elle respira à fond pour se calmer, puis ordonnant à ses jambes de se remettre en mouvement, elle baissa la tête et se pencha en avant de façon à stabiliser ses appuis. Elle ne pouvait pas se permettre une nouvelle chute. La lumière du jour filtrait à travers le trou creusé dans l'éboulement à l'entrée de la mine. Si elle parvenait à franchir ce passage, elle survivrait peut-être aux explosions. Quatre lots de dynamite allaient toutefois produire une sacrée déflagration.

Elle continua à courir, pas aussi vite qu'elle l'aurait voulu, mais assez pour atteindre l'ouverture.

0:22, lut-elle sur le dernier minuteur.

Les deux de la chambre aux lingots étaient légèrement en avance sur celui-ci, donc le feu d'artifice commencerait là-bas avant de se propager jusqu'à la sortie.

Elle jaillit à l'air libre et jeta un rapide coup d'œil autour d'elle. Un tas de gravats se dressait sur sa droite. Elle plongea derrière.

Un grondement étouffé annonça l'anéantissement définitif de la salle du trésor. Puis d'autres explosions se succédèrent. Enfin, le lot de dynamite le plus proche mit un point d'orgue au concert, et, dans un vacarme assourdissant, la bouche de la mine vomit une grêle de cailloux mêlée de fumée.

Elle resta plaquée au sol, joue contre terre.

Un épais nuage de poussière déferla à travers le hangar en ruine avant de poursuivre sa course dans l'atmosphère tiède de la fin d'après-midi. Elle toussa et cracha pour se débarrasser des particules qui lui encombraient les voies respiratoires, puis, s'efforçant de recouvrer son calme, elle se releva, les poignets toujours attachés.

Elle l'avait échappé belle.

L'entrée de la mine n'existait plus, de nouveau entièrement comblée par un amas de terre et de roche.

Comme le nuage commençait à se dissiper, elle entendit quelqu'un battre des mains. Un applaudissement lent, régulier, moqueur. Elle fit quelques pas vers la lumière et découvrit l'origine du bruit.

Proctor.

L'ordure.

« Bravo ! dit-il. Vous n'aviez qu'environ 20 % de chances de vous en tirer en trois minutes. »

Elle secoua la tête, faisant s'envoler la poussière de son visage et de ses cheveux.

« Et que se serait-il passé si je n'y étais pas arrivée ?

– Problème résolu, répondit-il avec un haussement d'épaules. Mais vous avez réussi. Et maintenant nous allons faire un petit voyage, tous les deux.

– Puis-je demander où nous allons ?

– Vous pouvez, mais je ne vous le dirai pas.

– Et si je refuse de vous suivre ?

– Vous n'êtes pas sans savoir que je détiens Terry Morse. Si je ne rejoins pas rapidement l'endroit où le camion que vous avez vu doit être déjà arrivé, mon associé tuera le grand-père. »

Une affirmation à ne pas prendre à la légère : Proctor prenait indubitablement plaisir à occire son prochain.

« Vous comptez me détacher ?

– Seulement si vous vous montrez coopérative. »

Ce qu'elle avait bien l'intention de faire jusqu'à ce qu'elle ait les mains libres. Après ça, elle s'occuperait du sieur Proctor.

Et le camion ?

Dieu merci, il pouvait être suivi à la trace.

58

Cotton retourna au Château, où il rejoignit Rick Stamm dans son bureau du sous-sol. Son entretien avec Frank Breckinridge avait été déconcertant. Dans quelle mesure le vieil homme avait-il perdu l'esprit ? Difficile à évaluer. Il vivait à l'évidence dans le passé, mais conservait une solide maîtrise de l'histoire, ce qui expliquait sans doute qu'il ait pu coder si facilement le curieux message.

SOUS ONZE ERREURS

Il raconta tout à Stamm sans rien omettre.

« Incroyable ! dit le conservateur après l'avoir écouté. Je sais exactement où chercher. »

Grant se secoua.

Il n'avait pas perdu connaissance après la raclée qu'il avait reçue, mais presque. À croire que les deux hommes s'étaient inspirés de sa propre technique, lui administrant habilement la correction avec le juste dosage de brutalité pour lui faire entrer la leçon dans la tête sans causer de lésions graves. Par bonheur, il était en bonne forme physique, et ses abdos musclés avaient amorti la plupart des coups. Il était étendu par terre dans le salon. Son père parlait avec les deux gros bras sous la véranda de devant. Les bribes de la conversation qui lui parvenaient ne lui permettaient pas de comprendre ce qui se passait. Mais il avait au moins la réponse à une énigme : si le vieux avait pu vivre seul, c'est parce qu'il n'était pas plus malade que lui. Il avait joué la comédie, et de façon très efficace, il fallait l'admettre. Grant avait fait exactement ce que son père avait voulu sans jamais soupçonner une manipulation.

Il entendit la moustiquaire s'ouvrir puis se refermer.

Le vieil homme entra dans le salon et s'assit dans un fauteuil.

« Alors, quel effet cela t'a-t-il fait ?

– J'ai compris le message, mon petit papa. Tu as voulu me rendre la monnaie de ma pièce.

– Décidément, j'aime bien tes fanfaronnades, dit son père en riant. Tu n'as pas peur de grand-chose. Quand je pense au potentiel que tu avais. Quel dommage que tu n'aies jamais fait preuve de la discipline nécessaire pour le canaliser. Et voilà que, tout à coup, tu te mets en tête de trouver de l'or. La cupidité est une puissante motivation, hein ? »

Grant réprima la nausée qu'il sentait monter en lui depuis la rossée.

« C'est vrai, je le voulais, ce trésor.

– Sauf qu'il ne t'appartient pas. »

Grant frotta son plexus douloureux.

« Qui l'aura, alors ?

– Ça reste à voir. Mais pour le moment j'ai besoin de ton aide. »

Cotton s'installa dans un fauteuil en face de Stamm, assis derrière un bureau encombré.

« "Sous onze erreurs", répéta ce dernier. Il s'agit d'une allusion à James Smithson, l'homme qui a légué les cinq cent mille dollars à l'origine de notre institution.

– Une allusion à Smithson ? Comment ça ?

– Je vous montrerai, là-haut. Que savez-vous de Smithson ?

– Pratiquement rien.

– Nous nous efforçons de donner de lui une image fantasmée. Smithson n'était pas Indiana Jones, malheureusement. C'était un banal scientifique du XIXe siècle comme il y en avait beaucoup. Il travaillait sur des sujets tels la préparation du café, les larmes ou le venin de serpent. Il a aussi réussi à découvrir un minéral qui a été nommé smithsonite en son honneur, après sa mort – une pierre sans grand intérêt, il faut l'avouer. Rien de ce qu'il a fait n'était révolutionnaire, ni même très instructif. Mais il vivait à une époque où la chimie était en train de se détacher de l'alchimie pour devenir une vraie science, une discipline respectée, et il a modestement contribué à cette consécration.

– Et il est enterré ici ?

– Oui. Au rez-de-chaussée. Dans ce que nous appelons la crypte. Il repose là depuis 1905, après que sa dépouille a été amenée d'Italie. À l'origine, sa tombe était à Gênes, mais Alexander Graham Bell, qui était un de nos régents en ce temps-là, parvint à convaincre tout le monde de faire transférer le corps ici. Bell se rendit lui-même en Italie en 1903 pour superviser l'opération. »

D'après Stamm, le cercueil de Smithson avait alors été exposé dans la salle des Régents pendant plus d'un an, le temps d'aménager près de l'entrée nord une crypte pour le recevoir, laquelle devait elle-même servir de sanctuaire provisoire jusqu'à ce que des fonds soient réunis pour la construction d'un monument plus élaboré. Mais le financement ne se concrétisa jamais. En 1973, il fut décidé de rénover la crypte afin de la rendre plus attrayante pour les visiteurs.

« C'est à cette occasion que Breckinridge a pris sur lui d'ouvrir le tombeau, continua le conservateur. Le secrétaire de l'institution était alors en Inde, et ce n'est sûrement pas par hasard que Breckinridge a choisi cette date. Par la suite, son initiative a fait l'objet de bon nombre de critiques.

– Parce qu'il n'était pas habilité à ouvrir la tombe ?

– Ce n'est pas clair. Il était le conservateur du Château, et il s'agissait de travaux de rénovation, donc il était en droit de prendre toute décision nécessaire à la bonne marche du chantier. Mais il n'avait pas l'accord spécifique des régents ou du secrétaire pour toucher à la tombe. Pourtant, de nombreuses personnes étaient présentes au moment de l'ouverture : le second secrétaire, plusieurs secrétaires adjoints, des conservateurs, des archivistes… Un membre du personnel a même appelé le *Washington Star-News* pour raconter ce qui se passait. Et quelqu'un a alerté les autorités. Il est apparemment obligatoire d'avoir un permis spécial pour ouvrir une sépulture sur le territoire de la ville, et Breckinridge ne l'avait pas. Afin de désamorcer la polémique, nous avons invité un journaliste à venir voir les ossements. Il a écrit un article tout à notre honneur que personne n'a lu, et l'affaire a été classée.

– Qu'y avait-il dans la tombe ? »

Grant s'assit et écouta les explications de son père.

« Ils vont rouvrir la tombe de James Smithson, comme je l'ai moi-même fait il y a des années, déclara celui-ci. L'homme qui est venu ici tout à l'heure est celui qui enquête sur ce qui nous intéresse pour le compte de la Smithsonian. Je l'ai mis sur la piste en espérant qu'il sera assez malin pour la suivre. Et je parie qu'il l'est. Ils ne pourront pas résister à l'envie de jeter un coup d'œil. Et ils le feront cette nuit.

– Comment as-tu su qui était ce type ?

– C'est mon travail de me tenir au courant de tout. Je suis tout ça de près depuis longtemps et j'ai de nombreuses antennes.

– Je ne comprends pas. Pourquoi l'avoir mis sur la piste ?

– Grâce aux indications que je t'ai fournies, tu as réussi à t'emparer de la pierre à la Sorcière et de la pierre de la Piste. Mais pour la pierre au Cœur, c'est une autre affaire. Je l'ai déposée dans le tombeau de Smithson en 1974, après l'avoir ouvert pour une prétendue étude historique.

C'était l'endroit idéal pour la cacher, c'est pourquoi j'ai pris le risque. Davis Layne voulait s'approprier les cinq pierres pour trouver l'or. Il n'en démordait pas. J'ai essayé de le dissuader par des méthodes conventionnelles, y compris par la menace, mais en vain. J'ai donc fait disparaître la seule pièce du puzzle sans laquelle il ne pouvait rien. »

Grant n'en croyait pas ses oreilles.

« Autant que tu le saches tout de suite, poursuivit son père, je suis à présent en possession de la pierre à la Sorcière.

– Comment ça ? Mes hommes en ont pris des photos, dans l'Arkansas, mais n'ont pas pu la récupérer.

– C'est pourquoi j'ai envoyé mes gars à moi, qui sont bien plus compétents. Ce sont eux qui gardent la pierre, répondit son père. Tes bandits de pacotille sont morts, ajouta-t-il à la stupéfaction de Grant. J'ai dû les éliminer, à cause de toi. »

Après tout, qu'en avait-il à faire ? La disparition de ces guignols n'était pas son problème. Il avait d'autres chats à fouetter.

« Qu'as-tu réussi à trouver concernant la pierre de la Piste ? demanda le vieux.

– Je n'ai que des photos. J'ai été dérangé.

– J'ai appris ce qui s'est passé dans la galerie des fossiles. Tu as eu de la chance de ne pas te faire prendre.

– Le type avec qui tu parlais. C'est lui qui a essayé de m'arrêter. J'ai reconnu sa voix.

– Dans ce cas, il est heureux pour toi qu'il ait ignoré ta présence ici. Tu dois être conscient que tes initiatives nous ont grandement compliqué la tâche. Il ne m'avait même pas effleuré l'esprit que tu pourrais abattre un employé et tirer sur un agent fédéral.

– Mais ce n'est pas un problème quand toi tu fais tuer trois hommes.

– Ces meurtres ne seront jamais découverts. En revanche, cette femme que tu as prise pour cible lutte contre la mort dans un lit d'hôpital. Une chance que l'affaire soit tenue secrète… pour le moment.

– De quoi te plains-tu ? Je t'ai rapporté tout ce que tu voulais, non ?

– Ça, oui. Seulement tu as inutilement attiré l'attention. Beaucoup plus que nous ne l'escomptions.

– Qui ça, "nous" ?

– Tu n'as pas à le savoir. Ce qui doit t'importer, c'est que je vais te donner une dernière chance de te racheter.

– Qu'est-ce je devrai faire pour ça ?

– Aller chercher la pierre au Cœur. »

Cotton lut les deux pages que Stamm avait téléchargées sur l'ordinateur et imprimées. Il s'agissait d'un rapport puisé dans les archives de la Smithsonian.

Objet : Exhumation et nouvelle inhumation des restes de James Smithson.
Auteur : Frank Breckinridge, conservateur du Smithsonian Institution Building.
Date : 5 octobre 1973.

Le cercueil contenant la dépouille de James Smithson, enterré dans la crypte du Smithsonian Institution Building, a été exhumé le mercredi 3 octobre 1973 et remis en place le vendredi 5 octobre 1973. Ce compte rendu, rédigé pour mémoire, sera versé aux archives. L'emplacement et l'état du cercueil ainsi que du squelette lui-même ayant fait l'objet d'une étude complète menée avec le plus grand soin, aucune nouvelle exhumation du corps de Smithson ne me paraît devoir être nécessaire à l'avenir.
À la mi-septembre 1973, j'ai demandé au service responsable de la gestion du bâtiment d'examiner le sol de la crypte afin de localiser le cercueil. Les archives relatives à l'installation de la tombe et du cercueil en 1904 contenaient en effet des informations contradictoires. Le 1er octobre 1973, nous avons ouvert le réceptacle en forme de sarcophage fixé sur la tombe, mais il s'est révélé vide. Dans

l'après-midi du 2 octobre 1973, j'ai fait percer un trou dans le côté nord du socle de la tombe, ce qui a permis de déterminer que le cercueil se trouvait à l'intérieur du socle. Les quatre faces de marbre du socle étaient maintenues en place par des broches de fer. J'ai donc fait détruire complètement le panneau nord et commandé un panneau en marbre d'Italie identique afin de le remplacer.
Quand nous avons ôté le couvercle du cercueil, nous avons découvert à l'intérieur de celui-ci une bière en cuivre soudée. Nous avons décidé d'ouvrir cette dernière à l'aide de chalumeaux pour faire fondre les soudures. Le couvercle de la bière une fois enlevé, il nous est apparu qu'elle contenait le crâne de Smithson à une extrémité et le reste des ossements répartis à divers endroits, mêlés de poussière et de débris de bois provenant du cercueil original de 1829. Les chalumeaux ayant malencontreusement embrasé la doublure de soie de la bière, le contremaître a ordonné aux ouvriers d'aller se remplir la bouche d'eau à la fontaine de la grande salle afin d'éteindre le petit incendie qui se propageait sans risquer d'endommager les os en utilisant un extincteur. Après que son couvercle a été remis en place et recouvert d'une serviette, la bière a été transportée de l'autre côté du Mall, dans un laboratoire du Muséum d'histoire naturelle. Aucun manuscrit n'a été trouvé à l'intérieur de la bière.
Une fois mesurés, photographiés, radiographiés, répertoriés et nettoyés, les différents ossements ont été rangés dans des sacs en plastique séparés. À 13 heures, le vendredi 5 octobre 1973, un groupe de témoins a été rassemblé dans l'atelier du Muséum d'histoire naturelle. Là, en leur présence, des rapports dactylographiés ont été déposés à l'intérieur de la bière, précisant les raisons et le jour de son ouverture ainsi que l'état des restes constaté à cette date. Puis le couvercle de cuivre a été ressoudé sur la bière, qui a été transportée de l'autre côté du Mall en voiture. À 13 h 45, le 5 octobre, la bière

a retrouvé sa place dans le cercueil d'acajou ornementé et doté de six poignées en argent massif ainsi que d'une plaque du même métal gravée au nom de Smithson. Ce cercueil a ensuite été réintroduit dans le socle, dont le panneau détruit a été provisoirement remplacé par une pièce de fer en attendant l'arrivée du panneau de marbre d'Italie.

« Le panneau de marbre n'a été livré qu'en février 1974, indiqua Stamm. Breckinridge a donc disposé de quatre mois pour enlever la plaque de fer et dissimuler ce qu'il voulait dans le socle. En tant que conservateur, il avait libre accès à la crypte, de jour comme de nuit. »

Cotton se rappela ce que lui avait expliqué Weston à propos de la querelle entre Breckinridge et Layne.

« Davis Layne voulait l'or, et je suppose que la pierre au Cœur est indispensable pour le trouver. Breckinridge a donc imaginé un prétexte pour ouvrir la tombe de Smithson de façon à pouvoir cacher la pierre à l'intérieur, où personne ne pourrait jamais aller la chercher. Il l'écrit lui-même dans son rapport : “aucune nouvelle exhumation du corps de Smithson ne me paraît devoir être nécessaire à l'avenir”.

– Mais il se trompait, dit Stamm. Nous allons la rouvrir nous-mêmes, ce soir après la fermeture du musée. Moi aussi, je suis conservateur et j'ai libre accès à la crypte. Une chose me tracasse, cependant. Pourquoi Breckinridge nous met-il sur la piste après toutes ces années ?

– Parce qu'il voulait que nous sachions où se trouve la pierre. »

Cotton avait déjà arrêté un plan d'action.

Pour lequel il avait besoin d'aide.

Il appela donc le quartier général de la division Magellan.

59

Grant était assis à l'arrière de sa propre voiture, derrière son père et un des hommes qui l'avaient tabassé. Ils traversaient Washington. Il avait encore mal aux abdominaux, mais il survivrait. On lui avait confisqué son portable et son pistolet, comme à un gosse que l'on punit, sans qu'il puisse y faire grand-chose. Après s'être trouvé dans une position gratifiante pour son ego, il était de nouveau un moins que rien. Il avait sous-estimé le vieux crabe. Pire, il s'était laissé manipuler. À se demander si ce qu'il avait accompli était au moins partiellement de son fait, ou s'il n'avait joué dès le départ qu'un rôle de figurant dans un scénario sur lequel il n'avait aucune prise.

« Il y a certaines informations que je dois te communiquer, dit son père depuis le siège avant. Cette fois, je le ferai sans que tu aies besoin de recourir à ta méthode de persuasion habituelle.

– Tu ne peux pas me lâcher un peu, avec ça ? Tes primates m'ont déjà fait passer ton message.

– Ha, ha ! Il faut que tu m'excuses. Je me fais vieux et je n'ai plus guère d'occasions de m'amuser. Tu es tout ce qui me reste.

– Je n'oublie pas tes insultes non plus. »

Le vieil homme se retourna et lui fit face.

« Tu préfères que je te colle une balle dans la tête et qu'on n'en parle plus ? demanda-t-il sans la moindre trace d'humour pour atténuer la menace.

– Viens-en au fait. Qu'est-ce que tu voulais me dire ? »

Angus Adams était content de retrouver Joseph Henry. Ils ne s'étaient pas vus depuis le jour de l'incendie, le 24 janvier 1865. Douze années avaient passé. Et que de changements! Ils étaient assis dans le bureau d'Henry, au rez-de-chaussée. Le Château, restauré, était redevenu le musée actif et animé de jadis, même si son aménagement intérieur n'était plus le même.

Dieu merci, la guerre était finie. Ces années de conflit avaient été difficiles pour tout le monde. En particulier pour les espions. La paix conclue, nombre d'entre eux s'étaient terrés et avaient changé de nom pour tenter de tourner le dos à une carrière faite de mensonges. Dépressifs, inadaptés, dévalorisés à leurs propres yeux, beaucoup se suicidaient. Cela n'avait rien d'étonnant, d'ailleurs: un espion qui doute n'est pas loin de la mort. Certains, pourchassés par les troupes fédérales, avaient été tués – pas exécutés à la suite de procès et de condamnations en bonne et due forme, mais abattus comme des chiens et abandonnés les tripes au soleil. Plus ils s'étaient montrés efficaces, plus la traque était acharnée. Lui-même avait fait partie des meilleurs, et les fédéraux l'avaient poursuivi avec zèle. Mais il était parvenu à leur échapper et à se réfugier dans un endroit où personne n'aurait eu l'idée d'aller le chercher.

«J'ai été ravi quand j'ai reçu le télégramme annonçant votre visite, déclara Henry. Je me suis toujours demandé ce qui vous était arrivé après notre dernière entrevue.

– J'ai bien failli ne pas réussir à quitter la ville, cette fois-là, répondit Adams avec un petit rire. Apparemment, beaucoup de monde était au courant de ma mission.

– Les fédéraux étaient sur les traces des archives gouvernementales du Sud, révéla Henry. Ils savaient qu'elles avaient été évacuées de Richmond et devaient être apportées à la Smithsonian. Le capitaine que vous avez sauvé des flammes m'a rendu visite quelques jours plus tard et m'a demandé pourquoi la clé et votre journal s'étaient trouvés sur mon bureau ce jour-là. Je lui ai dit que vous étiez venu avec l'intention d'en faire don à l'institution, mais que l'incendie s'était déclaré à ce moment-là, interrompant notre conversation, si bien que je n'avais rien appris de plus et que la donation ne s'était pas concrétisée. Je lui ai expliqué que vous aviez laissé la clé et le journal sur la table quand nous nous sommes

rendu compte que le bâtiment brûlait. Il m'a ensuite fait part de votre confrontation violente dans mon bureau, sur quoi je l'ai informé que je vous avais vu le transporter en lieu sûr alors qu'il était inconscient. Selon toute vraisemblance, vous lui avez sauvé la vie. Pour exprimer sa reconnaissance, il a clos les poursuites à l'égard de toutes les personnes concernées.

– Généreux de sa part, si l'on considère qu'il n'a eu ni la clé ni le journal.

– Grâce à votre présence d'esprit.

– Grâce, surtout, à Marianna McLaughlin, qui s'est trouvée là au bon moment pour m'escamoter au nez et à la barbe des soldats! Qu'est-elle devenue, à propos ?

– Elle habite toujours ici, à la même adresse. Je peux vous arranger un rendez-vous avec elle, si vous le souhaitez.

– C'est aimable à vous, mais je crois préférable de limiter mes apparitions au strict minimum.

– Et vous, Angus, qu'avez-vous fait depuis tout ce temps ?

– Je suis allé m'installer dans l'Ouest, où je vis depuis la guerre. Dans le territoire du Nouveau-Mexique.

– Une partie de la région que vous avez explorée en 1854.

– Tout à fait. Le pays m'a tellement plu que j'ai décidé de m'y installer. J'y possède un ranch dans les monts Sangre de Cristo, près du Rio Grande. Un long bâtiment de plain-pied en adobe qui se fond dans le paysage. Des pièces à ne plus savoir qu'en faire et une véranda bien à l'ombre tout autour. Ah, si vous voyiez ça ! »

Et Angus Adams de décrire à son vieil ami son havre de paix et ses simples tâches quotidiennes : nourrir les bêtes, rentrer les cochons, protéger les poules des coyotes… Il évoqua les soirées sur la véranda à prendre le frais après la chaleur des journées d'été, et les nuits si noires que rien n'éclairait sinon la flamme fugitive d'une allumette embrasant le tabac d'un cigare.

« Le seul inconvénient, ce sont les moustiques, dit-il. Ils sont infernaux. De deux choses l'une : soit on s'habitue à leurs piqûres, soit on passe maître dans l'art de les écraser d'une claque. Le seul moyen de les éloigner est de se placer sous le vent d'une brouette de fumier enflammé de façon que la brise pousse la fumée puante vers le lieu où on se trouve.

– Charmant!

– Charmant est bien le mot, Joseph. Malgré les moustiques, l'endroit est un vrai paradis. Il y a aussi la cuisine locale. Ces haricots que l'on fait revenir dans la graisse chaude. Les frijoles refritos. *Humm! Mes enfants les adorent.*

– Cela me réchauffe le cœur de savoir que les choses ont bien tourné pour vous. Continuez-vous à peindre?»

Adams regarda son ancien patron. Le vieil homme devait avoir près de quatre-vingts ans et les années ne lui avaient pas fait de cadeau, mais il était toujours à la tête de la plus importante institution scientifique américaine.

«Je n'ai rien contre une petite toile de temps en temps. Je prends toujours plaisir à manier le pinceau.

– Vous étiez un de nos meilleurs illustrateurs. J'adorais vos dessins.»

Adams fut sensible au compliment.

«Je me réjouis que la guerre ne vous ait pas causé trop de dommage.

– Ah, ce furent des années bien rudes. Nous avions si peu d'argent que nous devions jongler pour ne pas mettre la clé sous la porte. Mais nous avons su rebondir et nous sommes prospères à présent.»

Excellente nouvelle.

«Finalement, cet incendie a été une bénédiction», ajouta Henry.

Une drôle de façon de voir les choses!

«Qu'est-ce qui l'a déclenché?

– Une initiative stupide. Des ouvriers qui travaillaient dans la salle des peintures avaient froid. Ils se sont procuré un poêle et en ont branché le tuyau dans ce qu'ils pensaient être un conduit de cheminée. En fait, il s'agissait d'une bouche d'aération percée dans le revêtement extérieur en brique. Pendant une semaine, le bois de la charpente a chauffé, puis a fini par s'enflammer d'un seul coup.

– Et moi qui ai toujours soupçonné que c'était un coup des Yankees. Quelle coïncidence, tout de même, que ce soit arrivé justement ce jour-là!

– Il arrive que la fortune favorise les uns plutôt que les autres. Cette fois, c'est à nous qu'elle a souri. Des questions ont été posées, bien sûr, mais tout est rentré rapidement dans l'ordre.

– Beaucoup de tableaux détruits ?

– La plupart des œuvres de Charles King et John Stanley ont été réduites en cendre. Tous leurs portraits d'Indiens. Les chefs cherokees et osages. Les guerriers potawatomis… Sans doute la collection la plus précieuse du pays. Une perte immense. »

Pour les avoir admirées des heures durant, Adams se souvenait de chacune de ces toiles.

« Tous les effets personnels de Smithson ont également disparu, continua Henry. Ses malles, un parapluie, une canne, une épée et un petit laboratoire de chimie portatif. Par chance, les livres de sa bibliothèque, qui étaient entreposés ailleurs, ont été épargnés. »

Adams vit là une transition toute trouvée pour dévoiler le but réel de sa visite. Il prit la serviette en cuir qu'il avait transportée avec lui dans le train et en sortit un objet.

« J'ai estimé le temps venu de vous restituer ceci », dit-il, tendant à Henry le passe-partout récupéré le jour de l'incendie.

Le vieil homme accepta le cadeau.

« C'est une bonne chose que je n'en aie pas disposé en 1865, remarqua-t-il. Jamais nous n'aurions pu aller chercher ces archives à l'époque. Existent-elles toujours ?

– Bien sûr, seulement elles ont été déménagées. Et croyez bien que j'en suis navré, mais elles doivent rester cachées encore quelque temps. Soyez toutefois rassuré : elles sont en sécurité et ma volonté est qu'elles échoient à terme à la Smithsonian, comme Jeff Davis le désirait.

– Qu'entendez-vous par "quelque temps" ?

– Soixante-quinze ans.

– Se conserveront-elles si longtemps ? demanda Henry, visiblement surpris.

– Je pense que oui. J'ai fait en sorte que ce soit le cas.

– Les chevaliers sont donc encore là ?

– Oui, mais les choses sont en train de changer. »

Henry examina le passe-partout.

« Alors, que dois-je faire de la clé ?

– Conservez-la, répondit Adams avant de tirer de sa serviette un superbe registre relié plein cuir et doré à l'or fin qu'il tendit à Henry.

– Votre journal de terrain ! s'exclama celui-ci, reconnaissant aussitôt l'objet.

– Mes notes prises lors de la première expédition de la Smithsonian dans le Sud-Ouest en 1854, oui, mais une copie. Légèrement différente de l'original et sans la poussière des chemins. J'ai eu l'idée de la laisser ici en prêt un petit moment. »

Henry feuilleta les pages manuscrites.

« C'est magnifique, commenta-t-il. Je vois que vous n'avez rien perdu de vos talents artistiques.

– Je ne suis qu'un homme bien imparfait qui a eu la chance d'être témoin d'événements historiques d'importance, répondit Adams avec un sourire. Ce journal devrait étoffer avantageusement vos collections. Je me suis dit qu'une durée de soixante-quinze ans serait raisonnable pour un prêt. »

Henry fit à l'évidence le lien avec la clé.

« Après ce délai, qu'il soit rendu à ma famille en Géorgie.

– Il sera fait selon votre volonté, mon cher ami. Je suis certain que nos géologues, naturalistes et géographes seront ravis d'étudier vos observations – les premières qui aient jamais été faites sur le Sud-Ouest. Mais, dites-moi, les choses ont-elles beaucoup changé, dans la région ?

– Pas le moins du monde. C'est d'ailleurs pour cela aussi que j'adore vivre là-bas. »

« Où as-tu été pêcher tout ça ? demanda Grant.

– Ceux d'entre nous qui ont des responsabilités dans l'Ordre savent tous exactement ce qu'a fait Angus Adams lors de sa visite à Henry en 1877. Il complétait sa mission originale, ce jour-là, mais à un détail près : il ne venait pas récupérer son journal, mais le rendre à la Smithsonian.

– Et la clé ?

– Elle a toujours son importance. C'est d'ailleurs pour ça que tu dois la reprendre. »

Grant l'avait laissée à Diane, dans l'appartement d'Alex.

« Sache bien, mon fils, que la Sherwood ne nous est d'aucune utilité. Nous pouvons trouver l'or sans elle. Mais il nous faut la clé.

– Je croyais que je ne servais plus à rien.

– Tu peux quand même te racheter.

– D'accord. Je peux me charger de récupérer cette clé. »

Son père sourit.

« Je savais bien que je pouvais compter sur toi. Dis-nous où c'est, nous y allons tout de suite. Nous avons le temps. »

Grant grimpa l'escalier. L'immeuble de Sherwood était tranquille à cette heure de l'après-midi, la plupart des occupants n'étant pas rentrés du travail. Il cherchait un prétexte susceptible de convaincre Diane de lui remettre la clé. Il pouvait tout simplement la prendre sans lui demander son avis, mais il préférait la ménager encore.

Du moins pour un temps.

Parvenu devant la porte de l'appartement, il frappa discrètement.

Pas de réponse.

Il recommença, un peu plus fort cette fois.

Toujours rien.

Il essaya de tourner la poignée.

Verrouillée.

Où était-elle passée, nom de Dieu ?

Il songea à lui téléphoner, mais cela ne ferait qu'éveiller ses soupçons. Il se tint un instant immobile, l'oreille aux aguets. Silence. Avec un peu de chance, aucun des voisins de palier n'était là. Levant la jambe droite, il donna un coup de talon dans le battant, qui s'enfonça, mais sans céder.

Un second choc fit sauter le verrou et la porte s'ouvrit à la volée.

Il entra et vit tout de suite le passe-partout posé sur le bureau.

L'appartement était désert. Diane avait dû s'absenter.

Parfait.

Il attrapa ce qu'il était venu chercher et ressortit.

Le portable de Danny vibra dans sa poche.

Il se trouvait toujours dans le gymnase, en train d'élaborer un plan avec le vice-président.

Il jeta un coup d'œil à l'écran.

INCONNU.

Il décida de répondre tout de même.

« Monsieur le président, c'est Taisley Forsberg. L'homme qui a pris le carnet… Il vient d'enfoncer la porte de l'appartement d'Alex. »

60

Cotton regarda sa montre : 19 heures.

Le Château était fermé depuis une heure et demie, mais quelques employés s'attardaient dans les locaux. Dans les étages, les bureaux étaient vides. Dans la grande salle du rez-de-chaussée, où il se tenait, on faisait le ménage dans le bar, et la boutique de souvenirs s'apprêtait à baisser le rideau. Encore une heure et, selon Stamm, le bâtiment serait entièrement désert.

Il gagna l'entrée nord et le vestibule dans lequel donnait la crypte de Smithson. Avant de quitter le bureau du sous-sol, il avait parcouru les pages que Stamm avait consacrées au symbolisme du tombeau dans son livre sur le Château. Le monument consistait en une urne massive en forme de sarcophage reposant sur quatre pattes de lion sculptées et surmontée d'une pomme de pin censée représenter la régénération. Son flanc portait un médaillon figurant un papillon dans une couronne de laurier, évoquant la renaissance de la vie après la mort. La couronne elle-même signifiait la réussite, la victoire et l'éternité. L'ensemble était supporté par un socle en marbre rouge à l'intérieur duquel se trouvaient les restes de Smithson.

Se rapprochant, il lut l'inscription élégante gravée dans la pierre.

À LA MÉMOIRE DE MONSIEUR JAMES SMITHSON,
MEMBRE DE LA ROYAL SOCIETY DE LONDRES,
DÉCÉDÉ À GÊNES LE 26 JUIN 1829 À L'ÂGE DE 75 ANS.

« Il y a une erreur, dit derrière lui Rick Stamm, qu'il n'avait pas entendu approcher. Smithson est mort à soixante-quatre ans, pas à soixante-quinze. »

L'énigme de Breckinridge devenait claire.

SOUS ONZE ERREURS

« Pratiquement personne ne remarque la faute, continua le conservateur, mais Breckinridge en avait forcément connaissance. »

Le tombeau était flanqué de deux drapeaux : américain d'un côté, britannique de l'autre, Smithson ayant été sujet anglais. Une vitrine contenait divers souvenirs et documents, dont le fameux testament.

« Breckinridge a bien fait d'ouvrir cette pièce. Avant ses travaux de rénovation, elle était entièrement close, sombre, avec une grille de fer qui interdisait l'entrée. On regardait le tombeau comme à travers une porte de prison. Maintenant, on peut y accéder librement et en faire le tour. »

Cotton désigna le socle de marbre.

« Comment peut-on pénétrer là-dedans ?

– Ça ne devrait pas poser de problème. »

Quelque chose tarabustait Cotton depuis un moment.

« Le message que m'a transmis Breckinridge était bien subtil, remarqua-t-il. Onze erreurs. Pas mal, pour un type à l'esprit dérangé qui se croit au XIXe siècle… »

Stamm lui adressa un regard d'incompréhension.

« Que voulez-vous dire ? demanda-t-il.

– Nous avons encore du temps avant que tout le monde n'ait vidé les lieux. Rien de ce qui se trouve ici ne va s'envoler. Allons tous les deux rendre une deuxième petite visite à notre retraité. »

Diane, qui était allée déjeuner dans un de ses restaurants préférés de Washington, se fit déposer par un taxi devant chez Alex. La brève visite de Vance continuait à susciter son inquiétude, mais ne l'avait-il pas assurée que le processus serait mis en route dès le lendemain comme prévu ? Elle se demandait aussi où était Grant, qui ne lui avait pas donné de nouvelles. Que pouvait-il bien faire dont elle n'était pas informée ?

Elle grimpa l'escalier, tourna au bout du couloir… et se figea devant la porte de l'appartement. Celle-ci était entrebâillée, le montant en éclats.

Elle entendit du bruit à l'intérieur.

Un cambrioleur ?

Impossible.

Elle poussa le battant.

Et vit Danny Daniels.

« Mais qu'est-ce que vous fichez ici ? s'exclama-t-elle depuis le seuil. C'est vous qui avez forcé la porte ?

– Non. Elle était comme ça quand je suis arrivé. Mais elle ne s'est pas mise dans cet état-là toute seule, ça, c'est sûr. »

Elle jeta un rapide coup d'œil circulaire, et son regard s'arrêta presque aussitôt sur le bureau. Son iPad était toujours là. Pas la clé.

« Vous êtes venu pour me voler encore quelque chose ?

– Je vois que vous avez compris qui a récupéré le carnet de votre frère.

– J'appelle la police.

– Excellente idée. Je pense qu'il est largement temps pour elle d'intervenir. »

Debout à l'autre extrémité de la pièce, en costume cravate, il la toisait de toute sa hauteur, l'air satisfait.

« De quoi parlez-vous ? demanda-t-elle.

– Des Chevaliers du Cercle d'or. »

Refusant de se laisser déstabiliser, elle passa devant la porte défoncée et entra dans l'appartement.

« Pourquoi avez-vous pris ce carnet ?

– Pour finir ce qu'Alex avait commencé.

– Il vous a mis au courant ?

– Je sais exactement ce que vous, votre frère et Vance avez en tête. »

Elle sentit une bouffée de rage la submerger. Son mari était mort et voilà qu'un autre homme, qu'elle détestait depuis des lustres, essayait de se mettre en travers de son chemin !

« Ce que nous faisons est parfaitement légal.

– Pas lorsqu'il s'agit d'un meurtre… »

Bluffait-il ? Difficile à dire.

« Qu'est-ce que vous insinuez ? »

Il resta muet.

« Je vous ai posé une question, bon Dieu ! Répondez !

– Vous avez du souci à vous faire.

– Ce n'est pas une réponse.

– C'est vrai. Mais la personne qui est entrée ici par effraction a emporté quelque chose, et ça, ça devrait vous inquiéter.

– Comment se fait-il que vous vous soyez justement trouvé là ?

– Le type qui a fracassé cette porte a tué un homme, hier soir. Et il a peut-être aussi tiré sur un agent fédéral. Je veux sa peau. Il a une tache de vin sur le cou et porte des cheveux bruns bouclés. Ou plutôt *portait*: maintenant ils sont courts. »

Qu'avait dit Grant, quand elle lui avait demandé où il allait ? « Me faire couper les cheveux. »

« J'ignore de qui vous parlez.

– Vraiment ? Parce que le type que vous avez envoyé ici il y a quelques jours pour récupérer le carnet et les livres d'Alex avait des cheveux bruns bouclés et une tache de vin. »

Comment pouvait-il savoir ça ? Cette fois, elle ne put s'empêcher de laisser éclater sa fureur.

« Sortez ! Sortez d'ici ! Tout de suite ! »

Elle regretta aussitôt son manque de sang-froid et son mode de défense désespéré, symptômes d'une angoisse qu'elle voulait précisément cacher.

« Ce médaillon que je vous ai rendu, continua Daniels, ignorant l'interruption, c'est l'emblème des Chevaliers du

Cercle d'or. Vous en avez un identique, comme vous l'avez admis vous-même. Alex, lui, avait jeté le sien. Une manière de montrer qu'il n'était absolument pas solidaire du plan que vous concoctiez avec Vance et votre frère. Et maintenant, il est mort. Quelle étrange coïncidence.

– Vous n'êtes qu'un pauvre type arrogant. Vous l'avez toujours été. Pauline a fini par comprendre ce que vous êtes vraiment et a fait ses valises. Une chance pour elle. Dommage que votre fille n'ait pas eu la même. »

Danny sentit la moutarde lui monter au nez. Elle avait passé les bornes. Ce n'était pas parce qu'il l'avait poussée dans ses retranchements pour essayer de la faire avouer qu'elle devait se croire autorisée à l'attaquer sur son seul point sensible en utilisant comme arme la mort de sa fille.

« Mary, paix à son âme, a disparu à cause de ma négligence, c'est un fait. Et la douleur de cette perte ne s'effacera jamais. Vous, en revanche, ne semblez pas très peinée par la mort de votre mari. Je vous ai observée, pendant les obsèques. Vous jouiez à la perfection le rôle de la veuve éplorée. Mais votre chagrin semblait bien s'être complètement envolé, un peu plus tard, sur votre terrasse, avec Lucius Vance. »

Il épia sa réaction comme il avait épié celle de Vance. Elle était moins douée que le président de la Chambre pour ce qui était de cacher sa surprise.

« Eh oui, poursuivit-il. Je vous ai vus vous embrasser, et j'ai entendu votre conversation. Vous n'êtes bonne qu'à tricher, mentir et tromper. À assassiner, aussi, je crois. Je ne peux pas le prouver. Pas encore. Mais j'y arriverai, vous pouvez compter sur moi. »

Il se dirigea vers la porte.

« Je n'ai plus qu'une chose à vous dire », marmonna-t-elle.

Il imaginait bien laquelle et ne s'en souciait guère, mais il importait qu'elle mesure la gravité de la situation. Aussi lui fit-il de nouveau face en pointant son index sur elle.

« Une femme à qui je tiens profondément est en train de lutter pour sa vie à l'hôpital par la faute de votre partenaire anonyme. Ce type, je l'aurai. Et vous aussi. »

Et il sortit.

De l'autre côté du couloir, il aperçut le visage de Taisley dans l'entrebâillement d'une porte. Elle avait certainement entendu tout ce qui s'était dit dans l'appartement ouvert d'Alex. C'était elle, au téléphone, qui lui avait signalé le changement d'apparence du meurtrier. Leurs regards se croisèrent. Il secoua discrètement la tête en lui faisant signe de rentrer chez elle et de ne pas se montrer.

Jusqu'à présent, il avait réussi à la tenir en dehors de l'affaire. Et il comptait bien continuer.

Il descendit l'escalier et sortit de l'immeuble avec l'intention de retourner au chevet de Stéphanie. L'agent de la division Magellan posté en sentinelle à l'hôpital l'avait appelé un peu plus tôt pour l'informer qu'aucun changement n'était survenu. Les médecins la maintenaient dans le coma pour lui permettre de se reposer, ce qui, selon eux, constituait le meilleur remède. L'opération semblait réussie. Les lésions avaient été réparées, l'hémorragie stoppée.

De bonnes nouvelles, somme toute, mais elle restait dans un état critique.

Il se mit en marche vers la grande avenue qui passait au bout de la rue dans l'espoir d'y trouver un taxi. Il entendit un bruit derrière lui puis aperçut du coin de l'œil la silhouette d'une voiture qui allait arriver à sa hauteur. Le régime du moteur changea, signalant que le véhicule ralentissait, puis s'arrêtait. Aussitôt sur ses gardes, il se retourna et vit une berline noire semblable aux milliers d'autres qui sillonnaient les artères de la capitale.

La portière arrière s'ouvrit et son vieil ami le député Paul Frizzell apparut.

« Quelqu'un aimerait te parler, déclara celui-ci avec une expression des plus neutres.

– Quelqu'un à qui *moi* je devrais parler ?
– À mon avis, ce serait préférable. »
Danny sentit une crainte sourde lui étreindre le cœur.
« Tu ne m'as pas tout dit, c'est ça ?
– Loin de là, Danny. Loin de là. »

61

Cotton et Rick Stamm gravirent les marches de la véranda de Frank Breckinridge. Il était près de 20 heures et la nuit était tombée. Aucune lumière ne brillait à l'intérieur, mais la porte était grande ouverte. Il frappa contre le montant tout en observant le vestibule à travers le grillage de la moustiquaire.

Le vieil homme ayant tardé à se manifester lorsqu'il lui avait rendu visite la première fois, il toqua de nouveau.

Toujours rien.

« Monsieur Breckinridge, appela-t-il. C'est le capitaine Adams. Je suis déjà passé tout à l'heure. »

Aucune réponse.

Il ouvrit la porte.

« Est-ce bien judicieux ? demanda Stamm.

– Dans mon métier, ce n'est pas judicieux, c'est vital. »

Ils pénétrèrent dans la maison, où régnait un silence de cathédrale.

« Jetons un coup d'œil pour voir si Breckinridge est là ou pas. »

Ils parcoururent rapidement les lieux sans rien trouver d'autre que des pièces bien rangées.

« Il est peut-être allé voir un voisin », supposa le conservateur.

Mais quelque chose clochait. Cotton se demandait depuis un moment s'il n'avait pas été berné lors de son entretien avec le retraité. Et maintenant une maison vide, ouverte aux quatre vents ? Le vieillard désorienté était-il en train d'errer dans les rues ? L'occupant de ce pavillon était-il vraiment atteint de démence ?

Il s'appliqua à scruter de plus près ce qu'il n'avait fait qu'effleurer du regard la première fois. Le tapis usé jusqu'à la corde, le bureau tout éraflé, poussé contre une cloison, le canapé et les fauteuils avachis. Il passa en revue les éléments décoratifs : quelques bibelots de porcelaine, des lampes, des vases, un miroir… Rien de particulièrement remarquable. Seule l'absence d'équipements technologiques modernes – à l'exception d'un téléviseur à écran plat – pouvait sembler surprenante. Les murs, tapissés de papier peint décoloré, étaient ornés de vieilles gravures sous verre jaunies. Peu nombreuses, toutes avaient trait à l'histoire et figuraient essentiellement des scènes de batailles.

Il les examina une à une.

La première représentait Fredericksburg, la victoire la plus bancale du Sud, en 1862, où l'Union compta deux fois plus de tués que les confédérés, la deuxième celle de Chickamauga, qui stoppa l'avance fédérale dans le Tennessee. Une marine dépeignait les neuf navires cuirassés de la flotte nordiste se faisant repousser dans la première bataille du port de Charleston. Une autre évoquait la fin du Housatonic, coulé par le sous-marin confédéré Hunley, premier de l'histoire à envoyer un bâtiment par le fond lors d'un engagement naval.

Tous les hauts faits des sudistes étaient rassemblés là.

La maison, qui lui avait paru banale de prime abord, semblait à présent s'imprégner de la passion de son propriétaire.

« Cotton », appela Stamm.

Debout dans la salle à manger, il désignait un cadre sur une des cloisons. Cotton le rejoignit.

« C'est le certificat qui lui a été remis le jour de son départ à la retraite », dit le conservateur.

Le diplôme, sur papier gaufré à en-tête de la Smithsonian Institution et signé par Robert Adams, secrétaire, et William Rehnquist, président de la Cour suprême et chancelier, remerciait Breckinridge pour ses trente-six années de service et proclamait que lui était décernée la médaille de la Legion of Merit. Le document était daté du 6 octobre 1992. Deux photographies en couleurs étaient également insérées dans le cadre. L'une montrait Breckinridge, accompagné d'une dame qui devait être son épouse, en train de serrer la main de Rehnquist. Sur l'autre, une photo de famille, on voyait la statue de Joseph Henry érigée devant le Château en arrière-plan, ainsi que Breckinridge, la même femme que dans le premier cliché et un jeune garçon de onze ou douze ans.

« Rien ne vous frappe ? » demanda Cotton.

Rick Stamm examina un moment les photos.

« Le fils, dit-il. Il a une décoloration sur le cou.

– Exactement. Comme une tache de vin. »

Cotton savait maintenant ce qui lui restait à faire.

« Surveillez le devant de la maison et avertissez-moi si quelqu'un arrive, ordonna-t-il. Il faut que j'inspecte un peu les lieux. »

Avant que Stamm ne lui montre sa trouvaille, il avait remarqué l'absence de souvenirs de famille visibles. Normalement, un foyer de retraité aurait dû en être envahi. En cherchant un peu, peut-être en découvrirait-il cachés quelque part.

Il entreprit de fouiller les placards et ne tarda pas à décrocher le jackpot dans l'un de ceux qui bordaient le couloir de l'étage : un lot de portraits encadrés jetés pêle-mêle au fond d'une boîte en carton. Sur la plupart des images, seuls apparaissaient Breckinridge et sa femme, mais certaines montraient le même garçon que celui de la photo du rez-de-chaussée, d'abord enfant, puis adolescent et jeune adulte. Sur les instantanés où il n'était pas dissimulé, le cou de celui-ci présentait la tache caractéristique. Il dénicha dans le même placard un autre carton rempli d'albums photo. Il les feuilleta, à l'affût de renseignements sur le fils. Puis il vit trois annuaires de lycée. Il prit le plus récent, daté de 1999. À cette époque, le gamin devait avoir environ dix-huit ans, si l'on admettait qu'il en avait onze ou douze sur le cliché de la salle à manger. Après avoir trouvé le trombinoscope des élèves de terminale, il passa en revue les noms commençant par B.

Et il tomba sur Grant Breckinridge.

Cheveux courts, tache au cou, même visage – quoique plus jeune – que celui entrevu dans la galerie des fossiles.

Il déchira la page et redescendit au rez-de-chaussée.

« Le fils Breckinridge est notre meurtrier, dit-il à Stamm en lui montrant sa découverte. Et son père n'est pas timbré. »

Le regard du conservateur se fit soucieux.

Cotton parcourut le salon des yeux, l'esprit tout entier en alerte à présent. Le secrétaire à cylindre qu'il avait remarqué plus tôt était toujours ouvert, présentant ses alvéoles vides. Un vieux gramophone qui avait également attiré son attention lors de sa première visite trônait dans un coin, posé sur un petit meuble. Le fil qui sortait de l'appareil était dépourvu de prise à son extrémité ; le plateau, tout rouillé, ne tournerait plus jamais. Il semblait bon pour la ferraille. Pourquoi Breckinridge l'avait-il gardé ? Cotton s'approcha, s'accroupit devant la porte du meuble et constata qu'elle était fermée à clé. Il tenta de l'ouvrir en forçant, mais s'aperçut qu'elle avait été munie d'un verrou de renfort en acier.

Curieux.

Son téléphone se mit à vibrer.

Il pria le ciel que ce soit Cassiopée, qui ne lui avait pas donné de nouvelles et qu'il avait appelée deux fois sans succès. Mais le nom affiché sur l'écran était celui de Danny Daniels.

« Allez me chercher un couteau dans la cuisine, s'il vous plaît », dit-il à Stamm tout en prenant la communication.

« Votre meurtrier a changé de look, annonça Daniels avant de lui transmettre la nouvelle description.

– Nous connaissons aussi son identité », répondit Cotton.

Il résuma à l'intention de l'ex-président tout ce qu'il avait appris.

« Il faut absolument choper ce fumier, conclut Daniels.

– Je m'y emploie. Je vous tiens au courant. »

Comme Cotton raccrochait, Stamm revint et lui tendit un couteau de boucher. Il attaqua la porte, creusant et faisant éclater le bois, jusqu'à ce que la serrure se détache et que le battant s'ouvre. Il découvrit alors une pile de vieux disques dans des pochettes en papier déchirées. Certainement pas de quoi justifier l'ajout d'un verrou d'acier. Après avoir sorti les soixante-dix-huit tours, il se rendit compte qu'il existait un décalage entre le volume intérieur du meuble et ses dimensions extérieures : l'étagère sur laquelle avaient été rangés les disques n'était pas aussi profonde qu'elle aurait dû. Il tapota la paroi arrière, puis en caressa la surface. Ses doigts rencontrèrent une plaque métallique sur laquelle il exerça une poussée.

« Vous avez l'esprit d'observation, commenta Stamm.

– Une qualité qu'on acquiert à force de servir de cible à des méchants. »

Un panneau glissa, révélant un compartiment secret qui contenait un livre.

Stamm tira le volume de sa cachette en le tenant comme s'il s'agissait d'une relique de cristal. Une telle marque de dévotion pouvait se comprendre. L'objet était superbe, avec sa reliure en cuir bleu et ses dorures dans un état de conservation presque parfait.

« Ouvrez-le », murmura Cotton.

Stamm souleva avec précaution la couverture et une page de titre rédigée dans une élégante écriture édouardienne apparut.

Notes et observations relatives à une expédition conduite entre mai 1854 et mars 1856 dans le Sud-Ouest américain récemment acquis à l'instigation du conseil des régents de la Smithsonian Institution.

Mémoire rédigé par Angus Adams, serviteur de la foi.

« C'est le journal d'Adams », dit Stamm en le lui tendant.

Cotton sentit un frisson lui parcourir l'échine à l'idée que son ancêtre avait conçu l'ouvrage et l'avait tenu entre ses mains.

« D'après nos archives, il aurait dû être restitué à votre famille en 1952. Maintenant, nous savons pourquoi ça n'a pas été fait : Breckinridge l'a pris. »

Quant à votre journal, il est à l'abri. Je l'ai caché, lui aussi.

« Quand je parlais avec lui, tout à l'heure, il m'a affirmé qu'il l'avait caché, mais je n'y ai pas prêté attention. Je pensais que ça faisait partie de son délire. Pourquoi ce journal est-il si important ?

– Franchement, je n'en sais rien.

– Mais Weston si ? »

Sans répondre à la question, Stamm désigna les quatre derniers mots du titre.

« "Serviteur de la foi". L'expression inscrite sur la pierre au Cheval. Et avez-vous remarqué la couverture ? »

Marqués à l'estampe, dans les coins supérieur et inférieur droits, figuraient les chiffres *4* et *8*. Cotton retourna le livre. Au dos, dans les coins supérieur et inférieur gauches, il vit un *N* et un *P*.

« Ces chiffres et ces lettres étaient également gravés sur la pierre à la Sorcière, dit-il.

– Ça ne peut pas être une coïncidence.

– C'est bien mon avis. Il y a longtemps que nous avons passé le stade des coïncidences. Tout ce que nous voyons là procède d'une volonté délibérée.

– Que faisons-nous, alors ?

– Rien pour l'instant. Nous aviserons quand nous aurons ouvert le tombeau. »

62

Grant était de retour à l'intérieur du Château, avec son père cette fois. Ils étaient entrés discrètement un peu avant 17 h 30, se mêlant aux quelques visiteurs qui s'attardaient encore parmi les objets exposés au rez-de-chaussée. Ils s'étaient faufilés dans la salle Schermer, par où il était parvenu à s'échapper quelques heures plus tôt.

« Ça a changé, avait remarqué son père. Tout a été repeint et réagencé.

– Tu n'étais jamais revenu depuis le jour de ta retraite ?

– Je n'en voyais pas la nécessité. »

Une autre innovation était la présence de caméras. Et la salle Schermer en était abondamment pourvue.

Grant avait encore sur lui le badge de Martin Thomas, mais il n'aurait pas été très avisé de l'utiliser de nouveau. Sa mésaventure dans la galerie des fossiles l'avait convaincu de la vigilance du service de sécurité. Le souvenir de cette expérience l'avait amené à discuter de l'opportunité d'un retour sur les lieux, à quoi son père avait répliqué qu'ils n'avaient pas le choix.

C'était dans la salle Schermer qu'avait été célébré le départ en retraite du vieux, vingt-cinq ans plus tôt. Ce jour-là, le hall était rempli d'amis et de collègues. Aujourd'hui, seuls des touristes s'y pressaient. Au bout du mur nord, dans un angle, s'ouvrait le passage voûté qui se trouvait déjà là à l'époque, marqué d'un écriteau ENTRÉE RÉSERVÉE AU PERSONNEL. La porte qui le fermait n'était protégée que par une serrure facile à forcer, mais, à la surprise de Grant, son père avait la clé.

« Cette serrure est là depuis la Seconde Guerre mondiale, avait dit celui-ci. C'est le genre de chose qu'on ne change pas souvent, ici. La Smithsonian ne fait pas qu'étudier l'histoire, elle en est aussi l'esclave.

– Pourquoi avoir gardé la clé ?

– Pour le cas où j'aurais à revenir un jour. »

Les caméras étant toutes braquées vers le centre de la salle, où se trouvaient les vitrines, les angles échappaient à leur surveillance. Il leur avait suffi d'attendre que les gens se dirigent tous en même temps vers les sorties à l'annonce de la fermeture pour ouvrir la porte comme si de rien n'était et se glisser à l'intérieur. Ils s'étaient retrouvés dans le colimaçon que Grant avait emprunté la nuit précédente pour gagner la rotonde et l'avaient gravi cette fois jusqu'en haut de la tour, où étaient hébergés gratuitement les jeunes assistants qui répertoriaient les collections du XIXe siècle.

Installés là, ils attendaient que le bâtiment se vide.

« Pendant la guerre de Sécession, Joseph Henry fut arrêté et dut comparaître devant Lincoln, dit son père. Le plus grand savant au service de l'État, le patron de la prestigieuse Smithsonian Institution accusé d'espionnage ! »

Une chose de plus que Grant ignorait.

« L'officier qui procéda à l'arrestation avertissait ses supérieurs depuis des mois qu'Henry était un rebelle. Mais il pensait en avoir la preuve formelle depuis la veille au soir, où il avait été personnellement témoin de l'envoi de signaux lumineux à l'armée confédérée à partir de cette même tour nord où nous sommes. L'officier conduisit donc Henry devant le président, qui pointa un doigt accusateur en tonnant : “Vous êtes démasqué, professeur Henry ! Qu'avez-vous à dire pour votre défense ? Qu'est-ce qui nous empêcherait de vous condamner à mort séance tenante ?” Henry ne fit que sourire. Lincoln se tourna alors vers l'officier et lui expliqua que lui-même et deux autres personnes avaient accompagné Henry dans la tour nord la nuit précédente afin d'envoyer des signaux en direction des collines avoisinantes dans le cadre d'une expérience scientifique. Affaire classée. »

Grant ayant exprimé ses doutes sur l'anecdote, son père ajouta :

« En fait, cet officier se trompait sur plus d'un point : Joseph Henry n'était pas des nôtres.

– Tu n'arrêtes pas de dire “nous” et “les nôtres”. Combien y a-t-il de chevaliers ?

– Suffisamment pour faire le travail. »

Il allait être 21 h 20. Les bruits ne parvenant que très atténués jusqu'à la chambre de la tour, il était difficile de déterminer si les parties basses du bâtiment étaient bien désertes. Il allait falloir descendre pour s'en assurer à un moment ou à un autre. Par une fenêtre, Grant vit que le Mall grouillait encore de badauds qui profitaient de la douceur printanière du soir.

« Tu prétends avoir de l'audace, dit son père. Alors, écoute-moi bien. Ce soir, ces gens vont ouvrir le tombeau de Smithson. Quand ils le feront, tu seras là. Et il est impératif que tu fasses exactement ce que je vais t'indiquer. »

Cotton entra dans la crypte.

Après être revenus de chez Breckinridge, ils étaient allés chercher les outils nécessaires dans les ateliers du sous-sol. Le Château était à présent désert, et les caméras momentanément éteintes sur ordre de Stamm, qui avait également prié les gardiens de se tenir éloignés, prétextant des travaux de rénovation confidentiels qu'il surveillerait en personne.

Ils s'agenouillèrent tous deux devant un côté du tombeau.

« Le panneau de marbre que vous voyez là, tout en bas, est juste collé, dit le conservateur. Ça l'empêche de bouger tout en permettant de le déposer facilement en cas de besoin. J'ai lu toutes les notes et les rapports de Breckinridge sur la façon dont il a procédé. »

Le panneau, qui mesurait environ soixante centimètres de haut sur un peu moins d'un mètre de long, était maintenu à chaque extrémité par un joint vertical. Ce n'était à l'évidence qu'un habillage sur un socle en béton. Stamm plaça le tranchant d'un ciseau contre un des joints, qu'il détacha peu à peu en tapant à petits coups sur le talon de l'outil à l'aide d'un maillet en caoutchouc. Il fit la même chose de l'autre côté. Un rebord horizontal séparait la partie inférieure du socle d'un second gradin, lui aussi en marbre rouge, mais moins haut, sur lequel se dressait le monument décoratif en marbre gris. Stamm fit sauter le joint horizontal au niveau du rebord tandis que Cotton plaquait ses mains contre le panneau pour le retenir quand il n'adhérerait plus à son support.

Ce qui ne tarda pas à se produire.

Il accompagna le basculement du panneau jusqu'à ce que celui-ci repose à plat sur le sol. Les bords n'étaient même pas ébréchés. Le remettre en place ne présenterait aucune difficulté. Là où il s'était trouvé apparaissait à présent un massif de béton percé sur toute sa longueur d'une étroite niche de quarante-cinq centimètres de hauteur sur autant de largeur. Cotton apercevait à l'intérieur l'extrémité d'un petit cercueil d'acajou orné de poignées d'argent.

« Il ne contient que des ossements, dit Stamm. Il n'avait donc pas besoin d'être bien grand.

– Si je voulais cacher un objet dans la cavité, ce n'est pas de ce côté que je le mettrais, mais derrière le cercueil. »

Qu'il allait donc falloir sortir.

Passant la main à l'intérieur du trou, il attrapa une des poignées d'argent et tira. Il eut quelque mal à faire riper la boîte, plus lourde qu'elle ne semblait. Il se souvint alors du rapport de Breckinridge expliquant que la dépouille avait d'abord été placée dans une bière en cuivre qu'on avait ensuite enfermée dans le coffre de bois. Plusieurs autres poignées apparurent au fur et à mesure que le cercueil se dégageait de son logement et, se positionnant chacun d'un côté, les deux hommes purent bientôt le soulever pour le porter à l'écart.

« Ce pauvre Smithson a décidément du mal à reposer en paix, commenta Stamm. C'est la quatrième fois qu'on le déplace. »

Après s'être mis à quatre pattes, Cotton scruta l'intérieur de la niche. Il discerna quelque chose tout au fond. Il tendit le bras, saisit l'objet et le ramena doucement à lui. C'était une pierre plate en forme de cœur de trente centimètres de long et deux ou trois d'épaisseur, qu'il acheva de mettre au jour avec précaution.

La face qu'il voyait comportait une série de lignes ondulées dont l'une, au centre, différait des autres en ce qu'elle était jalonnée de cinq points disposés à intervalles réguliers. Comme le motif qu'il avait vu sur la pierre de la Piste. Sauf qu'ici, un des cinq points marquait la fin de la ligne, et il était flanqué d'une flèche à droite et, à gauche, de l'*U* à l'envers symbolisant une mine.

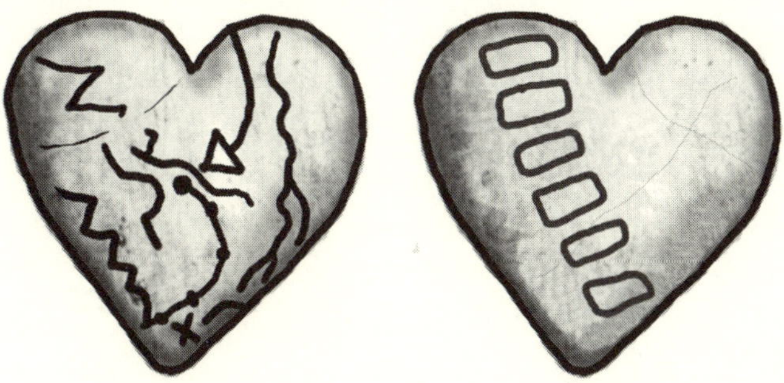

Il retourna délicatement la pierre. Le dos présentait un alignement de six petits rectangles échelonnés en diagonale. Quand le cœur serait inséré face vers le haut dans le creux de la pierre de la Piste qui attendait au musée d'Histoire américaine, la combinaison des deux ferait à n'en pas douter apparaître une carte codée.

Suivant le plan qu'ils avaient arrêté à l'avance, Stamm prit rapidement une série de photos avec un appareil 35 mm qu'il avait monté de son bureau, puis fit quelques clichés supplémentaires à l'aide de son téléphone portable.

« Voilà, dit-il. Et maintenant, refermons cette tombe… »

C'est alors que les lumières s'éteignirent, plongeant le bâtiment dans le noir.

63

Danny était assis à l'arrière de la limousine, Frizzell à son côté. Le chauffeur et un autre homme, tous deux muets, occupaient les sièges avant. Il connaissait ce genre de types. Des comparses qui ne faisaient qu'obéir aux ordres. Mais sur qui étaient-ils chargés de veiller ? En tout cas, celui ou ceux qui voulaient lui parler étaient assez malins pour avoir envoyé Frizzell, car ils savaient que Daniels ne serait pas monté dans la voiture avec n'importe qui.

« Dans quoi as-tu mis les pieds ? demanda-t-il tout bas à son ami.

– La question est plutôt de savoir dans quoi tu as mis les tiens. »

Ils restèrent un moment sans rien dire pendant que la voiture s'engageait sur l'I-66, puis accélérait en s'enfonçant vers l'ouest sur le territoire de la Virginie. Ce n'était plus l'heure de pointe et la circulation était fluide.

« Heureusement que je ne suis pas protégé par le Secret Service, lança Danny, histoire de détendre l'atmosphère. Cette virée aurait été beaucoup plus compliquée à organiser.

– Pas nécessairement, répondit Paul avec une gravité qu'il ne lui connaissait pas.

– C'est si sérieux que ça ? »

Silence.

« Tu es dans le coup avec Vance ? insista Danny. Tu approuves ce qu'il a l'intention de faire ?

– Je suis d'accord avec son objectif, mais pas avec lui, ni avec ses méthodes. »

Étrange réponse. Puis il se rappela ce que lui avait raconté Cotton à propos des Chevaliers du Cercle d'or.

« En es-tu ? » demanda-t-il en tendant la main à Frizzell.

Celui-ci parut le jauger un instant sans concession, puis : « J'en suis. »

Et deux de leurs doigts se nouèrent, procurant à Danny une sensation bizarre.

« Je sais bien que tu n'appartiens pas à l'Ordre, dit Paul en lui lâchant la main. Mais il est réconfortant de se dire que tu es sensible aux enjeux qui nous mobilisent.

– Je n'y suis peut-être pas si sensible que ça. Ne serait-ce pas de forfaiture que nous sommes en train de parler ?

– Ça, jamais ! »

Au-delà de Fairfax, ils quittèrent la grande route par une sortie non éclairée et dépourvue de station-service. Danny était curieux d'avoir l'explication de tout ce manège, mais il était surtout inquiet pour Stéphanie. Cette petite excursion retardait le moment où il retournerait à l'hôpital. Mais il savait bien ce qu'elle lui dirait.

« Oubliez-moi et faites votre boulot. »

Ils roulèrent deux kilomètres sur une route secondaire puis entrèrent sur le parking désert d'un café-restaurant fermé. Ils s'arrêtèrent et les deux gorilles descendirent aussitôt pour ouvrir les portières à leurs passagers.

« Il y a longtemps qu'on ne m'avait pas fait de telles politesses, commenta Danny en sortant de la voiture dans la nuit tiède.

– Par ici », dit Paul en désignant l'établissement.

Il le suivit jusqu'à la porte de devant, qui n'était pas verrouillée, et ils entrèrent. Une odeur de graillon et de produits d'entretien le saisit aussitôt à la gorge. Aucune lumière n'éclairait les locaux entièrement plongés dans l'ombre.

« Entrez, monsieur le président », fit depuis l'autre côté de la salle une voix artificiellement modifiée.

Danny sentit la moutarde lui monter au nez.

« Cette petite mise en scène est-elle vraiment indispensable ?

– J'aurais préféré qu'elle ne le soit pas, répondit la voix. Croyez bien que je suis navré pour toutes ces précautions, mais il était devenu nécessaire que nous ayons un entretien face à face.

– C'est ça que vous appelez "face à face" ?

– Malheureusement, je ne peux rien vous offrir de mieux.

– Admettons. Depuis quand surveillez-vous l'appartement d'Alex Sherwood ? demanda Danny, qui avait déjà compris un certain nombre de choses.

– Nous avons commencé peu de temps avant sa mort. Dès que nous avons appris son implication. »

Il inventoria rapidement toutes les possibilités. Une seule semblait logique.

« Diane Sherwood vous pose un problème, si je ne m'abuse.

– C'est le moins qu'on puisse dire, admit son mystérieux interlocuteur.

– Êtes-vous toujours aussi paranoïaque ?

– Je suis prudent, comme Lucius Vance et Diane Sherwood auraient dû l'être. »

Il était évident que ni l'une ni l'autre de ces deux personnes n'avaient de rapport avec l'homme à la voix contrefaite, mais un autre lien paraissait, lui, beaucoup plus plausible. Sa chef de cabinet lui avait fourni des informations complémentaires sur le frère de Diane, Kenneth Layne, qui dirigeait le Comité pour la sauvegarde de l'Amérique basé non loin du Capitole, dans un quartier pas vraiment réputé pour la modération de ses loyers. Elle s'était également procuré une photo de Layne, sur laquelle il avait tout de suite reconnu le troisième protagoniste de l'entrevue de la veille au soir dans le salon des Sherwood.

« Donc, je résume : Vance, ou Diane, ont rapporté à Kenneth Layne que je savais un certain nombre de choses, puis Layne, à son tour, vous a répercuté l'information. Et, en homme “prudent” que vous êtes, vous vous êtes alarmé quand j’ai pris contact avec Paul.

– Ce n’est pas tout à fait exact, mais assez proche de la vérité. »

Ce type commençait vraiment à lui taper sur les nerfs. Il décida de mettre carrément les pieds dans le plat.

« Ce que je crois, c’est que vous financez le Comité de Layne pour la sauvegarde de l’Amérique. Il faut bien que l’argent vienne de quelque part, or chacun sait que Layne n’a pas un kopeck.

– En tant que citoyens d’un pays de liberté d’expression et de réunion, c’est notre droit le plus strict de soutenir qui nous voulons.

– Je ne prétends pas le contraire, répondit Danny, qui se tourna vers Paul pour lui demander : tu as vraiment partie liée avec ces cinglés ?

– Danny, nous sommes à deux doigts d’atteindre le nombre de trente-quatre États nécessaire pour exiger du Congrès la convocation d’une seconde convention constitutionnelle. »

Voilà qui était nouveau.

« Méfie-toi, quand on fait un vœu, il risque de se réaliser, répliqua-t-il avant de poursuivre, s’adressant à la voix anonyme : Layne a donné à Alex Sherwood un carnet à lire, où il avait noté tout ce qu’il mijotait avec son Comité et avec Lucius Vance. À mon avis, c’est cette initiative qui vous a fait réagir, parce qu’elle était contraire à la politique de l’Ordre. Suis-je un peu plus… “proche de la vérité” ? »

Pas de réponse.

« Et, curieusement, quelques jours après qu’il a exprimé son désaccord sur le projet, voilà qu’Alex tombe d’une falaise… »

Il avait conscience de pousser le bouchon un peu loin, mais pourquoi se gêner ? Si la mort d’Alex n’était pas accidentelle, ces types pouvaient légitimement être soupçonnés d’avoir commis le meurtre.

« C'est là toute la question, Danny, intervint Paul. Nous n'avons rien à voir avec l'implication d'Alex dans cette affaire, pas plus qu'avec sa mort ou avec les projets de Vance. Absolument rien. Et c'est pour cela que nous tenions à te parler ce soir. »

Diane avait fui l'appartement tout de suite après le départ de Daniels. Elle éprouvait un besoin irrépressible de s'en éloigner. Trop de fantômes, trop de visiteurs. Grant ne l'avait toujours pas appelée, et cela la contrariait. Déstabilisée, elle avait décidé qu'elle serait mieux à l'hôtel.

Tout semblait se déliter autour d'elle. Tous les progrès des quelques heures précédentes lui paraissaient maintenant dangereusement compromis. Pourtant, objectivement, tout n'allait pas si mal. Vance, quoique dans un état de panique, semblait loin d'être tétanisé. L'avantage, avec les hommes forts, était que l'adversité les stimulait plutôt que les empêchait d'agir. Il lui avait assuré que tout se déroulerait comme prévu, avec le vote de la commission du Règlement le matin, puis le vote en séance le lendemain, et elle n'avait aucune raison d'en douter. Quant à la chasse au trésor, ils disposaient à présent de trois des cinq pierres, et, si Grant était en passe de se procurer la pierre au Cœur, comme elle l'espérait, ils pourraient aborder la dernière étape de leur quête et trouver enfin la Crypte. Cependant, il n'en restait pas moins qu'elle avait tenté à deux reprises de joindre Grant sans succès, tombant à chaque fois sur sa boîte vocale, et que quelqu'un – elle ignorait qui – était entré par effraction dans l'appartement pour voler la clé.

Assise au calme dans sa chambre d'hôtel elle s'efforçait de « positiver ». Mais l'inquiétude, la colère et le désespoir semblaient s'être durablement emparés d'elle. Et cela la déprimait.

La sonnerie de son portable la sortit brusquement de son marasme. Elle saisit fiévreusement l'appareil, espérant lire le nom de Grant sur l'écran. Elle vit celui de son frère.

« Oui, Kenneth, qu'y a-t-il ? demanda-t-elle, prenant l'appel.

– Madame Sherwood, il faut que nous parlions. C'est important. »

Une voix d'homme. Inconnue.

« Où est Kenneth ?

– Ici. Avec nous. »

Le ton n'était pas menaçant, mais elle frissonna de peur.

« Qui êtes-vous ?

– Ceux pour qui vous essayez de vous faire passer. »

Impossible ! Son père ne l'avait-il pas assurée que l'Ordre n'avait plus aucune réalité depuis longtemps ?

« Ne me racontez pas d'histoires. Les chevaliers n'existent plus.

– Malheureusement pour vous et votre frère, c'est inexact. »

64

Grant observait Richard Stamm et l'inconnu de la galerie des fossiles en train d'ouvrir le tombeau de Smithson. Après être descendu de la tour sans rencontrer personne, il s'était tapi dans un couloir donnant sur le vestibule nord, juste en face de l'entrée de la crypte.

Pendant que lui-même se rendait à son poste d'observation, son père, qui connaissait le Château comme sa poche y compris le réseau électrique, avait gagné le sous-sol par l'escalier en colimaçon afin de couper le courant au moment opportun, ce qui leur permettrait de bénéficier d'un effet de surprise. Ils communiquaient par SMS. Grant avait été stupéfait d'apprendre que le vieux possédait un portable, mais, depuis quelques heures, plus rien venant de son géniteur ne pouvait l'étonner.

Dès que Stamm et l'autre homme eurent trouvé la pierre au Cœur, il envoya donc un texto à son père. Les lumières s'éteignirent presque aussitôt.

Il s'élança, traversa le vestibule en courant et pénétra dans la crypte. D'après ce que lui avait expliqué son père, il ne disposait que de quelques secondes avant que l'éclairage de sécurité ne prenne le relais, rougeâtre et faible, mais suffisant pour révéler sa présence. Il fallait agir vite.

Il bouscula les deux hommes accroupis devant le tombeau et s'empara de la pierre.

Cotton s'écroula au sol comme sous l'effet d'un plaquage. Sa vision n'ayant pas eu le temps de s'adapter à la brusque extinction des feux, il ne distinguait rien dans la pénombre, mais il entendait déjà s'éloigner les pas de la personne qui l'avait poussé à terre.

Il fit une roulade et se releva d'un bond.

« Ça va ? demanda-t-il à Stamm.

– Oui. »

Des lampes rouges s'allumèrent dans le vestibule, au-dessus des issues de secours.

« L'éclairage auxiliaire », dit le conservateur.

Cotton sortit en courant de la crypte juste à temps pour discerner une silhouette qui se dirigeait vers le grand hall.

Il prit son pistolet.

Visa.

Et tira.

Grant se sentait pousser des ailes. Non seulement il était parvenu à s'emparer de la pierre, légère et peu encombrante, mais il était bien parti pour réussir à s'échapper. Il pénétra dans le grand hall, où il avait faussé compagnie à la bonne femme de la Justice. Encore quelques mètres et il serait dehors.

Une forte détonation retentit, se répercutant sur les murs.

Une balle ricocha sur une des colonnes de pierre et le frôla.

Il se réfugia derrière un autre pilier.

« Vous ne sortirez pas d'ici ! » cria une voix.

Cotton avait sa cible à sa merci.

Même dans la lumière diffuse et rougeâtre, il lui semblait clair que le fugitif ne pouvait aller nulle part sans passer dans sa ligne de tir. Il ignorait si l'homme était armé, mais mieux valait partir du principe qu'il l'était.

« Le bâtiment est-il bouclé ? demanda-t-il à Stamm, qui l'avait suivi et se tenait juste derrière lui.

– Oui. Y compris les issues de secours, cette fois. »

Ils étaient debout contre un pan de mur coupé à mi-hauteur et avaient vue sur le grand hall à travers une arcade.

Soudain, la porte à double battant qui menait à la salle Schermer s'ouvrit à la volée.

« Capitaine Adams ! cria une voix. Bien aimable de vous joindre à nous ! »

Frank Breckinridge.

Qui continuait son cinéma.

Le vieil homme pointa une arme. S'avisant qu'ils étaient mal protégés de ce côté, Cotton plongea au sol, entraînant Stamm avec lui.

Breckinridge tira trois balles qui passèrent en sifflant au-dessus de leur tête.

Grant profita de la diversion pour se précipiter hors de sa cachette et sprinta jusqu'à la double porte, que son père referma derrière lui.

« Vite, pas de temps à perdre ! » dit celui-ci.

Ils partirent en courant.

Cotton se releva et constata que les deux intrus s'étaient échappés du grand hall. L'idée de les poursuivre seul l'effleura, mais il avait besoin de Stamm, qui connaissait les lieux. Il laissa donc le conservateur passer le premier. Ils prirent un couloir étroit qui les mena jusqu'à la salle Schermer, sous les voûtes de laquelle étaient exposées des collections. Il se dirigea vers l'issue de secours qu'il essaya d'ouvrir.

Elle était verrouillée.

Et aucun signal d'alarme ne s'était déclenché.

Cela signifiait que les fuyards étaient passés par un escalier dérobé, seul chemin, d'après Stamm, qu'ils avaient pu prendre, à moins de savoir voler.

Le conservateur désigna une porte voûtée réservée au personnel et choisit une clé dans l'imposant trousseau qu'il portait.

« Breckinridge avait la clé, lui aussi ? s'enquit Cotton.
– Apparemment. »

Ils dévalèrent l'escalier en colimaçon jusqu'au bureau de Stamm, au sous-sol. Et ils entendirent du bruit.

Grant se rendit vite compte que son père n'était pas aussi en forme qu'il le laissait croire. Ils avaient mis trop de temps à descendre l'escalier et le vieillard, à bout de souffle, ralentissait encore leur course dans les couloirs du sous-sol. Malheureusement, ils ne pouvaient réussir qu'à deux.

Leur destination était le Ripley Center, le musée souterrain construit dans les années 1980 sous la cour carrée et les jardins pour abriter des salles de peintures, des bureaux et des centres de conférence. Aménagé à un niveau encore plus profond que le sous-sol où ils étaient actuellement, on y accédait depuis les jardins par un kiosque couronné d'une coupole en cuivre situé juste à côté du Château. Mais on pouvait en sortir par de nombreuses issues de secours.

Après avoir parcouru un long couloir, ils franchirent une double porte au-delà de laquelle étaient situés les ascenseurs et l'escalier qui permettaient de descendre dans le centre. Curieusement, sur l'affichage au-dessus des cabines, le chiffre 1 correspondait à l'étage le plus haut, et le 3 au plus bas.

Jusqu'à présent, ils n'avaient vu surgir aucun poursuivant. Son père était toujours hors d'haleine.

Ils prirent l'ascenseur jusqu'au niveau des salles de conférence, où la hauteur des plafonds et les panneaux de verre rétroéclairés donnaient l'impression de se trouver au dernier étage d'un gratte-ciel.

« Par ici », dit le vieil homme.

Cotton était sur le seuil du bureau de Rick Stamm. Ils n'avaient pas poussé plus loin la poursuite.

« Vous aviez raison », dit Stamm.

Après avoir compris que le dessein de Breckinridge était de leur faire ouvrir la tombe, et que le meurtrier de Martin Thomas n'était autre que le fils de l'ancien conservateur, ils avaient demandé au service de sécurité de leur transmettre sur l'ordinateur de Stamm les images des caméras surveillant les deux entrées du bâtiment. Le père et le fils n'avaient pas tardé à apparaître sur l'écran, entrant séparément avant de se rejoindre dans la salle Schermer, puis de gagner l'escalier de la tour nord. Stamm en avait déduit que les deux hommes comptaient se cacher au sommet de la tour, et c'est exactement ce qu'ils avaient fait. Le plan de Cotton impliquait de sacrifier la pierre au Cœur, mais non sans l'avoir largement photographiée, ce qui constituait le point faible du scénario.

Par bonheur, Stamm avait eu le temps de prendre tous les clichés nécessaires.

Cotton avait appelé le quartier général de la division Magellan depuis le domicile de Breckinridge. Deux agents supplémentaires avaient déjà été dépêchés à Washington pour enquêter sur l'agression de Stéphanie. Il avait demandé qu'ils soient mis à sa disposition. Bien qu'il ne fît plus partie de la maison, ses anciens collègues, ravis de sa collaboration, avaient aussitôt accepté sa requête, et il avait expliqué aux deux agents ce qu'il attendait d'eux.

« Les caméras sont de nouveau en service », avertit Stamm.

Cotton s'approcha de l'écran et vit les deux Breckinridge parcourir les couloirs du Ripley Center, puis émerger à l'air libre dans les jardins.

« Vous ne vous trompiez pas, vous non plus, dit-il à Stamm. Ils sont sortis exactement par le chemin que vous aviez prévu.

– Je connais les bâtiments. Aussi bien que Breckinridge. »

Mais il était essentiel que les deux fugitifs soient convaincus d'avoir réussi leur coup.

Aussi avait-il préparé une petite mise en scène à leur intention.

Grant sortit du kiosque sur les talons de son père. Ils étaient à présent entre le Château et Independence Avenue, dans les jardins où des promeneurs s'attardaient le long des parterres de fleurs printanières illuminés. Devant lui, sur la droite, la porte Renwick n'avait pas encore été fermée pour la nuit.

« Mon chauffeur doit nous attendre devant la grille, dans la voiture », dit le vieil homme.

Grant portait toujours la pierre au Cœur, avec précaution, car elle semblait beaucoup plus fragile que celle de la galerie des fossiles. Ils ralentirent l'allure afin de ne se faire remarquer ni par les gens ni par les caméras. Mais personne ne leur prêtait attention.

Ils avançaient posément vers le grand portail en fer forgé qui donnait sur Independence Avenue, l'artère animée qui longeait le Mall jusqu'à Capitol Hill.

« Hep, là-bas ! Arrêtez-vous ! » cria quelqu'un derrière eux à l'instant où son père franchissait les grilles.

Il se retourna et vit un gardien en uniforme. Les agents de sécurité de la Smithsonian, il le savait, n'étaient pas armés, mais celui-ci était équipé d'un talkie-walkie. Profitant de l'avance de quelques dizaines de mètres qu'il avait sur l'homme, il fonça entre les piliers de la porte Renwick.

« Arrêtez ! Tout de suite ! » répéta le gardien.

La voiture qui les avait amenés était garée en stationnement interdit au bord du trottoir, feux de détresse allumés.

Ouf !

Son père était déjà en train de monter à l'arrière.

Il parcourut en courant les quelques mètres restants, puis il sauta dans le véhicule à son tour et claqua la portière sur lui.

Le chauffeur démarra en trombe.

Cotton observait la scène qui se déroulait sur Independence Avenue. Les images filmées par les caméras extérieures, retransmises sur l'ordinateur de Stamm, montraient tout en détail, y compris les gesticulations de l'agent de la division Magellan déguisé en gardien qui faisait mine de vouloir rattraper les fuyards. C'était la première fois que Cotton voyait nettement le plus jeune des deux hommes, qu'il pensait être le fils Breckinridge, et il remarqua deux choses : l'individu correspondait parfaitement à la description de Danny Daniels, et le visage était sans conteste celui qu'il avait aperçu dans la galerie des fossiles.

« Ça y est. Ils sont partis, dit une voix dans le talkie-walkie que lui avait fourni Stamm.

– Joli travail. Merci », répondit-il.

Jamais, en effet, il n'avait été question d'arrêter les Breckinridge, l'intervention de l'agent étant plutôt destinée à accélérer leur fuite.

« Et maintenant ? demanda Stamm.

– On regarde ce qui se passe. »

65

Danny ne savait pas trop comment réagir. Ignorant tout de l'individu dont la voix trafiquée s'adressait à lui depuis le fond de la salle obscure, il n'avait aucune raison de le croire ou de lui accorder sa confiance. En revanche, il connaissait bien Frizzell, qu'il fréquentait depuis des années et qu'il savait être un homme de parole.

« Paul, dit-il, s'efforçant au calme, il va falloir me fournir quelques éclaircissements. Toute cette histoire me semble aussi sotte que grenue, si tu vois ce que je veux dire.

– Je te comprends, Danny. Mais, tu avais raison dans la voiture, je suis un chevalier du Cercle d'or. Le monsieur qui te parle, là-bas, est le dirigeant actuel de notre Ordre.

– Et il doit dissimuler son visage ?

– Nous vivons cachés depuis longtemps, intervint la voix. Nous jugeons cela plus sûr. Le fait que je me sois déplacé jusqu'ici ce soir pour m'entretenir avec vous est tout à fait exceptionnel.

– Je sens que je devrais être flatté de l'honneur que vous me faites, mais je suis certain que vous me pardonnerez de ne pas être plus ému que ça.

– Danny, dit Paul, après notre conversation de cet après-midi, j'ai appelé mes compagnons. Ils ont voulu savoir s'ils pouvaient se fier à toi. Je leur ai répondu oui sans hésiter. »

Le message était clair. Son ami se portait garant pour lui. Il était donc gentiment prié de mettre ses sarcasmes dans sa poche.

« L'Ordre était une organisation importante, pendant la guerre de Sécession, poursuivit Paul. C'est vrai, il prônait l'esclavage et le recours à la violence, ce qui était une abomination, mais leurs agissements étaient simplement conformes aux croyances et aux pratiques de l'époque. Après la guerre, le mouvement est entré dans la clandestinité. Ses éléments radicaux ont peu à peu disparu, remplacés aux commandes par des gens plus modérés et pragmatiques.

– Comme Alexander Stephens ? » demanda Danny, se rappelant le carnet de Kenneth Layne.

Paul fit oui de la tête.

« Stephens est resté membre actif jusqu'à sa mort, en 1883, précisa la voix maquillée. C'était un homme brillant. S'il avait été écouté, dans les années 1850, la guerre de Sécession n'aurait vraisemblablement pas eu lieu. Le Sud aurait obtenu par la voie légale les changements qu'il revendiquait. Malheureusement, la révolution pacifique qu'il préconisait n'a pas trouvé grâce aux yeux de ses pairs.

– Vous parlez de l'éventuelle convocation d'une nouvelle convention constitutionnelle ?

– C'est cela même, répondit Paul.

– C'était l'idée que Stephens défendait encore en 1860, reprit la voix. Cela aurait permis de clarifier la constitution et de régler les différends. Si ces réformes avaient été acceptées par les États, cinq cent mille vies d'Américains auraient été sauvegardées. Malheureusement, c'est une option plus irréfléchie qui a prévalu. »

Cela rappela à Danny une réplique de Rhett Butler à propos du Sud qu'il avait toujours trouvée très juste, dans *Autant en emporte le vent*: « Tout ce que nous avons, c'est du coton, des esclaves et de l'arrogance. »

« Après la guerre, pendant la Reconstruction, continua la voix, toute réforme constitutionnelle favorable au Sud aurait été inenvisageable. Les États du Sud ne se gouvernaient plus eux-mêmes. Ils étaient soumis à la férule des militaires nordistes. Mais, dans les années 1870, quand les sudistes ont retrouvé la maîtrise de leur destin avec la fin de la Reconstruction, ils ont préféré privilégier les législations locales plutôt que de chercher à réformer la Constitution. Le Nord, bien sûr, n'était pas non plus un bastion du progressisme. Lui aussi avait ses codes noirs et pratiquait la ségrégation. Pour finir, la Cour suprême a aplani la difficulté en disposant que la notion de citoyens "séparés, mais égaux" était constitutionnelle. Une décision stupide, mais qui est devenue vérité d'évangile, à la grande satisfaction des sudistes.

– Tu connais la suite, dit Paul. Au cours du XXe siècle, des millions de gens ont migré du Nord vers le Sud, ce qui a modifié l'équilibre des pouvoirs au Congrès et des votes lors des présidentielles. Le Sud s'est redressé, si bien qu'aujourd'hui un candidat à la présidence ne peut pas espérer être élu s'il ne gagne pas dans cette région. Et pendant que toutes ces transformations s'opéraient, l'Ordre observait sans intervenir. Des dizaines de milliers de membres qu'il comptait dans les années 1850, il ne restait que quelques milliers après la guerre, et nous ne sommes plus aujourd'hui que cinq cent cinquante environ. Nous ne sommes pas des fanatiques, Danny, ni des terroristes ou des extrémistes. L'esclavage et la ségrégation nous font horreur. Nous ne sommes pas davantage des romantiques qui rêvent d'un retour à un passé fantasmé d'avant le conflit. Nous sommes simplement des patriotes en désaccord avec certaines des règles fondamentales de notre pays que nous sommes résolus à faire évoluer sans sortir de la légalité.

– C'est-à-dire pas comme Lucius Vance, si je comprends bien ?

– Exactement, répondit la voix. Diane Sherwood a communiqué à Vance des informations que seuls les membres de l'Ordre connaissaient. Elle les tenait de son père, qui n'était pas des nôtres, mais en savait long sur nous. Ce dont nous sommes d'ailleurs partiellement responsables, puisque nous nous servions de lui pour avoir accès aux archives de la Smithsonian. Nous nous sommes aperçus trop tard, et avec tristesse, que Davis Layne n'en voulait qu'à notre fortune.

– Êtes-vous impliqués dans les récents événements qui sont survenus à la Smithsonian ? demanda Danny, se souvenant de ce que lui avait raconté Cotton.

– Nous sommes au courant de la situation. C'est une des raisons qui motivent cet entretien.

– Danny, intervint de nouveau Paul, ce que projette Vance est une pure folie. Faire que la Chambre ne se prononce que sur des propositions émanant d'elle seule est une idée d'un autre âge. Cela donnerait bien trop de pouvoir à son président. Et c'est pourtant ce changement-là qui va être prôné. La commission du Règlement y donnera son aval dès demain. Et les conversations que j'ai pu surprendre à la Chambre prouvent que les représentants sont prêts à tout. Ils mesurent parfaitement que Vance détiendra un pouvoir exorbitant si sa proposition passe, mais il est l'un des leurs, et ils sont tout disposés à lui accorder leur confiance, à lui plutôt qu'au Sénat ou au président des États-Unis.

– Avec ce système, Vance serait l'empereur du Capitole. Vous ne pourriez même pas aller pisser sans sa permission.

– Et c'est précisément ce que nous voulons éviter, dit la voix.

– Vous n'êtes pas un fan de Vance, à ce que je vois.

– Pas vraiment, non. »

Les yeux de Danny s'étaient peu à peu adaptés à la pénombre. Seuls quelques faibles rais de lumière extérieure pénétraient dans la salle à travers les stores baissés de la vitrine. Mais, sans avoir pu vraiment distinguer l'homme à la voix modifiée, il avait pu déterminer que celui-ci était assis dans un des box plongés dans une épaisse obscurité à six ou sept mètres de l'entrée. En regardant discrètement autour de lui, il avait également pu repérer la présence d'un interrupteur près de la porte, à quelques pas. L'envie le démangeait de plus en plus de voir à quoi ressemblait le chef des Chevaliers du Cercle d'or, dont ni l'accent, ni la diction, ni la syntaxe ne permettaient de deviner l'identité.

« Dites-moi, monsieur le président, la constitution de la Confédération vous est-elle familière ? reprit monsieur X.

– Je ne peux pas prétendre que oui, répondit-il, soucieux de gagner du temps.

– Étonnant de la part d'un homme qui a été gouverneur du Tennessee.

– Les lois organiques de la Confédération sont un sujet rarement abordé, de nos jours, répliqua Danny, d'un ton qui signifiait clairement : sauf par des givrés de votre espèce.

– Vous gagneriez à l'étudier, je vous assure. C'est un travail remarquable. D'autant qu'il a été effectué en quelques semaines seulement. Le préambule invoque clairement "la faveur et l'aide de Dieu tout-puissant", ce qui ne laisse planer aucun doute sur le point de vue de ses rédacteurs. Et de nombreuses autres différences significatives distinguent le texte de celui de la Constitution originale des États-Unis. Puis-je en signaler quelques-unes ?

– Je vous en prie.

– Une disposition prévoit par exemple un droit de veto sélectif, qui permet au président d'accepter ou de rejeter tel ou tel article d'une proposition de loi. Comme vous le savez, la Constitution actuelle ne confère pas ce pouvoir à l'exécutif. Mais n'auriez-vous pas aimé jouir d'une telle latitude ? »

Cela aurait été bien pratique, en effet.

« Les droits de douane protectionnistes étaient bannis, de sorte qu'aucune industrie ne puisse être déloyalement favorisée par rapport aux autres. Le Congrès n'avait pas la possibilité d'effacer une dette – j'attire votre attention sur ce point. Et il ne pouvait pas non plus financer les travaux d'aménagement interne des États, ce genre de dépense devant être exclusivement à la charge desdits États. Donc, plus de projets locaux subventionnés par les contribuables de tout le pays pour se faire réélire dans une circonscription. Le service postal ne pouvait pas bénéficier d'aides publiques. Vous rendez-vous compte ? Il y avait même des clauses permettant de lutter contre la corruption et la concussion.

« Surtout, les États, et non le gouvernement fédéral, étaient considérés comme les instances suprêmes. Il est vrai, concédons-le, que cette constitution consacrait l'esclavage et faisait peu de cas des droits des personnes en état de servitude. C'est là son principal défaut, et une erreur flagrante de la part de ses artisans. Mais sachez qu'aucun de ceux qui se sont dévoués à la cause de l'Ordre au cours des soixante-quinze dernières années n'a jamais pensé que les droits civiques devaient être refusés à certaines personnes. Une telle idée est totalement incompatible avec nos valeurs.

– Quand vous parlez de “certaines personnes”, vous incluez les gays et les lesbiennes ?

– Absolument.

– D'accord, j'entends votre point de vue. Certaines des thèses défendues par les confédérés n'étaient pas sans intérêt et pourraient même aujourd'hui encore contribuer à pallier les imperfections du système fédéral. Mais, regardons les choses en face, le texte que vous évoquez est entaché du vice abject qu'était l'esclavage, et il ne viendrait à personne l'idée de l'ériger en modèle. Voyez comment nos contemporains perçoivent le drapeau de la Confédération : il est devenu un symbole totalement odieux.

– À juste titre, puisqu'il était la bannière de ceux qui voulaient perpétuer l'esclavage. Mais les réformes dont nous avons tant besoin à présent transcendent de loin les clivages raciaux. Tous les citoyens, noirs comme blancs, aspirent à un changement.

– Peut-être, mais pas forcément le même.

– Détrompe-toi, dit Paul. Le projet de Vance bénéficie d'un solide soutien au sein du Caucus noir du Congrès, qui fera tout pour le promouvoir.

– Parce que ses membres flairent une excellente affaire : ils ont conscience que si Vance prend du galon, eux aussi monteront en grade. La soupe qu'il propose sera bonne, et il y en aura assez pour tout le monde.

– Ce qui nous différencie de Vance, c'est que nous voulons faire adopter notre réforme par une convention constitutionnelle, mais à la suite d'un débat public ouvert préalable à la ratification par les États, précisa la voix.

– Un débat que vous ferez tout votre possible pour orienter en votre faveur.

– Comme nous en avons le droit. Je suis personnellement prêt à soumettre le sort du pays à la volonté du peuple. Pas vous ? »

Les choses n'étaient malheureusement pas si simples. Tous les observateurs et les spécialistes s'accordaient à dire qu'une fois convoquée, une convention constitutionnelle n'obéissait à aucune règle préétablie. Certains soutenaient qu'une convention pouvait être réunie pour discuter exclusivement d'un sujet spécifique et bien délimité. D'autres affirmaient qu'une telle restriction serait illégale, mettant en avant le précédent de la convention de 1787 : convoquée pour un toilettage des articles de la Confédération, celle-ci avait en effet carrément révoqué les articles pour les remplacer par un dispositif entièrement nouveau. Selon cette vision, donc, si les Pères fondateurs eux-mêmes avaient pu détourner une convention de son objet déclaré, tout le monde était en droit d'en faire autant.

« Cela reviendrait à ouvrir la boîte de Pandore, objecta Danny. Il n'y aurait aucun moyen de contrôler le processus et ce serait la foire d'empoigne. C'est probablement ce qui explique que personne n'ait jamais réclamé une nouvelle convention jusqu'ici. Pas même les sudistes "raisonnables" des années 1860, qui, eux, ne menaient pas leurs combats dans l'ombre.

– Ils se battaient à visage découvert, c'est exact. Que voulez-vous, les temps changent. Les méthodes également. Mais, en toute franchise, monsieur le président, croyez-vous les Américains incapables de supporter le choc d'une convention ? Après tout, c'est de leur pays qu'il s'agit. Au passage, je me permets de vous signaler que sur ce point aussi les confédérés étaient les plus progressistes, car, selon leur version de l'article 5, il suffisait que trois États seulement appellent à une assemblée sur les lois fondamentales pour qu'elle ait lieu. Notre Constitution actuelle exige qu'une majorité de deux tiers des États souscrive à une telle demande. Et même dans ces conditions extrêmement défavorables, nous atteignons presque le nombre requis.

– La priorité est de stopper Vance, dit Paul. Mais ce n'est pas moi qui peux le faire. Je fais partie de ceux qu'il a choisis pour siéger à la commission du Règlement. M'opposer à lui ouvertement équivaudrait à un suicide, et nous priverait de la source de renseignements que je représente au sein de la commission. Il faut que ce soit toi qui l'empêches d'agir.

– C'est précisément ce que je comptais faire.

– Je suis venu ce soir pour vous exposer directement notre position, reprit la voix. Nous connaissons les liens que vous entreteniez avec Alex Sherwood. Nous savons aussi que Kenneth Layne a tenté d'associer le sénateur à l'intrigue qu'il menait avec sa sœur et Vance. Inutile de préciser que Kenneth Layne jouait sur les deux tableaux. Dès que nous nous sommes aperçus de sa duplicité, nous avons commencé à surveiller de près tous les protagonistes. Layne n'aurait jamais dû approcher Alex Sherwood. Nous avons appris que votre ami avait eu une discussion houleuse avec sa femme, au cours de laquelle il lui a fait part de son intention de dénoncer publiquement les manigances de Vance. Moins de deux heures plus tard, il était mort. »

Ces gens étaient donc allés jusqu'à mettre le domicile d'Alex sur écoute ?

« Qu'est-ce que vous me racontez là ?

– Montrez-lui. »

Paul s'approcha et l'invita à regarder l'écran d'un téléphone portable. On pouvait y voir une vidéo montrant deux personnes au sommet d'une falaise, filmées à travers un bois de pins. Alex et Diane. En train de discuter, Alex fumant sa pipe. Au bout d'un moment, Diane éclatait en sanglots. Alex la réconfortait. Et, soudain, elle le poussait dans le vide.

Danny était sidéré.

Il dévisagea Frizzell dans le halo de lumière que diffusait l'écran. Le député était manifestement tendu.

« Elle l'a tué ? Vous le saviez et vous n'avez rien fait ? » demanda-t-il, outré, s'adressant aux deux hommes.

La silhouette plongée dans l'ombre observa un silence impassible.

« Je vous ai posé une question, répéta Danny.

– Nous nous interrogeons sur l'attitude à adopter, répondit enfin l'inconnu. Toutes les options envisagées présentent des risques et des avantages. Nous avons suivi la conversation que vous avez eue avec Mme Sherwood dans son bureau après les obsèques. Nous connaissons également l'existence de Taisley Forsberg. Et quand vous êtes allé défier Vance à l'hôtel Willard, aujourd'hui, nous avons compris pourquoi vous vous étiez fait nommer sénateur. Vous êtes à la recherche de la vérité, monsieur le président. Nous aussi.

– Et Vance, là-dedans ?

– Pour autant que nous le sachions, il ignore tout du meurtre. Il est allé voir Mme Sherwood chez Alex, tout à l'heure, et l'a interrogée sur le sujet, mais elle a nié l'éventualité d'un acte criminel.

– Vous avez donc collé des micros partout ?

– Seulement là où ils sont indispensables.

– C'est ce qui nous a convaincus que nous devions te parler, intervint Paul.

– Empêchez Vance de nuire, dit la voix. Faites ce qu'il faut pour ça. Si vous avez besoin d'aide, nous sommes là pour vous en fournir dans la mesure de nos moyens.

– Et Diane ? demanda Danny, qui en avait plus qu'assez de ce petit jeu.

– Nous nous chargeons d'elle. C'est un point sur lequel vous ne pouvez pas prendre l'initiative. Laissez-nous nous… »

Danny bondit jusqu'à l'interrupteur et l'actionna. Des tubes fluorescents se mirent à clignoter puis, leurs résistances ayant atteint la bonne température, inondèrent la salle d'une lumière crue. Plissant les paupières pour éviter d'être aveuglé, il scruta l'endroit où s'était tenu son interlocuteur, mais celui-ci n'était plus là.

Il traversa le restaurant en courant, poussa une porte battante et se retrouva dans la cuisine. Celle-ci possédait une sortie donnant sur l'arrière. Il s'y précipita. Mais il ne vit rien d'autre une fois dehors que les feux de position d'une voiture qui tourna à l'angle du bâtiment vers la gauche avant de disparaître.

66

Diane descendit du taxi devant le Lincoln Memorial. Celui qui l'avait appelée l'avait priée de venir avec toutes les informations en sa possession. Tout étant stocké sur son iPad sous forme de dossiers enregistrés dans Dropbox, elle avait apporté l'appareil, rangé dans son sac.

Le mémorial en forme de temple grec, auquel on accédait par un large perron de marbre, s'élevait à l'extrémité occidentale du National Mall. Vers l'est, au-delà du miroir d'eau, l'obélisque du Washington Monument, éclairé par des projecteurs, perçait le ciel nocturne telle une épée menaçante. Il était près de 23 heures et, sans être envahi par des flots de touristes bruyants, l'endroit restait animé.

Au-dessus d'elle, en haut des marches, l'immense statue de Lincoln trônait, lumineuse, au milieu d'une colonnade sombre. Le toit reposait sur trente-six piliers dont chacun représentait un des États qui composaient l'Union du temps de Lincoln. En gravissant l'escalier, elle vit plus nettement le visage du grand personnage, dont l'expression triste et soucieuse donnait à réfléchir et contribuait à accentuer l'ambiance de sanctuaire qui régnait sur le lieu.

Debout au pied du géant assis se tenait un homme brun, courtaud, avec des yeux en boutons de bottine, de toutes petites oreilles et des lèvres minces. Elle se dirigea vers lui, comme aimantée, alors qu'ils n'avaient pas échangé une parole.

« Qu'est-ce que c'est que cette histoire ? lui demanda-t-elle d'une voix contenue, mais sans cacher son agacement, quand elle fut près de lui. Et où est mon frère ?

– Pour commencer, je vous suggérerais de changer de ton. Ce n'est pas vous qui tenez les commandes ici.

– Qu'est-ce qui vous permet de croire que je n'ai pas déjà appelé la police ? »

Il haussa les épaules.

« Si c'est le cas, je serai dans l'obligation de montrer ceci aux inspecteurs. »

Il lui mit un téléphone portable sous le nez et lança une vidéo.

Qui la montrait en train de tuer Alex.

Un froid mortel la saisit.

« Vous souhaitez toujours que la police s'en mêle ? » demanda-t-il.

Elle ne répondit pas.

« Allons marcher un peu. »

Ils descendirent les marches du mémorial et traversèrent l'esplanade en direction du bassin. L'homme l'entraîna dans une allée goudronnée qui le longeait.

Elle se sentait transie et à bout de nerfs.

« Votre frère s'est mal comporté, dit-il. Il collaborait à l'avancement de notre programme. L'idée de vous faire jouer un rôle dans l'affaire venait de nous, mais pas celle d'impliquer Lucius Vance. Et puis il y a le problème de votre défunt mari.

– Vous faites partie des Chevaliers du Cercle d'or ?

– Pourquoi cet air surpris ? Votre père nous a étudiés pendant des années. Et vous aussi.

– De façon purement théorique. Mon père ne m'a jamais dit que l'organisation existait encore.

– Parce qu'il l'ignorait. C'était avec Frank Breckinridge qu'il avait maille à partir, pas avec nous, même si Breckinridge est un chevalier. Votre père voulait localiser la Crypte. Comme vous et le fils Breckinridge, apparemment.

– Où est Grant ?

– Sur ce chapitre, je crains d'avoir encore une mauvaise nouvelle à vous annoncer. Il semble qu'il ait trouvé un nouveau bienfaiteur et puisse désormais se passer de vos services. »

Elle comprit.

« C'est lui qui a volé la clé dans l'appartement d'Alex ?

– Il fallait qu'il la récupère.

– Il est sur le point de trouver la Crypte ?

– Oui. Mais sans vous.

– Donc, vous n'avez pas vraiment l'intention de me faire arrêter pour meurtre ?

– Pas pour l'instant, en effet. Nous avons besoin de vous. Je vous ai montré cette vidéo afin de vous faire comprendre que nos sollicitations ne doivent pas être prises à la légère. »

Elle cessa de marcher et se tourna vers lui.

« Où est Kenneth ? »

Pour toute réponse, l'homme reprit son portable, en frappa l'écran du bout du doigt et le tourna vers elle. Elle vit son frère maintenu debout par deux hommes tandis qu'un troisième lui administrait une série de coups de poing dans le ventre. Kenneth chancela sous les impacts, peinant à respirer. Puis il se vomit dessus.

Les deux nervis qui le tenaient le lâchèrent et il tomba à genoux, suffoquant et s'essuyant la bouche avec son bras.

« Il est en train de recevoir une belle leçon, commenta son interlocuteur. C'est nous qui avons créé le Comité pour la sauvegarde de l'Amérique. Nous qui l'avons financé. Nous qui avons recruté ses membres et fixé ses objectifs. Le Comité était dirigé par quelqu'un d'autre, à l'origine, mais quand Grant Breckinridge et vous-même avez commencé votre quête, nous avons enrôlé Kenneth. Nous lui avons proposé de devenir membre de notre organisation tout en l'informant des enjeux. Au bout d'un certain temps, nous lui avons demandé de vous approcher. Il devait nous renseigner sur vous et Grant Breckinridge. Mais il a commencé à échafauder son propre projet. Notre plan ne prévoyait pas du tout de vous mettre en relation avec Lucius Vance comme il l'a fait. Et quand il a pris sur lui d'impliquer feu votre mari, ça a changé la donne du tout au tout.

– Pourquoi ne l'avez-vous pas empêché d'aller plus loin ?

– Quand nous nous sommes rendu compte de ce qui se passait, les choses étaient déjà trop avancées. Depuis, nous faisons le ménage. »

Sur l'écran, un des tortionnaires jetait un seau d'eau au visage de Kenneth pour le réveiller. Puis les deux autres le relevèrent. Il semblait terrifié et totalement désemparé.

La pluie de coups reprit, visant son torse et ses reins.

« Pourquoi ne pas le tuer, tout bonnement ?

– Loger une balle dans le cerveau de votre abruti de frère serait en effet plus simple. Heureusement pour lui, il a une mission à accomplir. (Il désigna l'écran.) Il a juste besoin pour s'y préparer d'un petit briefing et d'un minimum de motivation. »

Les deux hommes relâchèrent Kenneth, qui s'effondra sur le sol. Elle aurait dû éprouver de la compassion pour son frère jumeau, bien sûr, mais elle était incapable de penser à autre chose qu'à l'image d'Alex, poussé par elle par-dessus le bord de la falaise.

« Vous espérez qu'il continue à travailler pour vous ?

– Bien entendu. Il n'a pas le choix. Il a de brillantes relations un peu partout dans le pays, parmi lesquelles de nombreuses personnalités qui comptent dans les législatures d'États. Je pense qu'après ce soir il sera plus que prêt à coopérer. Bien sûr, il est exclu qu'il continue de participer à votre petite aventure, et ceci vaut aussi pour Grant Breckinridge. Ce qui signifie que vous vous retrouvez seule. »

Le but était clair : l'isoler, la réduire à l'impuissance en la privant d'alliés et de soutien, faire d'elle une quantité négligeable. Exactement ce qu'Alex avait souhaité.

« Votre chasse au trésor s'achève, dit l'inconnu en se rengorgeant. Avez-vous apporté ce que je vous ai demandé ?

– Toutes les données sont stockées sur mon iPad et sur un serveur hors site. »

Il lui tendit un papier.

« Envoyez tout par e-mail à cette adresse. Ensuite, effacez tous vos fichiers et oubliez la Crypte. Je vous garantis que si vous faites la moindre tentative pour la localiser à partir de maintenant, nous le saurons et vous serez arrêtée pour meurtre. Gardez le silence et nous ferons de même. »

Elle n'avait guère le choix.

« Nous vous faisons une fleur. Grant Breckinridge a déjà tué un homme à la Smithsonian et tiré sur un agent fédéral. »

Daniels ne lui avait pas dit autre chose.

« L'agent en question s'appelle Stéphanie Nelle. Elle dirige un service de renseignements du ministère de la Justice. Elle est actuellement dans le coma au Sibley Memorial Hospital. Vous pouvez être sûre que Grant Breckinridge sera bientôt un homme très recherché.

– C'est son problème.

– Tout à fait. Je voulais simplement faire en sorte que ça ne devienne pas le vôtre. »

Ils avaient longé le miroir d'eau jusqu'à la moitié de sa longueur et, à cet endroit, les passants étaient rares dans l'obscurité. L'homme se tourna vers elle.

« Eh bien, je crois que c'est tout ce que nous avions à nous dire. Si tout se passe bien, nous ne devrions plus jamais nous revoir. »

Sur ces mots, il commença à s'éloigner. Mais il restait une question qu'il n'avait pas abordée.

« Ça vous est égal, qu'il soit mort ? » lança-t-elle, omettant intentionnellement le nom d'Alex.

Il s'arrêta et lui fit de nouveau face avant de répondre :

« Vous nous avez évité une corvée. »

67

Le téléphone de Cotton sonna.

Stamm et lui étaient de retour dans le local sécurisé des archives du musée d'Histoire américaine, où ils avaient laissé la pierre de la Piste. Ils continuaient à suivre les déplacements des Breckinridge. Un des deux agents que la division Magellan avait envoyés surveillait en effet à distance la voiture des fugitifs depuis les airs. Le ciel de Washington étant sillonné en permanence par des hélicoptères militaires, la présence d'un appareil supplémentaire ne risquait pas de paraître suspecte. D'autre part, à presque 23 h 30, l'obscurité fournissait une couverture parfaite. Le second agent, guidé par l'hélico, filait discrètement le véhicule au sol sans avoir à s'en rapprocher trop. Les Breckinridge avaient quitté Washington et roulaient en ce moment vers l'ouest, sur le territoire de la Virginie. Cotton et le conservateur en avaient profité pour prendre le temps de transférer leur base opérationnelle du Château au musée d'Histoire, de l'autre côté du Mall.

Il regarda le nom du correspondant affiché sur l'écran du mobile.

Le quartier général de la division Magellan.

Il s'excusa auprès de Stamm avant de s'éloigner entre les rayonnages pour répondre.

Le compte rendu qu'on lui fit n'avait rien de réjouissant.

Cassiopée était portée manquante depuis plusieurs heures. Léa Morse, qui l'avait suivie en dépit de l'ordre qu'elle avait reçu de se tenir à l'écart, avait assisté à la disparition. Après avoir échappé à une explosion dans une mine désaffectée, Cassiopée avait été emmenée sous la menace d'une arme par un individu identifié par la jeune fille comme un certain James Proctor, qui avait tenté de les tuer toutes les deux quelques heures plus tôt. Léa n'avait pas pu donner une description bien précise du véhicule utilisé pour le rapt. Plus inquiétant, Terry Morse lui aussi avait été enlevé. C'était d'ailleurs pour le chercher que Cassiopée s'était rendue à la fameuse mine. Léa était allée avertir le shérif du coin, qui avait tardé à prendre contact avec le ministère de la Justice. Quand il s'était enfin décidé à le faire, on lui avait passé le QG Magellan.

« Les flics sur place pensent que Morse est peut-être coincé dans la mine, alors ils creusent, rapporta l'agent au bout du fil. Nous avions perdu la trace du GPS de Cassiopée, mais il est reparu sur la grille il y a quelques minutes. »

Comme tous les agents de la division, Cassiopée portait une montre localisable par GPS, ce qui lui avait permis de retrouver Cotton enfermé dans l'incinérateur. Actuellement, le signal émis par celle-ci indiquait qu'elle se trouvait près d'Amarillo, dans le Texas, et se dirigeait vers l'ouest sur l'I-40.

« Amarillo ? C'est bien loin de l'Arkansas. Transmettez les données GPS aux flics de la route du Texas, qu'ils aillent voir sur place.

– C'est déjà fait. Nous voulions juste vous tenir informé. »

Cotton mit fin à la communication, inquiet pour Cassiopée. Il retourna auprès de Stamm. Assis devant son ordinateur, celui-ci observait les images verdâtres envoyées en direct par le système de vision nocturne de l'hélicoptère qui suivait les Breckinridge.

« Ils vont vers Manassas, dit le conservateur. Il y a un aéroport régional, là-bas. »

Ils pouvaient en effet fuir par les airs.

« Il y a moyen de continuer à les pister même s'ils prennent l'avion, mais pour ça il faudrait que l'on connaisse leur destination. »

Il prit le talkie-walkie longue portée qu'ils avaient rapporté du Château et signala aux deux agents que les Breckinridge se rendaient vraisemblablement à l'aéroport le plus proche.

Grant se demandait où ils allaient. Le chauffeur avait dû recevoir des instructions précises, mais il ignorait lesquelles. Quoi qu'il en soit, personne ne les avait pris en chasse jusqu'à présent, ce qui était bon signe.

« Il faut que je te mette au courant de certaines choses, dit son père, assis près de lui à l'arrière. À l'heure actuelle, l'Ordre compte à peu près cinq cent cinquante membres et il existe une dissidence au sein des chevaliers. Une fraction, dirigée par notre chef, souhaite passer rapidement à l'action pour promouvoir une réforme légale de la Constitution. C'est la ligne de Kenneth Layne, que tu connais, et dont l'organisation, par parenthèses, est financée par l'Ordre. L'autre groupe, que je commande, préfère que nous restions en sommeil. »

Le contraire aurait été étonnant.

« Ce n'est pas avec quelques centaines de personnes que l'on peut mener une révolution. Et il est douteux qu'une réforme constitutionnelle significative puisse aboutir par la voie légale. Cela impliquerait des débats, des conventions, une ratification par les trois quarts des États, ce qui prendrait énormément de temps et coûterait très cher. La fortune de l'Ordre a été cachée en vue d'une nouvelle guerre de Sécession que nous serions, avec un peu de chance, en mesure de gagner, cette fois. Ce serait déshonorer les hommes qui nous ont légué cette richesse que de la dilapider pour rien.

– C'est pour ça que tu veux rassembler les pierres ? Pour que personne ne puisse localiser la Crypte ?

– Tout à fait. Il nous les faut toutes. Et celle que tu tiens sur tes genoux, la pierre au Cœur, est la plus importante d'entre elles.

– Pourquoi ne pas l'avoir simplement laissée où elle était ? Personne ne savait qu'elle se trouvait là.

– Parce que le tombeau de Smithson risquait d'être rouvert un jour ou l'autre, et la pierre de tomber aux mains de gens suffisamment renseignés pour comprendre qu'elle indique le chemin de la Crypte. Mieux vaut saisir l'occasion qui nous est offerte pour la détruire, cette pierre. Ainsi, tout risque sera écarté.

– Mais comment pourra-t-on trouver la Crypte après ça ?

– On ne pourra pas.

– Quoi ? s'exclama Grant, scandalisé. Tu veux dire que tout cet or va rester dormir là, enterré ?

– Il n'est ni à toi ni à moi. Il appartient à la postérité.

– Et comment une prochaine génération pourra-t-elle seulement soupçonner que ce trésor existe ?

– Je m'arrangerai pour laisser des indices… Si j'ai bien compris, tu t'es engagé dans cette aventure dans l'espoir d'en tirer profit. Je suis à même de te dédommager. Je me suis assuré d'une de nos plus importantes caches en dehors de la Crypte elle-même, dans l'Arkansas. Je dispose d'une quantité d'or substantielle et je suis prêt à t'en céder une partie. Plus qu'il n'en faut pour vivre confortablement. »

Mais ce n'était pas la Crypte ! Ils roulèrent en silence un moment, pendant lequel Grant envisagea les choix qui s'offraient à lui.

« Tu es bien conscient, j'espère, que je te fais bénéficier d'un traitement de faveur », reprit le vieil homme.

Un traitement de faveur ! Et puis quoi, encore ?

« Notre chef s'est déjà occupé du cas de Diane et de Kenneth Layne. Tu aurais été le prochain à avoir affaire à lui si je n'étais pas intervenu… Savais-tu que Diane Sherwood avait assassiné son mari ? »

Grant ne put s'empêcher de laisser paraître sa stupéfaction.

« Je me doutais bien que tu l'ignorais, conclut son père.

– Qu'est-ce que tes copains lui font ?

– Juste un peu de chantage pour la dissuader de s'intéresser plus longtemps à la Crypte. Son frère, en revanche, a commis l'impensable en révélant certains secrets de l'Ordre au sénateur Sherwood. Son châtiment sera certainement plus douloureux.

– Comme celui que vous avez fait subir à mes hommes dans l'Arkansas ?

– J'ai une certaine habitude de la violence, de même que les gens qui travaillent pour moi. Il y avait dans l'Arkansas deux agents fédéraux avec qui tes gros bras ont eu des démêlés. Je connaissais l'existence de Terry Morse et de ce qu'il était chargé de surveiller. Au vu de la tournure que prenaient les événements, j'ai envoyé des chevaliers sur place pour régler le problème. Ce qu'ils ont fait. Pendant qu'ils y étaient, ils ont également récupéré l'or de la cache dont je te parlais. Il s'agit d'une cache bien plus considérable que celle que tu as dénichée dans le Kentucky. Enfin, "dénicher" est un bien grand mot. Disons que la Sherwood t'a mis sur la voie et que j'ai veillé à ce que rien n'entrave ta quête. Je pensais que tu avais besoin de cet argent et je voulais que tu continues à travailler pour moi sans le savoir.

– J'imagine que ce n'est pas pour moi seul que tu as fait vider cette cache dans l'Arkansas.

– Je comptais en faire cadeau à notre chef en guise d'offrande de paix. Je n'ai rien contre les buts qu'il poursuit, c'est simplement que je ne vois pas l'utilité de dépouiller la Crypte pour les atteindre. Grâce à Dieu, je suis en possession de la pierre à la Sorcière et de celle au Cœur, donc tout est sous contrôle. »

Grant décida de jeter un pavé dans la mare.

« Tu n'ignores pas, je suppose, que tes concurrents n'ont pas besoin d'avoir les pierres entre les mains pour trouver le chemin. Nous ne sommes plus au XIXe siècle. On peut très bien assembler des images sur un ordinateur, et les deux types qui ont sorti la pierre au Cœur du tombeau de Smithson ont eu le temps d'en prendre des photos avant que les lumières ne s'éteignent. »

Mais son père ne parut même pas troublé.

« Ils ont un problème bien plus compliqué à résoudre... »

Grant attendit la suite.

« Trouver le point de départ. Ils n'ont aucun indice pour le déterminer. Et les États-Unis sont vastes.

– Et toi, tu le connais, le point de départ ?

– Je t'ai parlé d'Angus Adams et du jour où il est revenu à la Smithsonian, en 1877, pour restituer la clé ainsi que son journal. Eh bien, Adams était le chevalier qui a conçu la Crypte et gravé les pierres... »

Grant fit tout de suite le rapprochement.

« Son journal ? C'est dans son journal qu'il a noté le point de départ ?

Son père hocha la tête.

« Oui ? Et c'est moi qui l'ai. Bien caché. »

Cotton était de plus en plus préoccupé au sujet de Cassiopée.

Il priait le ciel que le GPS conduise la police jusqu'à elle. Le QG de la division Magellan n'avait pas repris contact avec lui, mais il ne doutait pas que le problème soit en cours de traitement. La question qu'il avait, lui, à régler dans l'immédiat se présentait sous la forme d'une image verte sur l'écran d'un ordinateur.

Une voiture qui filait en pleine nuit sur une route.

Il observa un moment la vidéo, puis, s'adressant à Stamm :

« C'est sûr, maintenant, ils vont à l'aéroport. »

Le véhicule venait de quitter la quatre-voies et roulait à présent vers le sud sur une route plus petite. Il ordonna par radio à l'agent en voiture de bifurquer en direction de l'aéroport régional de Manassas, et à celui qui était à bord de l'hélicoptère de laisser du champ aux fuyards sans pour autant les perdre de vue.

Le journal d'Angus Adams était posé sur la table à côté de la pierre de la Piste. Il le prit et en feuilleta les pages manuscrites. Ce n'était certainement pas sans raison que Breckinridge l'avait gardé caché.

« J'imagine qu'il est possible de combiner des images de cette pierre avec celle au Cœur par ordinateur ? demanda-t-il au conservateur.

– Nous comptons parmi les meilleurs du monde en imagerie graphique. J'ai déjà transmis les clichés numériques au labo. Ils ont commencé à travailler dessus. La question est de savoir où se trouve le point de départ de cette fameuse Piste. »

Cotton désigna l'écran de l'ordinateur.

« J'espère que les Breckinridge nous fourniront la réponse. »

Il regarda le journal, qu'il avait toujours entre les mains, et s'interrogea.

Qu'avait-il de si important ?

Grant vit qu'ils pénétraient sur le parking d'un petit aéroport baptisé Manassas Regional Airport – Harry P. Davis Field. Seules quelques lumières brillaient dans l'aérogare, de taille très réduite.

« Nous allons prendre un avion privé qui appartient à l'un des nôtres », indiqua son père.

Grant n'avait toujours pas avalé les insultes cinglantes du vieux. Après tout, il s'était parfaitement acquitté de sa tâche, ce soir, et méritait autre chose que des humiliations. Mais la curiosité l'emporta.

« Qu'est-il arrivé aux deux agents fédéraux, dans l'Arkansas ? s'enquit-il.

– L'un est parti. Je séquestre l'autre, qui est une femme.

– Dans quel but ?

– Nous pourrions avoir besoin d'une monnaie d'échange. »

La voiture stoppa. Son père descendit et il le suivit. Dans l'obscurité, au-delà du terminal, il entendit le sifflement de réacteurs qui montaient en puissance.

« Notre appareil. Il est prêt à décoller, dit le vieil homme.

– Tu ne crois pas que ça pourrait poser problème de prendre en otage un agent fédéral ?

– Pour autant que nous le sachions, elle était seule et dans l'impossibilité de communiquer avec sa hiérarchie. Mon collaborateur a pu s'emparer d'elle sans bavure, et les hommes laissés sur place signalent que les autorités locales ignorent totalement où elle a pu passer. Donc, non, ce n'est pas un problème.

– Et c'est moi que tu traites d'inconscient ! » s'exclama Grant, abasourdi.

68

Danny retourna à l'intérieur du relais routier.

« Vous n'auriez pas dû faire ça, protesta Frizzell. Il était venu en toute confiance. »

L'esprit de Danny tournait à plein régime, la vidéo passant en boucle dans sa tête.

« Tout ça, ce sont des conneries, Paul ! Vous devez prévenir la police et faire arrêter Diane Sherwood pour meurtre !

– C'est plus compliqué que ça, Danny. Cette femme est à la recherche de quelque chose dont nous devons nous assurer le contrôle avant qu'elle ne soit appréhendée.

– La Crypte ?

– C'est ça. L'Ordre est en plein chaos, en ce moment, les chevaliers divisés en deux factions. Un vrai bazar. Pour ma part, je soutiens notre chef, qui travaille à promouvoir une réforme constitutionnelle paisible, dans le respect des règles. Or c'est précisément en vue d'un tel projet que le trésor de la Crypte a été amassé. C'est pourquoi nous voulons qu'il nous revienne.

– Et quelle est la position de l'autre camp ?

– Ils préconisent de ne rien faire, de préserver nos ressources pour une meilleure occasion.

– Et Lucius Vance s'apprête à faire capoter les deux stratégies à la fois.

– C'est un euphémisme. S'il arrive à ses fins, nous craignons que cela ne braque l'opinion publique contre des réformes constitutionnelles plus significatives. En fait, le Sénat tel qu'il est nous convient tout à fait. Il représente un contre-pouvoir face à la Chambre, et c'est très bien comme ça. C'est le Congrès dans son ensemble qui nous pose question. Or, comme l'a souligné notre chef tout à l'heure, il existe dans la Constitution confédérée des éléments qui pourraient se fondre harmonieusement dans la nôtre, des idées de nature à améliorer les choses, et que le peuple approuverait certainement, mais qu'il risquerait de rejeter en bloc après avoir tâté de la dictature de Lucius Vance.

– Rien de tel pour dégoûter les gens d'une révolution qu'un révolutionnaire qui a les yeux plus grands que le ventre, c'est ça ?

– En gros, oui.

– Paul, ce n'est pas aussi simple que vous le pensez. »

Danny fit part à son ami de ce que Cotton lui avait appris.

« Malone est en train d'enquêter en ce moment même à la Smithsonian, dit-il pour terminer. Nous pensons que le type qui a tiré sur Stéphanie Nelle est un certain Grant Breckinridge.

– C'est lui le responsable, en effet.

– Parce que vous suiviez aussi cette histoire ?

– Nous n'étions pas sur place quand Mme Nelle a été prise pour cible, mais il n'a pas été bien difficile de deviner qui était le coupable.

– Je veux la peau de ce salopard.

– Nous aussi, Danny. Seulement, comme vous le savez, le père et le fils Breckinridge font maintenant équipe, ce qui nous pose à tous un problème. »

À tous ? Pourquoi cela poserait-il un problème à ces messieurs les chevaliers ? Il ne pouvait y avoir qu'une explication.

« Vous ignorez l'emplacement de la Crypte, si je comprends bien ?

– Malheureusement oui. Il fut un temps où les dirigeants de l'Ordre étaient capables de déchiffrer certains des indices, mais leurs compétences se sont perdues au fil des décennies. Frank Breckinridge, lui, sait des choses et s'est autoproclamé gardien de la Crypte lors de sa querelle avec Davis Layne, dans les années 1970. L'Ordre était en totale déliquescence, à cette époque, ce qui explique qu'un fanatique comme lui ait pu prendre l'ascendant. Grâce à Dieu, un nouveau chef s'est imposé à la fin de ces années-là et a tout réorganisé. C'est l'homme à qui vous venez de parler. À la décharge de Breckinridge, on peut dire qu'il a préservé la Crypte des chasseurs de trésor, seulement il a aussi refusé de partager ses connaissances avec le nouveau patron. Et son attitude constitue une plaie qui ne se referme pas.

– Bonjour la solidarité !

– En fait, Breckinridge soutient que c'est lui qui est loyal à l'Ordre. Il est convaincu que ce n'est pas le moment d'agir. Surtout si le mouvement est impulsé par l'homme qui vient de sortir d'ici. Breckinridge et lui ne s'entendent pas. L'ennui, c'est qu'il va nous falloir beaucoup d'argent, non seulement pour influencer les participants à la seconde convention quand elle se tiendra, mais aussi pour convaincre les législateurs des trente-huit États requis de ratifier les décisions qui seront prises. Et pour obtenir ces ressources, nous n'avons pas d'autre choix que de surveiller Breckinridge en espérant qu'il nous mènera à la Crypte, ou au moins aux pierres. Par chance, c'est précisément ce qui semble être en train de se passer.

– Ai-je tort de supposer que vos chevaliers à vous ne sont pas légion au Congrès ?

– Nous sommes trois. Tous à la Chambre. J'ai beau être le doyen, je ne peux rien faire. Si je soulève la moindre objection, même en privé, Vance m'exclura de la Commission du règlement. Et c'est une chose dont l'Ordre ne veut pas entendre parler.

– Que faites-vous de Kenneth Layne ?

– Nous avons encore besoin de lui. Il entretient des contacts avec de nombreux législateurs d'États dans tout le pays, et il est influent. Je ne suis pas au fait des détails, et je ne tiens pas à l'être, mais il est en train d'apprendre en ce moment même ce qu'il en coûte de manquer à sa parole.

– Et Diane Sherwood ?

– Nous nous sommes déjà occupés d'elle. Nous lui avons montré la vidéo. Elle sait que nous sommes au courant de ce qu'elle a fait. Elle a perdu Grant Breckinridge et, si nous arrivons à nos fins, Vance lui tournera le dos lui aussi. Dès que nous aurons réglé le problème Vance et trouvé les pierres, ou la Crypte, nous la livrerons à la police. Je suis tout à fait d'accord avec toi, c'est une meurtrière et elle doit être punie. »

Danny fut bien aise de l'entendre.

« Je te connais, reprit Paul, c'est à cause du projet de Vance que tu es revenu au Sénat. Dis-moi ce que tu as en tête pour le contrer. »

Sur ce point, la stratégie que Danny avait exposée à Teddy Solomon dans la matinée n'était plus d'actualité : la vidéo avait modifié la donne.

Ce fut donc un nouveau plan qu'il expliqua à son ami Frizzell.

Diane avait marché jusqu'au mémorial de la Seconde Guerre mondiale, à l'extrémité est du bassin. Elle pénétra sur le site sacré dont le parvis et la fontaine éclairés illuminaient l'obscurité.

Son univers tout entier venait de s'effondrer.

Le messager avait disparu. Minuit sonnerait dans quelques minutes la fin d'un mercredi comme les autres.

Tout était fini.

Son mariage. Son aventure avec Vance. Grant. L'or. Tout. Envolé. Quelques jours plus tôt, elle était au moins l'épouse d'un sénateur des États-Unis, maintenant elle n'était plus que sa veuve. Pire, des gens savaient qu'elle l'avait tué. Ils avaient simplement guetté, filmé, attendu. Ils se moquaient bien qu'Alex soit mort. Ce qui leur importait était de lui adresser un message à elle : « Laisse tomber ou tu vas en prison. »

Elle errait parmi les piliers de granit dressés telles des sentinelles au garde-à-vous. La solennité du lieu, qui aurait dû susciter en elle toutes sortes d'émotions, la laissait de glace. Elle était anesthésiée. Terrifiée. Même si elle jetait l'éponge, ces gens étaient à même de ruiner son existence à tout moment. Et elle aurait à jamais cette épée de Damoclès au-dessus de la tête.

Elle était à leur merci.

Pour toujours.

Et Grant ?

Il l'avait plantée là, s'était volatilisé en emportant la clé sans même un mot d'explication. Pour rejoindre « un autre bienfaiteur », avait dit le commissionnaire.

Au regard de la tournure épouvantable des événements, elle se prit à regretter sa vie auprès d'Alex, malgré une union sans passion avec un homme qui ne lui inspirait ni amour ni respect.

Qu'allait-elle faire de son existence, désormais ?

Impossible à présent de réaliser le rêve de son père en trouvant la Crypte. Elle avait certes un peu d'argent et pouvait vendre la maison pour arrondir son pécule. Elle toucherait aussi une allocation du Congrès et une pension de réversion de la Sécurité sociale. Des revenus stables, bien sûr. En tout, l'équivalent du salaire moyen américain. Mais bien peu de chose en comparaison d'un trésor caché de plusieurs milliards de dollars.

Elle s'arrêta devant une citation gravée dans le granit.

L'adresse d'Eisenhower aux troupes le 6 juin 1944. Le jour J.

VOUS ÊTES SUR LE POINT DE VOUS EMBARQUER POUR LA GRANDE CROISADE VERS LAQUELLE ONT TENDU TOUS NOS EFFORTS PENDANT DE LONGS MOIS. LES YEUX DU MONDE SONT FIXÉS SUR VOUS… J'AI TOTALEMENT CONFIANCE DANS VOTRE COURAGE, VOTRE DÉVOUEMENT ET VOTRE COMPÉTENCE DANS LA BATAILLE.

Elle aussi s'était embarquée pour une grande croisade, qui était à présent terminée.

Mais il lui restait un combat à mener.

Contre Danny Daniels.

Ce salaud était venu chez elle voler le carnet, avait réussi à les espionner, elle et Vance, et à fourrer son nez dans leurs affaires. L'idée qu'il puisse arriver à ses fins lui soulevait le cœur. Il était toujours là, en pleine forme dans ses nouveaux habits de sénateur prestigieux, respectable et plein d'avenir.

Et tout ça grâce à elle.

Oui, contre ce fumier, elle pouvait quelque chose.

69

Cassiopée occupait le siège passager à côté de James Proctor, qui conduisait. Six heures s'étaient écoulées depuis leur départ de l'Arkansas. Après avoir traversé l'Oklahoma d'est en ouest sans quitter l'autoroute I-40, ils étaient à présent dans le Texas, à trente kilomètres d'Amarillo. Proctor n'ayant pas tenu sa promesse, elle avait toujours les mains liées derrière le dos. Ils avaient rattrapé le camion de livraison qu'ils suivaient, à deux ou trois kilomètres de distance, sans dévier de leur cap à l'ouest.

« Avez-vous l'intention de me dire où nous allons ? » demanda-t-elle pour la troisième fois.

Jusqu'ici, son ravisseur ne s'était guère montré bavard, ce qui lui avait permis de somnoler un moment. Curieusement, elle ne se sentait pas menacée. Dans l'immédiat du moins. Cela changerait peut-être quand ils auraient atteint leur destination. Proctor ne l'avait sûrement pas emmenée sans raison. S'il avait voulu l'abattre, il l'aurait fait à la mine, mais il semblait préférer jouer au chat et à la souris avec elle. À l'évidence, son statut d'agent fédéral avait fait pencher la balance en sa faveur. La considérait-il comme une monnaie d'échange ? Et si oui, contre quoi ?

« Notre but est le superbe État du Nouveau-Mexique », répondit-il.

Encore une région où elle n'avait jamais mis les pieds.

« Vous tuez facilement les gens, remarqua-t-elle.

– Seulement ceux qui méritent de mourir.

– Parole de sociopathe. »

Il pouffa.

« Je suis simplement quelqu'un qui fait son boulot.

– Pour l'argent, ou autre chose ?

– Surtout pour l'argent. L'Ordre est généreux. Dix des lingots que transporte le camion sont pour moi.

– Et les hommes qui vous secondent ?

– Ils seront tous bien payés également.

– Sauf celui qui est mort.

– Tué par Morse. Que vous prenez peut-être pour un sociopathe, lui aussi ?

– Non. Morse est seulement un vieil homme qui se raccroche à son passé. Et puis votre copain menaçait sa petite-fille. Il a réagi comme n'importe quel grand-père l'aurait fait.

– Je l'avais sous-estimé.

– Vous allez l'exécuter, je suppose ?

– La décision ne m'appartient pas.

– À la mine, vous parliez du Cercle d'or comme d'une véritable religion. Vous ne gobez pas vraiment ces histoires, si ? »

Il resta silencieux un instant, concentré sur la route, où circulaient peu de voitures mais de nombreux poids lourds qui fonçaient dans la nuit.

« Mon père pensait que c'étaient des balivernes, répondit-il enfin. Mais mon grand-père, lui, y croyait dur comme fer. Il ne supportait pas la façon dont le pays était gouverné. Il était représentant à la Chambre dans les années 1940 et n'appréciait pas du tout Roosevelt. En revanche, il adorait Truman. C'est lui qui m'a parlé de l'Ordre et m'a présenté à des gens qui m'ont permis d'en devenir membre plus tard. Je gagne bien ma vie en me chargeant des tâches qu'ils jugent utile de me confier.

– Le bon petit soldat, en somme.

– Il en faut dans toutes les armées. À une époque, les chevaliers se comptaient par dizaines de milliers. Ils étaient partout, et pourtant les livres d'histoire ne les mentionnent jamais. Un comble. C'était des malins.

– Comme vous devez être fier d'en faire partie !

– Parfaitement. J'en suis fier. Les sudistes n'avaient aucune chance de gagner cette guerre, mais ils se sont battus vaillamment avec les moyens qu'ils avaient.

– Et si vous me détachiez ? J'ai mal aux bras, et je vous ai promis d'être sage.

– Vous savez aussi bien que moi que je n'en ferai rien.

– Est-ce que nous allons faire une halte, à un moment ou à un autre ? J'aimerais bien manger un morceau et boire un peu d'eau. Un passage par les toilettes ne serait pas du luxe non plus.

– Regardez-moi bien. Ai-je l'air à ce point stupide ? »

Elle n'avait plus ni arme ni téléphone. Proctor les lui avait pris. Et elle ignorait tout de la région qu'ils traversaient.

À cet instant, des éclairs lumineux balayèrent l'intérieur de l'habitacle. Elle se retourna. Des voitures de police les suivaient, déployées sur les deux voies.

Proctor aussi les avait vues. Il parut hésiter quelques secondes, évaluant la situation, puis sortit son pistolet de sous sa veste et le posa sur ses genoux. Les choses risquaient de se gâter. Elle décida de se préparer à agir. Heureusement, elle avait les jambes libres.

Elle entendait les sirènes, à présent. Toutes proches.

Ils roulaient sur la voie de droite. Elle se tourna de nouveau pour voir les phares qui se trouvaient directement derrière eux se déporter vers la gauche. Puis quatre véhicules marqués POLICE DE LA ROUTE DU TEXAS les dépassèrent en trombe. Devant eux, des feux stop commencèrent à s'allumer et la circulation se mit à ralentir.

Proctor dut lui aussi lever le pied.

Les deux voies furent bientôt congestionnées, les voitures de police ayant manœuvré de façon à encadrer le camion de livraison, une se plaçant devant lui, une autre derrière et deux sur sa gauche.

Cassiopée jeta un coup d'œil au compteur de vitesse.

Soixante-dix kilomètres-heure.

Deux lignes ininterrompues de feux de freinage brillaient maintenant dans la nuit.

Le camion fut finalement contraint de se ranger sur le bas-côté et les policiers jaillirent de leurs véhicules, arme à la main.

« J'ai comme l'impression que vous pouvez dire adieu à vos lingots, commenta Cassiopée.

– La ferme. »

Si elle voulait attirer l'attention des policiers, il suffisait qu'elle fasse perdre à Proctor le contrôle de la voiture. Elle enchaîna mentalement les mouvements à effectuer pour y parvenir : plier les genoux, se pencher en avant, puis se redresser brusquement en pivotant sur elle-même de façon à pouvoir lancer ses jambes vers le haut et le frapper à la tête. Le tout très rapidement afin qu'il n'ait pas le temps de saisir le pistolet dans son giron.

La vitesse était tombée à trente kilomètres-heure.

Les policiers faisaient descendre de force le camionneur de sa cabine.

Elle banda ses muscles. Maintenant !

Mais, avant qu'elle ait pu bouger, elle reçut un choc violent à l'oreille gauche.

Tout se mit à tourner.

Et ses espoirs s'évanouirent avec elle.

70

JEUDI 27 MAI
1 H 30

Cotton regarda s'éloigner les lumières de la capitale à travers le hublot. Il était à bord du même Gulfstream du ministère de la Justice qui l'avait transporté dans l'Arkansas et l'en avait ramené. Une journée venait de s'achever, et celle qui commençait le voyait une fois de plus s'envoler vers l'ouest. Il avait eu le nez creux en demandant que l'avion l'attende jusqu'à nouvel ordre. Le rapport que lui avaient fait les agents en l'appelant de l'aéroport de Manassas avait confirmé qu'il ne s'était pas trompé.

Les Breckinridge quittaient Washington.

Selon leur plan de vol, ils devaient atterrir sur un autre aéroport régional, à Taos, au Nouveau-Mexique, une petite ville peuplée d'artistes à une centaine de kilomètres de Santa Fe, dans les monts Sangre de Cristo. Ils avaient deux heures d'avance sur lui, mais les pilotes du ministère pensaient pouvoir rattraper une partie du retard. L'avion des Breckinridge, un Learjet enregistré au nom d'un certain Richard Choi, domicilié près de Washington, était en effet plus lent que le Gulfstream. La division Magellan était en train de recueillir le plus de renseignements possible sur le citoyen Choi, qui avait sûrement un rapport avec les Chevaliers du Cercle d'or.

Rick Stamm, qui était resté à la Smithsonian, s'occupait de raccorder numériquement les images de la pierre au Cœur et de la pierre de la Piste pour tenter de mieux comprendre ce qu'elles représentaient. Mais Cotton avait emporté avec lui le journal manuscrit d'Angus Adams, dont il avait parcouru toutes les pages sans déceler quoi que ce soit de nature à attirer particulièrement son attention. L'ouvrage semblait bien trop léché, trop propre et tellement irréprochable sur le plan de l'orthographe ! On avait du mal à imaginer que l'on se trouvait en présence de l'original rédigé sur le terrain. Il s'agissait vraisemblablement d'une copie, même si elle était l'œuvre d'Angus Adams lui-même, comme semblaient l'attester les signatures résolument tracées en script ancien sur la première et la dernière page.

Angus « Cotton » Adams

D'après ce que lui avait raconté son grand-père, personne n'avait jamais revu Adams en Géorgie après la guerre de Sécession. Ce n'est qu'aux environs de 1900 que le fils aîné d'Adams – son arrière-grand-père paternel à lui – était revenu exploiter la ferme familiale avec sa femme et ses enfants. Apportant dans ses bagages une malle contenant des lettres écrites par Angus avant les hostilités, des documents personnels, des illustrations, quelques peintures et un livre.

Cotton avait devant lui, posé sur une tablette, un PC que lui avait prêté Stamm. Il se connecta à Internet, établit une liaison vidéo et vit apparaître le visage souriant du conservateur, assis dans la salle des archives classifiées du musée d'Histoire américaine.

« Nous avons réussi, annonça Stamm. Regardez ça. Les deux pierres assemblées. »

Et une image remplit l'écran.

«Nous avons au moins les dernières étapes, maintenant», dit Cotton.

La ligne jalonnée de «nœuds» sur la pierre au Cœur se raccordait avec son analogue sur l'autre pierre, formant nettement un parcours ponctué de neuf repères. Le *U* inversé, au bout de l'itinéraire, signifiait que celui-ci menait à une mine. Mais il savait, grâce aux récits de son grand-père, que la flèche allant du poignard au symbole représentant la mine figurait un danger.

Un avertissement clair.

«Oui, mais toujours pas de point de départ», observa Stamm.

En effet. Il restait à espérer que la pierre Maîtresse, s'ils la trouvaient, porterait elle aussi neuf marques pour arriver au total des «dix-huit lieux» suggérés par la phrase inscrite sur la pierre à la Sorcière.

Et qu'elle révélerait également d'où il convenait de partir.

Quelque chose lui disait que Frank Breckinridge disposait d'atouts qui leur faisaient défaut. Il repassa mot pour mot dans sa tête la conversation qu'il avait eue avec le prétendu vieillard sénile. Celui-ci avait parlé longuement de la guerre de Sécession, de Jefferson Davis, de Lincoln, des Chevaliers, et enfin…

«Ah, le salaud! s'exclama-t-il à mi-voix.

– Qu'y a-t-il ? demanda Stamm, sur l'écran.

– Breckinridge. Il a testé mes connaissances sur les pierres et sur le code. J'ai répondu comme il fallait à ses questions, puis il m'a proposé de rencontrer le chef pendant que j'étais en ville. J'ai pensé qu'il faisait allusion au chef des Chevaliers et je lui ai demandé où je pourrais le voir. Il m'a répondu : "Dans son maudit temple de justice".

– Vous savez à quoi fait référence cette expression, j'imagine ? »

Bien sûr qu'il le savait !

« Le siège de la Cour suprême. J'ai lu un bouquin sur l'histoire de l'édifice. Il est tout en marbre avec des colonnades qui rappellent la Grèce antique. La plupart des juges qui s'y sont installés l'ont fait à contrecœur. Ils trouvaient l'architecture pompeuse et inadaptée. L'un d'eux a suggéré que la cour entre dans la salle d'audience à dos d'éléphant. Un autre a comparé les juges aux "neuf scarabées noirs du temple de Karnak". La plaisanterie a fait date, et le surnom de "temple de justice" est resté. J'avais tant d'autres sujets en tête que je n'ai pas remarqué l'incohérence. »

Stamm fronça les sourcils, l'air perplexe.

« Pendant qu'il me parlait, poursuivit Cotton, Breckinridge semblait se croire vers 1865, à la fin de la guerre de Sécession. À cette époque-là, la Cour suprême se réunissait dans l'ancienne chambre du Sénat, à l'intérieur du Capitole. Son nouveau siège n'a été construit qu'en 1939. Alors pourquoi aurait-il utilisé l'expression "temple de justice" dans son supposé délire ?

– Peut-être son esprit fait-il des allers-retours dans le temps.

– Cela se pourrait, mais ce n'est pas le cas. Nous savons pertinemment qu'il a toute sa tête. Non, il me transmettait un message. Il m'a affirmé se méfier du chef, et il a ajouté : "Avec ses cheveux autour de son crâne chauve, il me fait un peu trop penser à un prêtre." Ça ne vous rappelle personne ?

– Weston, le président de la Cour suprême.

– Tout juste.

– Ça ne se peut pas, dit Stamm, incrédule. Weston, dirigeant de l'Ordre ?

– Pourquoi pas ? Il en connaît indéniablement un rayon sur le sujet. Et je ne pense pas que Breckinridge m'ait glissé accidentellement l'indice concernant la Cour suprême alors que tout ce qu'il a fait par ailleurs était calculé. Non, il nous a délibérément mis sur la piste du tombeau de Smithson, et sur celle de Weston.

– Il vaudrait mieux que nous ayons des preuves en béton pour nous aventurer sur ce terrain-là », remarqua le conservateur.

Cotton hocha la tête tout en regardant de nouveau le journal d'Adams.

« Ça expliquerait que Weston en sache si long sur ma famille et sur Angus Adams, dit-il, poursuivant son idée. Et aussi qu'il manifeste un tel intérêt pour toute cette histoire. A-t-il repris contact avec vous ?

– Pas depuis plusieurs heures. »

Tout commençait à devenir plus clair. Cotton consulta sa montre.

« Je devrais atterrir aux environs de 5 heures, heure du Nouveau-Mexique. Continuez à travailler sur les images. Il faut qu'elles soient le plus nettes possible.

– Souhaitez-vous que j'appelle le juge Weston ? »

Cotton songeait effectivement à appeler quelqu'un, mais pas Weston.

« Non, j'ai une bien meilleure idée », répondit-il.

71

Washington
2 h 30

Danny était de nouveau sur la brèche.

Après la rencontre dans le relais routier, Frizzell l'avait déposé devant l'hôpital, où il avait passé un bon moment au chevet de Stéphanie. Elle était toujours dans un état stable, mais les médecins se disaient plus optimistes. Il avait fini par s'assoupir avant d'être tiré du sommeil par la sonnerie de son téléphone. C'était Malone, présentant une requête à laquelle Danny promit de satisfaire sans délai.

Il avait donc pris un taxi pour se rendre chez Warren Weston, dont sa nouvelle chef de cabinet venait de lui fournir l'adresse. Cette dame lui plaisait décidément de plus en plus. « Je vous rappelle tout de suite », avait-elle seulement répondu, sans la moindre protestation alors qu'il la réveillait en pleine nuit pour lui demander le renseignement. Elle lui faisait penser à Edwin Davis, sur qui il avait toujours pu compter pendant son séjour à la Maison-Blanche.

Il avait été profondément affecté par ce que lui avait révélé Cotton à propos du juge Weston, mais il restait persuadé, comme lui, que la piste suggérée par Frank Breckinridge devait être suivie.

Il avait été un peu surpris d'apprendre que le président de la Cour suprême vivait au cœur du quartier très chic de Georgetown. Weston ne lui avait jamais donné l'impression d'être un homme d'argent. Son salaire de magistrat s'élevait à peine à deux cent cinquante mille dollars par an. Un revenu très confortable, certes, mais peu en rapport avec les prix de l'immobilier pratiqués à Georgetown.

Il se rappela qu'il aurait peut-être à négocier avec le service de sécurité de la Cour suprême, chargé de protéger chacun des neuf membres de l'institution. Un agent était en effet posté devant la porte de Weston. Curieusement, une des fenêtres du rez-de-chaussée était éclairée. Danny parcourut la courte allée de brique conduisant de la rue à la maison et s'approcha du factionnaire.

« Bonsoir, monsieur le président, dit l'homme.

– J'imagine que vous vous demandez ce que je viens faire ici à une telle heure.

– À vrai dire, non, monsieur. Monsieur le juge m'a averti de votre éventuelle visite. »

Danny faillit sourire. On pouvait penser ce qu'on voulait de Warren Weston, mais il avait oublié d'être idiot.

« Il a précisé que je devais vous prier d'entrer si vous vous présentiez », ajouta l'agent.

Danny ouvrit donc la porte et pénétra dans la maison. La lumière qu'il avait vue briller de l'extérieur était celle d'un salon assez similaire à celui qu'il avait chez lui dans le Tennessee. Weston était là, assis dans un fauteuil de cuir à haut dossier, un verre à la main.

« Venez, Danny, dit-il. Si vous voulez un whisky, il y en a sur la table.

– Qu'avez-vous fait du petit gadget pour déguiser la voix ?

– J'ai essayé de faire comprendre à mes collègues qu'une telle précaution n'était qu'une perte de temps, mais ils ont insisté. J'aurais préféré une conversation normale, comme celle que nous allons avoir tous les deux. »

La pièce, lambrissée, était confortable et chaleureuse. Danny s'installa dans un petit canapé.

«Je ne retire rien de ce que j'ai affirmé tout à l'heure, reprit Weston. L'Ordre n'est pas un repaire de fanatiques. Nous sommes entièrement acquis à l'idée d'œuvrer dans le cadre de la loi.

– Mais enfin, Warren, revenons sur terre ! Les Chevaliers du Cercle d'or n'étaient rien d'autre qu'une organisation terroriste. Peut-être même la plus vaste et la plus efficace que l'Amérique ait connue. Ces gens ont semé le chaos. Ils ont fait le lit du Ku Klux Klan !

– C'est vrai. Du moins ça l'a été de 1854 à 1865. Mais nous avons dépassé ce stade. Et, depuis plus d'un siècle, nous nous contentons d'attendre un moment favorable pour mettre en pratique ce qu'envisageait Alexander Stephens.

– Une réforme de la Constitution ?

– Oui. Le peuple y est prêt.

– Vous avez peut-être raison, concéda Danny avec un haussement d'épaules. Mais les questions commenceront à se poser quand il s'agira de définir la nature de cette réforme. Et sur ce point-là, tout le monde ne sera pas forcément d'accord avec vous. En même temps, comme vous l'avez fait remarquer à Cotton Malone, vous avez le droit de tenter votre chance.

– Les problèmes les plus urgents que nous avons à résoudre sont au nombre de deux. Le premier s'appelle Vance. Le second est l'état dans lequel se trouve l'Ordre lui-même, au sein duquel est en train de se dérouler une véritable guerre de Sécession.

– C'est pour cette raison que Breckinridge vous a balancé ?

– Je me doutais un peu que c'était par ce biais-là que vous aviez pu remonter jusqu'à moi.

– Il y a eu pas mal de remue-ménage à la Smithsonian ce soir.

– J'ai été trop occupé par vous ces dernières heures pour me tenir au courant de ce qui se passait là-bas. Pouvez-vous m'en dire plus sur ce "remue-ménage" ? »

Par courtoisie, Danny fit part à Weston de ce qu'il savait.

« Breckinridge a mis Malone sur ma piste pour détourner mon attention pendant qu'il exécutait son plan.

– Qu'a-t-il l'intention de faire ?

– Il veut détruire les cinq pierres pour empêcher quiconque de trouver la Crypte. Il pense que ces richesses doivent rester intactes jusqu'à ce qu'il donne lui-même le feu vert pour les utiliser. Il est intéressant de noter que tout, dans cette histoire, semble tourner autour du pouvoir plutôt que de l'or. Ce que veulent Breckinridge et Vance, c'est d'être en mesure d'agir sans contrôle.

– Malone est à la poursuite du vieux Breckinridge, et de son fils qui l'accompagne. Le petit salopard a tiré sur une personne qui m'est chère.

– Je suis désolé de ce qui est arrivé à Mme Nelle. J'ignorais que vous étiez proche d'elle à ce point.

– Plus encore que vous ne l'imaginez. Je veux la peau de Grant Breckinridge. Nous savons que lui et son père se dirigent vers le Nouveau-Mexique. Où vont-ils, exactement ? »

Weston ne répondit pas, ce qui eut le don d'agacer Danny au plus haut point.

« Warren, j'ai l'impression que vous n'avez pas bien saisi. La partie est terminée. Si vous voulez empêcher Vance d'agir, je suis votre seul atout. Si vous voulez empêcher Breckinridge de parvenir à ses fins, vous ne pouvez compter que sur Malone. Il est sur la trace des Breckinridge, mais il faut que je lui fournisse les moyens d'anticiper. Alors, encore une fois, où vont-ils ?

– *Pasto al Norte.*

– Je n'ai jamais été bon en espagnol.

– Quelque chose comme "Le Berger du Nord". »

Cotton regardait sur l'écran de l'ordinateur les images des pierres au Cheval et à la Sorcière qu'il avait affichées à côté de la pierre au Cœur et de la pierre de la Piste à présent combinées.

Le téléphone posé près du PC sonna. Il décrocha en activant le haut-parleur.

« Cotton, je suis avec le président de la Cour suprême, annonça Danny Daniels sans préambule. Vous aviez raison, c'est lui le *big boss* de l'Ordre. Les deux types que vous pistez ont pour destination une parcelle de terre qui a appartenu à votre ancêtre Angus Adams. À sa mort, il en a fait don à l'État fédéral et elle fait maintenant partie du parc national de la forêt de Carson, dans les monts Sangre de Cristo. C'est là qu'est la Crypte. Il y a à cet endroit une ancienne mission qui se trouvait sur la propriété d'Adams et une église qu'on appelle *Pasto al Norte* – Berger du Nord. »

Cotton se concentra sur les images des pierres.

« Ce que vous évoquez est effectivement gravé sur la pierre au Cheval, mais pour moi, le texte espagnol signifie "Cheval de la foi, je broute au nord de la rivière".

– L'énoncé est ambigu, intervint Weston. Nous sommes arrivés il y a longtemps à la conclusion que le sens est "serviteur de la foi, je mène mon troupeau au nord de la rivière" – d'où l'idée du "berger", qui se dit *pastor* en espagnol. »

Pour désigner une église, cela se tenait.

Puis une autre pièce du puzzle se mit en place.

Il prit le journal d'Adams et l'ouvrit à la page de titre.

« Les notes de terrain d'Adams contiennent les mots "serviteur de la foi", indiqua-t-il. J'ai l'impression que c'est Adams lui-même que l'expression désigne.

– Vous avez trouvé le journal ? » s'exclama Weston.

Apparemment, Daniels avait gardé ce détail pour lui. Cotton expliqua donc au juge ce qu'il en était.

« Il faut que nous parlions, déclara celui-ci après l'avoir écouté, s'adressant à Daniels.

– Nous vous rappelons, Cotton », dit l'ex-président.

Danny coupa la communication et se tourna vers Weston.

« Angus Adams est la clé, dit le juge. Après la guerre, il a supervisé personnellement les opérations quand la fortune de l'Ordre a été regroupée. En 1890, l'essentiel du trésor avait déjà été rassemblé et transporté dans une cache qu'il avait aménagée sur sa propriété du Nouveau-Mexique.

– La Crypte.

– C'est ainsi qu'il la nommait, oui. Avant cela, il avait fait graver les cinq pierres, qui furent dissimulées un peu partout dans le pays et placées sous la surveillance de guetteurs. Cependant, les secrets étant ce qu'ils sont, ils ne restent jamais secrets éternellement. Des gens ont donc eu vent de l'existence de ces pierres et se sont mis à les chercher. Au début du XXe siècle, des conservateurs de la Smithsonian en ont trouvé trois – le Cheval, la Piste et le Cœur. En 1909, un de nos historiens a même été tué en enquêtant sur le sujet.

– La Smithsonian voulait l'or pour elle ?

– Absolument. Ces milliards qui dormaient là, quelque part ! Pour une institution comme la nôtre, qui survit grâce aux dons, ç'aurait été le pactole. Mais notre quête s'étant révélée vaine, l'histoire est retombée dans l'oubli. Jusqu'aux années 1970, où Davis Layne a repris le flambeau. C'est là que Breckinridge s'est interposé pour empêcher les recherches d'aboutir.

– Quand avez-vous pris le commandement de l'Ordre ?

– J'en suis devenu membre à l'âge de vingt-sept ans. En 1980, notre dirigeant est mort et j'ai été choisi pour le remplacer. J'avais été nommé président de la Cour suprême deux ans plus tôt et, à ce titre, j'étais aussi chancelier de la Smithsonian. Ès qualités, j'avais, et j'ai toujours, accès à toutes les archives de l'institution, que j'épluche depuis trois décennies en m'efforçant d'en tirer le maximum. J'ai essayé plusieurs fois de convaincre Breckinridge de me révéler ce qu'il savait, mais ce vieux maboul refusait systématiquement. Nous n'avons jamais été d'accord, lui et moi… En fait, je sais où chercher le renseignement permettant de déterminer le point de départ du chemin qui mène à la Crypte. C'est Angus Adams qui a imaginé la façon de transmettre ce secret et cette information-là se transmet d'un dirigeant à l'autre depuis lors… Malheureusement, un problème est survenu. »

72

Cotton, les yeux fixés sur le journal de son arrière-arrière-grand-père, pensait à la croix cerclée en or qu'il avait vue dans le coffret à bijoux de sa mère. Celle-ci ne lui en avait jamais dit grand-chose, mais il connaissait maintenant l'origine probable du pendentif.

Angus Adams. Chevalier du Cercle d'or. Son ancêtre maternel.

Pas étonnant que sa mère ait préféré interrompre la tradition consistant à transmettre le collier à la génération suivante. Il secoua la tête. Il avait tellement de points communs avec elle. Sa capacité à taire les choses, par exemple. Mais elle lui avait tout de même raconté l'histoire d'un des objets qui lui étaient parvenus de ce lointain passé.

Un livre. Qu'elle avait sorti de la vieille malle, dans le grenier.

« D'où est-ce qu'il vient, maman ? » demanda-t-il.

Il n'en avait jamais vu de semblable. La bibliothèque de son école contenait de nombreux ouvrages, mais aucun de ce genre.

« Il appartenait à un membre de ma famille qui était un espion pendant la guerre de Sécession, répondit-elle. Il était aussi peintre et illustrateur pour la Smithsonian. C'est lui qui a fait ce livre. »

Il lut le titre : Serviteur de la foi.

Il avait bien remarqué l'expression en observant la pierre au Cheval pour la première fois, mais, ignorant presque tout de l'implication d'Angus Adams à ce moment-là, il n'avait pas fait le rapprochement. Il n'avait vu le lien que plus tard, en découvrant les mêmes mots rédigés de la main d'Adams sur la première page du journal trouvé dans le gramophone de Breckinridge.

« Il est vieux, ce livre ? demanda-t-il.

– La date inscrite à l'intérieur est 1889. C'est un cadeau de mon arrière-grand-père à mon grand-père, qui vivait ici, à la ferme. Mais ce n'est pas un livre ordinaire. »

Ce qu'il avait déjà constaté en ouvrant la couverture : après le titre, seules deux de la centaine de pages que comprenait le volume étaient écrites. Les autres étaient vierges, bien que toutes élégamment dorées sur tranche.

« Il contient uniquement un poème, dit sa mère. Je suppose que c'est mon arrière-grand-père qui l'a composé. Il s'appelait Angus. Le titre est Serviteur de la foi. »

Grâce à sa mémoire absolue, il se souvenait de chaque mot.

Ô chevaliers gris d'argent
Gardez-vous, le temps passant,
Malgré vos cheveux d'albâtre,
De renoncer à combattre.

Quand enfin viendra le temps,
Chevauchez vers le couchant
Puis revenez haut les cœurs
Chevaucher au champ d'honneur.

Le repos qui vous attend
Du Sud sera le tourment.
Héros gris que les ans chargent,
Menez de nouveau la charge.

Et que cette ultime action
Soit notre libération.

Ô preux chevalier d'argent
À l'âge d'or soit vaillant.

Du haut du ciel sur eux veille !
Donne-leur force et conseil !
Protège, Dieu tout-puissant,
Nos chevaliers vieillissants !

Enfant, il avait surtout été frappé par les rimes, le rythme et les images sans vraiment comprendre le sens, qui lui semblait bien plus clair aujourd'hui.

« Ce livre a une autre particularité », dit sa mère avec un pétillement malicieux dans le regard qui l'intrigua.

D'habitude, c'était son grand-père qui lui parlait du passé de la famille. Pas cette fois.

Elle ouvrit les deux couvertures, serra l'ensemble des pages entre ses pouces et ses index, puis, faisant pression, elle les fit glisser les unes sur les autres de sorte qu'elles se décalent lentement. Sur toute la hauteur de la tranche opposée au dos du livre, la dorure sembla alors s'effacer peu à peu tandis qu'apparaissait à la place l'image d'une maison mexicaine traditionnelle dans un paysage désertique avec des montagnes en arrière-plan.

« Oh ! C'est comme de la magie ! s'exclama-t-il, émerveillé.

– On appelle ça une tranche peinte, expliqua sa mère en souriant. C'est une forme d'art ancienne. L'artiste forçait les pages à prendre la position oblique qu'elles ont là, les maintenait avec un étau, puis peignait ce qu'il voulait sur leurs bords. Quand c'était sec, il les laissait revenir à leur place, puis dorait la tranche pour cacher les couleurs. On ne peut voir le motif que si on remet les pages en escalier. C'était une technique très à la mode après la guerre de Sécession.

– Qu'est-ce que c'est que cette maison dans le désert ?

– On pense que c'est l'endroit où il vivait, dans l'Ouest, mais je n'en suis vraiment pas certaine. »

Il avait attendu d'être seul pour tenter une petite expérience.

Les *4*, *8*, *N* et *P* imprimés en relief dans les coins des deux couvertures de l'ouvrage lui semblaient être un signe. Au même titre que les arbres tordus, dans la forêt. Présents et absents à la fois. Ne livrant leur message qu'aux initiés. Si Angus Adams avait inscrit les mêmes chiffres et les mêmes lettres sur la pierre à la Sorcière et sur son journal, il devait y avoir une raison.

Warren Weston n'avait peut-être pas eu tort de faire appel à lui, car il faisait un peu partie des initiés.

Et maintenant, le temps était venu de percer un secret.

La patience de Danny atteignait ses limites. Malone attendait des réponses concrètes, et lui aussi.

« C'est le livre retrouvé par Malone qui est capital, dit Weston. Frank Breckinridge l'avait apparemment volé dans les collections de la Smithsonian pour le cacher. Personnellement, je n'ai jamais eu l'occasion de voir ni de toucher ce journal. Tout ce que j'en sais, c'est qu'Angus Adams l'a remis à Joseph Henry en 1877, peu avant la mort de celui-ci, sous condition que le volume soit rendu à sa famille soixante-quinze ans plus tard. Quand j'ai appris que Malone était le descendant d'Adams, je me suis dit qu'il pourrait peut-être nous aider. Mon espoir était que la restitution avait effectivement eu lieu – la Smithsonian ayant pour habitude d'honorer ses promesses – et qu'il en avait entendu parler. J'ignorais totalement jusqu'à cet instant que Breckinridge était en possession de l'ouvrage.

– Vous auriez dû jouer franc-jeu avec Malone. C'est un garçon qui rue facilement dans les brancards.

– J'ai pu m'en rendre compte.

– Ce livre, là, ce journal, qu'a-t-il de si important ?

– Adams vouait une grande tendresse à la Smithsonian et à Joseph Henry lui-même. Il était également la seule personne encore vivante à tout connaître de la Crypte.

Mais l'Ordre avait fait le bon choix en le désignant comme gardien de son trésor. Adams était un homme d'honneur, et il a protégé ces richesses comme si elles lui appartenaient. Quand sont arrivées les années 1890, la Crypte était tombée dans l'oubli. Henry était mort, Adams était un vieillard, et l'Ordre avait dégénéré. Il est avéré qu'Adams tenait absolument à rendre la clé, ainsi que son journal, à la Smithsonian en 1877. Peut-être pensait-il qu'ils y seraient plus en sécurité, qu'ils passeraient inaperçus parmi les innombrables œuvres des collections. Pour ce qui est du livre, je sais qu'il indique le chemin de la Crypte, mais j'ignore de quelle manière. »

Cotton pinça les pages du journal comme l'avait fait jadis sa mère avec le livre contenant le poème, en utilisant les deux chiffres et les deux lettres imprimés en relief sur les couvertures comme repères pour placer ses doigts. Veillant à ne pas abîmer le vieux papier en appuyant trop fort, il décala lentement les bords. Comme en ce jour lointain, dans le grenier, la dorure de la tranche s'estompa pour laisser apparaître une image bien nette.

Il rapprocha le livre pour mieux examiner le tableau miniature. L'élément principal était une rivière près de laquelle se dressaient quatre bâtiments, dont l'un ressemblait à une église. Il leva les yeux vers les photos des pierres à la Sorcière et au Cheval, toujours affichées sur l'écran de l'ordinateur.

Si l'on combinait les textes gravés sur les deux, on obtenait : « Serviteur de la foi, je mène mon troupeau au nord de la rivière. Le chemin est dangereux. Je passe par 18 endroits. Cherche la carte. Cherche le cœur. »

Il suivit la ligne ondulée flanquée d'une croix qui partait de la tête du cheval. Puis il observa le coin supérieur gauche et l'autre ligne sinueuse marquée du mot *rio* – « rivière » en espagnol. Il regarda la figure composée de trois points entourant une sorte de *5* incliné qui semblait formé d'un *L* accolé à un *U* inversé. Un trompe-l'œil classique dans les messages du Cercle d'or, qui paraissaient désigner une chose alors qu'ils en désignaient une autre. Il regarda de nouveau le motif de la tranche peinte et vit que les trois bâtiments, situés devant l'église, étaient disposés en triangle.

Exactement comme sur la pierre.

Il s'agissait de maisons en adobe coiffées de lourds toits de tuiles, avec des fenêtres à guillotine et des cheminées, chacune environnée d'arbres et d'herbages.

Il referma le livre et sourit.

Maintenant, il savait.

Danny écouta Malone expliquer au téléphone ce qu'il venait de découvrir.

« Les pierres ne sont pas faites pour être lues dans un ordre particulier. Il y a des instructions réparties au hasard sur les quatre que nous avons. Une partie du jeu consiste à comprendre comment intégrer ces informations disparates. La pierre à la Sorcière fait office d'introduction. Elle nous avertit que le chemin est dangereux, qu'il comporte dix-huit repères et qu'il est nécessaire de chercher la carte et le cœur pour en avoir la représentation. Je soupçonne que la figure encapuchonnée et les autres symboles gravés là ont une utilité qui nous apparaîtra plus tard. La pierre au Cheval, elle, réduit le champ à un lieu spécifique : "au nord de la rivière". Il va nous falloir des renseignements précis sur l'exploitation d'Adams.

– Elle couvrait plus de six cents hectares dans le nord du Nouveau-Mexique, dit Weston. Elle fait partie du domaine public depuis le début du XXe siècle.

– C'est sur ces terres qu'est la Crypte, et le départ de l'itinéraire est l'église au nord de la rivière. Nous avons besoin de cartes satellites de la région. Demandez à Rick Stamm de tirer du lit quelqu'un de compétent pour nous dégoter ça. Que je sache exactement où aller. J'ai encore deux heures de vol. Je veux une réponse avant d'arriver.

– Vous partez du principe que Breckinridge a trouvé la tranche peinte ? s'enquit Daniels.

– Il l'a vue, vous pouvez en être sûr. La bonne nouvelle, c'est qu'il ignore que nous l'avons trouvée aussi.

– Il s'apprête à détruire toutes les pierres, signala Weston. Y compris celle au Cœur, que vous l'avez laissé emporter.

– Ça ne devrait pas poser de problème, assura Malone. J'ai devant les yeux une image du Cœur et de la Piste assemblés électroniquement qui montre seulement neuf repères. Il y en a neuf autres sur la pierre Maîtresse, qui indique dans quelle direction partir. Celle-là, nous ne l'avons pas, mais je suis prêt à parier qu'elle est cachée là où attend le fameux berger, au nord de la rivière.

– Il est donc impératif que vous arriviez sur place avant Breckinridge, conclut Danny.

– C'est l'idée. »

Danny coupa la communication et se tourna vers Weston.

« Nous n'en avons pas fini, tous les deux », déclara-t-il.

73

Grant se réveilla.

Bercé par le ronronnement des réacteurs, il s'était assoupi. La journée de la veille avait été longue. Il regarda sa montre et constata qu'il avait dormi plus de deux heures. Ils avaient dû traverser la moitié du pays. Son père était de l'autre côté de la cabine, étendu sur un canapé de cuir blanc, l'air tout à fait à son aise dans cet environnement luxueux.

« Rendors-toi », dit-il.

Un repas tout prêt étant à leur disposition dans l'espace cuisine de l'avion, Grant avait mangé avant de plonger dans le sommeil et se sentait frais et dispos. Certes, il avait perdu un peu de son allant en troquant son statut de chasseur de trésor pour celui de prisonnier, mais il ne désespérait pas de se remettre en selle sans se laisser détourner de son but par le lot de consolation promis par le vieux.

« Tu peux avoir besoin de moi, assura-t-il.

– Tu n'as pas idée de ce que ça signifie d'être chevalier, répondit son père sans la moindre émotion.

– Explique-moi, alors. »

Le vieil homme se redressa et s'assit.

« Les chevaliers faisaient le serment de sacrifier librement leur vie et tout ce qu'ils avaient de plus cher afin de perpétuer les principes de l'Ordre. Ils promettaient la mort et la destruction aux abolitionnistes, et œuvraient par tous les moyens à contrecarrer leurs manigances.

– Ça, c'était il y a cent cinquante ans.

– L'honneur est éternel.

– L'esclavage n'existe plus.

– Dieu merci. Mais l'Ordre combattait pour des causes qui allaient bien au-delà de ça. Des causes que bon nombre d'Américains pourraient trouver tout à fait acceptables aujourd'hui.

– Donne-moi des exemples.

– Le gouvernement représentatif. La responsabilité politique. La responsabilité de l'électeur.

– Tu as fait partie de l'Ordre toute ta vie ? demanda Grant, décidant de cesser les hostilités.

– Ton grand-père en était membre et m'a encouragé à adhérer. Mais c'est de mon conflit avec Davis Layne que date ma véritable vocation.

– Comment as-tu trouvé la clé ? »

Son père sortit l'objet de sa poche.

« Tout à fait par hasard. C'était à la fin des années 1950, alors que je débutais à la Smithsonian. Un jour que j'étais dans les combles du Château en train de superviser des travaux, un des ouvriers me l'a apportée. Il venait de la trouver sous une couche d'isolant et ignorait totalement ce qu'elle représentait.

– Mais toi tu le savais. Comment ça se fait ? »

Son père lui lança la clé.

« Regarde le bout de la tige. »

Grant examina le cylindre de cuivre et vit qu'il comportait à son extrémité une entaille formant une croix cerclée.

« La croix correspond à une particularité de la serrure que la clé ouvre. Mais elle constitue également une marque distinctive unique. Il n'existe qu'un exemplaire au monde de cette clé. J'ai compris tout de suite en la voyant : c'était celle qu'Angus Adams avait apportée à Joseph Henry. Souviens-toi, je t'ai expliqué qu'à l'origine elle permettait d'accéder aux archives de la Confédération. Seulement ces archives avaient été transportées dans la Crypte avec le trésor. C'est ce qui a vraiment donné à cette clé toute sa valeur.

– Comment ce morceau de ferraille pourrait-il avoir un intérêt quelconque après tout ce temps ?

– Voilà exactement ce qui prouve que tu ne pourrais jamais être chevalier, répliqua le vieil homme en pointant son index sur lui. Tu n'as foi en rien.

– Je suis simplement réaliste. C'est peut-être à cause d'un manque de réalisme, justement, que les chevaliers ont décliné. »

Son père resta silencieux un moment, le bourdonnement des moteurs reprenant le dessus.

« Tu as en partie raison, déclara-t-il enfin. Nous ne nous sommes pas suffisamment intéressés aux changements du monde. Et cela rend d'autant plus important ce que nous allons faire.

– Et qu'est-ce que nous allons faire ? demanda Grant, perplexe.

– Régler un différend. »

Danny n'arrivait pas à décider s'il avait ou non changé d'opinion sur Warren Weston. Il finit par conclure que oui.

Il l'estimait encore moins qu'avant.

« En plus du reste, je vous signale que nous avons aussi un agent porté disparu, dit-il au juge. Une femme que je connais, et qui se trouve être la petite amie de Malone.

– Cet or, dans le camion, au Texas, Breckinridge comptait me l'offrir pour m'amadouer. Il m'a fait savoir qu'il l'avait en sa possession et qu'il y en avait suffisamment pour financer nos projets quels qu'ils soient. Mais il n'a visiblement pas idée des fortunes qu'il faut dépenser pour influencer l'opinion publique.

– Inutile de préciser que l'Ordre ne reverra jamais la couleur de cet or. Ce sont les Yankees qui l'ont à présent. »

Weston émit un petit rire.

« Vous avez sûrement raison. Mais la cache qu'a trouvée Breckinridge n'est rien en comparaison de la Crypte. De plus, c'est vraisemblablement dans cette dernière que sont stockées les archives de la Confédération, à partir desquelles on pourrait récrire l'histoire.

– Et surtout la récrire de travers ! Il y a gros à parier que ces documents contiennent des secrets qui feraient mieux de le rester.

– Je suis prêt à prendre le risque. Tout ce temps perdu à attendre un changement qui n'est toujours pas venu ! Songez à ce que je vous ai dit de la Constitution des confédérés. Certains de ses éléments rencontreraient l'adhésion de tous, aujourd'hui : veto sélectif, plus d'électoralisme, financement des projets locaux par les États exclusivement, plus d'effacement des dettes… Des propositions qui tiennent la route, Danny !

– Mais dont certains au sein même de votre Ordre bien-aimé doutent qu'il vaille seulement la peine d'en débattre.

– Une partie d'entre nous préfèrent attendre une prochaine occasion, c'est exact.

– Et les deux factions convoitent la Crypte.

– Je veux dépenser ces richesses au profit de la cause pour laquelle elles ont été amassées. Et c'est pour tenter de les trouver que j'ai cherché à utiliser les aptitudes de Diane Sherwood, Grant Breckinridge et Cotton Malone.

– Et que vous avez envoyé Stéphanie Nelle au casse-pipe sans l'avertir des risques ! ajouta Danny, dont la colère venait de remonter d'un cran.

– Croyez-moi, j'étais à cent lieues d'imaginer que Grant Breckinridge tuerait Martin Thomas et s'en prendrait à elle. Rien ne le laissait prévoir. Mon différend avec le vieux Breckinridge durait depuis deux ans, mais sans aucune violence. Tout au plus se servait-il de son fils d'une façon peu orthodoxe, comme moi de Diane Sherwood. Nous cherchions tous les deux l'or, mais ni lui ni moi ne pouvions le localiser seuls. J'ai pensé solliciter l'aide de Mme Nelle et le président a donné son feu vert. »

Mais Danny restait dubitatif.

« Il y a autre chose derrière cette chasse au trésor qu'une différence d'opinions sur la façon de changer le cours de l'histoire, vous ne me ferez pas croire le contraire. Alors, dites-moi, Warren, quel est le véritable enjeu ?»

«Régler un différend ? répéta Grant. De quoi parles-tu ?

– Je vais t'expliquer, répondit son père. En 1861, les sudistes se sont mis dans la tête que la seule façon de résoudre leur désaccord avec le Nord était la violence. Ce n'est pas l'Ordre qui voulait la guerre, mais des gens mal préparés qui ont fini par la perdre. Nous devons apprendre de ces erreurs et éviter de nous engager dans le prochain conflit armé en position de faiblesse. Malheureusement, certains d'entre nous n'ont pas retenu la leçon.

– Donc, tu désapprouves Kenneth Layne et son projet de réunir une convention pour changer la Constitution ?

– Je comprends son point de vue, mais j'ai prévenu le chef sans mâcher mes mots que je m'opposerais à sa tentative. À mon avis, se lancer maintenant dans un processus de réforme constitutionnelle comme il le préconise obligerait à trop de compromis. Si nous sommes patients et rusés, comme l'Ordre l'a toujours été, nous pouvons rafler toute la mise plutôt que de nous contenter de miettes.»

Plus Grant écoutait ces élucubrations, plus il se persuadait d'une chose : son père avait peut-être feint d'être sénile, mais il ne faisait pas seulement semblant d'être givré !

Cotton attendait que Rick Stamm le rappelle pour lui communiquer les renseignements demandés. La Smithsonian disposait d'images digitalisées de chaque centimètre carré de la planète et en ce moment même, malgré l'heure tardive, des bibliothécaires des musées d'Histoire naturelle et d'Histoire américaine étaient en train d'éplucher pour lui les cartes et les photos satellites du nord du Nouveau-Mexique.

Il avait reçu un coup de téléphone du QG de la division Magellan qui l'avait à la fois inquiété et soulagé : la montre de Cassiopée avait été localisée dans un camion de livraison chargé d'une montagne de lingots d'or. Terry Morse, qui avait été trouvé ligoté à l'arrière du même véhicule, était à présent en sécurité. Il avait été assommé par un certain James Proctor. Cela s'était passé à la mine, où il avait eu le temps d'apercevoir leurs trois agresseurs du rucher avant d'être estourbi. Il n'avait aucune idée de ce que ceux-ci étaient devenus ensuite et ignorait aussi où était Cassiopée, qu'il n'avait pas revue. Mais Cotton avait appris par Léa, présente sur place, que Cassiopée avait été emmenée par Proctor sous la menace d'une arme.

Il avait espéré que la montre GPS mènerait jusqu'à elle. Or il n'en avait rien été. Où pouvait-elle bien être ?

Il aurait voulu être au sol en train de la chercher, au lieu de quoi il fonçait dans le ciel nocturne quelque part au-dessus du Texas dans l'espoir de rattraper un peu de son retard. Il atterrirait au Nouveau-Mexique dans une heure et demie.

Ignorer si elle était saine et sauve le mettait au supplice. D'autant qu'elle n'avait rien à voir dans cette histoire. C'était à cause de lui qu'elle s'était engagée dans l'aventure.

Il frappa d'un poing retenu la tablette devant lui.

Ne prenaient-ils pas trop de risques, tous les deux ? Étant donné ce qu'ils éprouvaient l'un pour l'autre, peut-être le temps était-il venu de se montrer plus prudents. Ils n'étaient plus assez jeunes pour se permettre de faire n'importe quoi sans réfléchir.

Ce qui autorisait une certaine dose d'optimisme était qu'elle avait dû placer sa montre dans le camion intentionnellement, preuve qu'elle était toujours en mesure d'agir à ce moment-là. Avec un peu de chance, elle et le dénommé Proctor finiraient par refaire surface.

Il détacha sa ceinture, se leva et se mit à arpenter la cabine vide.

Le QG avait pu déterminer que l'avion des Breckinridge avait encore une heure d'avance sur le sien. Ils semblaient respecter leur plan de vol et continuaient à faire route vers l'aéroport régional de Taos. Cotton avait donc donné à ses pilotes l'ordre d'atterrir eux aussi à Taos, puisqu'ils y arriveraient après que les fugitifs en seraient repartis. Il s'était également assuré par l'intermédiaire de la radio du Gulfstream la collaboration du shérif du coin, qui posterait quelqu'un à l'aéroport pour surveiller les allées et venues. Les Breckinridge prendraient selon toute logique la direction de l'ancienne propriété d'Angus Adams, et il devait éviter de croiser leur chemin s'il voulait qu'ils s'y rendent sans méfiance.

L'ordinateur portable signala que quelqu'un cherchait à le joindre sur Skype.

Il se connecta et vit le visage souriant de Stamm s'afficher sur l'écran.

«Je crois que nous avons trouvé», dit le conservateur.

74

Cassiopée, éveillée depuis plus d'une heure, avait encore dans la bouche un goût désagréable. Après avoir été assommée par Proctor, elle était restée inconsciente au moins deux heures. Affalée sur son siège, la tête contre la portière, elle continuait à se tenir parfaitement immobile pour ne pas révéler qu'elle avait repris connaissance. Proctor avait été appelé à deux reprises sur son portable et elle avait suivi les conversations. La première fois, il avait expliqué ce qui s'était passé avec l'or. Pendant la seconde communication, plus brève, il avait surtout écouté sans rien dire, comme s'il recevait des instructions. Il ne semblait pas se préoccuper d'elle. Elle se souvenait vaguement d'un arrêt, probablement pour faire le plein, alors qu'elle était encore groggy. Des bouteilles d'eau gisaient sur le plancher parmi des paquets de biscuits au beurre de cacahuète. Son ravisseur avait apparemment éprouvé le besoin de se sustenter.

Des panneaux indiquaient qu'ils étaient dans le Nouveau-Mexique, et non plus sur l'autoroute I-40 en direction de l'ouest. Ils montaient à présent vers le nord sur une deux-voies. Elle avait toujours les mains liées derrière le dos et mal aux épaules. Qu'une seule occasion se présente, une seule, et il paierait.

« Je sais que vous êtes réveillée. »

Elle se redressa.

« Le rythme de votre respiration s'est accéléré quand vous êtes revenue à vous », précisa-t-il.

Ils devaient rouler depuis une dizaine d'heures et être encore à deux tours de cadran au moins du lever du jour. Ce qu'elle pouvait voir du paysage avait changé. Les étendues plates et désertiques avaient fait place à un terrain accidenté couvert de forêts. Et il était évident qu'ils prenaient de l'altitude.

« L'endroit où nous allons est très spécial. Une propriété qui servait à l'Ordre il y a très longtemps. Je ne pensais pas avoir l'occasion de la voir un jour, dit Proctor avec une fierté manifeste.

– Ce voyage a un but ?

– Naturellement.

– Encore quelques personnes à trucider dans votre collimateur ? »

Il ne parut pas apprécier le sarcasme.

« Je n'irais pas jusqu'à qualifier de "personnes" les trois racailles que j'ai abattues dans la mine.

– Et pour Léa Morse et moi, c'est différent ?

– Vous ne m'avez pas laissé le choix. Et puis quelle importance ? Vous vous en êtes sorties toutes les deux. Pas de quoi fouetter un chat. »

Elle ne réagit pas.

Mais n'en pensait pas moins.

Danny attendait toujours la réponse à sa question, qui tardait à venir. Quelle était la véritable motivation de Weston ?

« Les Chevaliers du Cercle d'or ont un grand respect pour l'histoire, dit enfin le juge. Et, bien que nous soyons momentanément en désaccord, nous sommes tous fascinés par la Crypte. Mais pas seulement pour l'or qu'elle contient. Il y a une légende… »

Danny laissa éclater sa colère.

« Comment ? Stéphanie Nelle est en train de lutter contre la mort à cause de vos conneries, et vous me parlez de légendes ?

– Ce ne sont pas des conneries. Ce pays a été fondé par des hommes qui se serraient les coudes, qui partageaient les mêmes désirs et les mêmes convictions. Les idées avaient de l'importance, pour eux. Elles n'étaient pas un vain mot. Et voyez leur œuvre : la plus grande nation du monde, qui résiste à tout depuis bientôt trois siècles. Les hommes qui ont créé le Cercle d'or étaient des gens honorables. Du moins au début. Peu à peu, cependant, comme il arrive souvent aux mouvements sans garde-fous, ils ont basculé dans une violence irrationnelle et effrénée qui les a poussés à s'engager dans une guerre ingagnable. Mais les chevaliers qui sont venus après la guerre de Sécession étaient plus réfléchis, plus patients, plus légalistes. En même temps qu'ils aménageaient et garnissaient la Crypte, alors que l'Ordre déclinait, à la fin du XIXe siècle, ils ont paraît-il laissé des instructions à l'intention des générations futures quant à l'usage qu'il convenait d'en faire.

– Une feuille de route ?

– Qui s'est perdue en route, malheureusement. »

Cotton descendit du Gulfstream à 4 h 50. Des adjoints au shérif du comté de Taos l'attendaient sur le tarmac encore plongé dans la nuit pour l'informer que les Breckinridge avaient atterri un peu plus d'une heure auparavant. Le Learjet stationnait dans un hangar à proximité, son équipage en garde à vue, et les Breckinridge étaient partis à bord d'une voiture laissée à leur intention devant l'aérogare.

« Nous avons pu la marquer avec une balise GPS, précisa l'un des policiers. Nous pensions que vous aimeriez savoir quelle direction ils prenaient.

– C'est effectivement la question du jour.

– Au moment où je vous parle, ils roulent vers le nord dans le parc national de la forêt de Carson.

– Il faut que j'arrive à passer devant eux. Ou plutôt au-dessus, rappela-t-il, averti que la police locale avait déjà été avisée de son plan par le QG Magellan.

– Il paraît que vous êtes pilote de l'aéronavale ?

– C'est exact. Je suis capable de faire voler à peu près n'importe quoi, pourvu que ça ait des ailes.

– Alors ça tombe bien, dit l'adjoint avec un sourire. Parce que ce qu'on a à vous proposer est plutôt du genre bizarre. »

Guidé par son père, Grant suivait la deux-voies qui s'enfonçait dans les monts Sangre de Cristo et le parc national de la forêt de Carson. Le vieux avait passé deux coups de téléphone depuis l'avion. Le premier pour demander un rapport, le second pour donner des directives à son correspondant. Apparemment, quelqu'un d'autre était en route pour le même endroit qu'eux.

« J'ai eu une mauvaise nouvelle, tout à l'heure, dit son père. La police est intervenue et a saisi le chargement d'or que je faisais transférer ici.

– Et ma part ?

– Envolée.

– Comment les flics pouvaient-ils être au courant ?

– À mon avis, c'est toi que nous pouvons remercier pour ce contretemps. Trop de coups de feu, un meurtre… De quoi attirer l'attention.

– J'ai de qui tenir.

– Loin de là, répliqua son père avec un sourire suffisant. Quand nous avons recours à la violence, c'est toujours avec circonspection – un mot dont tu ignores le sens.

– Je me demande comment tu feras quand je ne serai plus là pour te servir de bouc émissaire à chaque fois que tu fais une ânerie. Je ne vois pas trop le fil conducteur entre ce que j'ai fait à Washington et une cargaison d'or cachée dans un camion à destination du Nouveau-Mexique. Ce ne serait pas plutôt toi, le responsable ? »

Pas de réponse. Grant avait presque l'impression d'entendre grincer les rouages du cerveau de son géniteur en train de passer en revue les hypothèses.

« Personne ne peut savoir où nous sommes, affirma le fossile, comme pour s'en persuader lui-même.

– Et d'abord, qu'est-ce qu'on vient faire ici ?

– Récupérer la cinquième pierre… »

Parfait. Il en avait justement besoin.

« Et quand nous l'aurons, nous la détruirons. »

Ça, en revanche, ça restait à voir.

Cassiopée commençait à s'inquiéter. Sa montre avait conduit la police jusqu'à l'or, mais pas jusqu'à elle. Et à présent elle se trouvait au milieu de nulle part en compagnie d'un type au niveau de conscience morale avoisinant le zéro et dont les intentions meurtrières à son égard ne faisaient guère de doute.

Elle était fatiguée, affamée, assoiffée, ses bras liés lui faisaient mal, mais elle en avait vu d'autres.

« Et si vous me laissiez boire et manger un peu ? suggéra-t-elle. Je vois des bouteilles d'eau et des biscuits par terre.

– Vous pourrez vous restaurer quand nous nous arrêterons. Nous sommes presque arrivés. »

L'aube semblait proche.

Il paraissait de plus en plus évident qu'elle avait été enlevée pour servir de monnaie d'échange. Proctor et ses acolytes avaient dû juger le risque minime, songeant qu'ils pourraient se débarrasser d'elle sans problème dans cette région désertique. La saisie du camion d'or leur avait sûrement donné à réfléchir. Mais ils ignoraient que cette mauvaise surprise était le résultat de son action à elle, que son petit stratagème avait à coup sûr alerté la division Magellan, et que Cotton ou quelqu'un d'autre était vraisemblablement déjà sur sa piste.

Patience, se dit-elle. *Attends le bon moment.*

Danny n'en pouvait plus des divagations de Weston.

Les événements de la nuit l'avaient épuisé et il lui tardait de retourner à l'hôpital.

« Qu'est-ce que vous racontez ? dit-il. Qu'est-ce que c'est que cette histoire de consigne "perdue en route".

– Il faut que vous compreniez, répondit le juge. Les hommes dont nous parlons étaient des passionnés entièrement dévoués à leur cause. Pour eux, l'histoire n'était pas quelque chose qu'on apprend dans les livres. Ils la vivaient dans leur chair. Devenir chevalier n'était pas un geste anodin à leurs yeux. Ils se voyaient comme les acteurs d'une transformation radicale du pays. Or cette passion continue d'animer les membres actuels de l'Ordre. Peut-être même est-elle plus exacerbée chez ces derniers. C'est pourquoi il nous importe tant de savoir ce que nos prédécesseurs avaient à nous dire. »

Cela suffisait. Il n'y avait plus qu'à tirer l'échelle.

« Écoutez, Warren, je vous le répète, un homme a perdu la vie à la Smithsonian et Stéphanie Nelle est dans le coma…

– Par la faute d'un individu qui ne fait pas partie de l'Ordre.

– C'est tout de même vous qui avez envoyé ce bibliothécaire et Stéphanie en première ligne sans les prévenir du danger qu'ils couraient. Vous aussi qui avez fait intervenir Malone avec un bandeau sur les yeux, répliqua Danny en haussant le ton. Ce n'est pas d'un débat théorique qu'il s'agit ici ! Il y a mort d'homme ! »

Un silence pesant régna un moment dans le salon.

« Frank Breckinridge est à la recherche de la pierre Maîtresse, reprit enfin Weston. Il y a fort à parier qu'il a vu le dessin sur la tranche peinte et qu'il sait donc d'où il faut partir pour trouver la Crypte. Dès qu'il aura cette pierre, il la détruira et tout sera terminé. Il aura obtenu ce qu'il voulait en nous empêchant d'accéder à la Crypte et, par la même occasion, vous aussi aurez obtenu satisfaction. Reste à voir s'il en ira de même pour Lucius Vance.

– Vance n'arrivera pas à ses fins. »

Weston avait manifestement baissé les armes. Danny pouvait partir.

« Je vous rappellerai, dit-il en se levant.

– Croyez-moi, j'apprécie votre démarche. »

Restait quand même un point à régler.

« Quand j'étais président, vous avez refusé de démissionner alors que vous auriez déjà dû être à la retraite depuis longtemps. La raison en est que vous ne m'aimiez pas et n'aviez pas envie de me voir nommer un de mes partisans au poste en or que vous occupiez. Très bien, je n'ai pas de problème avec ça, la décision vous appartenait. De nous deux, c'était vous le fonctionnaire inamovible. Mais j'apprends maintenant que vous dirigez une organisation secrète qui se donne pour but de métamorphoser le pays ? À votre décharge, je n'ai pas le souvenir qu'une seule de vos décisions en tant que magistrat ait reflété vos partis pris personnels. Je me doute bien qu'ils ont transparu ici ou là, mais pas de façon assez flagrante pour que ça se remarque. Là non plus, je n'ai rien à redire. Tous les juges ont des partis pris, certains plus que d'autres. Toutefois, maintenant que je connais la nature de vos engagements, je vous donne trente jours pour démissionner. Si vous êtes encore là au trente et unième, je déballe tout. Certes, je risque de passer pour un dingue, mais j'ai l'habitude. Croyez-moi, ça fera suffisamment de bruit pour qu'on vienne vous poser toutes sortes de questions embarrassantes. Alors évitez-vous ce genre de désagrément et partez dignement. »

Il se dirigea vers la porte.

« Qu'allez-vous faire dans l'immédiat ? demanda Weston.

– Mettre un terme à ce bazar. »

75

WASHINGTON
7 H 25

Diane était de retour devant l'immeuble d'Alex. Après avoir ressassé tout ce qui s'était passé, elle était arrivée à la conclusion que la situation était sans issue. La veille, Grant et elle avaient fouillé l'appartement sans rien trouver de compromettant pour eux ni pour Vance. Mais tout ceci était désormais sans importance. La priorité n'était plus la discrétion.

Mais la vengeance.

Elle entra et monta les escaliers, déprimée.

Jusqu'à présent, elle avait toujours vécu en prévoyant un coup d'avance, en calculant tout au préalable. Elle s'enorgueillissait de sa faculté d'anticipation. Jamais elle ne s'était engagée dans une entreprise sans en avoir évalué tous les risques. Même quand il s'était agi de tuer Alex, elle avait pesé le pour et le contre dans le calme de son salon avant de décider qu'elle n'avait pas d'autre choix. Il était d'ailleurs fascinant que la solution du meurtre se soit si spontanément présentée à elle. Sans doute était-ce le fruit du désespoir qu'elle avait éprouvé à ce moment-là, du sentiment qu'elle n'avait plus rien à perdre.

Et elle était exactement dans les mêmes dispositions d'esprit maintenant.

Parvenue à l'étage, elle s'engagea dans le couloir et vit que la porte de l'appartement était entrouverte. Elle entendait quelqu'un à l'intérieur.

Comme la veille, quand elle avait surpris Danny Daniels.

Elle entra en trombe pour tomber nez à nez avec une femme. Du même âge qu'elle à peu près. Bien faite. Brune. Lunettes. Jolie.

Une parfaite inconnue.

Puis elle comprit.

« Vous étiez la maîtresse de mon mari, c'est ça ? »

L'intruse, qui faisait le ménage, s'arrêta net et se tourna vers elle.

« Madame Sherwood, je suis désolée de…

– Puisque vous ne niez pas, j'en conclus que vous l'étiez, dit Diane, profitant de l'effet de surprise pour avancer dans la pièce.

– Je n'étais pas sa maîtresse, non, affirma la femme, faisant face. Mais nous nous aimions.

– Vous avez un nom, j'imagine ? »

Pas de réponse.

« Allons, je mérite au moins de savoir à qui j'ai affaire.

– Taisley Forsberg.

– Vous habitez dans le coin ?

– De l'autre côté du couloir.

– N'est-ce pas pratique ! Je n'ai pas le souvenir de vous avoir déjà vue.

– J'ai fait en sorte que ça n'arrive pas. »

Diane toisa sa rivale avec toute la hauteur de l'épouse bafouée. Une posture confortable, puisque l'autre ignorait tout de ses propres frasques avec Grant Breckinridge et Lucius Vance.

« Alex prétendait aussi que vous ne couchiez pas ensemble. Belle communion de pensée.

– Votre mari était un honnête homme. Je respectais ses scrupules et l'aimais assez pour attendre qu'il soit libre. »

Quelle grandeur d'âme !

« Qu'est-ce que vous fabriquez ici ?

– Je faisais un peu de rangement, comme c'était mon habitude. Apparemment, quelqu'un a forcé la porte, hier. Le chambranle était abîmé. J'ai téléphoné au concierge de l'immeuble pour qu'il s'occupe de le faire réparer.

– Et la police ? Vous ne l'avez pas appelée ?

– Je n'en ai pas vu l'utilité. Et comme je n'ai vu ni vêtements ni valise, j'ai pensé que vous n'étiez plus là. J'ignorais que vous alliez revenir. »

Diane aussi l'ignorait, quand elle était partie. Mais cette femme se trouvait là et sa présence lui faisait l'effet d'une profanation. Laquelle des deux était Mme Sherwood, après tout ? Ce n'était pas parce que cet appartement ne signifiait rien pour elle qu'elle allait céder la place à une créature qui avait été amoureuse d'Alex.

« Vous êtes consciente, j'imagine, que vous n'étiez pas seule sur les rangs. Alex collectionnait les conquêtes, affirma-t-elle, pour comprendre aussitôt que son mensonge tombait à plat.

– Vous n'avez pas besoin de le calomnier. Il n'est plus là pour se défendre. »

L'observation ne fit qu'attiser sa rage. Elle regarda sa concurrente qui se tenait là, de l'autre côté du salon, près de la cuisine, l'air parfaitement à l'aise dans les lieux.

« Et, s'il vous plaît, ajouta Taisley Forsberg, ne jouez pas les saintes-nitouches avec moi. Je vous ai vue, hier, embrasser un autre homme. »

Elle avait été aperçue en compagnie de Grant ? Voilà qui changeait les choses, et soulevait une question. Elle décida de tenter un coup de bluff.

« Danny Daniels m'avait bien dit que vous étiez observatrice.

– Il vous a parlé de moi ?

– Oh, oui. Lui aussi est venu ici, hier, mais j'imagine que vous êtes au courant. Il m'a assuré que vous saviez que j'avais envoyé quelqu'un récupérer des livres et un carnet, ici. »

Silence.

Ce qui valait un aveu.

Elle se dirigea vers le bureau d'Alex. Elle était revenue dans un but précis, en rapport avec Danny Daniels, mais le destin plaçait sur son chemin un autre trophée : la maîtresse en personne, et voisine de palier.

Forsberg la suivait des yeux avec un air méfiant, preuve qu'elle ne se sentait pas en position de force.

« Enfin, tout ça est sans importance, reprit Diane. Notre mariage était mort, de toute façon, et, comme vous l'avez certainement deviné, je n'étais pas non plus un modèle de fidélité conjugale.

– Ça, je ne l'ai su qu'hier. Pour ce qui est des livres et du carnet, j'ai prévenu le président Daniels parce que j'avais idée qu'il était le seul à pouvoir faire quelque chose. Et quand je suis allée le voir, je pensais que vous aussi vouliez comprendre ce qui était arrivé à Alex.

– Oh, mais je sais exactement ce qui lui est arrivé. Je l'ai tué. »

La stupeur se peignit sur le visage de Taisley Forsberg et Diane profita de cet instant suspendu pour ouvrir le tiroir de droite du bureau. Le pistolet était là, à sa place, prêt, comme d'habitude. Alex avait été un ardent défenseur du deuxième amendement garantissant aux citoyens le droit de porter des armes et un grand ami de la National Rifle Association, un des rares sujets politiques sur lesquels il avait coutume de prendre fermement position.

Elle saisit l'automatique et le pointa en direction de Taisley Forsberg. Celle-ci se figea.

« Mon Dieu ! Mais que faites-vous ?

– Quoi ? Vous avez le culot de séduire le mari d'une autre, mais pas celui de la regarder en face ? répliqua-t-elle en faisant le tour du bureau sans cesser de braquer le pistolet. Combien de soirées avez-vous passées ici, assise près de lui sur ce canapé à vous raconter votre journée comme deux complices ? Hein ? Combien ?

– Je vous en prie, ne me faites pas de mal.

– Que je ne vous fasse pas de mal ? Et que croyez-vous m'avoir fait à moi ? Il est un peu tard pour vous préoccuper de nos sentiments réciproques. »

Taisley Forsberg avait battu en retraite contre le mur. Coincée. L'avoir à sa merci, en ligne de mire, procurait à Diane une délectable impression de puissance. Loin de susciter sa compassion, la frayeur que manifestait son ennemie amplifiait encore sa colère. Une émotion qui allait lui être bien utile pour la suite. Mais, furieuse ou non, elle n'avait jamais reculé devant un défi.

Jamais.

Alors, pourquoi ne pas relever tout de suite celui qui se présentait ?

Elle pressa la détente.

Une fois.

Deux.

Visant la poitrine.

Taisley Forsberg s'affala sur le sol. Un torrent de sang jaillit de ses blessures. Elle se mit à lutter pour respirer. Sa gorge émit des gargouillements, puis un flot pourpre s'échappa de sa bouche.

Et ce fut le silence.

Diane sortit sans perdre un instant et courut jusqu'à l'escalier. Elle entendait des portes s'ouvrir derrière elle. Les coups de feu avaient attiré l'attention des voisins. Tant pis. Elle serait dehors avant que quelqu'un ne la voie, de toute façon. Sa fuite avait peu de chances de passer inaperçue, car il y avait sûrement des caméras de surveillance dans le bâtiment, mais il faudrait bien deux ou trois heures à la police pour l'identifier et se mettre à sa poursuite.

Or il ne lui en fallait pas plus.

Pour terminer ce qu'elle avait commencé.

76

7 H 50

Danny était affalé dans le fauteuil relax, près du lit de Stéphanie, où il avait passé le reste de la nuit à dormir. Il s'était fait conduire à l'hôpital par un taxi après avoir quitté Warren Weston, dont l'attitude avait plutôt suscité sa perplexité que sa colère. Un autre agent de la division Magellan montait la garde devant la porte quand il était entré discrètement pour veiller sur sa belle.

Il ouvrit les yeux.

Stéphanie l'observait.

Il battit des paupières, ajusta sa vision, et comprit qu'il ne rêvait pas.

« Depuis quand êtes-vous réveillée ? demanda-t-il.

– Quelques minutes. J'ai préféré vous laisser dormir. »

Il s'extirpa du siège, s'approcha d'elle et lui prit la main.

« Comment vous sentez-vous ?

– Je survivrai. Mais je ne conseillerais à personne de recevoir une balle. C'est douloureux.

– Je m'en souviendrai. »

Quel soulagement de voir de nouveau son regard s'animer ! Et ce sourire qui lui avait tant manqué. Si elle se montrait dure comme l'acier avec ses subordonnés, il avait eu l'occasion de découvrir les facettes plus sensibles de sa personnalité, et elle d'être témoin de ses faiblesses à lui.

« Que s'est-il passé pendant mon absence ? demanda-t-elle.

– Beaucoup de choses. J'ai l'impression que vous avez mis les pieds dans un nid de frelons. »

Elle le dévisagea d'un air intrigué.

« Je ne crois pas me souvenir que vous jouiez un rôle dans cette histoire.

– Je n'en jouais aucun, jusqu'au moment où ça a changé. »

Et il lui rapporta tout ce qu'il savait, annonçant pour finir :

« Et je suis à présent sénateur des États-Unis. »

Elle le jaugea du regard avec une expression qu'il connaissait bien.

« J'aurais juré que vous ne pourriez pas vous en aller sur la pointe des pieds. Je me demandais comment vous feriez votre come-back. On peut dire que vous avez trouvé une façon originale.

– Ça ne change rien en ce qui nous concerne. Le divorce sera prononcé quoi qu'il arrive. En fait, je me fous éperdument de ce que les gens pourront raconter. Vous voir dans ce lit a tout chamboulé.

– Ah ça, monsieur Daniels ! Seriez-vous épris pour de bon ?

– Oui, madame. »

Elle resserra son étreinte sur sa main, ce qui le mit en joie.

« Je suis quand même inquiète pour Cassiopée, dit-elle. Il est anormal qu'elle ne donne pas signe de vie.

– Malone est sur le coup. Dès qu'il en aura fini avec les deux Breckinridge, il la retrouvera.

– J'aurais dû être plus prudente. Mais tout s'est passé si vite… Je suis navrée, pour Alex Sherwood.

– C'était un type bien. Il ne méritait pas de mourir comme ça.

– Qu'avez-vous prévu de faire ?

– Je dois empêcher Vance d'agir. De préférence avant que les intentions de la commission du Règlement ne soient rendues publiques. Moins cette affaire s'ébruitera, mieux cela vaudra. »

Danny parcourut la chambre du regard.

« Comment fait-on pour appeler une infirmière ? Il faut prévenir les médecins que vous êtes réveillée. »

Stéphanie brandit la télécommande.

« Pas seulement les médecins », dit-elle.

Il lui lâcha la main et quitta la chambre pour aller dans le couloir parler à l'agent de la division Magellan.

« Informez Atlanta que la patronne est sortie du coma. Je pense qu'elle tient le bon bout. »

L'homme acquiesça, visiblement soulagé.

« Et faites une pause. Allez prendre un petit déjeuner. Je monterai la garde jusqu'à votre retour.

– Vous croyez vraiment que c'est une bonne idée ?

– Le danger s'est déplacé à l'autre bout du pays. Il n'y a plus rien à craindre. »

L'agent s'éloigna dans le couloir.

Ne voyant personne quitter le bureau des infirmières pour venir vers lui, il rentra dans la chambre et laissa la porte se refermer.

« J'appellerai l'infirmière dans un petit moment, lui dit Stéphanie. Reprenez-moi la main. »

Diane pénétra dans l'ascenseur en songeant à l'avertissement de Danny Daniels. « Une femme à qui je tiens profondément est en train de lutter pour sa vie à l'hôpital par la faute de votre partenaire anonyme. Ce type, je l'aurai. Et vous aussi. » L'homme qui lui avait parlé au Lincoln Memorial avait également mentionné la femme en question. De plus, il avait précisé dans quel hôpital elle se trouvait : le Sibley Memorial.

Et il avait donné un nom : Stéphanie Nelle.

La réceptionniste, à qui elle s'était présentée comme la sœur de la blessée, lui avait communiqué sans tiquer le numéro de la chambre.

Elle était parvenue à sortir de l'immeuble d'Alex en échappant aux curieux. Le corps de Taisley Forsberg avait sûrement été découvert et la police alertée, à présent, mais elle avait encore du temps devant elle.

La cabine s'arrêta au quatrième étage.

Les ascenseurs des hôpitaux avaient quelque chose de différent des autres. Sans doute parce qu'ils étaient plus rapides et silencieux. Les portes coulissèrent et elle s'engagea dans un couloir grouillant d'infirmières et d'aides-soignantes en blouse. Elle suivit les panneaux indiquant les numéros de chambre, son sac à l'épaule, alourdi par le pistolet d'Alex.

« Une femme à qui je tiens profondément. »

Pourquoi autoriser un sale type comme Daniels à aimer qui que ce soit ? Alors qu'il s'était ingénié à détruire tout ce qu'elle avait patiemment construit. Elle était peut-être impuissante face aux Chevaliers du Cercle d'or, mais elle pouvait en revanche régler ses comptes avec le sénateur Danny Daniels.

D'après les panneaux, la chambre de Stéphanie Nelle se trouvait dans le prochain couloir. Parvenue à l'angle, elle tourna à gauche, puis s'immobilisa avant de reculer hors de vue. Daniels était là, en train de discuter avec un autre type.

Parfait.

Se penchant prudemment par-delà le mur, elle observa la scène. Au bout d'un moment, Daniels et son interlocuteur se séparèrent et ce dernier vint vers l'endroit où elle se tenait. Elle se replia dans une chambre ouverte inoccupée où elle se tapit. L'homme passa devant la porte et poursuivit son chemin. Elle le suivit des yeux jusqu'à ce qu'il ait tourné un coin puis retourna à son poste de guet au bout du couloir.

Daniels avait disparu.

Mais elle savait où le trouver.

Danny rejoignit Stéphanie.

«J'ai prié votre agent de téléphoner à Atlanta pour dire que vous êtes tirée d'affaire. J'annoncerai la nouvelle à Cotton quand il appellera. Tout le monde s'inquiétait.

– Ça fait plaisir d'entendre que je ne vous suis pas indifférente.

– C'est plus que ça, Stéphanie, et vous le savez bien. Je vous... Je t'aime.»

L'aveu la prit par surprise. Avec quelque raison: il avait jusqu'ici semblé tellement réticent à se livrer ainsi.

Mais ce n'était plus le cas.

«Il est temps de nous parler franchement, poursuivit-il. J'ai toujours pensé que ce serait moi qui me retrouverais un jour allongé dans un lit d'hôpital. Pas toi. C'est un spectacle que je ne veux jamais plus revoir.»

Le regard de Stéphanie se fit tendre.

«Moi aussi je t'aime, Danny.»

La porte s'ouvrit derrière lui.

Il se retourna, pensant voir une infirmière ou un médecin.

C'était Diane Sherwood.

Arborant une expression qui ne laissait rien présager de bon.

Surtout quand elle mit le verrou.

«Qui êtes-vous?» demanda Stéphanie.

Diane sortit un pistolet de son sac et le pointa.

«Je n'aime pas ça du tout», murmura Danny.

77

Nouveau-Mexique

Cotton examina les ailes rectangulaires de l'ULM, puis la structure délicate de l'empennage, avec sa dérive et ses gouvernes de profondeur, le tout relié par une légère armature en tubes métalliques sur laquelle étaient fixés un siège et les commandes. L'engin, tout gris, faisait penser à un gros papillon de nuit en aluminium. Couplé à une unique hélice, un moteur à refroidissement par air pas beaucoup plus puissant que celui d'un kart assurait la propulsion. Il avait déjà piloté des ULM, au Danemark, où il avait plus d'une fois pris un grand plaisir à survoler l'Øresund à basse altitude, le dimanche après-midi. Un aérodrome local en proposait à la location et il avait mis un point d'honneur à se payer quelques leçons pour apprendre à les manœuvrer. Celui qu'il avait devant les yeux était un peu différent de ses équivalents danois. Un peu plus lourd que ceux-ci, il était conçu pour la recherche et le sauvetage.

Les adjoints au shérif de Taos l'avaient conduit jusqu'à une prairie proche du parc de la forêt de Carson qui servait de base à toute une escadrille de ces transats volants. Leur vélocité, leur long rayon d'action, leurs performances en rase-mottes et leur capacité à se poser ou à décoller à peu près n'importe où faisaient d'eux, selon les policiers, des auxiliaires parfaits pour surveiller les immenses territoires d'un comté essentiellement rural.

Après s'être assis et avoir ajusté les sangles, il lança le moteur, qui démarra du premier coup, puis il ôta son pied du frein et laissa rouler l'appareil jusqu'au terrain herbeux qui servait de piste. Là, mettant les gaz à fond pour faire tourner l'hélice à plein régime, il prit de la vitesse et quitta presque aussitôt le sol.

Rick Stamm avait rassemblé toutes les données fournies par les pierres dont ils disposaient, puis les avait confrontées aux images satellites du parc de la forêt de Carson. Celui-ci s'étendant sur six cent mille hectares à travers quatre comtés, il avait été nécessaire de délimiter une cible plus restreinte. L'information permettant de resserrer le périmètre des recherches était venue de Danny Daniels. L'ex-président avait en effet appris que l'élément clé était une propriété de six cents hectares ayant appartenu à Angus Adams. Les registres cadastraux du comté de Taos étant, par chance, numérisés et accessibles en ligne, Stamm avait pu sans mal situer ce domaine sur les cartes. Le nord du Nouveau-Mexique avait été le territoire des Anasazi, qui avaient laissé derrière eux quantité d'habitations en adobe aujourd'hui en ruine. Les Européens avaient fini par revendiquer l'ensemble de la région, et les titres concernaient tous des terres concédées par l'Espagne ou le Mexique. En 1908, la zone avait été convertie en un vaste parc national centré sur la propriété léguée à l'État par Angus Adams et baptisé en hommage au trappeur Kit Carson.

D'après la description que lui avait faite Cotton de la tranche peinte du journal d'Adams, Stamm était parvenu à localiser l'endroit avec précision. Étonnamment, l'église représentée sur la miniature existait encore, quoique pratiquement en ruine, et l'on distinguait toujours sur les photos les traces des trois autres bâtiments, disposés en triangle comme sur la pierre au Cheval.

Un des nombreux affluents du Rio Grande voisin qui sillonnaient le parc coulait non loin des quatre édifices, et les cartes topographiques suggéraient que l'église occupait le sommet d'un tertre, conformément au tableau figurant sur la tranche du livre. Les géographes de la Smithsonian avaient même communiqué les coordonnées GPS du lieu, que Cotton avait enregistrées dans la boussole de l'ULM.

La voix d'un des adjoints au shérif résonna dans les écouteurs qu'il portait sous son casque. L'homme l'informait que le véhicule des Breckinridge se rapprochait justement du point déterminé par ces coordonnées. Apparemment, Breckinridge père avait lui aussi vu la tranche peinte, à moins qu'il n'ait su d'avance où chercher. Cotton interrogea son correspondant à propos de la vieille église, mais ni celui-ci ni ses collègues ne purent lui en dire grand-chose. En revanche, le policier proposa d'entrer en contact avec l'un des gardiens du parc féru d'histoire locale.

Cotton grimpa à cent cinquante mètres et admira le terrain accidenté qui défilait sous lui. Ce n'était partout alentour que silhouettes brunes de montagnes, vastes plateaux entaillés par des vallées vertes, forêts de pins, de sapins et de trembles à perte de vue. À l'est, le soleil commençait à émerger de l'horizon, projetant au loin les ombres nettes du relief, inondant lentement les monts Sangre de Cristo de la teinte rougeâtre à laquelle ils devaient leur nom.

Sang du Christ.

Il se sentit soudain une grande proximité avec Angus Adams, qui avait vécu au milieu de cette beauté pure et tranquille. Aucune trace de présence humaine ou de civilisation où que se porte le regard. Et la région devait être encore plus solitaire à l'époque de son ancêtre.

Il contrôlait la stabilité de l'appareil en jouant simultanément sur le manche à balai, entre ses jambes, et le palonnier. Il adorait voler, surtout sur ce genre de machine qui, plus que toute autre, donnait l'illusion à l'homme d'être un oiseau, à condition d'oublier le hurlement aigu du moteur, situé juste derrière le poste de pilotage.

« Nous avons pu obtenir des renseignements supplémentaires sur l'église, annonça une voix dans les écouteurs. Elle date du XVIIIe siècle, mais a été très endommagée lors d'un tremblement de terre dans les années 1920. Elle est partiellement en ruines depuis. Étant donné sa position élevée, les randonneurs s'en servent comme point de repère. Elle est dans un endroit plutôt isolé et personne ne s'y intéresse vraiment. Il y en a quelques centaines de semblables disséminées un peu partout dans le Nouveau-Mexique. »

Manquait l'information essentielle.

« Quel est son nom ?

– Elle en a eu plusieurs. Personne ne peut dire quel est le bon. Nous, on l'appelle *Pasto al Norte.* »

« Berger du Nord ». Comme sur la pierre au Cheval.

Il en savait assez.

Cassiopée était debout à côté de la voiture. Elle avait toujours les mains liées derrière le dos, mais, au moins, elle profitait de l'air frais du matin. Ils se trouvaient en altitude, dans des montagnes boisées, garés sous les frondaisons à une cinquantaine de mètres de la route. Proctor, qui était lui aussi descendu, se dégourdissait les jambes. Cigarette au coin du bec, il attendait manifestement quelque chose. Le silence régnait. Ils étaient là depuis près d'une demi-heure. L'aube commençait à poindre.

Elle entendit le grondement d'un moteur et vit bientôt des phares approcher en tressautant entre les arbres.

Une autre voiture. Qui stoppa non loin d'eux.

Deux hommes en sortirent. Un vieux et un jeune. Proctor serra la main du premier, qui présenta le second comme son fils Grant.

Elle comprit tout de suite de qui il s'agissait. Grant Breckinridge. Le recruteur des trois types du rucher de Morse.

« C'est l'agent fédéral dont vous m'avez parlé ? s'enquit Breckinridge père.

– Cassiopée Vitt, oui », répondit Proctor.

Le vieil homme pointa son doigt sur elle

«Je la soupçonne d'être derrière l'interception de notre camion d'or.

– On se rassure comme on peut», lança-t-elle, sarcastique et consciente de jouer avec le feu.

Elle se demanda combien de temps encore elle leur serait utile. Ils n'hésiteraient pas à la tuer dès qu'ils n'auraient plus besoin d'elle, et ce moment n'était peut-être pas très éloigné.

Proctor jeta sa cigarette, puis Grant et lui allèrent ouvrir le coffre de la voiture dans laquelle elle avait voyagé.

« Ça fait plaisir d'être de retour », déclara Breckinridge père.

Il s'absorba dans la contemplation du ciel qui se colorait et respira l'air pur à pleins poumons.

La porte du coffre claqua. Proctor revint avec un fusil automatique en bandoulière, Grant avec une pelle, une pioche et un sac à dos.

« Et maintenant, allons chercher cette pierre », dit le vieil homme.

Elle était déjà arrivée à la conclusion que toute tentative de fuir serait vaine et qu'elle n'avait pas d'autre choix que de coopérer. Elle avait recouvré un semblant de sensibilité dans les bras et les jambes, mais ses poignets attachés et ses épaules restaient douloureux.

Ils s'engagèrent en file indienne entre les arbres, Breckinridge en tête, suivi de Grant, puis d'elle, Proctor fermant la marche.

C'est à ce moment qu'un nouveau bruit perturba le silence.

Une espèce de rugissement aigu.

Régulier.

Lointain.

Mais de plus en plus proche.

78

Diane contemplait la scène. Une femme, de son âge à peu près, étendue dans un lit d'hôpital, hérissée de tubes et de fils. Et, debout à côté, l'ex-président des États-Unis, qui la regardait elle, avec une expression très déplaisante.

« Je comprends mieux l'échec de votre mariage, maintenant, dit-elle. Et vous vous permettiez de me juger ? De me jeter la pierre ? Vous n'êtes pas meilleur que moi.

– Je n'ai jamais prétendu le contraire. »

Elle braqua l'arme sur lui. La femme le prit par le bras dans un élan muet d'amour et de soutien. Un réconfort et une sympathie dont elle-même était privée.

« Je ne m'étais pas rendu compte que vous étiez malade à ce point, déclara Daniels.

– Je ne le serais pas devenue si vous n'aviez pas fourré le nez dans mes affaires. Mais c'était plus fort que vous, n'est-ce pas ? Quel bel hypocrite vous faites ! Exactement comme Alex, qui ne valait pas mieux que moi non plus. Figurez-vous que j'ai aussi fait la connaissance de sa maîtresse.

– Ah oui ? Où ça ?

– Dans l'appartement d'Alex. Je l'ai trouvée là en train de faire le ménage comme chez elle. Je lui ai tiré dessus. Deux fois. »

Elle eut le plaisir de voir le visage de Daniels se décomposer.

« Vous l'avez tuée ?

– Je l'espère », répondit-elle avec un haussement d'épaules.

Connaissant les dispositions mentales de celle qui tenait le pistolet, Danny éprouvait à l'égard de l'arme une crainte des plus respectueuses. Impossible de prévoir les réactions d'une détraquée. La nouvelle que Taisley était blessée, voire pire, le bouleversait profondément. Beaucoup de gens payaient décidément le prix fort à cause de cette sombre histoire. Le besoin d'en savoir plus sur l'état de la malheureuse le poussait à agir, mais Stéphanie le rappela à la prudence en resserrant plusieurs fois son étreinte sur son poignet droit comme pour l'avertir : *Attention ! Pas de bêtises !*

Il continua de fixer du regard la psychopathe qui le braquait sans oser baisser les yeux vers le lit.

« Mon père était un grand homme, intelligent et très respecté, dit Diane. Il dirigeait l'un des plus prestigieux musées du monde. Il m'a fait promettre sur son lit de mort d'achever ce qu'il avait entrepris.

– En cherchant la Crypte ?

– Les chevaliers parlent de cet or comme s'il était à eux. Ce n'est pas le cas. Ces gens n'étaient que de vulgaires voleurs. Le trésor appartient à ceux qui le trouveront.

– Un homme est mort à cause de cet or. Stéphanie est allongée là, blessée, à cause de cet or. Une autre femme est peut-être en train d'agoniser dans l'appartement d'Alex à cause de cet or. Vous ne croyez pas que ça commence à faire beaucoup de sang versé ? »

Voilà qu'il lui faisait la morale, maintenant !

« Ce qui se passe ici ne concerne que vous et moi.

– Parce que vous avez tué mon ami Alex ?

– Qu'est-ce qui vous permet de dire ça ?

– J'ai vu la vidéo. Comme vous, j'imagine.

– Les chevaliers ont pris contact avec vous ? demanda-t-elle, s'efforçant de masquer sa surprise.

– Absolument. J'ai même parlé à leur chef en personne, qui m'a tout raconté sur vous et Alex. Il vous avait fait mettre tous les deux sous surveillance. Et, pour finir, il m'a montré la vidéo. Pourquoi avoir tué votre mari ? Ce n'était pas nécessaire.

– Vous et lui pouvez vous donner la main ! s'exclama-t-elle, haussant le ton. Tous les deux si contents de vos petites personnes et de votre pouvoir ! Habitués à être obéis au premier claquement de doigts ! Alex était un imbécile. Tout comme vous. Jamais vous n'avez pris nettement position sur quoi que ce soit. »

Il parut piqué au vif.

« J'ai tout de même été deux fois président.

– Et pour quel bilan ? Que retiendra l'histoire du passage de M. Daniels à la Maison-Blanche ? Combien de couleuvres avez-vous avalées pour obtenir ce que vous vouliez ? Combien d'intérêts avez-vous satisfaits ?

– Le nombre nécessaire pour arriver à des résultats, répondit-il avec un calme exaspérant. Et pour démasquer la personne qui a tué mon ami. »

Danny n'avait aucune intention de céder. Si cette cinglée lui tirait dessus, tant pis. Cependant, fort de l'avertissement de Stéphanie sur le caractère douloureux de l'expérience, il préférait éviter d'en arriver là.

« Diane, tout est fini, dit-il. N'aggravez pas votre cas.

– Allez vous faire foutre ! Et tous ces abrutis de chevaliers avec vous ! Mon père les haïssait, et moi aussi.

– Dans ce cas, pourquoi porter la croix cerclée ?

– Une idée de mon frère. Il voulait que nous ayons tous le sentiment de faire partie du grand mouvement. Bien sûr, les femmes n'étaient pas admises dans la confrérie. Trop stupides pour ça, sans doute. Trop fragiles. Trop précieuses pour qu'on les laisse s'impliquer. D'ailleurs je parie que c'est toujours pareil aujourd'hui. Un club réservé à ces messieurs. N'empêche que c'est moi qui ai expliqué à Vance comment s'y prendre. »

La pression des doigts de Stéphanie sur son bras s'accentua. Il était bien d'accord avec elle : Diane était en train de perdre l'usage de ses dernières facultés.

« Qu'allez-vous faire au sujet de Vance ? demanda Diane.

– Je vais l'empêcher d'agir. Dès ce matin.

– Pas si vous êtes mort. »

Le respect de Danny pour le pistolet grandit soudain considérablement. Cette folle avait déjà tué une fois, peut-être deux. Pourquoi pas une de plus ? Il ne l'avait jamais appréciée, la trouvant distante et hostile. Et la seule fois où elle lui avait demandé un service – nommer Alex à la Cour suprême – il avait refusé. Mais à aucun moment il n'avait soupçonné la profondeur de son instabilité ni la démesure de son ressentiment et de ses ambitions. Elle était incontestablement prête à tout pour atteindre son objectif. Elle lui reprochait de chercher des compromis, mais sa façon à elle de « prendre nettement position » était d'occire ses opposants. Une facilité à laquelle il n'avait jamais eu recours lui-même.

« Je vous hais, vous et vos semblables, cracha-t-elle. Vous n'imaginez pas à quel point je vous hais. »

Mais quelque chose dans son regard halluciné démentait l'affirmation.

« Non, ce n'est pas pour nous que vous éprouvez de la haine, dit-il. C'est pour vous-même. »

79

Cassiopée dut laisser Proctor l'aider pour franchir un torrent peu profond sur un pont de corde d'une vingtaine de mètres de long. Le soleil, déjà assez haut, éclairait l'autre rive, où une tour de pierre s'élevait au-dessus de la végétation. L'édifice, bâti sur un tertre, dominait trois amas de ruines situés sur la gauche. Après avoir repris pied sur la terre ferme, ils escaladèrent la pente jusqu'à la tour, qui se révéla être le clocher d'une grande église en adobe presque entièrement effondrée. Le vrombissement aigu continuait à se faire entendre au loin, et elle se demanda quelle pouvait en être la cause. Ses trois ravisseurs ne semblaient pas y prêter attention. Le vieux Breckinridge observait les restes du bâtiment. Les murs étaient encore debout, mais la porte et les vitres des fenêtres avaient disparu. Une partie de la charpente subsistait et plusieurs madriers formant arcs-boutants témoignaient de tentatives récentes de consolidation.

« *Pasto al Norte* », murmura-t-il.

« Je broute au nord », traduisit-elle mentalement, car elle n'était pas d'origine espagnole pour rien.

« Cette église existe depuis longtemps, poursuivit Breckinridge, mais elle s'appelait autrement dans le temps. *La capilla de los salmos* – la chapelle des psaumes. »

Elle vérifia l'orientation. Par rapport au torrent, l'édifice était effectivement situé au nord.

« Elle a quelque chose à voir avec les pierres ? demanda-t-elle.

– Vous connaissez l'existence des pierres ?

– J'ai eu l'occasion d'examiner celle à la Sorcière, et on m'a expliqué qu'il y en avait quatre autres.

– Grant, s'il te plaît… »

Le fils Breckinridge ôta son sac à dos pour en sortir un objet enveloppé d'une serviette de toilette, qu'il défit, révélant une pierre taillée en forme de cœur comportant des signes gravés similaires à ceux qu'elle avait pu observer dans l'Arkansas. Le vieil homme examina les symboles et elle constata qu'il y en avait sur les deux faces.

« Voici la pierre au Cœur, l'une des cinq, dit-il. Elle est indispensable pour localiser la Crypte. Sans elle, on pourrait errer dans ces montagnes pendant des décennies en ne découvrant jamais rien. »

Sur ces mots, il abattit la pierre contre une pointe de rocher qui dépassait du sol poussiéreux, la faisant voler en éclats.

Puis il réduisit en miettes les plus gros fragments en les écrasant sous la semelle de sa chaussure.

Grant, qui avait jusqu'ici nourri l'espoir que son père changerait d'avis, était consterné.

« Tu viens de dire qu'on ne peut pas savoir où est la Crypte sans cette pierre, s'exclama-t-il. Comment veux-tu qu'on s'y rende, maintenant ?

– Mais je ne compte pas m'y rendre. Du moins pas dans l'immédiat. En revanche, je ferai en sorte que d'autres puissent en trouver le chemin plus tard.

– Parce que tu sais où elle est ?

– Naturellement. J'en suis le gardien. Comme je te l'ai déjà expliqué, fils, ta cupidité t'interdit de jamais être des nôtres. Nous sommes des veilleurs, rien de plus. Il ne nous revient pas de nous approprier cet or.

– N'importe quoi ! s'écria Grant, qui en avait plus qu'assez. Cet or appartient au premier qui le trouvera, point final.

– C'est là que tu te trompes. Les chevaliers ont toujours été et seront toujours là pour le protéger contre des individus de ton espèce.

– Tu n'as jamais eu l'intention de me payer quoi que ce soit, c'est ça ?

– Absolument. »

Il comprit soudain pourquoi le vieux l'avait emmené jusqu'ici. Mais que pouvait-il faire sans arme, au milieu de nulle part, avec un type qui portait un fusil automatique. Heureusement, il y avait la femme. Elle ignorait probablement tout de lui et de ce qu'il avait fait. Il pourrait donc s'en faire une alliée et se servir d'elle, du moins jusqu'au moment où il recouvrerait sa liberté.

En tout cas, une chose était évidente : elle n'était pas la seule à devoir craindre pour sa vie.

Cassiopée perçut clairement qu'il y avait de l'orage dans l'air entre le père et le fils. Le bruit qu'elle avait fini par identifier comme celui d'un moteur semblait s'estomper, comme si l'engin qui l'émettait avait changé de direction et s'éloignait.

« Par ici », dit le vieil homme.

Ils pénétrèrent dans l'église. Les parements de pierre étaient en morceaux. Les murs encore debout montraient leur structure de briques d'argile séchées. Une plateforme à l'extrémité de la salle signalait l'endroit où s'était élevé l'autel. Tout l'intérieur était inondé de soleil, la plus grande partie du mur situé à l'est s'étant écroulée.

« À la fin du XIXe siècle, cette église et toutes les terres alentour appartenaient à un homme appelé Angus Adams », indiqua Breckinridge.

L'ancêtre de Cotton.

« Adams était un homme plein de ressources. Il a servi l'Ordre avec honneur. C'est lui qui a aménagé la Crypte et conçu l'idée de la carte répartie sur plusieurs pierres. Il a caché la pierre Maîtresse ici même.

– Comment savez-vous tout ça ? demanda-t-elle. Je croyais que c'était secret.

– J'ai passé ma vie entière à étudier les détails, mais je disposais d'une source d'informations à laquelle personne n'avait accès. Les gens de la Smithsonian s'intéressent aux pierres depuis très longtemps. Je les soupçonne d'avoir voulu récupérer l'or à leur profit. Et avec la bénédiction d'Adams – sinon, pourquoi aurait-il rendu la clé et son journal à Joseph Henry ? »

Elle ne voyait pas du tout à quoi il faisait allusion, mais son fils, lui, semblait comprendre.

« J'ai réussi à épurer les archives de la Smithsonian, même si je dois admettre que mon cher fils ici présent et sa petite amie sont passés derrière moi avec un certain succès. Vous avez vu la pierre à la Sorcière, dites-vous ? Vous rappelez-vous ce qui est dessiné dessus ? »

Elle se souvenait d'un alignement de symboles commençant par une croix dans un rectangle et partant d'un personnage drapé dans une robe.

« Le premier symbole doit représenter cette église, dit-elle. Une croix dans un rectangle.

– Exact. »

Elle revoyait aussi un *4* inscrit dans un cœur, suivi d'un *8*, d'un *N* et d'un *P*.

« Les lettres et les chiffres sont des références à un journal qu'Adams a rédigé et déposé à la Smithsonian. Si l'on a ce journal, on peut déchiffrer les indications qu'il contient grâce à une autre pierre, celle au Cheval. Montre-la, Grant. »

Ce dernier approcha son téléphone portable et fit apparaître sur l'écran l'image d'une pierre sur laquelle était représenté un grand cheval.

« Les trois points en haut à gauche sont les trois ruines que vous avez vues en bas. Regardez par cette fenêtre. »

Elle fit ce qu'il suggérait. Du point élevé où elle se tenait, elle aperçut entre les arbres un tas de cailloux au milieu du triangle formé par les trois structures en ruine.

« Cette espèce de cairn est un ancien abreuvoir à chevaux, dit Breckinridge. D'où le dessin du cheval. Le nombre 1847 était jadis gravé dessus, ainsi que sur l'église. Il est en rapport avec l'ancien nom de celle-ci : la chapelle des psaumes. Il s'agit d'une référence au verset 47 du psaume 18. En connaissez-vous le texte ? »

Elle secoua la tête.

« “Il est le Dieu qui m’accorde la vengeance, qui me soumet les peuples.” De circonstance, vous ne trouvez pas ? »

Elle s’abstint de répondre.

« Quand Angus Adams a construit l’abreuvoir, il y a incorporé la pierre Maîtresse. L’auge était surmontée d’un toit conique qu’évoque la coiffure du personnage dans la pierre à la Sorcière. Je l’ai enlevé en 1972 quand j’ai découvert la pierre Maîtresse, que j’ai transportée dans l’église une nuit, tout seul. À l’époque, la région était beaucoup plus isolée. Presque personne n’y mettait les pieds.

– Pourquoi ne pas avoir détruit cette pierre comme vous venez de le faire avec l’autre ?

– Parce qu’à ce moment-là je croyais encore qu’elle pourrait être utile. Maintenant, je me rends compte que j’avais tort. »

Il gagna un coin de la nef et s’agenouilla sur le pavement fracturé, devant un ensemble de plaques rectangulaires de tailles diverses liées par des joints d’argile tassée dans lesquels poussaient des herbes. Sur un signe de lui, son fils alla chercher la pioche, dont il se servit pour dégager une des plaques. Pendant ce temps, Proctor surveillait les abords tout en gardant un œil sur Cassiopée. Quand la dalle fut libérée, Grant se baissa et la retourna, révélant des dessins gravés au dos.

Son père frotta la surface pour en ôter la terre sèche.

« Cette ligne sinueuse qui va de droite à gauche est le torrent que nous avons traversé. Et ici… (il montra une croix juste en dessous du cours d'eau, près d'un dessin qui évoquait un grille-pain)… c'est l'église où nous sommes. La flèche indique le premier repère. On part de là, on se laisse guider par les dix-sept repères suivants, et on arrive à la Crypte. »

Cotton passa au-dessus d'une crête peu élevée, le vent de la course lui rafraîchissant les idées autant qu'il refroidissait le moteur. Guidé par le GPS, il avait déjà franchi une succession de formations analogues où le terrain semblait se dresser rapidement telle une vague rocheuse, puis s'abaissait de nouveau progressivement avant de rejaillir en une nouvelle falaise. Il vit soudain les ruines au sommet de l'abrupt suivant.

En dessous, vers l'ouest, il aperçut deux voitures garées sous les arbres dans un vallon étroit, puis un torrent traversé par un pont de singe. Il manœuvra le manche de façon à diriger l'ULM vers le point le plus haut de la déclivité où se trouvait l'église, et découvrit en contrebas de celle-ci des vestiges marquant les pointes d'un triangle au centre duquel on discernait une structure plus petite. Le paysage de la tranche peinte !

Jugeant qu'un passage à basse altitude s'imposait, il descendit à cent mètres.

En entendant le bruit de moteur se rapprocher, Cassiopée conclut qu'il devait provenir d'un petit aéronef. Elle se prit aussitôt à espérer que le pilote était quelqu'un de sa connaissance et son instinct lui soufflait que c'était le cas. Proctor, soudain intrigué lui aussi, se précipita à l'extérieur pour scruter le ciel matinal. Les deux autres suivirent, mais pas avant que Grant ne l'ait invitée d'un signe à passer devant.

Une fois dehors, elle vit un petit ULM qui venait droit sur l'église à moins de cent mètres de hauteur.

« Abattez-le », ordonna Breckinridge.

Proctor décrocha le fusil automatique de son épaule et alla se poster à un endroit offrant une vue dégagée, d'où il pourrait tirer ses munitions de gros calibre en faisant le maximum de dégâts.

80

« Oh, fermez-la et épargnez-moi votre psychologie de comptoir ! s'exclama Diane. Quand j'affirme que je vous hais, c'est que je vous hais.

– Ça, je veux bien le croire », marmonna Stéphanie Nelle.

Diane la regarda.

« Vous éprouvez vraiment des sentiments pour ce crétin ? Non, je ne peux pas le croire. C'est un imposteur. Un charlatan. Une nullité. Qu'a-t-il accompli de concret dans sa vie, à part se faire élire ? »

On frappa timidement à la porte.

Puis un peu plus fort.

« Demandez-leur ce qu'ils veulent, ordonna-t-elle à Daniels.

– Allez vous faire foutre. »

Elle arma le pistolet, le déclic exprimant mieux que des mots ce qu'elle pensait de cette réponse, puis le pointa cette fois sur la femme étendue dans le lit. Daniels vint se placer devant le canon.

« Je peux vous tuer d'abord et elle ensuite, vous savez, ce n'est pas un problème », observa-t-elle.

On frappa de nouveau, plus énergiquement.

« Oui ? s'écria Daniels.

– Ouvrez la porte, s'il vous plaît ! fit une voix féminine. Nous devons examiner Mme Nelle.

– Elle va bien. Nous avons besoin d'un petit moment en tête à tête.

– J'insiste, ouvrez cette porte ! »

D'un regard, Diane intima à Daniels l'ordre de continuer la comédie.

« Et moi j'insiste pour que vous nous laissiez tranquilles. J'ouvrirai dans un instant.

– Je peux aller chercher une clé. »

Diane secoua la tête.

« Non, je vous en prie, ne faites pas ça. Nous n'en avons vraiment pas pour longtemps. »

Le temps pressait.

Elle voulait en finir.

Depuis son lit, Stéphanie observait la façon dont Danny gérait la situation. Diane Sherwood avait pris un risque considérable en venant à l'hôpital, mais elle était de toute évidence à bout. Après avoir assassiné son mari, et Dieu savait qui d'autre, elle menaçait maintenant de l'abattre elle, ainsi qu'un ex-président des États-Unis. Elle n'en était assurément plus à calculer les conséquences de ses actes.

Stéphanie avait étreint de sa main gauche le poignet droit de Danny pendant la première partie de l'algarade, mais il s'était dégagé quand la désaxée avait braqué son arme sur elle. Il se tenait à présent dans la ligne de mire, lui faisant un rempart de son corps.

Il n'avait pas froid aux yeux, c'était le moins qu'on pût dire.

Quand elle lui avait lâché le bras, elle continuait à serrer dans sa main droite la télécommande comportant l'interrupteur et la sonnette d'appel. L'appareil était collé contre sa hanche, du côté opposé à Diane Sherwood, qui ne pouvait donc pas le voir, mais le problème était de savoir lequel des deux boutons presser sans regarder. Elle pouvait appuyer sur les deux et éteindre ainsi délibérément la lumière, mais la manœuvre surprendrait aussi Danny, qui risquait de mal réagir et de se faire tirer dessus.

Elle éprouvait une certaine fierté de constater à quel point elle avait les idées claires alors qu'elle sortait à peine d'un long coma.

Mais l'adrénaline n'y était pas pour rien.

« Bon, je me suis débarrassé de l'infirmière, dit Danny sans bouger de sa place entre Diane et Stéphanie. Et maintenant ? »

Malheureusement, la distance qui le séparait du pistolet était assez grande pour donner à Diane le temps de riposter s'il cherchait à s'en emparer. Et s'il plongeait pour éviter une balle, celle-ci pouvait toucher Stéphanie. Il opta donc pour l'immobilité, comme il le faisait lorsqu'il voyait un dix-cors approcher entre les arbres dans l'aube froide de l'hiver.

« Tout vient à point à qui sait attendre. »

Des images perturbantes se bousculaient dans la tête de Diane. Celle de son ultime affrontement avec Alex, celle de son entrevue avec le chevalier au Lincoln Memorial… Et voici qu'un autre homme lui barrait le chemin.

N'en aurait-elle donc jamais fini ?

De nouveaux coups furent frappés contre la porte.

« Nous vous prions instamment d'ouvrir ! »

Une voix masculine. Encore un homme qui voulait faire intrusion.

Assez !

Elle tira une balle dans le plafond.

« Fichez le camp ! hurla-t-elle. Tout de suite ! »

Danny cessa de respirer.

Il avait failli se jeter sur Diane, mais elle avait de nouveau braqué son arme sur lui si vite qu'il n'en avait pas eu le temps. Au moins, tout le monde était maintenant averti qu'il y avait un problème, même si cela risquait de ne pas servir à grand-chose. Il sentit la main de Stéphanie se refermer une nouvelle fois sur son poignet droit et le comprimer à deux reprises.

Un signal ?

Que manigançait-elle ?

Stéphanie serrait la télécommande entre ses doigts. Maintenant qu'elle avait averti Danny de son intention d'agir – en espérant qu'il comprendrait –, elle jugeait moins risqué de plonger la chambre dans le noir pour lui permettre d'arracher le pistolet par surprise en profitant de la seconde de confusion qui s'ensuivrait.

Diane Sherwood n'avait rien perdu de sa hargne, mais son regard semblait à présent moins farouche que triste et désemparé.

« À genoux ! ordonna-t-elle à Danny, qui ne bougea pas d'un pouce. Je ne vous le répéterai pas, ajouta-t-elle à mi-voix, comme pour le mettre au défi de désobéir.

– Fais ce qu'elle te demande », dit Stéphanie en lui lâchant le poignet.

Comme il baissait les yeux vers elle, elle tourna brièvement les siens vers la droite. Il suivit son regard et elle comprit qu'il avait aperçu la télécommande. Même s'il ne devinait pas ce qu'elle comptait faire, il était à présent clairement conscient qu'elle allait passer à l'action.

Il s'agenouilla avec lenteur.

Elle s'apprêtait à éteindre la lumière quand elle vit quelque chose bouger au-delà de l'endroit où se tenait Diane Sherwood.

Sur le montant de la porte, la molette du loquet s'était mise à pivoter millimètre par millimètre.

Quelqu'un était en train d'ouvrir à l'aide d'une clé.

Diane avait enfin Danny Daniels à sa merci. S'approchant de lui, elle lui appliqua le canon de son arme contre le front. Il la dévisagea sans manifester le moindre signe de frayeur. Elle l'avait fait mettre à genoux, mais il continuait à la défier du regard.

Cela décupla sa rage.

Et lui donna le courage de presser la détente.

81

Cotton approchait à basse altitude des ruines abandonnées. Au sommet de la butte, l'église dominait les centaines d'hectares de terrain vallonné alentour qui avaient jadis appartenu à sa famille. Des bâtiments, il subsistait quelques pans de murs et des morceaux de toits en tuiles. Il s'était attendu à pire. De vieux arbres majestueux montaient la garde autour des vestiges. Le site était beaucoup moins bucolique et complet qu'il n'apparaissait sur l'image de la tranche peinte, mais c'était indubitablement le même. Il était à présent tout près, et très bas, quand il vit quatre personnes sortir de l'église.

Trois hommes.

Et une femme.

Cassiopée.

Dieu merci !

Mais il remarqua aussitôt qu'elle avait les bras tendus derrière le dos, comme si on lui avait lié les poignets. L'un des hommes disparut sous les arbres tandis que les deux autres restaient près d'elle. Un vieux et un jeune.

Breckinridge père et fils.

Il résolut de survoler le groupe et de trouver un endroit où atterrir.

Il ne pouvait pas faire grand-chose tant qu'il était en l'air.

Cassiopée prit la mesure de la situation et se décida à agir. Proctor était en train de préparer son fusil, sans perdre de vue l'ULM qui approchait rapidement. Le vieux Breckinridge avait sorti un pistolet qu'il braquait sur elle, mais il avait manifestement du mal à empêcher son regard de se porter vers le ciel. Quant à Grant, debout à sa droite et sans arme, il observait alternativement le petit aéronef et Proctor.

Ce dernier avait pris position derrière le tronc épais d'un arbre, sans doute avec l'intention de surgir au moment où l'ULM serait trop près pour avoir le temps de virer de bord. L'engin, avec sa faible maniabilité et sa lenteur d'escargot, n'avait vraiment rien d'un chasseur à réaction. Si le pilote était Cotton, comme elle le pensait, il fallait qu'elle fasse quelque chose pour l'aider.

« Ne vous avisez pas de bouger », murmura Breckinridge, pistolet toujours pointé.

« Tu peux toujours courir, mon bonhomme ! »

L'ULM n'était plus qu'à une centaine de mètres. Il volait très bas. Proctor jaillit de sa cachette, s'accroupit, un genou à terre au milieu de la clairière, et épaula. Cassiopée lança brusquement sa jambe droite en l'air. Son pied percuta le plexus du vieil homme. Comme il s'affaissait en avant, elle envoya d'un deuxième atémi valser le pistolet, qu'il n'avait pas lâché. Puis, enchaînant les mouvements sans perdre une seconde, elle pivota sur elle-même pour expédier son talon dans l'aine de Grant, qui se plia en deux.

Proctor, concentré sur sa cible, n'avait rien vu. Elle avait donc le champ libre pour quelques instants.

Il ouvrit le feu, le canon court du fusil crachant ses munitions vers le ciel.

Cotton aperçut une silhouette en mouvement dans le paysage immobile. Elle disparut, puis reparut entre les arbres – un homme armé d'un fusil.

Son attention fut ensuite attirée par Cassiopée, qui passait à l'action. Le temps qu'il la regarde se débarrasser des deux individus qui l'encadraient, le type au fusil était ressorti à découvert. Agenouillé, il visait l'ULM.

Plusieurs détonations retentirent et des projectiles sifflèrent autour de l'appareil.

Tirant brutalement le manche, il tenta de virer serré, mais il entendit un claquement au milieu du miaulement des balles.

Cassiopée sprinta jusqu'à Proctor, qu'elle percuta de plein fouet. Lâchant son arme, il effectua une roulade et se redressa, prêt à bondir, mais elle le cueillit d'un shoot au menton qui le renvoya sur le sol. Consciente de l'impossibilité de maîtriser trois hommes à elle toute seule avec les mains liées derrière le dos, elle prit la fuite sans perdre une seconde.

Elle courait déjà quand elle entendit le moteur de l'ULM crachoter de façon inquiétante.

Le manche à balai devint tout à coup inerte entre les mains de Cotton. La commande ne répondait plus. L'appareil se mit à piquer du nez dans un tremblement de toute sa structure.

Puis les vibrations cessèrent.

Le moteur toussait. Plusieurs balles avaient dû faire mouche. Il coupa le contact, décidant de se laisser porter par le vent en utilisant la gouverne de direction et les ailerons. Apparemment, le stabilisateur horizontal était hors service, son câble probablement sectionné. Ballotté en tous sens, il faisait de son mieux pour reprendre un minimum de contrôle. Il appuya en vain sur la pédale de droite du palonnier. La gauche, heureusement, fonctionnait encore. Il joua dessus pour se rapprocher du sol. La panique qui lui crispait les orteils menaçait de le gagner tout entier et il avait le plus grand mal à ne pas y succomber.

Les cimes des arbres semblaient foncer vers lui.

Il eut l'idée de les utiliser pour enrayer sa chute. Avec un peu de chance, il pourrait ricocher plusieurs fois de l'une à l'autre avant de s'immobiliser sur l'une d'entre elles.

Il préférait ne pas penser aux conséquences d'un échec.

Grant luttait contre la nausée qu'il sentait monter au fond de sa gorge et lui donnait l'impression d'avoir des jambes en coton. Cette salope lui avait administré un coup en plein dans les parties et ça faisait effroyablement mal. Surmontant la douleur, il parvint malgré tout à se mettre à genoux et vit Proctor, qui semblait avoir récupéré, se redresser et chercher des yeux son fusil.

« Rattrapez-la ! cria son père, toujours à terre et visiblement groggy. Tuez-la ! »

Proctor trouva son arme et partit en courant.

C'est alors que Grant se souvint du pistolet que cette saleté de bonne femme avait fait lâcher au vieux. Il scruta la terre desséchée, le vit et alla vite le ramasser en rampant. Il était en possession de la pierre Maîtresse et, même si celle au Cœur n'existait plus, il en subsistait des photos qu'il se faisait fort de récupérer d'une façon ou d'une autre. Et il connaissait maintenant le point de départ du chemin vers la Crypte. Ici même. Diane saurait trouver le reste. C'était une tête, et elle était prête à tout pour lui. Bien sûr, il avait enfoncé la porte de l'appartement et volé la clé, mais il pouvait toujours se justifier. Il n'aurait même pas besoin de mentir, il invoquerait les pressions de son père.

Son père qui le prenait pour un abruti et qui allait se rendre compte de son erreur pas plus tard que tout de suite.

Il leva le pistolet.

Le vieux débris écarquilla les yeux, semblant prendre conscience de ce qui lui arrivait. Mais ils n'avaient plus rien à se dire.

Grant lui tira une balle dans la tête.

82

Danny se demanda pourquoi Stéphanie tardait à agir alors qu'il se trouvait dans une situation plus que délicate, le canon du pistolet pressé contre son front.

Puis il comprit en apercevant du coin de l'œil ce qui se passait derrière Diane.

Le bouton du verrou était en train de tourner.

Puis la porte s'entrouvrit et l'agent de la division Magellan préposé à la garde dans le couloir apparut.

« On fait moins le fier, maintenant, hein ? » dit Diane en lui repoussant la tête en arrière avec son arme.

Ça allait être très juste.

Voyant le visage de son agent s'inscrire dans l'entrebâillement de la porte, Stéphanie leva légèrement la télécommande pour lui indiquer ce qu'elle s'apprêtait à faire. Diane Sherwood ne s'était pas rendu compte de l'intrusion, mais elle était complètement imprévisible, et le spectacle du pistolet appuyé contre la tête de Danny donnait à réfléchir.

Pour plus de sûreté, Stéphanie adressa du regard un message muet à son subordonné.

« En finesse. Pas de démonstration de force. »

L'homme acquiesça.

Priant pour que l'effet de surprise ait le résultat attendu, elle pressa les boutons de la télécommande.

Diane n'arrivait pas à le croire. Elle était parvenue à acculer Danny Daniels.

Elle n'avait plus qu'à l'abattre comme le chien qu'il était.

Et ensuite tuer son amie ?

Pourquoi pas ?

La lumière s'éteignit brusquement.

Stéphanie entendit une détonation et ralluma aussitôt, craignant le pire.

Mais c'était la femme qui gisait sur le sol, son sang s'écoulant d'un trou dans sa poitrine, et non Danny. L'agent de la division Magellan était au milieu de la pièce, arme encore dégainée, mais il n'y avait plus de danger.

Danny se pencha, prit le pouls de Diane Sherwood et secoua la tête.

« C'était une véritable possédée, murmura-t-il en se relevant.

– Faites interdire l'accès à cette chambre, ordonna Stéphanie, s'adressant à son agent. Et appelez la police. »

Il hocha la tête et sortit en refermant derrière lui.

« Je n'arrive même pas à éprouver de la compassion pour elle, reprit Danny. Elle a tué mon ami. Elle n'a eu que ce qu'elle méritait. »

On ne pouvait pas dire mieux.

« Il faut que j'avertisse la police à propos de Taisley. Il n'est peut-être pas trop tard pour la secourir.

– N'oublie pas que tu as aussi un autre problème à régler », rappela-t-elle, se remettant à raisonner en spécialiste du renseignement.

Il consulta sa montre.

« Il n'est pas tout à fait 9 heures. Tu as raison. Je vais m'occuper de Lucius Vance dans la foulée. »

Cassiopée dévala la pente en courant droit devant elle à travers les arbres. Comme elle passait à côté de l'abreuvoir en ruine, un coup de feu retentit, mais aucune balle ne siffla à ses oreilles. Elle n'avait guère de liberté de manœuvre. Son avance sur les trois hommes encore près de l'église était minime. Elle n'entendait plus le vrombissement de l'ULM et se demanda si Proctor l'avait abattu. Malheureusement, sa situation ne l'autorisait pas à se préoccuper de cela davantage.

Sa priorité était de fuir le plus loin possible.

Elle vit le pont de corde et songea aux voitures garées au-delà. Mais comment aurait-elle pu conduire avec les mains derrière le dos ? D'ailleurs, la passerelle elle-même, complètement à découvert, présentait un danger majeur compte tenu du fait que Proctor disposait d'un fusil.

Le torrent, en revanche, était peut-être la solution.

Elle avait remarqué en le traversant qu'il était peu profond, mais d'un débit assez rapide. Elle pourrait y plonger et se laisser entraîner hors de portée par le courant. Si elle parvenait à rester à proximité de la berge en manœuvrant avec ses pieds pour ne pas risquer la noyade, c'était jouable. Risqué aussi, bien sûr, mais pas davantage que de demeurer là où elle se trouvait.

Elle s'approcha du cours d'eau. Il coulait dix mètres plus bas, au pied d'un talus caillouteux, raviné et encombré d'un chaos de gros rochers, troué çà et là de passages. Le tout était hérissé d'une épaisse végétation, constituée de roseaux et de peupliers de Virginie, qui masquerait sa progression, mais la rendrait également plus périlleuse.

Elle regarda par-dessus son épaule. Proctor était en train de sortir du bois.

Il la vit et la mit en joue.

Plus le choix.

Elle se jeta dans la pente et se laissa rouler. Des balles ricochaient derrière elle comme des cailloux lancés à la volée. La poussière lui entrait dans la bouche, le nez et les yeux, la faisant tousser. Entraînée par son poids, elle continua de dégringoler jusqu'au moment où elle heurta un gros bloc de pierre. Elle releva la tête. Le ciel semblait tournoyer au-dessus d'elle. Le torrent était là, à quelques mètres, au-delà d'un amoncellement de rochers tout en hauteur qui formaient d'étroits canyons au milieu de la végétation rabougrie.

Proctor allait surgir d'un moment à l'autre.

Plantant ses talons dans le sol, elle se mit debout comme elle put et se hâta maladroitement en direction du défilé le plus proche. Le paysage, ici, était presque lunaire. La poussière lui empâtait la gorge, l'obligeant à cracher. Elle était à présent suffisamment abritée pour que Proctor soit contraint de descendre pour la chercher. Elle continuait de progresser vers l'eau.

Une pluie de balles s'abattit autour d'elle, frappant les rochers et faisant voler des éclats qui lui égratignèrent la joue.

Elle s'immobilisa, le visage baigné de sueur.

Puis elle entendit le bruit.

Un grondement sourd, ininterrompu, tout proche.

Elle leva les yeux et vit quelle en était la cause.

Un puma.

Comme Danny sortait de la chambre de Stéphanie, il tomba sur des policiers et des agents du FBI qui arrivaient, ces derniers ayant été alertés parce qu'un des protagonistes était un sénateur des États-Unis. Il ne voyait aucun inconvénient, au contraire, à l'attention suscitée par l'événement, car la mort de Diane servait ses desseins.

Il avait un peu plus tôt signalé que des coups de feu avaient été tirés dans l'immeuble d'Alex, mais la police était déjà au courant. Un inspecteur l'avait ensuite rappelé sur son portable pour lui annoncer le décès de Taisley Forsberg.

La nouvelle lui avait brisé le cœur. Tous ses efforts pour éviter qu'elle soit mêlée à l'affaire s'étaient en fin de compte révélés vains.

Quand il fut de nouveau seul, il prit un moment pour se remettre de ses émotions et retrouver son sang-froid ainsi qu'il avait appris à le faire au cours de sa vie publique.

S'en tenir au plan prévu.

Faire le boulot.

La commission du Règlement de la Chambre devait se réunir à 10 heures, ce qui lui laissait quarante-cinq minutes pour opérer. Sa longue expérience lui avait montré que les politiciens se comportaient très souvent comme les pingouins qui se rassemblaient en foule sur la rive pour se jeter à l'eau, mais ne plongeaient pas avant que l'un d'entre eux n'ait donné l'exemple. Ils suivaient alors en masse. Cependant, il suffisait que l'un hésite pour que les autres en fassent autant et que tout soit à recommencer. Vance avait entraîné ses pingouins jusqu'au bord et il avait sauté. Les autres devaient maintenant décider s'ils souhaitaient ou non l'imiter. L'eau était-elle assez claire et poissonneuse ? Une orque ou un requin rôdaient-ils dans les profondeurs, prêts à les avaler tout crus ? Vance leur avait assuré qu'il n'existait aucun danger.

Danny s'apprêtait à lui prouver le contraire.

Il trouva un coin tranquille et composa sur son mobile le numéro de portable du président de la Chambre, que sa chef de cabinet lui avait fourni juste après l'entrevue au Willard.

Vance décrocha avant la troisième sonnerie.

« Qui est à l'appareil ? demanda-t-il.

– Danny Daniels.

– J'aurais dû me douter que vous me relanceriez. De quoi pourrions-nous bien avoir à discuter, cette fois ?

– Diane Sherwood est morte. »

Silence.

« Je vous écoute », dit enfin Vance.

Cassiopée se figea.

Le félin, qui pesait au moins cinquante kilos, était allongé au sommet d'un rocher trois mètres au-dessus d'elle. L'animal semblait la regarder avec une morgue tout aristocratique, ses énormes pattes étendues devant lui comme celles d'un chat domestique. Elle se força à rester parfaitement immobile et à respirer lentement. Ce genre de fauve, elle l'avait entendu dire, chassait surtout la nuit, mais pourquoi celui-ci était-il encore là en plein jour, malgré le bruit et les détonations, s'il avait le ventre plein ? Il s'était vraisemblablement posté sur son perchoir pour guetter un gibier appétissant venu boire au torrent de bon matin. Et elle savait que le mouvement éveillait la curiosité de ces animaux, l'immobilité d'une proie potentielle les incitant au contraire à la prudence.

Donc, surtout, éviter de se mettre à courir.

Elle déglutit, pétrifiée, incapable de bouger un cil, et tâchant de s'accommoder de la présence de la bête. Elle sentait le sang battre ses tempes. Derrière elle, de l'autre côté des rochers, elle entendait Proctor descendre la pente en dérapant.

Le puma remua les oreilles. Pas pour chasser un insecte. Plutôt parce qu'il avait lui aussi perçu le bruit. Restait à savoir quelle proie il allait choisir, maintenant qu'il était en éveil.

Peut-être celle, avantageuse, qui approchait ?

Ou celle qu'il avait déjà à sa portée et qui dégageait une odeur de peur bien alléchante ?

83

Grant se dirigea vers l'endroit où l'ULM avait dû tomber. Il fallait qu'il règle son compte au pilote. Il éliminerait ensuite Proctor, quand celui-ci aurait abattu la bonne femme. Cela fait, il jetterait tous les corps dans le torrent. Le courant les charrierait vers l'aval et bien malin qui pourrait déterminer où ils avaient été tués. L'engin volant avait rasé la cime des arbres, moteur coupé, et il l'avait entendu s'écraser un peu plus loin.

Débarrassé de son père, il avait de nouveau les commandes en main. Il avait récupéré la clé cérémonielle sur le cadavre et disposait d'un nombre d'éléments suffisant pour que Diane, il n'en doutait pas, réussisse à boucher les trous. Quand il en aurait terminé avec la tâche présente, il irait la chercher pour revenir avec elle compléter le puzzle et trouver enfin la Crypte. Le seul problème était les membres restants de l'Ordre qui, il le savait maintenant, veillaient un peu partout.

Mais il serait sur ses gardes.

Des rais de soleil transperçaient la dentelle de feuillage au-dessus de sa tête. Il ne tarda pas à découvrir l'épave, accrochée dans les branches supérieures d'un pin majestueux. Aussi incroyable que ça paraisse, le pilote avait réussi à éviter de se crasher complètement. S'approchant, il considéra le cockpit ouvert. Personne sur le siège. Le harnais ainsi qu'un casque audio pendaient dans le vide à six bons mètres de hauteur.

Un casque de protection gisait au pied de l'arbre.
Il fut aussitôt en alerte.
Où était passé le type ?

Cotton était parvenu à stopper la course folle de l'appareil endommagé en utilisant les frondaisons pour amortir sa chute. La manœuvre ne s'était pas déroulée comme il le souhaitait et il avait capoté, mais le bien nommé « ultra léger motorisé » avait fini par s'immobiliser sur la canopée. Il n'avait pas été trop difficile ensuite de se débarrasser du casque et des sangles, puis de descendre jusqu'au sol.

Se doutant que quelqu'un viendrait aux nouvelles, il s'était tapi derrière le tronc d'un gros pin, armé de son Beretta.

Comme il scrutait les environs, il aperçut un homme assez jeune et aux cheveux coupés court qu'il reconnut aussitôt.

Le type de la galerie des fossiles.
Grant Breckinridge.
Ça tombait bien : il voulait justement le voir.

Grant avait l'impression que quelqu'un l'observait. Les grands arbres séculaires qui se dressaient autour de lui interceptaient la lumière du soleil et leurs ombres allongées plongeaient le sous-bois dans une semi-obscurité. Il avait éprouvé la même sensation dans le Kentucky, quelques mois plus tôt, alors qu'il suivait à travers la forêt la piste marquée de symboles qui menait à une des caches d'or. Il avait pensé à ce moment-là qu'un guetteur l'épiait, mais personne ne l'avait empêché d'arriver jusqu'au magot, ni de le déterrer.

Une détonation retentit au loin.
Sans doute Proctor qui descendait l'autre salope.
Il était temps d'en finir.

Cotton regardait approcher sa cible, cette petite crapule qui avait froidement tiré sur Stéphanie Nelle.

Il s'inquiétait pour Cassiopée, et le coup de feu qu'il venait d'entendre n'était pas fait pour le rassurer, mais il ne quitta pas sa position, se contentant de se déplacer autour du gros tronc qui le dissimulait au fur et à mesure de l'avancée de Breckinridge. À l'instant où celui-ci passa devant l'arbre, Cotton sortit de sa cachette, pointa son pistolet et l'arma.

Le déclic suffit.

Breckinridge s'arrêta, mais ne tourna pas la tête.

«Je me doutais bien que vous étiez quelque part par-là, dit-il, l'air fanfaron.

– Lâchez votre arme, répondit Cotton, pas du tout impressionné.

– Je reconnais cette façon de donner des ordres. Vous êtes le type que j'ai croisé au musée.

– Vous avez peut-être de l'oreille, mais vous n'obéissez pas vite.

– Agent fédéral ?

– À votre avis ?

– Chevalier du Cercle d'or, peut-être ?

– Ceux-là, j'ai l'impression que vous n'en avez pas grand-chose à faire», remarqua Cotton sans laisser son canon dévier d'un millimètre.

Ce demeuré semblait vraiment s'imaginer qu'il pouvait prendre l'avantage. Apparemment, après la longue série de coups de chance dont il avait bénéficié, il se croyait invincible. Meurtre de Martin Thomas, récupération de la pierre de la Piste, tentative d'homicide sur Stéphanie, vol de la pierre au Cœur… Un enchaînement impressionnant, si l'on ne tenait pas compte du fait que la donne avait parfois été faussée par d'autres en sa faveur.

«Lâchez. Votre. Arme», répéta-t-il.

Le doigt de Grant restait crispé sur la détente. Il n'aurait qu'une fraction de seconde, une fois qu'il se serait tourné. Bien qu'armé, le type ne semblait pas avoir assez de cran pour tirer le premier, mais il y avait toujours un risque :

dans le feu de l'action, sous l'effet d'une menace directe, n'importe qui était capable de faire feu pour sauver sa peau. En s'y prenant habilement, toutefois, avec prudence et sans précipitation, Grant pouvait lui loger une balle dans le corps avant qu'il ait pu comprendre ce qui lui arrivait. Il ne lui resterait plus ensuite qu'à s'occuper de Proctor. Et pour ça il n'aurait même pas besoin de se déranger. Il lui suffirait de s'attarder assez longtemps dans la forêt pour que l'homme de main de son père se mette à sa recherche, et il n'aurait plus qu'à le cueillir.

Le type lui ordonna de nouveau de lâcher son arme.

Grant ignora l'injonction et commença à pivoter lentement sur lui-même.

Cotton avait tout de suite compris que son adversaire tenterait de l'avoir au culot. Comme tous les petits malins dans son genre, celui-ci ne connaissait pas ses limites.

Breckinridge se tourna tout doucement vers lui comme s'il avait l'intention de laisser tomber son pistolet et de se rendre. Sa main droite tenait toujours l'arme tandis que la gauche, vide, amorçait un mouvement vers le haut.

Une diversion.

Pitoyable.

Cotton décida de lui donner toutes ses chances, espérant ne pas être déçu.

Il ne le fut pas.

Breckinridge leva brusquement son bras droit, mais celui-ci n'atteignit jamais l'horizontale.

Une balle jaillit du canon de Cotton, transperça le crâne du crétin et en ressortit dans une gerbe de sang mêlé de cervelle. La mort fut instantanée. Le corps sans vie s'écroula en tas sur le sol.

« Pour Stéphanie », murmura Cotton en abaissant le Beretta.

Puis ses pensées revinrent tout de suite à Cassiopée.

Et il partit en courant vers les ruines.

Clouée sur place, Cassiopée regardait de biais le fauve qui ne la quittait pas des yeux alors même que les pas de Proctor se rapprochaient. L'animal parut enfin prendre le bruit en compte. Les muscles roulèrent sous sa fourrure, se détendirent, puis se contractèrent de nouveau, et il se dressa lentement sur ses quatre pattes.

C'était à peine si elle respirait encore.

« Gentil chat », murmura-t-elle d'une voix tremblante.

Elle ne voyait aucun moyen d'échapper aux deux dangers qui la guettaient.

Elle était réduite au rôle de spectatrice.

Proctor surgit à un détour de l'espèce de canyon où elle se trouvait, fusil prêt à tirer, comme un chasseur dans un safari.

« Ah, très bien ! s'exclama-t-il en l'apercevant. Je n'aurai pas à porter votre corps très loin pour le jeter à l'eau. »

Le puma grogna.

Proctor l'entendit et tira une balle dans le rocher près de la tête de la bête, qui détala aussitôt.

« Ça aurait été dommage de tuer une si belle créature, dit-il. Malheureusement, vous ne bénéficierez pas du même traitement de faveur. »

Cotton trouva le corps de Frank Breckinridge, tué d'une balle. Seuls restaient donc Cassiopée et l'autre type.

Mais où ?

Un nouveau coup de feu retentit.

Pas très loin. Du côté du torrent.

Il s'engagea sans attendre sur un sentier accidenté, caillouteux et jonché de branches qui descendait dans cette direction. Un vautour tournoyait dans le ciel, profitant des premiers courants d'air ascendants de la journée.

Un mauvais présage ?

Il espérait que non.

Cassiopée s'était toujours demandé quand la fin viendrait. Elle avait souvent frôlé la mort en prenant des risques que la plupart des gens faisaient tout leur possible pour éviter. Cette fois, elle s'était laissé coincer dans une position intenable, piégée sur la berge d'un torrent, au milieu d'un amas de rochers, face à un homme armé d'un fusil qui la défiait du regard.

« Rien de personnel là-dedans, vous comprenez bien, dit Proctor.

– De mon point de vue, si. »

Il eut un petit rire.

« Oui, j'imagine que vous avez raison.

– J'ai perdu mon utilité ?

– Je crains que oui. Le pilote du petit avion est probablement mort, et vous allez le rejoindre. »

Si le pilote en question était Cotton, elle devait partir du principe qu'il était sain et sauf. Pourquoi en serait-il autrement, d'ailleurs ? N'était-il pas Harold Earl « Cotton » Malone, le type le plus formidable qu'elle ait jamais connu ?

Elle opta donc pour une tactique radicale.

Un procédé qu'elle n'avait plus employé depuis l'enfance.

Cotton entendit un hurlement.

Très fort. Aigu. Tout proche.

Près du torrent.

Cassiopée étant à sa connaissance la seule femme présente dans les parages, le cri n'avait pu être poussé que par elle.

Il courut vers la rivière.

Persistant dans son stratagème, Cassiopée hurla de nouveau, feignant la peur pour gagner du temps.

« Je me serais attendu à un peu plus de dignité de votre part, commenta Proctor.

– Personne n'a envie de mourir.

– Je suppose que non. Mais c'est votre heure.

– Pas moyen de vous faire changer d'avis ? Comme vous l'avez suggéré vous-même, hier, au restaurant, une femme aux abois fait parfois des propositions…

– Pas cette fois», répondit-il en secouant la tête.

Il épaula son fusil.

Elle avait des regrets, mais pas si nombreux. Elle avait mené sa vie comme elle l'entendait, selon ses propres règles. De quoi aurait-elle pu se plaindre ? Elle avait eu des hauts et des bas, commis des erreurs, connu des revers, mais aussi de grandes réussites. Sa seule véritable nostalgie concernait Cotton. Ils n'iraient pas au bout de ce qu'ils avaient commencé.

Et cette idée lui faisait mal.

Quoi qu'il en soit, la bataille était perdue pour elle. Elle pouvait tenter de courir jusqu'au torrent et d'y plonger. Mais Proctor n'aurait qu'à lui tirer dessus depuis le bord. Sans l'usage de ses bras et de ses mains, elle offrirait une cible facile. Apparemment, personne ne l'avait entendue crier. Sa ruse n'avait pas fonctionné. Consciente de vivre ses derniers instants, elle jeta le masque de la peur, se redressa et regarda le fusil sans ciller.

«Qu'attendez-vous ? Tirez, qu'on en finisse.

– Tuer n'est jamais facile, dit-il. Même si c'est parfois nécessaire.»

Elle ferma les yeux.

Un coup de feu éclata.

Mais aucune balle ne la frappa.

Rouvrant les paupières, elle vit Proctor faire une cabriole en avant, comme sous l'effet d'un choc dans le dos. Une deuxième détonation retentit, et cette fois la tête du nervi explosa littéralement. Le corps pencha sur le côté avant de s'affaisser sur le sol rocailleux.

Elle se mit à courir en remontant la pente, dépassa les rochers qui lui bouchaient la perspective et découvrit Cotton, debout au sommet du talus. Jamais elle n'avait éprouvé un tel soulagement.

Dieu, comme elle l'aimait, cet homme!

« Ça va ? cria-t-il.

– Maintenant, oui. »

Elle grimpa le rejoindre et l'embrassa à pleine bouche.

« J'ai bien cru que tout était terminé, dit-elle enfin en s'écartant de lui.

– Ce n'est jamais terminé, affirma-t-il avec une assurance qui faisait chaud au cœur.

– J'ai crié en espérant que tu m'entendrais.

– Une bonne chose que je me sois trouvé là. C'est moi qui te sauve la mise, cette fois. »

Ces derniers temps, en effet, cela avait plutôt été l'inverse.

« Mieux vaut tard que jamais. Je commençais à me demander quand tu te déciderais à payer ta dette.

– Je ne peux pas te le reprocher. »

Sortant un canif de sa poche, il la libéra de ses liens. Elle tendit vers le ciel ses bras endoloris d'avoir été entravés si longtemps et fit jouer non sans mal ses doigts ankylosés.

« Et les Breckinridge ? s'enquit-elle.

– Morts tous les deux.

– Ton œuvre ?

– Seulement pour celui qui comptait à mes yeux.

– Fin de l'histoire, donc ?

– Pas tout à fait. »

Elle comprit tout de suite à quoi il faisait allusion.

84

Parc national de la forêt de Carson

Dimanche 30 mai

Cotton se tenait près de l'ancien abreuvoir construit, il le savait maintenant, par Angus Adams. Deux jours s'étaient écoulés depuis le massacre. Après que Cassiopée lui avait montré la pierre Maîtresse mise au jour dans l'église par Frank Breckinridge, ils avaient passé la journée de la veille à communiquer par Internet avec Rick Stamm et le Château afin de combiner les cinq pierres dans une image unique.

Les cinq photos avaient été retravaillées de sorte que les pierres apparaissent de la même taille et disposées côte à côte comme les fragments d'une mosaïque.

Une fois la pierre Maîtresse et celle de la Piste juxtaposées et la pierre au Cœur insérée dans son logement, la ligne sinueuse marquée de dix-huit points formait une piste bien nette conduisant au centre du Cœur.

Et à la Crypte.

Percer l'énigme des pierres avait représenté un défi considérable. Angus Adams avait vraiment tout fait pour compliquer les choses. Orthographe délibérément erronée, expressions sibyllines, sens cachés, espagnol confus et incorrect... Sans parler de l'absence d'ordre logique, la solution ne pouvant apparaître que si l'on analysait en même temps des éléments disparates répartis sur les cinq pierres.

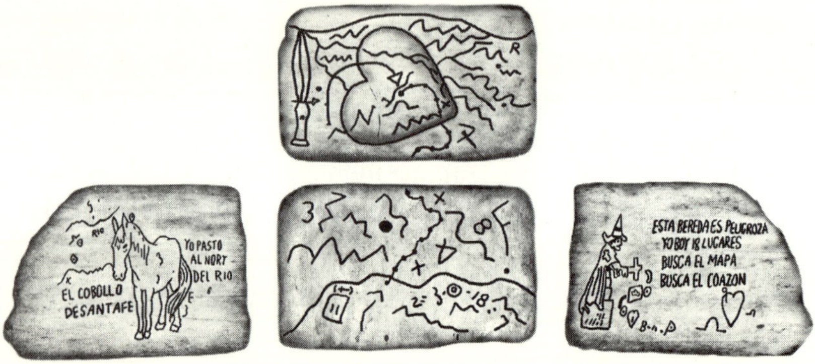

Et le plan d'Adams avait fonctionné.

Alors que l'usure du temps, l'érosion ou le vandalisme avaient fait disparaître cartes et panneaux indicateurs, les pierres, elles, avaient subsisté.

Les spécialistes des musées d'Histoire naturelle et américaine avaient fait un montage des images satellites du terrain au nord de l'église et au-delà du torrent en suivant les informations figurant sur la pierre Maîtresse. Au grand étonnement de tout le monde, les vermicelles zigzagants qui semblaient dessinés un peu n'importe comment correspondaient de façon très précise à des ravins réellement existants, entre lesquels la ligne sinueuse aux dix-huit jalons se frayait un passage pour s'enfoncer dans les monts Sangre de Cristo. Évaluer les distances avait été un problème plus compliqué à résoudre, mais les espacements entre les points échelonnés le long de la ligne paraissant réguliers, ils étaient partis de l'hypothèse que cette disposition particulière constituait un indice. À l'époque d'Adams, l'unité de mesure couramment utilisée était la *vara*, la verge espagnole, équivalant à un mètre environ. Si les calculs étaient exacts, la comparaison entre la représentation sur les pierres et l'imagerie satellite mettait les repères à *grosso modo* cinq cents mètres les uns des autres. Les dix-huit points renvoyaient probablement à autant de marques concrètes disposées dans la nature par Adams, mais celles-ci n'existaient sans doute plus ou, dans le cas contraire, seraient très difficiles à retrouver. Cette quête avait été jusqu'ici un véritable casse-tête. Pourquoi Adams aurait-il décidé de se montrer moins retors pour l'ultime étape ?

En définitive, trois emplacements possibles situés dans des directions légèrement différentes avaient été identifiés et leurs coordonnées GPS enregistrées.

Danny Daniels et Warren Weston étaient arrivés la veille. Le président de la Cour suprême n'avait pas caché son soulagement quand il avait appris la mort des deux Breckinridge, ainsi que celle de Proctor, depuis longtemps une des brebis galeuses de l'Ordre. Weston et Daniels tenaient l'un comme l'autre à participer à la phase finale.

Quatre chevaux attendaient près de l'abreuvoir en ruine.

«Je n'ai pas monté depuis des lustres, dit Daniels, mais ça ne s'oublie pas.

– Je vous préviens, moi, je n'ai jamais fait de cheval, annonça Weston.

– Dans ce cas, le spectacle pourrait être divertissant, déclara l'ex-président en ricanant.

– Cela vous plaît, j'ai l'impression, de me voir dans des situations embarrassantes, protesta Weston.

– Ce n'est pas qu'une impression. Je trouve ça très rigolo.»

Daniels leur avait raconté où en étaient les choses avec Vance. Il avait appelé le président de la Chambre et avait commencé par lui apprendre la mort de Diane Sherwood avant de lui rapporter tout ce qu'il savait. Puis il lui avait mis le marché en main. Soit la proposition de réforme était retirée définitivement, soit le nouveau sénateur du Tennessee et ex-président des États-Unis convoquait une conférence de presse pour répéter publiquement tout ce qu'il venait de dire à Vance en privé, et celui-ci verrait alors combien de membres de la commission du Règlement continueraient à le soutenir. La loyauté était une chose ; le suicide en était une autre. Rien de tel pour en finir avec un projet révolutionnaire qu'un bon scandale à base de complot, de vol et d'assassinats multiples.

Sans surprise, Vance avait jeté l'éponge.

Cotton s'accroupit sur ses talons pour tracer dans la poussière avec son doigt le parcours à suivre et expliquer aux deux hommes ce qu'ils devaient s'efforcer de repérer.

« Il faut bien ouvrir l'œil, prévint-il. Les indices que nous cherchons seront sous notre nez, mais difficiles à détecter. »

Ils se mirent en selle et, après avoir traversé le torrent à gué en aval du pont de singe, ils s'acheminèrent en se conformant aux indications du GPS vers l'un des trois sites retenus comme pouvant abriter la Crypte. Cotton avait appris que le ranch de son ancêtre n'existait plus et qu'il ne restait plus rien des bâtiments. Les gardiens du parc n'étaient même pas certains de son emplacement. Adams ayant préféré se tenir à l'écart du monde, un de ses traits distinctifs apparemment, on ne savait pas grand-chose de lui. Si ce n'est qu'il avait été peintre avant de devenir illustrateur, puis espion avant de s'affilier aux Chevaliers du Cercle d'or.

Une trajectoire hors du commun.

Le soleil embrasait le paysage nu, ocre sous le bleu du ciel sans nuages. Le nez rempli des odeurs chaudes qui montaient de la terre desséchée, Cotton se sentait bien. Une ombre en forme de serpe courut sur le sol puis repassa dans l'autre sens quelques secondes plus tard, comme animée d'un mouvement de pendule. Il leva les yeux et aperçut un faucon qui planait, queue en éventail, porté par les thermiques de midi. Un peu plus tôt, ils avaient vu plusieurs chevreuils de taille honorable s'enfuir à leur approche.

Se laissant guider par le GPS, ils chevauchèrent ainsi près d'une heure vers l'horizon tremblant comme un mirage avant d'arriver au premier emplacement. Mais celui-ci, une haute falaise trop abrupte, ne pouvait pas être le bon.

Pas plus que le deuxième, pour les mêmes raisons.

Le troisième site, en revanche, parut à Cotton plus prometteur.

C'était, des trois, le plus éloigné de l'abreuvoir. L'érosion avait certes fait son œuvre depuis l'époque d'Adams, ainsi que plusieurs séismes et autres crues subites. Mais, bien qu'en constante évolution, la topographie présentait certains traits immuables et c'était certainement sur ceux-là qu'Adams avait misé.

Ils s'étaient arrêtés au pied d'une butte de terre rougeâtre qui s'élevait en pente régulière sur quelques dizaines de mètres, son soubassement schisteux visible là où la sécheresse, le vent et les pluies d'hiver l'avaient dénudé. De gros rochers émaillaient le versant, tels des monuments dressés. Çà et là, des broussailles et quelques chênes nains s'efforçaient de survivre, agrippés au sol aride.

« Vous le voyez ? » demanda Cotton aux autres.

Tous trois répondirent par la négative.

Il fallait dire qu'il avait l'œil plus exercé qu'eux. La génétique, peut-être.

« Là-haut, à une quinzaine de mètres… ce rocher arrondi », précisa-t-il, désignant parmi tous les blocs lissés par le vent et les intempéries celui qui avait attiré son attention.

Il fit avancer son cheval jusqu'à un bouquet d'arbres afin d'observer sa trouvaille sous un angle différent. Cassiopée et les deux hommes le rejoignirent. De là où ils se tenaient maintenant, une partie du rocher jusque-là cachée était visible. Bien qu'à demi enterrée, la forme, trop pure pour être naturelle, était parfaitement reconnaissable.

Celle d'un cœur.

« “Cherche le cœur.” C'est ce que prescrit la pierre à la Sorcière, rappela-t-il.

– Vous pensez que nous sommes au bon endroit ? s'enquit Weston.

– Nous n'allons pas tarder à le savoir », répondit Cotton en mettant pied à terre.

Cassiopée était complètement remise. Deux nuits de sommeil, quelques bons repas et la présence de Cotton y avaient pourvu. Elle l'avait écouté, fascinée, évoquer les liens de sa famille avec le lieu où ils se trouvaient. Elle ne se rappelait pas l'avoir jamais vu manifester un tel engouement pour un sujet quelconque et s'était réjouie d'apprendre qu'il accordait de l'importance à ses racines.

Elle le regarda descendre de sa monture, puis se tourner vers Weston, encore en selle.

« À votre avis, c'est un monument tueur ? demanda-t-il.

– Un monument tueur ? répéta-t-elle, perplexe. Tu pourrais expliquer ce que c'est ?

– D'après ce qui est écrit sur la pierre à la Sorcière, le chemin est dangereux. Et mon grand-père me parlait de pièges que les chevaliers appelaient de cette façon.

– Était-il lui-même chevalier ? s'enquit Weston.

– Je n'en suis pas certain. Tout ce que je peux dire, c'est qu'il en savait long sur eux. »

Il déboucla ses sacoches, d'où il sortit deux bâtons de dynamite et une pelle pliante. L'administration du parc, sollicitée, avait interdit la zone au public et assuré qu'ils ne seraient pas dérangés. La présence d'un ex-président des États-Unis et du juge en chef de la Cour suprême avait permis d'éluder les questions inévitables, et un coup de téléphone du ministre de l'Intérieur d'étouffer dans l'œuf toute velléité de contestation. Cette coopération rapide des plus hautes autorités de l'État était le résultat d'un appel que Stéphanie avait passé au président Fox depuis son lit d'hôpital pour l'informer des événements récents. Le nouvel occupant de la Maison-Blanche s'était montré particulièrement pressé d'apporter son aide quand il avait appris ce que mijotait le président de la Chambre.

Cassiopée, Weston et Daniels mirent pied à terre à leur tour.

« Le cœur symbolisait l'or pour les Espagnols, indiqua Cotton. Mais un cœur brisé signifiait autre chose. Si vous regardez bien celui que nous avons là, il est fendu en trois endroits.

– Peut-être l'effet du temps, simplement, remarqua Daniels.

– C'est possible, oui. Mais ça pourrait tout aussi bien être une mise en garde du genre : "Si tu ne tiens pas compte de cet avertissement, tu auras le cœur brisé". Les éclairs et les zigzags représentent des endroits dangereux, or les pierres sont remplies de signes de ce genre. Faites reculer les chevaux pendant que je monte avec Cassiopée mettre les charges en place. »

Elle grimpa la pente derrière Cotton. Leurs pieds dérapaient sur la terre poudreuse, soulevant des nuages de poussière. De plus près, le rocher taillé en cœur était impressionnant. Haut de plus de deux mètres à compter du sol, il devait peser plusieurs tonnes.

« Ce caillou est un repère évident pour celui qui sait ce qu'il cherche, dit Cotton. Adams est sûrement parti du principe que ceux qui arriveraient jusqu'ici seraient des initiés, mais qu'il valait mieux piéger l'endroit pour plus de précaution. »

Il creusa un trou au ras de la base du rocher, à la moitié de sa longueur, et y disposa l'explosif.

« À mon avis, il n'imaginait pas que d'éventuels intrus auraient de la dynamite sur eux, reprit-il en examinant son ouvrage. Je trouve que le rocher forme un angle très bizarre par rapport à l'inclinaison de la pente.

– Tu veux dire que si rien ne le retenait, il basculerait ? »

Il sourit.

« Exactement. C'est l'idée. D'où l'expression “monument tueur”. »

Il déroula les mèches d'environ un mètre puis sortit un briquet de sa poche.

« Et maintenant, prépare-toi à courir. »

Danny regardait Cotton et Cassiopée s'affairer sur le flanc de la colline, à cinquante mètres de lui.

« C'est bien un monument tueur, murmura Weston à son côté.

– Vous croyez qu'il l'ignore ?

– Vous aviez raison, répondit le juge sans quitter des yeux la pente, ce garçon sait exactement ce qu'il fait. »

Danny se sentait tout heureux d'être là. Stéphanie récupérait et, selon les médecins, elle se remettrait vite. Elle l'avait encouragé à rejoindre Cotton en lui demandant de la prévenir par vidéo en cas de découverte intéressante. La presse avait fait le siège de ses bureaux, au Sénat, réclamant des éclaircissements à propos de Diane Sherwood, mais il était resté silencieux, affirmant simplement qu'il n'avait aucun commentaire à faire pour l'instant. Le corps de Martin Thomas avait été restitué à sa famille, l'explication officielle étant qu'il avait été victime d'une agression et que son cadavre n'avait été trouvé par hasard dans le tunnel que deux jours plus tard. Une enquête était en cours, avait-on assuré à ses proches.

Il vit Cotton se pencher, allumer les mèches, puis dévaler la côte avec Cassiopée. Ils arrivèrent à la seconde même où l'explosion se produisit, voilant soudain le ciel d'un nuage mouvant de poussière rouge et provoquant une avalanche de quartiers de roches et de cailloux.

Mais le rocher en forme de cœur n'avait pas bougé.

85

Cotton examina le cratère formé par l'explosion. Comme il s'y était attendu, le rocher en forme de cœur reposait sur du gravier. Il vit que Weston lui aussi comprenait ce que cela signifiait.

Le cœur battant d'émotion, il se baissa pour ramasser une poignée des petits cailloux.

« On creuse une fosse de deux mètres de profondeur dans le soubassement rocheux, puis on remonte sous le rocher selon un angle de quarante-cinq degrés de façon à constituer un axe de basculement et on remplit ensuite le tout de gravillons, expliqua-t-il. Voyez, pratiquement toute la base du rocher se trouve au-dessus de la fosse. Ce n'est rien d'autre qu'un leurre géant.

– Exactement, confirma Weston. Des gens insuffisamment avertis se mettraient à creuser sous le rocher en pensant qu'il indique l'entrée de la Crypte. J'imagine qu'une fois la face inférieure un peu dégagée, on y aperçoit des marques et des symboles qui sont dénués de sens, mais incitent à aller plus loin…

– Et à force de creuser, on ameublit l'assise de graviers, qui se transforme en un lit de roulements à billes sur lequel le "monument" entraîné par son propre poids finit par basculer et glisser, écrasant tout sur son passage. Un piège infaillible et qui résiste au temps. Et regardez ça ! »

Cotton désigna une croix grossièrement gravée sur une surface du rocher mise au jour par l'explosion. Il y avait aussi un *N.* Et ni l'une ni l'autre des deux marques n'était due à un caprice de la nature : les traces de coups de ciseau étaient bien visibles.

« C'est de ce côté qu'Adams suggère de creuser, mais c'est justement là qu'est le danger.

– Dans ce cas, où se trouve l'accès ? » demanda Cassiopée.

Dans le souvenir qu'il avait de la pierre au Cheval, il revoyait avec clarté un détail situé près de la queue de l'animal. Deux *U* carrés accolés. Un *U* de ce genre symbolisant une entrée, un double *U* signifiait une double entrée.

Encore un élément apparemment fortuit qui se révélait en fin de compte essentiel.

« Très simple, répondit-il. De l'autre côté. »

Cotton alluma la mèche et courut s'abriter pour la troisième fois. La deuxième explosion avait fissuré l'énorme cœur. La prochaine devrait logiquement achever de le pulvériser.

C'est ce qui se passa.

Il sortit deux pelles supplémentaires de ses sacoches et ils remontèrent tous les quatre jusqu'à l'emplacement du rocher, où il se mit à déblayer le terrain, aidé par Daniels et Cassiopée. Il n'avait pas creusé un mètre quand sa pelle racla une surface métallique. Continuant à piocher dans un nuage de poussière étouffant, ils ne tardèrent pas à dégager un vantail de fer encastré dans la pente comme une porte de cave.

« Il n'y a pas de gonds », observa Daniels.

Cotton et lui soulevèrent le panneau, révélant un couloir obscur qui s'enfonçait dans la colline. Les murs et le plafond, qui portaient les traces caractéristiques laissées par les pics de mineurs, étaient boisés à l'ouverture.

Chacun sortit une lampe torche de son sac à dos.

« Attendez ici, tous les deux, dit Cotton à Daniels et à Weston. Nous allons nous assurer que la voie est libre. Il pourrait y avoir d'autres pièges, et je ne tiens pas à me retrouver avec deux hauts fonctionnaires morts ou estropiés sur les bras.

– Nous vous donnons cinq minutes», acquiesça Daniels.

Cotton réendossa son sac puis, Cassiopée sur ses talons, pénétra dans la galerie en braquant le rayon de sa lampe devant lui. Il avançait aussi prudemment qu'il l'aurait fait dans un champ de mines. On pouvait s'attendre à tout dans un tel lieu – explosions, siphons, glissements de terrain, effondrements… La présence de poudre à canon susceptible d'être demeurée active après plus d'un siècle n'était pas non plus à exclure.

Les faisceaux de leurs deux lampes ne perçaient que sur quelques dizaines de centimètres l'obscurité épaisse qui les enveloppait. Cotton pouvait marcher sans trop se courber. Seules ses épaules frottaient parfois les côtés. Les espaces clos et resserrés n'étaient pas exactement sa tasse de thé, mais il voyait encore l'entrée s'il se tournait et sentait la chaleur de l'air extérieur. Il éclairait alternativement les parois, le sol et le plafond, l'estomac noué par une appréhension sourde. Il semblait peu plausible que cette galerie ne soit pas protégée.

Puis il le vit.

Et s'arrêta net.

Un gouffre noir béant, coupant le tunnel d'un mur à l'autre. S'approchant, il fouilla les profondeurs du trou avec le faisceau de sa lampe. Une fine bâche de cuir qui avait dû être tendue sur l'ouverture et recouverte de terre pendait du bord. Quelque chose scintillait tout au fond, comme les diamants d'un diadème. Il lui fallut un petit moment pour comprendre ce que c'était.

«Des tessons de bouteilles, dit-il. Tout un tapis. Tu tombes là-dedans, tu finis en charpie. Un trou de loup.»

Un dispositif pas très différent d'un piège qu'il avait vu dans le sud de la France quelques années auparavant.

«Les gens qui ont fait ça ne plaisantaient pas», chuchota Cassiopée.

On ne pouvait pas le nier.

Ils franchirent la tranchée d'un bond.

Deux autres fosses similaires les attendaient au-delà, l'une d'elles encore recouverte de son camouflage de cuir, qu'ils replièrent.

À son extrémité, la galerie était barrée par une grille de fer dont la partie formant porte était verrouillée.

« Le chemin est dégagé. Tu peux aller chercher les autres si tu veux », dit Cotton.

Pendant que Cassiopée retournait vers la sortie, il examina le portail. Puis il prit dans sa poche la clé cérémonielle qu'il avait trouvée sur le corps de Grant Breckinridge et l'étudia à la lumière de sa lampe. La serrure du portail semblait compatible avec ce genre de passe-partout à tige creuse, mais les pièces internes devaient être soudées par la rouille. D'un autre côté, le climat de la région était très sec et l'air de la galerie ne sentait pas du tout le moisi. Il ne pouvait pas faire sauter la grille, de crainte que le tunnel ne s'effondre, mais elle paraissait encore assez solide pour constituer un obstacle sérieux.

Alors, pourquoi pas ?

Il introduisit la clé dans la serrure et la tourna.

Le mécanisme résista.

Il força plusieurs fois.

Le pêne commença à se déplacer.

Très peu, mais quelque chose avait indiscutablement bougé.

Heureusement, la vieille clé de Breckinridge ayant laissé supposer qu'il y aurait tôt ou tard une vieille serrure à ouvrir, Cotton s'était muni en prévision d'une bombe de dégrippant.

Il sortit celle-ci de son sac, puis inonda le trou de WD-40 après en avoir retiré la clé.

Derrière lui, il entendit les pas des autres dans le tunnel.

Il réintroduisit la clé et sollicita de nouveau le mécanisme.

Encore une giclée de produit.

Le pêne glissa hors de la gâche.

Cassiopée, Daniels et Weston arrivèrent au moment où il faisait pivoter le portail sur ses gonds.

« La clé cérémonielle a fonctionné ? s'enquit le juge.

– Avec l'aide d'un peu de lubrifiant. »

Au-delà de la grille, la galerie se poursuivait sur quelques mètres pour aboutir à ce qui semblait être un dégagement.

« Avançons doucement, dit Cotton. Comme vous avez pu le constater, il y a du danger, ici. »

Il passa le premier, mais ne détecta aucun nouveau piège. Les autres le rejoignirent.

Dans la lumière des quatre lampes apparut une salle qu'il évalua à trente mètres carrés sous trois mètres de plafond. Cela ressemblait à une grotte naturelle sans doute élargie artificiellement. À même la terre meuble gisaient d'innombrables coffres de toutes tailles et de toutes formes ainsi que de grands sacs en cuir ou toile de jute posés sans ordre évident autour d'une table centrale. Une épaisse couche de poussière feutrait le tout.

Sur la table trônait une boîte en bois.

« Bienvenue dans la Crypte, murmura-t-il.

– Incroyable ! s'exclama Weston. Décidément, l'Ordre a toujours été un mouvement souterrain au propre comme au figuré.

– Si toutes ces caisses sont remplies d'or et d'argent, il y en a pour des milliards de dollars », dit Daniels.

Cotton scruta le sol devant lui. Ne détectant rien de suspect, il avança prudemment, un pied après l'autre, jusqu'au sac de peau le plus proche, balaya de quelques revers de main la poussière qui le tapissait et coupa avec son couteau le lacet de cuir qui en maintenait la bouche fermée. Une partie du contenu se répandit sur le plancher de la caverne.

Rien que de l'or. Sous forme de pièces et de petites barres.

« Vous parlez d'un spectacle ! » chuchota Daniels.

Cotton sortit un pied-de-biche qu'il avait apporté à tout hasard et força le couvercle d'une des caisses. Elle était remplie de lingots. Il en soupesa un. Du métal massif, bien lourd.

« Regardez ça », dit Cassiopée.

Le pinceau de sa lampe illuminait une mini forge. Cotton s'approcha et manœuvra le bras du soufflet, dont le cuir raidi craqua sous la pression.

« Adams pensait à tout, commenta-t-il. Il avait même sa propre fonderie sur place.

– Et ça, là-bas, qu'est-ce que c'est ? » demanda Daniels.

Des malles de voyage. Cotton ne les avait pas encore remarquées, mais il était difficile de tout percevoir d'un coup, comme le matin de Noël, où l'on découvre tant de cadeaux au pied du sapin qu'on ne sait plus où donner des yeux. Il alla en ouvrir une.

À l'intérieur étaient empilés des papiers, des registres, des livres…

« Ce sont les archives de la Confédération, déclara Weston, qui l'avait suivi, ainsi que Daniels. L'Ordre avait été chargé de les sauvegarder. Avec un peu de chance, nos propres archives sont là aussi. Elles n'ont pas reparu depuis 1865.

– Vous devriez venir voir ça », appela Cassiopée.

Ils la rejoignirent tous les trois. Cette fois, elle braquait sa lampe sur un objet sombre, de couleur indéterminée, qui évoquait un vieux ballon en cuir. Puis Cotton distingua le crâne, encore partiellement tendu de bribes de chair qui formaient une espèce de vernis chocolat couvrant le front, le nez et le menton. Une momie parfaitement préservée.

« Qui est-ce ? s'enquit Daniels. Vous avez une idée ?

– Impossible à dire, répondit Cotton. Ce chantier n'a pas été de tout repos. Il y a sûrement eu des pertes.

– Vous pensez que ça pourrait être Adams ?

– Peu vraisemblable. C'était lui le gardien. Il a dû sortir le dernier pour tout sceller. Si j'en crois ce que me racontait mon grand-père, Adams est mort vers 1900.

– Où est-il enterré ? » demanda Cassiopée.

N'ayant pas de réponse, il se tourna vers Weston, qui secoua la tête.

« Désolé. Personne ne le sait. »

Ils étaient tous les quatre comme aimantés par la table, au centre. Ils s'en approchèrent avec précaution, l'attrait même qu'elle exerçait pouvant constituer un appât trompeur.

Mais elle ne recelait aucun piège.

Le coffret de bois sculpté qu'elle supportait mesurait environ trente centimètres de longueur sur autant de hauteur. Sur le dessus étaient gravés les mots ABRIR TRAS EL FALLECIMIENTO DE ANGUS ADAMS – à ouvrir après le décès d'Angus Adams.

Cotton tenta de soulever le couvercle, mais il était fermé à clé.

Il y avait un trou de serrure sur le devant.

« Essayez la clé cérémonielle », suggéra Weston.

Cotton ressortit l'objet de sa poche.

« Je me suis toujours demandé pourquoi la tige était poinçonnée d'une croix cerclée, reprit le juge. C'est peut-être justement ce qui permet d'ouvrir cette serrure-ci. »

Pourquoi pas ?

Quand Cotton inséra le passe-partout, il sentit tout de suite que la croix s'ajustait à quelque chose à l'intérieur et le mécanisme joua presque sans résistance.

Le coffret contenait deux feuilles de parchemin sur lesquelles était rédigé un texte.

Qu'il lut.

La vie m'a enseigné que, si le passé demeure à jamais immuable, l'avenir est sans limites. L'espoir que puisse renaître la fraternité pure et sans tache de notre Union repose sur les hommes qui viendront après nous. Puissent-ils, de par leurs convictions et leurs personnalités, se montrer à la hauteur d'une œuvre sacrée qui exigera d'eux de puiser leurs principes aux sources vives de notre grande histoire politique, plutôt que dans ses eaux stagnantes, polluées par l'arrivisme égoïste et les querelles partisanes. En avançant en âge, j'ai compris une chose : les Pères fondateurs souhaitaient que nous résolvions nos différends quant aux façons de parfaire l'Union non par les armes, mais par les mots. On peut seulement regretter que tant de nos concitoyens aient perdu la vie pour nous le rappeler.

J'ai assumé avec fierté ma tâche de chevalier du Cercle d'or. Celle-ci consistait à protéger les archives et les richesses que vous voyez à présent autour de vous. La grande majorité des combattants qui prirent part à notre guerre fratricide ne sont plus, et ceux qui restent disparaîtront au fil des quelques années à venir, moi-même y compris. Aucune nouvelle révolution ne menace dans l'immédiat. Aucune ne semble non plus devoir se produire un jour. L'Union est restaurée et, par la grâce de Dieu, ne sera plus jamais remise en cause.

Je nourris l'espoir que celui qui lira ces mots appartienne à la vénérable institution dédiée au savoir qui s'élève sur le Mall et que l'on surnomme « le Château ». J'ai passé là quelques-unes des plus heureuses années de ma vie à peindre. Quelle ironie qu'un Anglais ait été à l'origine de cette Smithsonian Institution si typiquement américaine, dont j'ai pu observer et admirer les réussites ! Astronomie, géographie, météorologie, géologie, botanique, zoologie, anatomie, histoire naturelle, que de progrès furent accomplis sous son patronage dans tous ces domaines ! Jamais elle n'a manqué à la mission qui lui fut assignée de promouvoir sans orgueil ni préjugés la connaissance pour elle-même et sous tous ses aspects, sans se cantonner aux disciplines pratiques ou les plus en vogue. J'aurais tant aimé compter parmi ses régents ! Mais il ne revient pas à un espion de remplir une si noble fonction.

J'ai jadis confié au secrétaire Henry tous les indices que je pouvais rassembler dans l'espoir que lui-même ou son successeur trouverait le chemin de cette cache. Si la personne qui l'a découverte appartient au Château, il me semblerait juste qu'elle transmette à la Smithsonian Institution, dans l'intérêt de tous, à la fois les archives des États confédérés d'Amérique, fruits du travail honnête d'hommes de bien, et les richesses entassées ici, fussent-elles mal acquises et marquées du sceau du péché. Dans l'éventualité où ce sont des chevaliers qui lisent ces lignes, je leur dis ceci : je vous ordonne de faire don à la Smithsonian de tout ce que vous voyez dans cette salle, et, en tant que dernier survivant des fondateurs de la cause que vous défendez, je vous somme de renoncer à toute violence, de mettre vos forces au service de notre nation unifiée et de respecter votre serment d'allégeance en vous conformant aux présentes injonctions.

Cotton Adams
Le 6 octobre 1897

« J'ai l'impression que votre ancêtre avait beaucoup de remords, remarqua Daniels, qui avait lu lui aussi. Quant à vous, Warren, il semble que la légende dont vous m'avez parlé n'était effectivement pas une faribole. Il y avait bien une consigne qui s'est perdue en route. Une directive ultime. Mais probablement pas celle que vous pensiez.

– J'avoue que j'étais loin du compte.

– Adams croyait-il vraiment que les découvreurs de cette cache exécuteraient ses demandes ? demanda Cassiopée.

– S'ils appartenaient à l'Ordre, certainement, répondit Weston. L'objet de nos querelles internes est précisément un désaccord sur ce que les chevaliers de la première génération souhaitaient que nous fassions.

– Eh bien, maintenant, vous avez la réponse, dit Daniels. Que penseront les autres membres de la confrérie ?

– Que notre dispute n'a plus lieu d'être.

– Adams voyait juste. C'est bien à la Smithsonian que doit revenir tout ceci, affirma l'ex-président.

– Ce n'est pas si simple, objecta Weston. Nous sommes sur le domaine public fédéral. Cet or est la propriété du gouvernement des États-Unis.

– Je ne pense pas que ça posera problème. Le président de la Chambre et moi-même sommes comme les deux doigts de la main, à présent. À l'heure qu'il est, il s'est certainement rendu compte qu'il ne peut rien me refuser. Par chance pour lui, je ne suis pas un dictateur très exigeant, mais je ferai en sorte qu'il introduise une proposition de loi en votre faveur à la Chambre, que j'appuierai au Sénat. Je peux vous garantir que vous récupérerez les archives. Pour ce qui est de l'or, la Smithsonian n'héritera peut-être pas de la totalité, mais elle en aura une bonne partie. Ce ne sera que justice, puisqu'il a été découvert par deux membres de cette éminente institution. »

Cotton parcourut une nouvelle fois la grotte des yeux.

« Il y en a pour des milliards, murmura-t-il.

– Dont la Smithsonian saura faire bon usage, compléta le juge.

– Et les Chevaliers du Cercle d'or ? s'enquit Cassiopée. Qu'advient-il d'eux ?

– Nous nous conformerons à ce qu'Alexander Stephens, Adams et bien d'autres préconisaient il y a bien longtemps. Nous nous efforcerons de convaincre une majorité de citoyens de la justesse de nos vues sans sortir du cadre de la loi… »

Une nuance de contrariété assombrit le regard du président de la Cour suprême quand il ajouta :

« Et nous financerons notre campagne sur nos propres deniers, sans toucher à ce trésor. »

Weston toucha le parchemin, imité par Daniels et Cassiopée dans un geste de communion muette, scellant un pacte.

« Pas d'objection à ce que je conserve le document ? » demanda Cotton.

Il y avait dans sa requête une fierté de propriétaire légitime. Il se sentait si proche de l'homme qui avait rédigé ce texte – un espion qui s'était battu contre l'unité de son pays, mais qui avait fini par revenir de son erreur.

« Il vous appartient de droit », assura Daniels.

Cotton surprit le regard tendre de Cassiopée, qui le dévisageait de ses grands yeux bruns, lumineux et francs. Elle lui prit doucement le bras.

«Je sors appeler Stéphanie, déclara Daniels.

– Je viens avec vous, dit Weston. J'ai quelques coups de téléphone à passer, moi aussi.»

Les deux hommes quittèrent la salle.

Cotton restait là, debout, s'imprégnant de l'atmosphère du lieu. Quelques années plus tôt, il s'était réconcilié avec le souvenir de son père mort, réglant des griefs qu'il traînait depuis l'âge de dix ans. Aujourd'hui, c'était avec un autre de ses ascendants qu'il avait fait plus ample connaissance. Un ancêtre à qui il ressemblait incroyablement sans l'avoir jamais su. Même physique. Même surnom. Même métier.

«Ça va ?» demanda Cassiopée.

Il était encore bouleversé, sidéré par l'énormité de ce qu'il venait de découvrir. Et l'endroit exerçait sur lui une puissante séduction, comme s'il se fût agi d'un être vivant.

D'un être aimé.

Il sentait son stress l'abandonner.

Il avait fini son travail.

«On rentre ?» suggéra-t-il.

Elle hocha la tête.

«Chez toi ou chez moi ?»

En d'autres termes, en France ou au Danemark.

Il sourit.

«Fais-moi la surprise.»

NOTES DE L'AUTEUR

Le cadre géographique de cette histoire est le fruit d'une succession de voyages qu'Élizabeth et moi avons accomplis au fil du temps. Nous avions par exemple découvert les beautés cachées de l'Arkansas rural il y a quelques années, lors d'une excursion. Nous connaissions également l'ouest de la Caroline du Nord et l'est du Tennessee pour les avoir déjà explorés à plusieurs occasions. Les déplacements complémentaires que nous avons dû effectuer spécifiquement en lien avec le roman ont tous eu pour destination Washington, où il nous a été donné de visiter jusqu'au moindre recoin les coulisses des nombreux musées dépendant de la Smithsonian Institution – un monde fascinant largement repris dans le livre.

Mais faisons à présent la part des faits et de la fiction.

Le grand incendie de la Smithsonian décrit dans le prologue a réellement eu lieu en 1865. Officiellement, ce fut une erreur dans le branchement d'un tuyau de poêle qui le déclencha, comme il est indiqué au chapitre 59. Tous les détails du prologue relatifs au sinistre sont attestés par plusieurs rapports internes de l'institution. Seule la présence sur place d'Angus Adams, de son journal de terrain, de la clé et du capitaine nordiste est de mon invention. Le revolver à double action mentionné dans le passage était effectivement le *nec plus ultra* des armes de poing à l'époque, et le ministre de la Marine Gideon Welles a vraiment donné chez lui, en pleine guerre de Sécession, la réception évoquée.

Les Chevaliers du Cercle d'or (chapitres 12, 14) ont existé. Créés aux alentours de 1850, ils disparurent au début du XXe siècle (chapitre 12). Ils constituèrent la plus grande et la plus prospère organisation subversive de l'histoire américaine (chapitres 12, 28, 40). Ils se comptaient par dizaines de milliers. Curieusement, les historiens semblent faire peu de cas de cet Ordre, alors que son intention de bâtir un empire sudiste – le Cercle d'or – était bien réelle (chapitres 12, 25). La conférence dans la station thermale de Greenbrier s'est véritablement tenue en 1859, et l'allusion à la plaquette énonçant le règlement de la confrérie est véridique (chapitre 12). La devise des Chevaliers était simple : *Maintenir la Constitution telle qu'elle est, restaurer l'Union telle qu'elle fut.* Leur façon étrange de se serrer la main ainsi que leur formule de bienvenue sont authentiques (chapitre 12), mais le lien entre le symbole de la croix cerclée et les Chevaliers n'est que le produit de mon imagination (prologue, chapitre 8).

De fait, la majeure partie des archives de la Confédération disparut dans les jours qui précédèrent la chute de Richmond et n'a jamais été retrouvée depuis (chapitre 85). Parmi ces documents perdus figuraient la plupart des rapports concernant l'Ordre, dont nous ne pourrons par conséquent jamais mesurer l'exacte envergure.

La chasse au trésor entreprise par Malone (chapitre 1) s'inspire d'une quête qui fut réellement menée et qui reposait sur le même genre d'indices que ceux suivis par mon personnage. Il est prouvé que les Chevaliers du Cercle d'or enterrèrent de grandes quantités d'or dans tout le Sud et laissèrent dans les forêts des marques d'aspect naturel telles que celles évoquées aux chapitres 1, 14 et 22. Ces richesses étaient la plupart du temps le produit de vols et de pillages, certains commis par Jesse James dont beaucoup pensent qu'il était lui-même un chevalier (chapitre 22). Il n'est pas impossible que les innombrables hold-up perpétrés par James et d'autres après la guerre aient fait partie d'une campagne de terreur orchestrée par les Chevaliers pour faire pièce à la Reconstruction. Ce sujet est traité dans un excellent ouvrage écrit par Warren Getler et Bob Brewer intitulé *Shadow of the Sentinel*[1] (*«L'Ombre du guetteur»*).

Certaines personnes ont réellement été victimes de mésaventures analogues à celle que vit Malone au chapitre 1. Et quelqu'un a reçu «pour de vrai», en 1993, une menace sous la forme d'un message constitué d'un mannequin pendu et de douilles vides tel celui qui fait fuir Martin Thomas aux chapitres 1 et 16. Quant à l'expression «chasse aux vaches» utilisée au chapitre 22 pour désigner le meurtre d'éventuels chercheurs d'or, elle est tirée des témoignages d'hommes bien placés pour la connaître. Les guetteurs existent-ils encore ? Nul ne peut l'affirmer. Mais du temps où c'était le cas, ils étaient indemnisés au moyen de «niches à gages», comme cela est expliqué au chapitre 14. De nombreuses personnes soutiennent qu'un trésor caché jadis par l'Ordre attend toujours que quelqu'un le découvre. À ce jour, seule une infime partie de l'or des Chevaliers a été localisée.

Les cinq pierres, ou leurs représentations, qui constituent un élément central de l'intrigue, ne sont autres que les très controversées pierres de Peralta. Personne ne sait où ni quand celles-ci furent découvertes. Il n'en existe d'ailleurs que des copies. Selon la légende, elles indiqueraient le chemin de la mine du Hollandais perdu, dans l'Arizona. Mais qui peut l'affirmer ? Elles sont exposées à l'heure actuelle au Muséum d'histoire naturelle de l'Arizona, à Mesa. Les interprétations des symboles qui y sont gravés sont pour partie de mon cru, pour partie celles de tiers. Étant donné le mystère dont elles sont entourées, et le fait

1. Éditions Simon and Schuster, New York, 2008.

que personne ne soit jamais parvenu à les déchiffrer, ces pierres m'ont semblé avoir été taillées sur mesure pour constituer le matériau d'une fiction.

Les descriptions de lieux réels abondent dans le roman. Le parc national de la forêt de Ouachita (chapitre 1), celui de la forêt de Carson (chapitre 77), et le comté de Blount, dans le Tennessee, sont fidèlement représentés. La mine désaffectée du chapitre 30 a pour modèle d'anciennes exploitations semblables que l'on voit encore dans l'Arkansas. Le cabinet du vice-président, dans le Capitole, est bien là où il est dit (chapitre 39). Le Dirksen Building (chapitre 41), le gymnase du Russell Building (chapitre 56), et l'hôtel Willard, avec sa célèbre Willard Room, ne sont pas fictifs. Tout ce qui est rapporté des événements dont le Willard fut le théâtre est vrai, y compris ce qui a trait à l'invention supposée du terme *lobbying* (chapitre 44). Les commentaires désobligeants des juges à propos du bâtiment de la Cour suprême (chapitre 70) sont authentiques. La disposition des salles du musée national de l'Air et de l'Espace (chapitre 51) et de tous les établissements de la Smithsonian a été rendue le plus fidèlement possible, à l'exception de quelques modifications mineures. La galerie des fossiles fait actuellement l'objet d'une rénovation complète (chapitre 35). La représentation d'un récif de la période permienne, après avoir été exposée pendant plus de deux décennies, a été récemment démontée (chapitre 35). Quant au Lincoln Memorial (chapitre 66) et au mémorial pour la Seconde Guerre mondiale avec sa citation d'Eisenhower gravée dans le granit (chapitre 68), il suffit de se promener dans le centre de Washington pour les voir.

La querelle entre Jefferson Davis et Alexander Stephens est un fait historique (prologue, chapitre 13). Stephens voulait éviter la guerre et chercha, quand elle eut éclaté, à faire la paix avec le Nord. Davis, lui, était favorable à un conflit armé. La carrière politique de Stephens fut longue et bien remplie (chapitres 13, 38), et il préconisa toujours d'agir dans le cadre de la Constitution. Son affiliation aux Chevaliers du Cercle d'or et ses projets de réforme du Congrès sont en revanche nés de mon imagination. Les propos peu flatteurs que tient Frank Breckinridge au chapitre 50 au sujet de Jefferson Davis avaient effectivement cours à l'époque. Les dispositions de la Constitution confédérée évoquées aux chapitres 65 et 73 sont tirées du document original. Certains éléments de cette constitution (relatifs au Congrès) pourraient en effet être adoptés sans difficulté de nos jours. Les vers cités aux chapitres 11 et 72 sont extraits de *Chevaliers d'argent*, un poème anonyme que j'ai trouvé sur Internet. J'ignore s'il est contemporain ou date du XIXe siècle, mais son lyrisme s'accordait parfaitement avec mon propos.

Comme il est dit au chapitre 25, le président James Polk eut l'idée de faire la guerre au Mexique dans le but d'accroître rapidement l'étendue des États-Unis. Les Américains, victorieux, obtinrent en 1848, par le traité de Guadalupe Hidalgo, la cession d'un vaste territoire qui devint plus tard l'Arizona, le Nouveau-Mexique, l'Utah, le Nevada et la Californie.

Le personnage d'Angus Adams est inspiré du capitaine Thomas Hines, un célèbre espion confédéré. Les exploits de Hines sont légendaires, y compris l'épisode de son évasion, au cours de laquelle il se cacha dans le matelas sur lequel gisait un malade afin d'échapper aux soldats nordistes (chapitre 33). Dès l'instant où j'ai entendu cette anecdote, il y a quelques années, j'ai su que je l'intégrerais au passé familial de Cotton Malone. Il existe une excellente biographie de Hines par James Horan. Tout ce que fait Adams au chapitre 33 est emprunté aux aventures de Hines. Même la note laissée par Angus Adams à l'intention de ses geôliers fut écrite par Hines. L'idée de mettre du coton dans le fromage blanc (chapitre 40) me vient, elle, d'une personne de ma connaissance qui, enfant, a joué ce tour pendable à une baby-sitter.

Pour le bureau d'Alex Sherwood, j'ai pris comme modèle celui du sénateur Lamar Alexander, dans le Dirksen Building, y compris pour le détail de la chemise exposée sous verre sur un mur de la réception (chapitre 41). Le message composé de mots mêlés (chapitre 50) est conforme aux chiffrages utilisés pendant la guerre de Sécession. Le verset du psaume 18 (chapitre 79) est correctement cité et tout à fait en accord avec le contexte. L'extrait d'un article de journal où il est question d'un trésor disparu, de F. Lee Bailey et de John Dean, reproduit presque mot pour mot un article de journal véritablement publié en 1973. Entre 1934 et 1974, il fut en effet interdit aux Américains de posséder de l'or à titre privé (chapitre 27). L'art de la tranche peinte s'est perdu (chapitre 72), mais a donné des réalisations étonnantes. Je souhaitais depuis longtemps en faire un élément narratif.

L'adoption d'un 28e amendement, à laquelle il est fait allusion au chapitre 4, a souvent été suggérée, mais le Congrès ne s'y est jamais intéressé. La tenue d'une convention nationale à la demande des États est une des façons possibles d'amender la Constitution. Il est exact qu'une convention convoquée au titre de l'article 5 ne serait soumise à aucune règle ou presque (chapitre 65). À l'instar de la première convention constitutionnelle de 1787, ignorant les limites qui lui avaient été assignées d'amender exclusivement les articles de la Confédération, toute nouvelle convention risquerait de se transformer en machine infernale sans qu'aucune loi puisse y mettre bon ordre. Il existe pourtant à l'heure actuelle un mouvement en faveur d'une seconde convention, auquel bon nombre d'États sont d'ores et déjà associés. Sur le sujet, je recommande la lecture de *Constitutional Brinksmanship : Amending the Constitution by National Convention*[1] (*Jusqu'au-boutisme : de l'amendement de*

1. Oxford University Press, New York, 1988.

la Constitution par convention nationale), de Russell Caplan, mentionné au chapitre 7.

Dans les premiers temps, la Chambre et le Sénat étaient tels qu'ils sont décrits au chapitre 13, et l'essor de la pratique tristement célèbre de l'obstruction est un fait historique. C'est celle-ci plus que toute autre chose qui a permis au Sénat des États-Unis de devenir l'un des corps législatifs les plus puissants jamais créés. Faute d'un vote de soixante de ses collègues pour imposer la clôture des débats et lui retirer la parole, un sénateur peut à lui tout seul enrayer l'ensemble du processus législatif (chapitre 13). Cela se produit tout le temps. Le plus souvent dans la discrétion, de nos jours.

Comme cela apparaît dans le roman, aucun texte n'est soumis au vote en séance à la Chambre à moins d'avoir reçu l'aval de la commission du Règlement (chapitre 20). Or cette commission est sous le contrôle absolu du président de la Chambre. Les règles de procédure du Congrès sont d'une importance primordiale pour le bon fonctionnement d'un processus législatif (chapitre 13). Aux termes de la Constitution, chacune des deux assemblées fixe son propre protocole pratiquement hors de tout encadrement juridique (chapitre 13). À la naissance des États-Unis, le seul rôle du Sénat était de conseiller la Chambre (chapitre 13). Mais cela changea au XIXe siècle. Modifier le règlement de la Chambre des représentants de sorte que ceux-ci ne délibèrent que sur des textes produits par eux-mêmes est non seulement possible (chapitre 56), mais tout à fait légal. L'idée n'est pas de moi. Je l'ai trouvée dans *Ending Congressional Gridlock : Moving Toward a More Democratic America*[1] (*Pour en finir avec les blocages du Congrès*), de Gary Larsen. Et un tel changement ferait effectivement du président de la Chambre le personnage le plus puissant du pays.

Le Congrès est un véritable bazar, tous les Américains s'accordent à le dire, même si leurs opinions divergent sur

1. Boyd Street Press, New Jersey, 2012.

tout le reste. Il n'en est cependant pas moins vrai que ce Congrès tant décrié fait fonctionner les États-Unis depuis plus de deux siècles (chapitre 9), avec ses qualités et ses défauts. « Blocage » est un terme péjoratif, mais ce que la plupart des gens ignorent, c'est que le Sénat a été créé précisément pour constituer un obstacle législatif. Sa raison d'être même est de provoquer des blocages. Contrairement à ce que pensent beaucoup d'experts, les Pères fondateurs qui ont rédigé la Constitution ne faisaient tout simplement pas confiance au peuple pour gouverner (chapitre 56). Et leur défiance se reflète à la fois dans le bicaméralisme (avec un Sénat élu par les législateurs des États et non par l'ensemble des citoyens) et dans l'institution du collège électoral (système dans lequel ce n'est pas le peuple qui élit directement le président). Une anecdote à ce propos : après son retour de France, où il avait été ambassadeur, Thomas Jefferson partageait un matin le petit déjeuner de George Washington. Jefferson s'étonna que son hôte ait donné son accord à la création d'un Sénat lors de la convention constitutionnelle, une telle assemblée lui paraissant inutile puisque la Chambre, qui représentait le peuple, pouvait se charger de tout. « Pourquoi venez-vous de verser votre café dans votre soucoupe avant de le boire ? » lui demanda alors Washington. À quoi Jefferson répondit que c'était pour le refroidir, car son gosier n'était pas en bronze. Et Washington d'expliquer en souriant : « Eh bien, c'est ce que nous faisons avec notre législation : nous la versons dans notre soucoupe sénatoriale pour la refroidir. »

Les présidents de la Chambre bénéficient effectivement d'une garde rapprochée du Secret Service (chapitres 2, 21, 44). Les ex-présidents aussi, mais ils peuvent la refuser. Le serment d'investiture prononcé à la fin du chapitre 39 est celui que tous les sénateurs doivent répéter. Que Danny Daniels puisse devenir sénateur après avoir été président n'a rien d'impossible. Cela s'est produit pour la première fois en 1875, avec Andrew Johnson (chapitre 21).

Le roman est centré sur la Smithsonian Institution (et non « Institute », comme on le dit souvent). Celle-ci fut fondée après qu'un chimiste britannique inconnu, James Smithson, eut légué par testament cinq cent mille dollars à l'État américain à cet effet. Un geste d'autant plus étonnant que Smithson n'était jamais venu aux États-Unis. Ce fut seulement dix-sept ans après la mort du donateur que le Congrès finit par donner suite à sa requête. Les réticences politiques quant à l'opportunité d'honorer les dernières volontés de Smithson furent bien telles qu'elles sont énumérées dans le prologue.

La Smithsonian est dirigée par un conseil de dix-sept régents nommés comme il est expliqué schématiquement au chapitre 10, le président de la Cour suprême faisant fonction de chancelier (chapitre 10). Chaque musée dépendant de l'institution possède son propre comité consultatif citoyen qui travaille en étroite collaboration avec l'administration de l'établissement. Je fais moi-même partie de celui qui est attaché aux Bibliothèques de la Smithsonian. Ces dernières comprennent entre autres la bibliothèque Cullman, située dans les locaux du Muséum national d'histoire naturelle (chapitre 15), et la bibliothèque du musée d'Histoire américaine, où exerce Martin Thomas avant d'être tué.

Il y a bien un tunnel qui relie le Château au Muséum d'histoire naturelle en passant sous le National Mall (chapitre 16). Je l'ai représenté comme faisant un coude, mais il suit en réalité une ligne droite sur deux cent vingt mètres. L'escalier en colimaçon de la tour nord du Château est tel que je le dépeins (chapitre 19), et les détails que je donne sur ses métamorphoses sont exacts. Je n'y ai apporté qu'une modification en ajoutant, au niveau du premier étage, une sortie qui n'existe plus. L'anecdote sur les chouettes nichant dans la tour nord-ouest est authentique (chapitre 19). La description de la rotonde du Château (chapitre 19) est conforme à la réalité, y compris en ce qui concerne l'énorme vitrine dorée renfermant les objets cérémoniels de l'institution (chapitre 23). La clé n'a rien de fictif (chapitre 11). Trouvée dans les combles du Château à la fin des années 1950, elle a ensuite été intégrée dans le rituel d'investiture de tous les nouveaux secrétaires (chapitres 19, 23, 25). Bien sûr, toute l'intrigue bâtie autour de ce passe-partout est imaginaire.

Quelques notes supplémentaires touchant à la Smithsonian : la citation de James Smithson (chapitre 13) est tirée d'une de ses lettres. La smithsonite, nommée en l'honneur de Smithson (chapitres 23, 58), est un minéral sans grande utilité, quoique décoratif : j'en ai un petit fragment sur mon bureau. Jefferson Davis a vraiment été régent de la Smithsonian avant de devenir ministre de la Guerre (chapitre 25). Mais l'expédition dans le Sud-Ouest américain qu'aurait organisée l'institution en 1854 est une pure fiction (chapitre 25). La fonction de conservateur du Château (chapitre 11) n'est pas une fantaisie de ma part. Le poste est actuellement occupé par Richard Stamm, dont j'ai fait un personnage du livre.

Joseph Henry fut le premier secrétaire en date de la Smithsonian, de 1846 à 1878. Pendant la guerre de Sécession, il travailla pour la marine, au bénéfice de laquelle il évaluait des inventions et des projets (prologue), jouant *grosso modo* un rôle de conseiller scientifique auprès de Lincoln. Son manque d'enthousiasme pour la cause de l'Union (prologue) est avéré, comme l'est sa volonté que la Smithsonian reste neutre.

Mais il ne fut jamais déloyal.

L'épisode de son arrestation pour fait d'espionnage, relaté au chapitre 62, est probablement un mythe. L'histoire apparaît dans la biographie d'Abraham Lincoln par Carl Sandburg, publiée soixante ans après l'assassinat du président. Selon la plupart des critiques, Sandburg, qui ne cite pas ses sources, a vraisemblablement brodé. Si Lincoln a bien participé à l'expérience comme observateur, il ne se trouvait pas avec Joseph Henry sur le toit du

Château, comme le prétend Sandburg, mais sur celui de la Maison des soldats, à six kilomètres au nord-est de là. Nous pouvons nous appuyer pour affirmer ceci sur deux récits de l'événement moins connus et rabâchés que celui de Sandburg, et aussi bien moins flamboyants.

La mention gravée sur le tombeau de Smithson, dans la crypte du Château, indiquant l'âge qu'il avait au moment de son décès est effectivement erronée (chapitre 60). Le cheminement de la dépouille de Smithson jusqu'à Washington est fidèlement décrit (chapitre 58). Le rapport cité au chapitre 58 concernant l'ouverture du tombeau en 1973 est le *verbatim* d'un document authentique de la Smithsonian. La doublure de soie du cercueil prit réellement feu à cette occasion, et les ouvriers éteignirent les flammes en crachant dessus de l'eau dont ils se remplissaient la bouche à une fontaine toute proche. Cette quasi-violation de sépulture n'alla pas sans controverses. À ce jour, personne ne sait exactement pourquoi elle eut lieu, et les justifications invoquées à l'époque ne sont guère convaincantes. La façon dont Cotton et Rick Stamm procèdent pour rouvrir la tombe au chapitre 62 est la seule possible.

Aujourd'hui, la Smithsonian Institution compte dix-neuf musées d'envergure internationale, un zoo et neuf centres de recherche. La plupart de ces établissements comportent une bibliothèque en leur sein. De manière générale, ces bibliothèques ne sont pas ostensiblement mises en valeur dans les locaux accessibles au public. Aucune signalétique n'en indique l'emplacement. Mais, pour être discrètes, elles n'en sont pas moins très actives. À l'image d'un cœur, dont on ne remarque pas les soixante à quatre-vingts pulsations par minute… jusqu'au moment où il cesse de battre.

Ces bibliothèques recèlent de véritables trésors. Une collection inimaginable de plus de deux millions de livres, manuscrits, cartes, tableaux, comptes rendus de recherche et objets divers touchant à tous les domaines possibles : aérospatiale, anthropologie, astronomie, astrophysique, arts, biologie, botanique, histoire, sociologie, zoologie et bien d'autres encore. Pour l'année 2016, il en coûtera dix-sept millions de dollars pour que ces établissements restent ouverts, mettant tout ce savoir à la disposition des spécialistes comme à celle du grand public. Le financement de ce budget repose à hauteur de 10 % sur des contributions individuelles ou d'entreprises. Contrairement à ce qui se passe dans le roman, l'institution ne peut pas tabler sur l'hypothétique découverte d'une cache d'or pour subvenir à ses besoins.

C'est à nous tous de veiller par nos dons à ce qu'elle puisse poursuivre ses activités.

Depuis plus de cent soixante-dix ans, les Bibliothèques de la Smithsonian concourent avec fierté à l'accomplissement de la mission assignée à l'Institution. Il fut un temps où elles ne pouvaient remplir leur rôle qu'en accueillant physiquement les usagers. Elles sont désormais accessibles en permanence par le biais d'Internet. En 2016, leurs sites ont été visités par plus d'un million d'internautes qui ont effectué près de dix-sept millions de téléchargements.

Ce qui n'est pas rien.

Soyez assuré qu'en ce moment même, pendant que vous lisez ces lignes, quelque chose d'extraordinaire est en train de se passer dans au moins une de ces bibliothèques. Chacune d'entre elles constitue un lieu de savoir de tout premier rang à l'échelle mondiale où quiconque peut venir éprouver et développer ses idées, chercher des réponses aux questions qu'il ou elle se pose. Alors, la prochaine fois que vous vous rendrez au musée de l'Air et de l'Espace, d'Histoire américaine, au zoo national, dans l'une des galeries de tableaux, ou dans n'importe quel autre musée ou centre d'étude, n'oubliez pas : au cœur de chacun de ces établissements se cache une bibliothèque de la Smithsonian Institution.

REMERCIEMENTS

Pour la troisième fois, mes sincères remerciements à John Sargent, directeur général de Macmillan, à Sally Richardson, qui pilote St Martin's Press, comme à mon éditeur chez Minotaur, Andrew Martin. Que soient également assurés de mon immense gratitude renouvelée Hector DeJean, du service publicité, Jeff Dodes et tout le personnel du département commercialisation – avec une mention spéciale pour Paul Hochman –, Jen Enderlin, la grande prêtresse de l'édition de poche, David Rotstein, qui a créé la couverture, Steven Seighman, pour l'excellence de ses choix graphiques, ainsi que Mary Beth Roche et toute l'équipe très novatrice du livre audio.

Une fois encore, un salut cordial à Simon Lipskar, mon agent et ami.

Et merci à Kelley Ragland, ma responsable éditoriale, avec qui il est si agréable de travailler. Merci enfin à Elizabeth Lacks, la merveilleuse assistante de Kelley.

Mais je n'oublie pas non plus Meryl Moss et sa brillante équipe de publicitaires (particulièrement Deb Zipf et JeriAnn Geller) ; Jessica Johns et Esther Garver, qui continuent à assurer la bonne marche de ma société Steve Berry Enterprises ; Richard Stamm, le conservateur de la Smithsonian Institution, qui m'a dévoilé les recoins secrets du Château et qui a répondu à mes innombrables questions et pris part à la relecture de mon manuscrit ; Nancy Gwinn, la directrice des Bibliothèques de l'Institution, qui m'a accordé le bénéfice de son regard attentif ; William Baxter, des mêmes Bibliothèques, pour sa très enrichissante visite guidée du musée national d'Histoire américaine ; Jerry Conlon, pour sa visite tout aussi éclairante du Muséum national d'histoire naturelle ; et Tina Muracco, directrice du développement des Bibliothèques de la Smithsonian, qui a planifié et honoré de sa présence une journée d'exploration fort instructive de Washington, à laquelle participaient Tom Wickham, le conseiller en procédure de la Chambre des représentants, Matthew Wasniewski, l'historien officiel de la Chambre, Kenneth Kato, historien officiel adjoint, Brian Reisinger, ex-membre du cabinet du sénateur Lamar Alexander, et Marsha Blackburn, représentante du Tennessee, qui a organisé avec son cabinet une fabuleuse visite du Capitole. Mes sincères remerciements à vous tous.

Et, comme toujours, grâces soient rendues à ma femme, Elizabeth, qui m'accompagne pied à pied dans mon travail en ne me prodiguant que des encouragements (si l'on excepte quelques salutaires coups de pied aux fesses quand le besoin s'en fait sentir).

Ce roman confère à la Smithsonian Institution un rôle essentiel dans l'univers de Cotton, une idée qui me tenait à cœur depuis quelque temps. J'ai en effet l'honneur de siéger au comité consultatif des Bibliothèques de la Smithsonian, qui sont au nombre de vingt et un, réparties au sein de chacun des musées et centres de recherche que compte cette institution à travers le pays. Discrètes, éloignées des projecteurs et de la notoriété publique, ces bibliothèques ne constituent pas moins sans conteste le noyau intellectuel de chacun de ces établissements.

Collectivement, les Bibliothèques de la Smithsonian regroupent un des trésors de connaissances les plus importants de la planète, auquel des millions de gens ont recours chaque année. Leur responsable actuelle est Nancy Gwinn, à la tête d'un personnel fort de cent trente membres. Ensemble, tout ce monde concourt à donner corps au souhait de James Smithson de « créer à Washington une fondation, nommée Smithsonian Institution, pour l'accroissement et la diffusion du savoir parmi les hommes ».

Mais ces bibliothèques coûtent cher : 17 millions de dollars pour l'exercice fiscal 2016.

Leur budget annuel est financé à 70 % par le Congrès, les 30 % restants provenant de diverses sources autres que les deniers publics, parmi lesquelles des donations d'entreprises ou de particuliers. Minimes pour la plupart, modestes pour certaines, importantes pour quelques-unes, ces contributions, additionnées, s'élèvent tout de même à 1,5 million de dollars (pour l'année 2016), sans lesquels les Bibliothèques de la Smithsonian Institution cesseraient sans doute d'être gratuitement ouvertes à tous.

Je dédie donc ce livre aux innombrables mécènes ainsi qu'aux employés de ces établissements.

Merci à tous de leur permettre d'exister.

MIXTE
Papier issu de
sources responsables
FSC® C003309

Les papiers utilisés dans cet ouvrage
sont issus de forêts responsablement gérées.

Achevé d'imprimer en octobre 2017
par Normandie Roto Impression s.a.s.
61250 Lonrai
N° d'impression : 1702359

Imprimé en France